普通高校中文学科基础教材

外国文学基础

徐葆耕　王中忱　主编

图书在版编目(CIP)数据

外国文学基础/徐葆耕,王中忱主编.—北京:北京大学出版社,2008.7
(普通高校中文学科基础教材)
ISBN 978-7-301-12929-6

Ⅰ.外…　Ⅱ.①徐…②王…　Ⅲ.文学史-外国-高等学校-教材
Ⅳ.I109

中国版本图书馆 CIP 数据核字(2007)第 192327 号

书　　　名:	外国文学基础
著作责任者:	徐葆耕　王中忱　主编
责 任 编 辑:	艾　英
标 准 书 号:	ISBN 978-7-301-12929-6/I·1985
出 版 发 行:	北京大学出版社
地　　　址:	北京市海淀区成府路 205 号　100871
网　　　址:	http://www.pup.cn　电子邮箱:pkuwsz@yahoo.com.cn
电　　　话:	邮购部 62752015　发行部 62750672　出版部 62754962
	编辑部 62752022
印 刷　者:	三河市北燕印装有限公司
经 销　者:	新华书店
	650mm×980mm　16 开本　35 印张　572 千字
	2008 年 7 月第 1 版　2021 年 12 月第 6 次印刷
定　　　价:	89.00 元

未经许可,不得以任何方式复制或抄袭本书之部分或全部内容。
版权所有,侵权必究
举报电话:010-62752024　　电子邮箱:fd@pup.pku.edu.cn

《普通高校中文学科基础教材》总序

温儒敏

中文学科本科的教材很多,其中有些使用面还比较大。但是,这些年高校扩招,本科的培养目标在调整,大多数高校都在压缩课时课量,逐步往通识教育和素质教育方向靠拢,教材也就不能不作调整。现有的多种本科基础课教材质量不错,在综合性大学较受欢迎,但对普通高校特别是地区性高校的学生来说,相对就显得比较深,课时与课量也过大,不太适应教学的需求。许多普通高校中文系老师都希望能够组织编写一套新的中文学科基础教材。教育部中文学科教学指导委员会很支持这一想法。近几年每年全国大学中文系本科招生六、七万人(属于前五名的学科),其中综合大学大概还不到一万人,其他大都属于一般教学型、应用型的大学,包括许多师范学院、地区学院和大专,他们都必选中文系的七门基础课。此外,相当多的专科中文系,以及有些相关学科(如外语、新闻、艺术等等)也要求学生选修中文系的某些基础课程,中文学科每门基础课的教材需求量很大,特别是普及型、应用型的中文基础教材,仍然有相当大的发展空间。因此,出版这套教材,无论对学科建设还是人才培育来说,都很有必要。

这套教材的设计意图主要是:

(1)第一批主要以本科基础课为主,包括中国古代文学、现代文学、当代文学、文学理论、语言学、古代汉语、现代汉语、古典文献学、外国文学、中国文化史10种,以后再逐步扩充,继续编写出版选修课教材(总计划大约30种),形成完整的中文系本科教材系列。

(2)这套教材主要由北大、南开、吉林大学等重点院校的著名学者牵头，同时充分整合全国各大学包括一般教学型和应用型大学的教学资源，每一本教材的主编都是所属领域的权威专家，有的还邀请一些地方院校的一线教员参与。

（3）新教材和已经有影响的同类教材相比，特色是充分考虑扩招之后一般教学型和应用型大学、地区学院以及师范学院中文系教学调整的需要，减少课时课量，突出基础性、应用性，适合教学，同时又能体现各个研究领域新的研究水平，有前沿性、开放性。如文学史教材，就减少了"史"的叙述，重点放在作家作品的分析鉴赏；文学理论则注意从文学生活及基本文学现象中提出问题。

（4）为帮助普通大学的教师备课，将为各基础课教材设计配套教参，必要时也可以配套光盘。

（5）这套教材的总编委会由刘中树（原吉林大学校长）、陈洪（教育部中文学科教学指导委员会主任，南开大学副校长）、温儒敏（北大中文系系主任）三位教授组成，负责物色各教材的主编与编者队伍，设计教材体例、框架，审读教材，从整体上监督和保证全套教材的编写质量。

（6）这套教材大部分正式出版并投入使用后，由编委会和出版社负责组织全国相关教学人员短期培训，北大中文系（或其他主编所在单位）可以协办。

我们诚挚希望广大师生和学者对这套教材提出改进意见，通过教学实践使之不断完善，最终成为高质量而又适合教学需求的教材。

2008 年 6 月 23 日

编委会名单

(以姓氏笔画为序)

主　编

　　徐葆耕　王中忱

编　委

西方(欧美)文学部分：

　　刘洪涛　李伟昉　陈建华　张志庆

　　高建为　徐葆耕　傅景川　曹　莉

东方(亚非)文学部分：

　　王中忱　许金龙　苏永延　宗笑飞

　　郑国栋　钟志清　韩　梅　穆宏燕

目录

导　论 /1

西方(欧美)文学部分

第一编　远古与中世纪文学

第一章　古希腊罗马文学 /5
　　第一节　概　述 /5
　　第二节　荷马史诗 /20
　　第三节　索福克勒斯和《俄狄浦斯王》/26
　　第四节　阿里斯托芬和《阿卡奈人》/29

第二章　欧洲中世纪文学 /32
　　第一节　概　述 /32
　　第二节　基督教文学 /34
　　第三节　但丁和《神曲》/44

第二编　近代文学

第三章　欧洲文艺复兴时期的文学 /53
　　第一节　概　述 /53
　　第二节　彼特拉克和他的抒情诗 /59
　　第三节　薄伽丘和《十日谈》/62
　　第四节　拉伯雷和《巨人传》/64
　　第五节　塞万提斯和《堂吉诃德》/68
　　第六节　莎士比亚和《哈姆莱特》/71

目 录

第四章　欧洲17、18世纪文学 /86
　　第一节　概　述 /86
　　第二节　莫里哀和《伪君子》/92
　　第三节　卢梭和《忏悔录》/95
　　第四节　歌德和《浮士德》/98
　　第五节　哥特小说和刘易斯的《修道士》/106

第五章　19世纪的浪漫主义运动 /114
　　第一节　概　述 /114
　　第二节　华兹华斯和他的抒情诗 /120
　　第三节　拜伦和《唐璜》/127
　　第四节　雨果和《悲惨世界》/133
　　第五节　惠特曼和《草叶集》/140

第六章　19世纪现实主义文学 /149
　　第一节　概　述 /149
　　第二节　司汤达和《红与黑》/155
　　第三节　巴尔扎克和《高老头》/162
　　第四节　狄更斯和《双城记》/171
　　第五节　哈代和《德伯家的苔丝》/178
　　第六节　易卜生和《玩偶之家》/186

第三编　20世纪文学

第七章　20世纪前半期(以1945年为界)文学 /199
　　第一节　概　述 /199
　　第二节　罗曼·罗兰和《约翰·克利斯朵夫》/208
　　第三节　艾略特和《荒原》/212
　　第四节　卡夫卡和《变形记》/217
　　第五节　乔伊斯和《尤利西斯》/221
　　第六节　海明威和《老人与海》/225

目录

　　第七节　福克纳和《喧哗与骚动》/229
　　第八节　布莱希特和《大胆妈妈
　　　　　　和她的孩子们》/233
　　第九节　托马斯·曼和《魔山》/237
第八章　20 世纪后半期文学 /243
　　第一节　概　述 /243
　　第二节　贝克特和《等待戈多》/250
　　第三节　罗伯-格里耶和《去年在马里安巴》/253
　　第四节　索尔·贝娄和《洪堡的礼物》/256
　　第五节　纳博科夫和《洛丽塔》/260
　　第六节　杜拉斯和《情人》/263
　　第七节　博尔赫斯和《交叉小径的花园》/267
　　第八节　卡尔维诺和《寒冬夜行人》/270
　　第九节　昆德拉和《笑忘录》/273
　　第十节　加西亚·马尔克斯和《百年孤独》/276

第四编　俄罗斯文学

第九章　19 世纪的俄罗斯文学 /285
　　第一节　概　述 /285
　　第二节　普希金和《叶甫盖尼·奥涅金》/290
　　第三节　果戈理和《死魂灵》/293
　　第四节　陀思妥耶夫斯基和《罪与罚》/297
　　第五节　托尔斯泰和《安娜·卡列尼娜》/301
　　第六节　契诃夫和《樱桃园》/306

第十章　20 世纪的俄苏文学 /310
　　第一节　概　述 /310
　　第二节　高尔基和《底层》/315
　　第三节　布尔加科夫和《大师和玛格丽塔》/319

目录

第四节　肖洛霍夫和《静静的顿河》/322

第五节　索尔仁尼琴和《癌病房》/326

第六节　艾特玛托夫和《一日长于百年》/329

东方（亚非）文学部分

第一编　古代亚非文学

第一章　西亚北非古代文学 /339

　　第一节　概　述 /339

　　第二节　人类最早的史诗：《吉尔伽美什》/341

　　第三节　古埃及的《亡灵书》/345

　　第四节　《希伯来语圣经》/349

　　第五节　古代波斯文学与《阿维斯塔》/359

第二章　印度古代文学 /363

　　第一节　概　述 /363

　　第二节　《摩诃婆罗多》/366

　　第三节　《罗摩衍那》/373

　　第四节　泰米尔语"桑伽姆"文学 /378

　　第五节　巴利语早期佛教文学与
　　　　　　《佛本生故事》/381

第二编　中古亚非文学

第三章　西亚北非中古文学 /389

　　第一节　阿拉伯中古文学概述 /389

　　第二节　《古兰经》/392

　　第三节　《一千零一夜》/394

　　第四节　波斯中古文学概述 /397

　　第五节　《列王记》与《玛斯纳维》/400

目录

第六节　萨迪与哈菲兹 /405

第四章　印度中古文学 /413
第一节　概　述 /413
第二节　《往世书》/415
第三节　梵语佛经文学和马鸣的大诗 /417
第四节　古典梵语诗歌、戏剧与
　　　　迦梨陀娑的创作 /421
第五节　虔信文学 /425

第五章　东亚中古文学 /429
第一节　东南亚古代文学概述 /429
第二节　《金云翘传》与《马来纪年》/434
第三节　东北亚古代文学概述 /438
第四节　《源氏物语》/445
第五节　《洪吉童传》与《春香传》/450

第三编　近现代亚非文学

第六章　西亚北非近现代文学 /457
第一节　阿拉伯语近现代文学 /457
第二节　艾哈迈德·绍基 /459
第三节　纪伯伦 /461
第四节　纳吉布·迈哈福兹 /465
第五节　伊朗近现代文学概述 /467
第六节　萨迪克·赫达亚特 /470
第七节　苏赫拉布·塞佩赫里 /472
第八节　阿赫玛德·夏姆鲁 /474
第九节　近现代希伯来语文学概述 /477
第十节　施穆埃尔·约瑟夫·阿格农 /480
第十一节　阿摩司·奥兹 /485

目录

第七章　印度近现代文学 /490
　　第一节　概　述 /490
　　第二节　泰戈尔 /495
　　第三节　伊克巴尔 /499
　　第四节　进步主义文学思潮与创作 /501
　　第五节　印度的英语文学 /503

第八章　东亚近现代文学 /505
　　第一节　东南亚近现代文学概述 /505
　　第二节　普拉姆迪亚·阿南达·杜尔 /508
　　第三节　何塞·黎萨尔 /511
　　第四节　东北亚近现代文学概述 /515
　　第五节　徐廷柱与金东里 /523
　　第六节　大江健三郎 /527

后　记 /535

导　论

一

为什么要学习外国文学？对于充满求知欲的现代中国青年来说，这不是一个问题。只要走进书店或图书馆，望着琳琅满目的、来自许多完全陌生的国家和地区的文学作品，一种惊喜和幸福的感觉就会油然而生。我们渴望了解世界，每打开一本外国文学的书，就像推开一扇新的窗户，在我们眼前呈现出一片新鲜的异域奇情和令我们激动不已的精神世界；在领略世界的丰富多彩的同时，我们还会发现，尽管世界各国、各民族的肤色、语言、风习迥然不同，但是，人们的喜怒哀乐和内心深层的隐秘却惊人地相似。在那些完全陌生的作品中，我们会惊奇地发现自己。就是在这样的阅读感受中，我们的视野不知不觉地拓展；我们拥有了世界，我们成为了世界公民；在地球的任何一个角落，都有我们的同种，我们的共同的名字叫做"人"。这种世界性视野的构建，并没有冲淡我们对于自己祖国的热爱；相反，从世界的视角反观中国，我们更加懂得了自己的历史、文学与文化的崇正与深邃；我们用世界上所有的优秀的文学充实了我们自己的文学。从鲁迅到当代的中国作家，几乎没有一个人不是在外国文学作品中汲取营养，从而把我们的文学培育得越加枝繁叶茂，绿意葱茏。

作为现代中国的人文学科的大学生，系统地掌握外国文学知识，不仅是"面向现代化、面向世界、面向未来"的需要，而且，从文化的角度说，世界上的一些主要的文化之间本来就是相互贯通、互相补充、无法

世界四大宗传

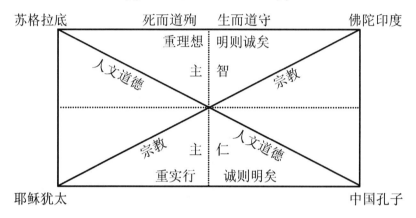

分割的。著名学者吴宓先生在20世纪40年代曾用上列图表显示各主要文明之间的内部联系。

吴宓先生绘制的这个图表，并没有包括全部的传统文明（例如，没有提到波斯—阿拉伯文明），但是，它形象地说明了世界的主要文明建构是一个相互连接、互相补充、相互发明的有机整体。只把握其中的一种文明，犹如"独木难支"，视野闭塞，难于生存和发展；唯有全面把握这些主要文明，才能够拥有一座由多根支柱撑起的为精神世界遮风避雨的文化大厦。

了解世界文明，有各种渠道。"文学是社会的窗口"、"文学是心灵的窗口"，通过各国的文学了解他们的社会、文化与人，是一条形象的、便捷的途径。文学不仅展示一个民族的社会、经济、政治发展的历史，而且从深层展现他们的心灵和审美情趣。那些最优秀的作品告诉我们："东海西海，心理攸同。"各个国家和民族尽管肤色、语言、风习、历史各异，就像有一条鸿沟将它们隔开，但是，鸿沟再深，在鸿沟的底部还是相互连通的。各民族之间可以通过文学实现心灵的沟通，促进国家、民族与人民之间的和谐共处。

诚如上面所说,世界各国的文学与文化是可以而且应该和谐共存、互相促进、协调发展的;但是,在阶级矛盾、种族冲突和性别歧视仍然严重存在的情况下,各种利益的对立和冲突,不可避免地会反映到文化与文学中来,文明的冲突就成为不可避免的。美国有的学者甚至声称,本世纪将要发生的第三次世界大战将是一场不同文明之间的战争。当今西方文化霸权主义的猖獗,告诉我们:文化,包括文学在内,仍然是一条关乎民族生存和发展的冲突激烈的战线。作为现代中国的人文学科的大学生,应该了解这种态势;为了我们自己祖国的民族复兴,也是为了世界的和平、繁荣和发展,我们应该更加努力地把握世界上一切国家和地区的文化精粹,用以充实我们自己,使得我们的文学更加适应现代中国发展的需求,并为世界文化的发展作出更大的贡献。把文化之间的斗争简单地理解为拒绝外国文化,不仅是愚蠢的,而且是有害的。如果我们固守自己的传统、拒绝外国的新成果,那么,"实现中华民族的伟大复兴"将是一句空话,或比空话还要糟。

二

纵观外国文学的画廊,可以说浩如烟海,风格迥异,纷然无序,令人神炫目迷;任何试图作总体的、综合的、规律性的陈述的想法似乎都是不智的。但是,当你在这个海洋中遨游,并潜入底层时,你也会发现,一些被地域阻隔、完全不通音问的地区的文学,好像互相之间有所呼应,相激相荡,相会相融,存在着某种不可琢磨的默契和期许。这种现象是十分有趣的。

文学的太阳是从东方升起的。在5000年以前或更早的时候,一批人从东方迁徙到西亚的两河流域(幼发拉底河、底格里斯河)之间的美索不达米亚地区(约为现在的伊拉克)。他们身材不高、窄肩、圆脸、黑发、直鼻。他们的语言和语法同后来我们知道的汉语接近。这一点让我们产生一种莫名的兴奋,但是没有人对此作出结论。这些农耕者和狩猎者创造了人类最早的一批神和神话,在此基础上逐步形成的《吉尔迦美什》是人类最古老的长篇史诗。史诗中的英雄因疯狂斩伐森林所遭受的天谴,至今还是人类掠夺性开发自然的永恒的警钟;令人痛心的是,世界最早的文化摇篮现在是最惨烈的灾难深渊,曾经璀璨的文化遗迹上布满了美国飞机轰炸的弹痕。就在两河文明崛起的时候,离它不远的埃及,伴随着金字塔的耸立,塔内充满神秘色彩的"亡灵书"和一些优美的神话、故事、抒情诗在尼罗河畔诞生,它们就像最早发明化妆术的埃及女人一样光彩照人。在这个时候,我们从北非向着南亚眺望,炎热的恒河两岸,古印度人正在创造至今令人惊叹的吠陀文学及那些充满智慧和神秘感的故事和诗歌;被理性主义带进现代社会的人越来越觉得如果没有古印度的吠檀多哲学,人类将寸步难行。

就在东方人(其中中国的部分未予论列)已经沐浴在文明的曙光中的时候,欧洲还是一片不毛之地,但是,到了公元前两千多年的时候,就像天空突然升起的彩虹那样,希腊文明拔地而起,它所创造的神话和史诗比东方的更加雄大活泼、丰富多姿,因而被马克思称为"人类童年时代最美丽的诗"。

就像是事先约好了的那样,在公元前600—前400年的时段内,在地球上相互完全没有关联的地区,相继诞生了三位伟大的哲人:中国的孔子(前531—前479)、印度的释迦牟尼(约前565—前485)和希腊的苏格拉底(前469—前399);在大体相当的时间内,在西亚地区形成了圣经的《旧约》雏形。三位伟人和一部伟大的经书像有某种默契,在同一时段里一起生长出来,有如四根挺立的石柱,撑起了吴宓先生所描绘的古代世界精神文明的大厦。至今地球上的人们还有赖于这座大厦遮风避雨。在史诗的创造上好像也有一种隐然的联系:最早的《吉尔迦美什》着力表现了人与自然的关系,揭示了人类掠夺自然(斩伐森林)必遭报复的悲剧;希腊荷马的两部史诗(《伊里亚特》与《奥德赛》)则侧重于展现人与人由于利益、思想、性格的差异所发生的冲突,揭示了人的欲望与理智的冲突导致的悲剧;到了印度两大史诗(《摩诃婆罗多》和《罗摩衍那》)诞生的时候,人已经开始学习处理人与国家、君主和社会的关系,展示人的崇高的社会责任感,寻找人与人和谐共处的途径。几大史诗好像事前做了分工,依次接触到了社会发展的四大"关系":人与自然、人与人、人与社会以及人自身的理智情感与意志的关系,就像一条金线上的若干珍珠。而它们在艺术上个个风姿卓越,异彩纷呈。

世界上的主要民族个个都是能工巧匠。他们不仅盖起了家人居住的房屋,而且,建造了精神上能够安全和富有诗意地栖居之所。当一个个以"思想"、"信仰"(宗教)和"规则"为支柱的精神大厦相继建成之时,人类就摆脱了远古的蒙昧,进入了文化上的"古典时代"。人们期待靠"天启"提升自己,使自己变得更加崇高和优雅;"思想"、信仰和宗教不仅成了立国之本,而且是立人之本,并给文学提供了一个伟大的灵感的源泉。

在亚洲,三大思想文化体系鼎足而立:中国的儒家文化思想体系、印度的印度教和佛教体系以及波斯—伊斯兰文化体系。印度从远古向着古典时代的过渡最不露形迹。这是因为,它们在哲学与宗教方面早就准备得很成熟,以至于进入古典时代以后,还是在不断地延续和演绎远古时代的神话、吠陀文学、《五卷书》、佛本生的故事,特别是《摩诃婆罗多》与《罗摩衍那》,所有这些都像是涌流不尽的深井;但是,这种延续性的阐释,无论在思想还是艺术上,都在不断地实现新的跨越,例如作为世界戏剧文学之璀璨明珠的《沙恭达罗》和苏尔达斯、杜勒希达斯的诗歌都是如此。同时,在古典时代,印度教和佛教文学的影响都跨出了国门,在东南亚地区继续衍生和发展,开出繁盛的花朵。东亚诸国在进入封建社会的早期大多接受了中国的儒家文化和道家文化,同时也受到佛教的濡染。日本在公元5—6世纪的时候,已经开始使用汉字,到公元8世纪,出现了用汉字写成的《古事纪》,具有很高的文学价值;此后,和歌总集《万叶集》、《古今集》和"物语"文学的出现以及随笔散文的发展标志着大和民族已经有了自己的独特的文学体系。西亚的情况更加纷繁复杂:公元6世纪穆罕默德一手执《古兰经》,一手执剑,开拓了伊斯兰文明的广阔疆土,构建了至今依然很强势的伊斯兰思想文化体系。早在公元前就已经高度发展的古波斯文明,在被伊斯兰教统治以后,并没有灭绝,相反,它在伊斯兰的腹地,即今天的伊朗地区保持着相对的独立性,在文学方面一枝独秀,为伊斯兰—阿拉伯文明注入了强大的新鲜的活力。

在欧洲,源于西亚的古希伯来文化在广大的地区获得长足的发展,它同古希腊文化并列成为西方文学的两大源头之一;两"希"(希伯来与希腊)文化的汇流,构成了欧洲中世纪文学的蔚然奇观,以《圣经》为题材的戏剧以及圣徒传、由教父写作的忏悔录等成为欧洲中世纪的主流性文学现象。

古典时代的文学不仅是宗教经典的形象阐释,道德劝善的主流并没有淹没人的主体世界,对于人的心灵世界的揭示仍然是古典诗歌、戏剧和散文作品的主要内涵;人们在追求"过一种理想的、道德的和优美的生活"的同时,也不能不感到"信仰"、"规则"对于个体原欲的压抑;在"崇高"和"优雅"的审美追求的背后,不时流露出忧郁和感伤,"贵族式的忧郁和感伤"成为古典殿堂里回肠百转的柔风,甚至成为那些最优秀的作品的主调。在日本的《源氏物语》中,读者会发现,即使是位高权重的君王、大臣,也是不自由的;封建宫廷错综复杂的相互倾轧的人际关系,导致人的堕落、腐化,颓靡之风不绝。怀抱着神圣追求的年轻人,在跨进生活的门槛以后,追求往往化为泡影:神圣的化为庸俗的,道德的化为腐朽的,真诚的化为虚伪的。在这些最优秀的文学作品里,我们看到了古典殿堂的巍峨建筑中的裂隙,看到了栋折榱崩的危境。当对于神的失望和灰色转化为某种新的期冀时,人类就终结了自己的古典时代。

古典时代的贵族文学大多出自修养有素的文化人之手,结构讲究、格调高雅、语言优美;但也存在着"雅"与"俗"的二元对抗:僧侣与世俗人的二元对立,天国与地上王国的二元对立,灵魂与肉体的二元对立等等。所有这一切(二元对立)都可以在教宗与皇帝、贵族与平民、贵族与僧侣、贵族与武(骑)士的二元对立(互渗)中表现出来。文学上的二元对抗又包含着相互渗透,特别是一些贵族文人涉猎平民文学,使得它们在内涵和形式上都发生了变化,但这并没有改变二元对抗的文学构成;欧洲的英雄史诗(《尼伯龙根之歌》、《罗兰之歌》等)、骑士传奇和抒情诗、《列那狐的故事》,日本的武士文学,印度的《五卷书》,阿拉伯的《一千零一夜》以及民间广泛流传的传奇、故事、戏曲等等,构成了与宗教文学迥然不同的另一道灿烂风景。特别是那些由下层老百姓在狂欢、酩酊状态下释放出来的诗歌、笑话、故事,别具一种幽默的、生气勃勃的气质,它们成了后来多次文艺革新取之不尽的源泉。

文学的发展是不平衡的,"三十年河东,三十年河西"。远古时期,东方高于西方;而进入近现代,特别是近三四百年,西方跑到了东方的前头。

在欧洲,古典时代的终结和新世纪的开始,是以一个大人物作为标记的,这就是意大利人但丁。他的《神曲》既是古典时代的总结,又透露了新世纪的曙光。此后欧洲的文艺复兴是一个伟大的思想解放运动,它展开了一幅七彩缤纷的社会与人的图画;人们惊喜地发现,人的内心,就像我们看到的外部宇宙一样的广阔、深邃、神秘。从文艺复兴的发源地意大利开始,从充满了奇情异想的爱情诗人彼特拉克到具有波皮般战斗精神的薄伽丘,从名副其实的法国文化巨人弗朗索瓦·拉伯雷到最伟大的西班牙小说家塞万提斯,当英国的威廉·莎士比亚登临舞台时,文艺复兴达到高峰。莎士比亚的作品,特别是他的悲剧被视为欧洲文学的重要里程碑。

在文艺复兴之后,欧洲唱了一个短暂的"回旋曲",出现了一个古典主义复兴的时代,即"新古典主义"时期,法国的"太阳王"路易十四为新古典主义文学(特别是戏剧)的繁荣作出了贡献。尔后不久,启蒙文学取而代之。法国大革命的思想先锋孟德斯鸠、伏尔泰、狄德罗和卢梭以及其他启蒙学者不仅在思想上非常革命,而且在艺术上也颇多贡献,如孟德斯鸠的《波斯人的札记》,卢梭的《忏悔录》、《新爱洛依丝》,伏尔泰的戏剧和哲理小说以及博马舍的《费加罗的婚礼》等。在英国,启蒙运动时期的重要作家及作品有:笛福的《鲁滨逊漂流记》、斯威福特的《格列佛游记》、菲尔丁的《汤姆·琼斯》、奥斯汀的《傲慢与偏见》和《理智与情感》以及农民诗人彭斯等。德国在启蒙运动前,远较英法落后,但到18世纪70年代,陡然掀起"狂飙突进"运动,《少年维特之烦恼》的作者青年歌德和《阴谋与爱情》的作者席勒成为两只报春的燕子,高翔于欧洲上空,令人刮目相看。歌德的长篇诗剧《浮士德》被称为"近代人的《圣经》"。

1789年爆发的法国资产阶级大革命,对整个欧洲各个方面的影响都是无与伦比的,但是,启蒙学者们许诺的"自由平等博爱"的社会理想并没有实现,人们看到的是一个欲望横流、道德沉降的讽刺画面。于是,深沉的绝望、沮丧和颓唐同那些金钱梦、美女梦、鲜花梦混杂在一起,构成一股自我张扬、自我怜悯、自我钟爱的情感浪潮;它创造了一个短暂而辉煌的文学星空——浪漫主义运动。在这个运动中我们可以讲出一连串的名字,如英国的湖畔派诗人、拜伦、雪莱、济慈、雨果、司汤达、梅里美、波德莱尔、爱伦·坡、惠特曼等。这个运动像天空的一群流星,由于它过于炽热、过于明亮,延续的时间就不太长。代之而起的就是现实主义文学。

现实主义文学在一个中心点上与浪漫派一脉相承:所关注的依然是人的心灵自由的问题。现实主义文学比浪漫主义更重视人的心灵与外部世界的碰撞与和谐。它们像外科医生解剖人体那样,科学而细致地考察和剖析人的内心宇宙与外部环境、种族历史、文化氛围的相互关系,理性、情感和意志的关系,个性、气质乃至深层意识的运行规律,像人体解剖图那样描绘出完整而多样的内心世界体系。由于作家个人主体性的影响,每个人所描绘出的体系各有千秋,表现手法也迥然有异。统观起来,则是一幅极其广阔、丰富、深邃的内心图画——金钱时代人类心灵的全景式、流动式的展开。

现实主义文学在19世纪中叶以后,逐渐在欧洲的主要国家,也包括美国,成为了文学的主流。英国狄更斯的小说(《匹克·威克先生外传》、《大卫·科波菲尔》和《双城记》等)、哈代和他的威塞克斯乡村小说,法国的司汤达(《红与黑》)、巴尔扎克(《人间喜剧》)以及福楼拜、莫泊桑的长中短篇小说,德国的托马斯·曼(《魔山》),美国的马克·吐温、杰克·伦敦、德莱塞以及北欧的易卜生、安徒生等人的作品都是这一时期的佼佼者。

俄国是"另一个欧洲"。斯拉夫英雄主义传统、东正教的思想气质以及西欧启蒙运动的影响相互会通,构成了俄国文学卓然独立的精神特色。在18世纪时,它还是默默无闻,但一进入19世纪就群星灿烂;诞生了普希金、莱蒙托夫、果戈理、屠格涅夫到托尔斯泰、陀斯妥也夫斯基、契诃夫、高尔基等文学巨匠。在19世纪,代表了整个欧洲文学高峰的是俄罗斯的两位作家,即列夫·托尔斯泰和陀思妥耶夫斯基。后者同时也是现代主义的重要开拓者。十月社会主义革命以后,新的社会环境和问题导致现实主义改变了它的形式和内涵。革命后的高尔基、马雅可夫斯基、索罗维约夫、勃洛克、阿赫玛托娃、肖洛霍夫、布尔加科夫、帕斯捷尔纳克、索尔仁尼琴、艾特玛托夫、拉斯普京等一大批作家为当代世界文学宝库增添了新的财富。

到了19世纪末,尼采的一声"上帝死了!"使得许多人真的如梦方醒,开始正视眼下的西方的现实:古典时代的理念、信仰和"规则"已经失效,人正在解裂为孤零零的个体,世界越发显得纷乱而无序。在这种情况下,现实主义不能不改变自己的形态。代表这一时期特征的非理性主义文学,即现代主义和后现代主义相继崛起,如后期象征主义、表现主义、超现实主义、意识流、荒诞派、新小说、黑色幽默,等等。它们在思想内涵、表现形式和语言运用方面的革新构成了20世纪文学的奇观。后现代主义对于文学表现生活的真实抱有深度怀疑,在作品中表现出一种解构"真实"的探索,如福尔斯的《法国中尉的女人》;还有的作家尝试着将后现代主义与通俗文学"接轨",例如博尔赫斯的《交叉小径的花园》尝试使用侦探小说的结构,冯尼古特的《五号屠场》使用科幻小说的样式,福尔斯的《法国中尉的女人》采取英国维多利亚时代旧故事框架;还有的小说家看重视觉文化的崛起,试图用电影的形式表现新思想,例如新小说派的罗伯·格里叶的《去年在马里安巴》等等。

在最近的三四百年内,同西方在文艺复兴以后的迅速发展相比,东方文学显得步履蹒跚。对这种态势作简单的否定性评价显然是不妥的。东方文学有它自己内在的深刻而稳定的发展规律。对于这种内在的稳定性的意义,我们至今认识不足。但是,东方文化对于现代社会的不适应,也是一个明显的事实。在19世纪以降,东方的一些智者看到了这种危机,他们把头转向西方,试图让东方的男子汉迎娶西方的新娘,实现东西方文明的"结婚";这一婚姻诞生了一批"宁馨儿",如阿拉伯作家马哈福兹(《宫间街》、《思慕宫》、《怡心园》)、日本的夏目漱石(《我是猫》)、川端康成(《雪国》)、印度的泰戈尔(《吉檀迦利》、《新月集》)、黎巴嫩的纪伯伦以及非洲的索因卡(《解释者》)等,他们的作品不仅为东方文学的发展提供了新鲜血液,也为西方文学的发展提供了新的参照系统。正像美国总统罗斯福谈到纪伯伦时所说的:"你是东方刮起的头一次风暴,席卷西方,给我们西海岸带来了鲜花。"

显然,在已经揭开序幕的新世纪,西方文学与东方文学已经不可能分途发展;其相激相荡、相汇相融,必将给整个世界文学带来新的活力和灿烂的前景。

三

综上所述,外国文学可谓名家如林、名作如海。作为一本提供给教学型和应用型大学中文系使用的本科教材,如何在有限的教学时间里,精选讲授课目,就成为一个需要殚精竭虑加以思考的问题。我们只能如《红楼梦》中贾宝玉所引的佛家禅语那样:"弱水三千,我只取一瓢饮。"取一瓢而知大海。因此,本书拟取"红线串珍珠"的结构,即以文学发展各阶段的概括性描述作为红线,而把那些最具代表性的作家和作品作为"珍珠"。每个章节的"概述"为我们描述了这一时段的文学现象,从而为我们提供一个总体的观察视角,帮助我们把握具体作品产生的社会文化语境;而每一部经典的作品又会折射出这一时期的精神和文化精髓,从而反过来帮助我们把握文学发展的全局。这是阅读和研究文学最有效的局部与整体的循环。通过这样的方法可以在有限的时间里,较好地了解各国文学的精髓。

过去的19世纪、20世纪的世界,是一个"倾斜的球场",球总是从西方滚到东方。这种情况影响到教科书的编写也是重视西方而轻视东方。历史进入21世纪,世界各国的学者都感到应该更多地关注东方的文化,更加深入地研究东方文学对于世界的贡献。因此,调整"球场"的倾斜度是必要的。本书适当地增加了东方文学的篇幅,希望在这方面有所突破。

本书依然采取了东西方两大板块的总体结构。因为这种分法有一个好处,就是便于从总体上观察和把握世界文学发展的态势。但是,必须要说明的是,无论东方文学还是西方文学都是一个"筐",里面装的货色各异。例如,在西方的"筐"里,西欧的文学和俄罗斯文学就有明显的差异;东方的"筐"里,印度文学、伊斯兰—阿拉伯文学、日本文学之间的差别更大。在描述各国文学的共同点的同时,尊重它们各自独特的历史和特色,力图通过作品显示它们迥然不同的光彩,也是本书追求的重要目标。

文学教材不应该是包罗万象的"标准答案",事实上,这样的"标准答案"是不存在的。一本好的教材,不仅应该传授必要的知识,而且要成为启迪智慧、激发学生创造精神的钥匙。本书的编撰者都是对于所编部分具有专门性研究的大学教授和研究人员。他们对所编部分的独特理解和阐释,是这本教材成功的基础。因此,在遵循统一的编写指导思想、要求和框架的前提下,我们充分尊重每一位编写者在谋篇、布局上的独特考虑以及思想、观点、阐述风格上的特色。读者在阅读时,会感受到每一部分之间的这种不同,包括对某些具体问题的不同理解。毫无疑问,这对于培养学生独立思考,使之发挥主动性和创造性是有益的。

西方(欧美)文学部分

第一编　远古与中世纪文学

第一章 古希腊罗马文学

第一节 概 述

一 古希腊神话

欧洲文学肇始于古希腊文学,而古希腊文学的最初成果是神话。古希腊神话(myth,mythology)产生于希腊人的原始社会末期,也就是公元前15世纪左右。这一时期希腊人的社会组织还很不发达,处于氏族社会时期,正在开始建立城邦。社会生活的主要内容是同威胁生存的自然和其他部族进行斗争。由于原始人的生产工具落后,社会组织简单,他们用以同自然和其他部族斗争的力量受到很大局限,常常在自然的侵害面前束手无策。这时的希腊人遭遇过许多失败。作为种族,他们生存下来并且创造了灿烂的希腊文化。

古希腊神话产生的时期希腊人还没有关于文学的概念,神话最初并不是作为文学作品创作的。关于神话产生的原因,马克思曾断言是古代人"用想象和借助想象以征服自然力、支配自然力,把自然力加以形象化"的结果;弗洛伊德则认为神话是古代人的"白日梦",他曾经说:"极有可能的是像神话这样的东西就是所有民族充满愿望的幻想,人类年轻时期的世俗梦想歪曲了之后留下的痕迹。"我们可以看出这两种解释之间的相似和相通之处:两者都强调神话是人类早期想象和幻想的产物;但二者又有不同:马克思强调人类征服自然的目的,而弗洛伊德所说的幻想则包括各种愿望,尤其是它产生于"白日梦",也就是人类的艺术成果——这一点是非常重要的,因为艺术是人类不可或缺的社会活动之一，有娱乐和宣泄感情的重要作用。

希腊神话最早见于荷马史诗中的记述，后来在诗人赫希俄德的《神谱》以及其他一些诗歌、戏剧、历史著作和哲学著作中均有记载。现在印行的神话集是后人根据零星材料整理而成的。发展变化后的文化背景必然会对整理和笔录神话的人产生影响，这种影响又会投射到神话的内容和形式上。

一般文学史家将希腊神话分为两类：神的故事和英雄传说。神的故事指描写开天辟地、神的产生和谱系、人类起源以及神与人交往等方面的故事。英雄传说指关于人类中杰出的英雄或半神半人者的故事。

希腊神话中关于开天辟地的神话是这样的：首先有混沌之神卡俄斯，卡俄斯生出地母该亚，该亚又生出了乌拉诺斯，乌拉诺斯以该亚为妻，生了六男六女，总名泰坦（Titans）。乌拉诺斯曾做过世界的主宰，后来被其子克洛诺斯推翻。克洛诺斯娶自己的妹妹瑞亚为妻，也生了六男六女，最小的是儿子宙斯。克洛诺斯怕将来被儿子推翻，于是将子女都吞下肚里，但宙斯被其母瑞亚藏了起来。后来宙斯联合兄弟姐妹与克洛诺斯作战（史称"泰坦之战"），打败了克洛诺斯，宙斯做了宇宙统治者。宙斯之妻赫拉据传是他的妹妹。以宙斯为首的十二个主神都是他的兄弟姐妹或子女，传说都住在奥林波斯山上，被称为奥林波斯众神。

希腊关于人起源的神话把人的产生归之于普罗米修斯。普罗米修斯是乌拉诺斯之子伊阿珀托斯的儿子，按世系算是宙斯的堂兄弟。他照神的模样用泥土塑造了人，然后智慧女神雅典娜给了这些泥人以生命，这样就诞生了人类。普罗米修斯又教会人们说话、生产、治病等等生存的本领。其中很重要的一点，是普罗米修斯为人类从天上盗得火种，人类才能走向文明。正因为普罗米修斯是人类的创造者和恩人，所以他在神话以及后世的文学作品里常常成为重要人物或主人公。从文学作品对他的歌颂来看，他比宙斯更受爱戴，宙斯往往是暴君和父亲的化身，普罗米修斯则是兄长、朋友和保护人的化身。

希腊神话中的英雄传说很多，其主角往往是半神。希腊神话中著名的英雄传说有赫拉克勒斯的十二件大功、伊阿宋寻找金羊毛、珀尔修斯杀死墨杜萨,等等。英雄传说的叙述模式一般是:某位英雄的某位祖先是某个神,于是他从小即有超人本领。英雄为了寻找财富,出发到别的国家,历尽千辛万苦到了目的地,但要实现目的仍有不可克服的困难,后来在某位神灵或美貌公主的帮助下终于成功,英雄也同公主结婚。各个英雄传说的细节很不一样而且变化较多,这就表现了古希腊人丰富的想象力。英雄传说的意义在于为氏族民众提供值得仿效的理想人物,同时满足古代人以想象征服自然的愿望。英雄的失败或悲剧性结局则可以引起人们的警惕,也可净化(宣泄)人们的感情。

希腊神话的特点比较突出,可以归纳为以下几点:第一,众神高度人格化,绝大部分神不仅外貌与人一样,思想感情的活动也很相似;第二,人和神平等相处、关系密切;第三,表现出强烈的进取心和爱美倾向,神和人皆有追求美好事物的愿望和不屈不挠的意志;第四,有丰富而变化多端的叙事母题以及众多的人物和曲折的情节。

神话作为文学作品,还是比较简单和粗糙的,但是希腊神话由于其故事形态复杂多变,又充分体现了人性的各种特点,因此对后世文学作品的形成有形无形地产生了巨大影响。同时,现代西方的多种新文学批评方法也在神话里找到了理论营养,如结构主义批评方法、神话原型批评方法等。

二 古希腊史诗

史诗(epic)可以说是现存的古希腊人创作最早的文学作品,这是因为神话虽然产生于史诗之前,但当时它们不是作为文学作品而创作的,史诗却具备了文学创作的性质。史诗合神话、传说、历史和文学描写于一体,虚构性和写实性兼而有之。史诗很强的虚构性和娱乐性是它被看做文学创作的最重要依据。史诗最早是口头文学作品,由古希腊的行吟诗人在各部落中巡回演唱。那时文字尚未在希腊人中流行,民族的历史主要靠口口相传,史诗在这方面起了很大作用。对于史诗的特点,不同的学者有不同的看法,大体上可以归纳为以下几点:第一,真正的史诗产生于一个民族的氏族社会时期,一般是在尚无文字的时期,由吟唱诗人口头传唱得以流传,最后才用文字记录下来;第二,史诗记载部落的重大事件,歌唱氏族英雄,是历史、传说和虚构混合的叙事性作品;第三,史诗常常具有恢弘的气势和阳刚之美。

古希腊史诗留传至今的只有相传是诗人荷马所传唱和整理的两部史诗。关于荷马史诗,后面有专节讲述。

三 古希腊戏剧

古希腊戏剧主要有悲剧和喜剧。悲剧来源于希腊人的酒神颂歌,喜剧则来源于民间的祭神狂欢歌舞和滑稽戏。总起来看,悲剧和喜剧的产生都与祭祀酒神的活动有关。古代人一般都有祭神仪式,而古希腊人盛行祭酒神的仪式。其他神也有祭祀仪式,但不如酒神的祭仪热闹而丰富多彩。公元前6世纪中叶,雅典由于城市的扩大和发展,原先盛行于农村的庆祝丰收、祭祀酒神和农神的节日歌舞表演与祭仪进入了城市。这时人们文明程度提高,对文艺表演的要求也提高了,既要求形式的完善,又要求内容的丰富,还要求有深刻的寓意,于是雅典人在酒神祭仪的基础上创造了戏剧。戏剧的现实性强,一般在大众对政治活动兴趣浓厚的时期戏剧就特别兴盛,其时戏剧往往压倒其他艺术形式。

伯里克利执政时期(前495—前429),是雅典戏剧发展的高峰期。当时政府兴建了大型剧场,发放观戏津贴,组织戏剧竞赛。戏剧演出成了雅典公民文化生活的主要组成部分之一。公众观戏的热情推动了戏剧的发展,这是文学接受者对文学发展的促进作用。悲剧开始时由两种成分组成:一部分是戏剧成分,另一部分是抒情诗成分。戏剧成分是演员的对白,抒情诗成分是合唱队唱的歌辞。一个悲剧的演出自始至终不停,合唱队起分幕分场的作用,即幕间、场间由合唱队表演。每一幕、每一场则基本上是对白。悲剧程式比较固定,一般分为开场、进场、三五个戏剧场面、退场四个部分。早期悲剧一般是"三部曲":由三个在题材上相互关联又相对独立的剧本组成。当时的悲剧一般剧情较简单,演出时间不是特别长,演出地点一般不转移。

雅典当时最为著名的悲剧作家是埃斯库罗斯、索福克勒斯和欧里庇得斯。

埃斯库罗斯(Aeschylus 或 Aischulos,前525—前456)首先在悲剧中增加了第二个演员(一说是增加了第三个演员),缩减了合唱队,使对话成为悲剧的主要成分,悲剧的形式初步完善。此外,他创作了舞台背景,运用华丽的服装和高底靴,演员的面具基本定型。从埃斯库罗斯开始,悲剧才脱离了合唱抒情诗和祭神活动,成为一种独立的艺术,因而他被称为"希腊悲剧之父"。据传他共写了70部悲剧和笑剧,但是留存下来的只有7部完整的悲剧,其中有一部完整的三部曲(《俄瑞斯忒斯》三部曲)。埃斯库罗斯保存下来的剧本中有一部《波斯人》是现存希腊悲剧中唯一取材于现实生活的作品。它以希波战争中波斯海军在萨拉密斯全军覆没的事件为背景。《俄瑞斯忒斯》三部曲则是希腊悲剧现存唯一的一部三部曲。

《普罗米修斯》(*Prometheus*)三部曲的第一部《被缚的普罗米修斯》是埃斯库罗斯剧作中影响最大的一部。此剧取材于希腊神话,但埃斯库罗斯在剧本中赋予普罗米修斯以新的意义。剧中的普罗米修斯是一位富于反抗精神的斗士,他不屈服于宙斯的淫威,历经苦难仍不失去胜利信心。《被缚的普罗米修斯》的意义在于歌颂一种为崇高目的不屈不挠进行斗争的悲剧精神。普罗米修斯使宙斯愤怒,原因是他把火种给了人类。他的这一行动是崇高的,完全有别于出于自私目的的行动。他招致的痛苦是常人难于想象的,但他决不因为痛苦而屈服。作者还通过普罗米修斯掌握宙斯秘密这一细节暗示斗争的最后胜利仍然是属于普罗米修斯的。这样一个人物无疑对当时的雅典公民有巨大的鼓舞作用。普罗米修斯的遭遇显示:人类文明的重大成果是通过艰苦卓绝的斗争和惨重的牺牲才获得的。

埃斯库罗斯之后著名的悲剧作家是索福克勒斯。他的悲剧艺术代表着希腊悲剧的最高成就。后面有专节讲述。

欧里庇得斯(Euripides,前480—前405)生活和创作的时期稍晚于前两位剧作家。他出身于贵族家庭,热心于研究哲学,与智者学派接近,被称为"舞台上的哲学家"。欧里庇得斯的作品往往以妇女为主人公,奴隶也上了舞台,神和英雄失去了迷人的光环。据传欧里庇得斯共写了92部作品,得过5次戏剧奖,留传下来的剧本有18部,其中最优秀的是《特洛伊妇女》、《美狄亚》等。

《美狄亚》取材于古希腊传说中伊阿宋夺取金羊毛的故事。但在剧中伊阿宋不再是人人景仰的英雄,而是成为其妻美狄亚的配角。剧本写伊阿宋在美狄亚的帮助下取得了金羊毛,他为感谢美狄亚的帮助,与其结婚。美狄亚为伊阿宋生了两个儿子。后来夫妻俩流落到异国科任托斯,伊阿宋为了安身立命,向科任托斯公主求婚。他的求婚得到国王的同意,国王因此要赶走美狄亚。愤怒的美狄亚为了报复伊阿宋和科任托斯国王,亲手杀死了伊阿宋的两个儿子并设计杀死了公主,自己乘龙车逃走,将伊阿宋独自留在绝望和痛苦之中。

《美狄亚》虽然仍取材于古代传说,但人物无论从心理、行为还是语言上都更加接近当时的现实,也就是说"摹仿"现实更加逼真,这也就是按照人本来的样子描写,表现出很高的写实技巧。欧里庇得斯的另一重要成就是善于刻画人物的内心冲突,尤其善于刻画妇女心理。例如《美狄亚》刻画弃妇的愤恨与母爱之间的冲突,《希波吕托斯》写变态的恋爱心理,《伊翁》写嫉妒心理等等。欧里庇得斯剧作的缺点是布局显得松散,有时借神力来解决情节发展的困难。亚里士多德曾批评他的《美狄亚》乘龙车一节不好。

希腊喜剧出现于悲剧之后,一般取材于当时的现实生活,剧中人物喜欢针对重大的政治社会问题发表意见。其故事情节、人物形象、台词、动作等都显得夸张、滑稽,甚至荒诞、粗俗,但在笑声中却蕴涵有深刻的意义,所以更受普通民众的欢迎。公元前5世纪希腊喜剧繁荣时出现过不少喜剧诗人,据说有三大喜剧诗人比较著名,但留下完整作品的只有阿里斯托芬一人。

四　古希腊其他文学类型

古希腊文学除了神话、史诗、戏剧之外,在叙事诗、教诲诗、抒情诗、寓言和文学理论等方面均有杰出的成果。

荷马史诗之后,出现了赫希俄德(前8世纪末—前7世纪初)的教诲诗《工作与时日》,这是古希腊留传下来最早的一首以现实生活为主要内容的长诗,一共800多行。在这首诗中,赫希俄德劝导他不务正业的弟弟通过劳动获取财富,不要巧取豪夺,因为他弟弟想倚仗贵族的权势夺取哥哥应得的田产。赫希俄德在诗中抱怨"白天是完不了的苦工和痛苦,晚间是无尽的疲劳,神还要带来烦恼"。作为一个勤劳的自耕农,他认为人们的贫困主要是由于懒惰。

叙事长诗《神谱》相传也是赫希俄德所写,全诗共1000多行。诗中收集了许多古代神话传说,作者的意图是把各种神话传说组成一个完整的体系。结果这首诗成为最早一部关于宇宙起源和神的谱系的系统描述。

抒情诗源于民歌,分为哀歌、琴歌和讽刺诗。哀歌题材多样,有关于军事政治的,也有关于道德教训和爱情的,大都用双管伴唱。琴歌分为独唱琴歌和合唱歌,以竖琴伴唱。讽刺诗用短长格诗体写成,可以用双管或竖琴伴唱。

独唱琴歌作者萨福(前612?—?)是当时著名的女诗人。她是列斯波斯岛上的贵族,在当地组织了一所音乐学校,与学生互相唱和写情诗和婚宴诗。萨福总共写过9卷诗,但只留存两首完整的诗和一些残句。她现存的诗主要写她对自己女学生的"爱",这种"爱"性质比较暧昧。

另一个著名的独唱琴歌作者是阿那克瑞翁(前550?—前465?),他写了5卷诗,但只留存一些短诗和残句。他的诗主要歌颂醇酒和爱情,在格律上很有造诣。他特有的诗歌格律被称为"阿那克瑞翁体",后世有许多诗人摹仿这种诗体创作。

合唱琴歌和舞蹈配合,结构复杂谨严,一般抒写集体的情感,为广大人民所喜爱。合唱琴歌最著名的作者是职业诗人品达(前522?—前442?)。当时希腊盛行的体育竞技活动常与敬神的节日结合在一起,这时就要表演合唱琴歌。品达的诗有许多歌唱当时的奥林匹克运动会及其他运动会上的竞技胜利者和他们的城邦,还歌颂希波战争中希腊人的胜利等等。品达的诗风格庄重、辞藻华丽、形式较完美,对后世欧洲诗歌有很大影响。品达共写了17卷诗,只传下4卷。

差不多和抒情诗同时,民间流传一些散文故事,其中许多是动物寓言,这些寓言相传是伊索所作。传说中伊索是生活于公元前6世纪的一个聪明奴隶,后来获得自由。公元1世纪时巴布里乌斯用格律诗改写了120余则伊索寓言编纂成集,现存伊索寓言就来自于巴布里乌斯的改写。伊索寓言有许多表现了同情弱者、讽刺强者的倾向,如《狼和小羊》等;另外一些则总结了人民的斗争经验和生活教训,如《农夫和蛇》指出不能对敌人仁慈,《猫和鸡》要人们对敌人提高警惕,《农夫的孩子们》说明团结就是力量等等。伊索寓言形式短小精悍,比喻恰当,形象生动,含义深刻,对后世欧洲文学和文化的影响很大。

古希腊时代还没有形成单独的文学理论,有关文学的理论包含在哲学家的各种著述里。当时研究各种学科的学者都被称为哲学家。古希腊时代有两个哲学家在文学理论方面有重大贡献并对后世文学和诗学产生重大影响:一个是柏拉图(Plato,前427—前348),另一个是亚里士多德(Aristotle,前384—前322)。

柏拉图出生于雅典一个贵族家庭,早年曾就学于哲学家苏格拉底。后来苏格拉底被雅典当局处死,柏拉图就离开雅典四处流浪。柏拉图晚年回到雅典,创办学园,授徒讲学,同时撰写哲学对话录。到逝世时柏拉图已撰写对话录40多篇,内容涉及政治、伦理、文艺、教育以及当时人们争论的一些哲学问题。柏拉图对话录中最著名的有讨论政治纲领的《理想国》、讨论修辞学和辩证法的《斐德若》、讨论审美教育的《会饮》等等。在柏拉图的绝大部分对话录中,主要发言人都是苏格拉底,柏拉图自己始终没有出现。研究者一般认为对话录中的苏格拉底其实就是柏拉图的代言人。柏拉图认为"理念"(逻各斯,指原则和道理)是第一性的和永恒普遍的,先于物质世界存在。就文艺问题而言,柏拉图认为物质世界是理念的影子或摹本,而文艺又是物质世界的摹本,因而是影子的影子、摹本的摹本,和真理隔着两层。柏拉图十分重视文艺的教化作用,他认为诗歌会培养人性中的卑劣部分,因此要在他的理想国中将诗人驱逐出去,但可以允许写颂神诗的诗人居住,因为这样的诗会起到好的作用。此外,柏拉图又将希腊传统的"灵感说"加以发展,指出诗人创作时有神灵凭附,进入一种迷狂状态,因此能写出伟大作品。柏拉图是西方"摹仿说"的最早阐述者,对后世西方文艺摹仿自然或现实的理论起到极大的影响,同时他也被看成是"灵感说"的鼻祖。

亚里士多德生于卡尔基狄克半岛,17岁时到雅典师从柏拉图,柏拉图死后他离开雅典。后来亚里士多德曾经去马其顿做亚历山大的老师,为其讲解荷马史诗和悲剧。亚历山大当政后亚里士多德回到雅典,开办学园。亚历山大大帝死后,雅典出现反马其顿的运动,亚里士多德被迫离开雅典。亚里士多德继承和发展了赫拉克利特等人的唯物和辩证思想,认为理性原则存在于感性事物之中,一般与特殊是统一的。亚里士多德并不是彻底的唯物主义者,他不能解释物质世界产生的原因,于是将其归之于神。亚里士多德对文艺问题做过专门研究,写出了最早的单独讨论文艺问题的专著《诗学》。《诗学》大部分内容讨论悲剧。亚里士多德认为文艺是对现实世界的摹仿,指出最好的摹仿是摹仿有普遍意义的事物。其次,亚里士多德强调文艺作品是有机整体,悲剧作品应以情节为纲,性格则以情节为基础。亚里士多德关于悲剧使观众产生"怜悯和恐惧"之情,并使之得以净化(catharsis)的理论对后来的戏剧理论产生了巨大影响。他的关于情节整一的观念在新古典主义时期被发挥成"三一律",成为一时的创作准则。

五 希腊化时期的文学

公元前4世纪下半叶,马其顿征服了整个希腊。马其顿的亚历山大大帝于公元前323年逝世后,马其顿帝国分为几个王国,各自实行中央集权制,一直到公元前146年希腊为罗马所灭。这一段时间希腊文化在近中东地区甚至中亚广泛传播,并和东方文化互相交流,因此在历史上称为"希腊化"时期。这时希腊民族的文化中心已由雅典移至埃及的亚历山大里亚。当时亚里山大里亚的科学艺术和哲学都相当发达,城里还建成了规模宏大的图书馆和博物馆。但是古希腊文学至此已经衰落,文学作品学究气和感伤情调较重。比较有成就的是新喜剧、拟剧、田园诗和史诗。

在希腊化时期,剧场一般只是富人的娱乐场所,新喜剧也主要是为了满足上等人的欣赏趣味而创作。新喜剧一般不涉及政治,只描写爱情故事和社会风俗等,情节曲折、风格雅致,出现了雅典戏剧中没有的人物,如食客、兵士、艺妓、家奴等,其中的奴隶往往很聪明。新喜剧的讽刺比较生动,剧中没有天神、合唱队,一般分成五部分,中间穿插歌舞。

最著名的新喜剧作家是米南德。米南德(前342?—?)出身贵族,写过100多部新喜剧,得过8次戏剧奖,只传下《恨世者》和一些残篇。米南德强调性格的重要性,认为人们的幸运或不幸取决于自己的性格,因此他的剧中人物性格成为推动剧情发展的动力,这就与早期希腊戏剧强调"命运",以"命运"作为推动情节发展的动力有所不同。《恨世者》结构紧凑,语言合乎人的性格、身份、年龄,主题在于劝善规过,提倡宽大仁慈。米南德的剧本对罗马喜剧和后世欧洲喜剧产生过较大影响。现存罗马喜剧差不多都是改编自米南德的新喜剧。

六 罗马文学

大约公元前两千年左右,拉丁人部落定居意大利中部,其后别的一些民族陆续定居意大利,形成早期罗马国家和意大利的主要居民。

罗马历史一般分为三期。第一期是王政时期(前753—前510),这一时期刚刚建立罗马城邦,开始出现奴隶。第二期是共和时期(前510—前27),王政被推翻,建立了贵族共和国。这一阶段罗马征服了整个意大利地区,并向地中海扩张,然后逐渐征服了西部地中海和巴尔干半岛大部分地区,成为地中海最大的强国。第三期是帝国时期(前

27—476),可以分为两个阶段,初期阶段从屋大维执政到公元193年,是帝国繁荣时期,这时生产比较发达,帝国版图也最大;帝国后期经济衰落,各省人民起义,蛮族入侵,帝国终于灭亡。

罗马人也有神话,他们最早崇奉的是家神、灶神、囤神、门神、作物和羊群之神、林神等。后来罗马的神话在希腊文化冲击下与希腊神话结合,结果罗马神话本身的因素剩下不多,大部分摹仿希腊神话。例如罗马神话有一个与希腊神话中宙斯相似的主神朱匹特、与爱神阿弗洛狄忒相似的维纳斯、与神使赫尔墨斯相似的麦尔库利等等,其传说也与这些希腊神一样。后世在借用希腊罗马神话时,有时名字互相混用,有些神则仅以希腊名字传世或仅以罗马名字传世。

罗马最早的文学作品是劳动和举行宗教仪式时唱的诗歌以及一种笑剧式的对话,但留传下来的极少。罗马文学留传下来的最早作品是戏剧。戏剧出现于共和国中期,这一时期,罗马国势已十分强大,通过在各地的掠夺性战争,积聚了大量财富,罗马人生活日趋奢侈。当时的贵族、骑士和他们养的食客等等需要娱乐,于是在罗马民族自己早期的节日歌舞、民间戏剧传统和希腊戏剧的影响下,形成了罗马戏剧。

早期罗马戏剧主要仍是悲剧和喜剧。罗马早期悲剧没有留传至今的,喜剧留传下来的有普劳图斯和泰伦斯的作品。

普劳图斯(前254—前184)出生于意大利中部一个平民家庭,后来到罗马的剧场工作。他共写了100多部喜剧,留传下来的有20部。他的剧本都采用希腊新喜剧、特别是米南德喜剧的题材和背景,但人物及其生活是罗马式的。他的主要作品有《孪生兄弟》、《吹牛的军人》、《一坛黄金》等。普劳图斯的成就在于把各种各样的、特别是下层社会的人物都刻画得较为生动,他还善于创造喜剧性情节,利用独白、旁白揭示人物心理等。他的喜剧风格比较粗犷。

泰伦斯(前190?—前159)原是出生在北非的奴隶,后来随主人去罗马,受到贵族式的教育,之后获得释放。他写了6部喜剧,大部分是改编或翻译米南德的作品。泰伦斯影响较大的作品是《婆母》和《两兄弟》。泰伦斯的戏剧表达了主张道德上宽容的观念,喜剧结构周密完整,刻画人物内心矛盾比较细致。

罗马文学到帝国前期出现一度繁荣,被称为"黄金时代"。这一时期最繁荣的是诗歌,戏剧相对衰落。所谓"黄金时代"主要指奥古斯都大帝统治时期的文学和文化的繁荣。

奥古斯都即恺撒的侄孙和养子屋大维。恺撒死后,屋大维经过多年的战争,统一了罗马帝国,使罗马帝国版图达到最大范围,靠掠夺积累了不少财富。屋大维在建立了统一的罗马大帝国并巩固了统治权之后,聪明地采取休养生息的方针,取消了苛捐杂税和土地没收这些不得民心的政策,使罗马帝国保持了几十年的稳定。屋大维重视文化工作,保护文化活动。他认为古代的宗教和道德可以培养公民的责任感,抵制内战后许多罗马公民颓废的倾向,因此鼓励作家创作符合道德要求的作品。当时由于罗马人生活稳定,对文学艺术的需求增强,欣赏趣味也不断提高,也促使优秀的文学作品产生。屋大维的大臣麦凯纳斯根据元首(屋大维自称"元首")的意图,向当时许多著名作家和诗人提供物质上的帮助和创作上的条件,为文学繁荣起到了保障作用。有了这些条件,黄金时代的文学繁荣得以出现。黄金时代出现过不少有影响的作家,最有代表性的是维吉尔、贺拉斯和奥维德。

维吉尔(Vergil,前70—前19)是罗马文学中最重要的作家。他出生于意大利北部一个农民家庭,后来到罗马学法律,最后又改学哲学和文学。内战期间他的田产曾被没收,后来由于屋大维的干预又重获土地,成为麦凯纳斯文学圈子的主要成员之一。维吉尔一生共写了3部作品:《牧歌》、《农事诗》和《埃涅阿斯纪》。

《牧歌》(约成于公元前42—前37)在希腊田园诗影响下写成,采用牧羊人对歌或独歌的形式,共10章。其中有爱情诗、哀歌、哲理诗、酬友诗等,都有一种感伤的色调。诗人在诗中感谢元首使他重获土地,歌颂黄金时代的到来,希望羊群不再受到侵害;同时他也在诗中描写了农村凋敝的现实,怀疑黄金时代是否真能实现、和平能否持久等等。《牧歌》出版后由于形式的新颖和内容的独特,受到读者的欢迎,一时广为传诵并受到权贵的注意。

《农事诗》4卷(约成于公元前37—前30),每卷500余行,分别写种谷,种橄榄和种葡萄、畜牧、养蜂等农事,属于教谕诗的类型。此诗应麦凯纳斯之约而写,为吸引农民回到农村的政策服务。这部诗集表现出诗人对大自然种种现象的敏感,充满诗情画意。诗人在诗中肯定劳动的价值,认为"劳动战胜了一切",同时歌颂意大利丰饶的自然资源,表现出对和平生活和祖国的热爱。

维吉尔最著名的作品是文人史诗《埃涅阿斯纪》,共12卷近万行。史诗前6卷摹仿《奥德修纪》,写特洛伊王子埃涅阿斯在特洛伊灭亡后携带老父、幼子和部下乘船在海上漂泊7年,历经千辛万苦后到达北非的迦太基,受到迦太基女王狄多的款待。他向女王讲述了特洛伊陷落和自己在海上漂泊的悲惨经历,女王大为感动,爱上了埃涅阿斯,两人结为夫妻。但后来埃涅阿斯接到神示要他离开迦太基,因此他不辞而别,狄多自杀。埃涅阿斯到达意大利后,在神巫指导下游历地府,见到亡父和狄多的鬼魂。亡父之魂向他显示了他的伟大子孙的幻影,其中有罗马城的建造者罗慕洛斯以及恺撒和屋大维。史诗后6卷摹仿《伊利亚特》,写埃涅阿斯到了意大利中部拉丁姆地区,受当地国王拉丁努斯的款待,神意让他和拉丁努斯的女儿结婚,拉丁努斯准备将女儿嫁给他,但这件事激怒了原先的求婚者鲁图利亚王图尔努斯,图尔努斯于是鼓动拉丁人与特洛伊人开战。最后埃涅阿斯兵临拉丁姆,杀死图尔努斯。史诗到此结束。

《埃涅阿斯纪》的首要意义是通过讲述埃涅阿斯的故事说明罗马人建国的艰辛和困苦,激发人们的民族尊严和奋斗精神。其次,史诗比较明确地表现了民族和解的思想。诗中主人公埃涅阿斯不是一个战争狂人,而是按照神的旨意去意大利建立城邦的英雄。他开始时准备同拉丁姆国王拉丁努斯结为姻亲,共同促进两个部族的繁荣,受到好战的图尔努斯的攻击才被迫还击,因此他所进行的战斗是正义的也是必需的。而埃涅阿斯战胜图尔努斯的目的也是为了特洛伊人和拉丁姆人之间的持久和平。埃涅阿斯作为史诗主人公表现得虔诚、勇敢、克制、仁爱、公正,是罗马帝国初期人们心目中理想政治领袖的形象。这一形象不同于《伊利亚特》的主人公阿喀琉斯。阿喀琉斯虽然勇猛、无私、侠义,但是任性、骄横、残忍。埃涅阿斯无论是在克制或在仁爱方面都显得与荷马史诗中的希腊英雄不同,倒是更像赫克托耳,但赫克托耳在荷马史诗中是失败者,埃涅阿斯则是胜利者。埃涅阿斯的克制表现在他为了部族的利益,抛弃正在相爱的狄多女王,偷偷离开迦太基去意大利。这与阿喀琉斯争夺女俘成为对照。他的仁爱不仅表现在对部下和亲朋的爱护上,也表现在对敌人的宽恕上。例如他在战斗中杀死图尔努斯盟军将领劳苏斯后,因其年轻而生怜悯之心,亲自归还他的尸体。埃涅阿斯作为理想武士和领袖的形象在当时得到了广大读者的认同。《埃涅阿斯纪》比荷马史诗的情节更为紧凑,因而故事性更强。作者通过人物的自述或独白表现人物心理,常常以情动人;人物话语在作品中占的分量比起荷马史诗来也更大一些。《埃涅阿斯纪》是欧洲第一部文人创作的史诗,为后世文人史诗在人物、结构和格律方面奠定了基础。

贺拉斯(Horace,前65—前8)是讽刺诗人、抒情诗人和文艺批评家。贺拉斯之父是获释的奴隶,贺拉斯本人在内战时参加过共和派的军队(反对屋大维),后来共和派失败,他投靠屋大维,得到麦凯纳斯的保护。

贺拉斯早期作品有《长短句》1卷17首和《讽刺诗集》2卷18首。这些诗歌体现了贺拉斯的生活理想和政治态度,那就是反对内战,要求过一种和平宁静的生活,总体上表现出一种享乐主义的人生哲学。从他的哲学态度和生活理想出发,贺拉斯对当时罗马社会风俗中一些不符合他理想的方面进行了讽刺,例如暴发户的穷奢极欲,整个社会的淫靡,以及投机讹诈等风气。贺拉斯享有盛名的作品是后期的《歌集》共4卷100余首诗以及诗体信《诗简》共2卷23首。《歌集》主要是抒情诗,中心议题是饮酒、恋爱、诗歌、友谊,把田园生活奉为理想。《歌集》中的精华部分是"罗马颂歌",赞美当时统治者提倡的道德如淳朴、坚毅、正直、勇武、虔诚以及赞颂屋大维本人。

贺拉斯的《诗简》内容较杂乱,其中比较重要的是论文艺的部分,《诗艺》是其中一封。《诗艺》中所表达的重要观点如下:(一)重申文学摹仿自然，认为生活和习俗是真正的范本。但贺拉斯又提出"创造"的概念，亦即凭想象虚构，不过他认为虚构不能违背事物的真实面貌。(二)提出诗有给人教益或供人娱乐的作用。这种观点实际上是发展了柏拉图和亚里士多德的观点，也就是后世所说的"寓教于乐"。(三)提出以古希腊作品为范本，无论题材或处理题材的方式都应以希腊作品为典范，但也不反对描写罗马人的生活。(四)对于艺术的理想或标准，提出"合式"的概念。"合式"首先要求文艺作品首尾融贯一致，成为有机整体，其次要求文艺作品合乎情理。

奥维德(Ovid,前43—18)也是奥古斯都时代的重要诗人，出生于骑士家庭。奥维德早期作品有《爱情诗》、《古代名媛》和《爱的艺术》。《爱情诗》共3卷，包括哀歌体诗49首，以描写人们相爱时的情景和情感为主要内容，表现享乐主义的思想。《古代名媛》21首也是用哀歌体写的诗，大多数是诗人设想古代传说中的女子(如珀涅罗珀、狄多等人)写给丈夫或情人的书信，抒写离愁别恨。这部作品在中古和文艺复兴时期影响很大。《爱的艺术》3卷同样是哀歌体诗，它将求爱当做一种学问来描写，直到今天仍有人仿效。他的这些早期作品不符合屋大维"重整道德"的政策，后来诗人因此遭到流放。

奥维德最重要的作品是《变形记》(15卷)，用六步诗行写成。这是一部诗体故事集，共包括约250个神话故事，从开天辟地的故事一直到当代罗马生活。最终这部作品成为古代神话的汇编，后世许多文学家和艺术家常从里面寻找素材。作者根据希腊哲学家提出的一切生物均互相变化的观点，用神话人物相互之间变化的方法把各个故事连接起来。其中比较著名的有日神之子法厄同的故事、阿剌克涅变蜘蛛的故事、金羊毛的故事、皮格玛利翁的故事等。故事集在结构上采用故事中套故事、人物轮流讲故事、用与上一个故事性质相反的故事来接续这个故事等多种方法将各个故事串连起来。作者在描写故事中人物的嫉妒和复仇心理时比较出色，故事的叙述充满想象色彩，文体比较讲究修辞。《变形记》在中古时期和文艺复兴时期曾大受欢迎。

屋大维死后，罗马文学进入所谓"白银时代"。白银时代一直持续到公元 2 世纪中叶。这一时期宫廷的审美趣味占据统治地位,文学的颓废倾向较为明显。作家们在作品中常表现斯多噶派寻求内心宁静的哲学思想,悲观绝望的情绪和宗教迷信的观念往往非常突出。也就是在这一时期,罗马文学中出现了小说这一类型。比较著名的是彼特隆纽斯的《萨蒂里卡》和阿普列尤斯的《金驴记》。

彼特隆纽斯(死于公元 65 年)是尼禄的亲信,后来自杀。《萨蒂里孔》被认为是他的作品,但原作现只留存一部分(原书 20 章,现存 18、19 两章)。《萨蒂里孔》大部分用散文写成,夹杂一些诗歌。小说主人公是个名叫恩柯尔皮乌斯的流氓窃贼,作品通过他的自述,广泛描写了 1 世纪时意大利南部半希腊化城市的生活。作品现存的主要部分写主人公在暴发户特里玛尔奇奥家参加的一次宴会。《萨蒂里孔》是现存最早的一部罗马小说,同时也是欧洲现存最早的一部流浪汉小说。

阿普列尤斯(124?—175?)出生于北非一个官员家庭,在罗马做过律师。他的主要作品《金驴记》(又名《变形记》)是罗马文学中最完整的一部小说。作品主要写青年鲁齐乌斯到有名的妖术之邦忒萨利亚(在希腊北部),误敷魔药变成一头驴子,经过一番周折被女神救下,恢复人形。这部作品以主人公的遭遇为纽带,广泛地描写了外省生活,表现了罗马人对肉欲的追求和东方宗教的神秘精神,其中有不少对男女之爱的较为直接的描绘。

罗马帝国于公元 476 年在蛮族的进攻下灭亡;但 3 世纪时罗马皇帝曾迁都君士坦丁堡,形成以拜占庭(即君士坦丁堡)为中心的西罗马帝国,西罗马帝国一直延续到 15 世纪。拜占庭文化以基督教文化为中心,对古希腊罗马文学采取敌视态度,压制自由思想。西罗马帝国的文学总体上无甚成就可言。

第二节 荷马史诗

现在仅存的两部完整的古希腊史诗《伊利亚特》和《奥德修纪》相传

是由诗人荷马(Homer)整理定型的,因此叫荷马史诗。传说荷马是一个行吟诗人,但他生活于什么年代、生活情况如何、出身地在什么地方等等有各种说法,都没有确切的材料可以证实。目前很多学者同意荷马是公元前8、9世纪时的一位盲诗人,生活在小亚细亚一带,当时这一带有许多希腊人的城邦,荷马的家乡是其中之一。

两部荷马史诗在荷马时代只是口头传唱,没有形成文本,因为当时希腊人没有文字。直到公元前6世纪中叶,两部史诗才有了文字记录。后来在公元前3—前2世纪时又经过亚历山大里亚城的几位学者校订,这才有了定型的版本。这一版本就是现在通行的版本。荷马史诗记叙的故事都与特洛伊战争有关。特洛伊战争是公元前12世纪末在小亚细亚西北部特洛伊土地上爆发的一次大规模战争。战争的一方是特洛伊城邦及其同盟,另一方是希腊南部的阿开亚人。战争的形式是希腊人围攻特洛伊的围城战,战争进行了十年,最后希腊人攻破特洛伊城,毁城而去。战争结束后在小亚细亚一带流传着关于这次战争的短歌、传说、故事等,在流传过程中又掺入了神话内容。荷马在这些材料的基础上整理出了几部史诗,这就是今天所说的荷马史诗。据记载,关于特洛伊战争的史诗还有另外几部,但都只存有残篇或仅在别的著作中被提到。《伊利亚特》直接叙述特洛伊战争的场面,《奥德修纪》则记述特洛伊战争结束后一支希腊人回国的艰险路途。

根据希腊的传说,特洛伊战争的起因是特洛伊王子帕里斯在出使希腊时拐走了希腊最美的妇人、斯巴达王后海伦。斯巴达王墨涅拉俄斯因王后被拐走十分愤怒,请求自己的兄长迈锡尼王阿伽门农组织希腊联军远征特洛伊。在战争中,特洛伊主帅和主将是王子赫克托耳,希腊主帅是阿伽门农,主将是人间国王佩琉斯和海洋女神忒提斯生的儿子阿喀琉斯。传说阿喀琉斯全身除了脚踵外刀枪不入,因此勇猛无敌。在特洛伊战争后期,赫克托耳被阿喀琉斯杀死,阿喀琉斯则被帕里斯射中脚踵而死。两个主将死了以后,希腊人依然攻不下特洛伊城。最后希腊军中的智囊奥德修斯想出"木马计":希腊军假装撤退,将一只中间掏空、藏有许多武士的巨大木马扔下。结果特洛伊人中计,将木马拉回城里。晚上木马中的希腊武士钻出来打开城门,与城外的希腊人里应外合,毁掉了特洛伊城,夺取了财物和人口乘船回乡。在回乡途中,许多希腊人又丧生鱼腹,只有少数人经历了许多磨难才返回故乡。虽然荷马史诗的内容有许多是神话传说,但特洛伊战争实有其事,这是经考古发掘证实了的。多数荷马史诗的研究者认为,除了神话内容而外,荷马史诗的很多记载是可信的。

《伊利亚特》用古希腊爱奥尼亚(古希腊人的一支)方言写成,采用格律诗体,六音步长短格,没有尾韵,音节铿锵有力,语言质朴,词汇丰富。史诗的内容是战争第十年中51天的战况,共分为24卷,15693行。《伊利亚特》记述的战事中最重要的事件是赫克托耳被阿喀琉斯杀死。这时虽然战争尚未结束,但特洛伊丧失了主帅,明显出现劣势,希腊人胜利在望。诗人在这部史诗的开头说:"女神啊,请歌唱佩琉斯之子阿喀琉斯的致命的忿怒,那一怒给阿开奥斯人带来无数的苦难。"阿喀琉斯的愤怒是这一段故事的起因,也是贯穿全诗的一条关键性线索。正是阿喀琉斯退出战场,希腊人才遭到惨败,特洛伊主帅赫克托耳的英勇善战才得以表现,而最后阿喀琉斯重新参加战斗杀死赫克托耳,扭转战局,他的重要作用就烘托出来。

《伊里亚特》开头叙述在希腊人中发生瘟疫,希腊人请示神的旨意,神示应该归还特洛伊人祭师的女儿,而这个姑娘是统帅阿伽门农分得的战利品。阿伽门农被迫交出了女俘,但却从阿喀琉斯那里抢走另一个女俘作为补偿。愤怒的阿喀琉斯宣布退出战争,并请求母亲忒提斯去求宙斯不帮助希腊人,于是宙斯命令所有的神都不许参战。由于主将没有参战,又失去了神的支持,希腊人没有了优势。特洛伊人在赫克托耳的领导下打到了希腊人的壁垒边,只因天黑没有攻进壁垒,希腊人失利。在这种情况下,阿伽门农派人去向阿喀琉斯求和,但遭到拒绝。后来特洛伊人在赫克托耳的率领下冲进了希腊人的壁垒,迫近希腊人的战船并烧着了希腊人的一只楼船。阿喀琉斯的好友帕特罗克洛斯看到希腊人形势危急,去请求阿喀琉斯参战,阿喀琉斯仍不同意。于是帕特罗克洛斯穿戴阿喀琉斯的盔甲去战斗,企图吓走特洛伊人。帕特罗克洛斯最后被赫克托耳杀死,阿喀琉斯为朋友之死深感悲痛,决定再次出战。他召集阿开亚人开会,在会上表示不再计较过去的嫌隙,愿意再次参战。阿伽门农向他道了歉并表示愿意给他补偿。于是阿喀琉斯带领希腊人和特洛伊人大战,奥林波斯山上的众神(宙斯除外)也来各助一方。赫拉和雅典娜帮希腊人,爱神和太阳神帮特洛伊人。最后特洛伊人全被赶回城里,只剩下赫克托耳一个人留在城外。阿喀琉斯在决斗中杀死赫克托耳,把他的尸体挂在战车后拖回营地,然后为帕特洛克罗斯举行葬礼,葬礼之后希腊人又举行了盛大的竞技活动。最后特洛伊国王普里阿摩斯受到神的鼓励去请求阿喀琉斯归还赫克托耳的尸体,阿喀琉斯在神的劝说下同意让普里阿摩斯赎回尸体,并同意休战十一天让特洛伊人为赫克托耳举行葬礼。普里阿摩斯运回赫克托耳的尸体,随即举行葬礼。整部史诗到此结束。

《伊利亚特》的意义首先在于通过阿喀琉斯退出战场又重新参战的经过,表明团结一致是一个民族克敌致胜的关键,谴责了自私自利、不顾大局的行为。史诗中希腊联军本来人数众多,在兵力上占有极大的优势,而且又有阿喀琉斯这样战无不胜的将领,即使不能很快攻下特洛伊,也不会处于劣势。但因为主帅和主将发生了争执,结果造成希腊人的巨大损失。责任应该由谁负?主要责任显然应该由阿伽门农承担,但阿喀琉斯也同样负有责任,因为他出于个人私怨退出战场,致使大量希腊人被杀,这样的行为是不顾大局的自私举动。最后阿喀琉斯和阿伽门农双方和解,希腊人挽回了劣势,这就说明了团结的重要性。作品的第二点意义在于歌颂英雄主义。在特洛伊战争发生的年代,希腊人生产力低下,各城邦或部落维持生存的物质条件一方面靠劳动生产和一定程度的贸易,另一方面又靠对其他部落的掠夺,而且还要在遭遇其他部族攻击时保护自己,因此尚武成为风气,战斗精神和武功是受到赞颂的最高品质。当时首领和贵族往往是战争中武功最高、本领最强的人,平民和奴隶在战争中仅是下级士兵。因此,为歌颂部落历史和部落精神而出现的史诗就把贵族和首领的武功作为首要的歌咏目标。阿喀琉斯被写得武功超群,他的作战本领连仇人见了都不免赞叹。赫克托耳也很类似,希腊人见了他的武功也不免赞叹。这两个人虽然不是双方的最高领袖,但却是战斗的主要支柱。他们成为主要的歌咏对象,就间接说明了史诗歌颂的最重要目标是英雄主义。第三点意义是,作品也表现了作者的人道主义思考。希腊人尚武,以杀死敌人为荣。史诗写希腊人在作战时从来不讲慈悲,对于求饶的特洛伊人从不手软,这就显得很不人道。最后阿喀琉斯杀掉赫克托尔之后侮辱他的尸体,也是不人道的表现。结果阿喀琉斯的行为受到神的指责,他后来也改变态度,交还了尸体。史诗中人道主义精神的代表实际是特洛伊主将赫克托耳。赫克托尔虽然带领特洛伊人抵抗希腊人非常艰苦也非常危险,但他对敌人特别是投降的敌人却并不残忍,最后他的尸体遭受侮辱引起了神的愤怒,这就表现了作者的人道主义态度。第四点意义是,史诗让我们大略地了解了当时希腊人的社会状况、希腊人的风俗人情等等,这就是作品的认识作用。我们可以从作品中看到,公民大会和士兵大会在当时希腊人政治生活中起着重要的作用,说明那时希腊人实行的是民主制。从作品中也可以看到,私有财产、分配不公这些现象已出现了,阿喀琉斯和士兵忒耳西忒斯都指责过阿伽门农的分配不公。另一方面,我们可以从阿伽门农与阿喀琉斯的争执上看到氏族首领已经拥有很大的权力,民主制遭到削弱。史诗还多次提到卖人为奴的情况,说明奴隶制正在形成。

《伊利亚特》艺术上的首要成就是使用非常圆熟的描写技巧,将写实的场面和神话传说结合起来,形成色彩绚丽的画面和动人的故事。史诗虽然有神话成分,许多神在其中扮演了重要角色,但神在很多方面并不比人类强许多。史诗中神区别于人的是可以隐身变化并可以长生不死。总的看,神只是帮助人战斗或协助人完成一些比较困难的活动,史诗的主角是人。史诗表现出诗人非常注意物质方面的细节,同时还能透视人物的内心活动,这些都是叙事描写中的卓越技巧。例如,第11卷描写统帅阿伽门农的佩饰,不厌其烦地将剑鞘、佩带、盾牌一件一件地写出来,使读者感到似乎真的见到了古希腊的一个武士。第18卷写火神赫菲斯托斯为阿喀琉斯打造一面盾牌,对盾牌的描画备加详细,特别是盾牌上的图案,一幅一幅都生动别致。史诗描写两军的阵容,写战斗中的残杀,都十分细致和具体。作品第 6 卷写赫克托耳重上战场之前与爱妻安德洛玛克告别的场面是《伊利亚特》最精彩的部分之一。安德洛玛克几乎所有的亲人都在与希腊人的战斗中身亡,只剩下丈夫赫克托耳一个亲人。她担心赫克托耳会战死在疆场,自己成为寡妇,他们的孩子则成为孤儿。她把自己的想法告诉了赫克托耳,赫克托耳回答说,自己也想到过战死的后果,然而假如自己像胆小鬼一样逃避战斗,那就在全体特洛伊人跟前无地自容。赫克托耳预感到特洛伊城将被毁,所有特洛伊人将会被掳去做奴隶,包括自己的妻子,但他并没有因此而畏怯。史诗在塑造人物时十分注意性格的刻画,例如赫克托耳,他是一个合乎古代氏族社会理想的氏族领袖。史诗对这个人物的性格刻画已经非常清晰鲜明,使他具有典型人物的特征,这是《伊利亚特》中人物描写的最大成功。而赫克托尔与阿喀琉斯决战前的内心斗争是早期欧洲文学心理描写的最高成就之一。赫克托耳不像阿喀琉斯是半神,他是一个活生生的人。他既有谋略,又有武艺,在特洛伊人中是最杰出的;同时他又谦恭有礼,考虑周到,即使对待导致战争的希腊女人海伦,他也非常有礼貌。他虽然武功卓绝,但并不妄自尊大,也不盲目冲动。他知道自己不是阿喀琉斯的对手,但为了城邦的利益,他必须战斗。面对阿喀琉斯之时他也有过动摇,但是他认识到,假如逃回城去,他将无面目见特洛伊父老;假如投降,他则不会得到阿喀琉斯的怜悯。所以他还是挺身迎击比自己强大的敌人并死在阿喀琉斯的枪头下。阿喀琉斯也刻画得比较成功,他虽然是半神,能够刀枪不入,在心理上却比较脆弱。作者为了神化这个人物,把他的软弱之处轻描淡写,把他的武功无限夸大,使他显得不够真实,但作品还是在很大程度上写出了他性格的复杂性:他在受到不公正待遇时会非常愤怒,但对朋友却感情深厚,愿为朋友舍弃性命;他热心功名,所以不顾将死在战场的预言去参加特洛伊战争;在面对普里阿摩斯老王的哀求时,他也流下了眼泪。《伊利亚特》艺术上的另一个成就是出色地保持了一种客观的叙述方式,成为欧洲早期写实文学的典范,同时也为以后现实主义第三人称小说的叙述方法奠定了基础。《伊里亚特》采用的是第三人称"全知角度"的叙述,这种方式的特点是作者可以讲述有关故事的一切内容,例如可以讲述人物的内心活动、可以讲述未来的事件等等。第三人称叙述使故事的讲述具有讲述人的主观色彩,常常掺杂个人看法。但荷马在这部史诗的叙述过程中努力保持一种客观态度,不明显介入对故事和人物的评判,这就是一种客观的叙述。史诗在艺术上还有一个成就是广泛使用各种修辞手法,例如夸张、比喻、重复等,对以后叙事文学作品的文学修辞方法产生了重要影响。史诗突出地使用一种动态的画面来进行比喻,这种比喻被叫做"松散的象喻",其特点在于形象生动,但比较冗长。例如史诗讲述埃阿斯抵挡特洛伊人的追击时是这样写的:"有如一头顽固的驴子,从庄稼地旁经过,牧童一再从旁边用棍子打它,可就是拗它不过,它走进去吃那茂密的庄稼,几个牧童使劲用棍子揍它,然而他们的力量太弱,他们好不容易才把它赶出来,可那时它已经吃了个够。"可能正是因为它的冗长累赘,这种象喻在后来的文学作品里逐渐不再使用。

另一部荷马史诗《奥德修纪》(又译《奥德赛》)讲述希腊将领奥德修斯(又译俄底修斯)在特洛伊战争结束后带领部下的希腊人在海上漂泊十年,最后终于回到家乡伊塔卡和妻儿团圆的故事。《奥德修纪》的意义首先是歌颂人在同大自然进行斗争时不屈不挠的顽强精神,其次是赞扬人对故乡、祖国和亲人的深厚感情,表现了一种原始的爱国主义。《奥德修纪》在叙事上采用倒叙方法,体现出高超技巧,为以后的长篇小说开创了范例。而且,史诗在对自然景物的描绘上表现出敏锐的观察力和很高的描写才能,这也对后来长篇小说的描写手法产生了很大影响。

第三节 索福克勒斯和《俄狄浦斯王》

索福克勒斯(Sophocles,前 496—前 406)创作的悲剧形式臻于完善,标志着希腊悲剧进入成熟阶段,因此他被称为"戏剧艺术的荷马"。索福克勒斯 28 岁时在戏剧比赛中第一次击败埃斯库罗斯获头奖,后来不断获奖,他是希腊悲剧作家中获奖最多的一人。据传他一共创作了 120 部戏剧,但留传至今的只有 7 部悲剧,其中《安提戈涅》和《俄狄浦斯王》成就最高。

索福克勒斯的悲剧一般以神话传说中的故事为题材,但神却很少出现。他的悲剧演员增多,加强了戏剧动作和对话,对白在剧中占据绝对优势,大大削弱了歌队的作用。歌队虽仍然存在,但是只起陪衬作用。他还打破流行的"三部曲"形式,使各个悲剧自成一体。

《俄狄浦斯王》(*King Oedipus*)是索福克勒斯最优秀的剧作,亚里士多德曾称之为"十全十美的悲剧"。根据希腊传说,俄狄浦斯是忒拜王拉伊俄斯的儿子,拉伊俄斯从神谕中得知儿子长大后将弑父娶母,因此在俄狄浦斯刚出生就令仆人将其抛在荒野。仆人可怜婴儿无辜,将他送给邻国科任托斯的一个牧羊人,这个牧羊人又把他送给科任托斯国王。科任托斯国王把俄狄浦斯当儿子抚养成人。俄狄浦斯成人后从神谕中得知自己将弑父娶母,于是逃离科任托斯,在路上遇到一个老人并发生争吵,后将其杀死。而这被杀死的就是他的生父拉伊俄斯,但俄狄浦斯毫不知情。俄狄浦斯到了忒拜,正遇上斯芬克斯为害,他凭机智战胜了斯芬克斯,忒拜人推举他为王。俄狄浦斯于是娶了前王后伊俄卡斯忒,而伊俄卡斯忒正是他的亲生母亲。伊俄卡斯特与俄狄浦斯婚后生了两男两女。多年以后,忒拜突降瘟疫,神示要揪出弑父娶母者方可解除瘟疫。作为贤明的君主,俄狄浦斯严令追查凶手,但后来经过先知的神示和各个证人的对证,证明弑父娶母者正是俄狄浦斯本人。最后俄狄浦斯刺瞎自己的双眼,自我放逐离开忒拜流浪,伊俄卡斯特则自杀身亡。

《俄狄浦斯王》的首要意义在于揭示人与命运之间的尖锐冲突,赞颂同命运抗争的英雄精神。俄狄浦斯出生之前,他的父母就得到神示说他将来会弑父娶母。他父母一心逃避这种残酷的命运,结果并未成功。等到俄狄浦斯长大成人,他也得到神示说自己会弑父娶母,于是为了躲避这种灾难，他逃离科任托斯。他以为自己离神示的命运远了，但却一步步走向命运的罗网，终于犯下了命定要犯的罪行。俄狄浦斯虽然犯了不可饶恕的罪行，但他自己并不知情。如果他一直到死也不知情，那么他一生也不会因此而痛苦。但是神意要让他的罪行暴露，要让他蒙受灾难，因此他的罪行一点点被揭露出来。俄狄浦斯悲剧的核心不在于他犯了罪，而在于他发现自己成了罪人。最后的结局证明神意不可违背，神果然是操纵一切的。但神意却让人感到荒谬而不合理。俄狄浦斯并没有犯下任何过失，为什么会被神决定遭受苦难呢？因此人有与命运抗争的理由。而且，假如人人都完全听凭命运的主宰，那还能有何作为呢？这显然与古希腊人勇于奋争、敢于冒险的精神不相符合。在古希腊人看来，人仍然是要按自己的意志行动的，即使命定要走向毁灭，也不能不抗争。这就是古希腊人的悲剧精神。作品第二点意义在于强调人应该为自己的行动负责。俄狄浦斯在不知道自己是弑父娶母的罪人之前，曾要求忒拜的居民追查凶手，并宣布要严惩罪人，将其驱逐。最后在知道自己是罪人之后，刺瞎了双眼，并自我放逐，他这样做就是为了对自己所做的事和所说的话负责，他的行为为负责任的好国王做出了一个榜样。

《俄狄浦斯王》在艺术上匠心独运，采用回溯式结构。剧本开始时已是俄狄浦斯弑父娶母之后 18 年，舞台上的表演主要是俄狄浦斯为忒拜人的利益追查弑父娶母的凶手，最后查明凶手就是自己。这就是回溯式结构。回溯式结构使舞台上表演的情节非常集中，也就更加激动人心，同时可以制造较强的悬念。《俄狄浦斯王》还巧妙地使用"发现"和"突转"等重要戏剧手法。"发现"指主人公对自己和其他人物之间关系的"发现"，对自己过去某些行为后果的"发现"。"突转"指戏剧情势突然向相反的方向发展，在悲剧中是指主人公从顺境转入逆境。这两种手法在《俄狄浦斯王》中都有突出的运用。此外，《俄狄浦斯王》开创了以独白来表现人物心理活动的道路，取得了出色的效果。在戏剧中表现人物心理就使人物的塑造显得更为深入和立体，这也是古希腊戏剧取得的崇高成就。

第四节 阿里斯托芬和《阿卡奈人》

阿里斯托芬(Aristophanes,约前446—前385)出生于雅典,他的父亲是雅典附近的小土地所有者。阿里斯托芬在公元前427年就写出了第一部喜剧《欢宴的人》,此剧被评为二等。第二年他又写了第二部喜剧《巴比伦人》,讽刺当时的政治家克莱翁和他的政策。公元前425年,他的第三部喜剧《阿卡奈人》演出,获得了大奖。公元前424年,他的喜剧《骑士》又获大奖。前期阿里斯托芬的喜剧都以政治问题为目标,主要是现实题材。公元前414年,阿里斯托芬的《鸟》问世,此后他的喜剧以妇女为讽刺目标,题材纯粹想象。现在归在阿里斯托芬名下的喜剧一共44部,但仅存11部。

《阿卡奈人》是一部政治喜剧,主题是反对内战、保卫和平。剧本写雅典召开公民大会,执政官们召开会议的目的是欺骗百姓,鼓动与斯巴达人进行战争。雅典公民狄开俄波利斯前往公民大会,准备捍卫和平,与大人物们斗争。公民大会刚开始,来了一个半神安菲特翁,他说受神的派遣要与斯巴达人商谈。官员们不让安菲特翁说话,而是让大使带来波斯的使者,说是波斯人要给雅典人黄金。狄开俄波利斯明白这是欺骗,决定不理睬执政官的谎言。他叫来安菲特翁,给他八个钱币,让他代表自己去同斯巴达人议和。安菲特翁带来了斯巴达人的和议,但却被雅典城外烧炭的阿卡奈人追赶。阿卡奈人的葡萄田遭到斯巴达人的破坏,他们仇视斯巴达人。安菲特翁带来的和议实际上是酒,狄开俄波利斯选择了30年的和议,也就是30年的陈酿。安菲特翁逃走后,狄开俄波利斯回到家中准备给酒神狄奥尼索斯献祭,却被阿卡奈人发现。阿卡奈人追打狄开俄波利斯,骂他是叛国贼。狄开俄波利斯申辩说自己其实也受斯巴达人的祸害,但是雅典人对这场战争负有责任。战争的起因是几个雅典青年抢走一个墨伽拉的妓女,然后墨伽拉人作为报复抢走了两个雅典的妓女,于是雅典发布命令,不准接待墨伽拉人。墨伽拉人通过盟友斯巴达一再请求雅典废除这个法令,但雅典不同意,于是就爆发了战争。狄开俄波利斯指出,战争只会使雅典民不聊生。经过狄开俄波利斯的解释,阿卡奈人分为两派,一派支持狄开俄波利斯,另一派则反对他。两派在争执中打了起来,这就惊动了主战派将军拉马科斯。拉马科斯强调他是通过民主选举担任将军的,而狄开俄波利斯则指出他们这些官员都得到高薪,脱离了群众。拉马科斯在争吵中宣布要永远与斯巴达人作战,而狄开俄波利斯则宣布要永远与斯巴达人和墨伽拉人通商。于是狄开俄波利斯开辟了一个市场,墨伽拉人和忒拜人都来同他做生意,他从中赚到不少好处。另一方面拉马科斯被召去出征,在战场上身负重伤,痛苦万分地回到雅典,他看到狄开俄波利斯做生意赚了大钱,正在妓女的怀抱里准备宴席,于是更加痛苦。

《阿卡奈人》明显地表现了反对内战的思想,这在古代雅典是非常难能可贵的。我们联系荷马史诗《伊利亚特》来看这个剧本,就可以发现两个作品表现的思想有明显的不同。《伊利亚特》明显地鼓吹英雄主义和战斗,表现了古希腊人的好战精神,而《阿卡奈人》则正好相反。特别应该指出,《阿卡奈人》反对的是希腊人之间的内战(即伯罗奔尼撒战争),这与怯懦是完全不同的,而是表现了一种正义,因此这个剧本能够被广大雅典观众所接受。

阿里斯托芬想象力丰富,他的戏剧情节往往是虚构的,有时很荒诞。例如《阿卡奈人》本来写的是现实,但却出现了一个半神安菲特翁,这就是非现实的因素。但阿里斯托芬需要这个半神来解决他的情节发展问题,于是信手拈来。阿里斯托芬喜欢采用夸张手法和象征手法,场面有时很粗野,例如《阿卡奈人》中阿卡奈人追打狄开俄波利斯。从语言层面看,阿里斯托芬的喜剧语言既有文雅的城市语,又有民间的俗语,可以说雅俗共赏。此外,阿里斯托芬作品的一个重要特点是在喜剧中由人代言提出一些关于创作的意见。例如在《阿卡奈人》中他提出写作喜剧的目的是发扬真理,支持正义,给人民指出教训,把他们引上幸福之路。

《鸟》是阿里斯托芬另外一部重要喜剧,它是希腊喜剧现存唯一一部以神话传说为题材的作品。该剧写飞鸟在天上建立了一个理想社会"云中鹁鸪国",这使它成为欧洲最早以理想社会为题材的作品。《鸟》实际上以鸟喻人,通过鸟的社会来讽刺人间社会。

思考题

1. 希腊神话产生的原因是什么?为什么希腊神话在今天仍然具有不可否认的魅力?
2. 希腊戏剧作为世界上最早成熟的戏剧来源于什么?分析希腊戏剧产生的原因。
3. 罗马"黄金时代"出现文学繁荣的根本原因是什么?
4. 维吉尔的《埃涅阿斯纪》是不是真正的史诗?为什么?
5. 《伊利亚特》有什么重要的意义?它在叙事艺术上有哪些突出的成就?
6. 《俄狄浦斯王》是古希腊悲剧的代表作,作为悲剧它在艺术上有什么特点和成就?

参考书目

1. 朱维之、赵沨、崔宝衡主编:《外国文学史》(欧美卷),天津:南开大学出版社2004年第三版。
2. 杨周翰等编:《欧洲文学史》,北京:人民文学出版社1980年版。
3. 斯威布:《希腊的神话和传说》,楚图南译,北京:人民文学出版社1978年版。
4. 荷马:《伊里亚特》,罗念生译,北京:人民文学出版社1995年版。
5. 《索福克勒斯悲剧二种》,罗念生译,北京:人民文学出版社1979年版。
6. 《阿里斯托芬喜剧集》,罗念生译,北京:人民文学出版社1954年版。

(本章编写:高建为)

第二章 欧洲中世纪文学

第一节 概　述

中世纪上起公元 476 年西罗马帝国灭亡,下迄 17 世纪中叶英国资产阶级革命。历史学家将欧洲中世纪分为三个阶段:初期(5—11 世纪)是封建社会形成时期;中期(12—15 世纪)是封建社会全盛时期;后期(16—17 世纪中叶)是封建社会衰亡、资本主义产生的时期。文学史上的中世纪文学指前两个阶段的文学,后一个阶段称为文艺复兴时期文学。

欧洲中世纪一个突出特征是,基督教在社会生活的各个方面都占据统治地位。基督教是封建社会意识形态的综合形式,从根本上服务于封建的专制制度,同时它又有独立的权力机构。它效仿世俗政权,建立了严整的等级关系,高级僧侣占有大量土地,成为宗教的封建领主。与封建专制相应,基督教在文化领域实行垄断政策,要求一切学科都与教义一致,把一切不利于神权统治的科学思想和自由思想都斥为异端邪说。基督教的基本教义就是人生原罪、禁欲主义、忍让服从、来世幸福等。这一时期的文学创作多是围绕这些基本教义展开的。可以说,中世纪的文学创作从内容到艺术形式都深受宗教的影响。例如,从内容上看,散发着浓重宗教气味的作品占有相当比重,世俗文学也或轻或重地具有宗教色彩;从艺术上看,梦幻、寓意、象征、隐喻等艺术手段和晦涩、朦胧的风格的盛行,都可最终归因于宗教。

中世纪文学创作,主要可分为教会文学、骑士文学、城市文学和英雄史诗四个类型。教会文学是直接服务于宗教、依附于教会的创作。它宣扬、解释教义,并为宗教仪式所利用,如圣经故事、祷告文、赞美诗和宗教剧等。骑士文学是世俗贵族的精神产品,分骑士抒情诗和骑士传奇两种。骑士抒情诗的中心是法国南部的普罗旺斯,这类诗主要写骑士之爱,其中以法国歌唱骑士与贵妇人幽会的《破晓歌》最为著名。骑士传奇盛行于法国北部,主要描写骑士为了爱情、荣誉或宗教而冒险行侠的故事;其中有不少作品是以不列颠王亚瑟和他的圆桌骑士为题材的。骑士文学有着较为浓厚的生活情趣、真挚热烈的情感和鲜明生动的艺术形象。作品中所体现出来的捍卫个人利益、荣誉和尊严的思想,对后世欧洲文学有极大影响。城市文学是欧洲城市产生与发展的产物。城市的性质以及市民群众的自由思想,使城市文学具有明显的反封建反教会的倾向,并且着力歌颂市民阶级的智慧和力量。它们多为民间创作,清新活泼,通俗易懂,讽刺性强,重要作品有韵文故事(如《玫瑰传奇》)、动物故事《列那狐传奇》等。城市文学虽属中古文学范畴,但它铺就了走向近代资产阶级文学的通路。中世纪英雄史诗是在民间口传的基础上整理加工而成的,大致分为早期和后期两类。早期史诗反映的是氏族社会末期的社会生活和思想观念,渔猎生涯、部落战争是其主要内容,捍卫部落利益是英雄的最高职责,血缘观念也较为浓厚。代表作品有盎格鲁·撒克逊人的史诗《贝奥武甫》、冰岛的《埃达》等。后期英雄史诗反映的是封建化和各民族形成过程中的社会生活,大多以民族矛盾为主题,宣扬忠君爱国思想,主张民族统一与独立,歌颂贤明君主,强调陪臣义务和公民责任。重要代表作品有法国的《罗兰之歌》、西班牙的《熙德之歌》、德国的《尼卜龙根之歌》和俄国的《伊戈尔远征记》等。这一时期的里程碑式作品,则是但丁的《神曲》。

第二节 基督教文学

一 中世纪基督教文学产生的背景

发端于公元1世纪巴勒斯坦地区犹太人生活和信仰环境中的基督教,起初被罗马帝国当局视为犹太教的一个分支而享有自由,但在第1世纪后半期以后的两百多年里,基督教受到罗马帝国大规模的摧残与迫害,无数基督教徒殉教献身。君士坦丁大帝的出现,是基督教历史的重要转折点与里程碑。公元312年,君士坦丁取得了一次关键性战役的胜利,他把打败强敌的功劳归于他在祈祷中向基督教上帝求助,而他的祷告蒙了应允。这位原本崇拜战无不胜的太阳神的异教君主,在313年颁布米兰诏书,开始把基督教变成为帝国所优待的宗教。后基督教不断受到扶持,终于在公元391年,罗马皇帝狄奥多西一世宣布它为国教。从此,基督教在罗马帝国全境广为传播,整个地中海沿岸地区很快基督教化。基督教的这一历史巨变,预示了欧洲文化的发展方向,决定了即将到来的中世纪文化本质上将是基督教文化。

历史证明了这一点。在整个中世纪里,基督教在文化、教育、哲学、文学艺术乃至精神领域里,都占有绝对的统治地位,是欧洲封建制度的精神支柱。自然,作为以各种身份出现的基督徒作者创作的、旨在宣扬基督教信仰的基督教文学,也就随大环境、总趋势而发展繁荣起来,在中世纪占有了醒目的位置。

二 中世纪基督教文学的主要内容

基督教文学是一种与基督教信仰紧密结合的文学,它意在宣扬基督教信仰,传播基督教教义,巩固和发展基督教教会。不过,应该肯定的是,它以特定的文学话语,通过对上帝—耶稣基督的颂赞、对人类苦难和罪性的揭示、对世人得救与解脱之途的冥想,也真诚地表达了人类对于终极和永恒的关注和思考,表现出了博大精深的哲学内涵,具有独特的思想与艺术魅力。中世纪基督教文学的体裁种类繁多,有圣经故事、教父文学、圣徒传、宗教剧、祷告文、梦幻故事等,这里仅就其中的几个重要样式作一简介。

1. 圣经故事

《圣经》作为一部经典,不仅是基督教的立教之本和信仰之纲,而且是基督教文学的源头。《圣经》由《旧约》和《新约》构成。《旧约》原是犹太教的经典,基督教于公元1世纪从犹太母体中分娩出时,完全继承了犹太教的基本信条和教义,《旧约》自然成为基督教《圣经》的有机组成部分。《旧约》共39卷,分律法书、历史书、先知书和诗文集四部分。律法书是犹太教的法典,包括《创始记》、《出埃及记》、《利未记》、《民数记》、《申命记》,统称"摩西五经"。历史书是犹太民族立国的兴亡史,包括《约书亚记》、《士师记》、《撒母耳记》(上、下)、《列王记》(上、下)、《历代志》(上、下)、《以斯拉记》和《尼希米记》等10卷。先知书计有《以赛亚书》、《耶利米书》等14卷。诗文集系历代文学作品的汇集,共10卷,包括《诗篇》、《雅歌》、《耶利米哀歌》、《约伯记》、《以斯帖记》等。《新约》共27卷,包括福音书、历史纪事、使徒书信和启示书四部分。

《圣经》尤其是《旧约圣经》中记载的大量故事,已经妇孺皆知、家喻户晓。例如亚当和夏娃偷食禁果被逐出乐园的故事、诺亚制作方舟躲避洪水的故事、大力士参孙奋力推倒大厅双柱与敌人同归于尽的故事、大卫的故事等等,都流传极广,影响极大,常常成为西方文学家和艺术家选取创作题材、提炼艺术形象的取之不尽的源泉。但丁的《神曲》、莎士比亚戏剧作品中大量的对《圣经》典故的运用、17世纪英国著名作家弥尔顿的《失乐园》、《复乐园》和《力士参孙》等就是证明。

2. 教父文学

教父文学是基督教文学中的重要内容之一。其作者"教父"的意思是"教会的父老",指公元2—12世纪一批用热血和生命维护基督教信仰,为基督教创立了教义、教规和教会组织的著名文人。三位一体说、基督论、创世说、原罪说、恩宠说、救赎说、末世论等神学命题,就是经过这些教父们的反复论证才趋于最终成型的。19世纪中期,法国教父研究者米涅倾半生心血编成的庞大的文化巨典《拉丁教父集》和《希腊教父集》,引发了后人研究教父著作的热潮。北非希波的奥古斯丁(354—430)当属教父神学与教父文学的杰出代表。

奥古斯丁生于北非的塔加斯特城(现今阿尔及利亚的苏可阿赫拉斯)的一个富裕家庭,16岁时只身到迦太基求学。据他自己说,在这座腐朽的商业都市里他染上了市井恶习,生活放荡,长期与一个情妇同居,并生有一子。他一度信奉诺斯替派摩尼教。约在30岁时,开始对摩尼教生活不满,向往其他的生活,于是迁居罗马,在米兰找了份教师工作。这时他接触到许多新柏拉图主义的哲学著作,开始变成新柏拉图主义者。同时他结识了米兰总督兼基督教主教安布罗斯。在其教诲下,他对自己所过的放荡生活产生了厌恶,于是痛改前非,毅然皈依基督教,开始独身生活。这年他32岁。这是他人生道路上的一个重大转折。公元388年,他回到北非,后升任希波城主教。这时,恰逢罗马帝国东西分裂,思想界动荡不定。一些唯心主义、神秘主义哲学与基督教教义结合起来,产生了盛行于中世纪早期的基督教哲学"教父学"。在"教父学"形成时期,奥古斯丁以超凡的勇气和智慧投入到与异教和教内各派的斗争中。他以拯救人类自命,极力捍卫基督教,成为当时最强有力的教义辩护者和学术界的中心人物,为"教父学"在西方确立统治地位作出了巨大贡献。

奥古斯丁是古罗马帝国末期基督教著名神学思想家,在基督教史中被尊奉为"圣人",是天主教会的"真理的台柱"和中世纪的无可争辩的权威。他一生著述丰富,《论自由意志》《论宿命和神恩》《论三位一体》《上帝之城》《忏悔录》等,都是其著名的基督教哲学著作,同《圣经》一样被基督教神学家们奉为经典。奥古斯丁所以被后世奉为"圣人",很重要的一点就是他阐发了极具感召力和说服力的基督教思想。这突出地体现在他那部基督教经典著作,同时也被公认为教父文学经典之作的《忏悔录》中。

《忏悔录》分为13卷。第1、2卷通过写自己童年时代的恶作剧、对师长及父母的不敬,来说明人性的堕落。第3卷写自己的学生时代,如何对西塞罗的作品发生兴趣,如何出入娱乐场所并接受摩尼教。第4卷写自己担任教师期间与一女人姘居,生养一子。第5卷是对摩尼教教义所作的系统性批评。第6、7卷写自己在罗马和米兰的情形。第8卷是最重要的一卷,记载作者皈依基督的经过。第9卷主要追忆母亲的生平。第10—13卷转入对哲学和神学问题的讨论,并以对上帝神奇创造的颂赞结束。全书名为《忏悔录》,其实只有局部内容是认罪忏悔式的自白,其余内容更像是祈祷文和赞美诗。

奥古斯丁以赤诚的态度袒露了其自身追求情欲的罪恶以及战胜罪恶的心灵历程,力图用自己从堕落到得救的曲折人生来证明,人生以及人类的历史就是一个转向上帝的过程。因为上帝是"至高、至美、至能、无所不能、至仁、至义、至隐、无往而不在、至坚、至定、但又无从执持"①,"无新无故而更新一切……负荷一切,充裕一切,维护一切,创造一切,养育一切,改进一切;虽万物皆备,而仍不弃置"②。他把幸福看做是人对快乐内心领会的概念记忆,并把幸福生活归纳为两种方式,一种是已享受幸福生活的幸福,另一种是拥有幸福希望的幸福,认为人们之所以追求幸福生活,是因为在人们的记忆中已经有了幸福的明确概念。他说:"我的快乐不能用肉体的感官去视、听、嗅、闻、体味捉摸,我快乐时仅在内心领略到,快乐的意识便胶着在记忆之中,以后随着不同的环境回想过去的快乐或感到不屑,或表示向往。"③而且他坚信,人生的幸福就是来自对上帝的爱,而决不是追求财富,享受荣华富贵和声色犬马的生活。这些世俗的幸福是虚幻的、暂时的。他向上帝表白:"幸福生活就在你左右,对于你、为了你而快乐,这才是幸福,此外没有其他幸福生活。"④这种幸福是至高无上的,"不要说求而得之,即使仅仅寄

---

① 奥古斯丁:《忏悔录》(第12卷),周士良译,北京:商务印书馆1963年版,第5页。
② 奥古斯丁:《忏悔录》(第1卷),周士良译,北京:商务印书馆1963年版,第3页。
③ 奥古斯丁:《忏悔录》(第10卷),周士良译,北京:商务印书馆1963年版,第21页。
④ 同上书,第22页。

以向往之心,亦已胜于获得任何宝藏,胜于身帝王之位,胜于随心所欲恣享淫乐"①。但这种幸福决非邪恶者所能得到,它只属于那些为爱而敬事上帝基督,以上帝基督本身为快乐的人们。因此他极力宣传"爱上帝,鄙视自己",认为肉体因折磨而痛苦,但这并不是灾祸;灾祸来自人们的肉体之欲,因为肉欲是"灵魂的牢狱",对肉欲的追求导致人的永世痛苦。由此他把拯救个人及人类的最后希望寄托在上帝身上,希望通过信徒的虔诚信仰和教会虔诚侍奉上帝,以求得上帝的"奇妙恩赐"。

这部长篇自传自始至终都以上帝为谈话对象,一心一意、一往情深地向上帝倾诉心曲。奥古斯丁用一把灵魂的解剖刀对自己从幼年、少年、青年到成年的心灵生活进行无情而彻底的剖析,毫不隐讳,也绝无任何文过饰非、自我张扬之语,这在世界文学史上是绝无仅有的。奥古斯丁在《忏悔录》中所表现出来的是真、爱、美,其真诚和忏悔精神充溢着一种葱茏的诗意。这部自传在中世纪之初为基督教会树立宗教神学的绝对权威提供了一个活生生的样板,对此后一千多年的中世纪产生了巨大的影响。

3. 圣徒传

圣徒传是基督教文学中的重要组成部分。所谓圣徒传,即各种圣徒生平事迹的传记,它旨在为广大信徒树立可资效法的楷模。法国现存 50 余部圣徒传,大约可分三类:第一类记述法国墨洛温王朝和加洛林王朝的本族圣徒,大多是殉教者的故事,如《圣徒列瑞行传》、《圣女列奥卡迪行传》等;第二类记述凯尔特族圣徒,表现他们游历进香、寻求世外桃源的故事;第三类记述其他国家尤其是东方民族的圣徒,基本主题是隐修苦行。后一类作品影响最大,如《圣徒阿列克西斯行传》。该传形成于 11 世纪中叶,现有 12—14 世纪的多种改编本,主要记录了主人公阿列克西斯弃绝人间幸福、甘愿吃苦赎罪的一生,意在劝人克制各种尘世欲望,唯求精神的升华,最后达到与上帝合一的境界。

---

① 奥古斯丁:《忏悔录》(第 8 卷),周士良译,北京:商务印书馆 1963 年版,第 14 页。

4. 宗教剧

　　宗教剧是中世纪基督教文学中最重要、也最常为人谈论的部分。按照一般的逻辑思维和推理,中世纪戏剧应该是继承古希腊罗马的戏剧传统而来的,但事实并非如此。中世纪戏剧是从教堂的宗教仪式上演变而来的,因为"除去泰伦斯的几部剧作外,当时根本没有任何古代的作品传世;即使是泰伦斯的这几部作品,也基本上被欧洲中世纪早期的作家们视为有伤风化的闹剧而予以排斥。因此,中世纪戏剧几乎完全是派生于基督教圣餐仪式的一个独特的戏剧品种"①。从这个意义上说,中世纪戏剧主要指称的就是基督教戏剧。这种戏剧均以圣经故事为题材,旨在宣传宗教教义。其主要类型有圣诞剧、受难剧、复活剧、奇迹剧、道德剧等。

　　圣诞剧是表现耶稣诞生的故事。它最初起于教堂的礼拜仪式:教堂的圣坛上设置一个马槽,天花板上装一颗明星,指引牧羊人或东方三博士去朝拜圣婴耶稣。仪式从天使的问话开始:"噢,牧羊人!你们在马槽里找谁?"接着演出耶稣诞生时的各种情节。在11—13世纪之间,法语地区的一些戏剧常常以东方三博士的朝拜为主题,丰富有关耶稣圣诞的表演,后来又发展为将希律王屠杀婴儿的故事融入圣诞剧中。

　　受难剧主要反映的是耶稣受难的故事。编成于13世纪初的《歌集》中所收录的《受难的赞美》,就是一部较为成熟的受难剧。该剧展现了犹大与祭司的交易,最后的晚餐,耶稣被捕、受审及其死难等情节,其中角色之多、篇幅之长、情节之复杂、线索之交错,为宗教剧中所少见,被认为是受难剧中保存最完整的一部代表作。

　　复活剧最初也起于教堂的礼拜仪式:在复活节,教堂的圣坛上设有一个用帐幕遮蔽的墓穴,一个身着白袍的教士坐在墓旁,扮演天使;另有3个教士手持点燃的香火,扮演前来给耶稣遗体涂油的3个马利亚。天使问:"噢,基督徒们,你们在墓中找谁?"马利亚们回答:"噢,天使,我们找被钉死在十字架上的拿撒勒人耶稣。"天使说:"他不在这里,如同

---

① 杨慧林等:《欧洲中世纪文学史》,南京:译林出版社2001年版,第3页。

他说的那样,他已升起。你们去宣告,说他已经从墓穴里升起。"天使揭开帐幕,示意里面空无尸体,耶稣已经复活。复活剧主要表现的是耶稣被钉死在十字架后复活并显现的故事。流行于14世纪的《行旅》就是一部著名的复活剧。该剧表现两个门徒在出行路上没有认出复活后的耶稣,并说服他不要急着赶路,与他们一同休息。接下来是一段哑剧,耶稣坐在桌边,正与两个门徒分面包,就突然消失了。门徒们大惊失色,为自己的怠惰以及没有认出向自己显现的耶稣而悔愧。这时耶稣再度显身,门徒们唱起一段赞美复活的轮唱,演出随即在祈祷中结束。这部作品后来衍生出多种版本,并且内容不断被扩展,体现了中世纪戏剧艺术的不断改进和成熟。

奇迹剧也是宗教剧中的一种重要形式,流行于14—16世纪。说到奇迹剧,不能不提到神秘剧。不过,学者对这两种剧的界定是存在分歧的。英国著名文学史专家阿尼克斯特将从圣经中某些故事改编过来的且目的是用形象来说明教堂讲道内容的戏剧统称为奇迹剧。① 有学者介绍:"在法国,教堂剧分为两种,一种是以圣经的内容为主题(神秘剧),一种是据使徒行传改编(奇迹剧),英国则把所有宗教主题的戏剧统称为奇迹剧。"② 斯宾特主张,对圣徒生平、事迹和殉教传说所作的戏剧再现并非奇迹剧,而是神秘剧。雅各布强调神秘剧大多由中世纪的各类行会演出:"这些戏剧后来被称为神秘剧,是因为各个行会所代表的工种各有自己的技艺,它们对普通人来说都是具有神秘性的。"③ 所以会出现这种概念的分歧,究其实,是因为奇迹剧和神秘剧无论内容还是形式都大同小异:都搬演圣经故事,兼而再现圣徒们的生平,又都热衷于表现超自然的奇迹,充满浓郁的神秘主义气息。④

在中世纪奇迹剧中,英国的奇迹剧最为耀目。当时英国几乎每一

---

① 阿尼克斯特:《英国文学史纲》,戴镏龄等译,北京:人民文学出版社1959年版,第62页。
② 同上,见译注。
③ 梁工主编:《基督教文学》,北京:宗教文化出版社2001年版,第127页。
④ 同上。

个重要城市都有由当地行会上演的奇迹剧组剧,但这些组剧的大多数都没能留传下来。在保存至今的 5 个组剧中,除 1 个用古凯尔特语写作外,其余均由英语写成,分别是切斯特组剧、约克组剧、汤尼雷组剧和考文特立组剧。切斯特组剧有 24 个剧本,约克组剧有 28 个剧本,汤尼雷组剧有 32 个剧本,考文特立组剧有 42 个剧本,这些剧本表现的都是《圣经》故事,只是在细节、情调、语言和韵律上有些微区别罢了。几乎所有的英国奇迹剧都是用很复杂的诗体写的,富于抒情诗的情调,也有的奇迹剧具有悲剧因素。例如,写于 15 世纪的《亚伯拉罕与以撒》就包括一个长达 200 行诗句的悲剧场面。该场面生动地揭示了父子二人的内心冲突:亚伯拉罕既要履行上帝的意志,杀独生子以向上帝献祭,又因舐犊之情而难以下手;以撒一方面要听父亲的话,另一方面又对死亡极其恐惧,在发亮的钢刀面前浑身发抖。这个悲剧性的场面表明,宗教剧在宣扬教义的同时,也能生动而深刻地揭示人类的自然天性。

　　道德剧,又称寓意剧,也是宗教剧的一种。它是 13 世纪以法国诗人洛利斯的《玫瑰故事》为代表的寓意诗歌的戏剧发展,剧中角色不再是《圣经》里的人物,而都是人格化了的抽象概念,如生命、死亡、忏悔、善行、仁爱、贪婪,以及其他美德和恶行等。道德剧搬演的虽然已经不是《圣经》故事,但所宣传的仍是基督教教义和道德伦理。它着力表现善、恶两种势力争夺人类灵魂的斗争,昭示只有虔信上帝,真心忏悔,才能蒙神救赎,获得永恒的生命。道德剧通常以"美德"战胜"恶德"为结局,"魔鬼"背着"罪恶"跳进地狱张开的大口。"罪恶"是道德剧里新出现的一个滑稽角色,后演变为伊丽莎白时代英国戏剧中的丑角。道德剧的创作和演出持续到 16 世纪上半叶,尔后被"大学才子"派戏剧所取代。

　　中世纪道德剧的名作是《忍耐之城》和《每个人》。前者出现于 1400 年左右的英国,它通过主人公"人类"生前死后的沉浮变化,戏剧性地诠释了《马太福音》第 24 章 13 节所载耶稣之言:"惟有忍耐到底的,必然得救。"后者可能先是成书于德国,后传至英国,最早的英国译本形成于 1490 年左右。剧情大致是:上帝叫"每个人"来到"死亡"面前,看到"死亡"的"每个人"恐惧万分,恳求不要把他带走。"死亡"答应不单独带他走,但他必须邀请其朋友们与他一起走。"每个人"先后找到好友"友谊"、"亲属"和"财产",但谁也不愿与他同行。他突然想起已忘却多年的"善行"。"善行"同意和他做伴前行,但前提是他要先找到"知识","知识"又让他见"忏悔"。"每个人"经过忏悔赎罪,准备去见上帝。在"坟墓"前,"美貌"、"力量"、"判断力"、"五种感觉"纷纷离开,只有"善行"陪他进入坟墓。"善行"的祈祷使他获得赦免,然后安详而死。天使为他祝福,剧场解说员向观众诵诗:"请牢记:任他是美丽还是力量,一切都把人抛弃,只有善行能挽救他……"可见,该剧以寓意的方式,探讨了死亡与品行关系的主题,劝勉世人行善为上。

三 中世纪基督教文学的意义与影响

首先,中世纪基督教文学深深地影响了文艺复兴时期的文学创作,从而催生出了令后世津津乐道、叹为观止的文学精品。可以说,奇迹剧、神秘剧、道德剧等宗教剧是英国文艺复兴时期历史剧、喜剧、悲剧和传奇剧的前身,为文艺复兴时期的戏剧创作开创了一些戏剧传统:违背三一律,尤其违背时间和地点的一律;融悲、喜剧场面于一剧,舞台布景极为简陋,促使作者充分发挥文字力量,最大可能地唤起观众的想象力;某些固定角色如丑角的出现以及男子或男孩扮演女角等,这些戏剧传统都被莎士比亚继承下来,并加以发展。① 以道德剧为例。"'道德剧'中的丑角'罪恶'形象不仅在莎士比亚的喜剧作品里可以找到(例如,《惟维洛那二绅士》中的朗斯、《皆大欢喜》中的试金石),而且在编年史剧(例如《亨利四世》中的福斯塔夫)和悲剧(例如《奥瑟罗》中的伊阿古、《李尔王》中的傻子等)里也都有所反映。'道德剧'中的丑角'罪恶'是一个爱开玩笑、喜欢恶作剧、好说俏皮话和使用讽刺语言的角色,也是普通人的一些缺点的化身(例如贪吃、贪财、好色、懦弱、欺软怕硬、好吹牛皮等)。这些缺点都集中在莎士比亚所创造的福斯塔夫身上。《李

---

① 李赋宁:《英国文学论述文集》,北京:外语教学与研究出版社1997年版,第49页。

尔王》中的傻子好说俏皮话、讽刺话,实际上他说的话里充满了智慧和生活经验。他能看到李尔王所看不到的事实真相,辨别真伪,分清是非。同样,《哈姆莱特》剧中的掘墓人也属于这一类型,他对生死问题也能做出富于哲理的评论。"[①]又如,17世纪著名清教徒作家约翰·班扬的长篇小说《天路历程》,就是用寓意的形式写成的,里面的人物均以抽象的名词命名,鲜明地烙上了中世纪道德剧影响的痕迹。

其次,基督教作家善于揭示心灵深处的复杂因素,长于表达痛切深刻的内省和忏悔意识。例如,奥古斯丁的《忏悔录》中所表现出来的不粉饰自我、敢于赤裸裸地暴露自我的精神以及对自我心理世界的细腻揭示,不仅对卢梭的《忏悔录》,而且对后世西方文学创作中心理描写传统的形成都产生了不可忽视的积极影响。

再次,基督教文学因出于阐明非同寻常的宗教感悟的需要,常常娴熟地运用梦幻、象征、寓言等创作手法,营造出亦真亦幻的朦胧境界,描绘出种种带有浓厚的梦幻和异象色彩的超自然景观。这些宗教文学惯用的创作手法,不仅已经普遍地、深入地渗透于中世纪其他各类诸如英雄史诗、骑士文学、市民文学等非宗教文学创作中,而且但丁的《神曲》以及"英国诗歌之父"乔叟的《公爵夫人书》《百鸟议会》,还有前已提到的班扬的《天路历程》等,都是梦幻、象征、寓言等创作方法的经典之作。这既说明了基督教文学的影响力,又显示了中世纪及其后的欧洲作家对中世纪各种不同质的文学艺术形式的主动接受。

总之,中世纪基督教文学是绽放于基督教土壤上的文学之花,虽然它有其自身的倾向性和局限性,但不可否认它也表达了人类所共同关注与思索的一些重要问题。从一定层面说,无论是在思想内涵的精深独特还是表现手法的新奇迷离上,中世纪基督教文学都丰富了人类文学的宝库,理应在世界文学史上占有重要的一席之地。

[①] 李赋宁:《英国文学论述文集》,北京:外语教学与研究出版社1997年版,第149页。

第三节 但丁和《神曲》

但丁·阿利吉耶里(Dante Alighieri,1265—1321),意大利诗人,既是欧洲中世纪最伟大的作家,也是文艺复兴时代的先驱。他的创作反映了中世纪文学向近代资产阶级文学过渡的动向和社会变革的历史趋势,具有承前启后的中介作用。正如恩格斯在《〈共产党宣言〉1893年意大利文版序言》中所说:"封建的中世纪的终结和现代资本主义纪元的开端,是以一位大人物为标志的。这位人物就是意大利人但丁,他是中世纪的最后一位诗人,同时又是新时代的最初一位诗人。"

但丁出身于佛罗伦萨一个没落的贵族家庭,是在中世纪经院哲学的主要代表人物托马斯·阿奎那所发扬的经院派神学笼罩一切学术的气氛中成长起来的。他生活和创作的年代正是意大利封建制度开始崩溃,资本主义逐渐兴起的新旧交替时期。但丁早年拜著名学者布鲁内托·拉蒂尼为师,学习拉丁文、诗学、修辞学,并研究古典文学。他对罗马大诗人维吉尔极为崇拜,称之为导师。他在绘画、音乐、哲学等方面都很有造诣,是当时最博学的学者之一。但丁很早就参加了政治活动。当时意大利和神圣罗马帝国有两个政党:归而甫党和基伯林党。归而甫党代表市民阶级,主张依靠教皇统一意大利。基伯林党代表封建贵族。但丁在青年时代加入归而甫党,积极参见反对封建贵族的斗争,后来又加入市民阶级的医药行会。1300年,归而甫党取得胜利,但丁作为医药行会的代表,参加佛罗伦萨市最高行政会议,被任命为行政官,从事共和国政权的建设。归而甫党分裂为白党和黑党后,但丁居于白党,反对教皇干涉佛罗伦萨内政。1302年,黑党在教皇逢尼发西八世和法国军队支持下掌握了政权,他们以反教皇之罪名,没收了但丁的全部家产,并判处其终生流放。在艰苦的流放环境中,他仍然坚持学习,用自己的笔和舌同敌人进行顽强的搏斗。他周游了许多城市,广泛接触到意大利动乱的现实和平民阶层困苦的生活,开阔了眼界,加深了对祖国面临的社会政治问题的认识。这为他以后的创作打下了坚实的思想基础。在近20年的流放期间，佛罗伦萨当局一再宣告，只要但丁交纳罚款，宣誓忏悔，则可安全还乡。然而，但丁断然拒绝，坚贞不屈，誓死不放弃自己的政治理想。1321年，但丁客死于拉文那。

但丁的文学创作除《神曲》外，最重要的是诗集《新生》。《新生》是作者为追怀、悼念自己年轻时代所钟爱的女子贝亚特丽齐而创作的，约写于1292年，1295年出版。诗集包括抒情诗31首，以散文连缀。该诗集突出了爱情在生活中崇高而神圣的地位，具有反对禁欲主义的积极意义，但作者又往往以宗教观念解释觉醒的情爱意识，把一个凡尘女子抽象为圣母的影子，企图使个性解放的冲动符合禁欲主义的规范。这一矛盾思想在后来的《神曲》里得到进一步的发展。此外，但丁还写有一些理论著作。《飨宴》(1304—1307)是第一部用意大利俗语写的学术性著作，作者在诠释自己诗作的同时涉及各方面的知识，强调理性，认为人品的高贵不在家族门第而在于崇高美德。《论俗语》(1304—1305)用拉丁文写成，第一次论述了意大利民族语言的优越性以及规范的语言标准，这种重视民族语言的观念已透露出文艺复兴时代学术思想的曙光。《帝制论》(1309)第一次从理论上阐述了政治和宗教平等，大胆提出政教分离，反对教皇干涉政治的观点。

《神曲》分为《地狱》、《净界》和《天堂》三部。前两部完成于1307年，后一部于1321年作者逝世前才写完。《神曲》原名《喜剧》，但并没有喜剧的意思。由于罗马时代戏剧演变的历史原因，中世纪对于戏剧主要是表演性艺术的概念已经十分模糊，惯于根据题材内容和语言风格的不同，把叙事体的文学作品也称为悲剧或喜剧。但丁因为这部作品叙述从地狱到天堂、从苦难到幸福的历程，结局圆满，故称《喜剧》。薄伽丘在《但丁传》一文中对这部作品推崇备至，称其为"神圣的"《喜剧》。我国翻译家都将它译为《神曲》。

《神曲》采用中古梦幻的文学形式，写他神游三界的故事。作品开始引出了贯穿全书的情节线索：1300年，35岁的但丁误入黑暗的森林，失却了正道。尔后又爬上荒凉的山坡，先后遇到豹、狮、狼三兽挡住去路。危急时分,罗马诗人维吉尔的亡灵降临茫茫荒野,他受贝亚特丽齐圣灵之托前来搭救但丁走出迷途。接着但丁开始游历来世三界。

地狱设在地球北半,呈锥形,表层临近地面,底层接近地心,共分九圈,分别容纳生前犯罪的灵魂。入地狱门来到黑暗的地狱走廊,即为懦夫受刑之地。渡过水色惨淡的亚开龙冥河,电闪雷鸣,但丁进入第一圈候判所。这里住着基督教诞生以前的异教徒。降及第二圈,色欲场中的灵魂在风中飘荡。第三圈,犯饕餮罪的灵魂在冰雹和雪球的砸击下受苦。第四圈是贪吝者和挥霍者居地,他们互相打骂,其中有教士、主教和教皇。第五圈住着暴怒的灵魂。第六圈住着不信灵魂的异端分子。第七圈位于绝壁之下,分为三环,分别容纳强暴者、自杀者和重利盘剥者。第八圈为欺诈者受刑之地,分十沟。第九圈是叛徒居地。但丁再下降入冰湖,穿过地心,来到地面。

净界是一座耸立于水中的秀丽山峰,众灵魂在此潜心修炼,深沉忏悔。净界本部有七层,七层之下是净界山脚,之上是地上乐园。地上乐园水流清澈,林木清翠,鸟语花香,贝亚特丽齐在缤纷的花雨之中出现,接替了维吉尔。

但丁与贝亚特丽齐向诸天飞升。天堂也分九重。第一重月球天,充满了光亮的密云,未能守信的灵魂呈现出淡薄的影像。第二重水星天更为光亮,住着行善者,皇帝茹斯丁尼谴责世间党争,贝亚特丽齐解释了基督赎罪和灵魂不灭的问题。第三重金星天,多情者化为团团光辉旋转歌唱。第四重太阳天,辉煌的灵魂奔驰往来,他们都是潜心神学和哲学的僧侣和学者。第五重火星天,灵魂组成十字光带,圣歌喧响,这是殉道者的住地,但丁的远祖卡却基达向但丁谈及早年佛罗伦斯的纯朴风俗和牧歌般的诗意。第六重木星天,贤明君主的灵魂翱翔欢唱。第七重土星天是禁欲者居地。第八重恒星天,圣子圣母灿烂夺目,圣彼德、圣雅各和圣约翰分别考问但丁信仰、希望和仁爱问题。第九重水晶天(原动天)上,天使分九圈旋转。九重之上是天府,灵魂组成玫瑰花状围坐一起,这儿有贝亚特丽齐的座位。但丁终于看到了上帝的圣光。

《神曲》中梦游冥世三界的描述,象征着作者追求人生真谛的艰难过程。混乱、痛苦、可怖的地狱象征人类的迷惘与人世的罪恶,也是佛罗伦斯社会现实的艺术写照,而辉煌、热烈、庄严、崇高的天堂则是漫漫人生的最后归宿,是作者的最高追求,它与黑暗的现实与惨痛的人生形成强烈的对比,抒发了但丁向往光明、追求理想的炽热情怀。静穆、深沉的净界,是走出地狱、步入天国的必经之路,同样有着深刻的寓意。它向人们指出了一条道德复兴、精神复活的道路,向人们说明:必须依靠理性的指导和神性的启示,才能摒弃罪恶,克服人类固有的缺陷,克制人欲杂念,而进入至善至美的崇高境界,得永恒的幸福。在《神曲》中,维吉尔代表着理性,而贝亚特丽齐代表着神性,象征着精神生活的不同层次,而诗中的"我",却代表着无数徘徊在人生之路上的个人。就这样,《神曲》揭示了普遍的生活哲理,表现出对人类命运的深切关怀以及对社会前途的深刻思考。

《神曲》具有博大精深的思想内容,它回顾了历史,评判了现实,提出了许多重大的社会问题,涉及多方面的中古学问,是认识中世纪、了解中古观念的重要资料,因此被人们誉为中世纪的百科全书。但是《神曲》的伟大意义并不在于它反映了自己所属时代的思想观念,更重要的是,它包含着新时代的思想萌芽,即文艺复兴时代人文主义思潮的信息。

作为新时代观念的先兆,《神曲》流露出明显的反宗教情绪。作者首先把矛头指向阻碍意大利统一的教会和罗马教皇。在《神曲》中,他把教会和国家形象地比喻为两个太阳,分别照耀着精神世界和尘世生活,从而否定了教权高于俗权、教皇高于国王的教会至上信条。他认为当时的社会罪恶应归于政教合一:"今日罗马教堂,把两种权力抱在怀里,跌入泥塘里去了,她自己和她所抱着的都弄污秽了!"①这是意大利内战的祸根。他痛斥僧侣阶级从事买卖圣职、敲诈勒索等肮脏无耻的勾当,对这伙"日夜用基督的名义做着买卖","穿着牧羊人衣服的豺狼",表示极大的义愤。他把许多死去的教皇和僧侣打入罪恶的地狱,

---

① 但丁:《神曲》,王维克译,北京:人民文学出版社1980年版,第254—255页。

让他们在地狱里受严刑的惩罚。他把勾结法国、破坏意大利统一事业、干涉佛罗伦萨内政的在世教皇逢尼发西八世打入第八层地狱,抨击他"使世界变为悲惨,把善良的踏在脚下,把凶恶的捧到头上"①。这对当时为罗马教皇和天主教会所残酷统治的意大利来说,是一个极其勇敢的行为。但丁对教会和教皇的揭露和批判,使其成为后来反教会和宗教改革的先驱。

但丁是中世纪第一个提出个性解放、理性觉悟和反对宗教桎梏的思想家。他歌颂自由的理想、个人的情感和求知的精神,表现出对现世生活的强烈兴趣,针锋相对地反对宗教神学否定人生价值及现世即罪恶的说教。他认为人类有天赋的理性和自由意志,不像禽兽那样冥顽无知,人的生活目的就在于追求真理和至善。他说:"我是一个人,当爱情鼓动我的时候,我依照他从我内心发出命令写下来。"他还认为:"上帝在创造的时候,最大的赠品,最伟大的杰作,最为他所珍贵的,那就是意志自由。只有智慧的造物享有这个。"可见,但丁非常重视个人自由意志的表达、个人意象的抒发以及自由命运的铸造。但丁推崇古典文化,对古希腊、罗马学者表示高度的崇敬,肯定人类对知识的追求。他把古罗马诗人维吉尔作为自己人生之路的向导,热情地称他为"导师"、"模范"、"智慧的海洋",毫不隐讳地承认自己是他的学生和继承者,并借攸利西斯之口说:"人不能像走兽那样活着,应当追求美德和知识。"②他还强调指出:"你现在应当避开懒惰,因为一个人坐在绒毯之上,困在绸被之下,决不会成名的;无声无息度一生,好比空中烟,水面泡,他在地球上的痕迹顷刻就消灭了。所以,你要站起来,用你的精神,克服你的气喘……那么就可以战胜一切艰难。"③尤其是,但丁奉自己的情侣为导师,随她走完人生旅途,终于获得了人生的要义:这足以见出但丁对感情生活的珍重和向往。他把贝亚特丽齐的形象塑造得灿烂

---

① 但丁:《神曲》,王维克译,北京:人民文学出版社1980年版,第286页。
② 同上书,第120页。
③ 同上书,第109页。

夺目,把她圣化得像玛丽亚一般,这虽然可看出宗教观念的印记,但同时也表明了作者对爱情的肯定态度。在地狱第二圈有一对情侣保罗和法郎西斯加;相传保罗的哥哥相貌不扬,由保罗代行婚礼,保罗从此与嫂嫂法郎西斯加结下私情。但丁游历地狱时,他们向作者讲述了这场恋爱悲剧的经过,但丁听后深为感动,竟昏晕倒地。在人类感情横遭摧残的神权时代,保罗二人的自由恋爱具有相对的进步意义,正是为此,但丁才对他们表示深切的同情。这种对人生、对现世活动的肯定,正是文艺复兴时期人文主义文化的先声。

不过,作为新旧交替时代的但丁,他的人生哲学观自然也充满了深厚的基督教神学思想,这就构成了作品的思想矛盾,即《神曲》的两重性。他曾明确地说自己被围困在疑团之中,"是"和"否"交战在他的胸中。譬如,他歌颂现世生活,但又把它看做来世生活的准备。他倡导以宗教道德进行自我完善,认为"神学的美德"(即基督教的三大纲领:信仰、希望、神爱)是最高道德规范。他揭发教会的罪恶,但又不从根本上否定宗教和教会,甚至把神学置于哲学之上,认为人类只有依靠信仰和神学,才能达到至善之境。他在批判封建社会的同时,又把祖国统一的理想寄托在神圣罗马皇帝身上。在《净界》第10篇,诗人热情地歌颂罗马皇帝德拉仁伸张正义、为民除害的美德和皇恩;在天国,又预留了亨利七世的座位。《神曲》中虽有个性解放的思想萌芽,但也不乏禁欲主义的陈腐说教。但丁虽同情保罗二人的遭遇,但又以宗教观念认定他们的乱伦罪行;作品中虽奔涌着对贝亚特丽齐的炽热爱情,然而由于宗教的顾忌,却又把一个丰满动人的血肉之躯抽象化为神性的符号,把一个尘世女子拔高成谙熟经典的传教者。诗中还时时进行安贫乐道、隐世脱俗的说教,并把隐逸寡欲、潜心修行、远离红尘的禁欲者奉为楷模而放入天堂。尽管如此,但丁依然是伟大的。他的《神曲》的社会历史价值,从思想层面上说,正在其矛盾的两重性。因为新旧时代的交替和过渡性质,恰恰赋予了但丁及其作品在文学史上的特定地位。正如恩格斯所说:他是中世纪最后一位诗人,同时又是新时代最初的一位诗人。

从艺术上看,《神曲》结构严整、合理,条理分明,层次清楚,同时又充满了神秘的象征、难懂的隐喻和朦胧的寓意。作品分为3部,共100篇,除首篇外,每部各有33篇,每篇3行分节。冥世三界各分9级。这种三三见九的结构象征三位一体的圣父、圣子、圣灵。

《神曲》擅长于气氛的烘托和场景的描绘。作者以浓重的色彩、凝重的笔触,渲染了地狱中混乱而可怖的场面,净界则色彩明朗、气氛幽雅、深沉舒缓,而天堂则热烈辉煌、庄严崇高。诗人以高度的想象力,描绘了只有光明和音乐的圣境。

《神曲》摒弃了当时通行欧洲的拉丁文,用意大利语写成,这不仅反映了民族意识的觉醒,而且打破了拉丁语一统天下的局面,对于民族文化的统一和形成,对于把文化知识的掌握从少数特权阶级扩展到广大民众,具有积极的影响。

总之,《神曲》是一部不朽的文学名著。后世许多文学家艺术家都为这部作品的有力的艺术形象和人文主义精神所吸引和鼓舞,都从中吸取营养,进行创作。但丁也是马克思、恩格斯最喜爱的作家之一。

思考题

1. 中世纪基督教文学的主要内容是什么?
2. 如何理解中世纪基督教文学的意义和影响?
3. 为什么说但丁是中世纪最后一位诗人,同时又是新时代最初的一位诗人?

参考书目

1. 杨慧林等:《欧洲中世纪文学史》,南京:译林出版社2001年版。
2. 梁工主编:《基督教文学》,北京:宗教文化出版社2001年版。
3. 但丁:《神曲》,王维克译,北京:人民文学出版社1980年版。

(本章编写:李伟昉)

第二编　近代文学

第三章 欧洲文艺复兴时期的文学

第一节 概 述

从公元 14 世纪上半叶到 17 世纪初,是西方历史的一个重要时代。在这将近三百年的时间里,欧洲在经济、科学和文化上都有重大的变革和发展。在这一时期的文明史上,最重要的词语之一就是"文艺复兴"。

欧洲的文艺复兴,在我们看到的文献里有两种不同的含义:就狭义而言,指的是公元 14—15 世纪意大利在文学、绘画、建筑以及科学方面取得的辉煌成就及其对欧洲的影响;在更多的文献中,用这个词概括欧洲步入资本主义时代初期的文明史,特别是意大利、法国、西班牙、英国乃至德国在文艺、科学方面取得的成就。它同"宗教改革"一起,构成西方近代文明发展的两个最重要的事件。西方人以这一段历史自豪:就是从这一时期开始,西方把东方甩在了后边。东方人也十分注意西方这段历史,认为东方之所以落后,就是因为没有自己的"文艺复兴"。其实,这种看法是过于笼统、不足为训的。

在我国的一般教科书上,用下述简约的文字描述这一事件:这是一场打着复兴古希腊罗马文化旗号、抨击封建专制和教会、以提倡人文主义为目标的新兴资产阶级的思想解放运动。当我们把英国、法国或意大利人写的以及苏联或我国的一些研究文艺复兴的著作摆在一起时,常会感到手足无措而惶惶然:有的著作把这一时期描绘为热情而混乱,由信仰断裂而导致道德解体、人欲横流(如意大利布克哈特的《意大利文艺复兴时期的文化》);而另一些书中却勾勒出一幅赞美人的尊严、追求美与自由的黄金般灿烂的时代图画(如《英国百科全书》1964年版);苏联的百科全书则凸现了人文主义者反对封建制度、教会统治的战斗精神及其历史局限性。如果你涉足于当时作品的海洋,就会发现自己陷入了一个更加错综迷离的世界:对人类的热情赞美与恶毒诅咒同在,近乎疯狂的欢乐与同样近乎疯狂的悲哀并存,对人间伊甸园的精心构建与对人间地狱的冷酷描绘交织,对教会神圣的亵渎与诚挚的忏悔融会,"唯物主义的始姐"同时是狂热的基督教徒,猛烈抨击教会丑恶的战斗者临终大都接受涂油礼,"第一个近代人"把中世纪的教父引为知己,思想上的巨人是道德上的侏儒,文化上的智者是品德上的败类,有的悲观主义者被历史证明为时代的先知,而当时赫赫有名的大家却又被捉弄似地成为浅薄之徒;高尚与卑鄙、文雅与粗俗、亮节与猥亵、深沉与浅陋、赤裸裸的人的本能世界与趋于成熟的观念世界、野蛮人强烈而持久的幻想与文明人尖锐而细致的求知欲,纵横交错在一起,展开了一幅七彩缤纷的社会与人的图画。在这幅图画中,最突出的一个主题就是:"谁能告诉我:我是谁?"

文艺复兴很容易被描绘为几十位博学多艺的文化、艺术、科学巨人创造的历史。这在表面上是正确的。但是,正如布尔达赫所说:"人文主义和文艺复兴不是认识的产物(Produkte des Wis-sens)。它们的产生,不是由于学者们发现了失传的古希腊罗马文学艺术珍品并且力求使它们重新获得生命。人文主义和文艺复兴是从一个老化的时代的热烈而又无限的期待与追求中诞生的,这个时代的灵魂在自己的最深层受到震动,它渴望着新的青春。"[①]所谓"老化的时代"就是西方的中世纪;它的更深层的活力诸如经济的(商品经济和航海业的发展、资产阶级的诞生)、宗教的(宗教改革)、文化传承(古希腊文明)、科学发明与发现乃至民族性格的因素都在这一时代的内壳中孕育、生长着,并逐步破土而出。因此,文艺复兴是一个多种历史因素相激相荡、相融相汇的综

[①] 转引自《巴赫金文集》第6卷,李兆林等译,石家庄:河北教育出版社1998年版,第38页。

合产物。

　　文艺复兴发源于意大利。得天独厚的地理位置使意大利成为世界上第一个资本主义民族。位于亚得里亚海北岸的威尼斯，早在公元9、10世纪就在地中海进行商业活动，到10世纪末已成为一个喧闹的城市社会、富庶的商业共和国。公元15世纪时，威尼斯拥有商船3000艘和大批军舰，雇佣了6000名木匠和其他工人。它从东方购买珠宝、丝绸、胡椒、肉桂、丁香等运往西欧高价销售，又从罪恶的奴隶贸易中牟取暴利。佛罗伦萨是意大利北部最大的手工业中心，先后发展了呢绒工业和丝织工业，到14世纪已拥有200多家从事呢绒生产的工场，产额为8万匹左右。它的银钱业也很发达，一些贵族以25％的高息向外贷款，在欧洲货币市场上具有支配地位。商人贵族不仅在经济上纵横捭阖、操纵一切，而且掌握政权，早在12世纪威尼斯的政权已由商人贵族所把持，到14世纪，佛罗伦萨的政权也由工商业行会代表组成的长老会议所操纵，商人贵族成了"无冕之王"。这些城市由商人家族控制，他们成了画家和著作家的主要赞助人和支持者。

　　当时的意大利，我们既可以用"繁荣"两个字来描绘，也可以用"混乱"来描绘。从当时人的眼光来看，也许后两个字更容易被认可。对于文艺复兴时代的意大利在道德方面的沦落，布克哈特的名著《意大利的文艺复兴》有充分的描绘。威尔·杜兰这样写到文艺复兴时代罗马的情形："……在罗马市郊七山之斜坡上，牧羊人牧放着他的羊群；乞丐流浪于街道上，而抢劫的强盗则潜伏在公路上；太太们被诱拐，修女被强奸，朝圣者被抢劫；每人都携带武器。昔日贵族的家族以暴力互争，且阴谋在政治上控制那统治着罗马的寡头元老院。中产阶级人数少而力量薄弱，由20个民族混合而成的繁杂的民众生活在极贫困的状态中……"[1]而佛罗伦萨的情形并不比罗马好：在它的10万人口中有1.7万乞丐。著名哲学家罗素说过，混乱可以造就莎士比亚，而繁荣则

---

[1] 威尔·杜兰：《世界文明史》第五卷，幼狮文化公司译，北京：东方出版社1994年版，第10页。

未必。

工商业的蓬勃发展和资产阶级的壮大,不仅在经济、政治方面排挤、打击封建统治和教会势力,而且改变着社会心态。"上帝的羔羊们"眼睁睁地看到那些本应下地狱的狡猾欺诈之徒——商人们一个个荣享富贵、恣意妄为,上帝却也奈何不得。人们可以凭着自己的才智、狡猾和冒险精神,在一夜之间从乞丐变为富翁。暴发户们的乐观进取精神感染着整个社会,使发财致富的欲望变得更加炽热;不仅世俗的人们,就是教会也受到金钱的冲击。14世纪上半叶,克雷门斯六世提出"免罪令"理论,即用金钱可向教皇购买"免罪令"以避免来世的炼狱之苦。这件事标志着,"人"正在从神的统治之下变为自己的主人。这种社会心态的变化,随着资本主义关系在欧洲的扩展,逐步波及英国、法国、西班牙及德国,构成文艺复兴的社会基础。

被欲望激活了的人们总要创造自己的文化。在新的文化体系还没有构建起来之前,他们首先惊讶地在古希腊、罗马文化中发现了自己。公元1453年,东罗马帝国首都拜占庭被土耳其人攻陷,那里的大批学者携带着古希腊文明流入西欧,逃到意大利讲学。在此前后,又从罗马城的废墟中发掘出许多古代雕像。同中世纪宗教的灰暗生活相比,古希腊的文化、艺术无疑展开了一个鲜活的世界,成为自由与美的象征。它使得许多青年人离开自己的爱人和欢乐的家庭,教士放弃了祈祷书,纷纷挤进语言学家和修辞学家的课堂,学习古代的语言和文化,对于文学艺术的喜爱超过了对经院哲学的兴趣。当时流行的一个口号是:"我去!我去把死人唤醒!"这种对于亡灵的热情呼唤,并不是要退回上古,而是将抛舍给上帝的主体重新索回,从封建专制与教会桎梏下解放自己。

当头脑从蒙昧主义的枷锁下释放出来时,漫无边际的好奇心便增长了,并且从书本转向对现实世界的观察,从文学性转向科学性,中世纪的思想体系受到怀疑,亚里士多德的物理学、托勒密的天文学、盖勒的医学再勉强扩展也不能包括已有的种种科学发现。自然科学的蓬勃兴起给文艺复兴注入了新的生命。哥伦布发现新大陆,哥白尼发现了一个新天体,随之而来的各个科学技术领域都开始突飞猛进。这些成就不仅替新兴资产阶级带来巨大的财富,也大大扩展了人们的精神视野。他们开始认识自然界的丰富宝藏和无限潜能,也开始认识到人自己的巨大威力和无限光明的前途。因为他们亲眼看到一千年的酣梦醒来之后人们竟然创造了那么多的奇迹。这就激发了他们向四面八方去探险的雄心壮志。但丁、彼特拉克和达·芬奇所醉心的"荣誉"就表现出当时的人们对自己的尊严感。这种物质条件和精神气氛,造就了数以百计的文化巨人,形成一个"巨人的时代"。正如恩格斯所说:"当时几乎没有一个有价值的人不曾远涉重洋旅行过,不说四五种语言,不精通百艺。"人发现没有什么东西能束缚自己,人要求全面发展自己,"完全人"的理想就是这样形成的。布克哈特在《意大利文艺复兴时期的文化》一书中这样概括西方意识上的转变:

> 在中世纪,人类意识的两方面——内心自省与对外观察都一样——一直是在一层共同的纱幕之下,处于睡眠或半醒状态。这层纱幕是由信仰、幻想和幼稚的偏见织成的,透过它向外看,世界和历史都罩上了一层奇怪的色彩。人只能意识到他自己是一个种族、民族、党派、家族或社会集团的一份子——人只有透过某种普通的类来认识自己。在意大利,这层纱幕最先烟消云散;对于国家和这个世界上的一切事物做客观的处理和考察成为可能的了。同时,主观方面也相应地强调表现它自己;人成了精神的个体,并且也这样认识自己。①

对世界作客观的考察和对人的主观强调,亦即"科学与自由"开始成为新世纪的时代精神。前者表现在哥白尼、伽利略、布鲁诺等一大批科学家的身上,他们为了坚持自然界的客观性而饱尝苦难,甚至有的在宗教裁判所和火刑架上献出了生命。而对人的主观强调则更多地表现于文学艺术领域。文学家、艺术家在自己的作品中显示了人的觉醒,展开了

---

① 雅各布·布克哈特:《意大利文艺复兴时期的文化》,何新译,北京:商务印书馆1983年版,第125页。

精神个体的无限多样性。恩格斯对这个时期有一个经典性的评价:"这是一次人类从来没有经历过的最伟大、进步的变革,是一个需要巨人并产生了巨人的时代——在思维能力、热情、性格方面,在多才多艺和学识渊博方面的巨人时代。"

文艺复兴区别于古典文化的一个最重要的特征是民间文化进入殿堂。在整个古典主义时代,下层的老百姓一方面接受来自宗教和封建主的信仰和规则,另一方面并没有抛弃自己在蒙昧时期的切身体验中获得的艺术感受。他们在虔诚地礼拜基督的时候,多少有一点不信任和陌生感——他们更相信自己,喜欢伊索寓言和列那狐的故事。他们在星期日会去做礼拜,但是,到了狂欢节则仿佛变成了另一些人:嬉笑怒骂、狂饮高歌、粗犷而放荡、机智而狡诈。这后者更像是他们自己。文艺复兴时代的巨匠强有力地吸收民间文化,不仅是其中的激情和粗犷,而且采用民间流行的艺术形式和语言。文艺复兴时代的作品,多数都不采用中世纪文学的象征性的、晦涩的、神秘的语言,而倾向于用生动活泼的语言描绘世俗生活,展现人的活力和欲望,以及进取求知精神;在戏剧、诗歌和小说等艺术形式上都有重大的革新和突破,对于后来的文学发展具有重要的范式意义。

文艺复兴时代的文学发展,以个性的觉醒为中心,可以粗略地划分为三个阶段:从14世纪上半叶到15世纪中叶,是第一阶段;主要的特征为从自然人欲的天然合理性出发,抨击封建政权和教会对人的束缚压制,反对禁欲主义,张扬世俗主义;主要成就在意大利和英国;代表性作家是意大利的彼得拉克(Francisco Petrarca,1304—1374)、薄伽丘(Giovanni Boccaio,1313—1375)和英国的乔叟(Geoffrey Chaucer,约1343—1400)等。从15世纪中叶到16世纪中叶,是第二阶段;主要特征为吸收中世纪逻辑思辨和新兴的自然科学理性的思维成果,张扬人的尊严、雄心、乐观、进取精神,彰显人文主义的思想、形象和风采;主要成就在法国;代表性作家有:《巨人传》的作者弗朗索瓦·拉伯雷(François Rabelais,1493或1494—1553)、倡导使用并加工法兰西民族语言的龙萨(Pierre de Ronsard,1524—1586)等七星诗社的诗人以及思想极具深度的散文家蒙田(Michel de Montaigne,1583—1592)等。从 16 世纪中叶到 17 世纪初,是第三阶段,也是最为成熟的阶段;这一阶段的文学不仅承袭了前两个阶段的成果,而且对于人性的弱点及由此造成的社会的丑恶有深刻的揭示,塑造所谓"忧郁的贵族人物"成为富有深度的文学现象;主要成就在西班牙和英国;代表性作家是塞万提斯(Miguel de Cervantes Saavedra, 1547—1616)和莎士比亚(William Shakespeare)。莎士比亚是文艺复兴时代的一只高吻苍穹的雄鹰,在他站立的地方没有第二个人同他比肩。

第二节 彼特拉克和他的抒情诗

但丁去世后的第 20 年,即 1341 年,在意大利发生了一件很轰动的事:一位年轻的诗人身披罗伯特王所赐的紫袍,在色彩缤纷的队伍的簇拥下,走向罗马的朱庇特神殿;在那里,一顶象征荣誉的桂冠戴在了他的头上。这个年轻人叫弗朗齐斯科·彼特拉克。他的诗,令人想到但丁早期的《新生》:彼特拉克也有自己的"贝亚特丽齐",她叫劳拉。23 岁时,他与劳拉在阿维尼翁的一座教堂内邂逅,爱慕之情蓦然而生,赤诚之爱从此成为诗人精神世界的支柱、创作的源泉和生活的动力。他的主要作品《歌集》《凯旋》都是献给劳拉的。但是,彼特拉克对劳拉之爱与但丁对贝亚特丽齐之爱不同。但丁将贝亚特丽齐升华为圣母,为他们的爱情披上一层超越于肉体的神秘、圣洁的面纱;彼特拉克虽然也把劳拉冠以"圣母劳拉",但却恳求劳拉除去她的面纱,让他享受那娇美的面容。然而,他又害怕看到那双美丽的眼睛:

> 我那爱挑衅的心上人儿,
> 我千百次恳求你别闪动美丽的眼睛。
> 我已把心奉献给你,

可你毫不动情;……①

这种痛彻肺腑的爱情使得:

> 每天我死亡一千次,
> 也诞生一千次。②

他在《秘密》一书中虚拟与中世纪教父圣·奥古斯丁的对话,就禁欲主义和肉欲爱情的冲突等展开了坦诚的讨论。圣人向他指出:贝亚德可以引但丁进入天堂,而你对劳拉的欲念"只会把你投入更坏的罪恶"。彼特拉克承认自己没有勇气割舍对劳拉的爱。他说:我看出来了,你要把我逼到哪儿去。你要迫使我和奥维德一起说:"我爱她的灵魂,同时也爱她的形体。"③

"同时爱她的肉体和灵魂",这是区别于基督禁欲主义,区别于但丁式的爱情,也区别于古希腊的那种肉欲享乐的近代爱情,是一种建立在人的自然本性基础上的美的追求:

> 黛安娜为了讨好情人,
> 曾让他有这样的机会,
> 使他看见:
> 她在冰冷的水中露体赤身,
> 可是山上粗犷的姑娘更叫我喜欢,
> 她在那里浣洗一条美丽的面纱,
> 它盖住一头金发,
> 不让微风吹散
> 因而当此刻天际有红霞出现,
> 我不禁浑身为爱情而震颤。④

---

① 《意大利诗选》,钱鸿嘉译,上海:上海译文出版社1987年版,第44页。
② 同上书,第51页。
③ 吕同六主编:《意大利经典散文》,吴正仪译,上海:上海文艺出版社2004年版,第26—27页。
④ 《意大利诗选》,钱鸿嘉译,上海:上海译文出版社1987年版,第52页。

但丁是以仰窥上帝为自己的最高幸福的。当我们阅读但丁的《神曲》时,常感到一种内在的紧张:每个人都在紧张地向上攀援,不敢回头张望,唯恐掉下去——因为下面就是地狱和炼狱。只有攀进天堂,人才会松弛下来,获得自由和幸福。就在这些竞相攀援的人们中间,忽然有一个人向他的偶像但丁声称:我不往上攀了。这个人就是彼特拉克。他说:"我不想变成一个神……对我来说,人的荣誉就足够了;这就是我所祈求的,我是凡人,我只求获得属于凡人的东西。"①

由此,彼特拉克预告了西方的一个新的纪元,即"文艺复兴"。他因此被称为"文艺复兴之父"或"第一个近代人"。

彼特拉克的生活道路较之但丁平坦,他未像但丁那样饱经沧桑,诗作也不似《神曲》那般宏阔神奇。敏感和多愁的天性使他能对人的情感领域作细致入微、优美秀逸的描写。

彼特拉克的《歌集》是一部包括 366 首十四行体抒情诗的"诗体日记",赞美诗人对劳拉的爱情,抒发对于大自然的感受和渴望祖国统一的理想。全书分为"圣母劳拉之生"和"圣母劳拉之死"两部分:第一部分宣泄了诗人热恋的感受和失恋的苦痛;第二部分描绘了劳拉充满柔情抚慰诗人的梦境。这部诗集,是中世纪以来第一部展现世俗生活的欢乐和痛苦、把爱情描绘为有血有肉的情感的佳作。诗人在艺术上呕心沥血、精益求精,在继承普罗旺斯抒情诗和柔美新诗体的基础上,去其晦涩,贴近现实,善于以夸张的比喻表现处于单恋狂热中的男子的悲哀与绝望,文字飘逸,巧夺天工。

彼特拉克被誉为近代"爱情诗的始祖"。爱情这个美妙的字眼,按常理似乎与"凶横"、"骄横"、"罪行"、"毁坏"是无缘的,然而品尝过单恋之苦的人都会认为,恰恰是这些字眼勾画出了他们那颗被爱火煎熬的不幸灵魂。它证明人的心态之两极具有同一性,爱恋发展到极致就将化为恨,化为罪,化为毁灭。彼特拉克在描写这种复杂心态时所用的比

---

① 吕同六主编:《意大利经典散文》,吴正仪译,上海:上海文艺出版社 2004 年版,第 27 页。

喻常常是诡谲大胆的,如对受相思折磨的恋人内心狂热与冰冷的矛盾的表现。彼特拉克诗中这类在喻体与被喻体之间具有"高电压"的比喻,被称为"彼特拉克奇喻"(Petrachan conceit)。

第三节 薄伽丘和《十日谈》

乔万尼里·薄伽丘和彼特拉克是好朋友,但两个人又很不相同。彼特拉克的内心还是充满矛盾的,在与圣·奥古斯丁的对话中,时常流露出一种负罪感。与他的挚友薄伽丘相比,彼特拉克的诗风缠绵悱恻、温柔清新;而薄伽丘却显得更为明快泼辣、轻捷有力。彼特拉克与薄伽丘代表两种风格——高雅与粗鄙;但彼特拉克的高雅已不同于但丁,而薄伽丘的粗鄙也不同于古罗马末期的堕落。

从中世纪教会的观点看,薄伽丘是双重邪恶的产物。因为他的父亲是个商人,而他本人又是私生子。他在缺少父母之爱的环境里度过了童年。长大后,父亲带他到那波里,要求他学习经商、法律和宗教学,却一无所获;但是,新的环境使得他有条件发展自己对于文学的狂热爱好,并且成了一个博学的人。他在翻译荷马的作品、注释古代典籍方面作出了重要的贡献;对但丁和《神曲》有精深的研究,曾经主持佛罗伦萨大学的《神曲》讨论课程。他是一个精神奔放、才华横溢的多产作家,不仅以短篇小说、传奇小说蜚声文坛,而且在诗歌和学术上也颇多建树。他的代表性作品有:《十日谈》、《菲娅美塔的哀歌》、《爱情的幻影》和《但丁传》、《异教诸神谱系》等。

《十日谈》是一部故事集。它以1348年佛罗伦萨的一场大瘟疫为由头,记述三男七女在乡村别墅避难时,用10天时间轮流讲述的100个故事。事实上,这些故事是薄伽丘从西方的历史、中世纪的传说乃至东方的民间故事中广搜博求,并用人文主义思想加以点化,而使其大放异彩的。

薄伽丘是那个时代的"恶"的展示者,《十日谈》中大量有关通奸、仇杀、抢劫的故事,反映了当时意大利的社会现实;而其主要锋芒所向,是对教会僧侣发动猛烈抨击,嬉笑怒骂,活画出一幅圣徒不圣、修士不修、神父昏庸、教会腐臭的鬼脸,甚至罗马教皇都在他的攻击之列:

> 从上到下,没有一个不是寡廉鲜耻,犯着"贪色"的罪恶,甚至违反人道,耽溺男风,连一点点顾忌、羞耻之心都不存了;因此竟至于妓女和娈童当道,有什么事向教廷请求,反而要走他们的门路……①

薄伽丘攻击教会时玩世不恭的口吻与泼皮般的流氓精神,反映了他对人自身的优越意识。这种优越意识是主体觉醒的表现,它标志着神人已经易位,人已经摆脱教会的羁绊而取得独立意识。他的主要武器就是人欲的天然合理性。

在"第四天"的开头,作者叙述了这样一个故事:一心信奉天主的腓力,在丧偶之后带着不满两岁的幼儿上山修行,过着与世隔绝的生活。他的儿子除了父亲以外,没见过第二个人。到他18岁的时候,腓力见他平时侍奉天主十分勤谨,料想带他到浮华世界走一遭,大致也不会迷失本性。于是父子俩下山来到佛罗伦萨街头,可巧遇上一位衣着华丽、年轻漂亮的姑娘。儿子立即就问父亲:"这些个是什么东西?""我的孩子,"腓力回答:"快低下头,眼睛盯着地面,别去看它们,它们全都是祸水。""它们叫做'绿鹅'。"说也奇怪,这个18岁的小伙子生平还没有看见过女人,眼前许许多多新鲜事物,像皇宫、宅邸、母牛、马匹、金钱,他都不曾留意,却冷不防地对他老子说:"亲爸爸,让我带一只绿鹅回去吧!"

一个连"女人"这个名词都没有接触过的青年男子,却本能地认为,他进城这一天所接触的许多新鲜事物中,最美、最迷人的就是"绿鹅"。腓力恍然大悟:原来自然的力量比他的教诫要强得多。他深悔自己不该把儿子带到佛罗伦萨来……

---

① 《十日谈》,方平等译,上海:上海译文出版社1983年版,第46页。

接着,作者议论说:"谁要是想阻挡人类的天性,那可得好好儿拿点本领出来呢。如果你非要跟它作对不可,那只怕不但枉费心机,到头来还要弄得头破血流。"①

在"第四天"的菲娅美塔的故事中,国王的女儿绮思梦达公主在情人被父亲杀死后,手捧浸泡着情人心脏的金杯,注入毒汁,和泪饮下而死。这不仅是对专横君主的强烈控诉,而且是一曲震撼心灵的爱情赞歌。

《十日谈》中广泛利用来自民间的故事、寓言和讽刺作品。来自下层的精力充沛、张扬生命欲望的作品为薄伽丘的创作注入了新的生命,有些章节过于沉湎于粗俗的语言和低级情趣,也成了这部作品的瑕疵。

第四节　拉伯雷和《巨人传》

法兰西是意大利的紧邻。早在弗朗索瓦一世当政的时候法国就提倡学习意大利的文化艺术。最先感受到春天气息的是里昂。里昂诗派成了后来彪炳史册的"七星诗社"的先声。以龙沙为首的七星诗社,以《保卫和发扬法兰西语言》的宣言为号召,掀起了一场美学革命,创造了优美的法兰西诗歌;与其同时,散文勃兴,其中最具思想深度且影响久远的是蒙田的《随笔集》。然而,法兰西文艺复兴最富色彩的奇观是拉伯雷的《巨人传》。这部巨著内涵奇崛、气势磅礴、雄大浑厚、影响深远,是文艺复兴时期最具经典性的作品之一。

拉伯雷(1493—1553)是一位典型的文艺复兴时代的巨人。他通晓哲学、神学、数学、医学、法学、音乐、地质学、天文学、植物学、建筑学和文学 11 个学科,在写作《巨人传》时使用了 13 种语言。为了《巨人传》,他四次受到教皇迫害,长期流亡国外,但他坚持写完;他一生穷困潦倒,死时一点财富都没有。他在遗嘱中安详地说:"戏演完了,该拉幕了。"

---

① 《十日谈》,方平等译,上海:上海译文出版社 1983 年版,第 260 页。

《巨人传》叙述了三代巨人：乌托邦国王大肚量和他的儿子卡冈都亚、孙子庞大固埃的英勇故事。"巨人"并非拉伯雷原创。追踪到古希腊，大力士赫拉克勒斯、阿基琉斯都是"巨人"的原型。但是，拉伯雷的巨人，与古希腊有明显的不同：古希腊巨人的神力大多是由于他们的父母之一为神，也就是说是神赋予的；拉伯雷笔下的巨人则是人本身——他的巨人不过是普通人体的百倍或千倍的放大：例如故事开篇就讲乌托邦国国王大肚量的妻子从耳朵里生出一个孩子，取名卡冈都亚。他身躯巨大无比，每天要吃 17093 头奶牛的奶，一件紧身上装要用白缎 813 奥纳(每奥纳折合 1.88 米)，狗皮 1509 张半。因为他的身躯是千百个人的总和，他的坐骑也就需要用巴黎圣母院的大钟来做颈上的铃铛；他的力气也就大得惊人，可以拔起大树横扫千军如卷席。作品特别注重那些作为人的最基本的感受，例如吃、喝和性交。小说大量篇幅描写巨人们如何从人类的最基本的活动——吃、喝、性——中感悟知识和真理。小说第十三章写到巨人卡冈都亚 5 岁时专论"擦屁股"：初看起来"擦屁股"也实在是一个粗俗不堪的题目，一般作家是不屑于问津也不敢问津的。但拉伯雷洋洋洒洒写来，讲这个 5 岁的孩子如何用宫女的帽子、围巾、丝绒护面来擦屁股，试用丹参、茴香、牛颈草、玫瑰花、白菜、萝卜、莴苣、菠菜来代替手纸，此外，他还用过床单、被子、窗帘、地毯、台布做代用品；他背诵长篇的有关的诗歌，用三段论法证明了擦屁股的必要性，最后得出结论说：天堂之所以美好，不在于百合花、仙丹或花蜜，而在于天使们可以用小天鹅来擦屁股。从这段颇为离奇的情节，我们可以依稀窥到它的现实依据：人的童年时代尚未被各种"理性知识"所缠绕，他们凭着身体的感觉来判断事物，评价事物的优劣。这种身体的感觉力随着外界各种知识的灌输而衰减，乃至迷失在所谓的"理性"里。卡冈都亚 4 岁就能作诗，但是，在神学大博士指导下将各类文法书、诸家注疏读得倒背如流时却越读越蠢，"呆头呆脑，失魂落魄，目滞神昏，口嚅舌钝"；到得人前，便"帽子护着脸，鼻涕眼泪一起流，没有人能逼出他一句话来就像逼不出死驴一个屁来一样"。① 大肚量看到不妙,将他改送巴黎结合实际学习知识,读《圣经》不忘锻炼身体、骑马、舞枪,全面发展。用现在的说法就是"回到身体",尊重和保卫自己的感受力。

在中世纪的欧洲,"天堂何以比人间幸福"是一个无须问也不可问的问题。但是,一个5岁的孩子提出了这个问题,并且用了一种非经院式的方法来加以解决。这种方法就是"一切经过试验",结论产生于试验之后。这就是后来牛顿在苹果树下悟出的方法,也就是被称作开拓了新世纪的"科学"的方法。这一点远比多少巨人的惊人之作更有价值。这种宇宙观不承认天下有绝对的权威,只承认知识的权威;不为某些固定的教义所左右,而要求理性的裁决。这是一种与中世纪教义学者截然不同的思想气质。

拉伯雷强调后天教育的影响。他的主人公采用人文主义的方法学习:有读书,有讨论,有运动,有实验,有音乐。玩纸牌的时候结合学数学,吃饭的时候结合讲动植物,结果卡冈都亚百艺皆通,又恢复了原来的活泼性格。邻国国王毕可罗寿为了几车烧饼的事,进攻乌托邦,大肚量紧急从巴黎召回儿子御敌。卡冈都亚在阵前先礼后兵,对毕可罗寿表示:为了和平,愿加倍赔偿他那五车烧饼。但毕可罗寿把卡冈都亚的真诚视为软弱可欺,继续进犯。卡冈都亚一怒之下拔起千年大树猛扫敌兵,把高塔、炮台统统打翻,藏在其中的敌兵一起被压死。敌兵惊愕之时,卡冈都亚的战马撒了一泡尿,形成滚滚巨流,把敌兵冲出好几里,赢得了胜利。《巨人传》的第二、三、四、五部,是写卡冈都亚的儿子庞大固埃寻找神壶的经历。在这个过程中,拉伯雷用离奇的手法广泛地描写了当时法国的现实,尖锐讽刺了封建官吏和教会僧侣的腐化与昏庸。譬如,作品中写到骗人岛上穿皮袍的猫王(暗指当时法国的法官)长了三个头——怒吼的狮头(对百姓),奉承的狗头(对上司),打哈欠的狼头(无用而狠心),满手是血,爪子十分厉害,任何东西逃不出他的魔掌。

---

① 《巨人传》,鲍文蔚译,北京:人民文学出版社1998年版,第54、55页。

但是，庞大固埃一行所到之处，三下五除二就把他们一网打尽。

《巨人传》中还描写了巨人卡冈都亚热爱和平、主持正义的高贵品质。胜利之后，庆功封赏，卡冈都亚建议开设"特来美修道院"。这个修道院与中世纪完全不同：没有围墙，自由出入；男女都要劳动；有男必须有女；每人都可以结婚，发财致富；只有一条院规："想干什么就干什么"；只有一条禁令：不许伪善者、讼棍、守财奴进入。这个特来美修道院实质上是资产阶级的理想国，它反映了资产阶级要求摆脱一切封建束缚获得发财致富的自由、结婚恋爱的自由，具有极鲜明的战斗性。

庞大固埃等人经历各种曲折终于找到神壶，并且得到启示："请你们畅饮"。19世纪法国作家法朗士将其归结为："畅饮知识，畅饮真理，畅饮爱情"。这个概括点中了文艺复兴时期的中心，叫做"庞大固埃主义"。

作品在艺术上使用惊人的夸张手法，但并没有损害历史的真实性，反而使它更加突出，至今放射着新鲜的光彩。《巨人传》的诙谐不仅是一种语言风格，而且是一种世界观："文艺复兴时期对待诙谐的态度，可以这样初步和粗略地加以说明：诙谐具有深刻的世界观意义，这是关于整体世界、关于历史、关于人的真理的最重要的形式之一，这是一种特殊的、包罗万象的看待世界的观点，以另一种方式看世界，其重要程度比起严肃性来，（如果不超过）那也毫不逊色。因此，诙谐，和严肃性一样，在正宗文学（并且也是提出包罗万象的问题的文学）中是允许的，世界的某些非常重要的方面只有诙谐才力所能及。"①

拉伯雷在嬉笑怒骂之中，给我们描绘了一个新人和世界的理想。这种新人的构架就是知识、真理、爱情，即真、善、美；而世界的理想是正义和自由。"你愿意干什么就干什么"，后来写在法国资产阶级大革命的旗帜上，成为人类为之奋斗的进步理想。但历史也显示了它的幼稚性，拉伯雷怎么也没有想到："你愿意干什么就干什么"会演化成"人与人的战争"，甚至"国与国的战争"。这部作品也有缺点，如人物性格单

---

① 《巴赫金文集》第六卷，李兆林等译，石家庄：河北教育出版社1998年版，第77页。

调、结构松散、语言芜杂及语种与典故过多,导致阅读上的困难。

第五节　塞万提斯和《堂吉诃德》

到了16世纪下半叶,文艺复兴的高潮冲击着西班牙。它在西班牙培育了一位伟大的天才,这就是米盖尔·台·塞万提斯·萨阿维德拉;他一生创作诗和戏剧、小说多部,代表作品就是闻名遐迩的《堂吉诃德》。

塞万提斯的一生是伟大而倒霉的。他生于1547年,父亲是个穷愁潦倒的外科医生。他自幼好学,梦想成为一名为国立功的骑士。1570年从军,次年参加抗击土耳其的勒班多海战,英勇冲上敌舰,身负重伤,左手残废。1572年又参加纳瓦里诺海战和占领突尼斯战役。1575年携带总督和元帅保荐信回国,途中遭到土耳其海盗袭击,被俘后卖到阿尔及尔当奴隶,三次谋逃未成,到1580年由神甫搭救回国。但西班牙已经忘却这位荣誉战士,塞万提斯遭到冷遇。1587年上书请求差务,被委派担任无敌舰队的军需官。在负责采购粮油的工作中,受乡绅诬陷。1593年被控非法征收谷物入狱,获释后改任税吏。1597年,因储存税款的银行倒闭,无力赔偿欠款,又被革职入狱。1602年开始写作《堂吉诃德》。他住的是下等公寓,楼下是酒馆,楼上是妓院,在这样的恶劣环境中完成了不朽名著的第一卷。1605年出版,大为轰动,一年之内再版六次,上至宫廷,下至市井,街谈巷议,到处传诵。但赢利全部落入出版商的口袋,塞万提斯依然贫穷如故,而且屡遭不幸。一天早晨,开门发现门前躺着一个受伤的人,出于善心,塞万提斯把他拖进房间,没想到——死了,因此涉嫌下狱;后又为女儿陪嫁事被传讯,出庭受审。1613年,又有人冒名伪造《堂吉诃德》第二卷,他怒不可遏,发愤写出了第二卷,于1615年出版。1616年因贫病交加,患水肿病而死,连墓碑都没有立一个。西班牙就这样埋葬了他们最伟大的文学家。直到现在,文学史上也还没有一个西班牙人的名字能同塞万提斯并列。

《堂吉诃德》原名《奇情异想的绅士堂吉诃德·台·拉·曼却》,也有的版本叫《拉·曼却的瘦脸爵爷》。作者在序言中申明:"这部书只不过是对于骑士文学的一种讽刺",目的在"把骑士文学的地盘完全摧毁"。但在实际上,这部作品的社会意义超过了作者的主观意图。在将近百万言的小说中,出现了西班牙16世纪和17世纪初的整个社会。公爵、公爵夫人、封建地主、僧侣、牧师、兵士、手艺工人、牧羊人、农民,不同阶级的男男女女约700个人物,尖锐地、全面地批判了这一时期封建西班牙的政治、法律、道德、宗教、文学、艺术以及私有财产制度。这使它成为一部"行将灭亡的骑士阶级的史诗",一部伟大的现实主义文学名著。

作品主人公堂吉诃德是一个不朽的典型人物。书中写道,这个瘦削的、面带愁容的小贵族,由于爱读骑士文学,入了迷,竟然骑上一匹瘦弱的老马驽骍难得,找到一柄生了锈的长矛,戴着破了洞的头盔,要去游侠,锄强扶弱,为人民打抱不平。他雇了附近的农民桑丘·潘沙做侍从,骑着驴儿跟在后面。堂吉诃德又把邻村的一个挤奶姑娘想象为他的女恩主,给她取了名字叫托波索之杜尔西内娅。于是他以一个未受正式封号的骑士身份出去找寻冒险事业。他完全失掉对现实的感觉而沉入了漫无边际的幻想中,唯心地对待一切,处理一切,因此一路闯了许多祸,吃了许多亏,闹了许多笑话,然而一直执迷不悟。他把乡村客店当做城堡,把老板当做寨主,硬要老板封他为骑士。店老板乐得捉弄一番,拿一本记马料账的本子当《圣经》,用堂吉诃德的刀背在他肩膀上着实打了两下,然后叫一个补鞋匠的女儿替他挂刀。受了封的骑士堂吉诃德走出客店把旋转的风车当做巨人,冲上去和它大战一场,弄得遍体鳞伤。他把羊群当做军队,冲上去厮杀,被牧童用石子打肿了脸面,打落了牙齿。桑丘一再纠正他,他总不信。他又把一个理发匠当做武士,给予迎头痛击,把胜利取得的铜盆当做有名的曼布里诺头盔。他把一群罪犯当做受迫害的绅士,杀散了押役救了他们,要他们到村子里找女恩主去道谢,结果反被他们打成重伤。他的朋友想了许多办法才把他弄回家去。第二卷,他继续去冒险,又吃了许多苦头,弄得一身病。

他的一位朋友参孙·卡拉斯科假装成武士把他打翻了,罚他停止游侠一年。堂吉诃德到死前才悔悟。

这个人物的性格具有两重性:一方面他是神智不清的、疯狂而可笑的,但又正是他代表着高度的道德原则、无畏的精神、英雄的行为、对正义的坚信以及对爱情的贞洁等等。他愈疯疯癫癫,造成的灾难也越大,几乎谁碰上他都会遭到一场灾难,但他的优秀品德也越鲜明。桑丘本来为当"总督"而追随堂吉诃德,后看看无望,仍不舍离去也正为此。堂吉诃德是可笑的,但又始终是一个理想主义的化身。他对被压迫者和弱小者寄予了无限的同情心。从许多章节中,我们都可以找到他以热情的语言歌颂自由,反对人压迫人、人奴役人。可是也正是通过这一典型,塞万提斯怀着悲哀的心情宣告了信仰主义的终结。这一点恰恰反映了文艺复兴时期旧的信仰解体、新的信仰(资产阶级的)尚未出现的信仰断裂时期的社会心态。

堂吉诃德的侍从桑丘·潘沙也是一个典型形象。他是作为反衬堂吉诃德的形象而创造出来的。他的形象从反面烘托了信仰主义的衰落这一主题。堂吉诃德充满幻想,桑丘则事事从实际出发;堂吉诃德是禁欲主义的苦行僧,而桑丘则是伊壁鸠鲁式的享乐派;堂吉诃德有丰富的学识,而桑丘是文盲;堂吉诃德瘦而高,桑丘胖而矮。桑丘是一个农民,有小私有者的缺点,然而真正把他放在治理海岛(实际上是一个村)的位置上时,他又能够秉公办事,不徇私情,不贪污受贿。后来由于受不了贵族们的捉弄离了职。他说:"我赤条条来,又赤条条去,既没有吃亏,也没有占便宜,这是我同其他总督不同的地方。"朱光潜先生在评价堂吉诃德与桑丘这两个人物时说:"一个是满脑子虚幻理想、持长矛来和风车搏斗,以显出骑士威风的吉诃德本人,另一个是要从美酒佳肴和高官厚禄中享受人生滋味的桑乔·判扎。他们一个是可笑的理想主义者,一个是可笑的实用主义者。但是堂吉诃德属于过去,桑乔·判扎却属于未来。随着资产阶级势力的日渐上升,理想的人就不是堂吉诃德,而是桑乔·判扎(即桑丘·潘沙)了。"

在创作方法上,塞万提斯善于运用典型化的语言行动刻画主角的性格,反复运用夸张的手法强调人物的个性,大胆地将一些对立的艺术表现形式交替使用,既有发人深思的悲剧因素,也有滑稽夸张的喜剧成分。尽管小说的结构不够严密,有些细节前后矛盾,但不论在反映现实的深度和广度上,还是塑造人物的典型性上,都比欧洲此前的小说前进了一大步,标志着欧洲长篇小说创作跨入了一个新的阶段。欧洲许多著名作家都对塞万提斯有很高的评价,如:

歌德:"我感到塞万提斯的小说,真是一个令人愉快又使人深受教益的宝库。"

拜伦:"《堂·吉诃德》是一个令人伤感的故事,它越是令人发笑,则越使人感到难过。这位英雄是主持正义的,制服坏人是他的唯一宗旨。正是那些美德使他发了疯。"

海涅:"塞万提斯、莎士比亚、哥德成了三头统治。在叙事、戏剧、抒情这三类创作里分别达到了登峰造极的地步。"

雨果:"塞万提斯的创作是如此地巧妙,可谓天衣无缝。主角与桑乔,骑着各自的牲口,浑然一体,可笑又可悲,感人至极……"

别林斯基:"在欧洲所有一切著名文学作品中,把严肃和滑稽、悲剧性和喜剧性、生活中的琐屑和庸俗与伟大和美丽如此水乳交融……这样的范例仅见于塞万提斯《堂吉诃德》。"[①]

第六节 莎士比亚和《哈姆莱特》

一 英国的文艺复兴与莎士比亚

英国的文艺复兴略晚于意大利。它的先驱杰弗雷·乔叟(1340?—1400)在1373年曾赴意大利旅行,他的作品中提到过彼特拉克,他也一定阅读过薄伽丘的作品。他的经典之作《坎特伯雷故事》与

[①] 《中国大百科全书·外国文学》下卷,北京:中国大百科全书出版社1982年版,第890页。

薄伽丘的《十日谈》像是一对先后出生在不同国度的宝贝兄弟。但是,《坎特伯雷故事》对民间文化的吸收显然更加广阔、鲜明和有力:书中写到的三十几位来自社会不同阶层的朝圣者——武士、女修道士、赦罪僧、游乞僧、市民妇女、磨房主、牛津学者和诗人,以及客店老板,都带来了自己那个阶层或社会集团的风度、欲望和感受。一般来说,在旅途中对陌生的同行者更容易敞开心扉、吐露秘密,因为明天就会天各一方,不必担心有人会借此揭发、陷害。这种特定的坦白性使得这本小书像一个声情并茂、栩栩如生的小社会:身经百战的骑士和他的儿子受到尊敬;只会念书不会挣钱的牛津学者得到怜悯;来自巴斯的妇女(巴斯妇)所讲的她如何调教五个丈夫使他们变成她的奴仆的故事至今都会让女权主义者自叹弗如;赎罪僧用"赎罪券"敲诈钱财且不以为耻的表演显得比《十日谈》中对修道士的揭露更加生动活泼。他们用多少有点隐晦的语言谈论床笫之事,有点猥亵但决不阴暗;在他们看来,做爱同吃饭一样是件快乐而普通的事;他们认为人与人应该互相容忍,和平相处。乔叟之后,到了15世纪,英国的文艺复兴渐入佳境,托马斯·莫尔的《乌托邦》描绘了没有人剥削人的理想世界,是最早的空想社会主义的经典。到了16世纪中叶,剧坛涌现出"大学才子派"马洛等一批杰出的剧作家,强有力地推动了英国戏剧事业的繁荣,为莎士比亚戏剧的出现作了基础性的准备。

在西方文学史上,只有很个别的作家有资格这样说:如果没有他,整个文学将变成另外一个样子。在莎士比亚之前,有两个作家有资格这样说,那就是荷马与但丁。莎士比亚(1564—1616)的地位显得比他们更重要一些:这不仅因为他独自占领了文艺复兴运动的最高峰,而且因为这一运动本身开辟了西方文学的新世纪。文艺复兴以降的各个重要的文学流派都渴望把自己同莎士比亚联系起来,即使那些声称反叛莎士比亚的作家,我们也可以从莎氏作品中找到其端倪。这是一种令人惊讶不止的文学现象:莎士比亚像一口涌流不尽的井,近三百年有影响的文学流派仿佛都是从这口井里流出来的,只是初始为涓涓细流,后来才发展为滔滔巨浪。

二 莎士比亚的生平与创作

莎士比亚于公元 1564 年 4 月出生在伦敦附近的斯特拉特福小镇。现在这个小镇已因莎士比亚而成为旅游胜地,莎士比亚的寓所也成了人们景仰和观光的地方。关于他的家庭和个人生平,可靠的材料不多。据说,他的父亲曾是自耕农,后经营羊毛、谷物等。莎士比亚幼年家境富裕,受过良好的拉丁文和历史、哲学、诗歌、逻辑和修辞方面的教育。14 岁时,家道中落,莎士比亚不得不辍学帮助父亲打点生意。结婚后,曾辗转于伦敦等地做过杂役等卑贱职业。1593 年后逐渐成名,虽有坎坷,但他的剧团颇受宫廷的青睐和民众的欢迎。

大约是从公元 1590 年开始,莎士比亚进入戏剧和诗歌的创作。他的创作生涯可以大致分为三个时期:第一个时期(1590—1600)的主要作品是历史剧、喜剧、长诗和抒情诗;第二个时期(1601—1607)的主要作品是悲剧,也有少量的喜剧和悲喜剧;第三个时期(1608—1613)的主要作品是带有浪漫奇想和宽恕和解结局的传奇剧,如《暴风雨》、《辛白林》、《冬天的故事》等。莎士比亚在其创作生涯中共写了 37 部戏剧,154 首十四行诗、两首长诗和其他一些诗歌。莎士比亚于 1616 年在自己的家乡去世。

在第一个时期(1590—1600)的 10 年里,莎士比亚的创作极其丰富——丰富到让人难以置信:一个人可以写出这么多风格迥异的优秀作品!这个时期,莎士比亚的诗和喜剧洋溢着春天和生命的气息,涌动着友谊与爱情的暖流,渗透着开朗的反封建、反禁欲的色彩。他塑造了一系列具有温柔、美丽、善良、机智、热情、高雅等不同性格侧面的妇女形象,依照审美规律探讨了爱情感受的多样性,如一见钟情时神秘的触电感,男女之间的神秘感,接触中的喜悦、羞怯、误会、摩擦和性格撞击,思念的甜蜜和痛苦,爱情高峰时火焰般的狂烈,"月亮式的爱"与"太阳式的爱",失恋的感伤和绝望,自我牺牲的骑士风度等等。马克思说,人们对于爱情的态度是衡量整个社会文明程度的一个标志,我们看了莎士比亚的这些作品后,感觉到,远古时代人们把男女之间的关系看做一种性欲,而到了莎士比亚,已经把性欲升华成了一种美的情感。这种美的情感在多方面的表现构成了近代社会生活在精神上编织出来的伊甸园。

他的十四行诗,有一半左右是献给一个青年贵族的,另外一半左右是献给一位深肤色的女子的。这些诗歌颂友谊和爱情,把它们看做是人与人之间和谐关系的表征,特别强调心灵的结合、忠诚和谅解等人文主义理想;诗歌热情而有节制,富于哲理性和音乐性,每首诗的最后两行往往出现警句。在这个时期,他写了两部长诗:《维纳斯与阿唐尼》和《鲁克丽丝受辱记》。《维纳斯与阿唐尼》是讲爱神维纳斯如何苦苦地追求阿唐尼。诗中说,维纳斯"像一只空腹的饿鹰啄食自己的猎物一样",在追求这个喜欢打猎的美少年。在《鲁克丽丝受辱记》中读者感受到的是另外一种情调:鲁克丽丝是一个贵族的妻子。当她的丈夫出征的时候,国王塔昆的儿子借机强奸了她;她把自己的丈夫从战场上召回来,嘱咐他要替自己报仇,然后拔剑自刎了。这是一个冰清玉洁、为丈夫守护忠贞的女人。她和维纳斯,一个如冰,一个如火;一个如太阳般燃烧,一个如月亮般纯洁。可见莎士比亚在青年时代就有同时拥抱两极的艺术能力。

这个时期,莎士比亚写了10部喜剧。最初的3部带有一点摹仿性质,成就不是太高。到了1594年,莎士比亚写出了《仲夏夜之梦》。这部喜剧标志着莎士比亚已经摆脱了摹仿的境界,有了自己的风格。这部喜剧洋溢着春天的生命气息,把天上美景和人间森林水乳交融地写在了一起,人和神处得非常之融洽和谐,妙趣横生,直到现在还是一部非常受欢迎、经常被演出的戏剧。在这之后所写的《第十二夜》和《皆大欢喜》也都是如此。《威尼斯商人》是这一时期喜剧当中的突出成就。它塑造了一个聪明、美丽、善良、勇敢,而且在智慧方面远远超过男人的女主人公鲍西娅。她的爱情观是超俗的:在金、银、铅三个匣子里,她有意识地把能够得到她爱情的帖子放在铅匣里,表明她对那些追求金银的求婚者是鄙视的;同时她又很仁慈:在机智地战胜了犹太商人夏洛克,击败他要在安东尼奥身体上割一磅肉的阴谋诡计之后,她并没有对夏洛克施行报复,依然给夏洛克留下了一半财产。她说:"仁慈是人间的上帝。"

在这个时期还有一部很重要的作品,就是《罗密欧与朱丽叶》。它已成为爱情的世界性典范,人们习惯于把那种最美好的爱情称为"罗密欧与朱丽叶式"的。

剧中的朱丽叶和罗密欧分别属于两个世代仇视、相互杀戮的家族。这对少男少女一见钟情。朱丽叶的母亲自作主张决定把女儿嫁给多次求婚的本族青年帕里斯。就在母亲妄自决断女儿幸福的时候,罗密欧在朱丽叶的卧室中,两人情深意浓,终于结合为一体。神甫劳伦斯为了帮助朱丽叶,给了她一瓶药,让她在同帕里斯举行婚礼前吞服。吞服后她会像死人一样昏睡,家人便会以为她已死去,将依照祖例把她放在祖坟里,但过四十二小时朱丽叶又会苏醒过来。届时劳伦斯神甫通知罗密欧来把苏醒的朱丽叶领到一个如梦中花园般的地方,过着只属于他们两个人的甜蜜生活。当朱丽叶按照计划吞服药水后,劳伦斯的送信人却没有能够及时通知罗密欧。罗密欧从仆人那里听到朱丽叶死去的消息,痛不欲生。他买了毒药,在去祖坟看望朱丽叶时又与同时跑来哀悼的帕里斯发生冲突并杀死了帕里斯。罗密欧深情地吻了朱丽叶,而后吞服了毒药。待朱丽叶苏醒之后,看到身边已死的情人,已无再生的念头。她深情地吻净了罗密欧唇边的毒药液,拔出罗密欧携带的匕首,刺进自己的胸膛,伏在罗密欧身上死去。

罗密欧和朱丽叶的死,换来两个家族的和好。在亲王的劝说下,蒙太古和凯普莱特两个家族言归于好。两家共同为这一对献出生命的年轻人塑了金像,让他们的魂灵在天国里享受人间没有得到的幸福。

《罗密欧与朱丽叶》揭示了爱情的"高峰体验",鲜活地写出了青年男女处于热恋时的痴迷状态。在此剧之前,我们已经在那个把情书挂满整片森林的奥兰多(《皆大欢喜》)、为了爱人而女扮男装的薇奥拉(《第十二夜》)、为了寻找爱情而只身渡海的巴撒尼奥(《威尼斯商人》)身上看到了陷入痴迷的爱情;而在《罗密欧与朱丽叶》中,这种痴迷特别富有诗意。在"月夜幽会"一场中,朱丽叶表示要把自己的一切奉献给罗密欧时说：

> 我的慷慨象海一样的浩渺，我的爱情也象海一样的深沉；我给你的越多，我自己也越是富有，因为这两者都是没有穷尽的。①

这种"高峰体验"不仅寄寓着莎士比亚的爱情理想；从更广泛的意义上说，也是他对人与人之间的一种和谐亲密关系的追求，它是莎士比亚的人间伊甸园的象征性符号。

如果我们把早期的莎士比亚仅看做一个玫瑰色的爱情伊甸园的构建者，那就没有真正了解这位剧作家。其实，就是在他构建的最美好的伊甸园世界中，我们也时时看到隐藏在背后的一双冷嘲的眼睛。莎士比亚在本能上不相信伊甸园的存在。他对人类丑恶的揭示大量地表现在早期写出的9部历史剧中；这9部戏剧系统地探讨了英国二三百年的历史。波兰评论家杨·柯特认为"这是一部帝王们争相爬上历史阶梯、又互相把别人推下去的演义史"，"这种赤裸裸的权力斗争中，唯一有价值的是'憎恨、贪欲、暴行'"。它集中表现为《亨利四世》中的一句台词："戴王冠的头颅是不能安于枕席的。"读莎士比亚的历史剧，使我们想起思想家们关于"历史是靠贪婪的恶欲来推动的"有关名言。

莎士比亚对世界的冷峻态度往往是由一些最不重要的角色——如小丑来——表述的。这就使得莎剧中的小丑不同于其他戏剧那样只是插科打诨、制造笑料，而是在某种意义上成为哲学家。那些经常说出一些玩世不恭的话、机智而幽默地表述哲理的小丑就是莎士比亚自己。有的评论家（如泰纳）认为，莎氏创造的最杰出的丑角形象福斯泰夫同莎氏本人的心灵是和谐一致的。

福斯泰夫是历史剧《亨利四世》和喜剧《温莎的风流娘儿们》中的重要角色。他是一个玩世主义者、破落骑士、流氓首领，在战场上保持一种"有分寸的勇敢"，在日常生活里是个酒色之徒。他身体肥胖，像座肉山，自己看不见自己的膝盖；他肥得流油，走过的地方都像涂了一层猪

---

① 《莎士比亚全集》第8卷，朱生豪译，北京：人民文学出版社1978年版，第39—41页。

油;他喜欢吹嘘自己的骑士身份,吹嘘自己是国王的远亲,手指破了,就说:"又流了一些国王的血。"别人不懂,他摘下帽子解释道:"我是国王的不肖侄子,阁下。"但他却毫无骑士精神。骑士视同生命的"荣誉",他弃之如敝屣,说:"荣誉不过是一阵空气,一面破旗。"他的谋生本领就是吹牛、欺骗、诡辩、顺风转舵、趁火打劫、混水摸鱼;但是他又机智、诙谐,即使在作恶和撒谎的时候也带有几分坦率和天真。因此,人们觉得他可笑而不那么可恨,甚至有几分可怜和可爱。到了《温莎的风流娘儿们》中,福斯泰夫那点徒有其表的骑士派头被剥得一干二净,完全变成了一个被平民妇女随意捉弄的愚蠢而可爱的猪。一个骑士居然沦落到如此地步,同中世纪的骑士形象相比,可以看出一个历史性变化——封建贵族阶级的衰颓。通过一些浪荡于下层的人物写出社会的重大变化,可称为"福斯泰夫式的背景"。没有人像莎士比亚那样真实地描绘出福斯泰夫那种毫不费力的自欺、有意无意地对待自己的伪善,这种塑造人物的隐秘讥讽蕴藏着深不可测的睿智,令我们击节赞赏。福斯泰夫这个人物性格的生动性和复杂性直到今日仍是莎剧研究中令人兴味盎然的话题。

莎士比亚第一时期的历史剧与喜剧的总的倾向是乐观向上的。但是到了1601年,好像天空突然一下子乌云密布,狂风大作,整个世界风云变色。莎士比亚进入了创作的第二时期(1601—1607),这个时期的主要作品是悲剧和悲喜剧。在悲剧作品中,《哈姆莱特》、《李尔王》、《奥赛罗》、《麦克白》通常并称为"莎士比亚的四大悲剧"。

《李尔王》是一个杰出统治者的悲剧。关于他的青年时代,作者没有回叙,但由他所统治的偌大国土、张扬自信的气概以及直到年迈仍然稳居王位来看,他曾经是杰出的。但人到晚年,成功者就几乎无法逃避一种居功自傲的偏执。这种偏执使一个人只愿听颂歌,不喜欢微词,大女儿和二女儿那种关于爱父情感的过分表达,以常人的眼睛看,全然带有虚夸的性质,李尔全然不察;而三女儿不过只是讲了一句实话——在她结婚之后将拿出一半的爱去爱父亲,另一半给她的丈夫——竟然惹起李尔的勃然大怒,将之逐出宫门。这种骄矜使李尔失去了常人的理智,把爱当做恨,把恨当做爱。当他为此遭到无情的报复——被大女儿与二女儿逼出宫门、流落荒原后,他疯了。然而,人们在这个疯子身上却看到了理智,看到了常人的理智的复归。这就揭示出一个令人深思的真理:权力不等于智慧,权力不是智慧的源泉;你以为智慧是随着权力而增长的,结果却是恰恰相反,愚蠢是随着权力而增长的。权力可以使你在失去智慧的同时失去爱。权力越高,失去的爱越多——如果你把权力等同于智慧的话。从这个意义上说,李尔王的悲剧并没有结束,它还在不同的现实条件下重演。

《奥赛罗》的悲剧是另一种类型。有人说奥赛罗的悲剧是他的"嫉妒";有人说是女主人公的大意,提醒女人不要丢掉自己的手绢。但这部悲剧更深刻的意义却是揭示人类一个重要的弱点:轻信。奥赛罗是一个战功显赫的英雄,在战场上是一个杀人魔王,但在战友中间却天真得像个孩子。他丝毫没有想到伊埃古竟然要把他置于死地,特别是苔丝德蒙娜——一个白皮肤的美丽女子毫无保留地献身于他这个黑皮肤的摩尔人,使他更加确信世界上人和人的关系是美好的。苔丝德蒙娜这个温柔、善良的美丽女子在对人的态度上比奥赛罗显得更加轻信。纯洁遇上罪恶,就像羊遇上狼外婆一样,道义上的优势在这里毫无用处。就在奥赛罗已经怀疑她同凯西奥之间有暧昧之情时,她还混然不觉,不顾一切地为凯西奥说好话,使观众恨不能从座位上站起来大喊一声:"小心你脚下的陷阱!"奥赛罗把他同苔丝德蒙娜的爱情视为人类的本体象征。奥赛罗全部的信念、关于人生的赌注都押在这个美丽、温柔的少女身上了。他说:"可爱的女人要是我不爱你,愿我的灵魂永堕地狱!当我不爱你的时候,世界也要复归于混沌了。"越是轻信的人,在轻信破灭之后的报复往往更强烈。他杀死苔丝德蒙娜不是由于生性冷酷,恰是因为爱得太深。他把这件事看做是"出于荣誉的观念而不是出于猜嫌和忌恨"。苔丝德蒙娜的毁灭,就是爱的毁灭、世界的混沌。

哈姆莱特、奥赛罗和李尔王在遇到罪恶的侵袭时,采取的态度都是憎恶和反抗,但也有的英雄例外,如麦克白。当女巫预言他将成为君主时,当麦克白夫人怂恿他杀害邓肯王时,他开始去适应恶的环境,雄心变成了野心。悲剧《麦克白》相当细致地揭示了一个人是怎样从善良变为嗜恶的。然而麦克白之所以成为悲剧主人公,在于他终于没有变成彻底的恶棍。尚未泯灭的良心仍然顽强地抵抗,善与恶的搏斗在他内心交织,从而扼杀了他的睡眠,使他眼前不断出现死去的邓肯与班柯的形象,觉得眼前的每一个人都窥透了他内心的罪恶的秘密,这种恐惧使得他继续地、不停地杀人,直到他自己被杀。在这个滑向深渊的痛苦过程中他痛切地感到生命的无意义。

莎士比亚同时代的戏剧家本·琼生曾经预言:"莎士比亚不仅属于他的时代,而且属于所有世纪。"莎士比亚的作品对西方文学艺术的影响极其深远,直到今天,莎士比亚的剧目仍然常常被搬上舞台或改编成电影。文艺复兴以降,西方每当新的批评理论问世,大都要对莎士比亚剧作进行新的批评和阐释,已经形成内容丰富的"莎学"。早在五四运动的时候,莎士比亚的剧作就被译介到中国,莎剧在中国自 20 世纪 20 年代到现在盛演不衰。

三 《哈姆莱特》和"哈姆莱特命题"

发生于家族之间、亲人之间、爱人之间、朋友之间的反目成仇、互相残杀的故事是通向社会与人的心灵暗区的入口。因此,"复仇"是一个永不衰竭的热门创作题材。《哈姆莱特》也是一个"复仇"的故事。它取材自公元 1200 年的丹麦史。剧情的梗概是:年青的丹麦王子哈姆莱特在威登堡的大学里读书时,突然接到父王猝死的消息,赶回王宫又目睹丧夫不到两个月的母亲就要嫁给叔父克劳狄斯了;克劳狄斯因此攫取了本来应属于哈姆莱特的王位。连续遭到生活打击的青年王子得到父王鬼魂的昭示:他是被兄弟克劳狄斯用毒药害死的。由于宫廷里到处都是奸王克劳狄斯的耳目,决心为父报仇和重整国家的哈姆莱特不得不装疯,并用"戏中戏"试探鬼魂的昭示是否属实。一次,在克劳狄斯单独祈祷时,哈姆莱特本来有机会杀掉他,但哈姆莱特放弃了这个机会;在同母亲谈话时,又误杀了躲在窗帘后面偷听的老臣波洛涅斯。波是克劳狄斯的帮凶,但又是哈姆莱特的情人奥菲莉娅的生父。波的死导致奥菲莉娅的疯和死。克劳狄斯也察觉了侄儿的复仇企图,决定把他送往英国,借英王之手除掉他。哈姆莱特中途用计逃脱,返回丹麦后恰遇奥菲莉娅的哥哥雷欧提斯。父亲和妹妹的惨死使愤怒的雷欧提斯向哈姆莱特提出决斗。克劳狄斯乘机设下毒剑毒酒之计,准备在比剑过程中除掉哈姆莱特。但结果最先被毒死的却是自己的爱妻、哈姆莱特的母亲乔特路德。雷欧提斯自己也中了毒剑,在死前和盘托出奸王的阴谋。被毒剑刺伤的哈姆莱特拼出自己最后的一点力气杀死了奸王,为父王报了仇,并立下遗嘱把国事托付给年青有为的挪威王子小福丁布拉斯。全剧以六个主要人物的死亡而告终。

《哈》剧使人感兴趣的不只是故事本身,而是哈姆莱特"拖延"复仇的问题。《哈》剧的深刻性和复杂性大都由此引发。关于哈姆莱特为何拖延复仇的理论性阐释多达十余种。最著名的有歌德说(行动力量被充分发达的智力所麻痹)、泰纳说(激情杀害了理智)、别林斯基说(巨人的雄心与婴儿的意志)和弗洛伊德说(杀父娶母的潜意识使哈姆莱特把自己和叔父视为同道)。还有的人则简单地归结为性格上的优柔寡断,等等。在《哈》剧中,哈姆莱特一出场就不具备中世纪复仇骑士的刚强品质;而对父王猝死、母叔成婚和奸王篡位这"三道冲击波",哈姆莱特的第一段独白的第一句话是想自杀:

> 啊,但愿这一个太坚实的肉体会融解、消散、化成一堆露水!或者那永生的真神未曾制定禁止自杀的律法![1]

在生活的巨大打击面前想到自杀,这是可以理解的,意志薄弱者常以自杀逃避人生。但从全剧来看,哈姆莱特并不是一个庸俗的怯懦者,他曾多次表现出自己的勇敢。他的自杀念头的直接起因是上述的"三道冲击波",但他由此想到的却不止于此,他认为:

> 人世间的一切在我看来是多么可厌、陈腐、乏味而无聊!哼!

---

[1] 《莎士比亚全集》第9卷,朱生豪译,北京:人民文学出版社1978年版,第14、15页。

> 那是一个荒芜不治的花园,长满了恶毒的莠草。①

可见,父王的死从根本上动摇了他对于世界的看法。在第二幕中哈姆莱特还说,世界是"一所很大的牢狱,丹麦是最坏的一间牢房"。对世界的看法的骤然改变,使哈姆莱特陷入了不可自拔的悲观。

哈姆莱特把世界看得如此丑恶,不仅是由于奸王克劳狄斯的阴险毒辣;更使他痛心疾首的是弥散在亲人朋友中的"附逆",包括往昔的同学与朋友的助纣为虐、昔日父亲手下的群臣对篡位者的阿谀奉承;在这被弥散的恶之网笼罩的世界里,最令他感到难以忍受的一个结点是母亲委身于自己的叔叔。在第一段独白中,在"……恶毒的莠草"之后,他用了一个"想不到……",不是想不到父亲的猝死,也不是"想不到"叔叔的继位,而是:

> 想不到居然会有这种事情! 刚死了两个月! 不,两个月还不满! ……她那流着虚伪之泪的眼睛还没有消去红肿,她就嫁了人了。啊! 罪恶的匆促,这样迫不及待地钻进了乱伦的衾被,决不是好事情,也不会有好结果!②

在他看来,新婚的叔父与死去的父亲无法相比,"好比那大力神与妖头羊",在以后的台词里哈姆莱特还轻蔑地称克劳狄斯为"霉烂的禾穗"。母亲在天神般的父亲去世还不到两个月就轻易委身于这样一个猥琐丑陋的浊物,使哈姆莱特心目中关于"人"的理想殒落了。联系到第二幕中在讲到人是"宇宙的精华,万物的灵长"之后的那句"可是,这一个泥土塑成的生命算得了什么? 人类不能使我发生兴趣"便可以认为,哈姆莱特的悲哀是对整个人类的绝望,是建筑在对人类本体的悲观认识上的情感。

哈姆莱特确实意识到宫廷里到处都是奸王的耳目,自己必须装疯以掩饰自己,伺机复仇。但当观众希图看到这个身单力薄的年青人如

---

① 《莎士比亚全集》第9卷,朱生豪译,北京:人民文学出版社1978年版,第15页。
② 同上。

何在疯癫的外衣下实施自己的复仇计划时,却又失望地看到他神思恍惚、忽冷忽热,不仅没有复仇的行动,甚至连计划都没有,看上去整个像只神经失常的可怜虫。泰纳解释说,由强烈打击导致的激愤像风暴一样把哈姆莱特的理智给毁了,使得他无法思考。整个人像一扇在狂风中摇曳的破门,理智只能像枢纽一样勉强把门固定在门框上不致随风而去。"激情压缩理智",这一心理学的道理在第二幕中得到生动的展示。歌德则认为是充分发达的智力麻痹了哈姆莱特的行动本能。哈姆莱特在本质上是一个思想家而不是行动家。哈姆莱特自己也承认"审慎的思维给炽热的决心蒙上一层灰色"。这种思考围绕着如下的命题:

> To be, or not to be, that is the question.(活还是不活,这是一个值得考虑的问题。)

这就是著名的"哈姆莱特命题"。

这一命题是理解哈姆莱特的一把钥匙,也是贯串哈姆莱特全部戏剧动作的思想线。事实上,如前所述,从哈姆莱特在舞台上一露面,他所提出的就是"人生有无意义"的问题。中世纪基督文化从悲观的角度视人生为赎罪,人属于上帝,无权考虑"活与不活"的问题,《圣经》明确规定禁止自杀。只有到了文艺复兴时代,人开始从上帝那里索回自己,才产生"活与不活"的问题。所以,哈姆莱特命题的提出,是个体觉醒后的困惑。

文艺复兴初起时,人文主义者对自身充满信心,不大考虑"不活"的问题,而更多想的是如何活得快乐、活得长久。莎士比亚早期十四行诗中劝那个贵族青年结婚的绝妙理由是结婚生子、子又生子,可以使个体的美无限地延续下去。但到了文艺复兴后期,黑暗的社会现实使人们对实现自身解放的可能性发生怀疑,于是又有了"不活"的问题。哈姆莱特感到人生无意义,而死后所去的天国也是神秘可怖的:

> 谁愿意负着这样的重担,在烦劳的生命的压迫下呻吟流汗,倘不是因为惧怕不可知的死后,惧怕那从来不曾有一个旅人回来过的神秘之国,是它迷惑了我们的意志,使我们宁愿忍受目前的折

磨,不敢向我们所不知道的痛苦飞去?①

生不得生,死不得死,人变得无家可归。这就是哈姆莱特所道出的窘境。

如上所述,哈姆莱特视人生无意义的根本点在于人类本体是丑恶的。这种丑恶,不仅包括克劳狄斯、波洛涅斯、吉尔登斯吞、罗森格兰兹,而且包括王后乔特路德,甚至自己钟爱的情人奥菲莉娅。

哈姆莱特辱骂奥菲莉娅的一段戏也是颇为难解的。弗洛伊德说哈姆莱特对奥菲莉娅表现了"性冷谈",这种说法是不确的。剧中交代哈姆莱特在父王死前对奥菲莉娅是非常热爱的。是乔特路德的改嫁叔父,从根本上改变了他对女人的看法,"美丽使贞洁变成淫荡"云云全系由乔特路德引发而来,导致对全体女人的否定,可见母亲委身于奸王这件事对哈姆莱特的伤害有多深。

在哈姆莱特辱骂奥菲莉娅的一段中,他有一段自我剖白值得注意:

> 我自己还不算是一个顶坏的人,可是我还可以指出我的许多过失,一个人有了那些过失,他的母亲还是不要生下他来的好。我很骄傲,有仇必报,富于野心,我的罪恶是那么多,连我的思想也容纳不下,我的想象也不能给他们形象,甚至于我都没有充分的时间可以把它们实行出来。象我这样的家伙,匍匐于天地之间,有什么用呢?我们都是些十足的坏人;一个也不要相信我们。②

这不是疯话。他还说:"美德不能熏陶我们罪恶的本性。"看来,哈姆莱特对于人类的否定是包括自己在内的。这种深刻的悲观主义在文艺复兴时期是罕见的;但过了300年,到了20世纪初,却成为西方的一股强大的思想潮流。

莎士比亚关于人性丑恶的观点,不同于中世纪,这是一种无可救赎的丑恶。哈姆莱特虽然在克劳狄斯忏悔时因不愿送他上天堂而未杀

---

① 《莎士比亚全集》第9卷,朱生豪译,北京:人民文学出版社1978年版,第64页。
② 同上书,第65页。

他,但论及人生处,哈姆莱特则表现出浓重的"死后无天堂"的思想。特别是在为奥菲莉娅下葬时他对着死人头骨说的那些话,尤其表明了这一点。这是一种更为深刻的绝望和虚无。

在《哈》剧里,哈姆莱特并非全无作为,他终究运用机谋把那个充当帮凶的同学送上了刑场,并且手刃奸王克劳狄斯。但在总体上他始终被"人生是一场虚无"的观念所支配,从戏剧的开始直到生命终结以前,他面对死亡的那种平静也不是骑士的勇敢,而是对生命的冷淡。作者借霍拉旭和小福丁布拉斯这两个形象为观众留下些许光明和温暖。但这点光和热怎么也掩饰不住悲剧内涵之真正所在。

哈姆莱特命题是振聋发聩的。直到今日,西方的哲学家和艺术家们还被它所纠缠,梦魇般地问着自己:"活还是不活,这是一个值得考虑的问题。"

莎士比亚在揭示人物内心世界方面的一个杰出的艺术特点是语言的生动性和丰富性。莎士比亚是一位修辞学大师。根据计算机统计,与莎氏同时代作家的作品中一般有 4000—5000 个词汇,而莎氏有 15000 多个词汇。他善于运用比喻(明喻、暗喻)、替代和矛盾的拼合、错位、夸张、突降等手法以求得新鲜的艺术效果。有时候用一句话就能勾出一个人物的性格轮廓,如写麦克白夫人的恶毒:"当婴儿含着我的乳头对我微笑时,我会毫不犹豫地把他摔在地下,让他脑浆迸裂。"又如《哈姆莱特》中写精于谄媚的侍臣奥斯里克:"他在母亲怀抱里的时候,也要先把母亲的奶头恭维几句,然后开始吮吸。"

人物内心世界的生动性与丰富性、戏剧情节的生动性和丰富性、语言的生动性和丰富性构成了莎士比亚戏剧的主要艺术特点。马克思和恩格斯提倡戏剧的"莎士比亚化",就其根本意义上说,就是保卫艺术本身形象思维的特点,不使艺术变为思想的传声筒。所有这些,对于今天无疑仍具有重要的意义。

思考题

1. 欧洲文艺复兴的主要内容是什么?对以后的西方文化发展有

什么影响?

2. 塞万提斯的《堂吉诃德》为什么盛传不衰?
3. 你对莎士比亚有什么了解?怎样看待他的世界性影响?
4. 谈谈你观看影片《王子复仇记》(即《哈姆莱特》)的体会。

参考书目

1. 雅各布·布克哈特:《意大利文艺复兴时期的文化》,何新译,北京:商务印书馆1983年版。
2. 拉伯雷:《巨人传》,鲍文蔚译,北京:人民文学出版社1998年版。
3. 塞万提斯:《堂吉诃德》,杨绛译,北京:人民文学出版社,1987年版。
4. 《哈姆莱特》,见《莎士比亚全集》第9卷,朱生豪译,北京:人民文学出版社1978年版。

(本章编写:徐葆耕)

第四章　欧洲 17、18 世纪文学

第一节　概　述

一

17 世纪欧洲占主导地位的、具有全欧影响的文艺思潮是新古典主义(或称古典主义)。它产生于 17 世纪初期的法国,影响波及欧洲其他诸国,并以法国为中心,持续发展到 19 世纪初,直至浪漫主义兴起才结束了它在文坛上的统治地位。

形成新古典主义文艺思潮的哲学基础是唯理主义。唯理主义在法国的奠基人和最著名的代表是勒内·笛卡儿(1596—1650)。他的哲学的突出特征是把理性置于最高地位,认为人凭着抽象的理性演绎,可以获得正确的认识。在方法论上,他认为科学认识必须符合"明白与确切"的标准;把这一方法论运用到美学上,他主张应该创设一些严格、稳定的规则,以使艺术体现理性的标准。在对人的认识上,他把"灵"与"肉"截然对立起来,认为对与"肉"相关的"情"必须用理性和意志加以双重的控制;运用到文艺创作中,即以理性来抑制感情的冲动。

新古典主义文学在法国的代表作家有高乃依(1606—1684)、拉辛(1630—1699)、莫里哀(1622—1673)等。法国新古典主义文学的基本特征是:

(一) 歌颂贤明君主,宣扬个人服从国家,民族利益高于一切。

新古典主义理论上的代表布瓦洛(1636—1711)在其《诗的艺术》(1674)中,颂扬路易十四:"我们在当今时代还会有什么可怕?/一切的文艺事业都浴着爱的光华;/我们有贤明君主,他那种远虑深谋,/使世间一切才人都不受任何困苦。/发动讴歌吧,缪司!让诗人齐声赞美。"①在新古典主义剧作中,这种政治倾向也有着突出表现。它或者浸透于整部戏剧之中,或者在剧的开头、结尾等处有某一段、某个情节专门歌颂君王。"拥护王权"可以说是高乃依的著名悲剧《熙德》(1636)的一个明显主题。莫里哀的代表作《伪君子》(1664—1669)第四幕结束时,眼看一场悲剧就要酿成;第五幕情势急转,国王明镜高悬,惩罚了骗子,救了奥尔恭一家。在此剧中,虽然国王一直未出场,但最后一幕通过剧中人之口,使观众看到一个"明君"。

(二)崇尚理性原则,肯定理性对感情的克制。

布瓦洛提出文艺创作要遵循理性,以理性为最高标准。他说:"首须爱义理:愿你的一切文章/永远只凭着义理获得价值和光芒。"②新古典主义作品经常展现的主题是理性与感情的冲突,集体、国家与个人的冲突。作品大力赞扬的是理性对感情的胜利,个人对集体、国家的服从。作品中正面主人公都能克制个人感情,服从理性,履行义务;受谴责的则是丧失理性、情欲横流的人物。如拉辛的悲剧《安德洛玛刻》(1667)中,主人公安德洛玛刻是作者全力歌颂的"理性健全"的人,她有强烈的感情,更有高度的理性。她钟爱自己已死的丈夫赫克托耳,为他守节,拒绝卑吕斯的求爱;她没有因为丈夫的死丧失生活的勇气,而是尽力保护儿子,以便将来复兴特洛伊城。作者所谴责的卑吕斯、奥赖斯特、爱妙娜三个人物则丧失了理性,出于情欲而互相残杀。

(三)摹仿古代,严格按规则进行创作。

新古典主义奉古希腊罗马文学为一种永恒的典范,认为既然古代文学获得了永恒,我们只要效法之,也就会写出永恒的、好的作品来。因此,新古典主义作家在创作中一味地摹仿古代,甚至提倡直接从古代历史著作和文学作品中选取人物、题材。拉辛说:"关于情绪方面,我力

---

① 布瓦洛:《诗的艺术》,任典译,北京:人民文学出版社1959年版,第69页。
② 同上书,第4页。

求更紧密地追随欧里庇得斯。我要承认我的悲剧中最受赞赏的一些地方都要归功于他……我很高兴地从在我们法国舞台上所产生的效果中看到群众所赞赏的都是我从荷马或欧里庇得斯那里摹仿来的,从此我也看到良知和理性在一切时代都是一样的。"① 新古典主义作家按照既定的规则进行创作,从政治上讲,这是适应王权要求创作规范化的意旨;从美学思想角度看,是因新古典主义重技巧而轻内容。

新古典主义诸多严格的创作规则中,最主要的是戏剧创作中的"三一律",即情节、时间、地点的整一。布瓦洛在《诗的艺术》中说:一部剧本"要用一地、一天内完成的一个故事/从开头直到末尾维持着舞台充实"②。古典主义作家大都严格按"三一律"进行创作。高乃依的《熙德》因不符合"三一律",遭到法兰西学士院的声讨。后来他的剧都遵守"三一律"了。拉辛、莫里哀的剧作亦按"三一律"。如《伪君子》,情节:答丢夫和奥尔恭一家的冲突自始至终;时间:一天;地点:客厅。

二

17世纪英国发生了具有世界历史意义的资产阶级革命。这场革命及此后封建势力的复辟、资产阶级的妥协,使英国的17世纪成为一个伟大而动荡的时代。

在17世纪的法国,资产阶级与王权互相利用,联合以共同对付贵族势力。在英国则不然,英国资产阶级比法国发展得快,到16世纪末17世纪初,封建君主专制已成为资本主义进一步发展的障碍,于是爆发了资产阶级革命。在这里已不像在法国那样拥护王权,歌颂君主,而是打倒王权,把国王推上断头台(查理一世)。因此,英国的新古典主义文学成为一个流派,是资产阶级妥协、王朝复辟期间及以后的事情,代表作家有约翰·德莱顿(J. Dryden,1631—1700)、亚历山大·蒲伯(A. Pope,1688—1744)。

---

① 引自朱光潜:《西方美学史》(上卷),北京:人民文学出版社1979年版,第190页。
② 布瓦洛:《诗的艺术》,任典译,北京:人民文学出版社1959年版,第33页。

17世纪的英国文学,在体裁上,戏剧因受到清教徒的抵制而衰微,代之而起的是散文、诗歌。代表作家有弗·培根(Francis Bacon,1561—1626)、约翰·邓恩(John Donne,1572—1631)、约翰·弥尔顿(John Milton,1608—1674)等。弥尔顿的代表作长诗《失乐园》(1667)、《复乐园》(1671)和诗剧《力士参孙》(1671)在欧洲文学史上具有重大影响。

三

18世纪具有全欧影响的思想文化运动,即启蒙运动,是这个世纪的精神标志,它对于人类文明的进程有着不可忽略的决定性意义。启蒙运动是西方资产阶级反封建反教会的文化运动,它是资产阶级在意识形态领域向封建势力展开的全面进攻,涉及政治、法律、科学、哲学、文学各个方面。"启蒙"就是启迪、启发的意思。启蒙思想家认为,当时的社会黑暗、腐败,是由于人本来就有的清明的"理性"被封建专制的长期统治和教会的迷信、偏见所压抑,人的思想被搞得浑浊、愚昧了。因此,要改造社会,就要用建立在理性基础上的新的文化观念、文化知识照亮这个黑暗的社会,启迪人们的蒙昧的思想,为人类指出一条新的光明之路。

启蒙文学是启蒙运动的重要组成部分。说它重要,是因许多启蒙思想家自觉地以文学创作作为传播启蒙思想的途径,进行文学创作并取得巨大成功,有力地扩大了启蒙运动的声势和影响。这也决定了启蒙文学有以下突出特征:

(一)哲理性与政论性。

启蒙文学家不仅仅是文学家,他们同时是启蒙运动的发起者、组织者或参加者。他们进行文学创作,是借以传播启蒙思想。这使他们在文学上采取功利主义的态度,把文学作为宣传启蒙思想的媒介,或者说,作为向旧秩序、旧观点发起进攻的有力武器。

启蒙作家采用小说、戏剧、寓言、诗歌等多种体裁进行创作,而且还独创了"哲理小说"。所谓"哲理小说"就是有意识地在小说中阐明一些哲理,实质上就是启蒙思想。

启蒙作家这种重视哲理、政论的倾向,使得他们的作品往往充满大段议论、对话。如法国作家孟德斯鸠(Charles de Secon dat Montesquieu,1689—1775)的书信体小说《波斯人信札》。小说没有统一的故事情节和完整的性格塑造,只是通过零星的形象、片段的画面和穿插的短篇故事提出并讨论政治、经济、宗教等社会问题,阐发作者对各种问题的见解。再如法国作家狄德罗(Denis Diderot,1713—1784)的对话体小说《拉摩的侄儿》(1762—1764),完全由拉摩的侄儿和第一人称"我"在咖啡馆所进行的辩论性的对话组成。

(二)现实性。

在取材上,启蒙文学不同于新古典主义:新古典主义文学取材于古代历史、古典著作和作品;启蒙文学则直接取材于现实,反映现实。如孟德斯鸠的《波斯人信札》发表于1721年,写的是法国1710—1720年间的事;英国作家笛福(D. Defoe,1660—1731)的《鲁滨逊漂流记》(1719)受当时的一件实事的启发写成。很多作品即使不是直接取材于现实,其实质也是对现实问题的揭示和思考,如英国作家斯威夫特(J. Swift,1667—1745)的《格列佛游记》(1726)。

四

启蒙运动在法国文学界的代表作家有孟德斯鸠、狄德罗、伏尔泰(Voltaire,1684—1778)、卢梭(Jean-Jacques Rousseau,1712—1778)等。法国启蒙作家在文学上的突出成就是他们创作的哲理小说。除了上面提到的,伏尔泰的《老实人》(1759)和《天真汉》(1767)也是著名的哲理小说。

德国启蒙文学的早期代表是莱辛(1724—1803),他也是德国民族文学的奠基人。他的《萨拉·萨姆逊小姐》(1755)是德国、也是欧洲文学史上第一部市民悲剧。18世纪70—80年代的"狂飚突进"文学运动是德国启蒙文学的进一步发展,青年时期的歌德(1749—1832)、席勒(1759—1805)都是这次运动的中坚。席勒在这一时期创作了他的两部代表性剧作:《强盗》(1781)和《阴谋与爱情》(1784)。以歌德和席勒的合作为标志,1796—1805年德国文学走向欧洲前列。

英国启蒙文学的突出成就在于以针砭现实为指向的长篇小说。18世纪是英国长篇小说萌芽并走向繁盛的时代,其成就为后来西方长篇小说的发展和繁荣奠定了坚厚的基础。这一时期的创作以笛福为开端,他的《鲁滨逊漂流记》宣扬了一种坚忍不拔、敢于征服的昂扬生命力,影响深远。此后,斯威夫特、理查逊(S. Richardson,1689—1761)、菲尔丁(H. Fielding,1707—1754)、斯泰恩(L. Sterne,1713—1768)等都在长篇小说创作中取得了重大成就。斯泰恩在小说叙事形式方面的独特表现,使他成为20世纪西方现代主义小说的先行者。

五

文学的发展从来是多元并存的。无论古典主义还是启蒙主义,都是以某种理性的规范作为最高指导原则,并具有较强的现实针对性。而读者的要求是多样的,更具有消遣意味的文学样式的产生和传播是必然的。英国的哥特小说就是这一时期极具特色、影响深远的小说流派之一。

哥特小说是一种恐怖和鬼怪小说,产生并流行于18世纪末、19世纪初的英国。这种小说多以中世纪的城堡、修道院、废墟或荒野为背景,描写由于满足个人情欲或争夺财产而引起的迫害、谋杀等,故事往往笼罩着神秘恐怖气氛,且充满着不寻常的、超自然的情节。由于该类小说大肆描写恐怖、怪诞、神秘、暴力、邪恶、乱伦、凶杀等极端事件与非理性内容,因此又被称为"黑色小说"。这一颇为特立独异、引人注目的文学创作现象的出现并非偶然,而是多种因素综合引发的产物。它既远承古希腊罗马文学传统,又接续着基督教文化的渊源,同时近受本国莎士比亚以来悲剧、小说、诗歌创作的影响,并融合、渗透着17、18世纪英国经验主义哲学的思想与观点。哥特小说创作还有亚里士多德的《诗学》以及西方的崇高理论的强大支撑。凡此种种使得英国哥特小说能在同属于一个大文化圈内的西方文学中产生持续的影响力,并最终形成一个所谓的"哥特传统"。本章第五节将介绍的刘易斯的《修道士》就是其中的代表性作品之一。

第二节 莫里哀和《伪君子》

莫里哀(Moliere,1622—1673)是继莎士比亚之后,欧洲戏剧史上成就最大、影响最深的戏剧家之一。他把欧洲的喜剧提高到真正的近代喜剧的水平,可以说欧洲整个18世纪的喜剧都是从他这里派生出来的。英国的谢立丹、法国的博马舍、意大利的哥尔多尼都师法莫里哀并取得巨大成就。歌德、雨果、巴尔扎克、列夫·托尔斯泰、萧伯纳等许多作家都把莫里哀视作学习的榜样。

莫里哀的剧上演时很受欢迎,拥有大量的观众,巴黎人常常成群结队地去看莫里哀的喜剧。他的《伪君子》(《达尔杜弗》)上演时更是盛况空前,以致观众挤破了剧院大门;他的《悭吝人》(《吝啬鬼》)整整演了一年而盛况不衰。

莫里哀不仅能写,而且能导、能演。他起先就是在剧团里演戏,苦于没有好剧本,便自己动手写。后来成了名,仍然经常登台演出,扮演自己剧中的角色。

莫里哀是新古典主义剧作家。他对法国的君主政体很忠心,以为君主政体是能满足全体法兰西人民利益的唯一合法的国家政权的组织形式,给宫廷工作是光荣的。他在剧中经常歌颂王权,歌颂路易十四。他还写了一些迎合宫廷趣味的喜剧,投国王和大臣们的所好。但是仅仅把莫里哀看做是一个新古典主义作家,还远远没有看清整个莫里哀。莫里哀是当时法国新古典主义作家中最有突破性、最有民主倾向的作家。这主要表现在:第一,揭露和嘲讽教会的伪善、贵族的腐败。《伪君子》一剧塑造了答丢夫这一宗教骗子形象,是对教会的致命打击。天主教会极力阻止此剧的出演,并对莫里哀进行恶毒的人身攻击,要求处与其极刑。直到莫里哀死后,教会对此仍耿耿于怀,在莫里哀丧事上百般刁难。足见莫里哀对教会的揭露和嘲讽的有力。17世纪时的贵族虽然力量受到极大的削弱,但仍享有很多特权,在社会上横行霸道。莫里哀在剧中把贵族作为丑角,嘲讽他们的腐败无耻,如《唐·璜》《醉心贵族和小市民》《恨世者》《可笑的女才子》《太太学堂》《乔治·唐丹》等剧。第二,赞扬下层小人物,以他们为喜剧的人物。莎士比亚剧中的中心人物大多是王公贵族、才子佳人。讲究等级的新古典主义悲剧更是如此,根本没有小人物的地位。莫里哀则在他的喜剧中赞扬小人物,甚至以之为主人公,如《司卡班的诡计》。第三,反对戏剧的等级划分,致力于喜剧创作。他很看重喜剧创作,认为写好一部喜剧比写悲剧还难。第四,他遵守新古典主义创作原则,但常有突破。如有的剧不遵守"三一律"(如《唐·璜》和《屈打成医》)。他还从民间闹剧中吸取有益的东西,如桌下藏人、套间偷听、套中装人等,使他的剧作富有生气。这些在当时许多新古典主义作家看来都是鄙俗的,不能登大雅之堂。

可见,莫里哀的喜剧创作很富有现实意义。他的喜剧虽不像阿里斯托芬的喜剧那样写具体的政治事件,却也面向现实,针砭当时的各种社会恶习:贵族的腐败与横行无忌;教会的伪善;资产阶级的唯利是图、虚荣心(攀附贵族)等。这在莫里哀是有意为之的。他把喜剧看做是在笑声中打击恶习、在娱乐中使人们改正弊病的有力武器。他在《伪君子》的序里指出喜剧讽刺的社会功能:"一本正经的教训,即使最尖锐,往往不及讽刺有力量;规劝大多数人,没有比描画他们的过失更见效的了。恶习变成人人的笑柄,对恶习就是重大的致命打击。"①

莫里哀在塑造人物性格方面有这样的特色:常常赋予人物某种单一的、固定的性格特征,并对此加以突出、夸张。因而,莫里哀的戏剧人物与莎士比亚的比较而言,表现为:一则性格固定不变,二则性格单一、类型化,无个性。如《悭吝人》中的阿巴公,其特征就是吝啬。作者对此加以突出强调,使之作为一种绝对情欲体现在阿巴公身上。阿巴公的一言一行一举一动处处都表现出吝啬,他的吝啬到了无以复加的地步。

---

① 莫里哀:《〈达尔杜弗〉的序言》,《文艺理论译丛》1958年第4期。

他让儿子娶有钱的寡妇,让女儿嫁给不要嫁妆的老头子,自己则想娶一个穷女孩,因可以少花钱,穷孩子知道节俭;请人吃饭,吩咐仆人:酒要掺水,客人不渴得要命、要了数遍,不要添酒;钱被偷,大喊大叫,说自己被人暗杀了,被人抹了脖子了。普希金曾将阿巴公与莎士比亚剧中的夏洛克比较,认为阿巴公只有吝啬,性格单一,夏洛克则表现出性格的多面性。

《伪君子》中的答丢夫(又译达尔杜弗)也是如此,他的性格就是伪善。全剧的一切,自始至终都是围绕着他的伪善安排和展开的。答丢夫打着上帝的旗号,披着虔诚的宗教外衣,表面上清心寡欲,乐善好施,实则是个贪财又贪色的无耻之徒、个人实用主义者。关于答丢夫的具体的性格特征的就是如此,很简单。如果说莎士比亚剧中的哈姆莱特是个复杂的一言难尽的圆形人物,那么答丢夫无疑是个扁平人物。他是概括的、单一的,在他这里,社会历史的丰富的文化层次不见了,个人的心理状态的复杂、矛盾也失去了。可是就是这样一个只有伪善这一单一的性格特征的缺乏个性的形象,却成了欧洲文学史上一个著名的形象,在欧洲乃至世界范围内具有广泛的影响。这就促使我们不满足于认识到答丢夫具体的伪善的表现(表面上清心寡欲,实际上是个淫棍;表面上蔑视钱财,实际上是要侵吞别人的全部财产),而作进一步的思考。首先,答丢夫不是莫里哀为表达某种抽象的性格特征而随意杜撰的,他的性格——伪善——有着坚实的社会基础。就是说,答丢夫生活于一个畸形的外在世界中,宗教伪善遍及社会上层,没落的贵族招摇撞骗,他的畸形的心理状态——伪善,产生于其中,作用于其中,并在其中得以肆无忌惮地恶性发展。这也就是说,答丢夫这一似乎令人难以置信的形象(极端的、单一的而非复杂的、多面的、具有多种可能性的),其伪善的性格乃是社会历史的一个集中表现。其次,我们意识到,答丢夫所代表的伪善,是人类文明发展的负面结果之一。在文明社会中以假当真、以真作假可谓比比皆是。文明社会不仅迫使许多人尽可能地伪装起自己,不敢展露自我,而且还使一些人像答丢夫那样,以善良之表掩盖邪恶之实,以伪装、欺骗达到一己的目的。答丢夫反映的不仅是

17世纪的法国,他的伪善不仅是那时才有的。在文明社会的各个角落,我们都能感受到伪善的存在。答丢夫是伪善的集中的、充分的表现。最后,《伪君子》成功的艺术结构,使单一、固定的性格特征表现得鲜明、突出、活灵活现、血肉丰满。此剧以写答丢夫为主,但在仅五幕的剧中,第三幕第二场主角才上场;此前,不惜用两幕为恶棍的上场作准备。这固然有社会的原因(躲避教会刁难,把虚伪的和真正的信徒区别开来),但就形象塑造的角度而言,效果很好。前两幕通过剧中人的口集中介绍了答丢夫的来历、行为,使他一出场便具有喜剧色彩,引起观众的嘲笑;同时,剧中其他人物在前两幕先后亮相,观众得以集中了解他们的身份、态度,如女仆桃丽娜看破答丢夫之伪、奥尔恭被迷之深。这样,使作者在答丢夫上场后集中笔墨揭露其伪善本质,不需分笔他顾。答丢夫在行骗的过程中,两度陷于被揭穿的狼狈境地,却都凭他的狡猾、阴险、毒辣而使局面骤然逆转,剧中的善良人反而身陷缧绁,岌岌可危。台下观众的情绪在大起大落的跌宕中,对伪善者的本质有了刻骨铭心的认识。

第三节　卢梭和《忏悔录》

卢梭(Jean-Jacques Rousseau,1712—1778),不仅在欧洲文学史上是一个不可忽视的作家,而且也是欧洲思想史上一个影响很大的思想家。他的政论著作骇世惊俗,大胆激进。他的文学创作则使一代文风走向新的潮流。

我们在卢梭所有的思索中都可以看到一个中心问题,即"自然"与"社会"的对立。其留下的所有文字都围绕这一个问题,表达了对自然的向往,对现存社会的文明的摒弃。

卢梭的作品可以分为两类。一类是政论方面的:《论科学与艺术》(1750)、《论人类不平等的起源和基础》(1775)、《社会契约论》(1762)。在这类著作中,卢梭极力肯定人类的原始状态,认为那时人类是自然的、平等的、幸福的。他认为私有财产出现并伴随不平等的产生,这是进步,但是这种进步使人类成为文明人,也就是说,否定了人类的自然状态,所以这种进步同时也是退步。由此出发,卢梭把自然人与文明人对立起来,肯定前者而否定后者,全面否定科学文化。另一类是文学作品,主要有书信体小说《新爱洛依丝》、哲理小说《爱弥儿》等。另有自传性著作《忏悔录》。

《爱弥儿》(1762)的副题是"论教育"。卢梭在这部小说中提出了他的教育观点。他认为好的教育能够恢复人被社会破坏了的天性。教育要"顺乎天性",让人的本性避免社会偏见和恶习的影响而得到自然的发展。《新爱洛依丝》(1761)由尤丽、圣·普乐还有其他几个人的通信组成。小说出版的时候,卢梭正受到社会各方面、包括伏尔泰等人的围攻。可是,小说出版后,像一阵热情的大风,扫荡了对卢梭的批评。小说所以能产生这么大的魅力,不在其情节。小说没有复杂的故事情节,也没有描写众多的人物,正像卢梭自己所骄傲地指出的那样,这部书的特点就在于题材的单纯和趣味的连贯。卢梭认为有些作家靠描写大量的人物、不断地表现闻所未闻的奇遇来刺激读者的注意,实际上是想弥补他们思想的枯窘。卢梭仅用一个很简单的题材就使小说产生了强烈的美,的确高人一筹。那么这种美从何而来?来自他成功的感情描写。17、18世纪法国文学崇奉的是理性,卢梭却突出地把情感放在小说的最高位置。卢梭把感情抬到这般高的地位,以至于那些注重理性的人认为这简直是恶作剧。在《新爱洛依丝》中,卢梭着力于对恋人微妙心理的刻画,极力渲染圣·普乐与尤丽相爱之情的无比强烈以及他们不得不压抑这种感情而遭受的心灵上的巨大痛苦。卢梭写这对恋人纯真、强烈而又高尚的爱情,由于社会偏见而被压抑、扼杀,恋人们遭受了无法医治的感情创伤,从而表达出感情解放、感情自由的要求。这种要求不仅与卢梭的哲学、政治观有着必然的联系,也是他生活中的真情实感的流露。

《忏悔录》(1782、1789)展现了卢梭与上层社会不妥协的斗争历程,同时,也坦率地写了自己做过的一些不体面的事(偷发带而反诬女仆、弃生病朋友麦特尔于街头等）。作品的要旨，作品所以能打动人心的内在力量在于：展现了人的个体的丰富蕴涵，表现一个自然的个体的形成、一种自我意识的觉醒。对个性的充分肯定，要求个性的自由与解放，是随着资产阶级的产生与发展进入作品的，这在封建阶级的作品里是没有的。在封建主义的思想体系中，个性消融在家庭和国家的观念里，其本身是没有什么地位的。资产阶级作品从它产生的那天起，就肯定个性，要求个性解放。这一点到卢梭这里达到一个高峰。卢梭在《忏悔录》中表现出自我意识、个性自由的排山倒海的力量，像一股洪流，冲击着传统观念的堤坝。

那么《忏悔录》里的这个"自我"究竟是怎样一个形象？这一形象也许不是那么完美、那么高大雄伟，但面对这一形象有多少人能不感到惭愧？正像卢梭在《忏悔录》卷首高傲地宣称的那样，当末日审判的号角吹响时，在上帝的面前，没有人敢说："我比这个人好！"因为，这个人酷爱自由，为了自由而不惜放弃世俗的利益；尊重自我感情，大胆展露自己的感情世界与蔑视世俗的道德与偏见；具有丰富的精神世界，在逆境中、在浑浊的社会中，力求一种纯洁、高尚、有益的生活。总之，这是一个个性得以充分发展的自我，一个在文明社会的枷锁中大胆追求解放的真诚的人。

崇尚自我，渲染感情，置感情于作品的中心，这是卢梭的文学作品在18世纪独树一帜的标志之一。另一个则是卢梭把大自然带进了文学并使它占有突出地位。卢梭是法国文学史上第一位使大自然在文学里占有重要地位的作家。新古典主义文学提倡"研究宫廷、认识城市"，自然在这里没有地位；许多启蒙作家把自然当做一个抽象的哲学范畴，当然很少在文学作品中表现它。卢梭由于厌恶文明社会，与之格格不入，因此热爱大自然。大自然对他来说，不是一种无关的外在存在，而是具有生命的实体，是他的朋友和知己，甚至是他的生命的寄托。他在《忏悔录》、《新爱洛依丝》等作品中多次表达了对乡村生活、对自然风光的热爱。绿色的树叶、清澈的溪水、小鸟的鸣叫使卢梭感到生命的意义，感到自己的真实存在。大自然充满了卢梭可以用一切感官来享受的财富,是他的灵魂的源泉。卢梭笔下的自然不是死的,而是活的生命,因为它总是与人物的思想、情感、行为交融在一起,不仅是人物眼中的,更是人物心中的存在。

卢梭的文学创作获得了巨大的成功,他的《新爱洛依丝》和《忏悔录》比同时代的其他作品具有更大的艺术感染力。他的作品所表现出来的崇尚自我、崇尚感情、讴歌大自然的精神,直接影响了欧洲浪漫主义美学思潮和文学运动的兴起,成为浪漫主义的基本精神。

第四节 歌德和《浮士德》

歌德(Johann Wolfgang von Goethe, 1749—1832)是一个巨人。说他是巨人,因为他不是一个以某部或几部作品驰名于一时的文学家。他是一个具有丰富、深刻思想的思想家,是一个在自然科学、美学、文学、艺术等多方面都有卓越成就的博学才子。而且,他的著作中阐述的那些思想、见解,蕴涵的那种精神和气质,不仅仅流行于一时,存在于表面,而是浸透于德意志文化乃至欧洲文化中。他影响着他生活的那个世纪,而这一影响并没有因为他的逝世而消亡。

歌德年轻时在当时德国最著名的莱比锡大学读书,学法律,因病退学。后又到斯特拉斯堡大学继续求学。在这里,他结识了赫尔德尔,并投入了狂飙突进运动。1771年毕业,回到故乡法兰克福。这一时期他的主要作品是历史剧《葛兹·冯·伯利欧根》(1773)和书信体小说《少年维特之烦恼》(1774)。后者使年仅24岁的歌德一举成名,轰动德国。1775年,歌德应魏玛公爵之邀离开了家乡,到魏玛公国进行短期访问。但歌德一去未返,一直在魏玛公国生活下去,直到去世。歌德在魏玛开始了自己的从政生涯。整整10年时间(1775—1786),歌德置身于各种政务,几乎完全中断了文学创作。1786年,歌德到意大利旅行,在罗马住了两年。在这里,他陶醉于美丽的大自然中,陶醉于古代艺术世界中,大大提高了艺术修养,也恢复了创作活力。在意大利的两年中,他完成了诗体剧《伊菲革涅亚在陶洛斯》、悲剧《哀格蒙特》。1788年6月,歌德应召从意大利回到魏玛。他摆脱了许多宫廷职务而只限于领导魏玛剧院。这一时期他的思想矛盾更加尖锐、突出。一方面,他所曾致力的现实改革归于失败;另一方面,他对法国大革命表示反感,摒弃这条以暴力推进社会发展的道路。现实改革的失败,对古代艺术的切身感受,法国革命的风暴,这一切促使歌德开始构筑自己的美的世界,逐渐形成了他的古典思想。他着眼于文学艺术,要通过美的艺术培养完善、和谐的人,从而实现自由、美好的社会理想。1794—1805年是歌德与席勒合作的10年。这10年间歌德完成了小说《威廉·迈斯特的学习时代》(1796)、叙事诗《赫尔曼与窦绿苔》(1797),并在席勒的不断敦促下加紧了《浮士德》的创作,于1806年完成了第一部,1808年出版。19世纪初,歌德的文学创作精力很旺盛,写了小说《亲和力》(1809)、自传《诗与真》(1811—1814)、《意大利游记》(1829)等。晚年的歌德主要致力于两部作品的写作:《威廉·迈斯特的漫游时代》(1829)和《浮士德》第二部(1831年脱稿)。

浮士德这个名字在欧洲可以说家喻户晓。德国历史上确有其人。据说他生于1480年,死于1540年,是个游方学者,精通星象、算命术和点金术。他死后不久,德国民间产生了许多有关他的传说。这些传说的核心是:浮士德同魔鬼订了契约,借助魔法追求各种知识和生活享乐。约期满后,魔鬼把他的灵魂带走。16世纪后半期开始,有许多作家搜集这些传说,进行加工整理,写入他们的作品。歌德从根本上改造了这个传说,对这个素材进行了全面深入的挖掘和发挥,前后用了将近60年的时间,写成了诗体悲剧《浮士德》。

《浮士德》可以说是歌德一生思想探索的概括性的、总结性的宏伟纪录。这60年,即从18世纪后半期到19世纪30年代,正是欧洲从封建社会进入资本主义发展的动荡、变革的时代:启蒙运动在许多国家展开;北美脱离英国的殖民统治而获独立;法国爆发了资产阶级大革命;拿破仑威风凛凛,横行欧洲10余年,但最终惨败,欧洲成立了维护封建势力的"神圣同盟"。在这新旧交替的时代,旧的东西、旧的观念已经动摇,新的东西、新的观念刚刚出现,尚未确定。旧的孰是孰非、孰去孰留,又该怎样评价新的,这是当时的思想家、社会活动家都在思考的问题。作为一名知识渊博的文化巨人、一名关注社会发展的思想家,歌德密切注视着所发生的这些重大历史事件,思考着社会的前途和人类的未来。《浮士德》正是歌德的这种思想探索的艺术总结。《浮士德》提出并力求解决这样的根本问题:人类是否能不断地向前发展?人类的发展方向在哪里?

贯穿《浮士德》全剧的这个根本性主题是通过浮士德这一形象体现出来的。浮士德不是某个具体的个人,他是人类的代表,或者说,是全人类的导师。他所追求的是人类发展的前景。浮士德所经历的发展过程,主要可以分为五个阶段或五个方面的悲剧:第一部写知识悲剧和爱情悲剧;第二部写政治悲剧、美的悲剧和事业悲剧。

年已半百的浮士德整天呆在书斋中,研究各种学问。然而,越学越觉得知识贫乏,越觉得知识既不能认识自然宇宙、人类社会,也不能享受生活。于是,他诅咒自己的书斋是暗淡无光的牢笼,痛恨自己为一格格书架所困。他需"了解到许多秘密",要"拨开一切知识的迷雾"。他有了这种冲动,却不知向何处寻求,因此痛苦异常,想饮毒自杀,这就是所谓的知识悲剧。

浮士德的知识悲剧实际上体现了当时思想界对理性的怀疑,反映了人类知识在无限面前的困境。靡非斯特扮成浮士德接待学生时,对当时大学所开四大学科——哲学、法学、神学、医学,作了辛辣讽刺,然后说"灰色是一切的理论,/只有人生的金树长青"①。

一味寻求知识,使浮士德陷入封闭的世界。正当浮士德异常痛苦,要服毒自杀时,教堂里传来了复活节之歌。歌声召唤着浮士德离开书斋,来到郊外,进入一个开放的世界。在这里,他感到自然的活力、生活的生机勃勃。魔鬼靡非斯特变作狮子狗进入书斋,与浮士德订契约。

靡非斯特先领浮士德来到一个地下酒室,一群大学生正在这里饮

---

① 歌德:《浮士德》第一部,郭沫若译,北京:人民文学出版社 1959 年版,第 95—96 页。

酒作乐。浮士德讨厌这种所谓的生活享乐。靡非斯特又带浮士德到魔女的丹房,魔女给浮士德喝药酒,浮士德返老还童。路遇甘泪卿,开始了与她的爱情。这场爱情是以悲剧告终的。甘泪卿用药过多毒死亲母;浮士德借魔力杀死甘泪卿之兄;甘泪卿杀死亲生子,被处极刑。浮士德在靡非斯特的带领下离开甘泪卿。从具体的"甘泪卿悲剧"中,我们能够看出当时下层民众的悲惨命运,了解到中世纪的陈旧观念、制度对人的感性生活的压抑、扼杀。然而,从整体上看,作为浮士德的发展所经历的一个阶段,"爱情悲剧"可以看做是近代西方社会心理中灵与肉之间、感性与理性之间悲剧性冲突的缩影。浮士德说:"有两种精神居住在我们心胸,/一个要想同别一个分离!/一个沉溺在迷离的爱欲之中,/执拗地固执着这个尘世;/别一个猛烈的要离去凡尘,/向那崇高的灵的境界飞驰。"①浮士德所面临的是这样的矛盾:要么陶醉于爱情之中,不求更大发展,要么放弃爱情,忍痛离开心爱的人,而去求更大的发展,从个人的"小世界",到社会的"大世界"。浮士德的选择是后者,牺牲感情而求更大发展。

于是,第二部开始写浮士德来到宫廷,从事政治活动,帮助皇帝改良社会。然而宫廷一派腐化,皇帝只求享乐,骄奢淫逸。浮士德从政,没有什么成就,因为这不能从根本上拯救这个王朝和社会。这就是所谓"政治悲剧"。

皇帝让浮士德招来美女海伦。浮士德一下被海伦的美所感动、征服。他说:"我还有眼睛?不是这美的源泉/极丰富地深深地注入我的心中?/我危惧的旅程带回了极欣幸的成就,/以前的世界在我是何等无聊而空空!"②浮士德看到海伦与帕里斯亲亲热热,嫉性大发,以钥匙触之,一阵轰鸣,一切消失,浮士德昏倒。

靡非斯特背浮士德回到原书斋。浮士德的学生瓦格纳正在造一个能装在玻璃瓶内的"人造人"。靡非斯特帮助瓦格纳把"人造人"造成。

---

① 歌德:《浮士德》第一部,郭沫若译,北京:人民文学出版社1959年版,第54—55页。
② 歌德:《浮士德》第二部,郭沫若译,北京:人民文学出版社1959年版,第95页。

浮士德和靡非斯特在"人造人"射出的光(理性与科学)的照耀下到古希腊的神话世界中寻找海伦。浮士德和海伦结了婚,且生了一子——欧福良(Euphorion,心理学名词,意指一种不正常的幸福感或安乐)。欧福良一出生便不断地欢腾跳跃,无休止地要求向上发展,结果跳得太高,坠地而死。不少评论家认为欧福良指的是拜伦。其实,欧福良指的不仅仅是一个人。欧福良体现一种精神:摆脱一切束缚,求得绝对自由,实现人的真正解放。歌德赞赏这种无畏的精神,但认为不可取。从中我们可以看出拜伦与歌德的不同。两人都是那个时代非凡的人物:具有非常的力量与自由的心灵;蔑视空想,不肯为思想而思想。但拜伦是疯狂的,是疾雷的灵魂,他要用行动的政治、火热的战争再造这个世界。而歌德是贤明的,他不喜欢烈火、过激。他深信,几乎可以说是钟爱那大自然的母性的和缓。

  海伦是古典美的象征。浮士德与之结合,以失败告终,这就是美的悲剧。浮士德所经历的最后一个悲剧是事业悲剧。由于失子之痛,海伦消逝,只留下一件衣裳,化作白云,托着浮士德回到北方的一座高山上。在高山上,浮士德的心又回到了现世社会。望着大海,他想化海为田,造福人间。这时国内发生叛乱,靡非斯特用魔术镇压了叛乱,皇帝在海边给了浮士德一块封地。于是,浮士德开始了他的改造自然的创造性事业,并在其中得到满足,获得"智慧的最后的断案",或者说找到了人类的未来和前途。浮士德说:"是的!我完全献身于这种意趣,/这无疑是智慧的最后的断案;/'要每天每日去开拓生活和自由,/然后才能够作自由与生活的享受。'/所以在这儿要有环绕着的危险,/以便幼者壮者——都过活着有为之年,/我愿意看见这样熙熙攘攘的人群,/在自由的土地上住着自由的国民。/我要呼唤对于这样的刹那……/'你真美呀,请停留一下!'/我在地上的日子会有痕迹遗留,/它将不致永远成为乌有。/我在这样宏福的预感之中,/在将这最高的一刹那享受。"①

---

  ① 歌德:《浮士德》第二部,郭沫若译,北京:人民文学出版社1959年版,第356页。

浮士德于是倒地而死,魔鬼欲按约收其灵魂,这时,天使下凡,带走浮士德的灵魂,说:"凡是自强不息者,/到头我辈均能救。"①全剧以"永恒之女性,领导我们走"②结束。

浮士德最后满意于创造性事业,何以又将浮士德这最后的经历看做是悲剧?我们应当注意到,歌德并没有写浮士德创造性事业的成功,而是写浮士德已双目失明,死灵们在为他挖墓穴,他却以为是在填海造田。他是在想象中,怀着"预感""享受这至高无上的瞬间":"我愿意看见这样熙熙攘攘的人群,在自由的土地上住着自由的国民"。显然,直到最后,歌德也没有提供一个既成的、确定的制度、社会之类东西,作为浮士德追求的最终点。改造自然的创造性事业是歌德肯定的有益的事业,但并不是他指出的实现未来合理社会的一个确定的蓝图。那么,该怎样理解"事业悲剧"?

整部《浮士德》展现了歌德对人类命运的悲剧性理解,而"事业悲剧"是歌德悲剧精神的最好体现。歌德曾说:浮士德"是表达这样一个精神,他向各方面追求,却越来越不幸地退转回来"。浮士德屡屡追求,屡屡败北,最后他的创造性事业也没有真正的实绩,无所谓成功。在"事业悲剧"中,歌德真正的兴趣并不在于描绘一幅人类未来的具体蓝图,而在于最后充分地肯定"浮士德精神",即次次失败,却仍积极向上,不断追求,从而使每一次向善而最终失败的追求成为下一个追求的悲壮的前导。浮士德作为一个个体、他的生命是有限的,所以,他最终不得不面临着死,不得不停住追求的脚步;然而,在精神上,浮士德是永远不愿意停留的,他要不断地向自由王国迈进。歌德似乎要表达,人类的希望就在于在一代一代人有限的然而却不休止的努力之中日益向自由王国迈进。人生的意义、人类的前途就在不断地运动、不懈地追求,就在于无数个有价值的矛盾的生之过程中。因此,天使说:"凡是自强不息者,到头我辈均能救。"浮士德的灵魂终不能属于魔鬼。不懈的努力,

---

① 歌德:《浮士德》第二部,郭沫若译,北京:人民文学出版社1959年版,第373页。
② 同上书,第380页。

就是人类的自我拯救。这种努力,对于每个个体、对于每一代人来说,是悲剧性的,但却使人类日益接近辉煌灿烂的目标——"在自由的土地上住着自由的国民"。

堂吉诃德精神表现的是一种现实追求(改良社会,大同世界),显现出现实与理想的矛盾。其追求归于失败,头破血流而死。浮士德精神是一种形而上的精神追求,表现为精神矛盾(善与恶、灵与肉),因而不会随浮士德的倒下而结束。前者是历史的现实,后者是永恒的象征。

诗剧中的浮士德和靡非斯特是欧洲文学史上两个著名的形象,他们较少作为个性化的艺术形象被人津津乐道,而更多地因其深邃的哲理性寓意著称。哲学家们在他们身上看到了肯定精神与否定精神的对立统一,美学家们因他们受到启示,意识到在辩证理性的年代,感性也得到了辩证的理解。要理解《浮士德》,就必须理解浮士德与靡非斯特两者的寓意及其关系:浮士德与靡非斯特是一个对立统一体,两者是对立的,又是统一的。

对立:浮士德所代表的是肯定的精神,而靡非斯特则是否定的精灵。浮士德肯定人生,肯定现实生活,相信人的智慧和力量,认为现实世界大有可为;靡非斯特则看不起人类,否定人的智慧,对现存的一切事物都采取否定的态度,认为现实的一切都是虚无缥缈的。作为肯定的精神,浮士德向往善,追求美;靡非斯特则是恶的化身、丑的代表。浮士德与靡非斯特定约,目的是能够转向人世,走入生活,并在其中进行不懈的追求,寻找人生的真谛;靡非斯特与浮士德定约,目的在于使浮士德走向沉沦。在浮士德积极进取的过程中,他虽然按约满足浮士德的各种要求,就其本意而言,却是极力要阻挠浮士德前进,妄图使浮士德追求低级的肉体满足,陶醉于庸俗的物质享受。浮士德要不断前进,靡非斯特则时时要拉他的后腿,两者形成尖锐的对立、激烈的冲突。

统一:在"天上序幕"中,上帝说他之所以造出恶魔,是为了设置障碍,从反面激发人们努力。靡非斯特与浮士德初次见面,浮士德问他究竟是什么东西,靡非斯特回答说"我是作恶造善的力之一体"①。"作恶"与"造善"并存于靡非斯特一体,在于这个恶魔固然不行善,但在其作恶的过程中,却起着"造善"的作用,就是说他从反面激励浮士德前进,成为浮士德前进的推动力。浮士德在否定与恶的刺激下,在与否定和恶的斗争中前进,其道路不是一帆风顺的;而正是在其艰难的前进之中,更显示出浮士德身上肯定精神与善的伟大力量,显示出浮士德自强不息的崇高性格。没有靡非斯特就意味着浮士德失去了前进的对立面,浮士德就不能发展,不能完善。因此,浮士德与靡非斯特"相反而实相成"。这正是他们的统一。

从这个意义上,我们可以把浮士德和靡非斯特看做是一体的,是对立统一之一体,或用郭沫若的话说,"是一个灵魂的两态"②。歌德富有辩证法思想,他通过这两个形象的关系表明:肯定与否定、善与恶、美与丑本是一体,共存于生活中,共存于人身上。它们尖锐对立、互相排斥,又相互依赖,互为存在和发展的条件。歌德要认识一切、掌握一切的努力,他的思想的兼收并蓄、博大精深,他对自然界的体察入微、认真研究,使他能辩证地、系统地、全面地看待生活、宇宙。他深信宇宙间一切事物都是深深地互相联系着的。他能够从破碎中看出完整,从缺憾中看出圆满,从矛盾中看出和谐。面对当时的德国现实,面对当时的世界局势,歌德对肯定与否定、善与恶、前进与倒退这样的辩证的理解,就使他不致像与他同时代的哲学家叔本华等人,以及西方后来的一些学者文人那样对生活、对人类陷入绝望的悲观。歌德与叔本华的悲剧精神有本质的不同:叔本华认为悲剧能引人振奋,那是因为它使人认识到人世、生活都不能彻底满足我们,人的欲念一个接一个,一个目标达到,只能给人片刻的满足,接着又是痛苦,因此,人世不值得我们苦苦依恋,宁愿放弃生命本身;歌德在《浮士德》中也表现了人的欲念一个接一个、

---

① 歌德:《浮士德》第一部,郭沫若译,北京:人民文学出版社1959年版,第65页。
② 郭沫若:《〈浮士德〉简论》,见歌德《浮士德》第一部,郭沫若译,北京:人民文学出版社1959年版,第11页。

永不满足的生命现象,但他不像叔本华,由此否定生命,而是视这种生命现象为生命的活力,为人类发展的基本保障。

第五节　哥特小说和刘易斯的《修道士》

一　英国哥特小说

哥特小说中的"哥特"(Gothic)一词,原指居住在北欧的属于条顿民族的哥特部落(该部落曾以野蛮剽悍、嗜杀成性而著称),其后,文艺复兴时期的思想家和艺术家们用它来指称一种为他们所不齿的中世纪建筑风格。这种建筑风格曾风行于12—15世纪的欧洲,其最鲜明的特征是教堂或修道院高高耸起的尖顶、阴森幽暗的内部、厚重的墙垣、狭窄的窗户、斑斓的玻璃,还有隐蔽的地道、地下藏尸所等。后来,哥特风格也在非宗教建筑中广泛流传开来。这样,哥特一词又被赋予了野蛮的、恐怖的、神秘的、中世纪的、天主教的、迷信的甚至东方的等多种含义。现代读者一般理解为反古典的、中世纪的、野蛮的和超自然的意思。

1764年,英国作家霍勒斯·瓦尔普在其哥特城堡里创作了以中世纪为背景的充满了罪恶、暴力和残忍凶杀的《奥特朗托城堡》。因该小说的副标题为"一个哥特故事",由此开创了英国和西方哥特小说的先河。从《奥特朗托城堡》面世至19世纪20年代近60年中的英国文坛,哥特小说极为风行,一批重要的哥特小说家及其影响深远的哥特名作相继出现,例如克拉拉·丽甫的《英国老男爵》(1778)、威廉·贝克福德的《瓦塞克》(1786),安·拉德克利夫的《尤道弗的秘密》(1794)、《意大利人》(1794),马修·刘易斯的《修道士》(1796),玛丽·雪莱的《弗兰肯斯坦,或现代普罗米修斯》(1818),查尔斯·马图林的《漫游者梅尔默斯》(1820)等,成为英国文学史上不可分割的重要组成部分。从某种程度上说,这一时期的英国小说史主要是由哥特小说谱写完成的。

英国哥特小说虽然不旨在对理想社会和价值观念作正面表现,而是竭力渲染、暴露社会罪恶,赤裸裸地展示人性的阴暗与丑陋,但是善作为一股道义力量从未泯灭,始终与恶冲突搏斗,伴随着紧张的道德探索,在其"黑色"与非理性内容的背后,内在地隐藏着丰富深刻的理性内容。这使哥特小说又蕴涵着一种向善向美、惩恶扬善的思想精神,具有积极的思想道德价值取向。英国哥特小说还在文学史上留下了经典的主题、经典的人物原型、经典的艺术表现技巧等。这些内容不仅成就了哥特小说,而且从"紧张多样的恐怖惊险性"、"深刻的问题性"、"复杂的心理"等方面,对西方19世纪以来的浪漫主义文学、现实主义文学、现代派文学、侦探小说、神秘小说、科学幻想小说等都有程度不同的重要影响。

二 刘易斯和他的《修道士》

马修·刘易斯(Matthew Gregory Lewis,1775—1818)是英国哥特小说的著名代表作家之一。他生于一个有权势的家族。作为家中长子的刘易斯主要随母亲长大,对母亲的处境充满了同情,又因对父亲的不满常常与之发生冲突,致使父亲对儿子耿耿于怀,直至临死前才与儿子和解,并且将自己的绝大部分财产都留给了儿子。刘易斯曾在威斯敏斯特学校和牛津基督教堂接受教育。1792年他只身前往德国魏玛学习德语,并结识文学大家歌德。这一机缘使他更加喜爱歌德的作品。1794年获得牛津大学学士学位。同年,经父亲帮助,赴英国驻海牙大使馆工作,开始写作哥特式小说。当然,他写小说也是为了帮助困境中的母亲。1796年,长篇小说《修道士》的出版,不仅让刘易斯名声斐然,而且使他获得了一笔可观的稿酬,也实现了从经济上帮助母亲的愿望;更重要的是,他萌发了进一步向上拓展自己的念头。21岁那年,他被选为国会议员,此后仕途上一帆风顺。后来他又相继结识了拜伦、雪莱等大诗人。从1796年至1813年,他创作了一系列剧本和小说,主要有《城堡鬼影:五幕剧》、《卡斯台尔国王阿尔方塑:五幕悲剧》、《封建暴君》、《家庭暴君》、《西印度种植园主的日记》等。1813年后放弃写作,携带大笔钱财,赴西印度致力于糖业。1815年赴牙买加,在那里的种植园里推行人道主义改革,善待奴隶。1816 年返回英国,然后在欧洲大陆进行历时一年半的漫游,其间将歌德的《浮士德》口头翻译给拜伦。1817 年再度赴牙买加,进一步推行奴隶制改革。1818 年 5 月 16 日,在返回英国途中死于黄热病并葬于大海。

《修道士》是刘易斯 19 岁时创作的一部哥特小说,也是他的成名作和代表作。小说 1796 年一经问世便引起了巨大轰动,成为 18 世纪最受欢迎、最畅销的经典哥特小说之一。这部小说,以 16 世纪西班牙首都马德里卡普琴斯修道院为背景,讲述了一个关于野心、暴力、乱伦和谋杀的故事。安布罗斯是一所著名修道院的院长,年轻英俊,学识渊博,极富辩才,颇受西班牙人的敬慕和崇拜,被视为"圣人"。在一次布道演讲中,出身名门的小姐马蒂尔德对安布罗斯一见钟情。为能经常见到自己心中的偶像,她竟孤注一掷,弃家舍财,女扮男装,化名罗萨里奥进入修道院修行。有一天她终于鼓足勇气,颤抖地将自己的真实身份和炽热情感向安布罗斯和盘托出。安布罗斯听后大为吃惊,厉声斥责她,并要将她赶出修道院。马蒂尔德苦苦哀求也无济于事。无奈之下,她只好请求安布罗斯从住室门前的灌木丛中折束玫瑰伴其远行。安布罗斯折玫瑰时不慎被蛇咬伤,医生诊断他最多只能存活三天。在马蒂尔德哀求下,安布罗斯答应她三天之后再离开修道院。此时的马蒂尔德极度伤心,为救安布罗斯,竟用嘴将他伤口处的毒液吸出,因此她也生命垂危。安布罗斯知道真相后大为感动。在死亡的边缘,他人性复苏,两人在墓地、在洞穴共渡爱河,柔情缠绵……爱情的力量终于使他们两人都奇迹般地战胜死亡化险为夷。这时的安布罗斯开始因懊悔自己的罪过而备受良心的谴责,他企图悬崖勒马。然而他终究抵挡不住情欲的诱惑,沉溺其中而无力自拔。但他很快便厌倦了马蒂尔德,开始贪婪地捕猎着每一个前来忏悔的女子。当天真无邪的少女安东尼娅进入他的视线后,他便不断地借机引诱安东尼娅。一个深夜,他潜入安东尼娅的卧室,欲对酣睡中的安东尼娅施暴,结果被安东尼娅的母亲埃尔维拉发现,安布罗斯竟残忍地将她杀害。而后,他又与马蒂尔德勾结,借助魔术,把安东尼娅藏入墓穴。安布罗斯强奸安东尼娅后又丧心病狂地将她杀害。殊不知,在他杀害的这两个女人中,一个是他的母亲,一个是他的妹妹!安布罗斯为避免上帝惩罚其罪恶,竟与魔鬼订下契约,将自己的灵魂出卖给魔鬼,以换取自由,但最终还是悲惨而死。

修道士安布罗斯是一个从善到恶,直至罪恶深重、不能自拔的彻底堕落的恶魔形象。不过,作者在塑造这一形象时并未一味丑化他,也未把他简单化为性格单一、内心苍白的抽象符号,而是为我们精心塑造了一个立体丰满的、被毁灭性的矛盾冲突所扭曲和异化的性格鲜明而复杂的艺术典型。安布罗斯一方面虔诚可敬,道貌岸然,理性使他充满魅力;另一方面又虚荣自负,兽欲十足,非理性使他面目可憎。在他身上,宗教与情欲相冲突,理性与非理性相交织,人性与兽行相杂陈。这一形象蕴涵着深刻典型的社会意义和独特的审美价值。首先,作者通过安布罗斯这个人物对宗教法规的反人道性和荼毒、残害生灵的本质给予了尖锐严厉的揭露与批判。作者在小说中指出,如果安布罗斯的青年时代在世间度过,他一定会显示出许多光辉品格。他"生来有进取心,有魄力、无所畏惧,如果在军营里,甚至可能会立下赫赫战功"。他也不缺乏慷慨和宽厚。"他思维敏捷,才能卓尔不群,判断果断稳健,这些品质如果用在治国上,本可以使他青史留名。"然而,不幸的是,还是孩子时他就失去了父母,被辗转遗弃在修道院门口。后来,他被前任卡普琴斯修道院长收留。正是这位院长,竭力诱导孩子相信,幸福就在修道院里。于是,留在修道院就成为安布罗斯的最大抱负。在这里,"他的教员们竭力压抑他身上天生的美德……他们拒绝人世间的仁慈,而把自私视为圭臬。他们教育安布罗斯把对他人的错误的同情看做是滔天大罪,并竭力使他性格中的直率变为奴性的谦卑。……那些修道士们在根除他的善德、禁锢他的感情的同时,又让各种罪恶在他身上达到极限:让他傲慢、自负、虚荣、野心勃勃;让他妒忌所有与他地位同等的人,并蔑视他们的长处;当受到冒犯时决不宽容,残酷报复"[①]。从中我们不难看到,宗教教条和修道士的神职身份不仅葬送了安布罗斯作为人

[①] 刘易斯:《修道士》,李伟昉译,上海:上海译文出版社2002年版,第175—176页。

理应具有的人性本能特征的情感渴求与幸福,而且还毒害了他的感情。这种内在的剧烈冲突造成了他极度痛苦的精神和近乎疯狂的变态心理,最终久受压抑的情感演变为了可怕的淫欲,由一个清心寡欲的修道士变成了阴险狠毒的恶魔。从这一角度看,安布罗斯既是罪犯,又是宗教的受害者。作为罪犯,作者以无可辩驳的事实彰显了他良知的完全泯灭和人性的彻底堕落,并揭示了这样一个触目惊心的"发现":即在常人看来最安全的修道院,实际上是滋生罪恶的危险之地;而最值得人们景仰的"圣徒",竟然是一个伪君子、强奸犯和杀人凶手!对被宗教教义毒化而成为受害者的安布罗斯,作者又充满了惋惜、伤感和同情之心。

其次,安布罗斯这一形象又昭示人们:情欲是危险的深渊,情欲一旦失控必将遭到毁灭。在理性与非理性、宗教与情欲、人性与兽性之间,安布罗斯完全抛弃了宗教、理性和人性,彻底被情欲、非理性和兽性所控制,变得丧心病狂,无所顾忌。在某种程度上说,扮成美女马蒂尔德的魔鬼就是情欲的象征,正是这个情欲魔鬼既引诱了安布罗斯,同时又毁灭了安布罗斯。因此作者最后给安布罗斯设置了一个颇具讽刺意味的结局,即不厌其烦地详细描写了他被魔鬼从高空扔下、摔在岩石上又滚落于河边后的缓慢而痛苦的死亡过程,以此对纵欲与暴行予以严厉的惩罚。

除了安布罗斯的故事外,小说中还交织着雷蒙德的历险情节及其与恋人阿格尼丝历经痛苦与死亡的磨难后终成眷属的附属故事。这个附属故事与主情节之间在思想主旨上有着内在的一致性,起着进一步丰富、扩展并深化主情节所揭示的思想的作用。

在艺术上,《修道士》首先在心理描写的细腻、深刻方面取得了很高的成就。安布罗斯这一形象的塑造主要是通过精神世界层面的揭示得以完成的。小说不仅详细地描述了矛盾的安布罗斯走向毁灭的全过程,而且还将他那隐秘曲折、复杂微妙的深层精神世界淋漓尽致地和盘托出、展露无遗,从而使我们清晰地窥见他在每一次命运的重要抉择关头所伴随的心理骚动、感受和变化。刘易斯没有停留在一般心理学意义上去描写安布罗斯的心理世界,而是特别强调对其痛苦与恐惧的精神世界的揭示和渲染,深入挖掘了沉潜于其心灵深处因羞涩感和罪恶意识而产生的痛苦与恐惧,以及因痛苦与恐惧而丧失理智、泯灭人性的过程。作者以极其敏感细腻的笔触,惊心动魄地描写了安布罗斯面对宗教与情欲的两难选择而引发的痛苦与骚动、死亡与恐惧、变态与疯狂。这使小说获得了深广的心理学意义和很高的审美价值。刘易斯对痛苦、恐怖、邪恶心理的描写,对沉溺于孤独、自恋情绪状态下的彷徨矛盾世界的剖析,对潜意识畸形变态心理与罪恶意识的挖掘等,对后世许多著名作家的文学创作都产生了深远的影响。这正是刘易斯对心理世界描写的开拓性贡献。19 世界美国著名作家、被誉为世界推理探案小说鼻祖的爱伦·坡,其作品中对恐怖、痛苦与邪恶乐此不疲的玩味,对变态心理与罪恶意识的探讨,以及对疯狂与死亡的价值取向,都明显受到刘易斯的影响。雨果的浪漫主义小说经典《巴黎圣母院》中的克罗德·孚罗诺副主教就是直接从安布罗斯这一形象中脱胎而出的。特别是雨果对克罗德·孚罗诺副主教内心冲突的细腻描写,对其几乎疯狂的精神心理变态的探幽抉微,以及对其最终由渴望情感生活的爱欲走向毁灭的淫欲过程的展示,都清晰地留下了《修道士》的影响痕迹。

再次,小说讲述的故事虽然恐怖骇人,却又不乏诗情画意,可谓恐怖与诗意兼而有之。小说分三卷共 12 章,每章开头都录有不同时期英国诗人的一段诗歌作为引子;小说叙述语言不仅富有诗歌特点,而且其中穿插较长篇幅的诗歌达 11 处之多。英国著名批评家赫士列特在其《论英国小说家》中曾这样评论《修道士》里的诗歌:"点缀在这名声远扬的小说中的一些诗篇,特别像'朗斯萨拉斯的战斗'与'流亡',有一种浪漫而快乐的和谐,那情调像月夜行走的朝圣者唱出的歌声,或者说像使夏天海上的水手入梦的催眠曲。"[①]这些诗歌又是作者表达主旨、刻画人物、揭示心理、营造氛围、补充情节、预示结局的重要手段,构成了小说重要的不容分割的有机组成部分。

[①] 赫士列特:《论英国小说家》,转引自《古典文艺理论译丛》第 4 辑,北京:人民文学出版社 1962 年版,第 210 页。

又次，从叙事结构上看，《修道士》有两条平行又交错发展的故事情节，安布罗斯的情节是主线，其叙述视角是全知视角；雷蒙德与阿格尼丝的故事为副线，其叙述视角是第一人称叙述视角。这种全知视角与第一人称限知视角交互使用、彼此结合的叙事方法，使得小说视点变化有序，情节交替展开，明明隐隐，波折迭起，悬念横生，引人入胜。

需要指出的是，《修道士》也存在一些不足之处。譬如，在刻画安布罗斯这一形象过程中，刘易斯始终对他不能享受正常性爱快乐深表惋惜和同情，他对这种压抑所导致的行为的态度也越来越模糊；尽管他有强烈的反叛宗教的意识，但又难以承受宗教与社会环境的压力，最终把安布罗斯的堕落与犯罪归咎于魔鬼的诱惑，这无疑是为安布罗斯开脱罪责，一定程度上削弱了小说的思想性。这也反映了作者的困惑与矛盾。

思考题

1. 为什么新古典主义严格按规则进行创作？
2. 答丢夫形象塑造成功的原因是什么？
3. 启蒙文学的哲理性使其作为文学有哪些得与失？
4. 卢梭文学创作的突出特征是什么？
5. 分析浮士德与靡非斯特的关系。
6. 谈谈哥特小说的基本特征及其与传统小说的异同。

参考书目

1. 莫里哀：《莫里哀喜剧全集》（第二卷），李健吾译，长沙：湖南文艺出版社1993年版。
2. 高乃依：《高乃依戏剧选》，张秋红等译，上海：上海译文出版社1990年版。
3. 笛福：《鲁滨孙漂流记》，徐霞村译，北京：人民文学出版社1982年版。
4. 伏尔泰：《伏尔泰小说选》，傅雷译，北京：人民文学出版社1980

年版。

5. 卢梭:《忏悔录》,黎星等译,北京:人民文学出版社1992年版。
6. 歌德:《浮士德》,郭沫若译,北京:人民文学出版社1959年版。
7. 歌德:《少年维特之烦恼 浮士德》,劳人等译,杭州:浙江文艺出版社1992年版。
8. 刘易斯:《修道士》,李伟昉译,上海:上海译文出版社2002年版。
9. 李伟昉:《英国哥特小说与中国六朝志怪小说比较研究》,北京:中国社会科学出版社2004年版。

(本章编写:张志庆;第五节:李伟昉)

第五章 19世纪的浪漫主义运动

第一节 概 述

作为一场文学运动的浪漫主义是法国大革命、工业革命、遍及欧洲的民主运动和民族解放运动、德国古典哲学、空想社会主义等经济、政治、文化思想共同作用的结果。它产生于18世纪末,兴盛于19世纪前30年。

从欧洲社会发展来看,资本主义取代封建主义是一个漫长的历史过程。封建制度在16世纪、17世纪达到它的顶点,与此同时,资本主义也在不同国家发展、壮大。这种经济、政治制度上的矛盾斗争及此消彼长,为文艺复兴以来的欧洲近代文学提供了发育的土壤。到18世纪末,随着以英国工业革命为代表的技术革新和生产力的增长,资本主义壮大到足以撼动封建政权的程度。以1798年法国大革命为标志,资产阶级终于在政治、意识形态等各个领域,与封建王权展开了决战,推动资本主义发展进入一个新的阶段。浪漫主义文学在新的历史条件下应运而生。

法国大革命及其后果对浪漫主义思潮的产生有着直接的、决定性的影响。大革命时期两次颁布《人权宣言》,提出人人享有财产、信仰、安全、言论、著述、出版等方面的自由,法律面前人人平等,主权在民,政府行使权力需经人民同意等,认为这些是公民"自然的、不可剥夺的和神圣的人权"。启蒙主义关于"理性王国"的许诺,关于"个人自由、独立、平等、社会民主"的约言,通过法国大革命,最终以制度的形式确定下来。这些资产阶级的先进思想在欧美得到广泛传播,深入人心。

但法国大革命本身并没有能够使这些政治、社会理想变成现实。"和启蒙学者的华美约言比起来,由'理性的胜利'建立起来的社会制度和政治制度竟是一幅令人极度失望的讽刺画。"①恩格斯的论述精辟地指出了法国大革命之后欧洲的状况。大革命爆发不久,以暴力和恐怖著称的雅各宾派上台专政,在贵族和温和的资产阶级当中引起极大恐慌。1799年,拿破仑发动政变掌权,他的军队横扫欧洲,在整个欧洲刮起革命风暴,并引发了欧洲弱小后进民族争取民族独立和解放的斗争。拿破仑最初受到欧洲民主力量的热烈欢迎,可是很快这种欢迎就让位给出自爱国主义与民族主义的抵制。1812年,拿破仑远征俄国失败,被迫于1814年退位,欧洲封建势力全面复辟。1830年,法国爆发七月革命,波旁王朝被推翻,七月王朝建立,金融资产阶级建立起了自己的统治。法国大革命的理想唤起了民众对社会的期望,而现实的反动、理想的落空则激起民众的进一步反抗和追求。这一历史时期,法国乃至整个欧洲的空气中洋溢着亢奋、狂乱、失望与忧郁,一切都是热闹的、火炽的。

以康德、费希特、谢林、黑格尔为代表的德国古典哲学,强调自我、主观和心灵,反抗功利化和机械化的现实世界,追求"无限"和"永恒",为浪漫主义思潮提供了最重要的理论基础。以圣西门、傅立叶、欧文为代表的空想社会主义不满法国大革命后的政治经济局势和社会状况,力图以社会主义制度取代资本主义制度,从而达至人类的黄金时代。他们对资本主义现实的不满,对人类美妙前景的预期,迎合了浪漫主义文学对理想的追求。

浪漫主义文学作为一股激荡欧美的文学运动,最早产生于英国和德国。布莱克和彭斯的诗歌唱出了英国浪漫主义的先声,但真正开创英国浪漫主义潮流的是"湖畔派"三位诗人:华兹华斯、柯勒律治和骚塞

---

① 恩格斯:《反杜林论》,《马克思恩格斯选集》第3卷,北京:人民出版社1972年版,第298页。

(1774—1842)。1798年华兹华斯和柯勒律治的《抒情歌谣集》出版,1800年诗集再版时增加了一篇序言,它们从实践和理论两个方面为浪漫主义奠定了基础;而"湖畔派"诗人的交往唱和扩大了其影响。与湖畔派同时代还活跃着一位小说家司各特。在19世纪初,新一代浪漫派拜伦、雪莱、济慈登上历史舞台。拜伦对"湖畔派"的攻击在两代作家之间制造了隔阂,显示出他们在政治立场、艺术趣味等多方面的分野。但从总体上看,两代作家之间的差异并非那么严峻,他们使英国浪漫主义文学变得多样而丰富。在德国,荷尔德林在18世纪末开始创作,是最早的浪漫主义作家之一。1798年施莱格尔兄弟在耶拿创办《雅典娜神殿》,标志着浪漫主义文学思潮开始出现。汇集在他们周围的作家有诺瓦利斯、蒂克等,史称早期浪漫派。1805年,以阿尔尼姆、布伦塔诺为代表的后期浪漫派崛起。不属于上述两个派别的德国浪漫主义作家也人数众多,主要有格林兄弟、艾辛多夫、霍夫曼等。海涅是德国浪漫主义作家中的异数,同时也是德国浪漫主义文学的终结者,他的反讽、写实和社会批判倾向为德国文学开拓了发展的新路。法国浪漫主义文学的出现略晚于英、德,但同样有声有色。其早期代表是夏多布里昂和史达尔夫人;之后出现了拉马丁和维尼。1827年,以雨果为首的浪漫派用法国特有的对垒和斗争方式显示了他们强大的存在。法国浪漫主义思潮历时最长,一直持续到40年代末;而雨果的创作更跨越了19世纪的大半时间。美国浪漫主义文学的发展具有特别的意义,它与一个民族及民族文学的诞生和成长息息相关。在经过华盛顿·欧文、库柏、艾伦·坡、爱默生、霍桑、麦尔维尔等的发展后,惠特曼发出了美国浪漫主义文学的最强音。

作为席卷整个欧美的一场文学运动,浪漫主义具有一些共同的特征:第一,浪漫主义作家着力抒发对封建专制统治和压迫、日益发展的资本主义工业文明的极大的激愤和反抗之情,表现了民族意识的觉醒和民族解放斗争;这尤其反映在美洲新兴民族和欧洲一些落后、弱小民族的文学创作中。法国大革命的理想与大革命带来的结果之间的矛盾,给浪漫主义作家的激愤和抗议提供了现实根据,也提供了抒发的对象。德国浪漫主义作家把矛头指向市侩习气和现实的平庸卑陋,流露出对资本主义现实的憎恶和反感。在拜伦的《唐璜》中,随着主人公唐璜的足迹,我们看到无论是希腊海岛、土耳其后宫、俄罗斯宫廷还是英国的上流社会,到处充斥着流血、战争、欺诈、抢劫、伪善和虚荣,诗人的笔触横扫那些道貌岸然的女皇、君主、政客,揭穿了统治者的反动本质。雨果的《悲惨世界》以社会底层的苦难民众为表现对象,展示了一幅触目惊心的悲惨世界图景,这里"贫穷使男子潦倒,饥饿使妇女堕落,黑暗使儿童羸弱",无异于人间地狱。由于浪漫主义作家的激愤和抗议源于对自我和个人经验的价值的捍卫,所以它不限于政治、经济、社会领域,而指向一切形式的精神桎梏、一切既有的秩序和规则,如古典形式、保守道德、人性的平庸等。美国诗人惠特曼的《草叶集》表现了美利坚民族形成时期蓬勃向上的豪迈精神。德国浪漫主义作家反对拿破仑的占领,热衷于搜集、整理、加工本民族的民间故事和神话传说,编纂民族语言辞典的广泛运动,体现了民族意识的觉醒。波兰、捷克、匈牙利、希腊、意大利等民族的许多浪漫主义诗人同时也是反抗异族压迫的爱国志士,他们的诗篇是他们战斗的武器。

第二,浪漫主义文学热情讴歌自由、民主、平等的先进思想,抒发对理想社会的向往之情。自由、民主、平等的启蒙主义信念,是浪漫主义作家的精神支撑和力量源泉,是反抗专制统治和压迫的武器,同时也是他们构筑社会理想的基石。浪漫主义作家崇尚理想,抒发理想,这理想与现实对立,代表着本质的、永恒的世界,承担着他们对社会发展的期望。在对理想的表现上,浪漫主义作家分出两种不同的倾向。一些作家向前看,如雪莱,他的《西风颂》以强烈的暗示性语言,对未来发出召唤;《解放了的普罗米修斯》,则描画出一幅美妙的乌托邦图景。惠特曼的全部激情,都集中在对以美国为范本的理想世界的构建上。他的可贵之处在于他没有让特定的地域和民族限制自由、民主理想的展示空间,而是使这一理想成为全人类的精神飨宴。另一些作家则向后看,在中世纪的宗法社会与宗教生活中寻找寄托,有浓厚的复古倾向。骑士精神、对基督教的虔敬、纹章家徽、古堡森林、牧歌情调等构成了这些作家笔下业已消逝的"黄金时代"和乐园的基本成分,但主旨仍不脱法国大革命的理想。

第三,浪漫主义文学强调主观性,着力表现个人情感。浪漫主义作家把注意的重心转向内心,去挖掘这个"内在的宇宙"。浪漫主义者喜欢把精神生活和外部生活对立起来,他们相信精神生活远远优于外部生活,因为它遵从超功利原则,更合乎人的目的性。在对主观世界的表现中,情感占据最突出的地位,正如华兹华斯在《抒情歌谣集序》中说,诗歌是"强烈感情的自然流露"。虽然此前感伤主义文学也重视情感,但它们的情感仅限于"感伤",而且陈腐夸张;浪漫主义的情感更丰富,更有强度,也更个性化。这其中,有对现实不满而生的激愤之情,有理想破灭、无所着力而生的忧郁之情。后者作为法国大革命后的"时代病",弥漫在欧洲多国的浪漫主义文学作品中。而爱情更是浪漫主义作家热衷于表现的对象,纯洁美好的爱情令诗人驻足咏叹,流连忘返。一些作家还对非理性心理活动进行了探索,如梦境、原欲等,从而开启了通向20世纪现代主义文学之路。由于强调主观性,浪漫主义文学往往把外部世界看成是心灵的外化形式,外部世界的存在完全依赖心灵的存在。

第四,浪漫主义文学也提供了一系列独特的艺术形象。这些人物形象的表现不遵从写实原则,他们是诗人情志的凝结,保持着"应该有的样子"。浪漫主义形象中,有富于反抗精神、乐于孤军奋斗的个人主义者,他们对现实抱有不可调和的仇恨,蔑视一切陈规陋习,心性高贵,行动果敢坚毅。这类形象发展到极端,就具有了恶魔般的性质,他们对死亡无所畏惧,甚至渴望死亡,他们作恶以决绝于人类,如拜伦笔下的"拜伦式英雄";也有出身贵族、理想幻灭,因而冷漠无情、放荡不羁、娱乐嬉戏的"世纪儿"和"多余人";还有夏多布里昂和库柏等作家笔下生活在原始状态中的"高尚的野蛮人"等。

第五,促成了各种新的文学体裁的诞生。诗歌无疑是浪漫主义时代最辉煌灿烂的文学样式,从抒情诗、叙事诗、剧诗到诗体长篇小说,都一派繁荣。这主要是基于那个狂风暴雨般的时代人们抒发个人炽热感情和动荡复杂精神世界的需要。浪漫主义诗人从人类和社会本质的高度理解诗,华兹华斯说"诗是一切知识的开始和终结"[①],雪莱说"诗是一切事物之完美无缺的外表和光泽"[②],德国浪漫主义诗人诺瓦利斯则认为诗不反映人生而创造人生,诗便是一切。在抒情诗方面,浪漫主义诗人取得了令人叹为观止的成就,如布莱克、华兹华斯、惠特曼、雪莱、济慈的作品等。诗体长篇小说如拜伦的《唐璜》堪称经典。浪漫主义作家对民间文学的浓厚兴趣,使收集、加工、改写甚至仿作成为风气,彭斯、华兹华斯、格林兄弟等都取得了突出成就。司各特是历史小说的首创者,他吸收了莎士比亚和歌德历史剧的表现手法,并从18世纪英国具有现实主义特色的小说中汲取营养,从而开辟了这一新的文学表现领域。再就是对各种文体的嫁接。德国浪漫主义理论家弗·施莱格尔在他著名的《片断》中把浪漫主义文学的本质界定为文体上的:"诗人的随心所欲容不得任何限制自己的规则,乃是浪漫诗的最高法则。"[③]德国浪漫主义作家喜欢把"小说"处理成集书信、片断式的故事、艺术论文、抒情诗、松散的片断和插曲、编年纪事、对话等为一体的新文体,打破了各种文学样式的界限。如弗·施莱格尔的《路清德》,诺瓦利斯的《亨利希·封·奥弗特丁根》,蒂克的《弗兰茨·斯泰恩的漫游》等。

  第六,浪漫主义文学在表现手法上有其独特之处。首先是比喻的大量采用。浪漫主义诗人的理想和想象要变成可以捕捉的物象,比喻是必不可少的。华兹华斯透过黄水仙的外表,发现了它们潜在的寓意;济慈的《秋颂》中暗示了自己想象中秋天的内在本质。威廉·施莱格尔认为只有通过象征手法,通过形象和符号,含糊的事物才能变得清楚,因此,带有象征性和暗示性的比喻在诗歌中担负着非常重要的作用。

[①] 华兹华斯:《〈抒情歌谣集〉序言》,曹葆华译,见《英国作家论文学》,北京:三联书店1985年版,第27页。

[②] 雪莱:《诗之辩护》,缪灵珠译,见《英国作家论文学》,北京:三联书店1985年版,第117页。

[③] 弗·施勒格尔:《雅典娜神殿片断集》(第116条),李伯杰译,见《雅典娜神殿片段集》,北京:三联书店2003年版,第73页。

浪漫主义诗歌在这方面的理论和实践为现代诗歌的发展带来了具有深远意义的创新。其次是对比和夸张。浪漫主义创作的基本动力是理想和现实之间的矛盾,因此作家喜欢把截然相反的事物安排在一起,使它们发生联系,从而造成鲜明强烈的对比。浪漫主义作家用以对比的事物,不外是美与丑、善与恶、崇高与卑贱、光明与黑暗等,这种对比渗透到作品的各个层面和各种因素中。这种创作原则在雨果的《〈克伦威尔〉序言》中得到最充分的体现。为此,浪漫主义作家往往省略事物之间的过渡,排斥事物之间可能有的交集与包含,拒绝采用中间色,而总是夸大事物的某种属性,为强调它而趋于极端。再次,在情节和场景等方面,浪漫主义文学追求离奇、惊险和刺激,甚至怪诞和神秘。作品中常常充斥着秘室、毒药、匕首、凶杀、决斗,以及标新立异的爱情和死亡,展现了一个绚丽多彩、神奇诡异的世界。它们多是作家想象力的产物,而非生活常态和现实的本身。

第二节 华兹华斯和他的抒情诗

华兹华斯(William Wordsworth,1770—1850),英国浪漫主义诗人,1770年4月7日出生在位于英格兰西北部湖区的坎伯兰郡考克茅斯的一个律师家庭。其家乡地处英国湖区,以众多湖泊和秀丽山色闻名。华兹华斯生活其间,培养了对大自然的深挚感情。1787年,华兹华斯入剑桥大学学习,他对研究课程不感兴趣,却广泛涉猎文学。1790年,他徒步到法国、阿尔卑斯山区和意大利旅行。返回法国时,他在那里居住了一年,与一位法国女子相爱,并深受法国大革命影响。但之后的英法战争及法国大革命的暴力色彩使他受到震撼,思想趋于保守。1795年,他从朋友处得到一笔900英镑的遗产,这使他免于操心衣食,能专心于诗歌创作。他与诗人柯勒律治结交,开展了富于成果的合作。1798年,二人合著的《抒情歌谣集》出版,这是英国浪漫主义历史上的一个里程碑。1800年,《抒情歌谣集》再版,华兹华斯为此写了一篇序言,系统表述了自己的浪漫主义美学理论。华兹华斯从人类和社会本质的高度理解诗,认为"诗是一切知识的开始和终结"。他强调诗歌是"强烈感情的自然流露"。他主张诗要选择日常生活里的事件和情节,以"微贱的田园生活"作题材,"同时在这些事件和情节上加上一种想象的光彩,使日常的东西在不平常的状态下呈现在心灵面前"。[①] 这篇序言的主张对西方文学产生了深远影响。1808年,华兹华斯度过了他创造力最旺盛的时期。20年代以后,他的诗才开始衰退,但名声日隆。1843年,他被授予桂冠诗人称号。1850年去世。

华兹华斯与另外两个同时代诗人柯勒律治、骚塞交游深厚,趣味、观念接近,又因为他们有一个时期都居住在英国西北部湖区,被冠以"湖畔派"之名。华兹华斯是三位诗人中成就最高者,他开创了英国浪漫主义诗歌中的诸多传统,如表现身边的自然,描写农人生活,以日常口语入诗等等。

华兹华斯在英格兰风景优美的湖区出生并度过童年和少年时期,对那里的湖光山色从小耳濡目染,融化于心。1787—1799年间,多次外出,去德国、法国、意大利以及阿尔卑斯山区、英格兰西南近威尔士地区的丁登寺一带旅行。1799年底重返湖区,此后,除短暂的外出,一直在此居住。所以,观赏大自然是他的日常功课。这赋予了他观赏自然、理解自然,并与自然建立和谐关系的得天独厚的条件和敏锐的感受力,这为他通过周围的自然,而不是机械的社会,理解自己和人生,清理政治和社会理想,创造了条件。

华兹华斯的诗以歌咏大自然为中心,与同时代的其他英国诗人相比,他也是最善于表现大自然的。他在《反其道》一诗中写道:"起来,起来,朋友,/丢开你的书本,/书!只带来沉闷和无穷的烦恼,/不如来听听林中的红雀,/它唱得何等甜美!/我敢担保,歌声里有更多的才

[①] 华兹华斯:《〈抒情歌谣集〉序言》,曹葆华译,见《英国作家论文学》,北京:三联书店1985年版,第27、31、15页。

学。"①他用鲜明的对比,讽刺学究、理性生活的沉闷、无趣,力主回到美妙、生动的大自然中去。诗人语气诚恳、殷切、直截了当,反映了对大自然的强烈感情。华兹华斯以英国独特的自然风景和生物为主要表现对象,它不是壮美的荒原大漠、危岩峻峰,而是秀丽的绿野、灌木、花丛、湖泊、丘壑、鸟雀等。诗人以具体的地域(例如英格兰西北部的湖区)为依托,如《瀑布与野蔷薇》以拟人化的手法,描写了瀑布和野蔷薇之间由亲善到交恶的过程。瀑布喧嚣而傲慢,蔷薇楚楚可怜。《绿山雀》描摹了一只绿山雀与诗人的友善之情。每年春日,鸟儿和花朵都要和诗人在果园重聚,其中一只绿山雀最为欢畅。绿山雀"甜美的歌喉,轻灵的翅膀","导演着五月的狂欢",也带给诗人无限的快乐。

更难能可贵的是,华兹华斯的大自然诗作把农人、乡村生活作为重要组成部分。《坎伯兰老乞丐》、《孤独的收割人》、《艾丽丝·菲尔》、《露西·格雷》、《我们共七个》等优秀的诗篇中,表现乞丐、收割者、农人、乡村儿童的形象,关注他们的尊严和价值。《坎伯兰老乞丐》描画了一个坎伯兰老乞丐的形象。他形单影只,老朽不堪,吃残羹剩饼,走漫漫长路。这样一个似乎已经被世界所遗弃的人,注定令人产生悲惨的印象,但诗人从老乞丐身上挖掘出更深的意味。他是上帝的造物之一,"任何形式的存在,都会同一种/善的精神和意向,同一个生命/和灵魂不可分地联系在一起"。因此,老乞丐值得我们尊敬。老乞丐的遭遇又能唤起路人和村民的怜悯与同情。"村民们看见他就像/看见不然就记不起来的往事/和善乐好施的功用",在习惯性的施舍中,激发起内心善的情感,心灵不再冷漠和自私。诗人甚至想,上天自有法则,将以自己的方式把老人收去,所以,不用人类出于同情而把他送进习艺所或工厂。他从自然的霜风和冬雪中来,就让他回到那里去吧。这首诗题材虽然平凡,但经过诗人独具匠心的处理,读来却意味深远隽永:老人与大自然一体,因此,也获得了神的品格。

---

① 见《华兹华斯抒情诗选》,黄杲炘译,上海:上海译文出版社1986年版。本节华兹华斯的诗均摘自此书,不再注。

《我们共七个》基本上由诗人与一个农家小女孩的对话构成,用的是英语口语,浅显、轻快,但诗意却含蓄深长。诗中写诗人在田野里遇到一个小女孩,问她:"你兄弟姐妹一共有几个?/说给我听听,小姑娘!"小姑娘回答:"一共是七个,/……两个当水手,在海上航行,/两个在康韦住着。/……还有两个躺进了坟地——/……靠近他们,教堂边,小屋里,住着我妈妈和我。"诗人反复提示小姑娘:人死了,已经离开人世。但无论怎么解释,小姑娘仍固执地认为"我们是七个"。出自稚童之口的应答凸显出对死亡的漠视,诗人则从中领悟到新的生命存在形式,并表达了对农人卑微却庄严的生命的敬意。

《露西》组诗围绕着一个叫露西的乡村女孩子展开。有人说露西的原型是诗人的妹妹多萝西,也有人言之凿凿说露西的原型是华兹华斯一个友人在荒原中走失的年轻的妹妹。在组诗中,露西是一个美丽、可爱、纯洁、天真的乡村小姑娘,她与社会隔绝,热爱大自然,诗人也曾深爱过她,但她竟然早夭,引起诗人无限的悲痛。这些诗写露西的生,写她的死,写诗人的爱,写诗人的悲痛,弥漫着伤感的气氛。但这些诗也表达了诗人一贯的观念:人原本从大自然中来,再回到大自然中去,未尝不是一种幸福,在大自然中,人是不朽的;而乡村卑微的生命,与自然的本质更为接近。

《露西·格雷》这首诗写的是在暴风雪到来之前,父亲叫露西到镇上去接母亲回家。出发时是中午刚过,按常理不会有意外发生。但暴风雪提前来临了,小姑娘在暴风雪中迷了路,再也没有能够回家。父母彻夜寻找女儿,他们在一座小桥前发现了露西的脚印。但顺着脚印走到桥中央,脚印不复存在。有传言留诸后世:有人说她还活着,在荒原上经常能看到她的身影,听到她的歌声。失去亲人是每个人必须经历的最为痛苦的经验,《露西·格雷》把重点集中在这种亲人的失去和随之而来的悲伤感情上。其中的悲有露西父母的悲和诗人的悲。就悲伤的程度而言,后者之悲当然不及父母的丧子之痛。但观察全诗的抒情角度,是从一个旁观者的视角经历露西之死和她父母的悲哀,也就是说,抒情主人公以陌生者的身份叙述露西的故事。这与露西父母讲述故事的效果是不同的。它让读者见证了露西的悲剧,但感情又不太深陷其中。诗人如此处理,让感情的强烈程度降了一个量级,这也是诗人要追求的效果。因为华兹华斯深信,自然赋予露西以生命,现在又把这个精致的造物融入到大自然当中。露西最后成为大自然的一部分,她仍活着,人们能够听到她在风中唱的歌。她没有伙伴,她是孤独的,但她又是幸福的,因为她有大自然作为伴侣。热爱自然的人能够感到她的存在,听到她的歌声。

显而易见,华兹华斯笔下的大自然浸染、深入到普通人的日常生活中,亲切而温润,唤起的是宁静、欣悦、忧伤的情绪,具有舒缓、抚慰心灵的作用。如《致雏菊》写雏菊这自然界"平凡的草木",称赞它"神态谦恭,容颜也朴素,/却自有一派清雅的风度"。诗人企盼它"一如既往/赐我以欢乐,让我学到你/温良的品性!"其他如《丁登寺》、《采坚果》等,莫不如此。华兹华斯对大自然的挚爱,并不限于感性的层面,他把大自然与神性、永恒联系起来。《致杜鹃》中,杜鹃美妙的声音在诗人心中留下深刻印象:"至今,我仍然觉得你/不是鸟,而是无形的精灵,/是音波,是一团神秘。"他在自然的每一处,都发现与神的和谐和不息的力量,从中获得某种启示。他认为大自然是上帝的征象,是达至彼岸、关照和实现生命本质的途径。

在华兹华斯看来,大自然的真谛并非人人都能领悟到。在这方面,儿童比成人有更优越的条件。《每当我看见天上的彩虹》道出了这个意思:"每当我看见天上的虹影,/我的心就跳。/初生时是这样,/长成人也是这样,老了也该是这样——/否则不如死掉!/儿童乃成人之父。/但愿我这一生/贯穿了自然的虔诚。"彩虹在《圣经》中是上帝和人立约的凭证,初生的赤子能直接领悟它、拥有它,而当逐渐成人时,也就越来越远离那来自上帝的灵光。华兹华斯在《颂诗:忆幼年而不朽》中,把"儿童乃成人之父"的思想作了更深入、具体的发挥。他把儿童称为"最好的哲人","保持着传得的财富",能看清"永恒的深奥",而神圣的光也照耀着大自然。当成年时,大自然的"辉煌"在心灵的屏幕上消失了,也忘掉了"所由之来的堂堂宫殿"。华兹华斯歌咏儿童的诗,大多从这个角度立意。除上述诗篇外,还有《从前有个男孩》等。

华兹华斯在《抒情歌谣集》序言中写道:"诗是强烈情感的自然流露。它起源于在平静中回忆起来的情感。"诗歌所表达的情感是回忆起来的情感,这一创作经验得自1798—1799年与多萝西居于德国时。在异乡,他靠对英国的回忆来充实自己的想象,直到他被一种同几年前一样身临其境的情感所控制,而他则以这种人为诱发的情感来作诗。人们无法回到童年,却可以通过回忆捕捉那"不朽的海域",复活那些消失的东西。《颂诗:忆幼年而悟不朽》在这一点上比《我独自漫游像一朵云》发挥得充分得多。他反复地描写着当人的意识与大自然融为一体,当一切都焕然一新,当神力把生命赋予无生命之物,当最低级的造物大放异彩的神圣时刻。

《丁登寺》原题《旅途中重游葳河沿岸,作于丁登寺上游数里处》,是华兹华斯抒情诗中的杰作。丁登寺是位于英格兰西南部葳河畔的一所中世纪寺院,在19世纪上半叶已成废墟,周围景致秀美。华兹华斯1793年曾徒步旅行至此。五年后,他又和妹妹多萝西故地重游,写了这首寓意深远的名作。在诗中,诗人首先抒发了故地重游的畅快心情:"五年过去,五个夏天,和五个/漫长的冬季!如今,我再次听到/这里的清流,以内河的喁喁低语/从山泉奔注而下。"诗人欢呼:"这一天终于来了!"在眼前,"一处处村舍场院,果木山丘,/季节还早,果子未熟的树木/一色青绿,隐没在丛林灌莽里"。这自然景色诗人在五年前已经寓目。这五年间,"当我孤栖于斗室,/困于城市的喧嚣,倦怠的时刻",这景色就成了诗人心灵的慰藉,它"使我纯真的性灵/得到安恬的康复;同时唤回了/那业已淡忘的欢愉"。于是,"这些自然景物/给了我另一份崇高的厚礼——/一种欣幸的、如浴天恩的心境"。如今,故地重游,诗人有了新的收获。诗人认识到,他又从大自然中,为自己"储备了/未来岁月的活力和滋养"。此刻的"我"已经不同于五年前的"旧我",大自然仍一如既往给"我"丰厚的馈赠。由此,诗人认为大自然中有神迹显现,对自己有所眷顾:"仿佛是一种动力,一种精神,/在宇宙万物中运行不息,推动着/一切思维的主体、思维的对象/和谐地运转。"进一步,诗人感到了自己与大自然融合,从大自然中"认出……我全部精神生活的灵魂"。《丁登寺》不仅全方位展现了诗人与大自然的关系,艺术上也堪称典范。它结构完整,气韵连贯,语言朴实自然。

《我独自漫游像一片云》一诗写于 1802 年。诗人独自在英国西北部湖区漫游时,忽然发现湖边一大片金黄色的水仙在微风中摇曳起舞。大自然的美景虽然令诗人陶醉,但当时他并未感到这景象给自己带来多少启悟。只是在多年以后,诗人再次回忆起那些黄水仙,孤寂无聊的心中才充满了天堂般的快乐。大自然能给人双重的美感,即亲历时的美感和回忆时的美感,后者比前者更持久、更深广。华兹华斯这一认识是和他的哲学观念联系在一起的:成人虽越来越远离神性,但生命之光没有完全熄灭。他只要与大自然亲近,就能够重返天真时代,重新获得神的眷顾。

这首诗在艺术上达到了出神入化的境界。首先是多方面多角度的对比:其一,过去时态与现在时态的对比。在英语中,过去时用来描述过去发生的动作,现在时表示现在发生的动作,也用来表示事物的常态。本诗的时态对比来自两个方面:人的动作与大自然的活动的对比,亲历的美感与回忆起来的美感的对比,前者意味着短暂,后者则象征着永恒。其二,抒情主人公和黄水仙的对比:我是独处、空虚、忧伤的,而黄水仙成群成片,充满动感,热闹非凡。其三,水仙和水波的对比,二者都快乐,但水仙更快乐。

其次是情绪的渲染烘托。在第三诗段,诗人被水仙的快乐所感染,感觉很快乐。但这种体验是情绪层面的。诗人用了"愉快的伴侣"和"心旷神怡"两个短语,来表示这种情绪。紧接着,诗人情绪一转,"我凝望多时,却未曾想到/这美景给了我怎样的珍宝"。他期待着有更大的收获,然而他失望了。离开了当前的情景,诗人在其他时候感到空虚和忧郁,陷入冥想时,水仙以及与此相联系的情感被回忆起来,在心灵中激起反响,带来了至福、狂喜和天堂般的感受,这体验是精神层面的。诗人上述情感体验的变化层层递进,其中大有深意。在第二诗段,诗人把黄水仙比作"连绵密布,似繁星万点/在银河中闪烁明灭"。这里,"银河"所对应的原文是 milky way,直译是"奶路"。在古希腊神话中,它是连接神居之所与人间的一条路。那么,这条像银河一样的水仙之路就通达于天堂。所以到最后一个诗段,华兹华斯用了带有宗教色彩的词汇 bliss(天堂)以及 pleasure(欢情洋溢),用以表达境界升华、捕捉到自然神性时的情绪,就显得水到渠成。它表达了对自然的崇拜,对自然神性的想象,和人的心灵净化、提升而进入天堂的过程。

第三节 拜伦和《唐璜》

乔治·戈登·拜伦(George Gordon Noel Byron,1788—1824)出生在英国伦敦一个没落贵族家庭。父亲英俊而有侠气,但挥霍无度,后因贫病死于法国。母亲因家族遗传和婚姻不幸导致神经质,对拜伦时有虐待。拜伦先天跛足,为此幼时很受世人白眼,变得敏感忧郁而早熟。拜伦13岁入哈罗中学,1805年进剑桥大学。在大学他喜欢棒球、游泳、拳击,同时开始写诗。1807年出版诗集《闲暇的时光》。1809年,拜伦大学毕业,在上议院获得世袭议员的席位,第二部诗集《英格兰诗人和苏格兰评论家》同年出版。1809—1811年,他游历了葡萄牙、西班牙、阿尔巴尼亚、希腊和土耳其。1812年,拜伦在上议院发表演讲,抨击政府镇压捣毁机器的卢德派工人,同年他创作了诗体游记《恰尔德·哈罗尔德游记》的一、二章,这使他立即名声大噪。拜伦短暂的一生充满感情纠葛。他与第一个妻子的婚姻维持了仅一年多就宣告破裂,为此他受到激烈攻击,一度争相邀请他出席的上流社会沙龙客厅以闭门羹相待。拜伦被迫于1816年4月离开英国。起初他侨居瑞士,在那里他结识了雪莱。1817年,拜伦来到意大利,他先参加烧炭党人的革命活动,后又到希腊参加希腊人民反抗土耳其的解放斗争。1824年,他在行军途中淋雨生病,不治而死。

拜伦采用多种诗歌体裁创作。他的爱情抒情诗有《当初我俩分别》、《雅典的女郎》、《她走在美的光影里》、《我们将不再徘徊》等精品,在叙事诗、剧诗、讽刺诗创作方面的成就更令人瞩目。他的叙事诗有《恰尔德·哈罗尔德游记》(1812—1818)、《唐璜》(1819—1824)以及被称为"东方叙事诗"的《异教徒》、《阿比道斯的新娘》、《海盗》、《莱拉》、《克林斯的围攻》、《巴里西那》等系列作品。东方叙事诗表现了欧洲人眼中的东方异教文明,洋溢着浓郁的异国情调,还塑造了一批孤独高傲,与社会对抗的拜伦式英雄形象。剧诗有《曼弗雷德》(1817)、《该隐》(1821)等,政治讽刺诗有《爱尔兰天神下凡》(1821)、《审判的幻景》(1822)、《青铜时代》(1823)等。

《恰尔德·哈罗尔德游记》第一、二章是他第一次出国游历的产物。第三、四章分别出版于1817年和1818年,是第二次去国后的作品。长诗的两部分在风格、用词上有明显差异,但从人物形象及内在思想的发展看,又是一部连贯、完整的作品,即写贵族青年恰尔德·哈罗尔德的漫游和随感。恰尔德·哈罗尔德由于对享乐生活的失望而陷入孤寂和忧郁之中,于是决定出国游历。他先后到了葡萄牙、西班牙、希腊和阿尔巴尼亚。几年后,他再次去国,忧郁病看来已经好转,所以诗的格调也高昂起来。他到了比利时、瑞士,在那里遥望阿尔卑斯山而大发议论。最后,长诗结束在他对意大利风光的赞叹中。

长诗的头两章一发表就轰动了英国,拜伦在写景抒情方面的确有他的独到之处,显示出灿烂的才华。他喜欢瀑布的喧嚣、暴风雨的轰鸣、闪电刺破云雾。对自然界的阳刚之美,拜伦的礼赞总是不留余地的。拜伦在描写名胜古迹方面更是出色,名胜总是和历史、名人以及传统文化联系在一起,这些内容构成了诗歌的主体。他写到了古希腊、古罗马的荣耀与辉煌,拿破仑在滑铁卢的败绩,也写到了文艺复兴时期的意大利的璀璨巨星。全诗还深切地表达了诗人对自由的渴望和追求。拜伦说:"我一生中只有两种不变的情感——一种是对自由的酷爱;一种是对谎言的憎恶。"当他踏上西班牙这块充满浪漫传说和骄傲历史的土地时,他对自由的酷爱毫不节制地流淌出来。他在希腊为自由大声疾呼,盼望希腊从异族的统治下解放出来。拜伦虽在诗中表达了离开祖国的依依之情,但在对英国统治者的讽刺上却毫不留情,严厉指责他们掠夺希腊文物的无耻行径。爱好自由、反抗压迫是《恰尔德·哈罗尔德游记》的思想基础。

《恰尔德·哈罗尔德游记》的价值当然不止于描摹风景、凭吊古迹、批判现实。诗中有两个人物形象：一个是哈罗尔德，一个是抒情主人公，也可以说诗人自己。正是这两个形象，将上述思想整合在一起，又以艺术的形式表达出来。哈罗尔德的性格是发展的。开始时，他最大的特点是放荡和忧郁，富于浪漫气质，然而很轻浮。因为去国，他变得孤独而伤感，感叹时光消失、青春易老，渴望大自然能医治他的精神疾病。逐渐地，他摆脱个人的忧郁情绪，思想境界变得高远而深沉，与大自然有了更多的应和。这个形象随着长诗的进展逐步由抒情主人公的形象代替，以"我"的身份出现。实际上，抒情主人公是哈罗尔德形象的自然发展，所以越到后来，抒情主人公的议论就越多也越精辟，他们之间的区别也越小。哈罗尔德经历了一个心灵的净化过程，到抒情主人公这里，已经没有了忧郁，没有了浮躁。他呼唤神灵，与自然对话，对物景人事发表自己的看法，是一个成熟、博大、深沉的观察者和思想者的形象。最后，诗结束在对大海的礼赞中，这个形象也从自然的永恒性中获得了超越。

长篇叙事诗《唐璜》是拜伦的代表。因为诗人突然病逝，这部作品只写到第十七章第十四节。然而就已经完成的部分来看，它可以当之无愧地被称为英国浪漫主义时期最出色的作品之一。故事讲述16岁的唐璜因受有夫之妇的引诱而被母亲送往国外，在海上遇险，侥幸孤身一人游上一个小岛，蒙希腊少女海黛搭救和护理，两人很快相爱。但海黛的海盗父亲粗暴地拆散了他们，海黛忧郁而死，唐璜被当做女奴塞进土耳其后宫，又被王妃爱上。他逃出以后碰上了一场战争，使他变成了攻打伊斯迈城的俄国大军中的英雄。唐璜到了彼得堡之后受到女皇的恩宠，最后受命出使英国。

拜伦非常善于叙事。《唐璜》作为一部叙事诗，写唐璜奇异的经历、非凡的遭遇，情节跌宕起伏，场景变化多端。在场景的安排、对比、调配上，张弛有度，有着很强的可读性。如一个16岁少年与一个50多岁的贵族的决斗；航船倾覆，幸存者为活命而吃自己的同类；夕阳下的海滩，一对少男少女远离尘嚣，沉浸在无限甜蜜的爱情当中，突然海盗父亲出现，残暴地把唐璜当做奴隶卖掉；正当我们为唐璜的性命担忧时，苏丹的王妃看上了他，命人把他带到后宫。岂料唐璜又不知"好歹"，拒绝了王妃的"美意"，这带给他杀身之祸。好在他暗中受人保护，侥幸逃出了后宫。随后又是战场上的出生入死，俄国女皇宫廷里的受宠，在伦敦上流社会如鱼得水，诸如此类。主人公这些非凡卓越的经历、命运的大起大落，都紧紧揪扯着读者的心，让读者产生新奇体验。

《唐璜》中的故事、场景都不是在日常生活中可能发生的。按照现实主义的创作原则分析，它们都是不可信的，因为过于离奇、惊险、巧合，不合常情。例如在土耳其后宫，唐璜装扮成宫女后，居然被苏丹看中。在此紧要关头，拜伦似乎也没有什么好办法让唐璜脱身，无奈之际，他写道："到此为止，让我们的故事稍停，/并非为了缺乏素材。是时候了！"就含含糊糊地把这一情节人为地斩断，岔到了别处。在第十六章，在伦敦上流社会如鱼得水的唐璜有一位保护人，即贵妇人阿达丽娜，据说她的房子里闹鬼。一天夜里，在她家做客的唐璜遇到了幽灵，他随着幽灵进到屋里，那幽灵揭去面具，原来是另一个与唐璜交往密切的菲兹—弗克伯爵夫人。两个人似乎春风一度。这个情节的安排也没有任何预兆和伏笔，看起来是拜伦信笔由之。这类例子很多。我们可以因此指责拜伦在情节处理上的随意、轻率和不连贯，但这是创作方法的问题。《唐璜》符合浪漫主义的创作原则，它超越了细节真实，驰骋绮丽的想象，遵循理想化的逻辑。拜伦追求的是情节奇异性，关心的是戏剧化的效果，并不看重细节的真实性。此外，《唐璜》浓郁的异国情调也是情节引人入胜的重要原因。尤其是写土耳其后宫的香艳暧昧故事，给西欧读者以强烈的刺激，满足了西欧人关于东方的浪漫想象。

由于是以传说中的人物为蓝本进行创作，因此，遵循这一人物的基本特征是必然的。唐璜是一个登徒子，以渔色猎艳为能事，这一点在拜伦的《唐璜》中也有所反映。长诗写得最多的是他的情爱经历，如与有夫之妇朱丽亚偷情，与海黛海誓山盟的纯真爱情，在土耳其后宫里与宫女们的艳情,与沙皇叶卡捷琳娜二世的暧昧之情,在伦敦又与上流社会众女子有不少风流韵事。不可否认,拜伦写这些故事时也最能调动他的想象力,笔墨俏皮有趣。但我们又不能把拜伦笔下的唐璜看成一个纯粹的登徒子,他还是一个心地善良的热血青年。母亲思想上的狭隘和虚伪、不合理的教育制度,以及他自己经不起诱惑、容易犯错误的天性,使他失去了自己的纯洁,但善良的本性没有改变。在海上漂流时,尽管快饿死了,他也不去吃人肉。他不怕淫威,拒绝去爱苏丹王妃。初上战场并没有因战争的恐怖而吓得逃走,还冒着生命危险救出莱拉。他满怀热诚,见义勇为,坚守人性底线,这些就是唐璜的可贵之处。唐璜虽然受到女人的诱惑而做了一些荒唐事,但从本质上来说,不失为正面人物。当然,我们也不必过分拔高这个人物。有学者认为唐璜在经历一系列不寻常的遭遇之后逐渐成长起来,故事的发展也是主人公性格的发展,说他是一个热爱自由、憎恨专制的人物等等,其实都是夸大了。《唐璜》中的唐璜看不出什么性格发展,境界也未见得不断提高。尤其是最后几章,唐璜混迹于沙皇宫廷和伦敦上流社会,更多妥协和逢迎,看不出他走向法国大革命的必然性。

总体来讲,《唐璜》的积极性主要在于抒情主人公的存在。同《恰尔德·哈罗尔德游记》一样,《唐璜》中有两个主角,一个是唐璜,另一个是诗人自己。拜伦笔下的这位叙述者看上去轻松懒散、沉思默想、信马由缰和不得要领。这种轻松闲适的语调是与主人公唐璜的漫游相适应的。但这只是一面,还有另一面。唐璜的冒险与不幸际遇,叙述者对其充满睿智的评论,无不深刻地揭露了一系列公认的观念和认识,从臆想的战争和英雄主义的光环到爱情的忠诚和奇异的东方文明,不一而足。拜伦本人气质潇洒、敏感,谈吐不凡,也愤世嫉俗,反映在长诗中就是亲切风趣,有时也尖酸刻薄的议论。他或戏拟,或讽刺,借题发挥讽刺和批判了欧洲社会的许多方面:暴君的专制、后宫的淫荡、战争的残酷、社会的虚伪、道德的沦丧,可谓"嬉笑怒骂,皆成文章"。在这方面,拜伦显示了极其卓越的才华,这也是长诗重大意义之所在,是他的严肃思考之所系。

拜伦对欧洲社会现实是憎恨的，他的批判也涉及方方面面，火力异常凶猛。例如对婚姻家庭制度。唐璜的母亲唐娜在外人眼中博学多才、贞洁贤淑、宽宏大度，她的丈夫唐约瑟也是身份很高的贵族，按说应该夫妻和睦，相敬如宾。但夫妻关系并不和睦。丈夫受不了妻子的道学气，有了外遇，在家里经常与妻子大打出手。妻子为了离婚，把丈夫告上法庭。为搜集证据，她出示自己的日记，公开丈夫的私人书信，还满城散布丈夫的流言蜚语。最后丈夫名誉扫地，抑郁而死。朱丽亚和她的贵族丈夫属于老夫少妻，妻子23岁，丈夫已经50多岁。在靠近太阳的国度，在一个充满激情的民族，用拜伦的话说，她还不如找两个25岁的丈夫。夫妻关系沉闷无趣，朱丽亚出轨了。丈夫愚蠢，但也嗅出了一些蛛丝马迹。一天夜里，丈夫率领亲友、仆人，带着律师，打着火把，浩浩荡荡来捉奸。他们把屋子翻了个底朝天，也没有抓住任何把柄。妻子得理，大哭大闹，丈夫羞愧地无地自容。其实唐璜还在屋里，只是过于隐秘，连诗人都交代不出其中奥妙。岂料丈夫正在赔罪之际，唐璜的一双鞋子被他不经意间碰到了，这下子抓住了把柄，他取剑要结果唐璜的性命，这才有了之后二人的决斗。拜伦的出色描写，让我们看到亲人反目成仇后的精彩表演，深刻地揭露了贵族家庭外表道貌岸然，实则男盗女娼的本质。拜伦对他那个时代英国保守、虚伪的家庭关系、婚姻制度是反感的，并且深受其害，这使他在《唐璜》中的批判格外地有力量。

对土耳其王宫的描写展现的是封建专制残暴统治的图景。随后的战争场面写尽了民族间为了统治者的私欲而相互残杀的血腥和残忍。在俄国女皇的皇宫里，拜伦也不忘介绍女皇的专横跋扈和骄奢淫逸。唐璜来到宫廷，第一眼就被女皇看中，被宠幸为面首，立即飞黄腾达。如果说此前对异国情状的描写带有许多想象的成分，随后唐璜来到英国，拜伦对英国上流社会的熟悉程度可以说如数家珍，他放肆地挥洒笔墨，对贵族上流社会种种习俗、作派、丑行极尽讽刺之能事，展现了巨大的批判力量。拜伦的讽刺批判还表现在对习俗和人性方面。他打破了横贯欧洲旅行以完成贵族教育的神话，粉碎了有关高尚仁慈、养育万物的大自然的浪漫幻想，以及卢梭人性本善的信念。这些挑战明显反映在海难的描写中。

《唐璜》的基调是讽刺挖苦的,其中反映的哲学思想有悲观的成分,似乎暗示了人生在一个堕落的状态中,学的是虚伪和不切实际的东西,厕身于充满错误的令人厌烦的世界上,如此种种,使人沿着一条下降的曲线走下去直到彻底失望。但是,当拜伦把世界说成是一个"极大的错误"时,他并没有完全忽视"瞬间的美丽"。他相信,片刻的欢乐、光荣和爱情是值得人生享受的。例如唐璜和海黛的浪漫爱情:两个恋人生活在伊甸园一般的世界中,那里有美好的落日和温暖可藏身的洞穴。这是长诗中最为瑰丽的部分。

第四节 雨果和《悲惨世界》

维克多·雨果(Victor Hugo,1802—1885)是法国浪漫主义最重要的作家。他在文论、戏剧、诗歌、小说、政论等方面进行了大量的创作,取得了常人难以企及的成就,产生了巨大影响。雨果的父亲出身贫民,大革命中参加共和军,并在拿破仑麾下打仗,获将军头衔。雨果的母亲出生在保皇势力强大的岱旺省,反拿破仑。1814 年路易十八上台,母亲因忠于王室受到奖赏,父亲则被削去军职,父母离异。雨果很早就显露出诗歌才华,因歌颂王朝和天主教得到过国王的奖励。1820 年,18 岁的雨果成为图卢兹学院院士。1821 年,成为法兰西研究院会员。1822 年他与富谢小姐结婚,创作进入高涨期,同时,思想也逐渐发生变化,终于成为激进的共和派浪漫主义运动的领袖。1827 年,其《〈克伦威尔〉序言》发表,被视为法国浪漫主义文学的战斗纲领,也是声讨伪古典主义的战斗檄文。序言中,雨果对统治当时剧坛的古典主义进行了猛烈抨击,并提出了自己的文学主张。雨果认为,世易时移,一个时代有一个时代的文学,文学应随着社会进化、人的思维发展共同前进。在谈到戏剧的起源和特点时,雨果指出:戏剧的特点是真实,是崇高优美和滑稽丑怪的结合,美丑共生,崇高与丑怪、光明和黑暗等并生共存,而美与丑的强烈对比更能够产生强大的艺术感染力;戏剧要反映真实,就必须摆脱各种违背自然的清规戒律,例如古典主义"三一律"对创作的束缚,只有自由才能保证作家的创造;艺术必须反映自然,它不光照亮人物的外部,更应该反映人物的内心;而戏剧是面聚焦的镜子,应当突出事物的特征,并具有时代气息。

1830年,戏剧《欧那尼》上演。这是雨果对自己浪漫主义文学主张的一次大胆尝试。剧本以贵族出身、因遭陷害被迫落草为寇的强盗欧那尼与贵族小姐沙尔的爱情为主线,讲述了欧那尼向陷害他的国王复仇的故事。《欧那尼》的演出之所以激起如此强烈的反响,主要原因在于剧本彻底摆脱古典"三一律"的束缚,在形式和内容上彻底进行了创新。时间上,剧情大大突破24小时的限制;地点上,根据剧情需要,不断由山林古堡到公爵府邸等进行变换;人物上,以为古典主义所不容的强盗欧那尼为主人公,既有传统的王公贵族,又有平民百姓,并歌颂了欧那尼反抗暴政的精神。在内容和矛盾冲突上充满美丑、善恶的对比,从而完整表达了雨果的主观理想。整个演出只听到喝彩和倒彩的喧嚣,双方甚至大打出手,但最后以《欧那尼》的胜利告终。自此,浪漫主义戏剧压倒了古典主义戏剧,成为浪漫主义战胜古典主义的一个标志性事件。

1831年,雨果发表了长篇历史小说《巴黎圣母院》。这部著名浪漫主义小说以吉卜赛女子爱思梅拉达的不幸遭遇为主线,描绘了中世纪巴黎的风俗画卷,折射了法国19世纪上半叶的社会现实。小说中的爱思梅拉达是一个光彩照人的艺术形象,她美貌、大方、主动、热情,但有分寸,有原则。这原则根植在心中,是她力量的源泉,不会因各种威胁利诱而改变。巴黎圣母院副主教克罗德·浮罗洛对她怀有情欲,虽使尽浑身解数,她连正眼都不看一下。法比的身份、相貌,还有在爱思梅拉达看来的"见义勇为",是她一见钟情的主要原因。爱就在一瞬间发生了。那么自然、随意、浪漫,却异常坚定。爱思梅拉达的吉卜赛人身份也令读者迷恋。吉卜赛人代表着欧洲作家对东方民族的奇异想象,如美艳、神秘、亲近自然、通灵等。正是这个身份使得爱思梅拉达最后被当成巫女绞死;但也是这个身份,为她增添了来自"异域情调"的无穷魅力。令读者动情的是主人公的善良、天真和纯洁。小说写到她两次救人,一次是救加西莫多,加西莫多因劫持爱思梅拉达受到鞭刑而口渴难忍,只有爱思梅拉达送水给他。第二次是救甘果瓦,爱思梅拉达为救他而舍身相嫁。这样天真和纯粹、通体透明的人,却又将她置于龌龊的人世并毁灭,令读者扼腕。

爱思梅拉达还是面镜子,照出了世人的善恶美丑。雨果充分运用了《〈克伦威尔〉序》中主张的美丑对照原则来塑造人物:吉卜赛少女与克罗德的对照是主线——一个是善的化身,一个是恶的代表。克罗德是恶的化身,但恶得有深度,这深度来自灵魂的自我摧残和拷问。宗教要求的禁欲与他强烈的情欲之间的冲突使他无法用正常的方式爱吉卜赛少女,于是爱发展到畸形。他虐待自己,陷害吉卜赛少女,制造痛苦并玩味痛苦。他是宗教刽子手,自己也是宗教的牺牲品。再就是爱思梅拉达与加西莫多对照,一个奇美,一个奇丑。以后,这奇丑与奇美的二人相互救援,可歌可泣。还有爱思梅拉达与法比对照:一对情人,一个对爱情忠贞不渝,一个放浪轻浮,以及她与甘果瓦对照:他们是名义上的夫妇,一个高尚,一个卑下,一个视死如归,一个胆小如鼠。

雨果在《巴黎圣母院》中以汪洋恣肆的笔墨写出了教会与宫廷之间既相互斗争又相互妥协的历史,上层社会、贵族、教会、国王乃至法律本身的荒谬、愚蠢、残忍等,底层人民的反抗斗争,攻打巴黎圣母院的宏伟景象,从而使这部作品具有了鲜明的反封建专制制度和教会的时代特色。除此之外,悲喜剧的成分同时存在于作品中,使人在会心微笑的同时,又为人物的命运悲悯。小说中还充斥着雨果对中世纪政治、法律、科学、建筑美学等方面的精妙阐述,处处可见作者的睿智和深刻。另外,小说也有很多唯心、宿命和迷信的成分,加上离奇的情节、戏剧性场面等,更为小说增添了浪漫色彩。

雨果一生共创作了五部长篇小说,除《巴黎圣母院》外,还有《悲惨世界》(1862)、《海上劳工》(1866)、《笑面人》(1869)、《九三年》(1874)。他还创作了《冰岛魔王》(1823)等中短篇小说。雨果诗歌创作时间漫长,数量庞大,题材多样,成就突出,是当之无愧的法国最伟大的诗人。他出版的主要诗集有《歌吟集》(1828)、《东方集》(1829)、《秋叶集》(1831)、《暮歌集》(1835)、《惩罚集》(1853)、《历代传说》共三集(1859、1877、1883)、《凶年集》(1972)、《怜孙集》(1877)和《灵台集》(1881)等。雨果无论写爱情,写自然,写东方故事,写历史传说,或抒发政治情怀、暮年感触,都得心应手。为数众多的诗歌随着他生活和思想的变化而思想更见丰富,形式日趋完美,并且兼得豪放和细致,是不可多得的佳作。

1870年,拿破仑三世垮台,雨果结束多年海外流亡生活,返回巴黎,受到盛大欢迎。普法战争期间,他表现了激昂的爱国主义热情。巴黎公社失败后,他又挺身而出,保护受迫害的公社社员。1885年,雨果病逝于巴黎,法国为他举行了隆重的国葬。

长篇小说《悲惨世界》构思于19世纪20年代末,动笔于40年代,完成于60年代。它规模浩大、气势恢宏,是雨果的代表作。

《悲惨世界》以冉阿让的一生经历为主线展开故事。贫苦工人冉阿让不忍看到他姐姐的孩子们挨饿而偷了一块面包,因此被捕入狱,期间他屡次越狱,出狱后在盗窃过程中受到米里哀主教高尚行为的感化,从此洗心革面。他化名马德兰,通过自己的努力开办工厂并当上小城市长,默默救助无数百姓,得到众人爱戴,并救助了流落街头的芳汀,在芳汀去世后抚养她的遗孤珂赛特。然而高高在上、象征着公正的法律并没有因此放过他,他依然遭到法律鹰犬沙威噩梦般的追捕,冉阿让的一生就是带着小珂赛特在这种逃避追捕,颠沛流离,又不断地行善助人的过程中度过。在巴黎起义中,他从起义者手中解救了将被起义军处死的沙威,良心受到极度震撼的沙威在释放了他多年苦苦追逐的猎物后,投河自杀。起义失败之时,冉阿让在弹火纷飞中救起了珂赛特的心上人——起义的领袖之一马吕斯,但是却遭到马吕斯的误解,而被迫与相依为命的珂赛特分离。最终误解消除,冉阿让像圣徒一样安详地死在已结为夫妇的珂赛特和马吕斯的臂弯之中。

小说的辉煌画卷起于米里哀主教所经历的 1793 年法国大革命高潮时代,经过拿破仑的失败,到封建王朝复辟,七月王朝时期社会矛盾的激化,一直延伸到 1832 年共和党人发动的巴黎起义,记录了法国大变革时期波澜壮阔的历史,堪称史诗性作品。雨果对待历史的态度是鲜明的:法国大革命的精神代表着人类的正义和理想,这种精神在拿破仑身上得到继承,共和党人也在为捍卫它而战。正因为如此,雨果以满腔热情抒写了拿破仑遭到败绩的滑铁卢之战,歌颂了 1832 年共和党人起义的壮丽景象。他怀着崇高的景仰,塑造了一系列起义战士的高大形象。如作者描写起义战士安约拉牺牲的情景时,笔下流露着犹如对为人类盗取天火的普罗米修斯一般的崇敬之情。通过革命家安约拉之口,雨果还表达了他对未来美好前景的乐观信念:"十九世纪是伟大的,但二十世纪将是幸福的……革命就是我们为了这个光明未来所必须交纳的通行税。"《悲惨世界》还反映了广泛的法国现实社会生活:法庭、监狱、贫民窟、沙龙、修道院、坟场、巴黎大学生聚集的拉丁区、偏僻的外省小客栈、滨海的新兴城镇甚至巴黎宛如迷宫般的下水道,都在雨果的描写之列。小说中人物形象众多,除历史人物外,还有神甫、修女、警官、旅店老板、小偷、流氓、大学生等。雨果用全知全能的笔法,多角度地反映了现实社会生活的各个方面,与作品中多达百人的人物群像共同形成一幅几乎无所不包的社会画卷。雨果对现实是采取批判态度的。雨果在小说序言中写道:"只要因法律和习俗所造成的社会压迫还存在一天……只要本世纪的三个问题——贫穷使男子潦倒,饥饿使妇女堕落,黑暗使儿童羸弱还得不到解决……那么,和本书同一性质的作品就都不会是无用的。"芳汀为生活所迫而堕落,珂赛特在德纳第家遭受虐待,冉阿让因为偷了一块面包在监狱里度过了 19 年——这些都是黑暗现实的反映,是序言中这段文字的最好诠释。

小说成功塑造了冉阿让这个人物形象,表达了作者的人道主义理想。他是一个被感化了的人物。米里哀主教的仁慈博爱,使他这样一个对社会充满仇恨的人物转变成仁爱之人。虽然社会要对他的变恶负责,但以恶抗恶雨果是反对的。从冉阿让身上,雨果展示了人向善的可能性,用善去战胜恶。雨果将转变后的冉阿让塑造成了一尊神,他的忍耐是无限的,他的仁慈慷慨、勇于牺牲是无边无际的。他的爱布施给每一个需要他帮助的人,没有条件,不求回报。在任何境况中,需要他的时候,他就在那里。他本来和芳汀毫无关系,但了解了她的惨状,就毫不犹豫地承担起全部的责任,并为珂赛特的未来倾注了全部的心血。这种博爱加上他的财富,给社会的"人性化"提供了某种可能。如冉阿让在外省的小城做了市长,于是这个小城就受到冉阿让的庇护。那里人人有工作,男人有毅力,女人有好作风,各种福利照顾到每个需要帮助的人,构成一幅良好的人道主义乌托邦图景。

冉阿让是一个完人,但他却不断受到来自以法律为代表的国家机器的迫害。沙威是法律的化身,他为追捕冉阿让不遗余力。雨果将法律放置到人性的对立面,展示了法律的残酷和保护贵族、资产阶级利益,与下层民众为敌的本质。在此,雨果将人道主义绝对化了,使之具有普遍的有效性和超越性。如小说写到的街垒战斗中,冉阿让站在对立的双方之上,他打枪,却不杀人。他既救共和党人,也放走了沙威。革命战士公白飞也模糊地认识到:"他和马白夫(革命战士)是不一样的人。"再者,冉阿让超人的体魄和传奇般的命运经历以及对财富的毫不吝惜,也给这个形象增添了无穷的魅力。

沙威的形象比较复杂。作为一名政府的警探,他忠实地为国家机器服务,动机不是个人私利或为自己捞取往上爬的资本,而是出于内心铁一般的信念和原则。他不相信爱,不相信精神的力量,而只服从于自以为从来就是正确真理的、一成不变的社会秩序和国家机器。他从不放过他认为破坏社会正常秩序的人,包括别人,也包括自己。他后来被冉阿让救出,又目睹了冉阿让营救马吕斯的高尚行为,内心产生了强烈的冲突。他模糊地感到在自己认为是绝对正确的社会秩序之上还有种更崇高的东西,但久已习惯于相信一个信念的他无法接受这个事实;他内心已承认冉阿让尽管是个苦役犯却品德高贵这一事实,这又与他作为法律鹰犬的职责无法协调。在矛盾痛苦之中,他选择了跳河自杀。可以说,沙威这种不完全的转变是雨果的人道主义的又一胜利,是冉阿让在接受米里哀主教感化之后,通过自身的爱进行感化的结果。沙威与小说中另外一个体现人的一切丑恶品质的"集大成者"德纳第有本质的区别,德纳第是一个流氓,一个被钱财、私利彻底异化的人物。

《悲惨世界》对历史、现实的真实反映,使之具有了现实主义品格,但小说同样也具有浪漫主义特性。首先,人物关系和情节充满奇遇和巧合。冉阿让、沙威、德纳第和后来的马吕斯等各个人物的命运随着故事情节经常纠缠在一起,如冉阿让带着珂赛特逃离修道院时正好遇到了他过去曾经救助过的割风老人,再如冉阿让在巴黎下水道救马吕斯出来时碰到的人正好是德纳第等情节。其次,表现人物奇迹般的行为,如冉阿让一次次凭着自己超人的体魄和勇气救人。再次,作者喜欢展示人物之间强烈的善恶对比关系,为此,不惜将他们类型化、符号化。如冉阿让是善和爱的化身,德纳第是恶的代表,珂赛特是体现少女童贞美的天使等。最后,对于所爱的人物,作者不惜使用充满热情和富于抒情性的语言来热情讴歌。这些都体现了浪漫主义作家的共同特点。

为了追求宏大的叙事效果和史诗般的风格,雨果大胆地宕开笔墨进行了大量的处于游离状态的叙述、议论与抒情。说它们游离,是指和情节的关系比较疏离。小说写到许多人物,如米里哀主教、冉阿让、芳汀、珂赛特、马吕斯、德纳第等,第一次出场,雨果总是先交代事情的来龙去脉、地方的历史、人物的祖先。他能把背景铺得非常开阔。比如在小说中,米里哀主教只是个穿插性角色,作为人物的唯一使命是感化冉阿让,具体事情也只是留宿这一件。但作者写他时,交代了他的一生,他如何行善,如何感化强盗,如何穷困,他的家里是什么样子等等,不厌其烦,用了很多篇幅。还有第二部开头写德纳第时,先写滑铁卢战役,随后分析这场战役双方的力量对比、战争策略、胜败原因,还写到战争的具体情形、战后滑铁卢战场的凄凉景象等,用去了六十多页的篇幅。而德纳第上场,只有一页多的样子。德纳第在死人堆里找金银钱财,无意中惊醒了一个受伤的军官,此人以为德纳第救了他,通报了名姓,为后面马吕斯的报恩埋下伏笔,如此而已。又如巷战之后,冉阿让背着受伤的马吕斯走在巴黎的地下水道,这一情节,雨果用了六小节多的笔墨记录了巴黎水道的历史和建筑规模,使读者对此有了犹如城市建筑历史学家般的了解。在一些重大事件、人物命运的转折关头,雨果总喜欢对人性的一些基本原则、基本形式、命运等进行拷问,发表自己的见解。如第四部中,作者写到德纳第一家在巴黎的生活时,就议论起黑话来,结果整整有一卷专门谈黑话,讲到黑话的根源、作用等等。这种游离式叙述、议论、抒情,在《巴黎圣母院》中已十分显著,在《悲惨世界》中得到更大的发挥。这给雨果制造了大量的表达思想感情的机会,也给读者制造了许多不便。阅历不深的读者总嫌这些东西碍事、麻烦、多余,殊不知这也是它的长处。这是浪漫主义小说,甚至 18 世纪以前小说的共同特点,比如塞万提斯的《堂吉诃德》、菲尔丁的《汤姆·琼斯》,甚至拜伦的诗体小说《唐璜》莫不如此。那个时代的小说,不像后来现实主义小说或现代主义小说,能把作者的思想、见解更巧妙地熔铸到故事人物中去,他们只能这样痛快地、专门地说出来,通过这种方式表达思想、见解。这是作品的灵魂。以后现实主义小说强调的典型环境,在这里有了它的雏形。雨果的议论和抒情其实也很耐读、有趣、深刻。如第四部第五卷中关于爱情的抒情,本身完全可以当成散文诗来读。

第五节　惠特曼和《草叶集》

瓦尔特·惠特曼(Walt Whitman, 1819—1892)出生于美国纽约长岛亨廷顿附近的西山村,父母都是欧洲移民的后裔。1825—1830 年在布鲁克林公立学校上学。毕业后开始自谋生路,当过勤杂工、木匠、排字工人、农村教师、编辑、记者。惠特曼很早就接受民主思想,信仰"自由的土地",反对蓄奴制。1839 年,惠特曼开始发表诗歌和杂文,但这些早期创作并不成功。1848 年,惠特曼离开纽约,去南方新奥尔良任《新月》杂志编辑,三四个月后返回纽约。这是一次十分有益的旅行,他途经密西西比河、大湖和赫德森河流域、芝加哥等地。当时正是美国全速发展、日新月异的时代。惠特曼沿途目睹了美国广阔的沃土,开阔了眼界。美利坚雄伟的自然景色和沸腾的生活深深激励了他,使他找到了创作的原动力和灵感的源泉,他开始探索文学新路。1855年,收有12首诗的诗集《草叶集》第一版自费印行。它因内容大胆直率和形式激进受到文学界一些保守人士的非难和攻击,但诗人爱默生却给予了高度评价,他在给惠特曼的信中写道:"我发现它是美国迄今作出的最不平凡的一个机智而明睿的贡献","我祝贺你在开始一桩伟大的事业"。[①] 1855—1862年,惠特曼在继续从事新闻工作的同时,不断修改、扩充这部诗集。1856年,《草叶集》出第二版,1860年出第三版。1861年,美国南北战争爆发。惠特曼于1862年赶往前线,看望他受伤的弟弟。随后他留在华盛顿,作为志愿者在医院护理负伤的士兵。内战以蓄奴制的南方的失败而结束,但林肯总统却遇刺身亡。这一事件引起全国极大的震惊和悲痛。惠特曼也是这一事件的亲历者。这些经历,进一步扩大了他的经验和视野,深化了他的思想和感受,对他的诗歌创作产生了极其有益的影响。1873年他身体瘫痪,但仍继续《草叶集》的修订和再版,直到去世。

惠特曼把他的诗歌汇编为《草叶集》,有着深刻的寓意。草叶乃最普通之物,它有着顽强的生命力,同时,草的叶子各自成形,各以其位置,组成一个和谐的整体。诗人把草叶看成自己的形象,看成上升时期美国的象征,也体现了他关于民主和自由的理想。《草叶集》1855年出第一版,直到1881年出第七版,从内容到体例才基本定型,因此第七版被称为"定稿版"。1889年出第八版,1891年惠特曼临终前出第九版,即"临终版"。《草叶集》从最初12首诗的薄薄一册,到最后401首诗构成的皇皇巨著,其间历36年。从《草叶集》的版本充实、调整的历史来看,它正如一个生命有机体的成长过程。惠特曼终其一生,都在精心呵护这个生命有机体,使之健康发展。事实

[①] 爱默生:《爱默生致惠特曼》,李野光译,见《草叶集》(下),北京:人民文学出版社1997年版,第1113页。本节所引惠特曼诗均摘自本书,不再注。

上,《草叶集》的定稿版就是以一个"生命有机体"的成长历程来设计的。《铭言集》是整部诗集的总纲,点出自己歌唱的对象——生命有机体及其精神实质。门巴诺克是惠特曼的出生地,他的《从巴曼诺克开始》以及《自己之歌》两首诗把生命体与自我联系在一起;生命体也是其他的有个性的人,是具体的男人女人;也是抽象的、普遍的人。他是"民主"和"全体"的象征,同时也是美国的化身。接下来的《亚当的子孙》和《芦笛集》是生命体在体验异性爱情和同性友谊,象征生命体的成熟和创造。《候鸟集》、《海流集》、《路边之歌》是生命体的发展,以旅行和游历为特征。他的足迹踏遍美国各地,也向世界延伸。所到之处,到处都是沸腾的生活,他也参与其中。《桴鼓集》和《林肯总统纪念集》主要写生命体在战争中经受考验和锤炼。《秋之溪水》、《神圣的死的低语》和《从正午到星光之夜》中的生命体由中年进入老年,心境渐趋宁静,同时开始思考即将来临的死亡。《离别之歌》是向他所歌唱的这个世界告别,预示自己将毫无遗憾地离开这个世界,也预示了新的生命的诞生,而自己的生命将融入这个新的生命体中。从上述意义上说,《草叶集》的结构特点隐喻了诗人自己心灵的发展、成长,也隐喻了美利坚民族的发展、成长。

在《草叶集》中,最鲜明的生命体是诗人自己。正如他所说:《草叶集》"主要是我自己的激情和其他个人本性的流露——自始自终是一种尝试,想把一个人,一个个人(十九世纪下半叶在美国的我自己),坦白地、完满地、真实地记录下来"[①]。"自我"形象是一切的发端、一切的核心。

爱与死亡是自我生命体最深切的体验。在《草叶集》中,性爱的表现占有相当分量。惠特曼笔下的性爱不是一般浪漫主义诗人讴歌的爱情,它和性行为、怀孕、生殖联系在一起。惠特曼在《自己之歌》中,有这样露骨的诗句:"在可以怀孕的女人身上我留下更硕大更灵巧的婴儿种

[①] 惠特曼:《过去历程的回顾》,李野光译,见《草叶集》(下),北京:人民文学出版社 1997 年版,第 1170 页。

子,/今天所射出的是傲慢得多的共和国的素质。"他认为性不但是生命的一部分,也是中心,是生命力的源泉;性不是罪恶,压抑性才是罪恶,是对自然法则的歪曲。他以《亚当的子孙》整整一辑诗,表现性行为使灵魂得到净化和再生的主题。惠特曼认为,人类的始祖亚当和夏娃偷吃禁果并非罪过,亚当的子孙只有通过性爱,而不是通过对它的压抑才能重返伊甸园。值得称道的是,惠特曼笔下的性爱是健康的、高贵的,毫无淫秽的成分。在惠特曼著名的诗《我歌唱带电的肉体》的第五节,写女性受孕、生殖这一澄明、高贵的过程。《从被抑制的疼痛的河流》写我"肌肉的冲动和交合",那里蕴涵了力量、美和创造。《一个女人等着我》中的"我",誓言要与一个最出色的女子创造出美利坚最出色的子孙。《本能的我》中,我是阳光和雨露的大自然中狂野强健性爱的赞美者和承受者。

惠特曼还被当做"一位写生命终结的伟大诗人","一位很伟大的死亡诗人"[1],事实上,惠特曼的声誉很大程度是建立在对死亡主题的独特表现上。在他的《自己之歌》、《从永久摇荡着的摇篮里》、《当丁香最近在庭院开放时》等诗中,死亡是庄严神圣的。惠特曼总是直接面对死亡,勇敢地接受它,甚至庆祝死亡的到来,因为他把死亡看成再生的必由之路。《想想时间》写道:"你不是随风飘散的,你必将可靠地环绕你自己而聚集。/地球不是一个回声,人和他的生命以及他生命的一切都是经过深思熟虑的。""每一事物都毫无例外地有个不朽的灵魂!"同一首诗中,抒情主人公以死者的名义平静地谈到了死,回答了常识中人们对死的种种畏惧和担忧,他说死亡是自然规律:"过去的法则不能逃避,/现今和将来的法则不能逃避。"一切都是"美丽而完整"的,包括死。《神圣的死的低语》一诗中,如星辰般消逝的死,那么庄严而有活力和诗意,它"是一种分娩,一种庄严不朽的诞生"。

惠特曼还展示了自我作为劳动者和开拓者的形象。诗人认为劳作

---

[1] 劳伦斯:《惠特曼》,毕冰宾译,见《灵与肉的剖白——劳伦斯论文艺》,桂林:漓江出版社1991年版,第227页。

是人的力量和潜能的巨大发挥,是这块新大陆的最实在的伟力。他高唱要抛开旧的一切,"进入一个更新、更强的不同世界",一个"劳动和前进的世界"。《大路之歌》、《斧头之歌》以及《我听见美洲在歌唱》等诗中,诗人还以乐观、正面、愉快的态度抒写了美国各行各业的劳动者——机器匠、木匠、泥瓦匠、船家、伐木者、鞋匠、农夫等,他们都在唱着"强健而和谐的歌"。惠特曼也赞颂劳作的成果:征服自然,发明机械,建设城市,创造一个富足的物质世界。

《桴鼓集》和《林肯总统纪念集》的内容关涉南北战争。美国经历了这场血与火的洗礼,走向强大和成熟。在《桴鼓集》中,自我是这场决定美国前途的战争的参与者、观察者和歌唱者。《一八六一年》是献给这个特别年代的诗。惠特曼赋予这个年代以一个强壮男子的造型,"我"向他欢呼。《黎明时的旗帜之歌》中,自我向民族精神的凝聚者、和平与自由的象征——旗帜献上敬礼,召唤着民众与旗帜一起前进。《时代啊,从你深不可测的海洋升起》里,我看见"好战的美国挺立起来",我"渴望着原始的活力和大自然的勇猛","等待地火爆发"。这是诗人在战争开始时用诗歌动员民众。惠特曼还写有反映战争具体过程的诗,如《骑兵过河》、《山腰宿营》写我经历军队的行军和宿营;《父亲,赶快从田地里上来》写儿子在战场上的死对父母的打击,表彰人民在战争中的英勇;《优美的星团》为美国的完整而歌:"优美的星团,丰饶的生命的旗帜!/覆盖着我所有的国土"。这是战争的结果:民族的团结没有被破坏,自由与和平得到保卫。《当紫丁香最近在庭园中开放的时候》悼念林肯总统的死,并向牺牲者致敬。

在《草叶集》中,自我还是活跃的旅行者。《时代啊,从你深不可测的海洋升起》中,"我长久地漫步于北方林区,我长久地观望了尼亚加拉瀑布,/我走遍大草原,在它的胸脯上露宿,我横越内华达,越过了高原之地,/我爬上太平洋沿岸那些高耸的岩石,我扬帆驶入大海中",自我用脚步丈量着美国的幅员和纵深。惠特曼对旅行的理解并不局限于现实经验的层面,旅行还是人生发展、精神发展乃至民族发展的隐喻。《大路之歌》豪迈地唱道:"我轻松愉快地走上大路,/我健康,我自由,整个世界展开在我的面前,/漫长的黄土道路可引到我想去的地方。"诗人发出召唤:"走呀!带着力量、自由、大地、暴风雨、健康、勇敢、快乐、自尊、好奇。"《候鸟集》《海流集》《路边之歌》这三辑诗,把人类发展比作旅程,在整体上暗喻人类在时间和空间中的进化与迁徙。诗人从现实的路回踏上历史的路,同时也眺望着光辉壮丽的前景。

惠特曼让自我在生命的深刻体验中得到塑造。正是有这些具体而独特的内容,"自我"形象才会如此丰富。但惠特曼笔下的"自我"形象并未到此止步。他还努力使这个"自我"获得更普遍的涵盖性,与他人、民族、世界甚至宇宙建立起连接、转化和融合的关系。惠特曼达到这一目的的主要手段是使"自我"具有超自然性和强烈的认同欲望。"我是一切人,一切人都是我",惠特曼这样唱道。自我于是和各种人等同起来。他来到士兵中间,就变成了勇猛的战士;看到农夫在田野上耕作,又成了农夫;他也随时准备成为黑人、白人、印第安人、奴隶、猎人、木匠、水手等。自我在自然界中得到延伸:"回声、水声、切切细语、爱根草、合欢树、枝杈和藤蔓",是"我自己呼出的气息"。"羁绊和镇压物离开了我,我的两脚搁在海湾里,/我绕着层峦起伏的山巅……"自我还可以超越时空的界限,诗人在《自己之歌》的第三十五节讲述了一场古代海战,而自我亦参与其间。自我一直扩张到宇宙深处,与永恒的造化合一。

身处一个伟大民族形成和崛起的历史时期,自我形象天然地成为美国形象的载体和具象形态。这不仅因为自我形象活跃的生命体验及其广泛联系和代表性正是美国历史和精神的体现,它还真实反映了这个民族的若干本质因素:首先是自由、民主、平等的观念。惠特曼在《我歌唱一个人的自身》中写道:"我歌唱一个人自身,一个单一的个别的人,/不过要用民主这个词",这个人"能采取合乎神圣法则的最自由的行动"。《草叶集》中与自我密切相关的众多劳动者,尽管各自贴着职业的标签,但却没有身份、肤色、种族和阶级的界限,他们创造并分享着民主的果实,自由地开拓着美利坚的疆土。其次是青春时代昂扬向上的豪迈精神。惠特曼生活和创作在美国资本主义发展的上升时期,社会矛盾没有积累到阻碍生产力发展的程度;加之作为年轻的移民国家,美国没有沉重的历史包袱和封建束缚,它似乎为个人潜力的发挥、个人价值的实现提供了无限可能性。因此,整个民族是亢奋的、自信的、乐观的,处处流溢着朝气、活力,处处是沸腾的生活。惠特曼在《草叶集》中,还把这样得天独厚的历史机遇与宗教想象联系起来,认为美利坚民族是上帝的选民,美洲是新天新地。再次是由辽阔的疆域、广袤的自然、富饶的田野以及雨后春笋般拔地而起的城市所形成的那种宏大、壮丽的景观,是美国形象的实体和外在限度。空间的广度对一个民族保持强雄气势和磅礴力量是必不可少的,《草叶集》中的自我不断地度量和歌唱着这片神奇的土地。

《草叶集》中,自我形象在地域和时代局限内表现为美国形象,但这个形象的意义并不限于这个特定民族。一个民族的发展在历史长河中自有它辉煌的高峰,但也会走向注定的没落,而人类是生生不息的。惠特曼对这一点是有意识的,在《印度之行》中,沿着哥伦布航行的路,诗人踏上通往印度的旅程。哥伦布发现了一个新世界,而惠特曼则把新世界的形象推广到旧世界中去,使新和旧两个世界连接在一起。新世界的精神成为人类理想的写照,它在整个人类中生根发芽开花。这个形象凝聚了对人类发展的未来展望,是理想的人类形象。

惠特曼诗歌具有非凡的独创性。《草叶集》不用重音,不用声韵,更漠视固有韵节,除了分行书写,它在节奏、押韵、体式等方面彻底抛弃了英美原有的格律诗传统,开辟了自由体诗的新天地。这种自由体诗有鲜明的特点:采用词语反复、句型反复、诗段反复的手法,将一连串类似的形象、动作、场景以递进、平行等逻辑关系排列在一起,从而实现最大限度的铺陈排比。如《我自己的歌》第三十三节,为了展现"大陆诸州"的全景形象,诗人一连用了几十个"在那里"的句型。他还采用列举法,举例广泛深入,以穷尽他所歌唱的物属类别。如在《向世界致敬》中列举世界各国,在《我歌唱带电的肉体》中列举人体的各个器官,在《大路之歌》中,列举各种劳动者等。他创造性地从意大利歌剧、莎士比亚戏剧、《圣经》朗诵以及古希腊罗马演说词的辞藻、形象、句型和声调中汲取灵感,使这种依靠内在逻辑的新节奏和韵律产生极强乐感、雄辩色彩和磅礴的气势。惠特曼还极大地扩展了诗歌的表现范围。从城市到工厂,从一把斧头到饕餮者的食欲,种种传统诗歌中避之不及的对象,惠特曼都将它们网罗进他的诗歌中,赋予其豪迈雄浑的诗意。其诗歌题材的广泛性和多样性,恰如他在《展览会之歌》中唱的,缪斯女神"在混乱中迈着阔步,/不怕机器的隆隆声和汽笛的尖叫声,/也丝毫没有被排水管、煤气表和人工肥料吓唬住,/一直微笑着,心情愉快,显然有意留下来,/她来到这里,安置在厨房的各种设备中间!"惠特曼还在诗中大量采用日常用语,也不避俗语口语,他甚至故意使用污秽词语,这样做没有损害《草叶集》语言的美,反而使诗歌获得了特殊的力量。从整体风格来看,《草叶集》狂热、雄健、崇高,也不乏粗野和傲慢,充分体现了自由与创造的精神,体现了真正的美国风格。

《草叶集》是惠特曼一生心血的结晶,它的出版,标志着美国诗歌本土风格的诞生。

思考题

1. 浪漫主义文学思潮产生的历史背景是什么?
2. 浪漫主义文学的思想艺术特征是什么?
3. 论述华兹华斯诗歌在自然描写方面的特色。
4. 论述拜伦《唐璜》的思想内容。
5. 分析雨果《悲惨世界》中的冉阿让形象。
6. 雨果《悲惨世界》的艺术特色是什么?
7. 《草叶集》的主要内容是什么?

参考书目

1. 《华兹华斯抒情诗选》,黄杲炘译,上海:上海译文出版社1986年版。
2. 拜伦:《唐璜》,查良铮译,北京:人民文学出版社1995年版。

3. 雨果:《悲惨世界》,李丹译,北京:人民文学出版社 2002 年版。
4. 惠特曼:《草叶集》,楚图南、李野光译,北京:人民文学出版社 1997 年版。

(本章编写:刘洪涛)

第六章 19世纪现实主义文学

第一节 概 述

　　作为一股自觉的文学潮流,现实主义文学于19世纪30年代出现在欧洲文坛,取代浪漫主义思潮占据主导地位。在随后70多年的持续发展中,其势蔚为壮观,出现了大批的巨匠与杰作,成为"19世纪一个主要的,而且是最壮阔、最有益的"文学潮流。

　　资本主义制度在欧洲的确立和巩固,以及随之而来的各种社会矛盾和弊病的日益暴露和激化,是现实主义文学发生的社会历史背景。1815年,拿破仑在滑铁卢战役中最终惨败,一度导致封建制度在欧洲的全面复辟。但历史逆流持续并不长久。从19世纪30年代开始,资本主义势力再次在西欧取得决定性胜利。1830年,法国爆发七月革命,复辟的波旁王朝被推翻,代表大金融资产阶级利益的七月王朝取而代之。在英国,随着产业革命的完成,资本主义经济迅速发展。1832年的国会改革法案,废除了封建贵族和地主阶级在议会中的多数席位,政权进一步转到资产阶级手中。随后的一系列政治改革,使资本主义制度得到巩固。然而,无论在法国还是英国,现实的资本主义并非18世纪资产阶级启蒙家当初所构建的那样,在"自由、平等、博爱"的原则下井然有序地得以安排。新的不和谐因素暴露出来:资产阶级内部分化加剧,工人阶级和资产阶级的矛盾日趋尖锐并逐渐上升为社会的主要矛盾。1831年和1834年,法国纺织工业中心里昂先后爆发两次大规模的工人起义,工人运动从此蓬勃展开。1871年,更爆发了震动世界的巴黎公社革命。在英国,从 30 年代起,围绕"人民宪章"展开了一场"广泛的、真正群众性"的政治活动,至 40 年代初进入高潮。在工人运动斗争实践的基础上,1848 年,具有划时代意义的《共产党宣》发表,标志着科学社会主义理论的创立。

　　与此同时,"现金交易"原则支配下的冷酷社会现实,也使"人们终于不得不用冷静的眼光来看他们的生活地位,他们的相互关系"①。不切实际的主观幻想被无情打破,以较客观的态度直面现实成为一种必要。这既包括人们的生存,也包括作家的创作。浪漫主义文学中泛滥的个人激情和空洞理想日益陷入不为时代欣赏的尴尬境地,拜伦式的英雄显然对社会问题的解决难有作为。此外,19 世纪上半叶西欧哲学中唯物论和辩证法空前发展。尤其是唯物主义在社会历史领域中对宗教与唯心主义的胜利,也有利于引导人们通过对物质动因的研究来认识社会历史的本质。圣西门、傅立叶、欧文在欧洲进行的一系列社会实验,使空想社会主义得到广泛传播,其影响遍及一切思想领域。这一思潮在揭露社贫富悬殊矛盾的同时,企图通过改良的途径来构建马托邦。这一主张的空想性对浪漫主义产生了影响,同时也在不同程度上影响了后来众多现实主义作家的创作。正是在以上历史背景下,现实主义的创作原则被越来越多的作家认可和接受,他们开始注重对社会现实生活的忠实、客观的反映,从人物性格和社会环境的相互关系中剖析社会的种种罪恶和弊病,并逐步形成一股壮观的现实主义文学思潮。

　　19 世纪 30 年代,现实主义首先形成于法国,奠基人是司汤达和巴尔扎克。后者的巨著《人间喜剧》把西欧的现实主义文学推向高峰。巴尔扎克之后,又出现了包括 60 年代的福楼拜、梅里美,70 年代以后的莫泊桑、都德、法朗士等在内的一批作家。

　　19 世纪三四十年代,英国的现实主义文学开始迅速发展,至四五十年代达到高潮。这一时期以狄更斯为代表,出现了狄更斯、萨克雷、

---

① 马克思、恩格斯:《共产党宣言》,见《马克思恩格斯选集》第 1 卷,北京:人民出版社 1972 年版,第 254 页。

夏洛蒂·勃朗特、乔治·艾略特等一批优秀的现实主义小说家。七八十年代后,英国的现实主义文学进入后期发展阶段,主要代表作家有梅瑞狄斯、哈代、乔治·吉辛(1857—1903)等。

德国的现实主义文学也在30年代兴起,最早出现的是以伯尔纳、古茨科和劳勃为代表的"青年德意志派"。这派作家反对无视现实世界的浪漫主义文学,主张文学与生活接近,提倡文学的倾向性。40年代,剧作家毕希纳尔、小说家凯勒等的作品都带有明显的现实主义倾向。70年代以后,真正的批判现实主义文学开始在德国产生,先后出现了包括霍普特曼、冯达诺、亨利希·曼、托马斯·曼等在内的一批作家。

美国的现实主义文学在南北战争前后萌芽,并随着美国社会矛盾的不断变化而逐步发展起来。马克·吐温是这一时期的杰出代表。其他作家还有亨利·詹姆斯(1843—1916)、威·迪·豪威尔斯(1837—1920)、欧·亨利(1862—1910)、杰克·伦敦(1876—1916)等。

19世纪下半叶,现实主义文学在北欧出现并迅速发展。在丹麦,汉斯·克斯蒂安·安徒生(1805—1875)的童话为北欧文学赢得世界声誉。戏剧家兼小说家奥古斯特·斯特林堡(1849—1927)是瑞典现实主义文学的代表作家。挪威出现了被誉为"现代戏剧之父"的现代戏剧家亨利克·易卜生(1828—1906),以及另一位当时与易卜生齐名的作家比昂斯藤·马丁纽斯·比昂逊(1832—1916)。

现实主义文学在发展过程中逐渐形成了一些共同的思想艺术特征。首先,按照生活的本来样子忠实地反映现实生活。尽管现实主义作家较之浪漫主义作家并不缺乏社会理想和道德激情,但他们反对由于对作者"自我"的过分突出而造成的生活真实感的削弱。他们的理想与激情往往通过对现实生活的具体、客观、准确的描绘而自然地流露出来,其描绘与反映的忠实程度要求可同镜子相媲美。作为欧洲现实主义文学理论的奠基者,司汤达将小说比作公路上行走着的镜子。巴尔扎克在自叙《人间喜剧》的创作意图时,主张将小说家的"自我"收敛起来,并明确表示:"法国社会将写它的历史,我只能当它的书记","写出许多历史家没有想起写的那种历史,即风俗史"。① 就表现现实生活的广度而言,现实主义作家的确空前地发展了小说这一文学体裁所具备的潜力,使之成为综合反映整个时代各阶层的生活风尚和错综复杂的历史事件的广阔画卷。巴尔扎克的《人间喜剧》对法国社会历史描绘的广泛性众所周知。狄更斯的小说几乎涉及维多利亚时代英国社会生活的方方面面,是一个时代的缩影。易卜生、哈代、马克·吐温等人的作品也在不同程度上成为各自所在时代的人情风俗史。

其次,19世纪欧美的现实主义文学,由于在反映资本主义社会现实的同时,特别注重于对黑暗面的揭露,体现出一种自觉而深刻的批判意识,从而被冠以"批判现实主义"的称号。作家们抛弃了文学专写伟大人物和伟大事件、追求情节的离奇曲折的俗套,有意识地将关注的目光转向社会下层人物和日常生活习俗,并将对现实的批判作为自己的神圣使命。狄更斯抱着"追求严酷的真实"的目的,在《大卫·科波菲尔》、《奥列弗·退斯特》等小说中描绘了当时英国社会底层的悲惨生活和犯罪堕落现象。金钱统治是资本主义社会人际关系的实质,由于对金钱的欲求所造成的罪恶,成为现实主义作家社会批判的焦点。在这方面,巴尔扎克表现得尤为突出。在他的《高老头》、《欧也妮·葛朗台》等名作中,金钱已不仅仅表现为物质的具体存在,更成为一种人性的参照物,极端的利己主义道德原则的造就者。

对典型环境的塑造,是现实主义文学的一个重要特征。浪漫主义文学作品中,环境因素主要体现为自然、乡村和异域。由于浪漫主义作家以表现主观情感为目的,环境由此成为自我心灵的外化形式,故它不以形态、细节的真实为原则。而在现实主义文学作品中,地域因素已成为作家描绘与表现的目的本身,真实便成为描写的基本条件。由于环境描写以现实为依据,一个作家也常以某一地域为特定的表现对象,并让其出现在不同的作品中,而当此类作品积累到相当的量,这个特定地

---

① 巴尔扎克:《〈人间喜剧〉前言》,陈占元译,见《巴尔扎克论文学》,北京:中国社会科学出版社1986年版,第62页。

域就具有了生命,成了艺术形象的重要组成部分。地域形象在城市,为都市形象,在农村,称乡土形象。前者如狄更斯笔下的伦敦、巴尔扎克笔下的巴黎,后者如乔治·艾略特笔下的英国中部、哈代笔下的威塞克斯地区等。从后来的现代主义作家福克纳的"约克纳帕塔法"美国南方世系那里,我们也可以明显地看出这种手法的影响。地域形象除了地貌建筑,也包括风物、习俗、气候等因素,甚至有时还被赋予某种人格化的象征意义。哈代笔下的爱敦荒原,就曾被一些研究者认为是他作品中最重要的人物形象。

塑造典型人物是现实主义对文学的突出贡献。浪漫主义文学作品中的人物往往成为作者宣泄自我理想和激情的传声筒,作为某种概念或符号而存在,其一言一行并不以合乎现实逻辑为准,而以对作者主观意志的充分贯彻为指归。而在现实主义文学中,人物形象得到基于生活的真实之上的忠实刻画,人物性格随情节的发展自然变化,作者不能以主观意愿横加干涉。对人物形象的表现手法也得到充分发展,单调的肖像素描与静止的心理描写已然落伍,作家们开始从多方面着手:司汤达发展了心理描写,巴尔扎克在动态的环境与情节中观察与刻画人物性格,福楼拜则以外科医生式的冷静与客观去解剖他的人物,如此等等。作为一种典型,现实主义文学中的人物形象是共性与个性的结合体:既能高度概括出一个时代、一个阶级或阶层的某方面共有的特征,体现出其所处时代社会关系的本质,同时,由于主客观条件的不同,又形成个人特异的气质、习惯、爱好、经历等,并在矛盾冲突中展示着性格的多面性。由于19世纪现实主义文学中的大部分作家只描写统治阶级内部的矛盾,以及中小资产阶级同大资产阶级、贵族的矛盾,而这种矛盾在作品中又往往借助个人同社会的冲突表现出来,因此,资产阶级个人主义者成为他们笔下的主要人物类型,并被渲染成时代"英雄"。他们塑造的正面人物也多数是个人主义英雄、被温情感化了的资产者、好心肠的资产阶级知识分子,以及温和驯良的"小人物"等。

细节的真实性是现实主义作家的共同追求。巴尔扎克强调细节真实是小说的优势所在,假若一部作品"在细节上不是真实的话,它就毫不足取了"①。在这方面,现实主义作家反对像浪漫主义作家那样通过想象去捏造某个人物或某种场景,而要求以严谨的态度,通过对大量相关事实的观察和对比,使描写具备科学真理的精确性。作品中人物的举手投足、一颦一笑、一言一语,场景中的一事一物、一草一木,无不经过具体细腻的刻画,力求多给读者一种证据,证明故事的真实性,使读者如见其人、如临其境。巴尔扎克的《高老头》开篇,对故事发生的场景之一的伏盖公寓有一段极为详尽的描绘,它的业主、具体位置、周边环境、屋前小石路、两旁的盆景、小门上的招牌等等,巨细靡遗,让人感觉这一场所仿佛的确存在于巴黎城内,而不仅仅是小说家杜撰的产物。

现实主义文学带来叙事手法的创新,这主要表现在叙事态度的客观化上。如前所述,现实主义文学侧重于对现实生活的本来面目的忠实反映,这一态度反映在叙事手法上,追求客观化便成为必然的选择。现实主义文学开始有意识地让作者退出小说,尽可能使其主观思想感情在对事物冷静的、不动声色的客观描写中自然地流露,而不像浪漫主义作家那样,以作者身份刻意摆开议论、抒情的架势,让激情漫无节制地直接宣泄。福楼拜强调作家在作品中应该是科学的、客观的,他不应该在作品中露面,就像上帝在世界上一样,到处存在又到处不见。叙述的权力也因此由作者转移到作品中的人物身上,通过他们的言语、行动、心理等形象化地展开。从后来的卡夫卡等现代主义作家近乎冷漠的叙述口吻那里,我们可以清楚地看到这种客观化的叙事态度的影响。当然,对客观化的过分追求,会造成自然主义的产品,然而,客观化并不意味着作家个性的消褪与完全的"无动于衷",因为那种纯客观的作品事实上是不可能存在的。

现实主义文学对小说这一文学体裁的表现力的空前开拓,使之超越诗歌与戏剧,成为文学创作的主流。这是一个互动的过程,其中固然离不开作家的辛勤劳作,然而最主要的原因在于,就反映 19 世纪广阔

---

① 巴尔扎克:《〈人间喜剧〉前言》,陈占元译,见《巴尔扎克论文学》,北京:中国社会科学出版社 1986 年版,第 68 页。

的社会历史与错综复杂的矛盾斗争而言,小说更以自身巨大的弹性与张力,成为最为适合的载体。现实主义作家在各种类型的小说创作中均取得非凡的成绩,其中既有莫泊桑的《羊脂球》、欧·亨利的《麦琪的礼物》等优秀的短篇小说,又有巴尔扎克《人间喜剧》那样的鸿篇巨著。尤其是长篇小说的成熟和繁荣,成为现实主义文学的一个重大成就。司汤达的《红与黑》、巴尔扎克的《高老头》、狄更斯的《大卫·科波菲尔》、福楼拜的《包法利夫人》、哈代的《德伯家的苔丝》等大批作品也成为后世瞻仰的经典。在这些小说中,无论是反映整个历史时代的壮阔波澜,还是刻画人物内心瞬息间的微妙变化,作家都能做到收放自如、游刃有余,表现出惊人的艺术功力。

第二节 司汤达和《红与黑》

司汤达(Stendhal,1783—1842)本名亨利·贝尔(Henri Beyle),生于法国东南部城市格朗诺布一个律师家庭。母亲早逝,父亲思想保守,敌视法国大革命,司汤达由信仰启蒙思想的外祖父和正直刚强的姨祖母教养成人。受外祖父影响,司汤达从小培养了对启蒙思想的爱好和文学的兴趣,阅读了大量启蒙作家的作品。司汤达的青少年时代是在法国大革命的高潮中度过的,他自觉地接受了大革命思想的洗礼,热烈拥护并积极参与家乡的革命行动。1799 年底,他来到巴黎,翌年经亲戚介绍,在拿破仑的军队中谋到一个职位。1800 年,司汤达随拿破仑军队出征意大利。1801 年底,他辞去军职,定居巴黎,直到 1806 年。在此期间,司汤达认真阅读了爱尔维修、孔狄亚克等哲学家的著作和拉伯雷、莎士比亚、莫里哀等作家的作品,同时开始为文学创作作准备。1806 年,他重返军队,随拿破仑转战欧洲大陆,亲历了拿破仑帝国的荣耀和衰亡。司汤达一生崇敬拿破仑,长期追随拿破仑的军旅生活,为他以后的创作提供了重要的素材。1814 年,波旁王朝复辟,司汤达被作为"拿破仑分子"扫地出门。他前往意大利米兰,在那里居住了 7 年,正式开始写作生涯。1821—1830 年,他住在巴黎,继续从事写作,创作了不少时评、游记和传记作品,完成了文学批评著作《拉辛与莎士比亚》(1823—1825),发表了第一部小说《阿尔芒斯》(1827)。

1830 年七月革命推翻波旁王朝,司汤达的命运有了很大的转机。他被任命为驻意大利一座海滨城市的领事,担任这个职务直到去世。在此期间,司汤达把主要精力用于写作,创作了长篇小说《红与黑》(1831)、《巴马修道院》(1839)和《吕西安·娄万》(未完成),以及中短篇小说集《意大利遗事》等作品。《巴马修道院》是司汤达除《红与黑》之外最重要的作品。这部小说的故事主要以意大利北部的巴马小公国为背景展开。贵族青年法布利斯同情法国大革命,崇拜拿破仑。1815 年拿破仑发动百日政变时,他只身前往法国投奔,却被当做奥地利间谍关了起来。等他逃出后赶往滑铁卢战场,拿破仑已经惨遭败绩。法布利斯返回意大利后遭到警方追缉。后来他得到位高权重的姑母的庇护和栽培,当上了巴马副主教,却又陷入到宫廷斗争之中。其间,法布利斯与一个将军的女儿克莱利娅产生爱情。他们的孩子不幸夭折,克莱利娅抑郁痛苦而死,法布利斯意冷心灰,引退修道院,之后和姑母相继去世。这部小说通过法布利斯一生的经历和理想幻灭的过程,描写了宫廷斗争的残酷、贵族阶层的腐化堕落、警察机构的草菅人命。虽然背景是意大利,实质上却反映了王政复辟时代法国的现实。《巴马修道院》故事情节紧凑,人物性格鲜明,心理描绘细致入微。其中小说第二至第四章关于滑铁卢战役的出色描绘,历来受到人们的称赞。

《红与黑》是司汤达的代表作。小说主人公于连是法国外省小城维立叶尔一个锯木场小老板的儿子,文弱、英俊、聪明。于连在家不被父亲喜爱,却受到一位退伍老军医和西朗神父的赏识与关照。老军医曾跟随拿破仑南征北战,是自由党人,他送了于连不少有关拿破仑及宣讲启蒙思想的书,在于连心目中播下了对拿破仑崇拜的种子。西朗神父属于保王党,他教会了于连拉丁文和神学。19 岁时,于连因熟读拉丁文《圣经》,被小城市长德·瑞那聘为家庭教师。不久于连和德·瑞那夫人发生暧昧关系,无法在维立叶尔立足,经西朗神父介绍,进入省城贝尚松神学院做了神学生。在神学院,他得到彼拉院长的赏识,却被许多竞争者忌恨。后来彼拉院长在权力倾轧中落败,去职时把于连介绍给巴黎的木尔侯爵当私人秘书。木尔侯爵因于连机警干练,对他十分器重,他的女儿玛特尔也爱上了于连。玛特尔怀孕后,侯爵虽愤怒却无可奈何,只好赠给于连财产、贵族封号和军衔,以使他与女儿的身份相配。正当于连春风得意之际,德·瑞那夫人在教会诱骗下,写信告发于连引诱妇女,道德败坏,木尔侯爵立即借机取消了他与女儿的婚约。于连激愤之下,赶回小城,用手枪打伤了正在教堂祈祷的德·瑞那夫人。于连以杀人罪被捕,随即被判处死刑。

于连是平民出身的知识青年,少年时代受到法国大革命以来种种资产阶级新观念的熏陶和影响,信奉自由平等观念,尊崇个人价值和幸福,认为个人才智是社会竞争的唯一准则,也是社会分配权力的唯一合理依据。他崇拜拿破仑,是因为拿破仑打破了以门第、等级制度为基础的封建秩序,为他这样出身的年轻人通过个人勇气和才智取得成功提供了制度保障。而事实上,拿破仑军队中,出生微贱仅凭个人才智就当上将军的人物比比皆是,这无疑极大地激励了于连通过个人奋斗以获得财富、地位和声誉,在社会上出人头地的梦想。不幸的是,于连生活在波旁王朝封建势力复辟的年代,他的资产阶级理想和信念必然遭到践踏,行动必然遇到阻碍,他想像拿破仑时代那样,以平民之身,通过正当的个人奋斗获取成功已经困难重重。但于连没有放弃自己的努力,他以平民阶层的平等意识对抗封建等级观念,以个人价值对抗高贵的出身。他时刻不忘维护自己的尊严,宁愿在家挨父亲的拳头,也不愿到贵族人家当奴仆。他的两次爱情,最初的动机都是为了维护自己的尊严。他最后拒绝乞求赦免而选择了死亡,正突出地表现了他对自我的尊重。他的全部生活目标就是要摆脱低贱的地位,跻身上流社会。这种希望通过自己的奋斗而提升个人价值的思想,支配着他所有的感情和行动。总之,于连身上体现着一种与封建观念相对立的以个人为核心的资产阶级思想体系。这种思想体系决定了他和那个行将灭亡的社会之间不可调和的矛盾,于连的悲剧是生不逢时的悲剧,是时代错位造成的必然结果。

当然,于连的悲剧也有其自身性格的原因。他是一个自尊、勇敢、真诚而又自卑、怯懦、虚伪的矛盾统一体。一方面,他热切地盼望出人头地,希望能跻身上流社会,甚至为了向上爬而不择手段;另一方面,他又为自己出卖灵魂的行为而痛苦,在志得意满时谴责自己因野心而丧失了天良。性格中的矛盾因素使他既不甘于只求温饱,满足于眼前利益,也不能心安理得地出卖灵魂,甘愿与上流社会同流合污。这使他在个人奋斗的路途上进退维谷,犹豫不定。本来,在复辟的波旁王朝时代,一个平民子弟,只要厚颜无耻、不择手段地向上爬,也是有可能获取成功的;但于连的良知往往牵制他"前进"的步伐,在每次付出努力快要成功时都功亏一篑。于连的悲剧显示,在复辟时期,一个有进取心的平民知识青年,试图通过自己正当的个人奋斗出人头地,却又不愿厚颜无耻地讨好权贵,不愿出卖自己的灵魂,最终只能成为上流社会的"局外人"。此外,于连身上挥之不去的浪漫激情,将个人价值绝对化,过于依靠才智的力量,遇事容易冲动,也是造成悲剧的重要原因。司汤达通过于连的被毁灭,表达了对庸俗黑暗现实的痛恨,寄托了对火热的革命岁月的怀念之情。

在司汤达笔下,复辟时期的法国社会是一片黑暗、腐朽和动荡的局面。贵族出身的德·瑞那因支持王权而捞到市长职位,这一职位却成了他假公济私、巧取豪夺的工具。他为了使自己的花园更加排场体面,硬是把公共河流改道,并且从市政工程中大肆捞取好处。教会的特务活动是复辟时期法国社会生活的一大毒瘤。贝尚松的代理主教、特务组织耶稣会的头子福力列的特务网四通八达、无孔不入,它钳制进步舆论,监视有自由思想的人,在外省实行白色恐怖统治。于连在神学院里的往来信件都受到检查,他的一举一动都受到监视,还被引诱提到古罗马诗人的名字,结果这也被视为思想不轨而受到惩罚。连于连被德·瑞那夫人写信"揭露",也是教会阴谋的一部分。流亡到国外的大贵族木尔侯爵在复辟后当上法兰西大臣,位高权重,富可敌国。他可以轻易地把省长、主教的职位赏赐给跟从他的人。他的地产遍及多个省份,每年有 10 万埃居的进款;他一次赠送给于连和玛特尔的土地上的收益,每年就有 20600 法郎。他的府邸日日宴饮、夜夜笙歌,过着骄奢淫逸的生活。贵族保王党复辟势力不满足于已经恢复的权利,还阴谋进一步扩大权利,以确立他们的绝对统治地位。小说中的一个重要情节是木尔侯爵召集的一次秘密会议,与会的内阁大臣、主教、显赫的大贵族们策划邀神圣同盟再一次占领法国,为复辟政权提供军事支持;同时改组内阁,取消宪章,扩大王权,全部归还革命时期剥夺的教会林地;还要组织一只敢死队,作为王权的可靠保障。

司汤达敏锐地注意到,1814—1930 年时期的法国,虽然波旁王朝在国家政权层面恢复了封建统治,但整个社会、经济的基础经过资产阶级革命的洗礼,已经不可能再开历史倒车。《红与黑》中,着力描写了贵族复辟势力和资产阶级之间,在政权和经济领域展开的激烈斗争,正是这种社会现实的深刻反映。于连的父亲是小资产者,他敢于利用贵族市长的虚荣心,向他讨价还价,把自己的土地和儿子都卖了个好价钱。自由党人阿白尔以参观德·瑞那等保王党当权派控制的慈善事业为名,打算搜集当局腐败的证据,在自由党人的报纸上加以揭露。在小说第十七、十八章,围绕着维立叶尔市第一副市长的职位,自由党人推举的实业家对上了政府教会属意的"虔诚"人士摹乐先生。面对激烈争夺,贵族市长德·瑞那惊呼:"在这个城市里,只有工业家走运。这些自由党人都变成了百万财主,他们如饥似渴地想夺取政权。"木尔侯爵府邸秘密会议商定的各种阴谋计划,全然是出于对资产阶级不断壮大的力量的恐惧。他们害怕"在每一段篱笆后面都有一个罗伯斯庇尔和他驾来的囚车",害怕于连这样的年轻人一旦爆发革命,会立刻把他们送上断头台,所以才作出垂死的挣扎。司汤达通过这些场景的描写,表现了资产阶级在经济上强大后重新夺取政权的企图心,表现了贵族封建势力惶惶不可终日的心理状态,演示了贵族阶级必将被历史淘汰的社会规律。

值得注意的是,司汤达在小说中虽然坚守资产阶级自由平等的理想,怀念拿破仑的文治武功,但他并没有美化复辟时期的资产阶级力量,更没有粉饰资本主义的社会现实。如上所述,波旁王朝在国家政权层面上恢复了封建统治,但整个社会、经济的基础已经资本主义化。这意味着等价交换原则在现实生活中已经占主导地位,金钱取代门第、特权而成为社会生活的杠杆。于连的父亲把于连视为可以交换的商品任意买卖;暴发户瓦列诺依靠金钱开道,当上了贫民寄养所的所长,进而又爬到省长的位置,还被封为男爵;教会的职位同样可以用金钱买卖,职位的高低取决于所付金钱的多少;像德·瑞那、木尔侯爵这些贵族要么开办工厂,要么在证券、金融市场上投机倒把。从小说的具体描写可以看出,司汤达是何等蔑视这些粗俗、卑鄙、贪婪、专横之辈,他对现实社会的资本主义化更是保持着清醒的批判态度。

  作为法国现实主义文学的开山之作,《红与黑》取得了突出的艺术成就。首先,他深入广泛地反映了复辟时期法国社会的现实生活,塑造了典型环境中的典型人物。《红与黑》的副标题是"1830年纪事",对此司汤达的解释是他"所要描写的,是路易十八和理查十世的政府带给法国的社会风气",也就是说,作者具有反映一个时代社会风貌的强烈意识,但描写的范围却不限于1830年,它实际上反映了1814—1830年波旁王朝复辟时期的法国社会现实。小说的正标题中,"红"象征法国大革命的热血和丰功伟绩,尤其是象征拿破仑的文治武功;"黑"代表教会势力猖獗的波旁王朝复辟时期。司汤达不仅在标题上,而且在小说的细节描写中,自觉地用"红"来对照"黑",加强了对复辟时期黑暗现实的揭露和批判,同时也揭示了这一时期阶级斗争的实质和特性。小说故事的发生地从维立叶尔到贝尚松神学院再到巴黎,随着主人公活动地点、身份和社会地位的变化,作者对社会生活的描写范围不断扩大,揭露和批判也不断走向深入;而且,作者选取边僻小城、省会、首都作为人物活动的三个场所,使环境描写更具典型性和代表性,反映出作者展示复辟时期法国社会全貌的抱负和用心。就典型性格的塑造而言,司汤达善于把人物放到上述典型环境中,通过环境制约下人物必然采取的行动,动态地展示人物的性格及其发展。于连刚到市长家时,内心是胆怯的,对贵族家庭充满戒备和敌意。到了贝尚松,他形成了表里不一的双重人格,学会了投机钻营。到了巴黎的木尔侯爵府,他已经在上层社会如鱼得水,左右逢源。当身陷囹圄时,与统治集团的对立情绪重新在他身上占据了主导地位。此外,作者在塑造典型人物时,还格外注重他们的阶级身份,像于连、木尔侯爵、德·瑞那市长、彼拉神甫、瓦列诺等,首先是自己所属阶级的代表,同时,这些人物也有鲜明的个性。同为贵族,德·瑞那的愚顽和虚荣不同于木尔侯爵的狡黠和霸道;同为小资产阶级,于连的高傲、敏感、热情不同于他父亲的精明、现实、粗暴。

司汤达在《红与黑》中成功地应用了心理描写手法。首先,它精确、细致、深刻地揭示了人物的心理变化过程。在于连短暂的一生中,他跨出的每一步,在关键时刻所作的每一个选择,都伴随着复杂、剧烈的心理活动。例如于连与德·瑞那夫人及玛特尔的爱情,有爱与不爱的问题,有敢不敢爱的问题,牵扯到本能的欲望、青春的激情、阶级的敏感、道德的良心、现实的顾虑,种种心理因素交错纠缠,冲突对抗,其过程连贯、完整,富于层次感和逻辑性。更重要的是,作者并没有把人物的心理活动孤立悬置,它是人物行动的依据,也就是说,人物的现实选择与决断,都是心理活动的结果。这是小说情节动力学的一个重要转变:它摒弃了外部的物质因素,而通过内心活动来推动小说情节的发展。其次,小说中作者赞赏的正面主人公,都是心理活动异常丰富的人,这使得人物心理内涵的丰富与否,成为判断人物精神境界和生命质量的重要依据。司汤达还重视通过内心独白表现人物的心理。一般而言,小说中的主要人物都会有沉思、追忆、反省等独白式的心理活动,但很少会像《红与黑》这样极度倚重内心独白而相对忽视通过表情、动作等外部特征来揭示人物内心。司汤达笔下的人物独白呈现出理性化的特征,往往是一种明晰的心理分析,而不是激情的迸发、情感的宣泄。《红与黑》在心理描写方面的这些特征,使心理描写在小说中的地位大大提高,预示了向心理现实主义小说的重要转变。

第三节　巴尔扎克和《高老头》

奥诺雷·德·巴尔扎克（Honore de Balzac, 1799—1850）是法国19世纪最为杰出的现实主义作家，也是整个西方19世纪现实主义文学大师之一。

1799年5月20日，巴尔扎克生于法国图尔市一个中等资产阶级家庭。在家乡教会学校读书时，就已表现出对文学的兴趣，被同学们称为作家。1814年随父母迁居巴黎。1816—1819年，他遵照家庭安排，进法学院学习法律，同时在律师事务所当见习生。这使巴尔扎克有机会认识社会现实的种种黑暗和罪恶。但巴尔扎克的兴趣不在法律，而热衷于文学创作。他常去巴黎大学旁听各种文学讲座。1819年正式向家中提出要从事文学写作，父亲答应给他两年时间，可是他用了10年时间才完成自己的创作准备。这期间，他化名或与别人合作写过古典风格的悲剧和浪漫主义的神怪故事，都未获成功。1825—1827年，他心血来潮想在工商业方面有所发展，但开办印刷厂、出版古典作品全部失败，欠下巨额债务，以致终身为此受累。后巴尔扎克重返文学创作领域，用两年时间完成了具有现实主义风格的历史小说《舒昂党人》(1829)。这部小说出版后获得成功，从此巴尔扎克走上了现实主义道路。巴尔扎克异常勤奋和多产，经常日以继夜、废寝忘食地写作。在1829年以后的20年创作时间里，他写了90多部长中短篇小说，以及大量的时政评论、文艺评论、剧本、书信等。从30年代起，巴尔扎克就产生了把其作品连缀起来构筑成一个"体系"，综合反映社会全貌的想法，曾考虑过《19世纪风俗研究》、《哲理研究》这样的总标题。40年代初，他受但丁《神的喜剧》（中译本为《神曲》）启发，最终决定用《人间喜剧》这个总标题来归纳自己创作的作品。他撰写《人间喜剧》前言，重新对作品进行分类编目，赶写未完成的作品，用人物再现法勾连串通不同作品。到1848年，他完成了《人间喜剧》这部人类历史上最为恢弘的文学作品总集之一的大半篇幅。尽管未能完全实现宏愿,但这无损于《人间喜剧》的完整性。巴尔扎克长期勤苦写作,以致积劳成疾。1850 年,巴尔扎克与自己长期爱恋的乌克兰贵妇韩斯卡伯爵夫人结婚。婚后不久病情恶化,1850 年 8 月 18 日逝世。

《人间喜剧》实际包括长中短篇小说 96 部,分别归入《风俗研究》、《哲学研究》、《分析研究》三大类。《风俗研究》共收入 72 部作品,数量最多,描写范围最广泛,内容也最为丰富。它由六个生活场景构成:"私人生活场景"、"外省生活场景"、"巴黎生活场景"、"政治生活场景"、"军事生活场景"、"乡村生活场景"。按照巴尔扎克的构想,这六个生活场景是"这个社会全部事实和功业的集成",涵盖了社会生活的方方面面。巴尔扎克在设计这些生活场景时,首先考虑的是它们的广泛代表性。他试图从个人、地域、阶级、国家等不同角度入手,勾画出法国社会历史的全景图。值得注意的是,巴尔扎克并不全然在空间上横向展开叙述,他还以生物有机体作比喻,以个体生命为依托,纵向描写法国社会的发展演化,力图呈现它如何一步步走向堕落、沉沦。按巴尔扎克自己的说法,私人生活场景着重表现青少年时期,因生活经验不足或感情冲动酿成的错误或不幸;外省生活场景着重描写人们走向成年时,因野心、欲望、自私自利的盘算引起的冲突;巴黎生活场景表现人心的衰老、腐化,恶的欲念代替了一切真诚朴素的感情。《风俗研究》的代表作品有《欧也妮·葛朗台》、《高老头》、《幻灭》、《贝姨》等。《哲学研究》共收入 22 部作品,力图在其中"进一步研究产生这些社会现象的多种原因或一种原因,寻出隐藏在无数人物、情欲和事件总汇底下的意义"[①]。代表作品有《驴皮记》等。《分析研究》的意图是从真、善、美等人类永恒的自然法则出发,来分析社会不合理状态产生的根源。这部分只完成随笔集《婚姻生理学》和《夫妇纠纷》两部作品。《人间喜剧》的三部分内容,既有对各种社会现象纵横交错的描写,也有对隐伏其后的欲望动力的深

[①] 巴尔扎克:《〈人间喜剧〉前言》,陈占元译,见《巴尔扎克论文学》,北京:中国社会科学出版社 1986 年版,第 63 页。

入分析,还有对生命本质和意义的形而上探究与追问。巴尔扎克在《〈人间喜剧〉前言》中声称自己要做法国社会历史的忠实记录者:"编制恶习和德行的清册、搜集情欲的主要事实、刻画性格、选取社会的主要事件、结合几个本质相同的人的特点揉成典型人物,这样我也许能写出许多历史家没有想起写的那种历史,即风俗史。"① 从《人间喜剧》宏大布局和缜密设计看,他完全实现了这样的预定目标。

  19世纪上半叶是法国阶级关系发生剧烈变化的历史时期。巴尔扎克在《人间喜剧》中,敏锐地抓住了这一时代脉动,对法国社会错综复杂的阶级矛盾和阶级斗争作了深刻的揭示。经过法国大革命,封建贵族阶级受到沉重打击。虽然这个阶级在1814年至1830年试图重整旗鼓,但并没有从根本上扭转自身逐渐衰落的趋势。1830年七月革命之后,法国资产阶级从经济上的实力阶层上升到政治上的统治阶级,封建贵族残余势力要么破产败落,要么资产阶级化。正如恩格斯指出的,巴尔扎克"用编年史的方式几乎逐年地把上升的资产阶级在1816年至1848年这一时期对贵族社会日甚一日的冲击描写出来"②。《欧也妮·葛朗台》中的葛朗台、《高利贷者》中的高布赛克、《纽沁根银行》中的纽沁根等代表了金融资产阶级的不同类型。巴尔扎克以细致的笔墨讲述了他们血腥的发家史,讲述了以这些人物为代表的资产阶级在经济上暴富后如何向政治领域扩充自己的势力,进而控制地方和国家政权。与之形成鲜明对照的是贵族阶级的没落。如《幽谷百合》中的莫尔索伯爵夫人、《高老头》中的鲍塞昂夫人、《古物陈列馆》中的埃斯格里荣侯爵等贵族,或壮志未酬,或遭人遗弃,或与资产阶级集团斗争失败。贵族中的一些"识时务者",像《苏城舞会》中的德·封丹纳伯爵,认识到贵族阶级灭亡的不可避免,纷纷通过联姻的方式,向资产阶级靠拢。巴尔扎克本人同情贵族,但作为一个伟大的现实主义作家,他超越了自己的政

---

  ① 巴尔扎克:《〈人间喜剧〉前言》,陈占元译,见《巴尔扎克论文学》,北京:中国社会科学出版社1986年版,第62页。
  ② 恩格斯:《致玛·哈克奈斯》,见《马克思恩格斯选集》第4卷,北京:人民出版社1972年版,第463页。

治偏见,"看到了他心爱的贵族们灭亡的必然性,从而把他们描写成不配有更好命运的人"①。

巴尔扎克认为,这一场历史巨变的核心问题是金钱:以往贵族社会通行的等级、门第制度被资本主义社会的金钱原则所取代。"金钱是这个新社会的轴心,独一无二的敲门砖。"(《于絮尔·弥罗埃》)"今日,金钱已经成了社会的通行证。"(《娼妓盛衰记》)"没有钱,在眼下这个社会秩序下,是最深重的苦难。"(《贝姨》)在缺乏完善的政治与法律体制制约的情况下,对金钱的贪婪追求,不可避免地会使人性走向异化和邪恶,使整个社会沦为个人私欲的竞技场,无情地践踏传统的道德和人际关系。《欧也妮·葛朗台》中的葛朗台一生敛财无数,贪婪无比。他过分看重金钱的作用且执迷不悟,只从金钱、交易的角度理解人类关系,完全忽视了人类关系的丰富性和多样性,这使他感情枯竭,最终被金钱所困,成了金钱的牺牲品。从《幻灭》中我们看到,不论是出版界、文坛还是政坛,处处贿赂横行、金钱当道,毫无是非曲直、公平正义。吕西安是一个文才横溢的外省青年,为捞取金钱和地位,不得不卖身投靠。大卫发明了廉价纸,其技术专利却被戈德安兄弟巧取豪夺,并靠它发财致富。《高布赛克》中,妻子为了夺取遗产,不仅千方百计监视病危的丈夫,还烧毁丈夫的遗嘱。《红色旅馆》中富甲一方的大银行家,原是靠杀人越货积累的原始资本。《夏倍上校》中,巴尔扎克借律师但维尔之口把资本主义社会的金钱罪恶一一罗列在案:"我亲眼看到一个父亲给了两个女儿每年四万法郎的进款,结果自己死在一个阁楼上,不名一文,那些女儿理都没理他!我也看到烧毁遗嘱;看到做父亲的剥削儿女,做丈夫的偷盗妻子,做老婆的利用丈夫对她的爱情杀死丈夫……我也看到一些女人有心教儿子吃喝嫖赌,促短寿命,好让她的私生子多得一份家私。我看到的简直说不尽,因为我看到很多为法律治不了的万恶的事情。"

---

① 恩格斯:《致玛·哈克奈斯》,见《马克思恩格斯选集》第 4 卷,北京:人民出版社 1972 年版,第 463 页。

巴尔扎克在《人间喜剧》中淋漓尽致地揭露了金钱原则统治下的社会众生相,也表明了对人的终极关怀。在巴尔扎克看来,金钱崇拜不仅扭曲人性、人伦关系,还破坏社会稳定,甚至危及民族和国家的前途,而解决问题的途径是王权和宗教。他曾说:"我在宗教和君主政体两种永恒真理的引导之下写这部作品。"①他相信王权,希望通过君主政体的力量来扼制金融大资产阶级势力的膨胀;他鼓吹天主教,把天主教看成维持社会稳定的重要因素,希望借天主教的抑止人欲的泛滥。《人间喜剧》中,对贵族的美化,对宗教教化作用的夸大,都是巴尔扎克上述思想的体现。巴尔扎克抓住了问题的要害,但开出的药方却未必有效。

《高老头》一如巴尔扎克的其他小说,深刻揭示了金钱在社会生活中的统治地位和拜金主义对爱情、婚姻、家庭等人伦关系的破坏。高老头是个做面条生意发家的商人,致富后分别用巨额陪嫁把大女儿嫁给了贵族雷斯多伯爵,把二女儿嫁给了银行家纽沁根,随后盘掉生意,当起了寓公。高老头有钱时,女儿女婿都对他以礼相待,伏盖公寓的主人也对他另眼相看。随着他拥有的钱财日少,他在女儿女婿心目中、在伏盖公寓里的地位也日渐低落。女儿家让他吃闭门羹,在伏盖公寓也成了众人消遣的对象。两个女儿只是在需要零花钱的时候才来找他,等到榨干了父亲的钱袋,他就再没有了用处。高老头最后因为再也拿不出钱来,被两个女儿逼得中了风。对女儿痴心不改的高老头临终前希望能见她们一面,两个女儿却百般推托。高老头终于明白过来了,她们爱的只是他的钱。他悲愤地喊道:"钱能买到一切,买到女儿。"拉斯蒂涅为了能够置办出入上流社会必不可少的服饰行头,忍心给母亲和妹妹写信讨要她们仅存的一点积蓄,全不管她们今后将如何生活。银行家泰伊番想把自己的产业全部传给儿子,因担心给女儿陪嫁而破财,竟然把她赶出门去。《高老头》中,人人都在疯狂地追逐金钱。爱情、婚姻

---

① 巴尔扎克:《〈人间喜剧〉前言》,陈占元译,见《巴尔扎克论文学》,北京:中国社会科学出版社1986年版,第65页。

已成为金钱的筹码,爱情婚姻的基础不是相互理解、倾慕,而是纯粹的金钱关系。阿瞿达侯爵为了20万法郎年息的陪嫁费而抛弃鲍赛昂夫人,银行家纽沁根千方百计把妻子80万法郎的陪嫁据为己有,雷斯多伯爵为了侵吞妻子的陪嫁,也是花招迭出。伏盖太太虽人老珠黄,因贪恋高老头的钱财,也动了引诱他的心思;后来看伏脱冷出手豪阔,又一次生出再醮的念头:两次都丑态毕露。从《高老头》中,我们看到,金钱正以一种凶猛的姿态破坏、腐蚀着人与人之间的亲情、爱情、友情,冲击着伦理道德的底线。

《高老头》的中心人物拉斯蒂涅是个人奋斗者的典型。从谱系上讲,他的最直接的前辈是司汤达《红与黑》中的于连。他们都来自社会下层,出身贫寒,都有强烈的要求改变自身处境的欲望,并且努力奋斗。不同之处在于,于连有进步的政治理想和抱负,他和复辟时代的反动现实有妥协的一面,也有斗争的一面。他主要靠自己的才华、机智博得欣赏,对身份高贵的女子的依靠是被动的。拉斯蒂涅的精神境界要低俗得多,他梦寐以求的只是出人头地,获取金钱和地位。最初拉斯蒂涅想通过读书取得成功,后来改为征服身份高贵的女子;最初他不懂贵族社会的人情世故,后来变成在上流社会沙龙舞会左右逢源的老手;起先他对弱者怀着有限的同情心,小说落幕时他已经是铁石心肠。这些变化显示拉斯蒂涅的个人奋斗过程,事实上是一个逐渐堕落的过程。拉斯蒂涅从鲍赛昂子爵夫人、伏脱冷、高老头先后遭遇的挫折和不幸中看到,金钱的多与少、有与无,在怎样支配着人的命运!人们为了攫取金钱,又是如何落井下石、尔虞我诈、忘恩负义!拉斯蒂涅正是从这样的人生教科书中完成了自己的人生教育,找到了获取成功的秘诀:金钱至上,弱肉强食。他最后对大学生皮安训说:"朋友,你能克制欲望,就走你平凡的路吧!我是入了地狱而且还得留在地狱。"他欲火炎炎地纵身跃入巴黎上流社会的罪恶深渊,义无反顾地踏上了个人野心家之路。

巴尔扎克还意味深长地塑造了伏脱冷这个恶魔般的野心家典型。伏脱冷在《高老头》中的真实身份是在逃苦役犯,隐名埋姓住在伏盖公寓。此人刚猛、阴沉、狡猾、凶恶,精通世故,洞悉社会的本质,并且在这个社会里如鱼得水。他赏识拉斯蒂涅作为个人野心家的潜在"素质",处心积虑向他灌输当下社会通行的金钱原则和极端利己主义原则,企图诱使他走上犯罪道路。伏脱冷的滔滔宏论"教育"了拉斯蒂涅,完成了其堕落途中一个重要的环节。伏脱冷除担当"教唆者"角色外,还在积极策划一桩"大买卖":他怂恿拉斯蒂涅向泰伊番小姐求婚,自己则准备派人把泰伊番小姐的哥哥杀死,这样泰伊番小姐就会成为她父亲唯一的继承人,可以得到巨额遗产。条件是事成之后,拉斯蒂涅给伏脱冷20万法郎。拉斯蒂涅此时良心未泯,拒绝了这个歹毒的计划。但后来泰伊番小姐的哥哥还是被伏脱冷派人杀死。这是一个毫无人性的冷血恶魔、江洋大盗。他践踏一切法律和道德,巧取豪夺、杀人越货,为达到目的不择手段。应该看到,拉斯蒂涅与伏脱冷虽身份有别、路数不同、造化各异,但本质是一致的。今天的伏脱冷,就是明天的拉斯蒂涅。在《高老头》中,拉斯蒂涅还是初出茅庐,伏脱冷也暂时遇到了挫折,但19世纪上半叶法国社会法律废弛、道德败坏的状况,为这一类人物为所欲为提供了适宜的土壤,造就了他们日后的成功。

巴尔扎克通过塑造这两个人物,进一步揭露了极端拜金主义的罪恶。他让我们看到,卑劣的金钱崇拜如何点燃了拉斯蒂涅和伏脱冷的欲望之火,让他们陷入到不可遏止的贪婪和疯狂之中。但我们分明又感到,巴尔扎克对这两个人物并不是完全憎恶的,他甚至欣赏他们强烈的进取心,欣赏他们身上被对金钱的贪欲调动起来的激情,肯定他们的生命比朱旭诺之流来得充盈、坚实、有韧性、有力量,不给人暮气沉沉、日薄西山之感。物欲人人有之,不分种族、阶级和时代,但在资本主义时代,金钱原则使人们头脑中的物质利益观念不断被强化,在这种情况下,物欲必然得到极大的刺激和膨胀。毫无疑问,物欲把人性中"恶"的一面激发出来,但对金钱的贪欲,又往往推动着人们去创造财富,进而推动了历史的进步。巴尔扎克对拉斯蒂涅和伏脱冷这两个人物的矛盾态度,正是物欲二重性方面的反映。

《高老头》是巴尔扎克的代表作,它集中体现了《人间喜剧》的现实主义伟大成就。首先,巴尔扎克塑造了典型环境中的典型人物。巴尔扎克指出:"大自然中没有任何孤立的东西,一切相连,一切精神现象相联,一切物质现象相联。"①把人看成环境的产物,并着力表现环境对人的决定作用,正是巴尔扎克这一思想的体现,也是他的小说的伟大创造。在《高老头》中,典型环境描写主要集中在两个方面,其一是由确切的场所、材料构成的物质环境,如街道、房屋、沙龙、内室、招牌、张贴、家具等,是有形的实体。这种物质环境的描写以伏盖公寓和鲍赛昂子爵夫人的府邸最具特色。其次是由阶级关系和人事关系构成的社会环境。巴尔扎克把社会作为一个整体,把人看成社会关系的联结点。基于这样一种认识,《高老头》充分地揭示了贵族、资产阶级、下层市民三个世界人与人之间错综复杂的社会关系,对诱使拉斯蒂涅堕落的各种因素进行了细致的描写。鲍赛昂子爵夫人是贵族社会的领袖,地位显赫,但情场失意之下,是那样的痛苦落寞。强者伏脱冷刚才还在算计别人,转眼间即被别人出卖。高老头临死见不到女儿,死后没有亲属送葬。拉斯蒂涅由纯洁善良的外省青年一步步沦为自私、不顾廉耻的野心家,主要是这些社会关系影响和熏陶的结果。总之,巴尔扎克通过对物质环境和社会环境的精确描写,反映了生活于其中的人物的社会身份和精神面貌,揭示了性格产生、发展乃至蜕变的外部动因,同时也生动地展现了巴黎社会的风俗画卷。

巴尔扎克在塑造典型人物时,往往会夸大、强化人物身上的某种欲望或情感,把它推到极端,使之成为典型性格的主要特征。所以巴尔扎克笔下的主要人物,多是某种强烈欲望或情感的化身,如贪财而成为吝啬鬼,贪食而成为饕餮之徒,贪色而成为色情狂,钱欲与权欲膨胀催生出野心家;此外,嫉妒、父爱、母爱等情感过于强烈,以致有悖理性常态,也会造就出各种偏执狂。这些"欲望型"的人物,形成了巴尔扎克小说中一道独特的风景。在《高老头》中,高老头是体现偏执父爱的典型。他对两个女儿的爱,不分场合,不讲形式,不论条件,不要回报。作为塑

---

① 转引自柳鸣九主编:《法国文学史》中册,北京:人民文学出版社1981年版,第470页。

造典型人物的另一种重要手段的"人物再现法",是第一次自觉地应用于《高老头》。所谓"人物再现",是指同一个人物在不同小说中多次出场。如拉斯蒂涅在《高老头》中初试身手,而在以后的一系列作品中,他当上了副国务秘书(《轻佻的女人》)、贵族院议员,每年有三十万利佛尔的收入(《不自知的演员》),并被封为伯爵(《贝姨》)。伏脱冷后来当上了巴黎警察厅的副处长(《娼妓盛衰记》)和处长(《贝姨》)。鲍赛昂夫人在《幽谷百合》中,再一次被情人遗弃,在《被遗弃的女人》中更遭到彻底毁灭。重新出现的人物形成了一个系列,使得作家的作品具有了内在的有机联系。经过这样多次、不同侧面的描写,人物性格的刻画得以最终完成。

《高老头》的叙事结构安排相当出色。巴尔扎克之前的欧洲小说,多以主人公的行踪经历总领全局,直线式地推进情节的发展。《高老头》放弃了这种单线式的结构,转而采用多线索纵横交错的网状结构。《高老头》包含了六个较为完整的故事:拉斯蒂涅的堕落;高老头对女儿的痴情及惨死;伏脱冷的被出卖;鲍赛昂子爵夫人告别巴黎;泰伊番小姐的遭遇;伏盖太太的活动。这六个故事又主要集中在三个地点,并代表着三个不同的社会阶层,即鲍赛昂夫人府邸的贵族沙龙、纽沁根夫人家的资产阶级客厅、以伏盖公寓房客为代表的下层社会。这三个社会阶层之间,既有上层贵族社会与下层平民社会的对比,也有贵族与资产阶级的钩心斗角。小说主要依靠高老头的"悲剧史"和拉斯蒂涅的"奋斗史"这两条主线来联缀其他辅线,又以拉斯蒂涅的活动贯穿全书。这种主线突出、辅线辉映、多条线索纵横交错的网状结构方式,再现了法国社会纷繁复杂的特征。

巴尔扎克在小说中喜欢自己直接出面,或通过人物之口发表各种议论。这种表现形式往往遭论家诟病,以为有"传声筒"之嫌,破坏小说的艺术性。巴尔扎克却能化腐朽为神奇,使精彩绝伦的议论成为他的小说艺术的重要组成部分。作家直接出面的议论,通常是夹杂在叙述中。他以全知叙述人的身份介绍人物的出场或结局或描述某一重要场面时,往往荡开笔墨,有感而发,遂成议论。如《高老头》的开场,巴尔扎克一边介绍伏盖公寓的主人和房客,一边穿插着亮出自己对人物的见解和态度,夹叙夹议,有声有色。通过人物之口发表的议论,以鲍赛昂子爵夫人、伏脱冷、高老头的议论最为精彩。三个人物都处于人生的低潮期,挫折和绝望使他们变得愤世嫉俗,面对拉斯蒂涅这个涉世未深又欲火炎炎的年轻人,纷纷敞开心扉,直抒胸臆,一吐为快。他们向他传处事经验,揭社会黑幕,讲金钱意义,诉愤闷情绪,议论之内容完全切合人物身份和当时的情境。巴尔扎克很少在议论中故弄玄虚,而是紧贴世俗人生,切中要害。不管是何种议论,他一旦开讲,往往滔滔不绝,激情洋溢。所以,读巴尔扎克的长篇大论,绝不会产生沉闷乏味之感,而会觉得有趣、精辟,回味无穷。巴尔扎克就这样,使议论成为反映社会生活、塑造人物形象的重要辅助手段,甚至成为作品的灵魂。

第四节 狄更斯和《双城记》

　　查理·狄更斯(Charles Dickens,1812—1870)出生在英国港口城市普茨茅斯,是一个海军部门职员的儿子。父亲热情好客,善讲故事,而且有丰富的藏书,这些带给狄更斯快乐的童年,也培养了他对文学的爱好。但12岁时,父亲因债务被捕,彻底改变了狄更斯的生活。他被送到一家皮鞋油厂当童工,这段屈辱、悲惨的生活在他心灵留下永久的创伤。后来,狄更斯还当过律师事务所小职员、报社记录员和新闻记者等。尤其是做新闻记者,使他广泛地接触到社会生活的各个方面,对19世纪英国社会现实有了透彻的了解。在任记者期间,狄更斯开始文学创作。1837年发表《匹克威克外传》一举成名,从此一发不可收。狄更斯一生共创作了15部长篇小说(1部未完成),以及大量中短篇小说、杂文、游记、戏剧等。1870年6月9日因突发脑溢血去世。

　　狄更斯长达37年的文学创作呈现出明显的阶段性,可以大致分为三个时期。

　　第一时期从1833年至1841年,主要小说有《匹克威克外传》

(1836—1837)、《奥立弗·退斯特》(1838)、《尼克拉斯·尼古贝》(1839)、《老古玩店》(1841)等。其中《匹克威克外传》是早期最有代表性的作品。小说中的匹克威克先生是伦敦的一个中年独身绅士,他与自己的三个朋友乘四轮马车到伦敦之外的地区旅行,并应许把沿途所见所闻报告给他组织的匹克威克俱乐部。他们一行四人去过洛彻斯特、伊顿斯等市镇,还拜访过华德尔先生、亨特尔夫人,往来于路途,住过旅馆,目睹过议员选举所引起的党争,被骗子金格尔纠缠哄骗过。总之,他们的经历和见闻呈现了一幅19世纪前期英国社会的整体图景。这个社会虽然有一些不尽如人意的地方,总体情形是欣欣向荣的。狄更斯称此为"古老而美好的英格兰",对其现状和未来持乐观态度。匹克威克先生天性纯笃,乐善好施,受到人们的尊敬和爱戴;金格尔屡屡干下坏事,最终受到感化,改邪归正。这反映了狄更斯惯常用抽象的善恶观去看待社会问题,用仁爱的思想来解决问题,并相信善恶有报。小说在情节上受流浪汉小说影响,擅长讽刺和幽默,这些都是狄更斯早期小说的一般特点。

第二时期从1842年至1858年。1842年,狄更斯首次访问美国,对美国的所谓民主、自由有了更透彻的了解,他的态度是失望的。他的《美国札记》(1842)记录了访问美国的观感。1844—1847年,狄更斯旅居意大利、瑞士、法国,创作了《圣诞故事集》。其中《圣诞欢歌》(1843)写一个吝啬的商人良心发现,变成慷慨仁慈之人。狄更斯的用意是调和阶级矛盾,以仁爱对待弱小者。这一时期创作的小说还有《马丁·朱述尔维特》(1844)、《董贝父子》(1848)、《大卫·科波菲尔》(1850)、《荒凉山庄》(1853)、《艰难时世》(1854)、《小杜丽》(1857)等。《大卫·科波菲尔》处理的是儿童题材,是作者最喜爱的一部作品。小说主人公大卫自幼失去双亲,被送到寄宿学校就读,又到工厂当学徒,受尽屈辱,后由姨婆抚养长大,成了著名的作家。《艰难时世》以焦煤镇为背景,以两个资产者形象——葛雷梗和庞得贝的活动为主线,描写了资本主义大工业生产所造成的环境灾难,揭露了资本家对工人阶级的残酷剥削,同时,对鼓吹理性和自由竞争的资本主义精神与原则进行了有力的批判,深入思考了资本主义现实的合理性问题。《荒凉山庄》围绕着庄迪斯诉讼案展开故事。由于司法人员徇私舞弊,一件官司拖了 20 年,导致当事人或破产,或发疯,或死亡。由于年龄的增长、阅历的增加,狄更斯对英国资本主义社会现实的认识进一步深化。反映在第二时期的作品中,涉及生活面更加广阔,批判更有力度和深度。但总体上,狄更斯对英国社会最终实现正义、公平,有产者承担社会责任等目标抱有信心,小人物的善良、温情和道德力量在达致这一目标方面发挥着重要作用。这一时期的作品对流浪汉小说的结构形式已经较少采用,情节往往更加丰富,呈现多层次交叉并进的特点,内在的整一性更强。格调仍然明朗,但也增添了冷峻、悲凉的色彩。

狄更斯第三时期(1858—1870)的创作,在社会批判方面追求更深的穿透力和更高的概括性,也更加尖锐猛烈。由于婚姻不幸,年龄增长,反映在小说中的悲观情绪进一步增强。狄更斯仍然相信善恶之分,相信善终将战胜恶,相信宽容仁爱调和社会矛盾的可能性,但这一过程更加艰难,甚至要负出惨重的代价。小说中与死亡、衰败相关的意象增加。在情节设计方面,加强了悬念、侦探等因素的应用。主要小说有《双城记》(1859)、《远大前程》(1861)、《我们的共同朋友》(1865)等。

狄更斯是英国现实主义最有代表性的作家。他秉承现实主义创作原则,对 19 世纪中期英国社会现实进行了广泛而真实的描写,对资本主义经济制度、法律制度、教育制度以及道德原则的反人道性质进行了尖锐深刻的揭露和批判,具有巨大的认识价值。英国经过 17 世纪光荣革命、18 世纪工业革命、1832 年议会改革,政治体制和经济体制日臻完善,到 19 世纪中期,国力空前强大,社会一派繁荣。但狄更斯没有被这些"大好形势"所蒙蔽,它以英国社会十分典型突出的阶级问题入手,努力去暴露黑暗面,批判阶级偏见和自私,寻找两个阶级之间和谐相处的可能性,展示了他敏锐的洞察力和长远的思虑。狄更斯塑造了一系列出色的人物形象,尤其是资产者形象和小人物形象。这些人物虽形态单一,有类型化的毛病,但其人性内核、阶级身份、道德寓意等,都相当丰富,照样有十足的艺术魅力。因狄更斯最初是以通俗作家和幽默作家的身份步入文坛,所以精通编制故事愉悦读者的技巧。早期狄更斯小说具有流浪汉小说的特点,中期小说追求情节的多样性和丰富性,后期作品吸取侦探小说因素。加上狄更斯擅长采用苦难——奋斗——幸福这类"大团圆"式的结构来安排故事,这合乎中产阶级理想的生活境界,迎合了大众的阅读口味。狄更斯的小说拥有广大的读者群,对英国文学产生了重要影响。

《双城记》以法国大革命为背景,以巴黎、伦敦二城为故事的主要发生地。法国医生马奈特被埃弗雷蒙德侯爵兄弟带去为一个年轻的农民和他的姐姐治病,马奈特因此意识到那姑娘遭受过残暴对待,而年轻农民则被埃弗雷蒙德侯爵的弟弟用剑刺伤。马奈特医生出于正义感,写信向当局揭露侯爵兄弟残暴的真相,结果被投入巴士底监狱,关押了18年。在故事开场时,巴士底监狱被巴黎民众攻陷,马奈特医生被解救后秘密回到英国。埃弗瑞蒙德侯爵的侄子查尔斯在侯爵兄弟死后,放弃了贵族封号和财产继承权,隐名埋姓在伦敦以教书为业,与马奈特的女儿露西相爱并结婚。在雅各宾派专政时期,埃弗瑞蒙德侯爵的管家被逮捕判处死刑。为救无辜的管家,查尔斯只身来到巴黎,结果也被逮捕判处死刑。在最后关头,相貌酷似查尔斯的卡顿买通狱卒后混入监狱,顶替好友上了绞刑架。查尔斯逃回伦敦,与露西一家团聚。

作者充分描写了法国大革命前贵族统治阶级压迫人民、残害人民的暴行。埃弗雷蒙德侯爵兄弟是封建贵族统治阶级的代表,他们卖官鬻爵,骄奢淫逸、挥霍无度、残忍暴虐。小说描写了他在城里和庄园的一日生活,暴露了其反动性质。他们喝一杯巧克力饮料,需要四个浑身上下穿戴得金光灿灿的仆人服侍,还有一群阿谀奉承之徒追随左右。他一任自己的马车在路上横冲直撞,压死一个孩子,则漫不经心地掏出一枚金币打发了事。一个妇人向他恳求施舍,以便给自己饿死的丈夫立一块碑,他竟毫不理睬,扬长而去。在他们看来,"压迫是唯一不朽的哲学"。在过去,他们对贱民百姓有生杀夺予大权,他为如今部分丧失这样的权力感到莫大的遗憾。为维护贵族统治,他坦率地告诉侄儿查尔斯,如果有可能,也准备用一纸空白逮捕令,把有危险思想的查尔斯终生监禁起来。小说中,埃弗雷蒙德侯爵兄弟犯下的最令人发指的罪行是对农妇一家和马奈特医生的迫害。埃弗雷蒙德侯爵为了满足个人淫欲而强奸农妇,农妇不从,就把她捆绑起来,用暴力达到目的,还害死民妇的丈夫和父亲,又杀死民妇前来报仇的弟弟。他们担心马奈特医生把他们的罪行公之于众,先是重金收买,收买不成干脆把他绑架,投进巴士底监狱,禁闭了18年。

  小说生动地描绘了大革命时期巴黎和乡下山雨欲来风满楼的历史画卷。封建贵族阶级的残暴统治激起下层人民的深仇大恨和强烈反抗。农妇在疯狂中念念不忘的是埃弗雷蒙德侯爵兄弟害死亲人的罪证。她的狂乱眼神、尖锐的喊叫、挣扎的身体,分明诉说着深仇大恨。农妇的弟弟是一个反抗者形象,他强烈地仇恨压迫者,敢于揭露他们的罪行并拿起武器与他们拼命。他临死前用鲜血划十字这种有着强烈宗教意味的形式,向埃弗雷蒙德侯爵兄弟发出了刻毒的诅咒:"等到算总账的日子,我要向你,向你那万恶家族的每一个成员,讨还血债。"正直的马奈特医生不受埃弗雷蒙德侯爵兄弟的威逼利诱,勇敢地挺身而出揭露他们的罪行;在被绑架关进巴士底监狱后,仍以坚韧的毅力千方百计记录下埃弗雷蒙德侯爵兄弟的罪行。来自被压迫者的反抗不是个别的。侯爵老爷的马车压死了孩子,把一枚金币扔到地上,以为这样就了却了这件事情。令他没有想到的是,那枚金币又被扔回了车上,当他抬头搜寻谁如此桀骜不驯、胆大妄为时,在人群中发现了德发日太太坚定的目光。当天夜间,侯爵老爷就被复仇者杀死。巴黎圣安东尼区革命者在悄悄酝酿着革命风暴。他们以"雅克"互称,在酒店秘密聚会,他们压抑着怒火,悄悄地为暴动作着准备。德发日太太用自己创造的针法和符号,把统治阶级的罪行一一记录在织物上,等待着审判的那一天的到来,同时,她也在为埋葬那些罪大恶极者编织着尸衣。狄更斯在小说中深刻揭示了涌动在被压迫阶级身上的对封建贵族统治阶级的深仇大恨,揭示出法国大革命爆发的必然性和正义性。

  狄更斯看到封建贵族统治阶级的凶恶,看到革命爆发的必然性,可是当被压迫阶级的仇恨转化为暴力复仇行动时,狄更斯的态度却变得复杂起来。他把革命者写成一群嗜血凶残的暴徒,他们在法国大革命的高潮时期,以各种残忍手段,肆意向贵族、官吏、征税人等为代表的统治阶级进行报复,以致完全不顾人伦底线。像埃弗雷蒙德侯爵兄弟的管家,其实并不是主子的帮凶,但仍被民众拷打并投入监狱。埃弗雷蒙德侯爵兄弟的庄园也被复仇者一把火烧光。查尔斯勇于替自己的父辈赎罪,并宣布放弃自己的产业和贵族特权,但仍不被革命者放过,坚持让这个无辜者偿还其父辈的血债。法庭对查尔斯的审判,就这样完全被非理性的复仇狂热所控制。陪审员每投一票,就会在法庭上掀起一股愤怒的吼叫,"一票又一票,吼叫一阵接一阵"。结果,查尔斯被宣布为"共和国的敌人"、"臭名昭著的压迫分子",判处死刑。在狄更斯笔下,仇恨充溢于胸的德日发太太完全是一个魔鬼,只要是埃弗雷蒙德侯爵家的人,都要赶尽杀绝,连他们的妻子和孩子都不放过。最后她在和马奈特医生家的女仆纠扯中,被自己的手枪误杀。狄更斯对这些几乎丧失理性的群众场面的描写,以及为德日发太太安排的结局,显示出狄更斯本人对暴力革命的否定态度。

《双城记》集中体现了狄更斯反对暴力革命,宣扬仁爱、宽恕的人道主义理想。马奈特医生正直、善良、仁慈、博爱。他不受威胁与利诱,勇于揭发贵族罪行,为此被监狱"活埋"了18年。出狱后他没有把对埃弗雷蒙德侯爵兄弟的憎恶转移到他们的后代查尔斯头上,反而悉心呵护他与自己女儿的真诚爱情;查尔斯被捕后,他又冒着危险来到巴黎营救他。马奈特医生的女儿露西是爱和温情的化身,她对父亲悉心照料,用爱治愈了父亲因长期遭受迫害而崩溃的神经;同样是她的爱,填平了与出身贵族阶级的查尔斯之间的阶级鸿沟。台尔森银行的经理洛瑞虽然一再声称自己所做的一切都是"生意上的事情",而实际上,他沉着、刚毅、机智,有正义感和责任心,是护送马奈特医生脱离危险的关键人物,在营救查尔斯的过程中,也发挥了重要作用,他所做的一切远远超出了"做生意"的范围。卡顿是一个才华出众的英国青年,他同样爱着露西,可当他发现自己的朋友查尔斯与露西相爱时,他压抑了自己的感情;当朋友有难时,他挺身而出,替朋友赴死,从而达到了人道主义的极致。查尔斯虽出身于贵族阶级,但他能够正视自己阶级的罪恶,主动放弃贵族特权和财产,走了一条自食其力的道路。小说中的一个次要人物杰里白天做银行的看门人,晚上则是盗墓者,干了许多伤天害理的事情,但在最后也改过自新。这一切说明了人道主义力量的伟大。小说中这条爱、行善、宽恕的线索,与恨和复仇的线索相对,通过人物不同的结局,表达了爱战胜恨的主题。

《双城记》是一部历史小说,但狄更斯的意图不全是再现历史原貌,他还希望以史讽今,达到针砭英国社会现实的目的。小说中,狄更斯常常拿动乱中的法国和同一时期的英国进行对比。在法国大革命正在孕育的日子里,"在英国,几乎没有多少可供国人夸耀的秩序与安宁了"。打家劫舍、走私盗窃、杀人越货司空见惯,政府于是动用国家机器进行高压统治,滥用死刑进行威慑,焚烧小册子以加强精神控制,结果招致更大的反抗和暴力。在狄更斯生活和创作的时代,英国的国内矛盾、与殖民地的矛盾、与其他资本主义国家之间的矛盾日趋尖锐,加之遍及欧洲大陆的革命运动风起云涌,这种山雨欲来风满楼的形势令狄更斯忧心忡忡,担心法国大革命在英国重演。《双城记》第一部第一章第一段中,讲到法国大革命时代时,作者开门见山地指出:"简而言之,那个时代和当今这个时代是如此相似。"狄更斯显然不希望看到法国大革命在英国爆发,他向统治者发出警告,要他们接受法国革命的历史教训,进行社会改革,否则像法国大革命那一类暴力革命就会在英国重演。因此,《双城记》是狄更斯对现实思考和忧虑的产物。

从创作方法看,《双城记》首先是一部现实主义作品,它真实地再现了法国大革命时期尖锐的阶级矛盾和阶级斗争,以及英国社会危机四伏的状况。尤其是马奈特医生记录埃弗雷蒙德侯爵兄弟罪行的证词,把侯爵兄弟迫害农妇一家及医生的时间、地点、过程叙述得具体而精确,使事件的真实性无可置疑,从而产生了巨大的批判力量。同时,《双城记》又采取了浪漫主义讲述故事的方式,在神秘性和戏剧性方面下足了功夫。例如小说开头对台尔森银行经理洛瑞从巴黎接马奈特医生回英国经过的描写:浓雾弥漫的黑夜,阴森可怖的树林,警卫持枪戒备,马蹄声急驰而来,送信人用暗号接头,一时间疑团丛生,悬念迭起。再如马奈特医生的遭遇,查尔斯的身世,杰里的营生,叙述人都不是一次和盘托出,而是这里卖一下关子,那里抖一下包袱,片片段段、零零碎碎,逐渐向读者加以揭示。这就勾起了读者强烈的好奇心,急于了解故事全貌,从而使故事产生了巨大的吸引力。同时,作者也没有刻意要求自己在叙述时客观冷静,事实上,他很少控制自己的感情,对描写对象或褒或贬,或憎或爱,或夸张,或讽刺,都毫不掩饰,这使得《双城记》成为一部激情洋溢的作品。这些浪漫主义因素与现实主义手法结合,使小说产生了独特的魅力。当然,《双城记》也有狄更斯小说的一般缺点,如有些人物形象概念化和类型化,戏剧性虎头蛇尾、人物的转变过于简单等。

第五节 哈代和《德伯家的苔丝》

19世纪末英国杰出的现实主义作家托马斯·哈代(Thomas Hardy,1840—1928)出生在英格兰南部多塞特郡多切斯特一个石匠家庭。哈代16岁时给一个当地的建筑师当学徒,22岁时到伦敦为一个建筑师工作。像任何一个从小地方来到大都市的青年一样,哈代热切地体验忙碌激动的伦敦生活,挤时间阅读各种前卫先进的书籍,如饥似渴地从新思想、新生活中汲取营养。在伦敦时期,他放弃了原有的基督教信仰,这一信仰曾经让他考虑寻求一个圣职。5年后的1867年,哈代回到家乡,继续从事建筑设计工作,并开始他第一部长篇小说《一对可怜的夫妇》的写作。1868年,哈代到康沃尔郡一座教堂去从事建筑设计方面的工作,在那里与教区长的养女爱玛相识并相爱。他的小说《非常手段》出版于1871年,第二年1872年出版了《绿荫下》,1873年是《一双蓝眼睛》,1874年是《远离尘嚣》。最后一部小说的成功,使他决定放弃建筑行业,专事写作,并与爱玛结婚。但这场婚姻不久就产生了裂痕。1874年至1895年出版最后一部长篇小说《无名的裘德》,这20年时间哈代又写了12部长篇小说,以及40多篇短篇小说。1887年,哈代搬到多切斯特附近自己设计的住宅马克斯门居住。此时的哈代已经享有了盛誉,但各种攻击也接踵而至,说他是悲观主义者,说他不道德。这种攻击在1891年《德伯家的苔丝》和1895年《无名的裘德》出版时,达到高潮。他因此放弃了小说写作,开始编辑他的第一部诗集《威塞克斯诗集》,该诗集1898年出版。而后,一直到1928年的《冬日寄语》,其间一共出版了8卷诗集,共900多首诗,此外还创作了大型史诗剧《列王》。1912年爱玛去世;过了两年,哈代与自己的秘书结婚。晚年,各种荣誉接踵而至:他获得了牛津和剑桥的荣誉学位,威尔士王子亲来拜访,皇家文学学会的荣誉奖项等等。他去世后,遗体被安葬在威斯敏斯特教堂。

哈代把自己的小说题材划分为"罗曼史与幻想"、"爱情与阴谋"及"性格与环境"三大类,其中,以"性格与环境"类小说成就最高。这一类作品又都被称为"威塞克斯小说"。威塞克斯小说主要包括:《绿荫下》(1872)、《远离尘嚣》(1874)、《还乡》(1878)、《卡斯特桥市长》(1885)、《林地居民》(1887)、《德伯家的苔丝》(1891)、《无名的裘德》(1895)等。

哈代本质上是一个乡土作家,他一生大部分时间都在自己的家乡度过。他以自己家乡多塞特郡及周边地区的历史、风俗、自然环境为原型,创造了一个被他称为"威塞克斯"的地区,他笔下的人物活动于其间,形成了一个命运共同体。实际上,作品中的"威塞克斯"并不完全出于虚构。它本来是一个古地名,历史上是盎格鲁—萨克逊时代英格兰七大王国之一。其领土核心,位于现在的汉普郡、多塞特郡、威尔特郡、萨默塞特郡和埃文郡等英格兰南部和西南部区域。在公元8世纪,威塞克斯国王阿尔弗雷德率军队多次击退入侵的丹麦人,被英格兰境内未被丹麦人征服的王国拥戴为大王,在英国历史上是一个了不起的人物。而威塞克斯的国王后来被拥立为整个英格兰的国王。可见,威塞克斯时代在英国民族形成的关键时期发挥了极其重要的作用。在更早的异教时代,这里还是凯尔特人频繁活动的地区,著名的巨石阵就是凯尔特人祭祀活动的遗存物。可以说,一旦哈代用威塞克斯来命名他的"性格与环境"小说,就使他笔下的乡土与上述悠久的历史联系起来,具有了深厚的文化内涵。同时,威塞克斯也是自然风景异常优美的地区。乡土总是和诗意之美联系在一起。而形成乡土诗意之美的关键因素一是封闭、独立的历史,二是自然环境。在哈代的威塞克斯小说中,这两者都具备了。

哈代生活在人类历史从近代向现代转型的关键时期。在新旧世纪交替的时代,历史在发生着巨变。就在他所生活的这片威塞克斯土地上,宗法制乡村生活正在加速解体,代之以机械化、城市化、商品化为主要特征的现代生活。哈代热爱以宗法制为特征的乡土生活,却看到这种生活正受到现代化日甚一日的冲击。新旧生活方式、思想观念之间不可避免的冲突及由此引发的悲剧,在敏感而极富诗人气质的作家的思想深处引起了巨大的矛盾和痛苦。也是在那个时代,马克思的辩证唯物主义和历史唯物主义理论、达尔文的进化论、叔本华、尼采的非理性主义、爱因斯坦的相对论等林林总总的理论、学说,都在广泛传播。尤其是达尔文的进化论和叔本华的唯意志论对哈代产生了巨大影响。受此影响,哈代理解新旧交替的必然性,然而种种现实的悲剧、对悲剧命运的无从解释和对幸福出路的迷惘,使得他有了一种难以排遣的悲观主义情绪,并从凌驾于宇宙之上的神秘力量中寻求对悲剧命运的解释。他认为有一种"弥漫宇宙的意志"无情地控制和支配着人类的一切,在这种强大的力量面前,人类渺小无力,只能听凭冥冥之中命运的摆布,陷入不可避免的悲剧。这种悲观主义和宿命论思想在他的许多作品中都有不同程度的体现。

哈代的威塞克斯小说由优雅的田园牧歌风开场,以暗淡绝望的悲剧结束,正是哈代上述认识和思想的深刻体现。长篇小说《绿荫下》是一部带有田园牧歌情调的作品,它揭开了威塞克斯小说的序幕。小说中的搬运工迪克爱上了新来的可爱又任性的女校长范茜。经过一些曲折,范茜拒绝了另外两个追求者(一个是殷实的农夫,一个是地位较高的牧师),与迪克终成眷属。优雅、轻松、幽默的爱情故事,世外桃源般的乡村自然环境,欢快明朗的基本情调,充分抒发了作者的田园理想以及对宗法制农村的欣赏。《远离尘嚣》主要讲述的是一个牧羊人盖伯瑞尔和女农场主巴丝谢芭历经曲折最后圆满收场的爱情故事。但小说中围绕着女农场主巴丝谢芭,还有几条悲惨的爱情辅线:追慕时尚的军官特伊爱着巴丝谢芭的仆人范妮,但在一个致命的误会之后把她抛弃,致使范妮难产而死。特伊同时还俘获了巴丝谢芭的心,并娶了她,然而婚后对她并不好。范妮难产而死的消息传来,绝望之中,特伊不辞而别,传说溺水而死。另一个农场主波特伍德也爱着巴丝谢芭,在一个晚会上,他向巴丝谢芭表达爱情并许诺不久就娶她。正在这个时候,特伊归来,波特伍德受此刺激,精神失常,狂乱中用枪打死了特伊。直到最后,巴丝谢芭才与长久以来默默爱着她的牧羊人盖伯瑞尔结婚。小说中巴丝谢芭与牧羊人盖伯瑞尔的还算圆满的爱情结局并不能掩饰住渗透于全书中的悲剧气氛,以及作者对自己的理想社会即将遭遇的不幸的种种担忧。

《还乡》(1878)则进一步深化了《远离尘嚣》开始的悲剧性主题,从而一扫早期作品中的乐观轻松的基调。小说以爱敦荒原为故事背景。珠宝商人克林·姚伯因厌倦城市生活,离开巴黎返回故乡,娶游苔莎·斐伊为妻,想过宁静的田园生活。但游苔莎·斐伊嫁给姚伯的目的,却是希望离开她痛恨的家乡,到巴黎去过时尚的城市生活。目标迥异,婚后生活自然不幸福,这间接导致了姚伯母亲的死。而姚伯又发现,游苔莎·斐伊婚后并未同曾经爱过的韦狄断绝联系。盛怒之下,他与游苔莎发生了激烈冲突。终于游苔莎不能忍受家乡闭塞沉闷的生活,与韦狄在黑夜私奔,结果双双溺水而死。姚伯为母亲和妻子的死痛心疾首,悔恨不已,当了一名巡回牧师。整部小说弥漫着沉重、悲苦的气氛。小说中,以爱敦荒原为对象的景物描写占据了突出地位。爱敦荒原作为一种永恒精神力量的象征,具有凌驾于支配人类命运的神秘力量。它板着万古不变的冷酷面孔,冷漠地注视着变幻无常的人生。人类在它面前是渺小的、软弱无力的,只能受它的捉弄和乖戾的安排。

《卡斯特桥市长》(1886)则以一个惊心动魄的悲剧,进一步强调了命运对人的冷酷无情和人在命运面前的渺小无力,使哈代的悲剧小说在主题上达到了高潮。打草工人亨察尔在酒后错将妻女卖给过路水手,后忍辱发愤20年,当上了卡斯特桥市长并与妻女团聚。但努力赎罪后的亨察尔依然祸不单行。他在商业、政治竞争中失败,当年卖妻女的丑闻也被泄露,结果穷困潦倒、身败名裂,妻死女走之后,在爱敦荒原的一所草棚中孤独地死去。作品有着浓郁的宿命论色彩,它通过亨察尔赎罪多年但仍未能逃脱命运惩罚的悲剧,揭示了冥冥之中自有一种凌驾于宇宙之上的力量,支配着人的命运。

《无名的裘德》中的裘德是一个威塞克斯乡村少年,他受到老师费劳逊的鼓励,来到基督寺(一个城镇,以牛津为原型),想一边打工,一边圆自己的大学梦。但性格软弱的裘德被一个粗俗肉感的养猪场老板女儿艾拉白拉诱惑,又被气质优雅的表妹淑吸引。在两个女人之间,裘德摇摆不定,肉体和灵魂不能合一。其间,又交错着淑与费劳逊的两性婚姻关系。裘德最后一事无成,在社会舆论和窘迫的经济压力下,凄凉地死去。正如有研究者指出,《无名的裘德》写的与其说是威塞克斯,不如说是它的神经末梢。故事背景离开了威塞克斯乡村和大自然,转移到城市,失去了土地和在土地上所依附的那种稳定和绵延不断的感觉。裘德本人是一个孤儿,借居在姨妈家。他没有乡土性,没有与当地历史的联系。他不仅在不同的女人之间摇摆,也在不同的地方游荡。他毫无根基,经常行走在路上,不断地更换住处。这暗示了威塞克斯宗法制农村和田园生活神话的解体,也是哈代对宗法制农村社会解体后农民出路与未来命运的深入探索。在艺术上,哈代减少了对戏剧性冲突的描写,减少了对苍茫晦冥的外部环境的渲染,加强了对人物心理和精神因素的分析。整部小说有一种更加压抑、紧张、沉郁的气氛。

从以上我们对哈代有代表性的威塞克斯小说的介绍可以看出,哈代深刻展示了在资本主义生产方式和生活方式对农村的入侵中,乡村宗法制社会逐渐被瓦解和破坏的过程。哈代的全部同情都在行将消失的乡村宗法制社会和传统田园生活方面,他深刻地表现了这一生活的无尽诗意。与此同时,哈代对维多利亚时代资产阶级的伦理道德、宗教法律、教育制度、婚姻爱情、人际关系等,进行了有力的揭露、控诉和批判。从更广泛的意义上说,哈代全面深刻地表现了乡土生活在现代化进程中的悲剧性命运。哈代让我们看到,这一宿命是普遍的、不可避免的。事实上,我们看到,乡土的牧歌与挽歌在世界各民族的文学中都在演奏着,而哈代为乡土的诗意表达提供了一种经典意绪,确立了不朽的范式。在全球化的时代,这种乡土的抒情方式有着更重大的意义。

在《德伯家的苔丝》中,苔丝是一个穷苦村民的女儿,因生活所迫,遵父母之命,去假冒德伯姓氏的亚雷家认亲,结果被亚雷诱奸。苔丝为忘记这段痛苦,到一家兴旺的农场当挤奶女工。在万物欣欣向荣的夏天,她和安吉·克莱——一个牧师的儿子相爱订婚。在婚礼前夜,苔丝向克莱坦白了自己被克雷诱奸的往事。尽管自己生活也曾有过不检点,但克莱却无法原谅苔丝,狠心遗弃了她。这个时候的亚雷成了一个巡回讲道员,但这短暂的对于宗教的皈依没有阻止他继续追逐苔丝。苔丝深陷困境,而丈夫克莱此时身在巴西。苔丝向丈夫求告无音,为了家庭的活路,不得已当了亚雷的情妇。远在南美的克莱后悔自己对苔丝的粗暴,返回英国后却发现苔丝已经同亚雷生活在一起。苔丝悔恨自己因亚雷第二次铸成大错,狂怒中杀死了亚雷。在与克莱度过了短暂的逃亡却美好的生活后,苔丝在一处古代祭坛的废墟上被逮捕,判处绞刑。

小说中的苔丝本质上属于威塞克斯的乡土性人物。她相貌出众,纯朴、勤劳、善良,周身散发着乡土诗性和自然美。小说一开场,苔丝就出现在民间的五朔节舞会上。在这个古风盎然的地方,五朔节舞会已经保存了好几百年。5月的好天气、好心情和青春少女的妙曼舞姿交织在一起,让克莱流连忘返。苔丝的祖上是显赫的贵族德伯氏,这一姓氏在本地的历史可以追溯到久远的征服者威廉时代。哈代在小说中细密地编织苔丝的显赫身世给她带来的影响,比如苔丝的自尊心和高贵气质。这些成分都有助于把苔丝和遥远的古代联系起来。在古代,人们与自然息息相通,工业化尚未破坏旧的生活方式。同样,幸福的苔丝总是出现在美好的大自然背景中。在塔布篱农场,她像鲜花一般盛开,她那婀娜多姿的体态与碧绿清翠的大地相呼应,她的好心情与心满意足的动物相烘托,她与大自然的融洽和谐关系得到淋漓尽致的表现,展示了人与土地之间深刻的联系。

苔丝的悲剧主要是由于英国传统乡土社会和小农经济在资本主义生产方式、生活方式冲击下逐渐解体,个体农民走向破产和贫困造成的。苔丝的父亲原先是一个小贩,生活虽艰辛但还能勉强维持。自老马死后,一家人的生活每况愈下;父亲死后,她们一家甚至失去了固定的住所。苔丝去亚雷家攀亲,到棱窟槐农场当短工,都是被生活所迫。小说中对棱窟槐农场所作的描写充分说明了在农业生产中增长的资本主义因素的残酷性。过去人们是用琏枷在橡木仓房的地板上打麦子,效率虽低但出好粮食,干活的人还能说唱逗趣,那是很快乐的。但棱窟槐农场主采用新式机器打麦子。机器只要一开,工人就一刻也不能停下来,一直累到精疲力竭。机器的轰鸣声震人心肺,也破坏了田野一切丰收场景的诗情画意。苔丝屈服于亚雷,最直接的原因是她家的赤贫状态;她无以为生,才踏入了火坑。正如西方研究者指出,《德伯家的苔丝》"具有社会文献的性质……其主题是十九世纪农民阶层的解体已到了最终的解体阶段……"[①]显而易见,由于资本主义残酷入侵而造成的穷困潦倒这一经济因素是苔丝悲剧的主因。

苔丝不仅受到资本主义农业生产方式的残酷剥削,还受到新兴资产阶级分子亚雷和克莱在肉体上的侵占、在精神上的伤害。亚雷出身于富有的商人之家,来自城市。他不事生产,游手好闲,道德卑劣。他最初追逐苔丝只为贪图美色,满足个人情欲。他采用引诱、胁迫和强暴的手段来达到占有苔丝的目的。虽然后来亚雷开始对苔丝认真起来,但仍没有天长地久的打算。他只愿意继续用自己的金钱去换取苔丝的肉体,意识不到除性满足之外,还有灵魂、精神一类问题的存在。亚雷

[①] 《英国古典小说五十讲》,王国富、谬华伦译,成都:四川文艺出版社1987年版,第447页。

代表了城市资产阶级粗鄙、浅薄、败坏的一面,他与苔丝的关系,本质上是在动用财富的力量,利用社会结构上的优势,对乡土社会进行粗暴的掠夺和破坏。克莱虽生活在本地,但就家庭出身、教养、观念而言,他不属于乡土人物,而是资产阶级知识分子的代表。但克莱思想开明,品性善良,他厌恶城市文明,试图理解乡土,亲近乡土,对苔丝的感情也是真诚的。当克莱得知苔丝曾经失身之后,尽管自己有过轻浮的经历,却不能原谅苔丝。这是两个人关系的一个转折点:克莱只身去了南美,苔丝的处境急转直下。按说克莱挑剔苔丝的贞洁,并没有超出19世纪英国资本主义社会对于女子在爱情婚姻中应负责任的基本态度,但这种态度同克莱所标榜的开明思想之间存在巨大的反差。他无力打破世俗偏见,更不愿意推己及人,不愿意去探究真相,也缺乏对一个无辜女子起码的同情和理解,这暴露了他作为资产阶级知识分子软弱、虚伪和自私的一面。客观上讲,他的遗弃对苔丝伤害更深,使她深陷绝望之中。

苔丝虽然是一个乡土性人物,但也受到了现代资产阶级道德观的影响,这突出表现为她的罪感。当苔丝用现代资产阶级贞操观念来衡量自己的清白与否时,她比别人似乎更不能忘记自己的所谓"耻辱"。这种罪感,来自她所受的比一般农村女子要好的教育,这使她的智识能够和克莱、亚雷这样的人匹敌,但也因此更容易受到现代资产阶级道德观的影响。要是她和母亲一样,是一个单纯的乡下姑娘,她就不会因太过敏感而罹难。此外,小说中通过描写亚雷摇身一变成为巡回讲道员,写老克莱牧师一家对苔丝见死不救,写苔丝最后被判处绞刑,也揭露了资产阶级宗教道德、法律的虚伪和冷酷。总之,哈代通过对苔丝悲惨命运的描写,深刻地揭示了19世纪后半期英国传统乡土社会和小农经济在资本主义生产方式、生活方式日甚一日的冲击下走向解体的残酷现实,向由此产生的种种罪恶和不公正现象发出了激烈的抗议。

《德伯家的苔丝》取得了很高的艺术成就。哈代是描写自然的高手,在作者的笔下,自然不是单纯的自然景观,它是乡土的重要组成部分,充满了灵性、人性和神性。小说中四季的更替暗示了人物命运的变化,烘托了人物不同的情绪状态。如恋爱中的苔丝以春意盎然的大地相衬托;苔丝被诱奸发生在梦幻般古老的树林;苔丝的苦难与棱窟槐恶劣的自然环境相映衬等。哈代还善于利用巧合因素。巧合本属于浪漫主义小说戏剧惯常采用的一种艺术技巧,哈代对它进行了现实主义改造,并赋予其深厚的哲理内涵。小说随处可见离奇的巧合与偶然事件,特别是在苔丝和克莱结婚前后:苔丝突然想起不祥的儿歌,苔丝写给克莱的信却塞到了地毯下面,带他们去蜜月旅行的马车恰巧与苔丝祖先所犯的罪孽有关,公鸡打鸣无法制止等等。巧合和偶然事件在小说情节和人物性格发展中起着决定性的作用,哈代将此看成命运呈现和发挥影响的主要形式,它们常常使人物的各种奋斗、努力化为泡影。巧合还有利于渲染气氛,使整个故事更加引人入胜。《德伯家的苔丝》在结构上也很有特色。全书紧密围绕着苔丝的命运展开故事,除主线索之外没有错综复杂的辅线枝蔓,脉络清晰、明快。从整体结构上看,哈代还有意借用《圣经》及基督教神学体系关于人类历史发展的叙述框架,即所谓犯罪——赎罪——犯罪——赎罪的演进程式。全书共七章:处女,不再是处女,重整旗鼓,后果,吃亏的是女人,回头人,结局。其中一、三、五、七章在内容上都有一个特点,就是"犯罪";而二、四、六章表达一个共同的主题,即"救赎"。从纯洁的少女到被亚雷诱奸,从发誓不嫁到心许克莱,从克莱离弃到与亚雷重逢,因仇恨而杀死亚雷,苔丝在犯罪;从麦田里辛苦的劳作,到牛奶场当挤奶女工,再到棱窟槐艰难地谋生,苔丝在赎罪。通过套用《圣经》及基督教神学体系关于人类历史发展的叙述框架,苔丝的故事就成了失乐园故事的翻版,苔丝的悲剧也就被放大为人类的悲剧。哈代如此处理小说结构,赋予了小说更深广的哲理内涵,具有更大的概括性。

第六节 易卜生和《玩偶之家》

亨利克·易卜生(Henrik Ibsen, 1828—1906)出生在挪威东南部的滨海小城斯基恩一个商人家庭。在他8岁左右,经营木材生意的父亲宣告破产,一度富裕的家境开始变得窘迫。1844年,未满16岁的易卜生独自到小城格利姆斯达一家药店当学徒。他在这里住了约四五年,白天做各种杂活,晚上自研文学,同时开始诗歌创作。1850年,易卜生写成自己的第一出剧本《凯蒂琳》。同年,他到挪威首都报考大学,未被录取。从此,他留在首都从事报刊工作与文学创作。1852—1857年,易卜生受卑尔根剧院的聘请担任艺术助理,期间积累了宝贵的创作经验,创作出几个富于民族浪漫主义气质的剧本。1857—1862年,易卜生担任首都剧院的艺术指导。1864年,普奥联军进攻丹麦,挪威政府拒绝出兵援助,易卜生写诗撰文表示愤慨;加之他的剧本不断针砭挪威社会时弊,招致了国内资产阶级政客与自由主义分子的恶意攻击。易卜生不得已离开祖国,侨居国外,主要住在意大利的罗马和德国的德累斯顿。他的绝大多数重要剧作都创作于国外。1891年,易卜生结束长达26年的国外生活,回国定居奥斯陆。此后,他又有4部剧本问世。1900年,易卜生中风病倒,久治难愈。1906年5月23日,易卜生与世长辞,挪威政府为他举行国葬。在长达半个世纪的创作中,易卜生共创作了25部戏剧。他是挪威文学最重要的缔造者。他在不同时期作品中所体现出来的思想观念的发展、艺术表现手法的演变,恰如其分地印证和阐释着挪威乃至整个欧洲文学在19世纪后期的发展脉络。

易卜生的创作生涯一般被划分为三个阶段。第一个阶段(1849—1868年以前)多为以民族浪漫主义和个人浪漫主义为主导特征的剧作,想象奇崛,诗意浓郁。例如《武士冢》(1950)写海盗的故事,讴歌了人性、爱情和宽恕精神,并表达了对祖国的热爱之情。《觊觎王位的人》(1863)中的哈康国王代表着伟大的"君主思想":统一挪威,造福人民。与之形成对照的是追逐私欲的斯古利。两个强有力的人物卷入王位之争,最后哈康取得胜利。这些戏剧多取材于挪威民间传说和民族历史。主人公具有民族英雄主义精神,热爱祖国和人民,性格刚毅、强大。19世纪上半叶,挪威的民族独立和解放运动正如火如荼,易卜生挖掘民族历史题材,热情歌颂历史传说中的英雄人物,有明确的借古喻今目的。同样属于易卜生早期创作的五幕诗剧《布朗德》(1866)标志着易卜生从表现民族英雄主义向表现个人英雄主义转变,有向中期戏剧过渡的特点。剧中主人公布朗德是一位牧师,但他厌弃世间虚假的宗教教义,蔑视世俗社会的功利主义和物质主义,崇信真正的上帝,追求灵魂的绝对皈依、精神的绝对自由、思想的绝对超拔卓越、理想与实践的绝对统一。他立身处世的格言是"全有或全无",对任何事决不作任何妥协。这部作品第一次表现了个人与社会之间的冲突。布朗德超拔、卓越、独立,他憎恨庸俗的现实,有为高远理想舍身奋斗的精神。这种戏剧的冲突模式到第二阶段有了进一步发展。

第二阶段(1869—1883),是易卜生戏剧创作的鼎盛时期。从北欧文学的总背景来看,19世纪下半叶,现实主义已取代浪漫主义成为主潮。就剧作家本人而言,在坚持一贯的"纯粹的反叛精神"的同时,他对现实社会也有了较为透彻的认识。早期的浪漫主义历史剧,这时已让位于更为直观地反映当代生活的现实主义戏剧,从而诞生了在世界文学史上具有独特风格的易卜生式的"社会问题剧"。

这一阶段易卜生总共写有6部剧本。除《皇帝与加利利人》是一出哲学历史剧外,其余的5部作品,包括《青年同盟》(1869)、《社会支柱》(1877)、《玩偶之家》(1879)、《群鬼》(1881)、《人民公敌》(1882),都是社会问题剧。四幕剧《社会支柱》的锋芒直指道德腐败、假仁假义的资本家。戏中的挪威实业家博尼克自诩为"社会支柱",民众也如此看待他。可就是这样一个人物,却不惜践踏他人的名誉和感情来创建自己的事业和地位,还振振有词地为自己的贪婪无耻辩护,甚至生出置人于死地之心,这无疑是对腐败社会的辛辣讽刺。《人民公敌》的主人公汤莫斯·斯多芒克是挪威南部某城市的温泉浴场医官,他经过缜密调查,发现浴场附近工厂流出的污水污染了浴场,已经有几起传染病例发生。他向自己的哥哥彼得市长呈送调查报告,并准备把这一发现公之于众,向政府施压重建浴场。市长及浴场的股东不愿意承担重建浴场的高昂费用,也担心浴场停业影响当地的旅游业,所以坚决反对。彼得市长向斯多克芒医生施压不成,转而软硬兼施迫《人民先锋报》的编辑变节,瓦解了斯多克芒医生阵营的力量。斯多克芒医生想召集市民大会寻求民意支持,结果民意反被市长操纵,斯多克芒医生被宣布为"人民公敌"。最后一幕,医生失去了工作,失去了义父基尔原准备遗留给他的大笔遗产,孩子被逼退学,房东要赶他出门,一家人在当地甚至无法立足。悲愤的医生没有服软妥协,发誓要战斗到底。在剧中,易卜生通过医生的发言,痛快淋漓地揭发了彼得之流的虚伪和社会政治的腐败,最后得出结论:"真理完全属于多数派"只是句谎言,"世界上最强有力的人都是孤立的人"。

第三阶段(1884—1899),易卜生写了包括《野鸭》(1884)、《罗斯莫庄》(1886)、《海上夫人》(1888)、《建筑师》(1892)、《当我们死人醒来时》等在内的8个剧本。19世纪最后十几年中,象征主义、自然主义等文学思潮以及各种世纪末的悲观情绪开始盛行于北欧文学。易卜生的创作也逐渐发生转变,中期戏剧中对社会问题的探讨此时已让位于对人物个性心理(真理的坚守与现实的妥协性问题,欲望与衰老、才华衰退的矛盾等)的描绘,象征主义与现实主义的交织,超自然神秘因素增加等,成为这一时期的显著特点。剧本仍然保持着对社会弊病的揭露和批判,然而与此同时,笼罩在剧中的浓重的悲观情绪,往往也削弱了批判的力量。《野鸭》中威利的儿子格瑞格斯不满父亲当年欺负艾可达尔一家的劣行,也不满艾可达尔一家虚假的平静生活,立志做一个"揭示真理的人"。他抨击父亲玩弄女人,对母亲不忠,并且嫁祸于人。他租住在雅尔马家,以示与父亲决裂,并千方百计动员雅尔马一家正视屈辱生活的真相,以承担起做人的勇气,过一种没有任何欺骗的真实生活。但是,了解真相(包括海特维格不是雅尔马的亲生女儿)并没有给雅尔马一家带来幸福,反而在夫妻间造成不睦,导致海特维格自杀。女儿死后,雅尔马和妻子才互相谅解,鼓励对方鼓起勇气活下去。戏中的格瑞格斯身上有《人民公敌》中敢于揭示真理的斯多芒克的影子,但易卜生的评价却发生了变化。格瑞格斯不通人情事理,一味蛮干,他勇于揭露真相,却给别人带来了悲剧的结果。这种评价的变化暗含了易卜生对绝对的理想主义和个人英雄主义的反思。

易卜生后期写的三幕悲剧《建筑师》和《咱们死人醒来的时候》探索

的都是天才艺术家的衰老和艺术才华的衰退问题。《建筑师》的主人公索尔尼斯是一个功成名就的建筑师。外表看他春风得意,实际上内心充满了隐秘的痛苦,因为他年老体衰,才华衰退,内心孤独,家庭生活不幸。正在此时,一个名叫希尔达的少女翩然而至,她声称索尔尼斯10年前吻过她,还向她许诺10年后为她造一个空中花园。现在10年已到,希尔达前来要求兑现诺言。像精灵一般的少女希尔达的到来,令索尔尼斯感到恢复艺术青春有望,他本来有严重的恐高症,现在却坚持要把大花环挂到刚落成的住宅塔楼上去,作为自己艺术青春焕发的象征。当他把花环挂到塔楼风向标上的一刻,引发民众一阵欢呼。索尔尼斯一阵晕眩,坠楼摔死。《咱们死人醒来的时候》剧中,鲁贝克教授是一位著名的雕塑家。当年他因痴迷于艺术,拒绝了模特爱吕尼的爱情,导致爱吕尼不辞而别。成名后的鲁贝克娶庸俗的梅遏为妻,艺术上逐渐失去了创新能力,内心感到十分痛苦。多年后,鲁贝特在海滨浴场与爱吕尼重逢,重新焕发出艺术创造的雄心与激情。他们手挽手向高山攀登,誓言要离开尘世,走到"光明的高处",去享受生活与自由的极乐。正在这时,狂风大作,雪崩突至,二人葬身于其中。《建筑师》中的建筑师索尔尼斯一生共设计了三类建筑:教堂、住宅、空中花园。有研究者认为,他们实际上象征易卜生的三类剧作和三种时间:教堂象征作家早期创作的历史浪漫剧和过去,住宅象征作家中期创作的社会问题剧和现在,空中花园象征作家晚年创作的心理剧和未来。其实《咱们死人醒来的时候》又何尝不是对作家对自己创作生涯的一次反思,对艺术理想与个人幸福的矛盾、衰老问题、精神如何超越自身限制的问题等,都有深入的探讨。

易卜生的作品充满批判精神和自我主义思想。他曾经表达过这样的意思:有益于社会的最好的办法是发展自己的本质,因此,他提倡一种"强烈的自我主义",也就是要保持自己独立的个性,按照个人的独立意志而生活,最大限度地发挥个人的精神才智,以自身精神力量的强大为社会造福。他笔下的正面人物,大都具有坚强的个性,体现着这种思想。他们为了追求自己的高尚理想,为了实现自己的精神解放,本着"全有或者全无"的宗旨而行动;他们否定国家、社会、宗教的弊病和一切虚伪的东西,把人类的精神境界提到一个新的高度。但这样一种精神解放,它的现实效力与适用性,易卜生也在时时反思之中,从早期到晚期的作品贯穿着这样一种反思精神。这是他最可贵的地方。

《玩偶之家》是易卜生的代表作。戏剧开场时,主人公娜拉正生活在一种自以为是的幸福中:圣诞节快到了,丈夫海尔茂又有望晋升银行经理职位。但事实上,结婚8年,已成为3个孩子母亲的娜拉,在家里只不过是丈夫海尔茂的玩偶。而娜拉为海尔茂表面的温柔体贴所迷惑,对自身地位并没有清醒的认识。这一天,娜拉的老同学林丹太太前来拜访,央求娜拉为她在海尔茂的银行里谋个职位。娜拉乐意帮忙,并提及一段往事:婚后1年,海尔茂身患重病,须遵医嘱到南方疗养。在资金匮乏的情况下,娜拉背着丈夫伪造父亲的签字,通过银行职员柯洛克斯泰借了一大笔债。娜拉天真地认为,只要瞒着丈夫把债还清,这件事就平安地过去了。海尔茂准备在上任后辞退柯洛克斯泰,气急败坏的柯洛克斯泰胁迫娜拉求情不成,于是写信给海尔茂,揭发娜拉假冒签字的事,以此作为要挟。戏剧的高潮出现了,海尔茂撕破脸皮,大骂娜拉是"撒谎的人"、"下贱的女人",把他一生的幸福全都葬送了。不料此时事情又有了变化,柯洛克斯泰与林丹太太旧情复萌,他良心发现,送来退还借据的"和解信"。海尔茂觉得自己的名誉已摆脱威胁,重新对娜拉笑脸相迎,但娜拉已彻底看清海尔茂虚伪可憎的面目,毅然与他决裂,离开"玩偶之家"。

女主人公娜拉的形象熠熠生辉。最初,她只是个"玩偶":结婚之前,从小就是父亲的"玩偶女儿"、"泥娃娃孩子";结婚之后,转移到丈夫手里,成了"玩偶老婆"。她热爱生活,觉得"活在世上过日子多有意思"。但她不通世故,天真浪漫,活在个人狭小的幸福生活中,充满不切实际的幻想。而另一方面,娜拉决非处尊养优的娇小姐。她善良,富有同情心。无论是对失业的林丹太太还是身患绝症的阮克医生,她都真诚地给予关心和帮助。她对丈夫的感情诚挚而无私。海尔茂患了重病,她不惜铤而走险,伪造签字借款来搭救丈夫;事情被揭发后,为了不连累丈夫,她甚至作了牺牲一己性命的准备。娜拉身上更包含着坚毅的品质。她在面对生活中的种种"烦恼事"时,总能保持积极、乐观的态度。为了还清债务,而又避免丈夫发觉,她用自己的生活费补贴家用,偷偷找些抄写之类的工作,尽管有时"累得不得了",但同时也为自己能承担家庭责任而自豪;面对柯洛克斯泰的威胁,娜拉宁死不屈。这种坚毅的品质,是娜拉与玩偶之家彻底决裂的性格基础。

娜拉的醒悟乃至毅然出走,最主要的原因,是她在活生生的事实面前受到了教育。只有当她与现实发生严峻冲突,亲眼目睹海尔茂闹剧般的表演之后,她才如梦方醒,认识到在一场不平等的婚姻中,自己所谓的幸福生活事实上从未存在过。在此之前,她对"温柔体贴"的海尔茂还存在着幻想,相信他虚伪的承诺"我常常盼望有桩危险事情威胁你,好让我拼着命牺牲一切去救你"。然而,"奇迹"终究没有出现。从海尔茂歇斯底里般的咒骂中,娜拉不仅看清了丈夫的丑恶灵魂,更由自身的遭遇,开始对现实社会进行反思,认识到其中存在的种种虚伪和不合理。当海尔茂试图以"神圣"的家庭责任对她加以约束时,她认为保持自我的独立人格,即"我对自己的责任"也同样神圣。对于法律,她指斥:"父亲病得快死了,法律不允许女儿给他省烦恼;丈夫病得快死了,法律不允许老婆想法子救他的性命。我不信世界上有这种不讲理的法律!"对于曾经盲目信仰的宗教,她表示怀疑:"我要仔细想一想,牧师告诉我的话究竟对不对,对我合用不合用。"此时,娜拉的眼界豁然开阔,对于她"真不了解"的社会,她"一定要弄清楚,究竟是社会正确,还是我正确"。

剧本问世以来,由于对娜拉这一典型形象的成功塑造,《玩偶之家》被奉为促进女权主义运动的杰作。尽管易卜生本人认为,自己主要是诗人,不是社会哲学家,作品中"从不容许带有自觉的倾向性",而《玩偶之家》中也的确没有任何提及妇女解放的字眼,然而,对妇女在现实社会中的地位和命运的清醒认识,使剧作家在安排剧情和塑造人物时,已明显传达出他的创作意图:娜拉没有经济自主权,她要花钱得陪着笑,向丈夫一点一点地乞讨;她的言行举止,思想感情不能超出海尔茂预定的轨道;她可以为丈夫作出牺牲,海尔茂却不甘心为她丢掉自己的名位……在近代所谓文明社会,法律堂皇地规定夫妻享有平等的权利和义务,但事实上,妇女并没有得到应有的权利。在家庭内部,她们仍是供丈夫消遣的"玩偶",仅仅作为婚姻中不可或缺的摆设而存在。易卜生从未声称自己是女权主义者,但在19世纪70年代的欧洲,他已敏锐地意识到这一社会问题,并在作品中深刻地反映出来。尽管对于妇女怎样获得真正的解放,他没有作出具体的回答,但《玩偶之家》仍成功地启发了人们对妇女问题的关注与思索,客观上也对女权主义运动起了巨大作用,其积极意义延续至今。

海尔茂的形象也具有典型意义。他是霸道自私的男权社会的产物,不折不扣的伪君子。他对娜拉的爱,仅限于口头上近乎肉麻的昵称,并且以娜拉的言听计从为前提。他宣称自己毫无缺点,不怕"造谣的坏蛋"的报复,并准备为娜拉牺牲一切,但在接到要挟信时,他的道德自信心、男子汉气派,全部荡然无存。他选择向柯洛克斯泰妥协,拒绝同娜拉共担责任。他的自私,使他只关心自身的名声和地位可能遭到的威胁,"男人不能为她所爱的女人牺牲自己的名誉",他搬出道德、宗教、法律胁迫娜拉,更暴露出他作为资产阶级卫道士的真面目。

《玩偶之家》是易卜生戏剧艺术成就的代表。当时的欧洲的戏剧舞台充斥着情节凑巧、场面惊险而内容空洞平乏的戏剧,易卜生有意打破这种浪漫派传统,写出风格简洁明了的社会问题剧。《玩偶之家》的戏剧人物都来自日常现实生活,没有非凡的性格和能力,他们的对白与日常口语几乎没有区别,戏剧场景逼似现实,情节忠实地按生活原貌展开,没有人为制造的凑巧,体现出对现实主义戏剧美学的贯彻以及"现代戏剧之父"易卜生的大胆革新精神。

易卜生的许多重要剧作,包括《玩偶之家》在内,被认为在戏剧技巧上创造性地引进了"讨论"因素。这一观点始于英国剧作家萧伯纳在

1891年出版的评论集《易卜生主义的精华》,此后便被广泛接受。一方面,在将戏剧中的"讨论"因素与普通论文中的平白说教相区别的前提下,我们的确可以在《玩偶之家》中找到支持萧伯纳观点的论据。如《玩偶之家》结尾处娜拉与海尔茂的争论,这是最为明显的层面上的"讨论"因素:作家可通过剧中人物对许多重大问题直接展开长篇争论,传达自己的观点。同时,"讨论"因素更渗入戏剧情节中,成为戏剧的有机整体:娜拉伪造签字借款是否可行?法律应不应该考虑到娜拉违法的行为的崇高动机?娜拉的出走选择是否正确?易卜生通过剧情提出的这些问题,本身就颇具争议性,能有效激发观众的深入思考,从而对剧中提出的社会问题的解决作出帮助。而另一方面,萧伯纳提出这一观点,与其说是为易卜生戏剧在英国造势,毋宁说更在为自己的剧作张目,他的理由是:在一个文学致力于论争的时代,戏剧首先得图解一种学说,表现一种观点,进行道德教育。于是,他顺理成章地将这一观点引入对易卜生戏剧技巧的评价中,从而使易卜生戏剧无论从内容还是艺术上,都俨然成了宣传和论争的成功典范。这显然违背了易卜生的本意:他更愿做一个"诗人",而不是"社会哲学家"。至少在《玩偶之家》中,作为一个成熟的现实主义剧作家,易卜生并没有以破坏人物形象的完整性为代价,刻意让娜拉老气横秋地道出哲理性的话语;"讨论"因素随剧情自然流露,并不存在技巧上的刻意追求。因此,在肯定萧伯纳观点具有部分合理性的同时,我们也应充分考虑到他的动机中某些一厢情愿的成分。

《玩偶之家》中,易卜生还巧妙地运用了"追溯法"。这是易卜生戏剧中常见的一种艺术技巧,类似小说中的倒叙手法。在戏剧幕启之前,某些关键性事件已经发生,并酝酿着戏剧冲突。幕启后,通过剧中人物的追溯,这些关键性事件被分散地交代出来,而剧情本身实际上只是事件发展的后果。《玩偶之家》中,娜拉伪造签字借款,是她与海尔茂冲突的导火线。但这一关键性事件在幕启之前已经发生,仅在剧中通过娜拉追叙往事来加以交代,而剧情本身仅仅集中于柯洛克斯泰要挟娜拉和海尔茂,导致夫妇冲突、娜拉出走的过程。这种追溯手法不仅使戏剧结构紧凑、情节集中,而且使人物性格更加鲜明、主题更为突出。

思考题

1. 现实主义文学思潮产生的社会历史条件是什么?
2. 论述现实主义文学的思想艺术特征。
3. 《红与黑》对现实文学文学的贡献主要表现在哪些方面?
4. 《人间喜剧》的主要思想内容是什么?
5. 《高老头》的艺术特色有哪些?
6. 论述《双城记》的主题和艺术特色。
7. 论述哈代小说创作的发展道路及其特色。
8. 分析《德伯家的苔丝》中的苔丝形象及其意义。
9. 易卜生的戏剧创作可以划分成几个时期?各个时期的特点是什么?
10. 如何理解娜拉这个艺术形象?

参考书目

1. 司汤达:《红与黑》,罗玉君译,上海:上海译文出版社1979年新1版。
2. 巴尔扎克:《高老头》,傅雷译,北京:人民文学出版社1978年版。
3. 狄更斯:《双城记》,宋兆霖译,北京:中国书籍出版社2005年版。
4. 哈代:《德伯家的苔丝》,张谷若译,北京:人民文学出版社1991年版。
5. 易卜生:《玩偶之家》,潘家洵译,见《易卜生文集》(第五卷),北京:人民文学出版社1995年版。

(本章编写:刘洪涛)

第三编 20世纪文学

第七章　20世纪前半期(以1945年为界)文学

第一节　概　述

"20世纪"在今天已经成为一个过去时,但在人类社会历史的发展长河中却占据了极其突出的地位。在这100年里,自然科学以前所未有的速度向前发展,不断刷新着物质文明的面貌,也不断冲击和改变着"人"的思维方式和价值判断标准。整个人类既享受到经济、文化、科学、艺术等诸多领域的巨大进步,也承受了空前的困惑、矛盾、冲突与灾难。而文学从来都是时代生活和历史情绪的记录者,这一时期各种尖锐复杂的社会矛盾和纷纭繁杂的精神文化现象,便都在文学中得到了鲜明的反映。因此,20世纪的西方文学在世界文学发展史上占有极其重要的地位。

从20世纪初至1945年间,发生了四起重大历史事件:1914—1918年的第一次世界大战(以下简称"一战");1917年俄国十月革命及苏联的诞生;20、30年代的经济大萧条;1939—1945年的第二次世界大战(以下简称"二战")。尤其是两次世界大战,不仅改变了国际关系的格局,给全人类带来了巨大的灾难,更动摇了欧美传统的理性主义信仰体系和价值观念,引发了弥漫于西方的精神危机。特定的社会历史生活,必然赋予文学独特的风貌。这一时期的欧美文坛走出了西方传统文学那种单线条、一元化的表现范畴,而代之以流派纷呈、思潮迭起、交叉并存、复杂多变的总体格局。本节概述的是除俄苏文学以外的20世纪前半段的欧美文学,尽管其发展态势比较复杂,但许多文学史家已达成一个共识,即它的基本走向是现实主义与现代主义的平行发展与相互影响、相互渗透。

虽然19世纪的风光已经不再,但20世纪前半期的西方现实主义文学仍然在世界文学的大环境中占据了半壁江山。它一方面继承了传统批判现实主义的倾向,以人道主义和民主主义为思想武器,进一步粉碎了对资本主义制度的信念和幻想;另一方面,又在继承的基础上大胆突破创新,力图探索反映现代生活和现代意识的新角度和新方法。尤其在创作方法上与现代主义兼容并蓄,降低了客观事物和外部世界的重要性,描写重点"向内转",更强调主体的感官体验、精神探索和艺术表达,与传统现实主义有了明显差异。这期间,欧美各国的现实主义文学普遍得到较大发展,涌现出大量优秀作家,他们的许多作品已经被历史证明是艺术经典。

进入20世纪,英国现实主义文学的最初成就以戏剧为著。爱尔兰出生的戏剧大师萧伯纳(George Bernard Shaw,1856—1950)创作了《巴巴拉少校》(1905)、《伤心之家》(1913)等近50部社会剧,以精辟的戏剧语言阐发新颖的思想,具有鲜明的社会批判性和审美陶冶性,被誉为"英国现代戏剧的奠基人",并于1925年荣获诺贝尔文学奖。而在小说方面,则出现了"现实主义小说三杰",即高尔斯华绥(John Galsworthy,1867—1933)、威尔斯(Herbert George Wells,1866—1946)和贝涅特(Arnold Bennett,1867—1931)。高尔斯华绥以《有产业的人》(1906)为开端,创作了《福尔赛世家》(1906、1920、1921)三部曲等一系列连续性长篇小说,广泛地反映了20世纪初英国的社会矛盾,展示了巴尔扎克式的笔法和气魄。威尔斯以写作科幻小说闻名,其实质也是暴露社会矛盾。贝涅特(1867—1931)的主要作品是以英国生产瓷器的五个工业城镇为背景的"五镇小说"(如《老妇谭》,1908),其中心画面是工业经济发展给城镇的社会结构和道德观念带来的巨大变化。毛姆(William Somerset Maugham,1874—1965)的小说和戏剧多描写异国题材,表现异域情调,其中的一些作品具有虚无主义和模糊道德标准的倾向。其长篇小说《人性的枷锁》(1915)、《月亮和六便士》(1919)等,深受读者欢迎。活跃于两次世界大战之间的还有女作家曼斯菲尔德(Katherine Mansfield,1888—1923)、小说家赫胥黎(Aldous Huxley,1894—1963)、左翼作家奥凯西(Seam O'Casey,1880—1964)等人,而D. H. 劳伦斯(David Herbert Lawrence,1885—1930)是20世纪上半叶英国最具争议性的重要作家之一。他写有《儿子与情人》(1913)、《虹》(1915)、《恋爱中的女人》(1921)和《查太莱夫人的情人》(1928)等颇有影响的长篇小说,在作品中提出鲜明的反工业化主张,歌颂自然和生命力,大量描写出自原始生态"体现自然人性"的性爱,以此形成他侧重从两性关系的社会和心理学,尤其是性心理学层面描写、分析、研究并解读社会矛盾的独特创作手法。

法国现实主义文学传统在经过19世纪后期颓废风气的冲击后,受"德雷福斯案件"①的影响,再度表现出强烈的政治热情和民主精神。法朗士(Anatole France,1844—1924)是身处世纪之交的重要作家和文学批评家,其代表作《企鹅岛》(1908)、《诸神渴了》(1912)等长篇小说以夸张怪诞的寓言或童话形式,揭示出垄断资本主义时期法国社会生活的基本特征。其艺术风格典雅含蓄,于1924年荣获诺贝尔文学奖。一战期间,法国文坛涌现了一批共产党员作家,其中以巴比塞(Henri Barbusse,1873—1935)最为著名。他的长篇小说《火线》(1916)、《光明》(1919),描绘了第一次世界大战的残酷图景,揭露了帝国主义战争的反人道本质。马尔罗(Andre Malraux,1901—1976)则是一位富有传奇色彩、倾向左翼的作家。他创作了《征服者》(1928)、《王家大道》(1930)和《人类的命运》(1932)等一系列描写亚洲题材,特别是反映中国革命题材的作品。二三十年代法国作家的小说创作在形式上有一个共同特点,即大都写卷帙浩繁的多卷本,或叙述一个人的全部生命历

---

① 1894年,法国犹太血统军官德雷福斯上尉被诬告为德国间谍,处以终身监禁。这一判决引起法国知识界、文化界的强烈反应,以致演变为一场席卷全国近10年之久的关于正义与良知的激烈争论和尖锐冲突,史称"德雷福斯案件"。此事件宣告了现代知识分子群体的诞生,也被视为法兰西民族良心和道德的试金石,对法国现代社会的政治、文化生活产生了持久的重要影响。

程,或叙述一个家族的兴衰史,或叙述众多人物的生活经历。由于这类作品犹如一泻千里、奔腾不息的长河大川,因此有"长河小说"之称。始作俑者是对 20 世纪上半叶整个欧美现实主义文学都产生重要影响的小说家罗曼·罗兰(Romain Rolland,1866—1944),他的四卷本长篇《约翰·克利斯朵夫》(1904—1912)堪称是现代欧洲精神生活的一部史诗。此外,1937 年诺贝尔文学奖获得者马丁·杜伽尔(Roger Martin du Gard,1881—1957)的《蒂博一家》(1922—1940)、杜阿梅尔(Georges Duhamel,1884—1966)的《帕斯基埃家史》(1933—1945)等都是著名的长河小说。有"嵌在法国王冠上最美的一颗珍珠"美誉的莫里亚克(Francois Mauriac,1885—1970)以《给麻风病人的吻》(1922)、《爱的沙漠》(1923)、《蝮蛇结》(1932)等作品影响文坛,并因其在文学创作中对人内心世界的深刻洞察力及艺术激情,获得了 1952 年诺贝尔文学奖。现代主义与现实主义两种创作方法交织的复杂情况,在法国有一个突出代表就是纪德(Andre Gide,1869—1951)。他的小说《伪币制造者》(1926)采用了"小说套小说"的结构形式,被认为是法国新小说派的先声。而他在中篇小说《背德者》(1902)和《窄门》(1909)中所表现出的反道德和追求绝对精神自由的主观思想倾向,使得"纪德主义"成为极端个人主义和利己主义的代名词。

  德语国家(包括德国、奥地利和瑞士的德语部分)的现实主义文学直至 20 世纪初才达到高潮。20 世纪前半期最重要的戏剧家是创建了"叙事剧"理论的布莱希特(Bertolt Brecht,1898—1956),而三位成就最大的小说家则是曼氏兄弟和黑塞(Hermann Hesse,1877—1962),后两位还分别于 1929 年和 1946 年获得诺贝尔文学奖。亨利希·曼(Heinrich Mann,1871—1950)在政治上靠近社会主义,他的代表作《臣仆》(1911—1914)以犀利的讽刺、漫画式的夸张,倾泄了对民族劣根性——奴才兼暴君的本性的极度憎恨。托马斯·曼(Thomas Mann,1875—1955)是当时德国最伟大的现实主义小说家,著有《死于威尼斯》(1912)、《魔山》(1924)、《绿蒂在魏玛》(1939)、《浮士德博士》(1945)等诸多名篇。其代表作之一《布登勃洛克一家》(1901)是 20 世纪最早的一部家族小说。小说通过一个资产阶级世家四代人的命运及其衰败结局,形象地描绘了德国从自由资本主义走向垄断资本主义的历史发展过程,被称为"德国的《红楼梦》"。黑塞在《在轮下》(1906)、《荒原狼》(1927)、《玻璃球游戏》(1931—1942)等作品中,探索了艺术在现代社会中的地位和艺术家的社会责任,表达出深邃的人道主义信念。以上作品拓宽了19世纪文学的叙述形式,使现实主义文学的内容、表现形式和手法都趋向多元化发展。1929年,雷马克(Erich Maria Remargue,1898—1970)发表了成名作《西线无战事》,以冷峻的笔调描绘了战争的残酷和野蛮,真实细致地展现了种种可憎可怖的场景和细节,表现出被战争摧毁的一代人的精神世界。作品因超乎异常的真实描写而被称为"古今欧洲书籍的最大成就"。雷马克作品的另一个主题是"流亡—反法西斯",其中以《凯旋门》(1964)在艺术上最为出色。事实上,1933年纳粹上台后,大批无产阶级作家和有良知的民主作家流亡国外,使"流亡文学"成为二战期间德语国家进步文学的中坚力量。

20世纪初期的奥地利文学从各个侧面反映了奥匈帝国的社会状况。存在达40多年的"布拉格德语文学"圈中,茨威格(Stefan Zweig,1881—1942)和他的作品最受欢迎。他擅长以细腻的手法表现人物的心理状态、情感冲动及潜意识世界,中短篇小说《一个女人一生中的24小时》(1922)和《一个陌生女人的来信》(1922)是其代表作。

从世纪初至20年代,美国的现实主义文学发展为两个分支。一支是由著名记者斯蒂芬斯(Lincoln Steffens,1866—1936;《城市的耻辱》,1906)、辛克莱(Upton Sinclar,1878—1968;《屠场》,1966)等人为代表的"黑幕揭发者",揭露资产阶级政治制度的腐败堕落,谴责物质主义对政界以致整个社会的腐蚀,具有积极的社会意义。另一支则以杰克·伦敦(Jack London,1876—1916)和德莱塞(Theodore Dreiser 1871—1945)的创作为代表。杰克·伦敦的创作风格粗犷冷峻,笔力雄劲,素有"美国的高尔基"之称。他以《热爱生命》(1907)为代表的一系列优秀的短篇小说,表现了人类在与自然拼搏、战胜困难与死神的斗争中所表现出来的韧性和力量。代表作《马丁·伊登》(1909)是一部带有自传性的优秀长篇,开创了美国文学史上表现"美国梦"幻灭作品的先河。德莱塞最重要的艺术成就在于突破美国文学的"高雅传统",开辟了美国文学描写社会悲剧的题材领域,强化了其政治批判倾向。他最早的两部小说《嘉莉妹妹》(1900)和《珍妮姑娘》(1911)已经奠定了其"人间悲剧"小说的基本主题和格调,而取材于真人真事的《美国的悲剧》(1925),更以直笔描述一个出身寒微的青年堕落成杀人犯的故事,表明了作家对美国社会长期观察分析的批判性结论,代表了他文学创作的最高成就。

20年代美国文学的一个重要现象是"迷惘的一代"的出现。这些作家大多是参加过一战的年轻人,战争不仅损害了他们的肢体,也粉碎了他们的梦想和希望,其作品都表达出一种浓厚的悲观失望情绪和对待生活的冷漠态度,并且蔓延开来,造成20年代文学的一种基调:怀疑、苦闷和彷徨。随着"迷惘的一代"影响的扩大,一些没有参加过战争却有类似精神状态和人生态度的青年作家先后进入这一行列,菲茨杰拉尔德(F. Scott Fitzgerald,1896—1940)是其中的卓有成就者,他的代表作《了不起的盖茨比》(1925)描写青年一代的追求、幻灭和痛苦。托马斯·沃尔夫(Thomas Wolfe,1900—1938)的创作属于"迷惘的一代"的另一种类型,其代表作《天使,望故乡》(1929)以史诗式的悲剧抒写年轻一代的心路历程,表现出一种人生孤独的哲理化主题。在"迷惘的一代"作家群中,海明威(Ernest Hemingway,1899—1961)及其在20年代的作品尤具代表性,而他在创作中所显示的鲜明个性和艺术风格,至今对欧美乃至整个世界文学仍有重大影响。

这一时期美国还有一些表现其他题材的作家和作品,如安德森(Sherwood Anderson,1876—1971)表现小城镇单调沉闷、保守狭隘生活的《小镇畸人》,第一位获诺贝尔文学奖的美国作家刘易斯(Sinclair Lewis,1885—1951)以描写中西部"乡村毒菌"而享誉的《大街》(1920),凯瑟(Willa Cather,1873—1947)表现边疆开拓者生活的《啊,拓荒者!》(1913)、《我的安东尼亚》(1918),华顿(Edith Wharton,1862—1937)表现上流贵族生活的《天真时代》(1920)等。这些作家与作品在反映个人和社会、个人和环境冲突的同时,也十分注重对人物心理和道德的探索与刻画。

30年代,美国左翼文学运动发展迅速,出现了许多优秀的抗议小说。多斯·帕索斯(John Dos Passos,1896—1970)的《美国》(1930—1936)三部曲,以宏大的史诗规模广泛描写了20世纪前20年美国的社会生活。斯坦贝克(John Steinback,1902—1968)也在30年代后期接连发表了三部表现劳资冲突、阶级矛盾和生活困境的现实主义小说,分别为《胜负未决的战斗》(1936)、《人鼠之间》(1937)和《愤怒的葡萄》(1939),最后一部影响尤为深远。但左翼文学并没有一统美国文学的天下,女作家赛珍珠(Pearl Buck,1892—1980)写异国情调,自成一家;另一女作家米切尔(Margaret Mitchell,1900—1949)写乱世佳人,其代表作《飘》(1935)更是风行一时。

与30年代主导文坛的左翼文学同样引人瞩目的是南方文学的异军突起。美国南方文学兴起于一战之后,当时南方地区小说和戏剧出现空前繁荣的局面,人们称之为"南方文艺复兴",由此形成一个松散而又颇具凝聚力的创作团体,即南方小说家群,其中的佼佼者福克纳(William Faulkner,1897—1962)是南方文化精神的代言人。

现代主义文学是20世纪以反理性、反传统为共同特点的各种文学思潮流派的总称。作为一种文学现象,它形成于19世纪下半叶,在一战结束后的20年代达到了第一次高潮,并进而成为20世纪文学的主要类型之一。现代主义是资产阶级精神文化全面危机、传统价值观念受到冲击和动摇的产物,它以现代西方形形色色的非理性主义哲学、心理学思潮,尤其是德国哲学家叔本华的生存意志、尼采的权力意志、柏格森的直觉主义、詹姆斯的彻底经验主义和弗洛伊德的精神分析学说作为思想理论基础,对现代西方社会各个时期的精神文化生活产生了程度不同的影响。

与现实主义文学传统相比较,现代主义各流派的文学主张和创作方法更为多元化和复杂化,但仍体现出一些思想艺术上的共同特征,如:提倡非理性;从文化批判的立场表现异化的主题;轻视甚至无视客观世界,强调表现内心生活和心理真实;注重表现形式的实验与革新,在艺术技巧上广泛应用象征、意识流、荒诞等手法。本节概述的是 20 世纪前半段出现的一些现代主义主要流派,包括后期象征主义、表现主义、未来主义、超现实主义和意识流小说。

象征主义是西方现代主义文学中持续时间最长、影响最大、涉及面最广的文学流派。它最先于 19 世纪 70—90 年代流行于法国,以波德莱尔(Charles Baudelaire,1821—1867)、魏尔伦(Paul Verlaine,1844—1896)、兰波(Arthur Rimbaud,1854—1891)、马拉美(Stephane Mallarme,1842—1898)等人的理论与诗歌实践为主,是为前期象征主义;20 世纪 20—40 年代再度兴起并影响全欧,形成后期象征主义高潮。代表作家有法国的瓦雷里(Paul Valery,1871—1945)、奥地利的里尔克(Rainer Maria Rilke,1875—1926)、爱尔兰的叶芝(William Butler Yeats,1865—1939)等诗人,以及比利时剧作家维尔哈伦(Emile Verhaeren,1855—1916)和梅特林克(Maurice Maeterlinck,1862—1949)。后期象征主义仍然坚持以象征暗示的方法来表现诗人的内心情感,但主张"理智象征主义",强调创作应超越个人情感的局限,努力表现时代和社会的总体精神,其象征手法也更为多元化、复杂化,在主题内容和艺术技巧的革新方面,比前期象征主义走得更远。T. S. 艾略特(Thomas Stearns Eliot,1888—1965)是后期象征主义的代表,其长诗《荒原》(1922)引经据典,对人生的意义进行阐述与探索,以哀婉悲凉的格调抒发了现代人的"荒原意识",达到了现代主义诗歌艺术的巅峰。

表现主义是 20 世纪西方现代主义文学中出现最早的一个思潮流派,世纪初产生于德国,影响广泛。表现主义具有鲜明的理论主张和美学特征:提出艺术"不是现实,而是精神","是表现,不是再现";极力主张表现内在体验和心灵激情,通过主观幻觉、梦境、错觉以及扭曲变形等艺术手法来表现生活;用电报式简洁、冷漠的语言进行叙述描写,具有浓郁深厚的象征意蕴。它的文学成就主要体现在戏剧、小说方面。戏剧方面的代表作家有瑞典的斯特林堡(August Strindberg,1849—1912)、美国的奥尼尔(Eugene O'Neill,1888—1953)、捷克的恰佩克

(Karel Capek,1890—1938)等。奥尼尔是美国现代戏剧奠基人,1936年诺贝尔文学奖获得者,代表作品有《天边外》(1920)、《琼斯皇》(1920)、《毛猿》(1922)、《榆树下的欲望》(1924)等。他力图通过戏剧形式反映和解释美国社会的现实问题,擅长揭示主人公精神世界的瓦解,表现心灵深处的"美国悲剧"。表现主义在小说方面的代表作家是奥地利小说家卡夫卡(Franz Kafka,1883—1924),他最先表现了"现代人的困惑",堪称20世纪现代派文学之父。

未来主义是20世纪初最先出现在意大利、继而波及全欧的一种文艺思潮。它在哲学观上蔑视传统,激进叛逆;在文学创作上竭力追求人物心理直觉和幻象表现,在展示人的意识流动的同时,竭力张扬物质世界的速度感与流动化。其文学影响主要在诗歌和戏剧上,代表作家有法国的阿波里奈尔(Guillaume Apollinare,1880—1918)和意大利的马里内蒂(Filippo Tommaso Marinetti,1876—1944)等。

超现实主义20世纪前半期流行于西方文坛。作为一种颇为复杂的文艺思潮,20年代起源于法国,三四十年代达到鼎盛期,成为一种国际性文化现象。超现实主义在一系列的宣言中阐述其文学主张:将文学从理性的藩篱中解放出来,使之成为一种自发性的心理活动过程,以表现一种更高更真实的"现实",即"超现实"。其代表作家有布洛东(Andre Breton,1896—1966)、阿拉贡(Louis Aragon,1897—1982)、艾吕雅(Paul Eluard,1895—1952)等。超现实主义者认为,诗歌是通过梦幻、幻觉等各种实验,系统地探索无意识境界的最佳手段,是超越自我达到超现实的有效方法,因此也是最理想的创作形式。与此艺术主张和美学观点相联系,超现实主义创作方法主要有自动写作和梦幻记录两种形式。

意识流小说是20世纪二三十年代流行于英、法、美等国的一种现代主义文学流派,它以现代非理性主义哲学尤其是现代心理学为理论基础,打破传统小说基本上按故事情节发生的先后次序或是按情节之间的逻辑联系而形成的单一的、直线发展的结构,注重随着人的意识活动展开情节,一般不受时间空间或逻辑因果关系的制约。意识流小说不再重视对外部世界的客观描写,而以描摹人物真实的内心世界和主观印象为追求目标。内心独白、自由联想、蒙太奇、时序颠倒、幻觉梦境、象征暗示等是其常用的一些艺术手法。"意识流"已经成为现代主义文学最基本的创作手法之一,影响至今不衰。法国小说家普鲁斯特(Marcel Proust,1871—1922)是意识流小说的奠基者,他的7卷本约300万字的长篇巨著《追忆似水年华》(1913—1927)以主人公怀念和追忆逝去的青春年华为主线,展现了一幅19世纪末20世纪初法国上流社会的图景。小说将心理时间与物理时间融为一体,没有中心主题,没有贯穿始终的情节,人物的内心感受成为描写的重点,无论在创作题材还是在表现技巧上均成为意识流小说的典范。爱尔兰小说家乔伊斯(James Joyce,1882—1941)常与卡夫卡、普鲁斯特一起被并称为现代主义文学的三大奠基人。其代表作《尤利西斯》(1922)以内容和技巧上的博大精深、神秘晦涩成为意识流的登峰造极之作。与乔伊斯并称为英国意识流小说两大代表的是女作家弗吉尼亚·伍尔芙(Virginia Woolf,1882—1941),她的小说以细致入微的心理描写见长,在运用第三人称的间接内心独白表现人物意识方面取得突出成就,代表作有《达罗卫夫人》(1925)、《到灯塔去》(1927)、《海浪》(1931)等。而与乔伊斯和伍尔芙相比,美国小说家福克纳在运用时空跳跃和表现混乱意识方面更为突出,显示出独特的"意识流"创作艺术。

第二节 罗曼·罗兰和《约翰·克利斯朵夫》

翻开20世纪的法国文学史,罗曼·罗兰无疑是一个举足轻重的人物。作为西方的人道主义作家和捍卫真理的不屈战士,人们称他为"欧罗巴的良心"。他被许多人视为人生征途上的导师与益友。

罗兰生于法国中部科拉姆西市一个公证人家庭,从小受到良好的家庭教育,培养了浓厚的音乐兴趣。出自对美好艺术的追求,他对当时西方文艺的现状忧心忡忡,曾向列夫·托尔斯泰探询拯救艺术的见解。

托尔斯泰对资产阶级艺术脱离现实生活的颓废倾向的批判,以及他的民众艺术思想,给罗兰留下了深刻印象。

罗兰的创作始于19世纪90年代初,鉴于当时法国戏剧日益衰落、颓废的现状,罗兰把拯救艺术同创作更新的戏剧联系起来,写了一系列的剧作,总称为"人民戏剧"。这些剧作贯穿了他的一个重要思想——19世纪末的法国社会已经同法国大革命的传统割断了联系,只有恢复并发扬这个传统,才能实现法国的复兴。从1902年起,他的创作进入了一个新的阶段。三部英雄传记和长篇小说《约翰·克利斯朵夫》,代表了他前期创作的主要成就。罗兰写作传记的主旨在于从具有英雄气质的伟人身上挖掘抵制颓废世风、振奋人心的精神力量。他选择对自己产生过重要影响的三个艺术家,写了《贝多芬传》(1903)、《米开朗琪罗传》(1906)和《托尔斯泰传》(1911)。他注重突出艺术家们追求信仰、疾恶如仇、献身事业的品性,尤其以理想化的笔调表现他们的性格力量。《贝多芬传》是其中的代表作,它所强调的自由精神在西方传记文学中独树一帜。

罗兰创作《约翰·克利斯朵夫》的主旨与"伟人三传"的精神一脉贯通,即再现"英雄"的形象,让"世人呼吸英雄的气息"。这部小说自1904年起在《半月丛刊》上发表,连载十余年,轰动了当时的法国文坛,为作者赢得了极高的声誉,他也因此获得1915年度的诺贝尔文学奖。

第一次世界大战期间,罗兰侨居瑞士,自始至终站在反战的立场上。1919年,他发表有各国知识界领袖和学者签名的《精神独立宣言》,表明自己坚持以知识分子精神独立对抗帝国主义战争。30年代初法西斯势力日趋猖狂,人道主义传统遭到粗暴践踏,严酷的现实使罗曼·罗兰警醒,他发表了著名论文《向过去告别》(1931),积极投身于反法西斯和保卫和平的政治斗争之中。这种思想上的重大变化,推动他完成另一规模宏大的长篇小说《母与子》(1927)。小说以女主人公安乃德的生活经历和精神发展为主线,反映了西方进步知识分子在法西斯倒行逆施的年代探索光明、寻求解放人类的道路的艰苦历程。

从《约翰·克利斯朵夫》到《母与子》,反映了罗兰创作思想发展的脉络,也体现了他所继承的法国现实主义文学的传统:巴尔扎克式的出色的环境描写,司汤达式的对人物心理活动的精细刻画,在他笔下达到完美的结合;长于将第一人称和第二人称交替运用,以拓宽心理剖析的层次,加上哲理性思考的融合,形成了罗曼·罗兰式的自我问答、哲学沉思和精神探索的独特风格。

《约翰·克利斯朵夫》是罗曼·罗兰最重要的作品。作者选择了一个音乐家作为自己的主人公,其经历和情感在很大程度上是贝多芬的一个影子。主人公约翰·克利斯朵夫出生在莱茵河畔一个寒微的音乐世家,幼年便显露出音乐天赋,6岁开始作曲,8岁进入宫廷为公爵演奏。他既热爱世间的真与美,也幻想着可以成为超凡脱俗的英雄。但是真实的生活却慢慢对他露出阴暗和残酷的面孔。

从小说的第4卷《反抗》开始,克利斯朵夫的生活环境扩展到更加广阔的社会。他鄙视豪门,反抗贵族,攻击市侩,并希望改革德国艺术,但也因此受到统治集团的排斥,终致生计成了问题。他创作了一大批优秀的作品,不断地冲击着欧洲艺术界。这种任性、盲目的力量虽然使他享受到内在激情的自由飞扬,但不被认可的孤独感也使他陷入了痛苦。这时,法国青年奥里维在克利斯朵夫的生命中出现了。他以品性高洁和精神独立博得克利斯朵夫的信任,在他的引导下,克利斯朵夫开始了解法国民众,逐渐认识到唯有和别人息息相通的艺术才有生命力。他们信守着傲然不俗的"英雄"原则,共同致力于"精神拯救"人类的事业。然而,时代的大潮将他们卷进工人示威游行的队伍,在与军警的搏斗中,奥里维倒在血泊中,克利斯朵夫被迫逃往瑞士。朋友的死给他以沉重的打击,克利斯朵夫万念俱灰,病倒在一个医生朋友的家中。病愈后专心致力音乐创作,将艺术与生命融为一体。

克利斯朵夫重返巴黎时已步入晚年,这时的他饮誉全欧。曾爱过他、帮助过他的意大利孀妇葛拉齐亚来到他身边,但他们准备结合的事遭到她儿子的破坏,两颗相爱的灵魂只能秘密地交流。葛拉齐亚死后,他将奥里维的儿子和葛拉齐亚的女儿视为自己的子女。送走这新婚的一对,他在"我曾经奋斗过,曾经痛苦过,曾经流浪过,曾经创造过,有一天,我将为了新的战斗而再生"的内心独白中静静地死去。

克利斯朵夫是个艺术天才,也是一个勇敢的斗争者。他的斗争是为了寻求一种理想的生活,这是出于他善良的天性和追求完美的本能。他生命的激流就像江河奔腾,一泻而不可收,虽然真诚质朴,却暴躁冲动,极度的热情往往轻易地变成极度的仇恨,而他自身的智慧也在他狂乱的横冲直撞中被埋没了。

如果说克利斯朵夫是行动的英雄,那么奥里维就是思想的英雄。他具有法国人那种广博的修养和深邃的洞察力,头脑清晰,双眼明亮。他并不像他的朋友那样盲目地批判人,也无普通人那种自以为是的傲慢,他把事物看得明明白白、切切实实。

正是由于这种互补性,两个人之间有了强大的吸引力,他们互相映衬又互相补充。克利斯朵夫生气勃勃、身心健康,几经挫折仍能乐观向上,他让奥里维学会了重新热爱生活;奥里维公正不阿、清高洒脱,他使克利斯朵夫确立了公正的人生态度。然而,真正把"力量"和"思想"链接起来的是葛拉齐亚,她代表着创造性的"现实"。如果说,克利斯朵夫从奥里维那里学到的是公正,那么他从葛拉齐亚那里学到的便是温柔;奥里维调和了克里斯朵夫与世界的关系,葛拉齐亚则协调了克里斯朵夫与他自己的关系。这位始终带着蒙娜丽莎般温柔微笑的意大利女子,从这喧哗与骚动的世界里悄悄走来,"像一道清澈的阳光",奉献给人类一种和善静谧的美。

在主要人物配置上,罗兰赋予他们以深刻的哲理和美的象征意蕴——约翰·克利斯朵夫是"力"的象征,而奥里维和葛拉齐亚则分别象征着法国的"理性"和意大利的"美",这三者的交融汇聚,便构成一个充满生气、和谐美好的人道主义理想世界。他想通过克利斯朵夫真诚的友谊、纯洁的爱情来象征欧洲各民族的团结,用自由、平等、博爱的审美理想去实现振兴法兰西和欧洲,乃至全世界、全人类的愿望。

《约翰·克利斯朵夫》在艺术上的独特成就一直为人们所关注,作者为自己提出的任务是,表现一个强有力的人在庸俗环境中的奋战过程。他以写实的笔法描写了欧洲,尤其是德、法两国19、20世纪之交的典型环境,逐步展示了主人公在性格发展的不同阶段同周围环境的尖锐冲突,以及环境对他的心理影响,显示出现实主义的艺术力量。而这种整体的现实主义描写,又渗透着理想主义的艺术意蕴,它往往以象征手法加以表现。作品写的是一个艺术家的精神成长,又力图从精神文化的角度剖析社会,因此,心理描写被置于很重要的地位,并与对自然景物的感受和社会哲理的阐发融为一体,体现了深沉、清晰、凝重的艺术风格。

罗兰的音乐修养极深,使他对这种题材驾轻就熟。他力求把克利斯朵夫的性格及精神发展同各种音乐主题进行对比,形成序曲、变奏曲、小步舞曲、尾声的总体结构,每一卷都是一个有着不同的乐音、节奏、韵律、主题的乐章,通过整体组合,创造出如交响乐一般的华美瑰丽的艺术效果,从而开创了"音乐小说"这种独特的小说风格。

这部 10 卷本的小说是关于一个人一生的故事,约翰·克利斯朵夫不断求索的经历正是一代西方知识分子不懈进行精神探索的缩影。作品涉及欧洲社会现实,同时也深深地触及人的心灵,罗兰一直在试图回答这样一个问题——"一个人应该怎样生活?"他将自己的价值观和美学理想灌注其中,热切地希望获得读者的信赖和赞同。可以说,这部书是一个伟大的心灵对他所处时代的文化所提出的见解、感想、判断的总结;同时,它也是一首礼赞,是一个健全的灵魂对生命、友谊、宽容和勇气的礼赞。罗兰正是想通过描绘约翰·克利斯朵夫的一生,"让沉睡在灰烬下面的心灵之火重新燃烧起来"。

第三节 艾略特和《荒原》

托马斯·斯特恩斯·艾略特是 20 世纪英语文学中最重要的诗人和批评家之一,后期象征主义的主要代表。

艾略特出生于美国密苏里州的圣路易斯,祖籍英国。他自幼受到美国东部政治、文化和宗教的影响,在以后的学习生活中,又先后接触到柏格森的哲学和法国的早期象征主义诗歌并深受感染,还研究过印度哲学、希腊哲学和梵文。艾略特从1909年开始发表作品,1917年起担任先锋派杂志《自我中心者》的副主编,1922—1939年间创办并主编了文学评论季刊《标准》,在诗歌创作和文学评论上都成绩斐然。艾略特曾自我评价:"政治上是保皇党,宗教上是英国天主教徒,文学上是古典主义者。"他的政治立场和宗教意识都相当保守,但在文学上却将古典主义美学与现代主义哲学融为一体,开创了西方诗歌创作的新道路。正是由于"对当代诗歌做出的卓越贡献和所起的先锋作用",他于1948年荣获诺贝尔文学奖。

艾略特一生共发表了六部诗集:《普鲁弗洛克的情歌》(1917)、《诗集》(1920)、《荒原》(1922)、《空心人》(1925)、《灰色星期三》(1930)和《四个四重奏》(1944)。另外还创作了《大教堂谋杀案》(1935)、《全家重聚》(1939)、《机要秘书》(1953)等几部具有强烈宗教色彩的诗剧。《普鲁弗洛克的情歌》是他早期最重要的作品,以自嘲的手法、新奇的比喻与反讽,将第一次世界大战后欧美知识分子悲观绝望、空虚彷徨的心态表现得淋漓尽致。《四个四重奏》是他晚期创作的一部重要长诗,摹仿了贝多芬四重奏乐曲的结构,由《烧毁的诺顿》、《东科克》、《干燥的萨尔维奇斯》和《小吉丁》四首既各自独立又紧密相关的长诗组成,意象明晰,诗意深厚,哲思玄奥,但表现的却是极其虔诚的天主教思想,反复阐释人类历史乃是由天主意识决定的一种周而复始的循环,对世界的前途持悲观主义的态度。

艾略特是英美新批评派的奠基人,先后出版了《圣林》(1920)、《献给兰斯洛特·安德鲁斯》(1928)等九部文集,其中最主要的理论文章有《传统与个人才能》、《批评的功能》、《诗歌的功能和批评的功能》等。他在文中提出了"非个人化"和"客观对应物"的理论主张。在《传统与个人才能》中,他指出生活与艺术之间是有距离的,诗人的感情若想进入作品一定要经过"非个人化"的过程,即将个人的情绪转化为人类普遍的智性与理念,强调"诗歌并不是放纵情感,而是逃避情感;不是表现个性,而是逃避个性"。但是"非个人化"并不是完全不要表现诗人的情感,而是应该为情感寻找一种"客观对应物"。他主张"把思想还原为知觉","像你闻到玫瑰花香那样地感知思想"。他在《哈姆莱特和他的问题》中进一步提出,可以通过某一特定的事件、情景、物体的组合来唤起某种特定的感性经验,即以不同的意象、典故、引语、传说等为载体进行意向组合,以这些"客观对应物"的象征意义来暗示和传达诗人的情绪和意念,从而避免思想的平白展示、情感的直接表达。艾略特的"非个人化"和"客观对应物"理论,是后期象征主义诗歌的理论核心和主要创作手法,对20世纪的现代主义诗歌发展影响深远。

《荒原》是艾略特的代表诗作,被公认为是20世纪西方现代诗坛的一座里程碑。长诗结构的框架源自中世纪神话传说中关于"圣杯"的故事。传说古时某地的渔王因为患病而使国土成为荒原,一位少年英雄手持宝剑,找到具有"起死回生"之力的"圣杯",使渔王康复,大地重现生机。这个神话点明全诗的主题就是死亡与再生,诗人以此暗示经历了第一次世界大战的欧洲文明濒于崩溃,堕落为"现代荒原",唯一的自救良方是:皈依上帝,懂得舍己为人、同情、克制。

《荒原》是一首需要凭借智力和学识来阅读的长诗,不了解其特殊的象征意义便无从理解其真正的诗意。全诗共434行,分成五章,前面有一个引子以说明主旨。艾略特选用的是古罗马作家佩特洛尼乌斯小说中的一段文字:"我亲眼见到了库美的西比尔,吊在笼子里。小伙子们问她:'西比尔,你有什么要求?'她回答说:'我想死。'"西比尔是希腊神话中的女先知,太阳神赐给她不死的恩典,却没让她永葆青春,结果她成了老不死,最大的愿望是求死以图再生。

第一章《死者的葬仪》,展现的是现代都市荒原的凄凉景象。开头第一句"四月是最残忍的一个月"便咏出了恐怖的基调,因为属于春天的四月不仅没有带来万物的复苏,反而使荒原露出了春不如冬的本相,并引起了人们痛苦和无望的回忆。第二诗节以"一堆破碎的偶像"为主导句,进一步描写荒原的焦枯:"枯死的树没有遮阴。/ 蟋蟀的声音也不使人放心, / 焦石间没有流水的声音。/只有这红石下有影子……"第三诗节里借风信子女郎的失贞来与古代特利斯丹骑士和少女伊瑟的纯洁爱情作对比,指出现代人对爱的期望,不过是一片"荒凉而空虚"的"大海",而女相士看遍手中之牌,也没有找到一个人可以充当救赎人类的英雄。最后一节诗中出现了许多古代典籍中的死亡意象,如"淹死了的腓尼基水手"、"独眼商人"、"被绞死的人"、"水里的死亡"等,并将现代大都市伦敦称为"无实体的城",在伦敦桥上走过的人流,就如但丁《神曲·地狱》篇中的鬼魂一样,"人人的眼睛都盯住自己的脚前"。基督教文化中的葬礼本是为使死者的灵魂得救,但诗中诸多意象却累积建构起一种萧条败落、生不如死的氛围,灵魂的救赎无从谈起,死后重生更是无法实现的奢望。

第二章《对弈》里,现代社会的男女关系成为主题。诗中采用了对照的手法,前半部共用了三个典故:埃及艳后克莉奥佩特拉的爱情故事、古希腊神话中翡绿眉拉遭奸污变成夜莺的故事和迦太基女王狄多为爱自杀的故事,用以反衬现代男女关系的粗鄙、猥琐。后半部描写了两个场景:上流社会里的一对男女无话可说;下流酒店里的一对女子则大谈特谈情欲、堕胎。她们全都找不到有意义的话题,因为她们全都过着颓废空虚、放纵情欲的庸俗日子。在她们闲聊的过程中,店主不断频频催促"请快些,时间到了!"而结尾处更引用了《哈姆莱特》中莪菲莉娅落水前与世界告别的一段台词:"明天见,太太们!"均暗示结束生命进入死亡的时刻。

第三章《火诫》继续围绕男女关系的主题,用今昔对比的手法,来展现西方现代荒原的精神堕落,结构比较复杂,用典也更为繁多。诗人先用斯宾塞《婚礼曲》中畅游泰晤士河美景的仙女们与现代恣情游乐的现代轻浮女子们作对比,然后用莎士比亚《暴风雨》中的故事与渔王的神话作对比,接着用贞洁的狄安娜女神与现代娼妓博尔特太太作对比,还有士麦拿商人的同性恋、小市民的偷情、女打字员与小职员有欲无情的淫乐等,共同组成了一幅在"欲火"中沉沦堕落的现代芸芸众生图。诗人在这章中引用的最后一个典故,出自圣奥古斯丁的《忏悔录》:"于是我到迦太基来了/烧啊烧啊烧啊/主啊你把我救拔出来",引出欲摆脱情欲之苦,必须皈依宗教。全章最后由东方的佛经引文作结,重申只有戒绝情欲,经过佛陀净火式的超度,人类才能得到拯救。

第四章《水里的死亡》只有短短的10行诗句,与第一章中"淹死了的腓尼基水手"相呼应,写腓尼基人弗莱巴斯沉入情欲的大海,不仅未见复生,反而落入旋涡,一去不返。

第五章《雷霆的话》,以耶稣基督在客西马尼花园中被捕,背负十字架走向"骷髅地"开始,说明造成现代荒原的原因就是人们失去了信仰。所以,耶稣死后大地枯涸,世界成了"岩石堆成的一片沙漠荒原"。诗人再一次提到"无实体的城",不仅指代伦敦,也包括了位于欧、亚、非的耶路撒冷、雅典、亚历山大、维也纳等众多世界文化名城,以此说明现代人类文明的普遍堕落。在人们的恐惧和绝望中,终于出现了闪电和风雨,雷霆代表上帝说话了,指出拯救人类的唯一出路是:"舍己为人。同情。克制。"诗人最后引用《优波尼沙坛》经文的结语:"平安。平安/平安。"来结束全诗,也正暗合了《圣经·新约》中的训导:"上帝所赐出人意外的平安,必在耶稣基督那里,保守你们的心怀意念。"

《荒原》在艺术上也实践了艾略特"非人格化"和"客观对应物"的诗歌理论。尽管表现的主题重大,但艾略特却放弃了直抒胸怀的个人化表现手法,而是大量采用内心独白和戏剧手法,体现出更为本质和深层的人类情感,并将从标题到内容的每一句诗都纳入象征主义的结构系统,力求即使表现抽象的思想也让其看得见摸得着。作为象征主义艺术技巧的集大成之作,长诗的象征性可谓无处不在、无所不包。首先,题目和总体构思就是象征的,诗中的"风信子"、"枯死的树"、"四月"、"破碎的偶像"、"雷霆的话"等众多意象的象征,也是交错重叠、丰富深奥。其次,《荒原》中的象征含义还具有多样性和多义性,如"火"这个意象,在《火诫》一章中既是宗教圣火的代表,又象征着情欲之火,而在《雷霆的话》里就变成了炼狱之火。正是由于这些丰富多变、含蓄多样的象征,使得长诗内容更具复杂性和联想性。

艾略特认为,从历史和美学的角度来看,任何一个作家的价值都不可能独立于传统而存在,他的《荒原》就充分显示了人类文化传统的综合性和一体性。他就像自己所称的"贮藏器"一样,从神话传说、东西方宗教、哲学典籍、历史典故、文学名著中广征博引,展现出古今历史上或虚构作品中的许多人物和各种情节,使得长诗成为一部史诗、一部大百科全书。《荒原》共涉及6种语言、35位作家、56部作品,包括了文艺、哲学、宗教、历史、地理、人类学、社会学等诸多领域,以至于注释成了长诗的有机部分,离开注释,阅读和理解将无法进行。这种引经据典式的征引,就是艾略特所追求的"客观对应物"。

艾略特曾指出,一部作品是否有诗意取决于文学标准,但它是否能成为一首伟大的诗则取决于高于文学标准的宗教和哲学标准。他自己的文学创作就是建立在整个人类文化的基础之上的。这也是《荒原》能成为不可企及的象征主义经典之作的原因。

第四节 卡夫卡和《变形记》

弗兰茨·卡夫卡是奥地利著名小说家,表现主义文学的代表人物。英国诗人奥登曾评价说,就作家与他所处的时代关系而言,"卡夫卡与我们时代的关系最近似于但丁、莎士比亚、歌德与他们时代的关系",形象地点明了卡夫卡在20世纪西方现代派文学中的重要地位。

卡夫卡出生于奥匈帝国统治下的布拉格的一个犹太商人家庭。父亲刚愎粗暴,对子女实行专横的家长制管教,母亲则温柔恭顺。这种压抑的家庭氛围使卡夫卡从小就养成了怯懦阴郁、孤僻内向的性格,并影响到他未来的人生道路和文学创作。卡夫卡自幼接受的是德语教育,1901年进入布拉格大学学习德国文学,但不久就迫于父命改学法律,在获得法学博士学位后,先后在法律事务所和保险公司工作。1922年他因肺病复发,提前离职。1924年卡夫卡的病情急剧恶化,在维也纳附近的一所疗养院走完了他41年的人生历程。卡夫卡一辈子都无法摆脱强大的"父亲的阴影",36岁时还在信中哀哀诉说对父亲敬畏与憎恨相交织的复杂感情。他不擅交际、畏惧外界,虽然订过三次婚,但终生没有结婚成家。德国文艺批评家龚特尔·安德尔斯对卡夫卡在现实生活中的尴尬地位作过很精准的概括:"作为犹太人,他在基督徒中不是自己人。作为不入帮会的犹太人,他在犹太人中不是自己人。作为波希米亚人,他不完全属于奥地利人。作为第二保险公司的职员,他不完全属于资产者;作为资产者的儿子,他又不完全属于劳动者。但,他也不是公务员,因为他觉得自己是作家。但就作家来说,他也不是,因为他把精力花在家庭方面。而在'自己的家庭里,我比陌生人还要陌生'。"

现实生活中的平淡与凡庸使卡夫卡将所有的希望与理想都寄托在笔下,写作对他而言是"为生存而进行的战斗"。他创作勤奋,但生前只发表过一些短篇小说,死后遗信曾强烈要求好友布洛德把他所有的手稿、信件等全部焚毁。但是,布洛德违背了卡夫卡的遗愿,相反把能够搜集到的卡夫卡的所有作品,包括笔记、日记、书信、草稿和片段,全部加以整理,编辑出版。这就是1935—1937年卡夫卡六卷集和1950—1958年的卡夫卡九卷本全集。

卡夫卡的作品包括小说、日记、书信三个部分,其中小说又可根据出版情况分为三类:

1. 卡夫卡生前发表的短篇小说,包括《判决》(1912)、《变形记》(1912)、《司炉》(1913)、《在流放地》(1914)、《乡村医生》(1919)、《饥饿的艺术家》(1922)等,约34篇。《判决》是卡夫卡自己最喜爱的作品之一,带有明显的自传性,主要表现父子两代人的冲突。父亲无理由地指责儿子,命令儿子去投河,儿子乖乖地服从命令,真的投河自杀了。对"原父"的恐惧是小说的主题,同时也象征性地揭示了奥匈帝国现实社会的荒诞和非理性。

2. 卡夫卡生前未发表的短篇小说,包括《乡村教师》(1914)、《地洞》(1923—1924)等,共3部短篇集约34篇,其中部分小说是未完成稿。《地洞》写一个不知名的小动物挖了一个坚固的地洞来保护自己,却仍时时胆战心惊,恐惧于每个细小的变化,表现了小人物在现代社会中的不安全感和恐惧心理。

3. 卡夫卡生前没有发表过的长篇小说,即《美国》(1912—1914)、

《审判》(1914—1918)和《城堡》(1922),均为未完成稿,其中后两部是公认的表现主义的杰作。《审判》叙述一个银行高级职员约瑟夫·K 在自己 30 岁生日的那天早晨,突然被两个法院听差宣布有罪并被捕,但奇怪的是他仍有人身自由,可以如往常一样工作生活。K 四处奔波,多方求助,却既不知道自己身犯何罪,也无从为自己辩护,身心交瘁的他终于明白只有低头服从这一条路。法院最后判处 K 死刑,他毫不反抗地被听差架到碎石场的悬崖下,像狗一样地被用刀处死了。

《城堡》是卡夫卡长篇作品中表现主义色彩最浓的一部小说。主人公的名字被缩略成一个字母 K,他深夜踏雪来到城堡治下的一个村子,希望能进入城堡面见统治者 CC 伯爵,得到允许在村中落户。但尽管他使尽浑身解数,冒充土地测量员、勾引城堡官员的情妇,城堡也仿佛近在咫尺,与村子的联系始终不断,K 却似乎永远也无法达到进入城堡的目的。"城堡"在这里其实既不是具体的城市,也不是哪个国家,只是一个抽象的象征物,象征着荒诞不可理喻的现实世界,象征着永远无法企达的彼岸。小说充分体现和寓示了卡夫卡式的困惑主题——在强大势力面前小人物的孤独与无助。

《变形记》是卡夫卡中短篇小说的代表作,集中反映了他的小说创作的一个基本主题:人的异化。主人公格里高尔·萨姆沙本是一个旅行推销员,长年累月在外奔波,承担着赡养家人的义务,但一天早晨醒来,却突然发现自己变成了一只大甲虫,从此厄运降临。他丢掉了工作,逐渐像虫子那样只愿意吃腐烂的东西,倒挂在房顶上,但还保留着人的心理和思维特点,所以能够敏锐地察觉到自己给家人带来的灾难,这使他倍感痛苦。而在失去萨姆沙这个重要的经济来源后,他的父亲、母亲和妹妹不得不辛苦工作,甚至靠出租房屋来增加收入,所以全家人将他视为怪物和累赘。在被所有的亲人弃绝后,萨姆沙终于孤独地悄然死去了。全家人如释重负,轻松愉快地开始了新的生活。

在这个人变成虫的荒诞故事中,如何理解萨姆沙的变形是解读全篇的关键。卡夫卡实际上借一个"变形"的现象同时触及了异化和反异化两个层次的主题。

马克思在《资本论》中将大工业时代的异化现象归结为"物对人的统治,死的劳动对活的劳动的统治,产品对人的统治",即在现代资本主义社会,商品化和金钱统治降低了人的价值,使人性泯灭,劳动便成为与人对立的力量,人也转而成为物质的奴隶,变成了工具,最后"人"便丧失了自我,成了物和非人。从这个意义上说,萨姆沙的变形就是物化劳动、与人敌对的社会奴役、压迫的结果,是人遭遇的莫名之灾——人的异化。但除去这种个人的异化,小说还着重描写了人与人之间关系的异化。当萨姆沙能够赚钱养家时,家人对他是很尊敬的,早晨催他起床时都只是"轻轻地叩门"。但一旦他变成了甲虫,无法再为家人提供经济资源时,那层笼罩在亲情之上的温情脉脉的面纱立刻被撕了下来。父亲"握紧拳头,一副恶狠狠的样子,仿佛要把格里高尔打回到房间里去",他毫不留情地扔出的苹果重创了格里高尔,"使他有一个月不能行动";母亲则根本"鼓不起勇气进他的房间",甚至一看到他的样子就晕倒了;连和他关系最密切的妹妹对他也由最初的些许怜悯逐渐转成了强烈的厌弃,公开宣布"对着这个怪物,我没法叫他哥哥"。可见,当萨姆沙还拥有供养家庭的经济能力时,他便可以暂时享受家庭的温馨;但当他哪怕因为一种不可名状的超现实力量而丧失了工作能力后,他便不再为家人和社会所接受。所以,在《变形记》中,人只是有用与否的工具,圣洁如亲情之爱也是建立在物质利益的基础之上的,卡夫卡以一个人的变形、一个家庭的态度寓示了一种普遍的生存状态,寓示了一个普遍异化的现实世界。

卡夫卡的世界观有一个突出特点,就是他对现实生活一直秉持着冷眼旁观的态度。在他看来,任何形式的社会斗争都是无意义的,既不能改变事物的进程和现存秩序,也不能制止和消除世界上的罪恶。所以他的作品带有浓厚的宿命论色彩,常常用抽象的荒诞的手法表现他所感受到的事物的本质。他在叙述中把总体的荒诞与象征同细节描写的现实主义结合起来,创作了一种把生活非现实化和梦境现实化的佯谬(也称"背反")文体。相形之下,他的叙述语言却极其平淡自然,无论叙述如何荒诞可怕的事情,都始终采用一种四平八稳、冷漠淡然的语调,反倒产生了震撼人心的力量。这种内容情节荒诞离奇而叙述形式却平实冷漠的艺术风格,广为后来的现代派作家们所推崇仿效。

第五节 乔伊斯和《尤利西斯》

詹姆斯·乔伊斯是爱尔兰著名小说家,20世纪西方现代主义文学的先驱者之一,意识流小说创作在他手里达到了顶峰。

乔伊斯出生于爱尔兰都柏林一个贫穷的公务员家庭。其父曾积极参与爱尔兰民族独立运动,他自己早年则就读于天主教寄宿学校,所以乔伊斯是在民族主义运动和宗教热情这两种氛围中长大的。但是这并没有使他成为虔诚的天主教徒,相反他很早就产生了强烈的反宗教意识。1898年,他进入都柏林大学攻读文学和哲学,期间因发表易卜生剧评等文论而小有名气。因为无法忍受家乡庸俗窒息的生活,从1904年开始漫长的旅外生涯,先后去过巴黎、罗马、苏黎世等地,从事过银行职员和教师等职业,并于1920年起定居巴黎,靠教授英语和写作来维持生活。终其一生,乔伊斯对爱尔兰始终抱有一种爱恨交加的复杂情感,精神上备受煎熬。此外,在侨居国外的漫长岁月里,物质生活一直十分困窘,患眼疾久治不愈,晚年时已近失明,女儿又得了精神分裂症。这一切打击终于使他心力交瘁,于1941年在瑞士苏黎世病逝。

乔伊斯的处女作是象征主义诗集《室内音乐》(1907)。第二部作品《都柏林人》(1914)则是一部由15篇短篇故事组成的小说集。其主要画面表现了形形色色的都柏林中下层市民平庸琐碎的生活,揭示出弥漫于整个社会那种死气沉沉、麻木不仁的瘫痪状态。从艺术风格上看,小说集更多地显示出现实主义和自然主义文学的基本特点,同时还体现出一定的象征主义技巧。

1916年,乔伊斯发表了带有浓厚自传色彩的长篇小说《一个青年艺术家的画像》,这是他用意识流手法创作的第一部作品,标志着他从传统现实主义向现代主义的过渡。小说主人公斯蒂芬·代达罗斯是一个富有艺术气质的爱尔兰青年,随着年龄的增长和心智的成熟,他决心摆脱保守的天主教势力、庸俗的社会环境和闭塞的家庭生活的影响,自我流放,献身艺术。这部小说和劳伦斯的《儿子与情人》一起被誉为20世纪西方最出色的两部"成长小说"。小说体现了作者强烈的"孤独"意识,并借主人公之口说出:"流亡就是我的美学",声称要摆脱一切影响,"不论它的名字是家庭、教会还是祖国"。

从1914年至1922年,乔伊斯用7年的时间完成了他的代表作——长篇小说《尤利西斯》。这部作品为西方现代派小说带来了一场革命性的变化,同时也为他赢得了世界性的声誉。

在晚年双目近乎失明的艰难中,乔伊斯于1939年出版了他的最后一部意识流长篇小说《芬尼根守灵夜》(或译为《芬尼根们的苏醒》)。小说记叙了都柏林酒店老板伊尔威格一夜之间的梦幻和狂想,暗示人类社会的历史动力就是情欲和战争。整部小说充满了梦幻和潜意识,情节支离破碎,其意识流技巧和语言的运用都已超越了正常理解的范畴,使人难以卒读。因此有评论家认为,这部小说既是意识流小说的登峰造极之作,也是意识流走向衰落的标志。

《尤利西斯》的构思长达16年,写作时间也有7年之久,发表后轰动了整个西方文坛,被公认为是意识流小说的经典之作。从内容和技巧上看,小说应该是《一个青年艺术家的画像》的继续和发展。它长达1000多页,几乎触及20世纪初都柏林社会生活的每一个侧面,包括哲学、政治、历史、经济、文化等领域,因此被称为爱尔兰现代社会的一部史诗和百科全书。但是小说的故事情节却十分简单,共分18章,描述的是1904年6月16日早上8点到深夜2点45分的18个小时内,中学历史教师斯蒂芬·代达洛斯、报纸广告推销员利厄波尔·布卢姆和妻子莫莉三个都柏林人的活动经历及完整的意识流程。前3章是第一部分,写斯蒂芬上午的活动,他8点起床,然后去上课、领工资,接着踯躅于街头海滨,无所事事却又浮想联翩。第4—17章为第二部分,记录了主人公布卢姆一天的生活和意识活动,是小说的主体部分。布卢姆是一个勤劳宽容但又怯懦平庸的中年男子,犹太裔爱尔兰人,11年前幼子夭折,给他的精神造成了重大打击,使他的性功能衰退,与情欲旺盛的妻子早已形同陌路,即使知道妻子不忠,也只能忍气吞声。他一天的生活十分琐碎无聊,除了工作,无非是起床、吃饭、洗澡、写信、散步,甚至只有在调情、偷窥、性幻想等猥亵下流的举动中才能得到一些满足和快意。所以,他和斯蒂芬一样孤独痛苦,渴望拥有一份正常的温情。晚上 10 点多,布卢姆在医院第一次遇上了斯蒂芬,午夜时分又在妓院救下了喝醉酒被人殴打的斯蒂芬,对他悉心照料,并将他带回家吃夜宵。从斯蒂芬身上,布卢姆似乎看到了当年的儿子,心中感到了久违的父爱;而斯蒂芬一时间仿佛也找到了自己精神上的父亲,情绪振奋了许多。第 18 章是第三部分,写布卢姆将遇到斯蒂芬的经过告诉了妻子,已经似睡非睡的莫莉在潜意识中竟然感到一种母性的满足,还有对一个陌生男子的隐约情欲。小说最末处是莫莉开了闸似的意识流动,整整 40 页没有标点的文字,无头无尾地倾泻下来,涉及在她生命中出现的众多情人,最后以回忆布卢姆当年向她求婚的情景结束了故事。

尽管中心人物只有三位,乔伊斯却围绕他们的活动和思想意识,展示了 20 世纪初在英帝国和罗马教会双重统治下的都柏林社会。他以动态的笔法,记录了街道、商店、酒吧、学校、图书馆、海滩、教堂、医院、妓院等种种场景,再现了都柏林在家庭、社会、自然、宗教、政治、艺术等各个领域的全局风貌。其写作目的却是预示这个现代文明社会不可挽回的分崩离析,剖析生活在其中的都柏林人麻木空虚、迷惘平庸的精神状态,反映一个时代所面临的问题和危机。

虽然具有百科全书式的内容和深刻的寓意,《尤利西斯》引起更大关注的还在于艺术风格和技巧上的全面革新。乔伊斯放弃了传统小说强调的情节艺术,而代之以创造性的语言艺术。

作品的文体风格变幻多样,每一章文体都在求新求异,形成了复杂的对位式结构。乔伊斯曾经在导读性著作中专门说明各章的文体。如第 1 章写斯蒂芬,是"青年人的叙事体";第 2 章写上课,就使用了"个人化的教义问答体";第 8 章写布卢姆吃饭,小说采用的是摹仿胃肠蠕动的"环绕重迭体"。最有名的是描写产院的第 14 章,共运用 30 种左右的不同文体,模拟了从英语问世以前直到近代的多种语言以及班扬、笛福、狄更斯等20余位英国历代散文大师的体裁风格,包括20世纪初的新闻体和当代的方言俚语等。这既象征着胎儿在子宫内成长发育的过程,也暗示了英语及其文学艺术的发展和演变。此外,小说的每一章都和某一学科相联系,还与人体的某一器官或部位相联系,这两个系统构成了人类知识的总体系统和人体组织的系统,产生了明显的幽默摹仿效果。正是通过文体的变化,小说达到了结构上的对称与平衡,避免了一般"非情节"小说的松散状态。

小说还体现了乔伊斯的另一个重要艺术表现手法,即借用荷马史诗中《奥德修纪》的故事框架来结构作品,在人物关系上也有意与神话史诗中的人物加以类比,造成了一种相互呼应的摹仿效果。《尤利西斯》这个书名本身就是从史诗主人公奥德修的拉丁名变化而来的,而小说的三个部分在结构上也分别对应了《奥德修纪》的故事情节。但乔伊斯在《尤利西斯》中如此煞费苦心地安排这种神话原型结构,目的并不在于简单地发思古之幽情,而是借古讽今,反衬现代人的庸俗渺小和现代文明的堕落崩溃。令人振奋的英雄主义荡然无存,纯洁专一的感情沦为彻头彻尾的情欲,崇高庄严的史诗形式,与三个都柏林人那种无聊猥琐的生存状态之间形成了巨大的反差,产生了强烈的反讽效果,也提升了小说表现人类普遍悲剧性的象征意义。

乔伊斯深受柏格森直觉主义和弗洛伊德潜意识学说的影响,在《尤利西斯》中将意识流创作推向了顶峰。他把物理时间和心理时间有机结合在一起,通过内心独白、自由联想、时空跳跃、蒙太奇等技巧,在有限的时空内,全面地展示出三个人物漫长的人生经历和真实的性格心理,而且因人而异地使用了具有不同特点的意识流程。斯蒂芬是受过高等教育的青年诗人,思想复杂,所以在内心独白时也喜欢引经据典,使用深刻形象的书面语言。布卢姆是广告推销员,性格比较实际,他的内心独白往往与琐事细节相联系,语言相对生活化,但有幽默感。其中最经典的片段就是最后一章里莫莉的那段意识流。她是小有名气的女歌星,性格轻浮外露,当时又处在睡意朦胧的状态,对外界的印象已经十分模糊,所以意识之门一旦打开,便自由散漫般地四处流淌,无拘无束,无始无终,但基本全与情欲相关。乔伊斯在她长达 40 页的内心独白中取消了标点符号的间隔,目的就是强调其意识流动的连续性和随意性,真实恰切地展现了她即将入梦时混乱不清的心理状态和纵情享乐的性格特征。

第六节　海明威和《老人与海》

欧内斯特·海明威是 20 世纪美国文学史上具有传奇色彩的人物,美国现代最负盛名的小说家之一。

他生于芝加哥附近的一个医生家庭,从小就兼有打猎、捕鱼、绘画、音乐等多种兴趣;尤其是渔猎,几乎伴随他一生,对他的创作及其特殊性格的形成产生了重要影响。1917 年海明威中学毕业后来到堪萨斯城做《星报》见习记者,受到初步的文字训练。1918 年他以志愿救护者的身份参加了第一次世界大战,并在意大利前线身负重伤。战后,他作为驻欧记者长居巴黎,刻苦学习写作,曾得到侨居巴黎的美国女作家斯泰因(Gertrude Stein,1874—1946)的帮助,开始形成自己的艺术风格。1936 年西班牙内战爆发,海明威曾两次前往报道战事,立场鲜明地支持年轻的共和政府。第二次世界大战期间,他曾赴中国报道抗日战争,自己更亲身积极参与反法西斯的军事行动,留下了一段传奇般的经历。战后,海明威侨居古巴。1954 年获诺贝尔文学奖。古巴革命后,他迁居美国爱达荷州。1961 年 7 月 2 日,因患多种疾病和精神抑郁症而开枪自杀。

1923 年海明威在巴黎出版了自己的第一部作品集《三个短篇和十首诗》,反响甚微。1924 年他又发表了小说集《在我们的时代》,内含 18 个短篇,以独特的穿插性结构,组成了主人公尼克青少年时期的生活史,初步显示了海明威的创作风格。尼克那种孤独苦闷的精神状态,实际上正是海明威欧战归来时的真实写照。两年后,他的成名作《太阳照常升起》(1926)出版,进一步扩展了这种思想情绪。小说描写了一群在一战后侨居巴黎的英美青年,帝国主义战争击碎了他们对传统价值的信念,生活中没有目标和理想,欲爱不能,欲行无力,只能借酗酒、调情、钓鱼、争吵和看斗牛等方式寻求刺激。由于小说深刻反映了战后西方一代青年的痛苦经历和思想情绪,表现了他们在人生道路上的迷惘和绝望感,因此被公认为"迷惘的一代"的代表作。海明威也成了"迷惘的一代"的代表作家。1929年,长篇小说《永别了,武器》问世,这是海明威最重要的反战作品。他在小说中将战争、爱情和死亡联系在一起,通过美国青年亨利和英国女护士凯瑟琳的爱情悲剧,谴责了战争对个人幸福和美好价值的摧残。这部作品标志着海明威在艺术上的完全成熟,它以简洁冷静的叙述、客观精练的动作刻画、电报式的对话、情景交融的环境描写以及从感觉、视觉和触觉着手的表达方式,构成了作者独特的艺术风格。

30年代前半期,对海明威来说是痛苦的怀疑和探索时期。他创作了一系列短篇小说,如《午后之死》(1932)、《非洲青山》(1935)、《没有斗败的人》(1935)等,多描写惊心动魄的斗牛和狩猎场面,表现了斗牛士、猎人和渔父等敢于冒险犯难、临危不惧、蔑视死亡的"硬汉"精神。作者把这种精神扩展为具有普遍意义的人类优秀品质,认为这是不幸者用来对抗邪恶和厄运的本质力量。1936年,他写成了自己最为满意的短篇小说《乞力马扎罗的雪》,作品采用意识流和象征手法,描写作家哈里在临终前对自己一生的回忆和悔恨。他是一个经历丰富、很有才华的青年,但因追逐金钱和享乐,虚度年华,最后在孤独和绝望中死去,多少带有一些海明威的自传色彩。

从1937年至1940年,是海明威的"西班牙时期",他在创作和生活上都进入了一个新阶段,写出了一生中唯一的剧本《第五纵队》(1938),发表了反映西班牙内战的长篇小说《丧钟为谁而鸣》(1940)。小说叙述美国青年志愿兵乔顿献身西班牙的反法西斯战争,在游击队的配合下舍身炸桥的故事,热情歌颂了为正义事业勇于牺牲的国际人道主义精神。这本书被公认为是描写二战题材的最优秀的作品之一。

二战期间,海明威以反法西斯斗士的姿态活跃在欧亚战场,由于频繁的参战活动,他基本上中断了写作,但战争期间的经历却成为他战后创作的重要素材。战后16年间,除了渔猎和旅行,海明威写下了大量文稿,但生前仅发表了《过河入林》(1950)和《老人与海》(1952)两部中篇小说。

海明威的经历极富传奇色彩:参加过两次世界大战,遭遇过两次飞机失事,曾经四次婚变,一辈子热衷于斗牛、渔猎和拳击等高危性的活动。作为一个生命力极其旺盛、情感也极其丰富的人,他一生都在追寻生命的最高价值,他的创作也正反映了他对人生和社会的这种探索。其中既有对社会生活的真实写照、强烈的爱憎、力与勇的闪光,又有思想上的迷惘和对抽象的人的力量的盲目歌颂。他以自己独树一帜的艺术风格影响了一代文风,对欧美乃至全世界文学都产生了重大影响。

《老人与海》是海明威一生的总结性作品。美国当代作家菲利普·扬曾说过:"在现代世界,凡有知识分子的地方都知道海明威,而凡知道海明威的人,没有不知道《老人与海》的。"1954年,瑞典文学院在授予海明威诺贝尔文学奖的颁奖辞中也提到:"他精通于叙事艺术,突出地表现在他的作品《老人与海》中,同时也因为他在当代风格中所发生的影响。"由此可见,在海明威的整个创作中,《老人与海》占据了一个相当重要的地位。

这部中篇小说描写了古巴渔民桑提亚哥在海上3天3夜的捕鱼经历。在这之前,他接连84天出海却一无所获,一度伴随他出海的小男孩曼诺林也被父母叫走了,只剩下他孤单一人。但是,桑提亚哥并没有失望和倦怠,在第85天,他仍然独自驾船出海,并于第2天在深海中钓到一条比自己的船还要大的马林鱼。老人使出全部气力,经过两天两夜的奋战,终于杀死了大鱼,可是在归途中却又遭到了鲨鱼的凶猛袭击。他虽然已经筋疲力尽,手臂也受了伤,但还是与鲨鱼展开了殊死搏斗。经过艰苦卓绝的恶战,老人最后击退了鲨鱼群,拖着一副庞大的马林鱼的空骨架,回到了渔港。他疲劳至极,回到家里倒下就睡着了,在梦中他又梦见了海滩上的狮子。

作为总结性作品,《老人与海》比较集中地体现了海明威独特的艺术风格。他曾把文学创作比作漂浮在海上的冰山,提出:"如果一位散文作家对于他想写的东西心中有数,那么他可以省略他所知道的东西,读者呢,只要作者写的是真实,会强烈地感觉到他所省略的地方,好像作者已经写了出来。冰山在海里移动很庄严宏伟,这是因为它只有八分之一露出水面上。"这一著名的"冰山理论",是海明威处理创作与生活关系所遵循的原则。这个原则强调一个优秀的作家应该尽量简洁、客观、准确地描绘出蕴意深厚的生活画面,从而唤起读者自己的生活感受和想象力,去开掘隐藏在"水下"的"八分之七"。它也决定了《老人与海》在艺术上的特色。

《老人与海》的内容十分丰富,可供开掘的思想层次异常宽厚,但全书只有不到 60 页的篇幅。作者将事件发生的背景和动因都"抛入水下",甚至连必要的老人的身世和处境,也仅用"屋子里有一张床,一张饭桌,一把椅子","褐色的墙上"挂着"他老婆的遗物"等寥寥几笔,就作了交代。相形之下,海明威却集中笔墨来描写老人在海上那场惊心动魄的搏斗:鱼叉戳飞了,棍子打断了,船桨劈裂了,刀子也扎钝了,却仍不屈服。这正是典型的海明威式的艺术处理方式:宁可在别的地方留下许多空白,也要突出主人公的行动和心理。这样,老人的形象鲜明生动了,读者对老人的形象"知道得越多","感受得越深",开掘"水下的东西就越多","你的冰山就越强有力"。

海明威十分强调"客观"描写,这种冷峻含蓄的文体特色在《老人与海》中表现得非常突出。作品通篇采用的都是极少带感情色彩的语言,好像在叙述一件与己无关的事情,越是描写惊心动魄的搏斗场面,作者的叙述语言就越冷峻。可以说,海明威正是有意通过描写事件与描述语调的强烈反差,来实现思想和艺术力量在读者心灵上的冲击与震撼。与之相对应的,是海明威独特的电报体风格——避免使用描写手法,避免使用形容词,尽量用短句子,用直截了当的叙述和简洁清新的对话。正如英国评论家赫·欧茨所说,"海明威斩伐了整座森林的冗言赘词,还原了其基本枝干的清爽面目",最后"通过疏疏落落的经过锤炼的文字,眼前豁然开朗,能见度渐大"。这种描写和叙述的简洁精练,不仅表明了海明威的文字功底,更反映了他提炼和概括生活的能力。

海明威的"冰山"之喻在《老人与海》中的另一个体现是整体的象征性与真实的现实生活描写有机结合,活生生的人物形象与深刻的寓意性的结合。作者笔下几乎每一个形象都具有广泛的象征意义,但这并没有使小说成为寓言式的作品,人物也没有成为某种观念的对应物,究其原因,主要得力于形象的坚实。海明威在描写老人的种种行为和心理活动时,都做到了结实饱满、准确生动,而正是建立在这种生活真实基础上的象征,才保证了小说能够做到以立体感的形象透视出潜深的内容和主题。

《老人与海》中的老人是海明威笔下常见的"硬汉"性格的最高典型:在任何挫败与困难面前,都能捍卫自己的勇气和尊严,始终保持一种临危不惧的风度。小说通过桑提亚哥这个形象,生动地表现了"人并不是生来就要被打败的。你尽可以把他消灭掉,可就是打不败他"的崇高主题。

第七节 福克纳和《喧哗与骚动》

威廉·福克纳是美国南方文学的领军人物,意识流小说在美国的重要代表,同时也是美国现代文学史上最伟大的作家之一。

他出生于密西西比州新阿拉巴马一个曾经显赫一时的大庄园主家庭,但至其父亲时已家道中落,福克纳对庄园主世家由盛而衰过程中的种种历史境遇和复杂心绪极为了解,在日后创作中更是写尽了这些印象和感受,成为"南方的代言人"。

福克纳并未接受系统的学校教育,一战期间曾在加拿大皇家空军学校受训,战后进密州大学学习,但一年后便离校谋生,从事过多种职业,同时练习写作。他的创作方向起初靠近"迷惘的一代",发表了处女作《士兵的报酬》(1926),描写年轻一代的战争创伤。第二部小说《蚊群》(1927)则是讽刺小说。1929年福克纳发表了第三部长篇小说《沙多里斯》,开始真正走上作为一个南方作家的艺术道路。小说主要写一个南方贵族子弟沙多里斯因为负伤从前线返回家乡,企图借助莽撞的行为再现祖先的剽悍和勇猛,结果机毁人亡。这部被作者自称为"站在门槛上"的书,首次以虚构的约克纳帕塔法县为背景,尖锐地揭示了贵族世家的精神遗产和现代社会生活的矛盾冲突,表明了旧日南方社会和它的精神不可挽回的衰落。

从此,福克纳开始在"自己像邮票那样大的故乡的土地上",营造属于自己的艺术天地。从他笔下源源不断诞生的一系列小说,形成既各自独立又相互联系的作品群,被合称为"约克纳帕塔法"世系小说。该世系小说共有15部长篇和几十篇短篇,拥有600多个有名有姓的人物,涵盖了美国独立战争之前至二次世界大战之后近150年的历史,全部以作家虚构出来的美国南方密西西比河北部约克纳帕塔法县及其县府所在地杰弗生小镇作为人物活动与故事发生的背景。福克纳把这套小说按题材分成了几个方面:种植园主和他们后裔的故事;杰弗生镇其他白人居民的故事;印第安人和黑人的故事等。其中他最感兴趣的是种植园主世家兴衰沉浮的题材,分别创作了描写沙多里斯世家、康普生世家、塞德潘世家和麦卡斯林世家的4部重要作品,即《沙多里斯》、《喧哗与骚动》(1929)、《押沙龙,押沙龙》(1936)和《去吧,摩西》(1942)。除此之外,世系小说中的其他重要作品还有描写本特伦家族的《我弥留之际》(1930)、以种族问题为主题的《八月之光》(1932)、叙述斯诺普斯家族发家史的《斯诺普斯三部曲》(1940—1959,包括《村子》、《小镇》和《大宅》)等。福克纳创作世系小说之时,正是美国南方作家空前活跃的时期。当时,一个工业化的社会已经基本改变了旧日南方地区的面貌,蓄奴制彻底瓦解,但祖先的罪恶所带来的历史负担和心理痼疾却仍一息尚存,再加上工业文明孳生的金钱和物质力量对人性的异化与戕害,都使南方的现代思想文化呈现出很复杂的状态。知识分子目睹南方社会衰亡的过程,心情爱恨交织,往往难以在工业化的时代里找到新的思想归宿;有的即使已经附属于改变了的新社会,但心灵上却仍时时感应到消逝了的旧社会的余音,充满了不安与骚动。福克纳的创作便突出反映了南方人特有的这种精神状态。

作为美国"南方文艺复兴"的旗手,他并未单纯驻足于南方的乡土风情,而是更多地挖掘其精神寄托、感情纠葛和历史归属的命运经纬。从他的作品中,人们感受的不仅是深藏于南方土地上的审美意识,更重要的是极富于历史感和现实性的文化反思。

《喧哗与骚动》是福克纳第一部成熟之作,同时也是"约克纳帕塔法"世系小说中影响最大的作品。书名出自莎士比亚著名悲剧《麦克白》中的一段独白:"人生是一个白痴所讲的故事,充满着喧哗与骚动,却找不到任何意义。"小说描写杰弗生镇康普生世家的没落以及各个成员的遭遇和精神状态。全书分四部分,由四个人物从不同的角度进行叙述,中心线索是女儿凯蒂的经历。前三部分分别是康普生的三个儿子,即白痴班吉、哈佛大学学生昆丁、实利主义者杰生的内心独白,折射出这个家族30年的变故。班吉的姐姐凯蒂与某男人幽会,怀了身孕,不得已另嫁他人。婚后丈夫发现隐情,抛弃了她,她只好留下私生女小昆丁,到大城市靠出卖肉体谋生。由于失去姐姐的关怀,班吉为此感到悲哀,他已经33岁了,却只有3岁孩子的智力。昆丁对妹妹凯蒂怀有一种畸形的情感,凯蒂的放荡和出走使他深受打击,最后选择了投河自尽。杰生则是一个自私卑下的势利小人,他痛恨凯蒂的行为影响自己在银行谋得职位,进而憎恨和虐待她的私生女小昆丁,甚至侵吞了凯蒂靠卖身给女儿的赡养费。小昆丁长大后重蹈母亲的覆辙与人私奔,彻底结束了这个家族的崩溃过程。小说最后一部分由黑人女佣迪尔西的叙述补充尚未清楚的情节。原来这曾是一个显赫一时的望族,如今却败落到只能靠变卖土地来支撑门面。一家之主康普生先生终日贪杯买醉,愤世嫉俗,最后死于酒精中毒;康普生太太则自私冷酷,整天无病呻吟,很少想到作为妻子与母亲的责任。女儿凯蒂原想用自己的爱和责任心来力挽狂澜,却亲人反目、夙愿东流,只能挑战似的冲出"南方淑女"的规范,成了放荡的女人。凯蒂的堕落与昆丁的自杀,都标志着南方传统道德规范的分崩离析;而杰生更是卖掉了祖传的家宅,成了地地道道的资产阶级生意人。与康普生家的一系列堕落形象相对照,迪尔西是书中唯一健康的力量,喧哗与骚动中独有的理智者。她的忠心、韧性、毅力和仁爱,反衬出这个家族无可挽回的衰败,也体现了作者"人性复活"的信念。

在叙事艺术上,《喧哗与骚动》显示出意识流小说手法与多重叙述视角的有机结合。小说充分体现了福克纳"抛开时间的限制,随意调动书中人物"的创作特点,所写的一切在时序上是颠倒混乱、来回跳跃的。第一部分是"班吉的部分",时间是1928年4月7日;第二部分是"昆丁的部分",叙述的时间倒退到1910年6月3日;第三部分是"杰生的部分",叙述的故事发生在1928年4月6日;第四部分是"迪尔西的部分",用第三人称描述发生在1928年4月8日的故事。这种时间顺序上的错乱具有深刻的含义,因为正是在对待时间的观念和反应上,前三章展现出康普生家三兄弟不同的气质、个性与思维活动的特征。班吉毫无时间概念,几十年间发生的各种事情都搅合在脑子里,汇成混杂的意识之流,这也与他智力低下的状况相吻合。昆丁眼看家族的衰败随着时间的延展而加剧,他在时间面前怀有一种无能为力的恐惧感,自杀前将表砸坏,似乎想以死来凝固时间。杰生的时间感倒很强烈,但却是按照实利主义的编排来支配时间的。由此看来,时序的颠倒错乱既象征了康普生家族无力抗拒历史进程的悲剧,也象征着资本主义将随着它的历史发展制造出无数的金钱罪恶。作品还创造性地运用了多角度递进式的表现手法。前三章中三兄弟的意识流程,实际是从不同的角度来讲述凯蒂的故事,但班吉是思想混乱的白痴,昆丁自杀前精神已经濒于崩溃,杰生是偏执狂和虐待狂,他们的思想意识和内心世界多多少少都是不正常的,所以呈现给读者的也是混乱虚幻的图景。直至第四章,采用了全知式视角,由迪尔西这个"正常人"来重新讲述剩下的故事,才使一切豁然开朗。这种独特的叙事方式,使小说的结构基于四个意识中心,从模糊不清的领域递进到清晰可辨的领域,为故事提供了不同视角认识的可能性,突出体现了"意识流"小说形散而神不散的特点。

"神话模式"是福克纳在《喧哗与骚动》中成功使用的另一种手法。

所谓"神话模式"(也称神话原型),是指作者在创作一部文学作品时,有意识地使其人物、情节、结构等要素与被人们所熟悉的另一个神话故事大致平行的艺术手法。在《喧哗与骚动》中,福克纳就以基督受难周的事件为原型,为小说安排了相应的时序结构。小说中第三、第一和第四章的三个日期,即1928年4月6日、7日和8日,分别是那一年的基督受难日到复活节;而第二章的日期,即1910年6月2日,则正是那一年基督圣体节的第八天。因此康普生家族历史中的这四天便全部与基督受难史的四个日子产生了关联。此外,作品几乎每一章里都有与《圣经·新约》中记载的基督经历大致平行的内容,许多人物的行为和情节的发展也能隐隐找到《圣经》中的对应痕迹,如凯蒂的堕落对应夏娃的堕落、昆丁和凯蒂的乱伦之爱对应亚当夏娃的偷食禁果、小昆丁的私奔出逃对应基督的死后复活等。基督的崇高、庄严与康普生家人的庸俗、卑琐形成鲜明对比,康普生子女们的自私、失败与相互敌视,与基督临死前给门徒留下的箴言"你们要彼此相爱",也恰好是一个强烈的对照。福克纳经常在作品中使用这种"逆转"的象征手法。神话模式的运用,使福克纳的小说超越了具体时空,升华至探讨人类普遍命运的高度。

第八节 布莱希特和《大胆妈妈和她的孩子们》

贝托尔特·布莱希特是20世纪德国最重要的戏剧作家,欧洲戏剧史上最富于革新精神的人物之一。

他出生于德国奥格斯堡的一个工厂主家庭,但很早就背叛了自己的阶级,投身于当时的工人运动。第一次世界大战期间,他曾应征入伍,1918年"11月革命"爆发后,被推选为奥格斯堡的工人苏维埃代表。战后,活跃于德国戏剧界。1933年纳粹上台,布莱希特被列入黑名单,被迫流亡巴黎并辗转于北欧各国,曾多次组织和参加世界反法西斯活动,是德国海外流亡作家的中坚力量。1941年,他经苏联移居美国,但由于受到"非美活动委员会"在政治上的迫害,于1948年返回柏林,直至1956年病逝。

布莱希特最早从事的是诗歌创作,但反响平平;相形之下,他的戏剧创作却成就非凡。从1933年被迫开始流亡到二战结束,是布莱希特创作的高峰期,他不仅写出了《大胆妈妈和她的孩子们》(1939)等许多优秀作品,还留下了大批高质量的戏剧论文,从理论到实践都丰富、完善了自己的"叙事剧"体系。这时期的戏剧作品大致可以分为历史剧、寓意剧和现代剧三大类。布莱希特的历史剧并不在意史实上的出入,而是往往把历史的主题提高到具有典型意义的人类矛盾的高度。《伽利略传》(1938—1946)就是以文艺复兴时期意大利科学家伽利略的一生为题材,提出了灵与肉、真理与谬误、个人与社会等一系列的哲学主题。布莱希特认为寓意最适合自己的叙事剧,因为它具有象征性,可以不受真实环境和人物的束缚,通过自由的想象,将平凡的事件赋予具有普遍意义的生活哲理。在《四川好人》(1939—1941)中,作者将事件背景安排在中国四川,通过一个看似荒诞的故事阐明:一个人在"恶"的社会里,既想活得好又想做好人是不可能的。《高加索灰阑记》(1945)根据中国元杂剧《包待制智勘灰阑记》改编而成,也是一部寓意剧,在艺术上充分体现了叙事剧的多种表现手法。另一个寓意剧《潘第拉老爷和他的男仆马狄》(1940)是公认的布莱希特最滑稽的一部戏剧,在这个剧本中,作者从人性和阶级两个不同的角度探索了双重人格的问题。《卡拉尔大娘的枪》(1937)和《第三帝国的恐怖和灾难》(1938)是现代剧,分别以西班牙内战和纳粹统治下的德国社会生活为题材,旗帜鲜明地表现了反法西斯的积极主题。

《大胆妈妈和她的孩子们》是一部反战题材的历史剧。作为布莱希特的代表作之一,是体现他的叙事剧理论的最好的艺术范本。剧本的副标题是"三十年战争时期纪事";主人公则是一个绰号叫"大胆妈妈"的随军女商贩。她带着两个儿子和一个哑巴女儿,拉着一挂大篷车,随军队出征,企图利用战争来发财致富。作者借剧中一个司务长之口曾感慨:"谁要想靠战争过活,就得向它交出些什么。"大胆妈妈及其家人在战争中的经历和命运构成了这出戏剧的主线。战火蔓延了12年,大胆妈妈的大篷车也伴随着战争的足迹走了12年。12年里,她拒绝了一份能避开战争安稳过日子的情感,三个孩子也先后在战争中丧命,自己不但没有发财,反而变得穷困潦倒、孤独衰老。但她仍没有放弃发战争财的梦想,又独自拉着大篷车,一如既往地随着军队开拔了,走向那不可知的最终的毁灭之途。

要想更好地理解《大胆妈妈》,必须先得对布莱希特的"叙事剧"(又称"史诗剧")理论有所了解。布莱希特将戏剧分为两个类型:传统戏剧和叙事剧。在他看来,西方传统戏剧的结构与特征遵循的都是古希腊亚里士多德在《诗学》里为戏剧体裁所界定的标准,希望能调动观众的感情,使他们能够随着戏剧情节的发展被感动,与表演者产生共鸣。而布莱希特却要求建立一种能够适应20世纪人类生活特点的新型戏剧,他认为戏剧艺术不应结束而应启发观众的思考,激发他们自身改造世界的兴趣和愿望,而不是使他们接受一个现成的世界。所以,从编剧到演出,他都强调戏剧的教育作用,努力使观众在欣赏过程中保持理性,在冷静的观看中去思考和判断。这就是布莱希特所称的"叙事剧",这种戏剧的结构或是演员的演出都要想方设法地阻止观众产生共鸣。

为了实现"叙事剧"的艺术思想,布莱希特提出了一种他称之为"陌生化效果"(又译成"间离效果"或"疏离效果")的戏剧表现手法。这既是一种新的美学概念,也是一种新的戏剧表演理论和方法。所谓"陌生化",布莱希特自己曾下定义为"陌生化的反映是这样一种反映:对象是众所周知的,但同时又把它表现为陌生的",即要求剧作家和导演用异乎寻常的艺术手段来表现观众已经司空见惯的事件和人物,使观众感到新奇,进而引发他们重新进行审视与思考。尤其在表演方式上,他认为一个优秀的演员应该既是角色的扮演者,又是角色的批评者,演员要把自己所理解的角色表演给观众看,而不是和角色融为一体。可见,"陌生化效果"追求的是有意识地使观众与舞台保持距离,从而保证观众能够始终以一种"旁观者"的身份来冷静地评价和判断舞台上所发生的一切。

"叙事剧"理论和"陌生化效果"是布莱希特对20世纪世界戏剧发

展作出的创造性贡献,也是阐释和理解他的戏剧活动与创作的重要前提。中国戏剧理论界一般将布莱希特的"叙事剧"戏剧体系、斯坦尼斯拉夫斯基的"体验论"戏剧体系和梅兰芳的中国戏剧表演体系,并称为世界三大戏剧表演体系。这三者之间的区别就在于,如果将观众和演员的关系视为舞台的第四堵墙,那么斯坦尼斯拉夫斯基肯定这堵墙的存在,布莱希特试图推翻这堵墙,而在梅兰芳看来,这堵墙根本就不存在。

《大胆妈妈和她的孩子们》写于第二次世界大战初期,作家本意是想通过此剧来呼吁和警告德国人民,不要被许诺所迷惑,也不要指望在战争中得到什么利益,更不要对纳粹法西斯抱有任何幻想。但布莱希特并没有把这种严肃深刻的思想主题直接在舞台上传声筒似的表现出来,而是在剧本写作中严格遵循历史客观性的原则,绝不为了打动观众的感情而超越历史本身所允许的范围。所以他笔下的大胆妈妈始终没有摆脱那种现实的盲目性,变成所谓迷途知返的女革命者,而是自始而终抱着发战争财的美梦,大喊"要想叫我讨厌战争,你们是办不到的",成了彻底的战争信徒。剧本分12段来叙述大胆妈妈12年中的某些际遇,各段间并没有统一的联系线索,作家只是像一个记者那样不带丝毫感情地描述所发生的一切,不加任何主观评论地将历史事件以其本来面貌呈现于人们眼前。这种处理方式曾一度带来阐释上的歧义,并招致社会主义阵营内某些评论家的非议,但布莱希特的回答是:"用不着老是把思想放在舞台上展览,应当让观众带着思想走出剧院。"舞台上的大胆妈妈可以什么都没有学到,观众从她嘴里也听不到什么有益的教训,但"剧作家的任务不是在剧本的结尾使大胆妈妈睁开眼睛,而是要使观众睁开眼睛",认识到战争的反人道本质。这才是布莱希特的叙事剧所要追求的教育效果。

布莱希特在《大胆妈妈》中使用了许多"陌生化"的表现方法,以求突破"第四堵墙"。剧本在结构上采取的是开放形式,突破了西方传统戏剧所遵循的亚里士多德式的"三一律"原则。它一反那种头尾呼应、环环相扣、主线串贯的传统规则,无论在时空安排还是情节发展上,都呈现出无头无尾的"松散"状态。另外,布莱希特反对幻觉式布景,常采用匀称白光,还在戏中加入了歌唱、解说、幻灯、电影等艺术因素,每段戏都有标题,甚至会提前告诉观众这场戏将要发生什么,以便观众作好思想准备,能够将注意力全部放在情节的发展和人物的行动上。这种在编剧、舞台设计、音乐、表演方式上的多种尝试,目的正是为了破除舞台给观众造成的错觉,使其始终保持清醒的头脑来看戏。

值得一提的是,布莱希特的"叙事剧"并不是无缘之木,他自己曾经明确表示,其理论源自三个方面:启蒙主义的戏剧理论、德国中世纪民间戏剧和中国传统戏曲艺术。20世纪50年代,布莱希特在亲自导演《大胆妈妈和她的孩子们》时,曾自觉而娴熟地运用了时空不固定的原则,大胆妈妈的大篷车在空荡荡的舞台上滚动,几圈下来,便象征她已经随着战争走过了芬兰、摩拉亚、巴伐利亚、意大利……这正是他从中国戏曲表演程式中借鉴的手法。而在第二、三场戏中,他又采用了共时性场景,即在同一场戏中让两个故事共同进行的戏剧技巧,这正源于表现主义戏剧。可见,布莱希特的"叙事剧"既以"拿来主义"的态度借鉴吸收了东方文化,尤其是中国戏曲艺术的成就,更是对欧洲及德国现实主义戏剧传统的继承与创新。

第九节 托马斯·曼和《魔山》

托马斯·曼是20世纪前半期德国最重要的现实主义小说家之一。

受父母影响,他很早就兼有严肃冷静、敏感热情、长于幻想的性格。1892年随家人迁居慕尼黑,次年中学毕业在一家保险公司当见习生,创作第一部小说《堕落》,确定文学志向。1898年托马斯·曼经历了三年意大利旅居生活后回国,开始了专业创作生涯,出版第一部小说集《矮个先生弗里德曼》。其中包括六部中篇小说,内容大多表现由于生理缺陷或某种病态,被社会冷漠对待的"局外人"的处境和孤独感。

发表于1901年的《布登勃洛克一家》,是托马斯·曼的第一部长篇小说。这部仅用 4 年时间写成的"伟大小说",不仅奠定了年方 26 岁的作者在德国乃至整个欧洲的文坛地位,还开启了德语文学的一个新时代。在 1929 年作者获得诺贝尔文学奖的颁奖辞中,它被评价为"第一部也是迄今最卓越的德国现实主义小说"。

从 1903 年到第一次世界大战前夕,托马斯·曼发表了一系列总称为"艺术家小说"的中篇,其中包括《托尼奥·科勒格尔》(1903)、《王爷殿下》(1909)和《威尼斯之死》(1912)等。这些小说一方面揭露资本主义社会怎样把艺术当做商品,扼杀艺术;另一方面描写艺术家自视清高,由于不甘随俗浮沉而走向唯美主义。在《托尼奥·科勒格尔》中,作者表达了这样的思想——"如果说,有什么能使我从一个知识分子变成一个作家,那正是我对人性,对生活,对普通事物的平民式的爱"。在这部作品中,他清算了叔本华的病态美学和尼采的超人哲学对自己的影响,步入"肯定人生、热爱生活、倡导人性"的创作道路。

1918 年,托马斯·曼著文《一个不问政治者的看法》,指责兄长亨利希·曼的《左拉论》是背叛祖国,从而暴露了他对待第一次世界大战持有民族主义的错误态度。此后十年,他经历了痛苦的精神反省,根据欧洲社会生活的新变化来验证那些影响自己个性形成的哲学、心理学和美学理论,艰难地克服他的日耳曼民族主义。这样的创作背景,使他在 1924 年发表的《魔山》具有浓厚的哲理思考和精神探索的色彩。这是作者对第一次世界大战及后来一系列重大历史事件进行重新思考的结果。

继续着对欧洲社会生活的反思和探索,托马斯·曼于 1930 年发表了中篇小说《马里奥和魔术师》。他用魔术师对观众的愚弄,来隐喻军国主义的黩武精神宣传对群众的毒害。魔术师被不甘受辱的观众打死的结局又表明,欺骗蒙蔽毕竟不能长久,人们一旦醒悟,就要致欺骗者于死地。

1933 年,希特勒上台,托马斯·曼撰文激烈抨击法西斯分子的倒行逆施,被迫流亡国外。在此期间,他创作了长篇小说《约瑟夫和他的兄弟们》四部曲(1933—1943)和《绿蒂在魏玛》(1939),显示了他在历史小说方面的成就。

第二次世界大战期间,热情投身于反法西斯斗争的托马斯·曼一直紧张地思考着一些问题:德国为何成为两次世界大战的策源地?法西斯怪物为何如此兴风作浪?他感到必须追根溯源,以德国的历史和现状,以及民族精神文化的特征来回答问题。这一探索成果,集中体现在作者晚期最重要的长篇小说《浮士德博士》(1945)中。小说用传记的形式,讲述了阿德里安·莱弗金的一生。作品将一个将灵魂出卖给魔鬼的艺术家的悲剧同德意志的悲剧交织在一起,这是作家思想和创作道路的总结。

托马斯·曼可谓一生坎坷,经历丰富,思想发展的过程更充满了曲折、矛盾和痛苦。所有这些都反映在了他的作品,特别是长篇小说里。《魔山》就是作者的一部长篇杰作,这篇长达70万字的鸿篇巨作是作者对自己第一次世界大战前后的经历和思想的总结,同时它全景式地展现了世纪之交资本主义世界各式各样人物的生活方式和精神面貌,因此被称为"整个欧洲精神生活的精髓"。

小说的情节在阿尔卑斯山达沃斯村的一所疗养院展开。这所疗养院就是人们所说的"魔山"。刚从大学毕业的汉斯·卡斯托普从汉堡到疗养院看望表兄约阿希姆,原打算仅住3周,不料一住就是7年。小说通过汉斯的所见所闻,描绘了疗养院的病态环境以及住在里面的形形色色人物的醉生梦死的病态心理。他们没有工作,没有婚姻,没有任何政治、经济活动,只靠股息和年金度日,百无聊赖。谁进入这个世界,就会被病魔所侵袭,很难摆脱。汉斯初到山上时,还跟山下的世界保持联系,心里想着时间和山下的工作,孜孜不倦地学习各种知识,但是经历了表兄的死亡和爱情的波折以及思想的种种磨难之后,汉斯很快忘记了时间,与周围的人一样浑浑噩噩、麻木不仁地混日子,甚至一度迷恋招魂术。经过长期的迷误,汉斯最后领悟到"人为了善和美不应该让死亡统治自己",终于抛弃了等待死亡的思想,离开了疗养院,企图有所作为。但是这时,第一次世界大战已经开始,汉斯和无数年轻人一起,被送上了战场。小说结尾,年轻的主人公便在一颗大炮弹落到眼前爆炸后飞溅的尘土里,在战场的"混乱喧嚣中,在刷刷冷雨中,在朦胧晦暗中,从我们的视线里消失了"。

可以说,这是一部反映时代的小说。它并不像传统小说那样追求对生活和事件的真实描写,而是强调它的象征意义。"魔山"中的病人来自欧洲各地,虽然他们属于不同的民族、种族,有不同的文化传统、宗教信仰和政治态度,但却有一个共同点,即都属于不必为生计担忧的有产有闲阶级。在与世隔绝的环境中,"山庄"的居民们自有一套独特的生活方式和人生哲学:他们都饱食终日,无所用心;都沉溺声色,饕餮成性;都精神空虚,尽情地享受;同时又暗暗地等待着死神的来临。如同中了魔魇一样,不断有年轻的病人不治身亡。用一位"山庄"中人的话来说,这所谓疗养院"不会使患病的人恢复健康,却能让健康的人染上疾病"。这座笼罩着病态和死亡气氛的"魔山"就是第一次世界大战前欧洲社会的缩影,"魔山"的氛围,正是病态的欧洲社会精神文化的象征。

这个群魔乱舞的"魔山"上,集中了病态欧洲社会中的种种精神和思潮。汉斯见到了形形色色的怪人,目睹了疾病和死亡,也接触到了假如一直生活在平原不可能听到的言论和学说。他开始对生与死、健康与疾病、肉体与精神、空间与时间等一系列问题进行认真的思索。虽然他曾长时间地陷入病与死的幻想中无法自拔,但是,他对生命自身给予了更多的关注则是一种思想的进步。所以说,这既是一次走向堕落的旅行,又是在体验了病与死之后,一次走向思想提升的探索之旅。一切更高层次的健康都得经历疾病和死亡,正如认识罪恶是拯救的前提一样。"向死而生"正是作家所要表达的观念。因此,《魔山》既是一部"时代小说",又是一部心理教育小说。

《魔山》的艺术特色是多方面的。这首先表现在对时间的处理上。为了揭示时间因人而异的相对性,作者采用了三种手段来达到这个目的,一是主人公汉斯自己头脑里对这个问题的思考和探索,这一点集中体现在第六章的《变迁》一节中;二是作者的直接插话、评说以及思辨,例如第七章的《海滨漫步》一节;三是用故事情节本身进展的快慢直观地显现。这主要表现为描写汉斯住进"山庄"疗养院的第一天,觉得一切都异常新鲜,经历、感受十分丰富,时间也就相对增值,对这一天的描写便占了 100 多页的篇幅;而后面的几章,却用很短的篇幅便交代了 7 年的生活,从另一个角度表现了疗养院中的人,与周围世界脱节,已被排除在正常的时间之流以外,他们的生活是停滞和空洞的。此外,作者还经常运用思辨的手段来表现作品的主题。书中的人物相互辩驳和争论,几乎涉及了人类社会的所有重大问题,这种广泛的辩论也反映了作者对时代的分析。最后,作品还运用了精神分析的方法,深入到人物的潜意识中,去挖掘和揭示思想行为的内在因果关系。汉斯对肖夏的爱恋中混杂着少年时期甜蜜的回忆就是一个典型的例子。

思考题

1. 分析《约翰·克利斯朵夫》中的主人公形象。
2. 《荒原》在艺术上是如何实践艾略特的诗歌理论的?
3. 如何理解《变形记》中萨姆沙的变形?
4. 试论《尤利西斯》的文体风格。
5. 简析海明威的"冰山理论"在《老人与海》中的具体体现。
6. 试论《喧哗与骚动》中的叙事艺术。
7. 结合《大胆妈妈和她的孩子们》,具体论述布莱希特的"叙事剧"理论与"陌生化"效果。
8. 试析《魔山》中关于"疗养院"描写的象征意义。

参考书目

1. 罗曼·罗兰:《约翰·克利斯朵夫》,傅雷译,人民文学出版社 1957 年版。
2. 艾略特:《荒原》,裘小龙译,见《四个四重奏》,漓江出版社 1985 年版。
3. 卡夫卡:《卡夫卡小说选》,孙坤荣等译,人民文学出版社 1994 年版。

4. 乔伊斯:《尤利西斯》,萧乾等译,译林出版社 1994 年版。
5. 海明威:《老人与海》,吴劳译,上海译文出版社 2001 年版。
6. 福克纳:《喧哗与骚动》,李文俊译,上海译文出版社 1984 年版。
7. 布莱希特:《大胆妈妈和她的孩子们》,高士彦等译,见《布莱希特戏剧选》,人民文学出版社 1980 年版。
8. 托马斯·曼:《魔山》,钱鸿嘉译,上海译文出版社 1991 年版。

(本章编写:傅景川;李军、金诚参与部分写作)

第八章 20世纪后半期文学

第一节 概 述

20世纪后半期有一个不同寻常的开端:带着刚刚结束的战争留下的难以抚平的创伤,西方社会进入了一个人类历史的新时期。如果站在21世纪的开端回望过去的半个多世纪,物质生产的急剧增长,科学技术的长足发展,社会危机的日益加重——这无疑是一个充满悖论而让人难以一言蔽之的时代。在经济方面,50年代到60年代欧洲各国出现了经济的复兴和繁荣,70年代之后国家垄断资本主义进一步完善、跨国集团的强强联合使当代资本主义发展进入了一个相对稳定的阶段。在技术方面,1945年第一颗原子弹在美国新墨西哥州爆炸,1946年第一台电脑的发明,1953年发现生命遗传基因物质DNA,1969年阿波罗飞船成功登月,同年美国五角大楼首创因特网,90年代克隆羊多莉问世等等。物质生活和科学技术的发展速度似乎超越了人类的想象力,正像一句广告词所说的那样:没有做不到的,只有你想不到的。

然而,科技的进步、社会的转型同时带来的是人的危机感和失落感的加剧。现实生活的浮动性取代了以前的稳定性,多样性代替了单一性,快节奏代替了慢节奏,面对瞬息万变的世界,人们感到更加茫然和惶恐;人的劳动越来越多地被机器的操作所替代,人对自身价值越来越感到怀疑。战后,两种社会体制和军事阵营对峙。60年代末,西欧国家以及美国普遍爆发了一场以青年学生为先锋的激进反叛运动,和平反战、争取民主、倡导人权的运动一浪高过一浪。80年代后,苏联解体,世界格局再次发生重大变化,区域间冲突此起彼伏,全球化趋势日益明显。而今天,战争威胁、环境污染、气候转暖、宗教矛盾、贫富差距等沉重的问题还是如同笼罩在人类上空的阴霾一般,久久无法消散。

那么,我们是否可以用"后现代"(post-modern)这个词汇来定义人类在20世纪后半期的生存状态?"后现代"或者说"后现代主义"起于何时,至今还未达成共识。汤因比(Arnold J. Toynbee,1889—1975)、伽达默尔(Hans-Georg Gadamer, 1900—2002)、德里达(J. Jacques Derrida ,1930—2004)、丹尼尔·贝尔(Daniel Bell,1919—)、弗雷德里克·杰姆逊(Fredric R. Jameson,1934—)等著名学者都曾对此作出过不同的界定。

关于"后现代"概念的探讨也一直难以定论。伊哈布·哈桑(Ihab Hassan,1925—)指出,"不确定性"、"内在性"是后现代主义的两种主要构成要素。英国文学理论家、批评家伊格尔顿(Terry Eagleton, 1943—)认为:后现代是一种思想风格,与启蒙主义规范相对立,它把世界看做是偶然的、没有根据的、多样的、易变的和不确定的,是一系列分离的文化或者释义,这些文化或者释义孕育了对于真理、历史和规范的客观性,以及天性的规定性和身份的一致性的一定程度的怀疑;后现代是一种文化风格,它以一种无深度的、无中心的、无根据的、自我反思的、游戏的、模拟的、折中主义的、多元主义的艺术反映了这个时代变化的某些方面,这种艺术模糊了"高雅"与"大众"之间、艺术世界与日常经验之间的界限。

所有的关于"后现代"性质的界定基本上都以不确定、消解、去中心化、非同一化等词汇进行描述。如果在政治、泛文化领域,有"后现代"这样一个词汇来指称这个时代的社会形态,那么我们是否可以用"后现代"来形容20世纪后半期的文学状态?我们把这个时间界定在20世纪中后期,在这段时期里出现了诸多不断尝试新形式、新内容的文学创作,与其把它们说成是文学上的后现代主义,不如说是一种进入了后现代历史时期的艺术探索。文学形态和文学流派的不断变动是这个时期文学发展的最大特征。

首先登场的是以萨特(Jean-Paul Sartre,1905—1980)和加缪(Albert Camus,1913—1960)为代表的存在主义。存在主义首先是一种哲学思潮和流派,它于 20 世纪 20 年代产生于德国,30 年代,萨特将存在主义哲学移植法国,逐渐形成以他为代表的法国存在主义哲学体系。萨特存在主义的核心概念和命题是:"存在先于本质"、"自由与意志"、"他人即地狱"、"行动的哲学"。萨特强调人不是石头、木块,不是一棵菜花,不是一堆垃圾,人有自己的意志,要自己面向未来,可以选择,要为自己负责任。他还否定了一切决定论,强调没有笼罩在人之上的法力无边的上帝和神祇。人是无比自由的,人不仅拥有自由而且这个自由是绝对的。正因为人拥有自由,所以每个人都要为了自身的利益去联合一部分人,而排斥另一部分的人,即他人为地狱。此外,存在主义不是静观而是行动哲学。在文学上,萨特提出写作就是行动,文学就是介入生活,作家应干预社会现实,要对各种社会问题和政治事件表明自己的态度。作为其文学主张的重要实践,萨特发表了《存在与虚无》(1941—1943)、《存在主义是一种人道主义》(1945)和《辨证理性批判》(1960)等著名的存在主义哲学著作,还创作了一系列戏剧,如《苍蝇》(1942)、《间隔》(1944)、《死无葬身之地》(1946)、《可尊敬的妓女》(1946)、《肮脏的手》(1948)等。他的作品还包括中篇小说《恶心》(1937)、长篇小说《自由之路》(1945—1949)等。

阿贝尔·加缪从来不承认自己是存在主义者,他明确地说过:不,我不是存在主义者,萨特是,我唯一的理论著作《西西弗的神话》(1942)恰恰是反对存在主义的。他把自己归为政治上的自由派、人道主义者,也可以说他是人类社会的"局外人"。但他作品中阐述的两大论题——荒诞与反抗,却与萨特的着眼点非常近似,尽管论证方法以及最终得出的结论不尽相同。通常,在文学史上还是把他归入存在主义文学。《局外人》(1940)是他的代表作,这部作品通过主人公莫尔索对待周围世界、人与事的态度,反映了一种"局外人"的人生哲学。其他重要作品还有长篇小说《鼠疫》(1947)、《堕落》(1956),短篇小说集《流放与王国》(1957)等。

存在主义文学30年代即已出现,但形成思潮、流派并产生巨大影响则是在战后。存在主义文学从法国兴起,逐渐波及欧美各国及日本、印度等亚洲国家,成为一种世界性的文学思潮。存在主义文学的主要代表人物还有德·波伏瓦(Simone de Beauvoir,1908—1986)。另外,美国的梅勒(Norman Mailer,1923—2007)、索尔·贝娄(Saul Bellow,1915—2005)和英国的默多克(Iris Murdoch,1919—1999)等人的创作也表现出较为明显的存在主义倾向。

50年代中期,随着结构主义10年的到来,存在主义影响式微,萨特逐渐失去了思想领域的守护神地位。一个新的文学流派——荒诞派戏剧取代了存在主义文学,在法国应运而生,后波及英、美及德语国家,进而成了一种世界性的文学现象。

荒诞派戏剧得名于英国评论家马丁·埃斯林(Martin Esslin,1918—2002)1961年出版的《荒诞派戏剧》一书。"荒诞"是荒诞派戏剧的关键词。作家力图表现生活的荒唐可笑,暗指人其实一无所有,来到这个世界就是没有目标、缺乏意义,任何行动都是徒劳的。人自身毫无目的,人与人之间视而不见,人与社会之间彻底失调。剧中人物缺乏社会背景,大多如滑稽小丑,人物对白语无伦次,故事情节没有逻辑性,也不合常理。从人物角色到主题内容的表现都被无处不在的荒诞所占据,这个世界已经没有任何意义,因为人们自己建造的价值系统——道德、宗教、政治、社会建筑全部坍塌。在表现手法上,还出现了不停敲击的钟、膨胀的尸体、吃垃圾的人、张牙舞爪的怪兽等怪诞的事物。荒诞派戏剧表现人生存状况的非理性,这与萨特、加缪的存在理论中的"荒诞"不尽相同。萨特主张存在先于本质,人有自由选择的能力。加缪提倡人在荒诞中是有主导权的,正如西西弗是幸福的一样。荒诞派戏剧的作家们已经放弃对存在的逻辑论证,只是明确地把荒诞在人们面前摆出来,通过具体的形象在舞台上展示出来。

荒诞派戏剧的代表作家有:活跃于巴黎的爱尔兰人贝克特(Samuel Beckett,1906—1989)、罗马尼亚人尤金·尤内斯库(Eugene Ionescu,1912—1994)、亚美尼亚人阿达莫夫(Arthur Adamov,1908—

1970)、法国人让·热内(Jean Genet,1910—1986),以及被认为有此倾向的英国青年剧作家约翰·奥斯本(John Osborne,1929—1994)、哈罗德·品特(Harold Pinter,1930—　)、汤姆·斯托帕(Tom Stoppard,1937—　)等人。尽管有些评论家认为这是埃斯林乱点鸳鸯谱,但在戏剧史上这个归纳方法却被广为接受,成了对那段时期的一类新型戏剧的固定称谓。

尤内斯库的《秃头歌女》(1950)被认为是"荒诞派戏剧"的正式亮相。他善于用荒诞不经的语言与极度夸张和变形的戏剧手法,调动一切舞台手段来表现现代社会中人的异化和人性的扭曲。《犀牛》(1960)被公认是其最受欢迎、最成功的多幕剧。该剧讲述了在法国外省的一个小城里,很多人变成了犀牛。当"犀牛病"泛滥成灾的时候,坚持不变的人却成了异端。"我们必须从众"、"我们必须随时代而改变",这就是埋没人的个性的时代的荒诞逻辑。尤内斯库其他的重要剧作还有《椅子》(1951)等。

"新小说"是特指在20世纪50、60年代于法国文坛兴起的一股反传统的小说流派。虽然这并非一个有统一组织和纲领的流派,但其作家有一些共同点:一、他们的小说基本都由午夜(Editions de Minuit)出版社出版,可以说没有"午夜"就没有"新小说",没有"新小说"也成就不了今天的"午夜";二、他们强烈反对传统小说的创作手法,特别对以巴尔扎克为代表的现实主义传统提出挑战,也可说他们的创作特征是"反巴尔扎克"(anti-Balzac),时空倒错、精神世界和物质世界混淆、现实与回忆重叠、大量内心独白是其特色;三、他们也不赞成萨特式的介入文学,认为作家应该远离社会问题,保持中立,避免表态,即所谓的"物本主义",小说中的人物就是一件普通的物品而已,故事情节也不过是偶然发生,语言没有任何色彩;四、与电影联系密切,他们不仅创作剧本,而且还亲自上阵导演影片,认为电影是形式、剧本是内容,双方不可分割,因此剧作家和导演在创作理念和实践上都应该是步调一致的。代表作家有:阿兰·罗伯-格里耶(Alain Robbe-Grillet,1922—　)、娜塔丽·萨洛特(Nathalie Sarraute,1902—1999)、克洛德·西蒙(Claude

Simon,1913—2005)、米歇尔·布托尔(Michel Butor,1926—)等。1954年著名批评家罗兰·巴特(Roland Barthes,1915—1980)发表了一篇赞赏罗伯-格里耶的小说《橡皮》(1953)的文章,之后"新小说"开始受到广泛关注。1985年,克洛德·西蒙获得诺贝尔文学奖,有人说这是瑞典科学院给"新小说"盖棺定论,其时"新小说"发展已经式微,影响越来越小。

第二次世界大战后,正当欧洲知识分子聚集在巴黎和伦敦,如火如荼地发展诸如存在主义文学、荒诞派戏剧、新小说等一个又一个新的文学运动和新的艺术形式之时,大洋彼岸的美国亦进入了文学发展的"喧哗与骚动"阶段。先有描写战争的写实文学和放声"嚎叫"的"垮掉的一代"(Beat Generation),接着有徘徊于理智与感伤、探索善与恶的犹太文学,还有书写美国青年画像的"麦田守望者",也有抵制麦卡锡主义的左翼进步文学之光,当然与其时欧洲文学血缘关系最亲近的是黑色幽默小说(Black Humor Fiction)。

1965年,弗里德曼收集了60年代以来12位作家的短篇小说,以《黑色幽默》(*Black Humor*)为名结集出版。这12个人当中有纳博科夫(Vladimir Nabokov,1899—1977)、约瑟夫·海勒(Joseph Heller,1923—1999)、约翰·巴思(John Barth,1930—)、托马斯·品钦(Thomas Pynchon,1937—)等。从此"黑色幽默小说"这一称呼逐渐被认识和接受,成为描述这类小说的特定名称。

"黑色幽默"最初由法国超现实主义领袖布洛东提出,1937年布洛东和艾吕雅(Paul Eluard,1895—1952)合写了一部题为《论黑色幽默》的文章,1940年又合编了小说集《黑色幽默选》。布洛东认为黑色幽默不同于一般的幽默,而是一种超现实的形式,常常采用奇特夸张的手法进行带有苦涩味道的讽刺,是作家面对生存的困难和世界的非理性所产生的补偿反映,是以丑为美达到揭露和批判现实的目的。他把"幽默"和"崇高"结合起来,而在千百年来的西方文学传统中,"崇高"都属于悲剧的精神特质,而喜剧、幽默的主题是滑稽和丑陋。"黑色幽默"的定义有两层含义:第一,现实的世界已经是一个颠倒错乱的世界,即荒诞的世界。在黑暗中摸索前途,是人成为悲剧人物的必然命运。第二,幽默和嘲讽是对深渊般的生活的反抗,是绝望的寄托。大笑着面对人生,才能成为自己的英雄。因为表现出人类大难临头之下的幽默,黑色幽默也被称为"绞刑架下的幽默"(Gallow's Humor)。杰出的代表作有海勒的《第二十二条军规》(1961)。

以迷宫意识为主题的小说创作是这一时期小说创作的又一特征。解读后现代时期的小说文本,我们面对的不啻为一座又一座迷宫,它们无始无终、无边无涯、交叉之处还有交叉,它们是从内部到外部、从有形到无形,一盘似是而非、亦真亦幻的迷局。阿根廷作家博尔赫斯(Jorge Luis Borges,1899—1986)的《交叉小径的花园》虽写于20世纪上半期,但确是"迷宫"小说的代表作。20世纪后半期,不少作家追随这种创作手法,如罗伯-格里耶的《幽灵城》、美国黑色幽默小说代表人物巴思的《开心馆》,它们都是迷雾重重、迂回曲折之所在,意大利的卡尔维诺(Italo Calvino,1923—1985)和艾柯(Umbato Eco,1932—)也曾撰写过"迷宫"小说。卡尔维诺在论文《向迷宫挑战》(1960)中宣言:外在世界是那么的紊乱,错综复杂,不可捉摸,不啻是一座迷宫;然而,作家不可沉浸于客观地记叙外在世界,从而淹没在迷宫中,应该寻求出路,尽管需要突破一座又一座迷宫,亦即作家应该向迷宫挑战。复制、戏仿、譬喻、拼接、镶嵌、增殖是这类小说创作的主要技巧。很多作家都喜欢戏仿古代神话、科学研究、历史档案等非纯文学文本,对它们进行各种形式的改头换面,取得一种奇谲魔幻的效果,也往往通过新生成的文本讲述新的童话和寓言。

与此同时,英美文坛上的现实主义也得到了新的发展。在反映现实时,作家更侧重表现精神生活方面,并在创作中广泛借用了现代主义的表现技巧。如戈尔丁的《蝇王》,以寓言的形态揭示现实生活中人性的恶;索尔·贝娄则深受存在主义影响,对人类的前途表现出深深的忧虑。犹太文学在这方面取得了卓越的成就。艾萨克·辛格(Isaac Basheuis Singer,1904—1991)是犹太作家中的代表。从50年代到70年代,他用意第绪语先后创作了30多部作品。主要作品包括:《莫斯卡特家族》(1950)、《卢布林的魔术师》(1960)、《奴隶》(1962)、《庄园》(1967)、《地产》(1969)、《仇敌:一个爱情故事》(1972)和《舒莎》(1978)等长篇小说。此外还包括短篇小说集《傻瓜吉姆佩尔和其他故事》(1957)、《市场街的斯宾诺莎》(1961)、《卡夫卡的朋友和其他故事》(1970)等。他将古典文学传统同犹太民族文学中的精华结合起来,形成了自己独特的风格。他主张作家创作要起到娱乐读者的作用,让读者得到艺术享受。他的故事叙述生动,文笔轻松幽默。辛格也被称为当代最会讲故事的作家。

拉丁美洲新现实主义和新小说在第二次世界大战后的勃然兴起,是欧美当代文学发展史上的一个奇观。其中以加西亚·马尔克斯(Gabriel Garcia Marquez,1928—)为代表的魔幻现实主义文学成就尤其显著。魔幻现实主义文学与19世纪的古典现实主义文学和20世纪欧洲现实主义文学有着血缘联系。但是,它也大胆地融进了不少现代主义的创作手法和形式因素,使其在当代欧美现实主义文学中别树一帜,成为当代现实主义文学园圃中的一枝奇葩。

从上个世纪80年代始,后现代主义文学又出现一些新的流派和创作倾向,诸如女权主义写作、历史叙述式小说、后殖民小说、自传写作、关注文化身份的写作,等等。

以上对20世纪后半期文学的概括显然远远不够。当印刷媒体主导阅读的时代宣告解体,影音、互联网等多媒体在媒介世界里开始扮演日益重要的角色,看电视电影、观DVD、听MP3音乐、上网冲浪占据了现代人工作之余的绝大部分时间。可以说,传统的文学与社会、文学与作者、文学与读者、文学作品内部关系已发生很大的变化。对文学形式及内容的各种探索显然还会继续发展下去。

第二节　贝克特和《等待戈多》

塞缪尔·贝克特出生于爱尔兰都柏林的一个犹太家庭。他长期旅居法国,做过大名鼎鼎的现代小说宗师詹姆斯·乔伊斯的助手,后成为职业作家,被认为是荒诞派戏剧的最重要的代表。

贝克特的创作活动始于20世纪20年代。早期作品是一些诗作、作家评论和短篇小说。二战后其创作精力主要集中于戏剧,并因此而确定了他在当代文学史上的地位。主要剧作有《剧终》(又译《最后的一局》或《结局》,1957)、《哑剧Ⅰ》(1957)、《最后一盘磁带》(1958)、《尹骸》(1959)、《哑剧Ⅱ》(1959)、《啊、美好的日子》(1961)和《喜剧》(1964)等,而使他一举成名的则是创作并首演于1953年的剧作《等待戈多》。

《等待戈多》是一部两幕戏剧,人物只有5个。他们是两个流浪汉——爱斯特拉贡(戈戈)、弗拉第米尔(迪迪),一对主仆——波卓、幸运儿,一个报信的小男孩。整出戏发生在一个昏暗静态的环境里:傍晚,一条乡间小路的旁边,一棵细细秃秃的树下。整出戏没有什么连贯的戏剧情节,只是由一些彼此缺乏联系的生活片断组成。

第一幕一开始,戈戈在不停地尝试脱鞋子,迪迪上场来,他俩闲聊一些话。从中,我们并未获得他俩的生活背景信息。戈戈和迪迪在等戈多的到来,可是戈多什么时候来,来到哪里,他们并不确定,并且似乎他们也没想去搞明白,从戈多瞎扯到了树,然后对树的谈论也是有一句没一句,也并不是要刻意弄清楚树的种类及状态。对于他们是从什么时候开始等待戈多的,今天是什么日子,这儿是哪,全部都不明确。

戈多是谁?是做什么的?没有人知道,只是知道要等他,一直等到他来了为止。在等待的过程中,他们实在不知道做点什么,一会儿脱脱鞋子再穿上,一会儿互相戴帽子,花样倒还不少:拥抱、试着上吊、吃胡萝卜。这两个流浪汉所表现出的百无聊赖似乎还不够,莫名其妙地走上两个人:奴隶主波卓和他的奴隶幸运儿。幸运儿被波卓用绳子拴着脖子,手里提着沉重的东西,累、饿、被鞭打,苦不堪言。戈戈和迪迪试图帮助他,但他全然不领他们的好意,还踹了戈戈一脚。最后,幸运儿表演了一番机械动作后,发表了一通语无伦次没有主题的演讲,就被波卓牵着走了。这主仆二人是谁?从哪里来?去向何方?观众无从知晓。戈戈和迪迪最初还把他们当成了戈多,后来经过询问知道不是。随后,戈戈和迪迪的等待又陷入了烦闷、无聊、没有意义之中,"什么都没有发生,没有人来,也没有人去。生活真是可怕"。最后,一个孩子来报信说:"戈多今天不来了,明天准来。"戈戈和迪迪对戈多的失信真的有些懊恼,不打算继续等待了,可是又谁都没有走。

第二幕,发生在次日,同样的时间,同样的地点,唯一有所变化的是树上长了几片叶子。叶子不会一夜长出,所以,观众不能确认这是否就是第二天,还是过了多久。不止观众摸不着头脑,显然剧中人物也很健忘。戈多的那个小信僮也一样,完全不承认自己曾经来过。之前波卓和幸运儿也来过,但是主仆两人已经一聋一哑。全剧到此结束,剧中的主要人物戈多一直没有出现。

大家都在猜戈多是谁,有的说是上帝,因为戈多(Godot)和上帝(God)的发音很像,有的说是巴尔扎克笔下的一位人物(Godeau),也有的说是一位自行车赛车手(Godean),还有的说是象征希望。当人们问贝克特的时候,他回答他也不知道。我们可以得出这样一个结论,这出剧的主题并不是等待戈多,而是一部关于"等待"本身的戏剧。人生活在这个世上,似乎每一天都会面临等待,但是你能说等待会使自己获得最终的救赎吗?《等待戈多》既没有开出一个救世良方,也没有尝试用行动在实践中解决问题,它只是把一切摆在观众面前,让人们自己去感受。

贝克特说过,没有情节、没有行动的艺术才算得上是真正的艺术。这是从表现"荒诞"而言说的。《等待戈多》以其独特的戏剧方式表现这种"荒诞":第一,反情节。传统戏剧往往都有一个完整的故事情节,其中有冲突有转折。《等待戈多》整出戏就是一件事,就是戈戈和迪迪在等待戈多,开始在一棵树下等待,说些无聊、没有头绪的话,整个过程也是在等戈多,结尾也没有任何变化。情节没有变化,中间穿插的事件也少有逻辑因果关系,整出戏剧让人感觉缺乏理性。第二,形象荒诞。舞台上一共出现了5个人物,戈戈和迪迪是一对,波卓和幸运儿是一对,另外一个是报信的小男童。五个人没有一个正常人,穿着打扮也都奇形怪状。而整个舞台的美术设计也打破了传统舞台上那种接近实际生活的雕琢、装饰,只有昏暗的灯光和一棵树。第一幕和第二幕的场景没有变化,唯一的不同就是树上长出了几片树叶。第三,语言怪诞。剧中的语言经常颠三倒四,文不对题。有人评价贝克特的语言是:无所表达、无以表达、无力表达、无意表达,而又有义务表达的表达。

此外,贝克特还开辟了戏剧语言的新天地。如对《圣经》、莎士比亚戏剧、浪漫派诗歌、意识流小说中的名句戏仿,采用尾韵、头韵、半谐音的修辞方法让对话更顺口等方法。例如,《圣经》中"马太福音"在描写耶稣被钉十字架时写道:当时,有两个强盗和他同钉十字架,一个在右边,一个在左边。《等待戈多》中戈戈和迪迪要上吊的时候戏说了这一句:一个在左,一个在右,两个小偷上吊。别灰心——有一个获救了;别指望——有一个下了地狱。《等待戈多》第二幕快结束的时候,迪迪让戈戈别打扰波卓的回忆,说了:"你别打扰他。你没看见,他正在回忆他当年的幸福时光。——这想必十分残酷。"这显然是借用普鲁斯特的《追忆似水年华》的词句尖刻地戏谑人物处境的窘态和无意义,由此反映了西方知识分子对现代人类生存状态的一种理解和感受。但其中过于灰暗的色调和消极悲观情绪也是显而易见的。

第三节 罗伯-格里耶和《去年在马里安巴》

阿兰·罗伯-格里耶是法国现代著名小说家、电影剧作家、导演,"新小说"的代表人物。

他出生在法国海滨小城布雷斯特,父亲是小工厂主,母亲为海军军官之女。1942年罗伯-格里耶进入国立农艺学院攻读农艺师学位,毕业后长期在法属殖民地几内亚、摩洛哥、瓜特罗普岛和马提尼克岛从事农艺工作。工作之余他迷上了写作,1948年完成第一部小说《弑君者》,但遭到著名的伽利玛出版社拒绝,因为主编无法接受这种风格怪异的创作,直到1978年该作才由午夜出版社出版。1953年,午夜出版社出版了罗伯-格里耶的小说《橡皮》,替他赢得了名声。是年《窥视者》发表并获文学评论奖,他因此名声大振。当然,对罗伯-格里耶风格独特的小说创作,当初的主流评论界并不认同,但却吸引了相当多标新立异的年轻人,一时间"新小说"成了时髦品。随后,格里耶的一系列小说接踵问世。如《嫉妒》(1957)、《在迷宫里》(1959)、《幽会的房子》(1965)、《纽约革命计划》(1970)、《一个幽灵城市的拓扑结构》(1976)、《金三角的回忆》(1978)、《昂热丽克或迷醉》(1987)等长篇小说和短篇小说集《快照》(1962)。1984年发表自传性作品《重现的镜子》,1994年出版《科兰特的最后日子》。2001年,沉寂了一些年的罗伯-格里耶再度回到文坛,出版了小说《反复》。他也写过一些关于"新小说"的理论文章,收录进论文集《为了一种新小说》(1963)。70年代,罗伯-格里耶接受美国纽约大学邀请讲授小说和电影,教书生活让他感到愉快,并在某种程度上启发了他的创作。2004年,他当选法兰西学士院院士。

罗伯-格里耶曾经为了写作而摒弃世俗生活,寄住在朋友家的仆人房间中,穿着朋友不要的旧衣裳。他说,如果决心以写作为生,就要安然接受贫穷。罗伯-格里耶曾经与诺贝尔文学奖非常接近,可最后由于他所拍摄的那些充斥情色场面的电影把观众和评委激怒了,原本属于他的诺贝尔奖被授予了另一位新小说作家——声名影响远不及他的西蒙。罗伯-格里耶曾经来过中国,他对这个存在于世界的另一边的"神奇"国家颇有好感,他认为自己是在世的法国作家中,作品被译成中文最多的人。他说自己很喜欢中国南方,幻想着自己是漫游在中国乡间的少年,骑着黑色的水牛,尝试一种骑士式的冒险。

罗伯-格里耶的另一大特色就是写作电影剧本并拍摄电影。1960年开始,他与法国电影史上最著名的导演之一阿仑·雷乃(Alain Resnais,1922—)合作《去年在马里安巴》。1961年,该片获得威尼斯电影节大奖金狮奖。《去年在马里安巴》轰动了世界,风靡一时,被认为是新小说和法国电影新浪潮的完美结合,今天研究欧洲电影史必定绕不过此片。罗伯-格里耶认为电影艺术比小说创作更适合客观记录物质世界,因此他从60年代开始创作拍摄了一系列电影,如:《不朽的女人》(1963)、《欧洲快车》(1966)、《说谎的人》(1968)、《伊甸园及其后》(1971)、《渐进的快意》(1974)、《玩火游戏》(1975)、《漂亮的女囚》(1982)、《一种让人发疯的声音》(1995)等。但他后来的电影剧本在创新和影响上没有一部超越《去年在马里安巴》。

《去年在马里安巴》的故事发生在一个大旅店里,一个少妇和一个陌生的男人相遇,陌生男人坚持说去年他们定情于马里安巴,并约定今年在此相会,而少妇根本想不起来自己曾经去过马里安巴,也不认为自己见过这个男人。但最后少妇居然被说服了,并且决定和陌生男人私奔。这貌似一个简单的故事:两个人,一男一女,一个追求,一个抵制,最后私奔。但是,格里耶却不是要为观众讲述故事,他在描写一个一个的分镜头,他要用一种全新的叙事方式表达出世界的不稳定性、漂浮性、恍惚性、难以捉摸性。

影片的表现手法十分独特,一反传统电影注重一清二楚地交代情节来龙去脉的做法,而是充满了梦境、幻觉、呓语、独白,如同人的思想意识活动那样富于跳跃性。主人公甚至连名字都没有,少妇被称为A,陌生男人是X,少妇的丈夫为M。没有名字,意味着没有往事,相互之间没有联系,他们靠着自己的想象来建立各自的关系。至于故事发生的地点,则是一座巴罗克建筑风格的豪华大旅店——凄凉的、黑暗的、奇崛的旅店,寂静无声,好像一座大监狱,把里面的人封闭起来,人物置身其中仿佛隔绝于尘世。马里安巴本是位于捷克的疗养圣地,但在影片当中却是一个不为人知、虚无缥缈的地方。影片开始的大部分时间被X的视觉、听觉、独白占据着:从一个陌生的脸移向另一个陌生的脸,从一个房间到另一个房间的只言片语,最后他锁定了一个年轻美丽的女子A。X不断地扰乱A的思绪:去年,在马里安巴,你记得我们去年在马里安巴的爱情吗?还记得那段爱情吗,去年在马里安巴?你真的不记得那段爱情了吗,去年在马里安巴?其实我们都清楚,去年夏天就是现在,此地就是马里安巴。去年你曾说过,如果我爱你,那么明年的这个时候我来带你走。X 固执己见,严肃认真,他一步紧逼一步。A 本来打算不受诱惑,继续留在丈夫 M 的坚固堡垒之中,可是 X 的证据似乎越来越真实,越来越不可辩驳,她一点一点地让步,最后决定不再逃避,跟着他一起出走,去寻找某种不可名状东西,或者叫做爱情,或者叫做自由,或者就是一种诗境。

罗伯-格里耶在影片中采用闪回和客观化的叙事方式,不对任何情节进行解释说明。他相信,如果"观众随遇而安,随着眼前展现的异乎寻常的影像,随着演员的声音,随着音乐,随着镜头剪辑的节奏,随着主人公的激情,而进入电影,那么这样的观众会认为这是最容易看得懂的电影:这种电影只需要观众的感受性就行了,即他的视觉、听觉、感觉,任凭被感动就行了。他将感到影片中所讲的故事是最现实的、最真实的,最符合他日常的感情生活,如果他摆脱成见,摆脱心理分析,摆脱那些老一套的小说或电影给他灌输的粗劣得令人作呕的理解框框:其实这些理解框框是最抽象不过的"[①]。简单地说,罗伯-格里耶的创作就是要遵循人的心灵时间,以及用想象世界来决定现实世界。他说如果读过卡夫卡和福克纳,那就绝对不会惊异于他的创作,他的创作和卡夫卡们的现代小说一脉相承,都是对传统小说时空观念的反抗与破除,表现人的内在冲突和心理绵延,激发读者观众的能动性和想象力。

第四节 索尔·贝娄和《洪堡的礼物》

索尔·贝娄(Saul Bellow,1915—2005)是美国当代享有盛誉的犹太小说家。他出生于加拿大魁北克省的拉辛城,父母是俄裔犹太移民,9 岁时随家迁居美国芝加哥。他先后进入芝加哥大学、西北大学攻读人类学和社会学,大学毕业后当过编辑和记者。第二次世界大战期间

[①] 阿兰·罗伯-格里耶:《去年在马里安巴》,沈志明译,南京:译林出版社 2007 年版,第 20 页。

曾在美国海军服役,战后长期在大学执教。动荡不安的幼年生活,年轻时的博学多闻,使贝娄成为一位造诣颇深、很有学者气质的作家。

40年代中期贝娄开始文学创作。美国在二战中大发战争财,国内经济出现了一段时期的繁荣景象;但在精神文化领域,很多知识分子却陷入了沮丧和迷惘的灰色情绪之中,这种精神迷惘与经济繁荣极不协调。于是,在这个矛盾的世界里探索人生的犹太人形象源源不断地出现在贝娄笔下,他们亦被称为"异化了的犹太主人公"。

《晃来晃去的人》(1944)是贝娄的第一部长篇小说,主人公约瑟夫是美国40年代文学中的"反英雄"典型,他无法接受社会的冷漠和无意义,更无法为改变这种冷漠和无意义做一点具体的事,只好奔向战争和死亡,以冷漠和无意义来回敬这个社会。这很自然地使人联想到法国作家加缪笔下的"局外人"的形象,这部作品是"经济萧条和战争年代长大的那一代人的心声和最诚实的自白"。在第二部小说《受害者》(1947)中,他继续描写人的主体自主能力与历史和环境的相互关系。他认定,作为个人的犹太人和作为民族的犹太人,其命运都受历史和现实环境的摆布,因而作品的忧郁色彩浓重,并带有自然主义倾向。从50年代开始,贝娄的创作进入一个新的阶段。1953年发表的《奥吉·玛琪历险》被视为犹太式的社会小说和青年冒险家传奇故事的完美结合。从这部小说开始,作者确立了美国文坛上所称的"贝娄式风格",即一种幽默而滑稽的喜剧风格,它带有讥讽、自嘲和感伤相混合的意第绪语文学的特点,文体雅俗共赏,赋予不同人物以鲜明的个性。在《雨王汉德逊》(1959)和《赫索格》(1964)中,贝娄探讨了西方知识分子所面临的精神危机。前者近似于一部现代传奇,描写了一个生活态度严肃又善于思考的知识分子痛苦的内省和幻想的新生;但在后一部作品中,这种乌托邦式的理想被证明是不可能实现的,幻想破灭之后,反而会坠入更深的失望之中。作为60、70年代知识分子的代表,赫索格在现实面前屡屡受挫,除了无可奈何地顺其自然,再也没有任何积极的行动,最终只能扮演一个"落难"的角色。

《赫索格》之后,贝娄的创作进入后期。从60年代末到80年代末,他先后发表了《塞姆勒先生的行星》(1969)、《洪堡的礼物》(1975)、《院长的十二月》(1982)、《更多的人死于心碎》(1987)等重要的作品。除长篇小说外,贝娄还写有短篇小说、剧本和文学论文多种,但它们的成就不能与长篇比肩。而他的长篇小说,虽然人们至今看到的仅有10部,同西方一些多产的作家相比并不算多,可是他却被评论界视为继福克纳、海明威之后最伟大的当代美国作家。

1976年贝娄以其代表作《洪堡的礼物》获得诺贝尔文学奖。小说写了两代犹太作家的生活和命运。洪堡是30、40年代的诗人,最初,他按照资产阶级为浪漫主义诗人所写的脚本生活,心里装着"大写的名词":成功与失败,艺术和美。他相信理性,自制自律,爱情专一,写作认真,作品中渗透着人道主义的温情。可是40年代后,国际政治的风云变幻、恐怖活动以及战后美国愈演愈烈的种族歧视,使这个犹太知识分子内心充满了恐惧,一度坚信的理想和信念迅速解体。他发现,忠诚与爱心已显多余,背叛和利己主义堂皇登台。洪堡在文坛上每况愈下,便转而以政治作为出路,但依然处处碰壁,最后连一个稳定的职业也谋求不到。生活的步步紧逼,导致洪堡精神崩溃。他满腔悲愤无处发泄,只好在自己最亲近的人身上出气,干了一些损害朋友查理的事。临终前他怀着忏悔之心给查理留下了一份遗书和一份礼物。

查理是50、60年代的与洪堡完全不同的知识分子,他靠恩师洪堡的提挈进入文坛,生活态度却与洪堡截然相反。他把艺术当做发财的手段,玩弄手腕,巴结政客,贪恋女色,广交三教九流,处处逢场作戏,当老师背运时,他竟避之唯恐不及,但当他同样面临破产时,老师的遗赠应时而至。洪堡留下的两部剧本提纲很快转化成巨款,帮助查理渡过难关。查理不得不重新肯定了亡友的价值,他将葬于乱坟岗上的洪堡的遗骸取回,重新厚葬。查理对洪堡怀有一种复杂的感情,过去他有愧于洪堡,而如今又从洪堡的下场联想到自己。

小说以两代作家的思想与命运为中心线索,在广阔的社会生活画面上表现从30年代到70年代美国知识分子的精神、品性和情操,并折射出各个时期的社会风貌及其变化。艺术和艺术家在美国社会的价值和出路是作品提出的中心问题。

洪堡在40年代后生活态度和文坛地位的变化,主要不是他个人的原因,而应归咎于他所代表的人道主义传统在物质主义的进逼下的分崩离析。而他的学生,那个放荡的落魄文人查理,则是文学商业化的产物,是70年代美国文化生活的畸形儿。步入社会之初,他的内心世界还有很多美好的东西,可是在社会的影响下,他很快形成了势利、自私的阴暗心理。如果说,洪堡一生代表着美国精神文化的危机,查理的道路便象征着美国物质主义的得势。贝娄几十年来对美国社会文化知识界的观察与感受,在这部作品中得到了集中的反映。

除了深刻地揭示当代美国知识分子受伤的心理特征和病态的精神状况,作者还提出了这样的问题:如何恢复人的本性,如何才能不使人变成物的奴隶? 借助他的主人公们,贝娄对这一重要的问题进行了苦苦的探索。他小说中的主人公大多是敏感的知识分子,他们对当代都市厌烦与疏离,追求某种高于现实生活的精神生活,期望在混乱的世界中找到一席生存之地。他们虽然遭受挫折,但仍然相信人生的价值在于维护人的尊严。然而,他们似乎永远也找不到这种尊严。"人总是某种东西,但他是什么呢?"这就是他笔下人物精神状态的真实写照。在《洪堡的礼物》中,无论是洪堡,还是查理,都表现出了这种典型的精神探索和心理探索过程。而洪堡和查理二人的悲剧,也充分说明他们的绝望情绪和虚无观念正是产生在这块罪恶的土地上的,像他们这样的知识分子在当代社会中是找不到精神出路的。

《洪堡的礼物》包容的时间跨越40年,地点包括欧美和北非,人物涉及各个阶层、各个行业的众生。作者的笔触放开写去,不拘一格,构成了一个广阔而又具体可感的区域社会和文化背景。在此真实而鲜活的背景上,作者采用传统的肖像描写和对比手法,活画出人物的神态,同时糅进精细的意识流描写,由表及里地托出人物的心态。作品的叙述方式新颖别致,既有穿越时空、急速多变的现代派小说的特点,又有可寻的脉络,读起来富于回味而不感艰涩。由此体现出现实主义创作风格与现代主义表现手法的交融。

第五节 纳博科夫和《洛丽塔》

弗拉基米尔·纳博科夫是俄裔美国小说家、文学批评家,也被公认为是 20 世纪西方最杰出和最富争议的作家之一。

1899 年 4 月 23 日,纳博科夫生于俄国圣彼得堡的一个贵族家庭。这一天颇有传奇色彩,也是伟大的莎士比亚的诞辰纪念日。纳博科夫的家族十分显赫,祖父是沙皇时代的司法大臣,父亲思想开放,爱好文学,既是帝国司法长官,同时又担任俄国文学基金会会长。幼年开始,纳博科夫就接受了平民家庭的孩子所无法得到的教育,他阅读了大量书籍,掌握英语、法语,十几岁就开始作诗。闲暇时间,他对动植物产生了浓厚的兴趣,尤其挚爱蝴蝶。俄国十月革命爆发后,纳博科夫一家仓皇出逃,从此过上流亡生活,其时他刚满 20 岁。

流亡的日子对纳博科夫来说是一段极不寻常的经历。已经无法继续豪华生活的他,依靠母亲变卖首饰进入剑桥大学三一学院,攻读生物学和法国、俄国文学。1922 年大学毕业,他回到全家寄居的柏林,当时在柏林聚居了数万俄罗斯逃亡者。纳博科夫以教授拳击、网球、英语为业,同时用俄文从事文学创作,在流亡者杂志上发表了不少诗歌、小说和杂文。就是在这一年,父亲被沙俄右翼分子暗杀,使他遭受沉重的精神打击。1925 年,他邂逅同样从圣彼得堡逃亡来的犹太富商之女薇拉(Vera Nabokov,1902—1991),她成了他的妻子,并在他以后的生活和创作中起到了相当重要的作用。纳博科夫不会打字,不会开车,记不住一个电话号码,他的很多事情都由薇拉代劳,著名的《洛丽塔》(1955)就是被薇拉挽救回来的。本来已经打算把这部小说手稿付之一炬的纳博科夫被妻子劝阻了。1937 年,由于薇拉的犹太人身份,他们一家不得不离开纳粹统治下的德国,再次步上逃亡之路,移居巴黎。1940 年,在德国占领巴黎的前夕,全家只带了 100 美元就登上了去美国的客轮。

1941 年至 1948 年间,他在韦尔斯利学院教授俄语,同时在哈佛大学比较动物学博物馆担任研究员,他曾经打趣道:凭着手上的一只蝴蝶就进了哈佛。1945年,他取得美国国籍。1948年至1958年他晋升为教授,在康奈尔大学教授俄罗斯文学和欧洲小说,不少后现代名家都当过他的学生,如托马斯·品钦(Thomas Pynchon,1937—)等。60年代,纳博科夫重返欧洲,定居瑞士,直至1977年7月2日因病毒感染去世。

早在欧洲流亡期间,纳博科夫就发表了多部小说和上百首诗歌,他的第一部长篇小说名为《玛申卡》(1926),小有名气的还有《王,后,杰克》(1928)、《荣誉》(1932)、《暗箱》(1932,英译本改名为《黑暗中的笑声》)、《绝望》(1934)、《斩首之邀》(1936)。1940年后,他开始用英语进行创作,第一部英文小说为1941年出版的《塞巴斯蒂安·奈特的真实生活》,随后出版了《庶出的标志》(1947)、《确证》(1951)。

1955年,《洛丽塔》的出版改写了纳博科夫的命运。一开始,这本被称为"肮脏的书"先后遭到了5家美国出版社的拒绝,最后由法国的一家小出版社出版。直到1958年由美国普特南出版社出版,该书才在美国面世。顷刻间,一场"洛丽塔飓风"席卷了欧美,该书高居畅销书排行榜首位长达半年之久。尽管毁誉参半,但纳博科夫本人却名利双收,靠着版税回到欧洲,过上了轻闲舒适的生活。《洛丽塔》之后,纳博科夫的重要作品还有小说《普宁》(1957)、《微暗的火》(1962)、《阿达》(1969)、《透明物体》(1972),回忆录《说吧,记忆》(1967)。1964年他把普希金的《叶甫盖尼·奥涅金》翻译成英文并加注释,80年代他在美国大学的讲稿被结集出版为《文学讲稿》、《俄罗斯文学讲稿》、《〈堂·吉诃德〉讲稿》。

《洛丽塔》讲述的是一个40岁的男人狂热痴恋一个12岁女孩的故事。作品引起广泛讨论的关键因素是其创作意图和道德主旨。当纳博科夫把小说交给出版商的时候,他甚至没敢署上自己的名字。正如他所忧虑的那样,《洛丽塔》被冠以"色情小说"而众所熟知,多数追赶"洛丽塔"风潮的人不过为了满足窥视畸型性爱的欲望。文学评论界有说这是一部伟大之书,具有极高的文学价值;也有说这是一部淫秽之书,充斥了春宫气息。同时,围绕着这部作品展开了一场关于作家生活和艺术作品的关系、后现代小说创作方法和技巧的大讨论。在美国,围绕这部小说的出版风波被冠以"洛丽塔事件",它所引发的公众注意和讨论兴趣在某种程度上说超出了文化界域。而纳博科夫自己说,《洛丽塔》是虚构的作品,一切皆源自艺术。

关于创作意图。正如纳博科夫自己所说,《洛丽塔》源自艺术灵感的反应和混合。在一些文学评论著作中,他提出小说之所以存在,是因为给读者提供了一种审美快感,艺术性是文学创作的唯一标准。与其说《洛丽塔》讲述了一个中年男子的恋童癖故事,不如说描写了一位具有病态诗人气质的男人,为了追求自己心中的一种充满魅惑的感觉,而最终走上了毁灭之路。就像亨伯特自述的那样:我疯狂占有的不是她,而是我自己的造物主,是梦想中的另一个洛丽塔,这个洛丽塔比现实中的她或许更真实。因此,我们不妨把亨伯特看做充满尼采精神气质的浪漫诗人,而《洛丽塔》则是一部充满了想象力的艺术作品。作品中更多的是对主人公内心隐秘世界毫不吝惜笔墨的大段描摹,而绝非赤裸裸的情色写真,我们深入其中仿佛穿梭于现实与幻觉之间,感受到非同寻常的奇情呓语。我们可以把小说中亨伯特引用的一位诗人的话作为解读《洛丽塔》的钥匙:我们必须向灵魂付出美感。

关于道德主旨。在序文中,纳博科夫借着小约翰·雷博士的话定位了全书的道德方向:"作为一部艺术作品,它超越了赎罪的各个方面;而在我们看来,比科学意义和文学价值更为重要的,就是这部书对严肃的读者所应具有的道德影响,因为在这项深刻的个人研究中,暗含着一个普遍的教训:任性的孩子,自私自利的母亲,气喘吁吁的疯子——这些角色不仅是一个独特的故事中栩栩如生的人物;他们提醒我们注意危险的倾向;他们指出具有强大影响的邪恶。"① 纳博科夫试图提醒人们,人性充满了复杂、隐秘、多变等特征,心理病态人物的危险性不容

---

① 弗拉基米尔·纳博科夫:《洛丽塔》,主万译,上海:上海译文出版社2006年版,第4页。

忽视。

《洛丽塔》除了在创作意图和道德主旨上引发了大争论外,其艺术特点也常常为人评说。从形式上看,它以主人公独白的方式呈现故事,采用了大量的心理描写、意识流动的手法,这使其与传统小说区别开来;如采用了日记的形式更加清晰地表达出主人公的心理发展脉络。从风格上看,小说既有悲剧性,又有喜剧性,甚至还有闹剧成分。如亨伯特枪杀拐走洛丽塔的奎尔蒂时,居然朗诵了一大段诗词,而身为剧作家的奎尔蒂危在旦夕之时还说道:噢,先生,据我所知,这是你写的最好的一首诗。从语言上看,它辞藻华丽多彩,充分体现了铺张、机智、奇巧、色彩化的纳博科夫式遣词构句的特征。如描写亨伯特看到洛丽塔的那个瞬间,"我的两个膝盖就像在微波荡漾的水面上一双膝盖的倒影,我的嘴唇就像沙子"[1]。在人物刻画和景物描写中,既有现实主义的白描,也有现代主义的流动和跳跃。

从小说主题和写作技巧看,我们权可把《洛丽塔》称为一部超越传统的后现代小说杰作。

第六节 杜拉斯和《情人》

玛格丽特·杜拉斯(Marguerite Duras,1914—1996)是法国当代极富传奇色彩和独特风格的女作家,也是最为中国读者所熟悉的当代外国作家之一。

1914年1月14日,杜拉斯生于越南南部的嘉定,原名玛格丽特·多纳迪厄,后来她用的父亲家乡的名字杜拉斯作为笔名。7岁的时候,父亲去世,对本来就不富裕的杜拉斯一家无疑是雪上加霜,尤其她的两个哥哥很不成器。为了养活三个子女,杜拉斯的母亲拿出自己的全部积蓄在柬埔寨的贡布省买下了一块地,期待着一家人能够过上舒适安

---

[1] 弗拉基米尔·纳博科夫:《洛丽塔》,主万译,上海:上海译文出版社2006年版。

逸的生活。可是由于没有贿赂土地部门而受到欺骗，买下的地竟然是不可耕种的盐碱地，并且每年还要被海水淹没6个月。坚强的母亲以修筑堤坝来挡住海水，但最后还是沦落至失败破产的境地。这时，15岁的少女杜拉斯碰到了她的初恋情人，一个中国富商的儿子。中国情人成了她们一家的金钱来源，他们的关系也就因此蒙上了性交易的阴影。童年的复杂经历和母亲的悲惨命运深深地影响了杜拉斯的一生，早年的生活经历不时地出现于她的文学作品当中。

1943年杜拉斯开始了文学创作生涯，发表了第一部小说《厚颜无耻的人》，讲述了一个成员关系复杂且互相敌视的家庭。1950年发表《太平洋大堤》，以母亲为原型描写了一位小学女教师为了保护土地筑坝挡水，但终归失败的故事。这部小说使杜拉斯声名鹊起，并在1957年被搬上了银幕。随后，她又以异国生活为背景发表了小说《直布罗陀海峡的水手》(1952)、《塔吉尼亚的小马》(1953)。从《街心花园》(1955)开始，她转向中篇小说创作，这部戏剧式小说也标志着杜拉斯创作手法开始具有某种"新小说"的特征。由午夜出版社出版的《琴声如泣》(1958)更是打破了传统小说的叙事模式，使得杜拉斯的小说一度被认为是"新小说"，罗伯-格里耶等人也期望她能和他们站到一起来，但她没有就此驻足，也从来没参加过"新小说"派的活动，随后在她的创作中又体现出了一些不同的特征。评论界认为，心理小说、新小说、现实主义小说、通俗小说等都不是界定杜拉斯小说类型的现成的标签，她不断尝试创新，她崇尚的风格是宁可让读者看不懂也不要重复别人、重复过去。杜拉斯还写过描写偷窥癖和同性恋的小说《毁灭，她说》(1968)，印度系列《洛尔·V. 斯坦茵的迷狂》(1964)、《副领事》(1965)、《爱情》(1971)、《印度之歌》(1974)。杜拉斯的剧本创作也颇为成功，著名的有获得戛纳电影节评论奖的《广岛之恋》(1958)、获得戛纳电影节金棕榈奖的《长别离》(1961)等。

杜拉斯一生著述颇丰，发表了60多部小说和戏剧、电影剧本，她还曾获得过法兰西学士院的戏剧大奖、让·科克托奖。90年代，发表了小说《夏雨》(1990)、《华北情人》(1991)。她在当代法语作家中拥有最多的读者,《情人》自 1984 年问世以来,曾长时间畅销不衰,发行量打破了 20 世纪以来法国小说的最高纪录。她对自己的创作信心十足,曾不无自负地说道:在我之后还能有人写作吗?

　　1984 年发表的《情人》是杜拉斯的代表作,为其赢得了当年的龚古尔奖以及 1986 年的里茨—巴黎—海明威奖。在这部带有自传性质的小说中,杜拉斯以惊人的坦率回忆了少年时代在印度支那的生活。故事中的母亲是个寡妇,要养活两个儿子和一个女儿,虽然在这个东方地域里,他们是"上等"的白种人,但一家却挣扎在贫困的边缘上。在一次渡河途中,这家早熟的女儿碰上了一位中国富商的儿子,她 15 岁,他大她 12 岁。中国青年不可救药地爱上了白人少女,白人少女也不反对和其交往,他们天天晚上幽会。少女一家虽然看不起黄种人,但为了能在青年身上获取金钱,对少女放纵的行为采取默认的态度。少女也以为自己不是真的喜欢中国青年,只是出于生理和物质上的需要才和其来往。青年想娶少女为妻,但他的父亲坚决反对,认为白种人靠不住,这个少女也不过是个小娼妇。父亲为他选择了一桩门当户对的亲事,少女也要回到法国去了。少女乘坐的轮船发出了汽笛声,青年的车停在岸边,"她知道他在看她。她也在看他;她是再也看不到他了,但是她看着那辆黑色汽车急速驶去。最后汽车也看不见了。港口消失了,接着,陆地也消失了"[①]。中国情人永远留在了少女的记忆中,成为她这辈子无法忘却的最特别的情人。小说的结尾弥漫在一种伤感、抒情的气氛之中。书中也坦陈了少女和小哥哥之间的亲密关系。1991 年《情人》被拍成电影,引起很大的反响,在法国入选了当年的《电影手册》佳片,中国读者熟悉杜拉斯多半缘自这部影片。

　　在西方帝国日落西山、殖民地人民日渐觉醒的大时代背景之下,作为一个从殖民地无奈告别的亲历者,杜拉斯笔下散发着浓郁的忧伤,这种情绪不单关乎爱情,它包含着更为深远的时代意蕴。龚古尔文学奖评委会这样评价这部小说:"杜拉斯的《情人》聚焦于个人的心灵史,折

[①] 玛格丽特·杜拉斯:《情人》,王道乾译,上海:上海译文出版社 2005 年版,第 133 页。

射着人生与社会的现实,具有着洞烛世事的人性的亮度与意义。其间的情感力量充满着巨大的活力,在时间的长河里生生不息,令人惊叹。肉体的欢爱是短暂的、瞬间的,而情感的审美在时间与距离中显得恒久、真实而又可贵。"不错,如果把《情人》仅仅看做一个不新鲜的爱情故事,把它仅仅看成一部通俗小说,那显然误解了杜拉斯。拨开情爱的面纱,杜拉斯为我们展现的是生命中让人无可奈何的悲怆:贫穷、战争、种族、人性、爱与恨、生存与死亡……一切都汇入了人生的长河之中。又如有的评论家所说:情人代表着许许多多的人,它已经不再属于杜拉斯一个人,而是表现了一种人生的韵律——这是战后西方人的典型心灵轨迹,是殖民体系瓦解和第三世界兴起后,对西方社会普遍陷入无奈、感伤、迷失、反思等复杂情绪之中的一种表达。除《情人》外,杜拉斯的重要作品几乎都在探索着东西方的问题。

从艺术上看,《情人》也不同于一般的通俗小说创作。传统小说的情节发展基本上以线性结构为主,而《情人》的故事情节不是一次叙述完成的,段与段之间很少有前后一致的逻辑关系。杜拉斯采用时序颠倒的方式,并且如同电影特写那样对回忆中的诸多瞬间进行白描,加上她那饱含情感的优美词句,听凭自己思路的发展顺笔写来,于是完成了"杜拉斯式"的独特创作。"空气是蓝的,可以掬于手指间。蓝。天空就是这种光的亮度持续的闪耀。夜照耀着一切,照亮了大河两岸的原野一直到一望无际的尽头。每一夜都是独特的,每一夜都可以叫做夜的延绵的时间。夜的声音就是乡野犬吠的声音。犬向着不可知的神秘长吠。它们从一个个村庄此呼彼应,这样的呼应一直持续到夜的空间与时间从整体上消失"[①]——这就是典型的杜拉斯式语言、所谓"流动的文体",轻盈质感、悠扬绵延。

[①] 玛格丽特·杜拉斯:《情人》,王道乾译,上海:上海译文出版社 2005 年版,第 98 页。

第七节 博尔赫斯和《交叉小径的花园》

豪尔斯·路易斯·博尔赫斯是20世纪阿根廷杰出的诗人、小说家兼翻译家,享有"最卓越的南美小说家"、"影响欧美文学的第一位拉丁美洲作家"和"作家中的作家"的赞誉。

博尔赫斯出生在阿根廷首都布宜诺斯艾利斯的一个显赫世家。1914年随全家移民欧洲,后就读于剑桥大学,掌握西、英、德、法等多国语言。1921年回到布宜诺斯艾利斯,以其独特的才情崭露于阿根廷文坛。1923年全家再次前往欧洲,他的诗作开始在西班牙马德里的文学圈中广受好评。50年代后,博尔赫斯曾长期担任阿根廷国立图书馆馆长、布宜诺斯艾利斯大学哲学文学系教授,并以文学创作获得过阿根廷国家文学奖、国际出版家协会颁发的福门托奖、塞万提斯文学奖、拉美文学最高奖墨西哥奥林·约利兹蒂奖、西班牙阿方索十世大十字勋章等荣誉。

博尔赫斯的早期创作多为诗歌。20年代后半期发表了《布宜诺斯艾利斯的激情》(1923)、《面前的月亮》(1925)、《圣马丁的手册》(1929)等诗集,多以时间、梦幻、迷宫等虚实结合、神秘莫测的事物作为表现对象。作品中既渗透着"一切皆流,一切皆变"的辩证思想,又在体现对宇宙和人生的沉思中夹杂浓厚的怀疑主义情绪。从1935年发表第一部短篇小说集《世界丑事》起,博尔赫斯转而主要从事短篇小说创作,不久便因《交叉小径的花园》的发表而蜚声文坛,随后发表的名篇还有《杜撰集》(1944)、《阿莱夫》(1949)、《死亡与罗盘》(1951)、《布罗迪埃的报告》(1970)等。

20世纪人类经历了巨大的身心浩劫,人生的意义究竟是什么?生存于其中的这个世界仿佛一座又一座迷宫,它们无始无终、无边无涯、交叉之处还有交叉,它们是从内部到外部、从有形到无形,一盘似是而非、亦真亦幻的迷局 。"迷宫意识"可以说是20世纪小说创作的普遍

主题之一,博尔赫斯的《交叉小径的花园》是"迷宫"小说的代表作。小说中有多条交叉运行的时间:

第一个是开篇第一段交代的叙事时间——在利德尔·哈特所著的《欧战史》第 22 页上,可以读到这样一段记载:13 个团的英军(配备着 1400 门大炮),原计划于 1916 年 7 月 24 日向塞勒—蒙陶朋一线发动进攻,后来却不得不延期到 29 日的上午。倾泻的大雨是使这次进攻推迟的原因。

第二个是间谍俞琛在监狱里自白、被判处绞刑,得知自己的情报已经被德国上司采用而备受煎熬的故事时间。

第三个是展开于俞琛自白中——他如何和马登争分夺秒,杀掉中国通阿尔贝的故事时间。

第四个是存在于阿尔贝追忆之中的俞琛祖先崔朋的故事时间。

博尔赫斯让小说中的主人公说出:写小说和造迷宫是一回事。小说家应该写作一种拥有无限可能性的书,而不是像以往的那种对各种可能进行筛选的绝对化的书。这实际表明,作者在叙事中采用故事里套故事、时间中再生时间的手法,显然是为了加深读者对时空交错的迷宫式故事的印象。

小说正是在迷宫式的叙事结构中展示人物关系的错综纠结。

1. 俞琛和阿尔贝:

这无疑是小说人物关系中最主要的一条线索。中国裔德军间谍俞琛为了向德国上司传递情报,需要找一个名字叫做阿尔贝的人来无辜陪葬。因为阿尔贝和军事地点的名字一模一样,因此,俞琛要杀掉阿尔贝,俞琛和阿尔贝就是仇敌的关系。然而,阿尔贝却是个中国通,十分熟悉俞琛的祖先崔朋,他以研究崔朋的小说《交叉小径的花园》和由崔朋建造的一个并没有人见过的"迷宫"为生活的全部目标。这样,俞琛和阿尔贝又有了一种亲缘关系,从种姓角度来讲俞琛是崔朋的后裔,而从精神角度来看阿尔贝则是崔朋毕生杰作的继承者。作为一个间谍,俞琛圆满完成了任务,也做到了舍生取"义"为事业献身,他应该由衷地满足和自豪;然而,俞琛无法原谅自己的任务完成是靠着杀害一个值得他深深敬佩的歌德式学者,并且还是一位深悉自己祖先传统的智者。俞琛和阿尔贝是朋友?是敌人?阿尔贝精辟地概括了他们的关系,甚或为所有人的关系:"时间是永远交叉着的,直到无可数计的将来。在其中的一个交叉里,我是您的敌人"①,在另外的一个交叉里,他们是良师益友,当然还有许多个交叉、许多种别样的可能。

2. 阿尔贝和崔朋:

崔朋原本是云南总督,懂天文,知星象,善写作,读者对他的了解出自阿尔贝的叙述。阿尔贝曾在中国传教,因缘际会获得了崔朋的遗作《交叉小径的花园》。但是,阿尔贝真的说清楚了崔朋到底是个什么样的人吗?他的小说和迷宫究竟有什么意义呢?说到最后,关于崔朋展现在我们面前的还是一个遥不可及、朦胧不真的传说,他的一生仍然充满了各种谜团和悖论,最后阿尔贝只是说:崔朋的小说和迷宫是一回事,而"一位几乎无法解释的崔朋,他却——同时地——选择了一切。他就这样创造了各种的未来,各种的时间。它们各自分开,又互相交叉"②。阿尔贝虽是崔朋的导读者,却不是一个能够清晰把握研究对象的研究者。

3. 崔朋和俞琛:

崔朋是俞琛的祖先,但是在听到阿尔贝的追忆之前,俞琛并不了解也不理解这位祖先,以致还谴责过留下崔朋遗稿的一个和尚:"我们崔朋家的血缘亲属至今还在咒骂这个和尚,出版这些手稿其实毫无意义。这本书不过是一大堆矛盾百出、体例混乱的材料。我有一次把它翻了一遍:主人公在第三章死了,到第四章又活了过来……"③俞琛是通过阿尔贝这架桥梁和祖先崔朋有了神交,他走过小桥进入了一个幻境;然而随着特工马登的到来,这个梦立即消失了。崔朋真的存在过吗?他

---

① 博尔赫斯:《博尔赫斯短篇小说集》,王央乐译,上海:上海译文出版社,1983年版,第82页。
② 同上书,第79页。
③ 同上书,第77页。

的交叉小径的迷宫花园有什么意义呢？阿尔贝死了，俞琛和崔朋曾经有过的连接也随之消失了。除了德军获得了价值非凡的情报，其余的一切都不是真实的了，都微不足道了，就连俞琛本人都是一个来历不明的谜。

博尔赫斯以其独特的视角和写作方式在20世纪后半期的文坛上独树一帜，并影响了一大批作家的思想观念和写作技巧。他在80年代之后的中国文坛上也留下了浓重的一笔，特别是1985年前后出现的先锋派创作，无疑从他那里借鉴和吸纳了多维时空观念和迷宫叙事技巧，如马原的《虚构》(1986)、格非的《褐色鸟群》(1988)、余华的《往事与刑罚》(1989)、潘军的《流动的沙滩》(1991)等等。

博尔赫斯喜欢在文字中不断地探讨时间问题，然后肯定地说道：任何文字都没有意义，只有碰到了对的人才能重生还魂，不管它们已经被沉埋多久。这么说来，文字似乎又超乎了一切的时间。博尔赫斯的文字当然已经超乎了一切时间与空间，成了永恒的迷局和对迷局的探讨。

第八节　卡尔维诺和《寒冬夜行人》

伊塔洛·卡尔维诺是当代意大利文坛最具影响的小说家，被称为"最有魅力的后现代大师"。

他生于古巴哈瓦那附近的圣地亚哥德拉斯维加斯镇。父母都是意大利人，为了让在异国出生的儿子能够不忘故国，父母给卡尔维诺家族的这个新生儿起名叫"伊塔洛"(Italo，意大利语中"意大利"的意思)。幼年时期，卡尔维诺在作为园艺师和植物学家的双亲影响下，对奇花异草、昆虫鸟兽产生了浓厚的兴趣。与大自然如此亲近的生活经历，给他后来的文学创作打上了深刻的烙印，他的作品充满了别具一格的烂漫童趣和奇域色彩。

第二次世界大战期间，在被德国人占领的那些日子里，卡尔维诺和弟弟参加了当地游击队"加里波第纵队",亲历抵抗运动,积极地进行反独裁、反纳粹、反法西斯的斗争。战后,他重返都灵大学,放弃农学,转而攻读文学。1947 年他以自己在抵抗运动中的体验,写作并发表了第一篇小说《通向蜘蛛巢的小路》。1957 年到 1965 年之间,他与人合作主编大型文艺刊物《梅那波》,组织过"文学与工业"、"先锋派文学观点"等文学讨论,为当时文学理论研究界提供了卓有价值的资料。他还参加了法国的 OULIPO(ouvroir de literature potentielle,潜在文学的创作实验工厂)团体,有意识、有组织地进行关于修辞和文体的各种尝试。

卡尔维诺的创作可分为三种类型:新写实类小说,代表作中篇小说《通向蜘蛛巢的小路》、长篇小说《波河两岸的居民》(1951)、短篇小说集《马可瓦多,或者说城市四季》(1952—1960)等;寓言、科幻类小说,代表作《意大利童话》(1956)、《我们的祖先》三部曲(1960)、《宇宙奇趣》(1965)、《你和零》(1967);结构试验类小说,代表作《命运交叉的城堡》(1970)、《看不见的城市》(1972)、《寒冬夜行人》(1979)和《帕洛马尔》(1983)。

《寒冬夜行人》被誉为卡尔维诺的巅峰之作,是他不断探索小说结构形式的集大成之作。小说开篇就告诉读者要放松,选择最舒适的姿势和环境来看这本由伊塔洛·卡尔维诺最新推出的小说《寒冬夜行人》。可当读者满怀欣喜之情进入阅读的时候,却发现第 32 页又跳回了第 17 页的内容,接下去阅读还是不断地出现这种情况。于是,读者找到书店,要求更换,而书店老板解释道:已经接到了出版社的通知,小说装订有误,卡尔维诺的《寒冬夜行人》和波兰作家巴扎克巴尔的新书《在马尔堡市郊外》混装在一起了。书店老板答应给予更换,这时男读者在书店遇到了一位和他一样来换书的女读者。结果,他们换回去的小说又是另一部小说的开头,就这样,他们得到了十篇毫无联系的小说开头,每到关键之处就戛然而止,内容跳开到别的小说当中去。最后,在寻书的过程中,爱好文学的男女读者在相互讨论中彼此了解,坠入爱河,终而喜结良缘。

这是一部构思巧妙、结构奇特的小说,故事由两条线索平行展开。标明为第一章、第二章、第三章……第十二章的是男女读者通过换书、探讨文学至最终相爱的感情发展线索;每两章中间夹的是用文字标题所代表的 10 部小说的开头,这些小说是:《寒冬夜行人》、《在马尔堡市郊外》、《从陡壁悬崖上探出身躯》、《不怕寒风,不顾眩晕》、《向着黑魆魆的下边观看》、《一条条相互连接的线》、《一条条相互交叉的线》、《在月光照耀的落叶上》、《在空墓穴的周围》、《最后的结局如何》。

这 10 部作品表面上各不相干,自成一篇,但其实每一篇都和前一篇有着密切的关联,像连环套一样互相呼应。小说中的一位读者就是这样问道:"寒冬夜行人,在马尔堡市郊外,从陡壁悬崖上探出身躯,不怕寒风、不顾眩晕,向着黑魆魆的下边观看,一条条相互连接的线,一条条相互交叉的线,在月光照耀的落叶上,在空墓穴的周围……'最后结局如何'?"[1]另一位读者回答:"你以为每一篇小说都必须有个开头又有个结尾吗?古时候小说结尾只有两种:男女主人公经受磨难,要么结为夫妻,要么双双死去。一切小说最终的涵义都包括这两个方面:生命在继续,死亡不可避免。"[2]

这是一部关于小说的小说,卡尔维诺在其中探讨了小说的形式与内容、语言和结构的关系,以及作者和读者在小说中各自发挥的作用。用卡尔维诺自己的话说就是:写一本只有开头的小说,或者说小说在故事展开的全过程中一直保持着开头时的那种魅力,维持住读者对后面内容的无限期待。这样的小说在结构上如同《一千零一夜》,把一篇故事的开头插到另一篇故事中去,对于读者来说永远是欲知后事如何,请听下文分解。

卡尔维诺的心中一直有个远方,他要像希腊神话中的柏修斯那样飞入另外的空间,从另一种角度、以另一种逻辑、用一种全新的面

---

[1] 卡尔维诺:《寒冬夜行人》,萧天佑译,南京:译林出版社 2001 年版,第 229 页。
[2] 弗拉基米尔·纳博科夫:《洛丽塔》,主万译,上海:上海译文出版社 2006 年版,第 230 页。

貌来看待我们的世界。最终,他得出了一个结论:"在广阔的文学天地之中,永远存在着有待探索的途径。"①他在小说创作中不断探索新的形式,在他留下的20多篇作品里,找不到两篇形式相似的小说创作——现在的这个卡尔维诺绝不是过去的那个卡尔维诺,未来的卡尔维诺也不是今天的这个卡尔维诺,在他的作品中绝难发现一个雷同的他。

第九节　昆德拉和《笑忘录》

米兰·昆德拉(Milan Kundera,1929——　)是法国籍捷克裔作家,他的人生经历颇富传奇色彩,在小说观念和创作实践上不断探索与创新,被公认为是当代世界文坛才富思睿、特点鲜明、影响广泛的作家之一。

昆德拉出生在捷克斯洛伐克的第二大城市布尔诺的一个艺术氛围浓厚的家庭,4岁时就开始在父亲的指导下学习钢琴,少年时代随同一位犹太作曲家学习作曲,学习音乐的经历对他后来的文学创作影响相当大,如他的很多作品都被称为"多声部"或"复调"小说。

他的早期创作以诗歌为主,出版过诗集《人,一座广阔的花园》(1953)、《最后的五月》(1955)、《独白》(1957)。1959年,而立之年的他开始尝试小说创作。1962年他还编写过一部名为《钥匙的主人们》的剧本,曾在14个国家演出。

对昆德拉来说,1967年夏天召开的捷克斯洛伐克第四次作家代表大会,是影响其命运的大事件。他在会上的言论受到一大批知识分子的响应,一场呼吁国家民主、民族独立、政治改革、思想自由的文化运动即将形成,然而紧随而至的1968年"布拉格之春"政治民主改革昙花一

---

① 卡尔维诺:《未来千年备忘录》,杨德友译,沈阳:辽宁教育出版社1997年版,第5页。

现。6月下旬,苏联武装干预"布拉格之春"改革,那些正在激情昂扬呼唤春天的人们一下子被推进了万丈冰潭。昆德拉被开除出共产党,所有的著作都被从公共图书馆清除,之前出版并获得巨大成功的《玩笑》(1967)被列为禁书,电影学院的教职也被解聘,并不得在当时的捷克出版物上发表任何文章,人身自由也受到当局监控。1975年,昆德拉和妻子驾驶着一辆小汽车,离开了祖国,最后在法国定居。这是一段刻骨铭心的经历,以至于昆德拉后来很长一段时间里的小说创作都彰显了"流亡"这一主题。

昆德拉以小说创作著名。代表作有:《玩笑》、《好笑的爱》(1970)、《生活在别处》(1973)、《告别圆舞曲》(1971)、《笑忘录》(1979)、《生命中不能承受之轻》、《不朽》(1990)、《慢》(1995)、《身份》(1998)、《无知》(2000),其中《慢》与《身份》用法语创作。此外,昆德拉还有三部关于小说艺术的批评随笔集:《小说的艺术》(1986)、《被背叛的遗嘱》(1993)和《帷幕》(2005)。

《笑忘录》是米兰·昆德拉的代表作之一,曾因此获得法国文学最高荣誉之一的梅底西斯奖。正如作者在小说的第六部里所宣称的那样,这是一部具有"变奏形式的小说"、"这是关于塔米娜的小说"、"这是一部关于笑和忘的小说"。

关于变奏曲。昆德拉的小说观念和他的创作实践是互为补充和阐释的。他认为,对于小说来说,"相互连续的各个部分就像是一次旅行的各个阶段,这旅行贯穿着一个内在主题,一个内在思想,一种独一无二的内在情景"①。《笑忘录》是一部复调作品,其中的各个部分、所有的故事都是互相阐释、互相补充、互相启示的关系。小说由七部组成,第一部和第四部的题目都是"失落的信",第三部和第六部题目皆为"天使们",第二部题目为"妈妈",第五部题目为"力脱斯特",第七部题目为"边界"。"失落的信"讲述了两个拼命找回过去信件的男女:米雷克由于思想意识问题被当局监控,但他满脑子思考的

---

① 米兰·昆德拉:《笑忘录》,王东亮译,上海:上海译文出版社2004年版,第257页。

却是如何取回攥在初恋情人兹德娜手中的近百封情书,因为他要像一个作家那样改写自己的人生开篇,他要把那些信件付之一炬,他要忘却生命中的那段"愚蠢"时光;流亡他乡的塔米娜千方百计寻回留在婆婆家的记事本和信件,那是关于她和亡夫的情感纪事。然而,米雷克被兹德娜拒绝没有取到信件,也就是说他将永远清除不掉自己的记忆,终究带着人生无法完美的遗憾走进了监狱;塔米娜即使献出自己珍视的贞洁,也没找到一个能替她回到祖国取出信件的人,最后她摇摇晃晃的记忆之墙终于倒塌。"天使们"由几段类似插曲的小片断构成,暑期学习班的师生、在 R 小姐的帮助下异类分子"我"成为共产主义青年杂志的星座专栏写手、"我"父亲的最后日子、塔米娜的结局等。"妈妈"讲述了卡莱尔和玛尔凯塔的夫妻关系,以及妈妈视域下世界的变化。"力脱斯特"、"边界"则由一些片断构成。可以说,"失落的信"中表现的"记忆"和"遗忘"是整部小说的主题曲,而其他部分则属于诠释主题的变奏曲。

  关于塔米娜。小说中的"我"称塔米娜是所有作品中最让"我"牵挂的女人,她只属于"我"一个人。或许说塔米娜是这出变奏曲的主音符、这部小说的第一主角,在她身上我们看到了一个存在于特定环境下的人在"记忆——忘却——死亡"路途上的身心裂变与痛楚。她和丈夫被迫离开了祖国。丈夫死后,她就依靠着坚韧的"爱情"回忆过活,然而她越是努力留住回忆,回忆就越像断了线的风筝离她远去。她认定留在故国的信件是她挽救回忆的稻草,她全部生活的意义就是取回那些信。为了能让一个叫做雨果并且倾慕于她的年轻人替她取信,她奉献了自己的肉体,而先前她把坚守贞洁看做是与丈夫爱情坚不可摧的联系之一。然而,雨果没有信守承诺,她的一切努力都化为虚空。她还能做什么?她去了儿童岛,消失于成年人的世界,这也是她的一种抗争。儿童的世界天真烂漫,但也充满了幼稚的邪气,他们以集体协作的方式与塔米娜成为朋友,成为敌人,和她游戏,和她亲热,强奸她,围捕她。终于,塔米娜意识到儿童这种貌似天真幼稚,但却整齐划一、只有一个声音的世界是如此的恐怖,并且这种恐怖是永无止境的。她再也不想去回忆了,于是她跳进了冰冷的水里,消失在孩童的视线中,消失于人的世界,进入生命边界的另一边,永远与无言的鱼为伴去了。

关于笑和忘。昆德拉在回答美国著名作家菲利普·罗思(Philip Roth,1933—)的提问时称《笑忘录》的两个主题就是笑和忘。小说中表现了两种笑:天使的笑和魔鬼的笑。天使的笑是充满激情的笑,他们认定一切皆有意义;魔鬼的笑是对天使的嘲笑,他们宣布一切都毫无意义。于是,人类生活就受到这两种极端的束缚,一面是狂热,一面是怀疑。昆德拉认为人类对死亡的恐惧不是因为即将丧失未来,而是因为丧失过去,遗忘是一种与生俱来的死亡形式。主人公塔米娜面临的是对丈夫的遗忘,而捷克要面对的是一个大国强加在自己身上的对于民族意识的"有组织的遗忘"。有人把《笑忘录》称为昆德拉反抗遗忘的一部宣言书,昆德拉借米雷克的口说出:"人与强权的斗争就是记忆与遗忘的斗争"。当然,昆德拉反对把自己的作品作简单的意识形态判断,他期望把笑和忘置于人类存在的一种基本情境之上,在一种更大的"存在"背景中探讨人性、生的价值与意义。

第十节 加西亚·马尔克斯和《百年孤独》

加西亚·马尔克斯是哥伦比亚当代著名作家,拉丁美洲魔幻现实主义文学最杰出的代表。

马尔克斯出生于沿海小镇阿拉恰塔卡的一个小职员家庭。8岁之前,他一直生活在外祖父家,后来,被送到首都波哥达附近的耶稣学校读书,开始广泛阅读世界文学名著,对西班牙经典作家的作品和阿拉伯神话故事尤为感兴趣。1946年加西亚·马尔克斯进入波哥达国立大学攻读法律,两年后辍学,谋得《观察家》报驻欧记者职务,旅居意、法等国并从事文学创作。1955年因撰文揭露哥伦比亚军方的走私活动而触怒当局,被迫长期流亡国外,大部分时间居住在墨西哥。

加西亚·马尔克斯早年便显露出非凡的文学才华。大学期间发表

第一部短篇小说集《周末后的一天》(1947),获得全国文艺家协会奖。1955年他发表了第一部长篇小说《落叶》,引起拉丁美洲文学界的普遍关注。这部作品描写了马孔多这个沿海小镇上一个家族的命运。作品刻画了一位上校与他的子孙们孤独的生活境遇和忧伤的内心世界。通过人物的追述和回忆,他向我们展示了一个被毁的小镇的过去,而这个小镇作为背景,又反复出现在他后来的许多作品中。人们也将这部作品视为《百年孤独》的前身。小说文笔洗练生动,显示了作者把丰富的想象同严酷的现实巧妙结合在一起的功力,他的魔幻现实主义风格也初步形成。

中篇小说《没有人给上校写信》(1961)承续前一作品的题材和情调,再现了一位老态龙钟的退役上校凄凉的晚年生活,在表现社会的冷漠和人的孤苦茫然方面,达到了很高的水平。作品融入了作者对童年生活的回忆,自认是"写得最好的小说"。之后,他又陆续出版了短篇小说集《格兰德大妈的葬礼》(1962)和长篇小说《恶时辰》(1962)。

1967年加西亚·马尔克斯创作了18年之久的长篇小说《百年孤独》问世,引起了世界文坛的巨大震动。他将哥伦比亚乃至整个拉美100多年的政治风云和社会生活拢于笔端,使盛行于文坛的魔幻现实主义创作方法得到炉火纯青的运用,也因此书荣获1982年度诺贝尔文学奖。

另一部长篇小说《家长的没落》(1975),也在作家的创作中占有重要的位置。在沉默了8年之后,他的创作热情重新勃发,大胆突破以往作品惯常从传记、历史角度去刻画人物的手法,而是摄取当地古老的神话传说,杂糅现实社会中众多独裁统治者的特征,以极度的夸张和虚构,活托出一个"家长"似的暴君形象,从而揭示了造成拉丁美洲社会保守、停滞的政治根源。小说运用"多人称独白",语言新颖而富于变化,体现出作者在表现"神奇的现实"方面又有了新的艺术探索。

80年代以后,马尔克斯的创作风格有所变化。这一时期,他发表了中篇小说《一件事先张扬的杀人案》(1981)和长篇小说《霍乱时期的爱情》(1985)两部作品。从内容和形式来看,已经少有魔幻现实主义神奇怪诞的成分。

《百年孤独》是马尔克斯最重要的代表作,也是拉丁美洲魔幻现实主义的经典巨著。它是公认的20世纪用西班牙文创作的最杰出的长篇小说。自问世以来,不到20年间已再版100多次,并被翻译成30多种文字,发行2000万册以上,为拉丁美洲文学赢得世界声誉作出了重大贡献。

小说描写的是布恩迪亚家族七代人充满神奇色彩的坎坷经历,以及小镇马孔多100多年以来从兴建、发展、鼎盛到消亡的过程。家族的第一代老布恩迪亚为摆脱仇人阴魂的纠缠,携妻子和部分乡邻跋涉到荒僻之地,创建了马孔多村落,生下两儿一女。年迈时,在天降花雨时默默死去。大儿子何塞·阿卡迪奥在儿子出生后不辞而别,归家后又自杀而死。小儿子奥雷良诺在内战一开始就跟21个大汉去投奔自由派,官至上校,有过传奇般的戎马生涯,成为最令政府畏惧的人物,后因厌倦内战自杀未遂,回到马孔多打发残年。孙子小阿卡迪奥在自由派失败后被保守党徒枪杀。曾孙女雷梅苔丝对所有的男子都具有神奇的吸引力,后来乘床单飞升上天,消失在太空中。曾孙阿卡迪奥第二亲眼目睹了一场罢工中工人被屠杀的惨剧,死里逃生回到马孔多,遭遇了四年都不停歇的滂沱大雨。六世孙奥雷良诺·布恩迪亚与其姑妈在充满红蚂蚁喧闹的房子里纵欲狂欢,生下一个长着猪尾巴的婴儿,蚁群把婴儿拖入蚁穴,一场飓风席卷而来,马孔多从人们的记忆中完全消失。

小说写得扑朔迷离,充满奇幻神秘色彩,但其中蕴涵的丰富的现实内容和明确的创作意图,却是不难体会和感受的。布恩迪亚家族七代人的命运和马孔多小镇兴衰消亡的历史,正是19世纪初到20世纪上半叶,哥伦比亚乃至整个拉丁美洲近百年的历史演变和社会现实的一个缩影。作者在文学谈话录《番石榴飘香》(1982)中明言,布恩迪亚家族的历史,实际上就是拉丁美洲的历史,而作家的职责就在于提醒公众牢牢记住这段容易被人忽视和遗忘的历史。

马孔多原本是一片未开垦的沼泽地,村镇刚刚建立时,这里不过

20来户人家,人们生活十分安宁、恬静。这实际上是16世纪以前哥伦比亚土著生活的写照。随着西班牙殖民者的闯入、移民的大量到来,哥伦比亚从社会结构、思想信仰到风尚习俗都发生了深刻的变化,形成哥伦比亚历史上第一次重大转折。小说中有关吉卜赛人来到马孔多,乌苏娜发现与外界的通道以及引来第一批移民的描写,就是这段史实的再现。

19世纪初,哥伦比亚独立之后,党派间争斗激烈,政变不断发生,内战频繁。小说以很大的篇幅,通过奥雷良诺上校的传奇生涯描写了这方面的史实。他作为马孔多镇长的女婿,目睹了政界官员的种种丑行,奋而起义,反对腐败的保守党政府。他一生发动过32次武装起义,打了20年内战。在牺牲了无数生命之后,他晋升为革命军总司令,拥有生杀予夺之权,成了政府最畏惧的人物。这些描写生动地概括了哥伦比亚历史上第二次重大转折时期的社会生活。

20世纪初期,哥伦比亚内战停止,进入了经济恢复阶段,但很快受到新殖民主义入侵。小说描写在马孔多居民被火车、电灯、电机、电影等惊得目瞪口呆、眼花缭乱之际,美国香蕉公司在马孔多建立了。各种人像潮水一样涌进这个小镇,彻底改变了它的面貌,带来马孔多历史上最重大的变革。这种变革给马孔多带来了表面上的繁荣,但实质上却是外国资本家更加残酷剥削和掠夺的开始。而且为了维护既得利益,帝国主义者用野蛮暴力镇压人民的反抗。马孔多一夜之间变成了是非之地。在香蕉工人罢工运动中,政府和帝国主义者使用枪弹镇压罢工群众,被打死的群众尸体被塞进火车,如同报废的香蕉被扔进大海。

正是通过一个虚构小镇的兴衰,《百年孤独》以对拉丁美洲社会象征性的历史再现,揭示了漫长岁月中的愚昧、落后和不公正。作为一个富有民族责任感的作家,加西亚·马尔克斯的全部描写也凝聚着他对拉美的历史命运和未来出路的思考。尽管他没有也不可能给出完满的答案,但有一点他很明确:拉丁美洲不愿也不应成为一盘棋局中没有任何主见的"相",不应抱任何按照西方的意愿来改变自己的独立和特色的不切实际的空想。

《百年孤独》集中体现了魔幻现实主义的艺术特征。它依循"变现实为幻想而不失其真"的原则,把丰富的想象、离奇的神话传说和具体的村镇生活巧妙地结合起来,使所描写的人物和事件,都具有超自然又不脱离自然的特点。

小说涉及众多人物,一类基本属于现实生活中的人,如老布恩迪亚一家七代。作者有意通过这个家族的盛衰,曲折地反映历史的沧桑,因此对他们以写实为主,着重表现他们作为社会人的言语行动和思想情绪。同时从现实生活本身就存在魔幻因素的认识出发,赋予他们一些神奇的功能。比如,奥雷连诺上校从小就有一种奇异的直觉和预感,3岁时就预言过桌上的汤锅要掉在地上,之后也不断地预言家中将要发生的事情。作品中的另一类人属于时隐时现的鬼魂,如普罗登肖,他行踪奇谲,但又会衰老,具有愤怒、宽恕、眷恋等种种情感。这种描写,完全打破了主客观世界的界限,构造了一个人鬼混同、光怪陆离的世界。它使读者在充分理解作者以鬼神喻现实的良苦用心的同时,还感受到拉丁美洲社会生活的神奇性,具有独特的审美功能。

小说的魔幻气氛还由于融入了各种神话传说而变得更加强烈。老布恩迪亚在寻找与外界的通路时,遇到长着女人的脑袋、用巨大的乳房诱惑水手的鲸类;马孔多一连下了4年11个月零两天的大雨;俏姑娘雷梅苔丝乘床单飞升上天。这些场面和情景都可以在古希腊神话和史诗中,以及古希伯来人的《旧约》中找到渊源。

同时,这部小说又是用象征的经纬编织而成的。一方面,作者在时间概念上突出了"久远"二字,它作为拉丁美洲苦难岁月漫长无期和社会问题积重难返的象征,表现了作者对社会弊端的长期性和顽固性的切身体会。另一方面,各种各样带有"魔幻"色彩的象征喻体在作品中俯拾皆是。比如,小说中描写马孔多镇上所有的人都患上了一种奇怪的失眠症,进而发展为可怕的健忘症,连日常生活用品的名称都忘了,这象征着人们忘记了自己民族的文化和历史。雷梅苔丝和香蕉公司工人巴比洛尼亚恋爱，凡是他出现的地方就有许多黄蝴蝶飞舞，雷梅苔丝的母亲十分痛恨这些黄蝴蝶，就让警卫打伤了前来与雷梅苔丝幽会的巴比洛尼亚。黄蝴蝶成为他不幸的根源。实际上，黄色作为香蕉的颜色，这种象征的寓意也是十分明显的。

思考题

1. 贝克特如何在《等待戈多》中表现"荒诞"的？
2. 什么是"新小说"？《去年在马里安巴》的艺术手法独特在哪里？
3. 分析《洪堡的礼物》中两代犹太作家的生活和命运。
4. 如何看待《洛丽塔》的文学价值？
5. 为什么说《情人》有别于一般的通俗小说创作？
6. 从叙事时间和人物关系看博尔赫斯的"迷宫"小说。
7. 试析《寒冬夜行人》的结构特征。
8. 谈谈《笑忘录》的主题和主要人物形象。
9. 简析《百年孤独》的魔幻现实主义艺术特征。

参考书目

1. 贝克特：《等待戈多》，施咸荣等译，见《荒诞派戏剧选》，北京：外国文学出版社1983年版。
2. 罗伯·格里耶：《去年在马里安巴》，沈志明译，上海：上海译林出版社2007年版。
3. 索尔·贝娄：《洪堡的礼物》，蒲隆等译，杭州：浙江人民出版社1981年版。
4. 纳博科夫：《洛丽塔》，主万译，上海：上海译文出版社2006年版。
5. 杜拉斯：《情人》，王道乾译，上海：上海译文出版社2005年版。
6. 博尔赫斯：《交叉小径的花园》，王央乐译，见《博尔赫斯短篇小说集》，上海：上海译文出版社1983年版。
7. 卡尔维诺：《寒冬夜行人》，萧天佑译，上海：上海译林出版社2001年版。

8. 昆德拉:《笑忘录》,王东亮译,上海:上海译文出版社 2004 年版。
9. 加西亚·马尔克斯:《百年孤独》,黄锦炎等译,上海:上海译文出版社 1984 年版。

(本章编写:傅景川;李军、金诚参与部分写作)

第四编 俄罗斯文学

第九章 19世纪的俄罗斯文学

第一节 概　述

　　俄罗斯文学在11世纪至18世纪经历了漫长的发展阶段。其间出现过英雄史诗《伊戈尔远征记》(12世纪末)这样的优秀作品和卡拉姆津、冯维辛等有影响的作家。但是因外族入侵等因素的制约,俄罗斯文学在这一阶段发展缓慢。

　　直到19世纪初期,俄罗斯文学才开始跻身于世界文学的前列。与其他欧洲国家同时期的文学相比,19世纪俄罗斯文学有自己特异的光彩。在专制农奴制的国度,许多进步的俄国作家不畏环境的险恶,抨击黑暗现实,探索本民族的出路,成了民众的良心和时代的旗帜。他们的作品表现出鲜明的民主意识、人道精神和历史使命感。19世纪俄国文坛人才辈出、著作如林,风格各异的作家创造出了大量堪称一流的文学杰作。以小说为例,从果戈理的犀利、屠格涅夫的抒情、冈察洛夫的凝重、陀思妥耶夫斯基的深邃,直至托尔斯泰的恢弘和契诃夫的含蓄,无不显示出俄罗斯文学独具的艺术魅力。

　　进入19世纪,俄国专制农奴制度出现严重危机。1801年上台的亚历山大一世的小改小革未能触及这一制度的基础。1812年,拿破仑率军入侵俄国,激起了俄国人民的爱国主义情感。拿破仑兵败后,俄国军队远征西欧。一些青年贵族军官回国后,成立了以推翻专制政体为宗旨的秘密团体。1825年12月,他们在彼得堡发动了起义,史称"十二月党人起义"。起义遭到沙皇政府的镇压,但是它揭开了俄国贵族革命的序幕,唤醒了一代年轻人。

19世纪初期,俄国出现浪漫主义文学思潮。早期代表作家是茹可夫斯基和巴丘什科夫,稍后出现的是思想上更为激进的以雷列耶夫为代表的"十二月党诗人"。茹可夫斯基(1783—1852)是俄国浪漫主义诗歌的奠基人。他的诗歌注重内心感受,擅长写梦幻世界和自然景象。除了抒情诗外,他还写了不少故事诗,如《柳德米拉》(1808)和《斯维特兰娜》(1812)等。"十二月党诗人"主要有雷列耶夫(1795—1826)、奥陀耶夫斯基和别斯图舍夫等。这些诗人认为,文学应该反映时代精神,关心人民命运。他们的作品与贵族革命运动联系紧密,讴歌反专制、争自由的理想。雷列耶夫的主要作品有:《致宠臣》(1820)和《沉思》(1821—1826)等。

代表俄国浪漫主义文学最高成就的是普希金和莱蒙托夫。莱蒙托夫(1814—1841)创作体裁多样,但主要成就是诗歌和小说。他的400多首抒情诗深切地表达了诗人在黑暗现实中的痛苦、忧伤和不甘屈服的心态,以及对祖国的深沉的爱。其中较有代表性的诗篇有:《帆》(1832)、《诗人之死》(1837)、《又苦闷又烦恼》、《别了,满目污垢的俄罗斯》和《祖国》等。此外,他还写有不少极具个性色彩的爱情诗和抒怀之作。《童僧》(1839)和《恶魔》(1841)是莱蒙托夫富有浓郁浪漫色彩的叙事诗,诗篇的主人公都具有强烈的叛逆精神。长篇小说《当代英雄》(1840)是莱蒙托夫的代表作。主人公毕巧林的性格充满矛盾。作者通过精细的心理分析,成功地塑造了继普希金笔下的奥涅金以后的又一个"多余人"形象。

"多余人"是19世纪俄国文学中贵族知识分子的一种典型。这一类形象文化素养较高,且多具才赋,在接受启蒙思想影响后,开始厌倦上流社会慵懒的生活,渴望能有所作为。但是这一类知识分子往往以自我为中心,缺乏明确的生活目标,缺少行动的能力和勇气,最终在社会上无所适从,结局往往是悲剧性的。这一类形象的出现是俄国社会意识觉醒的一种体现。从奥涅金到奥勃洛摩夫,"多余人"形象性格各异,经历了一个逐步退出社会舞台的发展变化过程。

克雷洛夫和格利鲍耶陀夫是当时较有影响的作家,他们的作品推动了俄国文学向现实主义方向的发展。克雷洛夫(1769—1844)创作的主要成就是寓言。他的寓言题材广泛,形象生动,洋溢着民主主义思想,包含了深刻的生活哲理,如《狼和小羊》、《天鹅、梭子鱼和虾》等。格利鲍耶陀夫(1795—1829)的主要成就是喜剧《智慧的痛苦》(1824)。作品通过恰茨基和以法穆索夫为首的权贵的矛盾冲突,反映了"十二月党人"起义前夕俄国社会新旧势力间激烈的思想较量。

20年代下半期,新上台的沙皇尼古拉一世在国内采取高压政策,但是国内反对专制农奴制度的斗争并没有停止。30年代,莫斯科大学出现过赫尔岑—奥加廖夫小组和别林斯基十一号文学社等进步组织的活动。与此同时,俄国的"自然派"文学开始形成。"自然派"要求文学创作真实反映生活,揭露农奴制的黑暗,关注下层人民的命运。果戈理的创作使这一文学流派的地位得以确立。一些青年作家追随果戈理,文坛出现了一批所谓"果戈理传统"的作家。"自然派"后来成了俄国批判现实主义文学的别称。40年代的俄国思想界还发生过斯拉夫派和西欧派之争。

别林斯基(1811—1848)是俄国现实主义文学批评与文学理论的奠基人,他系统总结了俄国文学发展的历史,科学地阐述了艺术创作的规律,提出了一系列重要的文学和美学见解。他以自己的理论著作为俄国的批判现实主义的文学潮流推波助澜。别林斯基具有高度的艺术鉴赏力,思想深刻,观点精辟。他的主要论文有:《文学的幻想》、《论俄国中篇小说和果戈理君的中篇小说》、《艺术的概念》、《论普希金》、《致果戈理的信》和《一八四七年俄国文学一瞥》等。

赫尔岑(1812—1870)是俄国进步的作家、思想家和社会活动家,曾被迫长期流亡国外。他的文学作品主要有:长篇小说《谁之罪?》(1846)、中篇小说《克鲁波夫医生》、《偷东西的喜鹊》和回忆录《往事与随想》等。《谁之罪》通过对别尔托夫等形象的塑造,准确地概括了19世纪40年代俄国不同类型的青年的精神面貌和悲剧命运。

进入50年代,平民知识分子开始代替贵族知识分子登上历史舞台。1855年,俄国在历时两年的俄土战争中失败,导致了农奴制度危机的加剧。1861年2月,沙皇政府被迫颁布废除农奴制度的法令。这种自上而下的法令是不彻底的,但它为俄国资本主义的发展开辟了道路。

50—60年代,围绕着对农奴制度的改革问题,革命民主主义者与贵族自由主义者之间展开了激烈的思想交锋。当时有影响的进步刊物主要有涅克拉索夫主持的《现代人》杂志,以及《俄国言论》、《北极星》和《钟声》等,车尔尼雪夫斯基、杜勃洛留波夫、皮萨列夫和赫尔岑等在其中发挥了很大的作用。自由派的刊物主要有《读者文库》和《俄国导报》等。这一时期,俄国文艺界空前活跃,出现了许多优秀的作家和作品,产生了极其广泛的影响。重要的作家主要有:屠格涅夫、陀思妥耶夫斯基、列夫·托尔斯泰、冈察洛夫、车尔尼雪夫斯基、奥斯特罗夫斯基和涅克拉索夫等。

屠格涅夫(1818—1883)是俄国现实主义文学的卓越代表,他创作的众多作品仿佛是一个巨大的历史画廊,把19世纪中期俄国社会的真实面貌清晰地呈现在读者面前。屠格涅夫的创作在50—60年代进入高潮。特写集《猎人笔记》(1852)和小说《木木》是批判农奴制度的名篇。长篇小说《罗亭》(1856)、《贵族之家》(1859)、《前夜》(1860)、《父与子》(1862)和《烟》(1867),中篇小说《多余人日记》、《僻静的角落》、《阿霞》和《初恋》等,塑造了一批出色的艺术形象。罗亭是"多余人"形象系列中的佼佼者,英沙罗夫是俄国文学史上出现的第一个"新人"形象,而以激进的平民知识分子巴扎洛夫为主人公的长篇《父与子》则是他的代表作。1877年,屠格涅夫发表了反映民粹运动的长篇小说《处女地》。晚年,他的主要作品是《门槛》等80多篇散文诗,这些散文诗从不同角度反映了作家对社会问题和人生问题的思考。

冈察洛夫(1812—1891)的创作以现实主义小说为主。重要作品有:《平凡的故事》、《战舰巴拉达号》、《奥勃洛摩夫》(1859)和《悬崖》等。代表作《奥勃洛摩夫》成功地刻画出了主人公精神上日趋死亡的特征,揭示了俄国贵族阶级进步作用的丧失,奥勃洛摩夫形象被称为"多余人"形象的尾声。小说描写细腻,叙述平稳,结构严谨,蕴涵温和的幽默。

车尔尼雪夫斯基(1828—1889)是杰出的思想家和文学家,曾被沙皇政府长期监禁和流放。他的代表作有:美学著作《艺术对现实的审美关系》(1855)、文学批评著作《俄国文学果戈理时期概观》(1856)、长篇小说《怎么办?》(1863)和《序幕》等。《怎么办?》中的"新人"罗普霍夫等形象较屠格涅夫《前夜》中的英沙洛夫更为典型,只是理想色彩过于浓厚。"新人"指的是19世纪中叶在俄国文学中出现的具有民主主义思想倾向的平民知识分子形象。这些形象尽管个性相异,但大多出身平民,具有坚定的意志、明确的理想,以及实干精神和自我牺牲精神。

奥斯特罗夫斯基(1823—1886)是19世纪俄国最卓越的剧作家,他对俄国商人社会的生活颇为熟悉。主要剧作有:《自家人好算账》(1850)、《贫非罪》、《肥缺》、《大雷雨》(1859)、《智者千虑必有一失》、《来得容易去得快》、《没有陪嫁的姑娘》和《无罪的人》等。这些作品讽刺商人的愚昧无知和唯利是图,暴露贵族道德的没落,极具俄罗斯的生活气息。代表作《大雷雨》以深刻的主题和高超的技巧成功地塑造了为争自由不惜以死抗争的卡捷琳娜形象,这一形象被批评家杜勃洛留波夫称为"黑暗王国中的一线光明"。

涅克拉索夫(1821—1877)是一位优秀的公民诗人。主要诗作有:《诗人与公民》、《大门前的沉思》(1856)、《叶廖穆什卡之歌》、《货郎》、《严寒,通红的鼻子》(1864)、《铁路》、《俄罗斯妇女》(1872)等。他的诗作充满对人民命运的关切和公民激情。叙事诗《谁在俄罗斯能过好日子》(1863—1876)是他的代表作。这部诗作塑造了不同类型的农民形象,展示了农奴制改革后俄国农村的真实面貌,艺术上吸取了民间文学的养料。涅克拉索夫先后主编的杂志《现代人》和《祖国纪事》是当时进步知识界的旗帜。

70年代以后,俄国的资本主义有了较快的发展,但农奴制度的残余依然存在,社会矛盾相当尖锐。1874—1875年间曾出现民粹运动高涨的局面,不少青年知识分子来到民间,宣传民粹派的思想主张。运动遭镇压以后,由部分激进分子组成的"民意党"人曾组织暗杀活动。80—90年代,俄国民主运动处于低潮,逃避现实斗争的"小事情理论"开始流行,俄国工人运动开始起步并逐步走向成熟。

批判现实主义文学在19世纪后期的俄国继续繁荣,小说、诗歌和戏剧等领域中出现了一大批杰出的作品。上一时期活跃在文坛上的老作家,如列夫·托尔斯泰和陀思妥耶夫斯基等仍在进行创作,新的优秀作家又走上了文坛。当时最有影响的刊物是坚持进步传统的《祖国纪事》。这一时期重要的作家有契诃夫、萨尔蒂柯夫-谢德林、柯罗连科,以及90年代开始踏上文坛的蒲宁、库普林、安德列耶夫和高尔基等。

萨尔蒂科夫-谢德林(1826—1889)是继果戈理之后的一位出色的讽刺作家。他的主要作品有:特写集《外省散记》(1856),小说《一个城市的历史》(1870)、《塔什干的老爷们》、《庞巴杜尔先生和庞巴杜尔太太》、《金玉良言》、《现代牧歌》、《戈洛夫廖夫老爷们》(1880)、《童话集》和《波谢洪尼耶遗风》等。代表作《戈洛夫廖夫老爷们》通过尖锐的戏剧冲突和辛辣的讽刺,出色地塑造了伪君子犹独式加形象,并以此揭示了俄国贵族阶级衰亡的必然趋势。萨尔蒂柯夫-谢德林曾参与《现代人》和《祖国纪事》的编辑工作,并作出过重要贡献。

19世纪俄国文坛群星闪耀。除上述作家和批评家外,著名的文学家还有:柯里佐夫、格利戈洛维奇、杜勃洛留波夫、波缅洛夫斯基、费特、丘特切夫、阿·康·托尔斯泰、列斯科夫、迦尔洵、乌斯宾斯基和马明-西比利亚克等。这些作家和批评家与托尔斯泰等文学大师一起共同构筑了19世纪俄罗斯文学宏伟的艺术大厦。

第二节　普希金和《叶甫盖尼·奥涅金》

亚历山大·谢尔盖耶维奇·普希金(А. С. Пушкин,1799—1837)是19世纪气势恢弘的俄罗斯文学的源头。他以自己的诗歌、小说和戏剧开创了俄国文学的新时代,因而被称为"俄国文学之父"。

普希金出生于贵族家庭,1811 年进彼得堡皇村学校就读,开始显露诗歌才华。1817 年,普希金到外交部任职。这期间,他创作了叙事诗《卢斯兰与柳德米拉》和不少震撼人心的政治抒情诗,并因此而被沙俄当局流放。

普希金于 1820 年 5 月来到南俄,流放生活和南方的自然风光在诗人的创作中留下了印记,他写下了 4 部著名的浪漫主义叙事诗。1824 年,当局又将普希金软禁在他父母的领地米哈伊洛夫斯克村。两年里,普希金注意收集民间故事和口头传说,创作了不少优秀诗篇。他写于这一时期的悲剧《鲍利斯·戈都诺夫》(1825)揭示了人民决定历史发展命运的主题。

1826 年,新上台的沙皇为笼络人心,召回普希金。回到莫斯科后,普希金写下了一些赞扬革命者崇高志向的诗歌和大量抒发个人情怀的作品。1830 年秋天,普希金因故滞留波尔金诺,在那里他完成了《叶甫盖尼·奥涅金》和《别尔金小说集》等重要作品。普希金与冈察罗娃结婚后定居彼得堡,行动受到当局监视,但创作上仍不断有优秀作品出现,如小说《上尉的女儿》和叙事诗《青铜骑士》等。1837 年 2 月,诗人因决斗而去世。

普希金的主要成就在诗歌。他的诗歌可分为抒情诗、叙事诗和诗体小说三类。他的抒情诗有 880 首,内容丰富,体裁多样,感情真挚。政治抒情诗比重不大,但影响深远。《自由颂》、《致恰达耶夫》(1817)、《乡村》、《短剑》、《致大海》(1824)和《致西伯利亚的囚徒》(1827)等诗篇抨击专制制度,同情人民的不幸,歌颂为自由而献身的精神,具有极强的感染力量。普希金更多的是咏叹爱情、歌颂友谊、赞美自然,以及表达生活态度和文学主张的抒怀之作,如《我记得那美妙的一瞬》(1825)、《给娜塔莎》、《十月十九日》、《小花》、《阿里昂》、《冬天的黄昏》、《秋》、《假如生活欺骗了你》(1825)、《先知》和《纪念碑》(1836)等。这些诗篇凝练、隽永、真挚,内在层次丰富。

普希金的叙事诗有 12 部,著名的有:《高加索的俘虏》、《强盗兄弟》、《巴赫切萨拉伊的泪泉》、《茨冈》(1824—1827)、《努林伯爵》、《波尔塔瓦》和《青铜骑士》(1833)等。《茨冈》以贵族青年阿乐哥与上流社会的矛盾为伏线,凸现了代表城市文明的阿乐哥与作为"自然之子"的茨冈人的冲突。《青铜骑士》有力地表现了两个彼得堡(统治者的彼得堡和老百姓的彼得堡)的主题。

普希金还写有小说《射击》、《暴风雪》、《驿站长》(1831)、《村姑小姐》、《黑桃皇后》、《上尉的女儿》(1833—1836)、《杜勃罗夫斯基》和剧作《吝啬的骑士》、《石客》、《瘟疫流行时的宴会》等。其中《驿站长》是俄国文学中第一部描写小人物的作品,《上尉的女儿》成功地塑造了农民起义领袖普加乔夫的形象。

《叶甫盖尼·奥涅金》是普希金的代表作。这部作品真实地反映了19世纪20年代俄国的社会生活,表现了那一时代俄国青年的苦闷、探求和觉醒,提出了许多重要的社会问题,"是一部真正名副其实的历史长诗"①。

作品的中心主人公是贵族青年叶甫盖尼·奥涅金。奥涅金有过和一般的贵族青年相似的奢靡的生活道路,但是当时的时代气氛和进步的启蒙思想、亚当·斯密的《国富论》和卢梭的《社会契约论》、拜伦颂扬自由和个性解放的诗歌,对他产生了影响,使他对现实的态度发生了变化。他开始厌倦上流社会空虚无聊的生活,抱着对新的生活的渴望来到乡村,并试图从事农事改革。但是,华而不实的贵族教育没有给予他实际工作的能力,好逸恶劳的习性又在他身上打下了深深的烙印,加之周围地主的非难,奥涅金处于无所事事、苦闷和彷徨的境地。

作品通过奥涅金与达吉雅娜和连斯基的关系,进一步显示了主人公身上的深刻矛盾。如果说奥涅金最初误解和拒绝达吉雅娜对他的真挚表白是出于对上流社会庸俗习气的厌恶,那么他为了维护个人荣誉而轻率地与连斯基进行的决斗则暴露了唯我主义的灵魂。奥涅金后来

---

① 别林斯基:《论〈叶甫盖尼·奥涅金〉》,王智量译,《文艺理论研究》1980年第1期。

对已成为贵夫人的达吉雅娜的追求虽不乏真情,但其中已掺杂了更多的虚荣成分。作品留给奥涅金的依然是迷惘的前程和一事无成的悲哀。

作者在奥涅金身上准确地概括了当时一部分受到进步思想影响但最终又未能跳出置身其中的贵族圈子的年轻人的思想面貌和悲剧命运,从而成功地塑造出了俄国文学中的第一个"多余人"形象。

女主人公达吉雅娜被作者称为"我的亲爱的理想"。普希金在她身上寄托了自己的诸多情感。达吉雅娜在乡村长大,少女时的她爱听奶妈讲述民间故事和传说,爱日出前的晨曦和冬日的雪原,在爱情萌发时敢于大胆表白;婚后成了贵夫人的达吉雅娜虽然更加成熟,但依然纯朴如一,思念乡村,挚爱自然,厌恶灯红酒绿的生活,她把爱深埋心底,保持着精神上的纯真。尽管达吉雅娜和奥涅金都与自己生活的环境格格不入,但是在奥涅金身上深刻地显示了贵族知识分子与人民的脱离,而在达吉雅娜身上可以看到更多的与人民、与大自然的联系。作者由衷地赞美了达吉雅娜身上的俄罗斯民族特有的气质,赞美了这个"灵魂上的俄罗斯人"。达吉雅娜的品格赢得了众多读者的喜爱,而她的不幸遭遇也博得了人们的同情。

《叶甫盖尼·奥涅金》在艺术上颇有特色。作品生活场景广阔,人物形象鲜明,语言优美,体裁别具一格。诗人注意对自然的描摹与对民间风俗的描写,作品充满俄罗斯的民族色彩和浓郁的生活气息。《叶甫盖尼·奥涅金》用诗体写成,兼有诗和小说的特点,客观的描写和主观的抒情有机交融。独特的"奥涅金诗节"(每节十四行,根据固定排列的韵脚连接)使作品环环相扣,洗练流畅,富有节奏感和音乐性。

第三节　果戈理和《死魂灵》

尼古拉·瓦西里耶维奇·果戈理(Н. В. Гоголь,1809—1852)出生在乌克兰波尔塔瓦省米尔格拉德县的一个小地主家庭。爱好戏剧的父亲和乌克兰丰富多彩的民间文学对他早年生活产生过影响。中学毕业后,果戈理来到彼得堡。1829年底,他找到一个小公务员的职位,这段经历为他后来创造同类形象提供了丰富的素材。1831年,他出版第一部小说集《狄康卡近乡夜话》(次年出版第二集)。这部作品以浓郁的乡土色彩和浪漫主义笔法吸引了广大读者。

1835年,果戈理出版中篇小说集《米尔格拉德》。集子中的《旧式地主》和《伊凡·伊凡诺维奇和伊凡·尼基福罗维奇吵架的故事》描写和讽刺了地主阶级的寄生生活和卑微的精神世界。《塔拉斯·布利巴》则成功地刻画了哥萨克老英雄的形象。同年,他又出版小说集《彼得堡故事》。这部集子包括写小人物的名篇《狂人日记》和《外套》,以及《涅瓦大街》、《肖像》和《鼻子》等优秀作品。在写作小说的同时,果戈理又创作了《婚事》等多部剧作,并于1836年完成五幕讽刺喜剧《钦差大臣》。

《钦差大臣》的剧情似乎是基于一场偶然的误会,但是在这偶然中包含着必然。以市长安东·安东诺维奇为代表的官僚集团和以赫列斯达科夫为代表的纨绔子弟是"俄罗斯丑恶"的体现者。果戈理的讽刺犀利、辛辣。"他的喜剧不但很可笑,并且也很悲哀,在笑影后面滚动着火热的眼泪。"①喜剧中潜在的正面形象是"笑","笑"中蕴涵着深刻的社会内涵,具有极佳的艺术效果。演出轰动一时,但作者却遭到贵族社会的攻击,被迫离开祖国。

1841年,果戈理在国外完成长篇小说《死魂灵》第一部。出版后,再次震动俄国文坛,俄国批判现实主义文学由此形成波澜壮阔的主潮。他接着写《死魂灵》的第二部,想在其中塑造出正面的地主形象。果戈理这时出现了思想危机,这在《致友人书信选》(1847)中有所反映,但这部著作中也包含着不少独到的见解。1848年,果戈理回到祖国。晚年,他贫病交加。1852年2月,他在焚毁《死魂灵》第二部的手稿后不

---

① 赫尔岑:《果戈理断片》,见《文学的战斗传统》,北京:新文艺出版社1953年版,第105页。

久与世长辞。

《死魂灵》描写了这样一个故事:自称是六等文官的乞乞科夫来到N市的近郊收购死去的农奴的户籍,他想将到手的死去的农奴抵押给政府,利用俄国法律的漏洞牟取暴利。他为此走访了玛尼罗夫等五个地主的庄园,后因天机泄露,只得匆匆逃离。

小说虽然以偏僻的乡村为主要背景,但却相当广阔地反映了农奴制俄国的真实生活,深刻地批判了唯利是图的新兴资产者、腐朽没落的官僚阶层,以及作为农奴制度支柱的宗法制地主。在层层展示这幅"群丑图"时,作者显示出高度的艺术概括力量。其中,地主群像的塑造尤为人称道。

玛尼罗夫谈吐高雅,慷慨好客,初一接触还颇能让人产生几分好感,可是用不了多久,他就会使人难以忍受。他那甜腻腻的微笑中透露出来的是极度的空虚和装腔作势。他的性格游移不定,既无主见,又无理财的本领,整天只是沉溺于不着边际的沉思冥想之中。这是一个丧失了一切实际生活的能力、被惰性和幻想吞噬了灵魂的活尸型的地主形象。

女地主科罗潘契加性情迟钝,从不关心外界发生的事情,一心扑在自己的庄园里。她善于理财,讲求实利,但又浅薄到了极点。她唯一的生活乐趣就是把积蓄下来的每一个戈比的钱"一个一个地放进她藏在柜子的抽屉里的那个花麻袋钱包里去"。这是一个愚昧闭塞、务实浅薄的俄国乡村小地主形象。

罗土特莱夫表面上的豪爽掩盖不了他以放荡为人生嗜好的本性,这个地主吃喝嫖赌样样在行。无聊的生活和无赖的性格使他终日耽于寻欢作乐,农奴的血汗换来的财富又使他得以挥金如土。出于自身的劣根性,罗土特莱夫热衷于搅乱秩序,散布谣言,拆散婚姻,破坏交易,"然而他并不认为对人做了坏事"。这是一个厚颜无耻的、流氓加恶棍式的地主。

索巴凯维奇是一个有着熊一般笨拙的外形和冷酷的性格的大地

主。他讨厌一切文明行为,更不能接受任何新事物。他以固执的目光,怀疑地扫视着人与人之间的一切关系。他没有精神需求,有的只是熊一般的巨大食欲,并以此为最高的享受。然而,索巴凯维奇在钱财问题上从来不含糊,他会老练地耍弄手腕,以至连工于算计的骗子乞乞可夫也不得不甘拜下风。这是俄国地主阶级中最顽固、最凶狠的部分。

守财奴泼留希金拥有巨额的资产、广袤的土地和一千多个农奴。然而,他本人衣着褴褛,像个乞丐;庄园里道路高低不平,房屋陈旧不堪。对物质财富的无比贪欲使他失掉了对物品价值的起码认识,库房里堆积如山的粮食、布匹、木器、皮货等在霉烂变质,可他却不断地在路上捡拾着破布、碎瓦、铁钉,并让成百个农奴活活饿死。这是一个极度卑琐贪婪的吝啬鬼形象。

这些在言谈举止、嗜好秉性、处事心态等方面各各不同的人物,代表了俄国地主阶级的不同类型,并互为补充地反映了俄国地主阶级共有的寄生、腐朽和卑劣的特征。果戈理成功地塑造地主形象的卓越的"雕刀",就是他的独到的典型化手法。

细节描写:玛尼罗夫的性格是靠着一系列的典型细节凸现出来的。玛尼罗夫的书房里,"总放着一本书,在第十四页间总夹着玛尼罗夫的一条书签;这一本书他还是在两年以前看起的"。他的客厅陈设华丽,可是两把未完工的靠手椅,四年来始终"只绷着麻布"。他常常呆坐,冥思苦想种种计划,"但是这些计划,总不过是一句话"。作者并没有直写玛尼罗夫的空虚和无能,但是这些生动传神的细节描写已足以使其跃然纸上。

肖像刻画:索巴凯维奇外形像头笨熊,他的面容出奇地粗糙拙劣,造化似乎不必在他的脸上多费心机,"只要简单地劈几斧就成。一下——鼻子有了,两下——嘴唇已在适当之处,再用大锥子在眼睛的地方钻两个洞,这家伙就完全成功。"这样的入木三分的肖像描写不仅使索巴凯维奇的形象立时凸现出来,而且也成了揭示人物性格的一面镜子。同样,当做者用寥寥数笔勾出玛尼罗夫那老挂在脸上的甜腻腻的笑容和泼留希金那对小老鼠般的骨溜溜转动的小眼睛时,人物内在的庸俗和卑琐也就随之纤毫毕现了。

语言塑造:如果说玛尼罗夫的语言矫饰空泛、索巴凯维奇的语言率直粗俗的话,那么罗士特莱夫的语言则是冲动的、蛮横的和缺乏逻辑的。小说中,同样是请乞乞可夫进屋,玛尼罗夫说了一大堆废话,而索巴凯维奇"只简短地道了一声'请',就引他到里面去了"。至于罗士特莱夫,他是用"无聊家伙"、"懒虫"和"废料"这一类词汇侮辱他请来的朋友。从这些极富个性的语言中,人们不难体会到人物的性格特征。

"含泪的笑"是果戈理创作的一大特色。如果说他的前期创作中更多的是一种"含着忧郁和感动之泪的笑"的话,那么在《死魂灵》中则是饱含讥讽与愤怒之泪的笑。可以说,小说中的丑类无一能逃脱作者辛辣的讽刺锋芒。果戈理没有故意去制造什么笑料,他的讽刺的利刃的基石是形象的真实,其中饱含着作者对祖国命运的深切的忧虑和关注。同时,果戈理在小说中采用了多种多样的讽刺手法,或明讽,暗讽,或采用反语、夸大语等等,造成了强烈的讽刺效果。

第四节 陀思妥耶夫斯基和《罪与罚》

费奥多尔·米哈伊洛维奇·陀思妥耶夫斯基(Ф. М. Достоевский, 1821—1881)出生在莫斯科,童年印象最深的是贫困和疾病。他从彼得堡军事工程学院毕业后踏上文坛。处女作《穷人》(1846)以书信体形式表现了小公务员杰符什金悲惨的命运和人格意识。而后完成的中篇小说《双重人格》(1846)进一步显示出他的创作特色,特别是心理分析的才能。40年代,他还完成了《女房东》、《诚实的小偷》、《白夜》等10多篇中短篇小说和一部未完成的长篇小说《涅朵奇卡·涅茨瓦诺娃》。1849年,他因参与彼得拉舍夫斯基小组的活动被捕,曾判极刑,后改判为苦役和流放。

西伯利亚10年,他受尽精神和肉体的折磨。获准返回莫斯科和彼得堡后重新开始发表文学作品。过渡时期的作品主要有:中篇小说《舅舅的梦》和《斯捷潘奇科沃村及其居民》,长篇小说《被欺凌与被侮辱的》(1861)和《死屋手记》(1862)。那部以作家本人在苦役期间的经历为基础的《死屋手记》产生了广泛的影响,评论界称它为"一部惊心动魄的伟大作品"。

60年代,陀思妥耶夫斯基办过刊物《时报》和《时代》,也曾出国旅行,写下过《冬天记的夏日印象》等表现他对西方文明的态度的作品,此时他对社会和文学都有了新的认识。中篇小说《地下室手记》(1864)是其创作社会哲理小说的初步尝试。长篇小说《罪与罚》(1866)给作家带来了世界声誉。他在国外完成的长篇小说《白痴》(1868)在揭示金钱势力的渗透导致的道德感情的沦丧、家庭纽带的断裂、健全个性的退化、美被亵渎和毁灭等诸多方面,取得了很大的成功。女主人公娜斯塔西娅塑造得相当丰满,她性格刚烈、情感丰富,但心灵扭曲、内心充满矛盾和痛苦。陀思妥耶夫斯基试图通过男主人公梅什金形象表现自己的宗教理想,但显得勉强,作家最终还是客观地写出了梅什金的无法避免的悲剧。小说对人生哲理的思考和人性内涵的发掘都很深刻,对生活在暗无天日社会中的人们疯狂和绝望的变态心理的刻画更是入木三分。小说情节充满了内在的紧张性。

70年代,陀思妥耶夫斯基完成的长篇小说《群魔》(1872)反映了作家的思想矛盾,但也表现出他对人类精神悲剧的深沉忧思:错误的理论一旦掌握了人,就能把人变成魔鬼。期间,他陆续发表了一组体裁新颖的《作家日记》。长篇小说《少年》(1875)第一次触及了"偶合家庭"的主题。陀思妥耶夫斯基最后一部长篇巨著是《卡拉马佐夫兄弟》(1880),这是他一生艺术创作的总结。小说的主要情节在一个血缘关系尚存但精神纽带早已断裂的"偶合家庭"中展开。作者在小说中提出了一系列社会的和哲学的问题,诸如人生的意义、人性的善恶、改造社会的途径、无神论与宗教信仰等,其中不少问题是通过阿辽沙、伊凡和佐西马长老的形象得以体现的。小说充分体现了作家的艺术风格。构成小说结构中心的是伊凡及其尖锐交锋的双重人格。在作品的形象体系中,伊凡比他的父亲老卡拉马佐夫和哥哥德米特里更全面地反映了"卡拉佐夫气质"；同时，伊凡又比阿辽沙更充分体现了作者的人道主义思想，小说中纯洁的阿辽沙和无耻的斯麦尔佳科夫在某种程度上正是伊凡分裂的人格中善恶两极的外化。小说的情节发展和哲理内涵均受到伊凡双重人格冲突的内在制约。小说深刻地反映了导致人格分裂和精神变态的时代悲剧。

1881年，陀思妥耶夫斯基在完成《卡拉马佐夫兄弟》（第一部）后去世。后人对这位作家评说不一。从他的作品中，有人看到了人道主义思想，有人则看到了不必要的残酷；有人称赞他对黑暗社会的批判激情，有人则谴责他对革命运动的攻击；有人欣赏作品中表现出来的宗教神秘主义倾向，有人则肯定他对上帝及其所创造的世界的怀疑……造成这种现象的原因除了评价者各各不同的观念以外，作家及其作品的独特性无疑是一个重要因素。

《罪与罚》的内涵是相当丰富的。在这部作品中，陀思妥耶夫斯基真实地展示了19世纪中叶俄国城市贫民的悲惨境遇。作者笔下的都城彼得堡是一派暗无天日的景象：草市场上聚集着眼睛被打得发青的妓女；污浊的河水中挣扎着投河自尽的女工；穷困潦倒的小公务员被马车撞倒在街头；发疯的女人带着孩子沿街乞讨……与此同时，高利贷老太婆瞪大着凶狠的眼睛，要榨干穷人的最后一滴血汗；满身铜臭的市侩不惜用诱骗诬陷的手段残害小人物，以达到自己不可告人的目的；而荒淫无耻的贵族地主为满足自己的兽欲，不断干出令人发指的勾当……

但是，小说通过主人公拉斯柯尔尼科夫触及了更深层次的主题。在作者笔下，拉斯柯尔尼科夫具有双重人格：他既是一个心地善良、乐于助人的穷大学生，一个有天赋的、有正义感的青年；同时他又有病态的孤僻，"有时甚至冷漠无情、麻木不仁到了毫无人性的地步"。"在他身上似乎有两种截然不同的性格在交替变化。"拉斯柯尔尼科夫根据自己对现实的观察和思考，创造了这样一种"理论"：人可以分为两类，即"不平凡的人"和"平凡的人"。前者能"推动这个世界"，这种人为了达到自己的目的，可以不择手段，为所欲为，甚至杀人犯罪；后者是平庸的芸芸众生，不过是"繁殖同类的材料"和前者的工具。拉斯柯尔尼科夫决定通过犯罪来测试一下，自己是否属于"不平凡的人"之列。

小说真实地揭示了拉斯柯尔尼科夫的"理论"的内核，这种理论尽管也是对社会不公的一种抗议，但却是无政府主义的抗议。它不仅不能使主人公获得梦寐以求的穷人的生存权，反而肯定了少数人奴役和掠夺他人的权利。小说写出了这种"理论"的必然破产，指出了它的极端个人主义的实质。作者试图通过主人公的悲剧强调：一个人如果无视传统和社会准则，那么就会导致道德的堕落和精神的崩溃。最高的审判不是法庭的审判，而是道德的审判；最严厉的惩罚不是苦役的惩罚，而是良心的惩罚。

不过，作者对这一"理论"的批判始终停留在伦理道德和宗教思想的基点上，并把拉斯柯尔尼科夫的犯罪行为归结为主人公抛弃了对上帝的信仰。作者为他安排的一条"新生"之路，实际上就是与现实妥协的道路，也就是"索尼娅的道路"。作者把索尼娅看做人类苦难的象征，并在她身上体现了虔信上帝、承受不幸、通过苦难净化灵魂的思想。作为一个黑暗社会的牺牲品，索尼娅的形象有着不可低估的意义，但是作为一个理想人物，她却显得苍白。显然，"用宗教复活人"的思想与整部作品所显示的强大的批判力量是不相协调的。

《罪与罚》的发表标志着陀思妥耶夫斯基艺术风格的成熟。在这部作品中，作者充分显示了他的"刻画人的心灵深处的奥秘"的巨大才华。占据画面中心的是主人公双重人格围绕着实践他的"理论"而展开的尖锐冲突，而这里由主人公双重人格构成的结构中心对总体布局起了重要的制约作用。拉斯柯尔尼科夫不断地动摇在对自己的"理论"的肯定与否定之间。犯罪前，前者渐占上风；犯罪后，两者呈紧张的相持状态；在残酷的现实和道德惩罚面前，主人公终于否定了自己的"理论"。由于作家着力于拓宽人物内在的心理结构，小说的情节结构相对地处在了从属的地位。就情节主线而言，马尔美拉多夫情节线和拉斯柯尔尼科夫情节线曾经分别属于作者计划写的两部长篇小说。经过作家重新构思，《罪与罚》将两条情节线交融了。

尽管马尔美拉多夫一家的遭遇令人同情,小说的凶杀事件扣人心弦,可它们都只是"一份犯罪的心理报告"的附属部分。例如,小说一开始,作者立即将主人公双重人格的激烈冲突推向了前景,拉斯柯尔尼科夫的整个身心都被得不到结论的心灵搏斗占据了,而不管是母亲的来信、军官和大学生的对话、毒打黑鬃马的噩梦,还是马尔美拉多夫悲愤的倾诉和贫民窟的凄惨景象,它们都只是作为主人公心灵冲突的催化剂和推动力出现的,杀害老太婆的情节是这种心灵冲突自然发展的结果。此外,主人公的心理冲突与小说中的哲学和伦理道德问题(如罪与罚、善与恶、强者与弱者等)的探索,与"无路可走"的苦难基调的形成都有着内在的联系。正是在由主人公双重人格构成的结构中心的制约下,整部小说的各个艺术要素才融为一个密不可分的有机整体,主人公的内心世界也以前所未有的幅度和深度展现在读者面前。

《罪与罚》的艺术成就是多方面的。小说跌宕起伏,极具戏剧性。它给人的突出印象是场面转换快,场景推移迅速。作品主要情节的进程只用了12天时间。作者还十分注重场景的选择,在浓缩的时空中通过一组组场面把主人公的心理势态写足写透,而作者巧设的悬念又使场面的转换带有一定的内在的紧张性,如警长波尔菲里与拉斯柯尔尼科夫三次对话就说明了这一点。作者力图通过内心动作丰富的场面组接来完整地显示人物心灵搏斗的历程。此外,作品中主人公拉斯柯尔尼科夫的自我意识大大加强,这就使在一般小说中由作者叙述的客观现象更多地转入了主人公的视野,使通常的作者叙述成为了主人公的叙述和对话的内容,由此作为创作主体的作者意识相对地变成了客体,而以往的客体则在某种程度上成了有独立意识的主体。这种艺术上的创新具有十分深远的意义。

第五节　托尔斯泰和《安娜·卡列尼娜》

列夫·尼古拉耶维奇·托尔斯泰(Л. Н. Толстой,1828—1910)出

生在一个名叫"雅斯纳亚·波良纳"的贵族庄园。他童年印象最深的是能给所有人带来幸福的小绿棒的故事。托尔斯泰在喀山大学就读期间,对卢梭的学说产生过浓厚的兴趣。离开大学后,成为青年地主的托尔斯泰曾力图改善农民的生活,但却不被农民所理解。这段经历后来在小说《一个地主的早晨》(1857)中得到了反映。

50年代,托尔斯泰在高加索入伍期间开始了文学创作。处女作《童年》(1852)通过对小主人公伊尔倩耶夫单纯而又富有诗意的内心世界的细致入微的描摹,出色地表现了一个出身贵族家庭的聪颖、敏感、感情热烈,并爱作自我分析的儿童的精神成长过程。它与后来作家写就的《少年》和《青年》构成了自传三部曲。在高加索期间,托尔斯泰还发表了一些反映战地生活的小说,如《袭击》和《台球房记分员笔记》等。高加索迷人的自然风光和朴实的山民,给他留下了很深的印象。他对生活有了新的认识,平民化思想也由此萌发。这在他后来完成的作品《哥萨克》中有清晰的反映。克里米亚战争爆发后,托尔斯泰曾在前线坚守一年。他为此写出了三篇总名为《塞瓦斯托波尔故事》(1855—1856)的特写,以严酷的真实抨击了畏敌如虎的贵族军官,赞美了普通士兵的爱国主义精神。

托尔斯泰退役回到家乡后,曾为农民子弟办学,后因沙皇政府干预,学校夭折。期间,他两次出国,并写下了《暴风雪》、《两个骠骑兵》、《卢塞恩》、《阿尔贝特》、《三死》、《家庭幸福》和《波里库士卡》(1863)等小说。60—70年代,托尔斯泰先后完成了长篇小说《战争与和平》和《安娜·卡列尼娜》。这两部作品为他赢得了世界一流作家的声誉。《战争与和平》的主要情节围绕着包尔康斯基、别祖霍夫、罗斯托夫、库拉金四个贵族家庭的生活展开。托尔斯泰对接近宫廷的上层贵族给予了揭露和批判,并用诗意的笔触描写了保留着淳厚古风、有着爱国心的庄园贵族。安德烈和彼埃尔都是探索型的青年贵族知识分子,他们在人民力量的感召下精神上得到成长。娜塔莎是一个能体现作家生活理想的优美的女性形象。《战争与和平》艺术成就卓著。作者的艺术笔触伸向了19世纪俄国广阔的生活领域,为人物提供了广阔的活动空间。

同时，小说中大如历史进程、民族存亡、战争风云、制度变革，小至家族盛衰、乡村习俗、节庆喜宴、个人悲欢，都纳入了统一的艺术结构之中，从而达到了既宏伟开放又浑然一体的艺术效果。

1870年代末80年代初，托尔斯泰经历了一场世界观的激变。他否定了贵族阶级的生活，站到了宗法农民的一边。这时，他不仅在生活方式上发生了很大变化，而且力求使自己的作品能为普通的农民所接受。他写了不少民间故事和"人民戏剧"，也写出了一些优秀的小说，其中著名的有长篇小说《复活》(1899)，剧本《黑暗的势力》(1886)、《教育的果实》和《活尸》，中篇小说《霍尔斯托麦尔》、《伊凡·伊里奇之死》(1886)和《克莱采奏鸣曲》等。

《复活》是托尔斯泰晚年最重要的作品。男主人公聂赫留朵夫是一个为自己和本阶级的罪恶而忏悔的形象，玛丝洛娃的不幸遭遇深深震动了他，他决心用自己的行动来赎罪。聂赫留朵夫对人民苦难的同情，对本阶级罪恶的忏悔，以及在忏悔过程中的矛盾、彷徨，既概括了当时一部分进步的贵族知识分子的精神状态，也反映了作家本人的思想矛盾。女主人公卡秋莎·玛丝洛娃是一个从受欺凌的地位中逐步觉醒并走向新生的下层妇女的形象。如果说与聂赫留朵夫的重逢震颤了她麻木的灵魂的话，那么与政治犯的接触则使她开始了对新生活的探索。玛丝洛娃的形象已经越出了当时一般作家用同情的笔调描写下层人民不幸遭遇的格局，深刻地表现了下层人民不可摧毁的坚强意志。同时，《复活》也显示了托尔斯泰"撕下一切假面具"的决心和彻底暴露旧世界的批判激情。小说对沙俄的法律、法庭、监狱，以及整个国家机器和官方教会，都给予了无情的抨击。

为此，托尔斯泰遭到当局和教会的迫害，还被革除教籍。然而，托尔斯泰在人民中获得了越来越高的声誉。托尔斯泰晚年生活力求平民化，并保持着旺盛的创作精力，完成了中篇小说《哈泽·穆拉特》和《舞会之后》等优秀作品。1910年深秋，他为过上真正的平民生活而出走，途中因病去世。

《安娜·卡列尼娜》在广阔的社会背景和激烈动荡的时代氛围中展现了女主人公安娜的悲剧命运,并探究了造成这一悲剧的原因。

安娜在年轻的时候就在姑妈的安排下嫁给了比她大20岁的省长卡列宁,这桩封建婚姻埋下了安娜悲剧命运的种子。卡列宁被贵族上流社会视作"有事业心"的出类拔萃的人物,实际上却是沙俄时代一架典型的官僚机器。他道貌岸然、冷酷虚伪,缺乏真正的人的感情。婚后8年,安娜只能把全部的情爱倾注在孩子谢辽沙身上。沃伦斯基的热烈追求,唤醒了安娜沉睡的爱情。她决心不顾丈夫的威胁,离家与所爱的人一起生活。由三个社交圈构成的京城上流社会,极端伪善,荒淫无耻,可是却不容许安娜触犯他们所谓的道德规范。卡列宁在上流社会的支持下,拒绝离婚,并夺走了安娜的儿子。安娜始终处在可怕的侮辱和精神折磨的阴影之下。与此同时,沃伦斯基也日益暴露了贵族社会纨绔子弟的平庸面目。尽管安娜的爱情在精神上提高了他,使他稍许改变了生活的轨迹,但是他并不可能真正了解安娜的内心世界。安娜终于意识到她所处的贵族社会中的一切"全是虚伪!全是谎言!全是欺骗!全是罪恶!"她没能得到她所追求的幸福,却在愤懑和绝望中结束了自己的生命。安娜是那个黑暗社会的牺牲品。

安娜的性格是出众的。她天赋卓越,真诚坦率,充满着生命的活力。她具有强烈的情感,这种情感有时表现为纯真的母爱,有时又表现为炽热的情爱,有时还表现为火样的愤怒、深深的绝望和难忍的屈辱等等。在这些感情中贯穿始终的是安娜对生活的热爱和对真正爱情的向往。安娜的性格魅力恐怕主要就在这里。小说出色地显示了安娜性格的丰富性及其内在的矛盾。安娜在热烈追求时又常常自我谴责,她在大胆反抗时又时时妥协,她个性坚强但又恐惧多疑。她的思想和行为不时受到封建道德和宗教感情的内在制约,她无法真正脱离她所出身的贵族社会,这使她的抗争从一开始就带上了悲剧色彩。安娜追求的只是个性的解放,可是她却为之付出了昂贵的乃至生命的代价。

小说中另一主线的中心人物是列文。列文是一个在资本主义开始迅猛发展的时期紧张探索的贵族地主。他的身上充满了矛盾:对农奴制度的不满与对贵族古风的留恋,高度的文化修养与对资本主义文明的恐惧,和人民的接近与维护地主利益的本能等等。这些矛盾富有鲜明的时代色彩,孜孜不倦地探索社会的和人生的理想,是列文身上最主要的特征。面对农奴制改革后贵族阶级逐渐没落和旧的生活基础遭到破坏的状况,列文感到忧虑和恐惧,他企图通过农事改革找到一条地主和农民共同富足的道路,从而保留宗法制的庄园制度。尽管这种想法中有人道主义的成分,但只是一种逆社会潮流的空想,因而注定要在现实生活中碰壁。列文又苦苦地探索人生的意义和生与死的问题,试图从哲学中找到"正当生活"的理想。他曾为了"他是什么人,他活着为了什么"而苦恼、绝望,甚至"几次想到自杀"。列文从老农弗卡内奇那里获得启示,明白了人生的意义就在于"照上帝的指示"生活,即从道德上完善自我。列文把尖锐的社会问题变成了抽象的道德问题。尽管如此,这一探索过程本身包含着民主主义的思想内容,并能给人以多方面的启示。

这部小说具有史诗式的生活涵盖面和大容量地反映社会问题的特点。作品不仅探索了家庭婚姻和伦理道德,还广泛涉及了社会制度、政治思潮、经济关系,以及哲学、宗教、艺术、教育等一系列问题。因此,这部小说成了反映那一时代俄国生活的百科全书式的巨著。

小说的艺术成就是多方面的。仅就结构而言,它的成就就不同凡响。这部作品结构严整,两条情节线索平行发展,并由两个对映人物构成结构中心。这种对映体结构正是托尔斯泰"致力以求"并感到"自豪"的独到之处。小说中,男女主人公之间存在着独特的对映关系,如在寻求自己的理想生活时,安娜重感情,而列文重理智;在家庭生活上,安娜在城市文明的渊薮里沉沦,列文则在宗法制庄园中寻找出路。作者以此为基础结构作品,作品中的两条线索如同一座两体大厦,其中任何一体都无法独立存在,但同时它们各自又有自己的一些互不重叠的侧面,因此结构的开阔感、层次感和整体感都很强烈。而奥勃浪斯基的形象在结构中起了联系两条平行线索的纽带作用。他时而出现在安娜线中,成为安娜、沃伦斯基和卡列宁之间微妙的中间人,时而又在列文线中露面,为列文和吉提关系的发展推波助澜;他常常活跃在都市的上流社会,又不时来到外省的农村庄园。他的活动不仅使两条线索之间的结构密度明显增大,而且还提供了一个充分显示对映效果的观察点,从而使读者获得了一个完整而又强烈的印象。

第六节　契诃夫和《樱桃园》

安东·巴甫洛维奇·契诃夫(А. П. Чехов,1860—1904)出生在南俄塔甘罗格市一个小商人家庭,童年生活枯燥乏味。父亲破产后,全家迁居莫斯科,只有契诃夫留在家乡继续求学,从小就体会到世态炎凉。

1880年,契诃夫进入莫斯科大学医学系学习,并发表第一篇作品《给有学问的邻居的信》。其后几年,他一面上学,一面以"契洪特"的笔名在《蜻蜓》等刊物上发表了大量的讽刺幽默作品。契诃夫大学毕业,一面行医,一面继续进行创作,出版了多部小说集。契诃夫早期创作数量较多,作品总体水准不是很高,但在一部分优秀作品中已经显现出民主主义的思想特征,如小说《小公务员之死》(1883)、《变色龙》(1884)、《普里希别也夫中士》(1885)、《哀伤》、《苦恼》和《万卡》等。

从1886年开始,他正式用契诃夫的名字发表作品。小说集《在昏暗中》(1887)的出版使他获得了科学院的"普希金奖"。此后,他执著地进行着思想探索,视野更加开阔,特别是1890年的库页岛之行,使他对俄国社会有了更为深入的了解。这一时期,契诃夫的作品题材更为丰富,作品风格更加深沉,他描写知识分子的精神生活,关注农民的命运,加强了对生活的开掘和对现实的批判力度。他在80年代中期至90年代中期创作的主要作品有:中短篇小说《相遇》、《草原》(1888)、《灯火》、《命名日》、《神经错乱》、《没意思的故事》、《公爵夫人》、《第六病室》(1892)、《恐怖》、《跳来跳去的女人》(1892)和剧本《伊凡诺夫》(1887)等。《第六病室》中的拉京医生虽不满医院环境的恶俗,但采取逃避现实的处世态度,结果导致悲剧。第六病室是专制俄国的象征,拉京的悲剧则显示了不以暴力抗恶的"托尔斯泰主义"的破产。

1896 年以后,契诃夫更多地参与社会活动,如支持左拉为德雷福斯的辩护,抗议沙皇当局取消高尔基的科学院名誉院士的称号,资助受迫害的进步青年等。他的民主主义的立场更加坚定,对社会和人生的观察也更为深刻。这一时期是契诃夫创作的高潮时期。他的小说《套中人》(1898)成功地塑造了因循守旧、极端害怕新生事物的别里科夫形象,《我的一生》(1896)和《醋栗》(1898)继续批判"托尔斯泰主义",《姚内奇》(1898)表现了知识分子在市侩习气的浸染下的堕落过程,《带阁楼的房子》(1896)批判了"小事情理论"。此外,他还写出了《农民》(1897)、《出诊》、《宝贝儿》、《在峡谷里》和《新娘》(1903)等优秀的中短篇小说。契诃夫的小说短小凝练、朴素含蓄,善于通过平淡无奇的生活现象揭示深刻的社会问题。

世纪之交,契诃夫的戏剧创作也获得了巨大成就。先后有《海鸥》(1896)、《万尼亚舅舅》(1897)、《三姐妹》(1901)和《樱桃园》(1903)等 4 部多幕剧问世,这些主题深刻、艺术精湛、特色鲜明的抒情心理剧又为契诃夫赢得了戏剧大师的称号。

《樱桃园》是契诃夫的戏剧代表作。作者在剧中通过樱桃园的拍卖和主人公拉涅夫斯卡娅的生活悲剧,象征性地反映了俄国旧贵族无可奈何的没落和资产者的勃兴。

旧贵族拉涅夫斯卡娅在荒唐的"爱情"中荡尽了家产,她回国时连那座早已抵押出去的樱桃园的处境也岌岌可危,可她依然沉湎在虚无缥缈的幻想之中,指望能有摆脱困境的奇迹出现。樱桃园终于拍卖了,拉涅夫斯卡娅除了为失去的庄园流泪外,别无他法。作者在揭示拉涅夫斯卡娅的生活悲剧时,更强调了这一形象的精神悲剧。拉涅夫斯卡娅受过良好的教育,富有同情心,可是作为贵族阶级的末代子孙,她已经失去了生活中的位置。失去樱桃园后,拉涅夫斯卡娅重回巴黎去了,生活中可怕的悲剧并没有在她的心中留下烙印,她的精神世界中已无严肃的东西可言。高尔基指出:"喜欢流泪的拉涅夫斯卡娅和樱桃园的其他旧主人……对于四周的一切,他们完全看不见,也完全不了解;他们是一些没有力量再适应生活的寄生者。"①这一形象的象征意义是显而易见的。

与优柔寡断的拉涅夫斯卡娅形成对照的形象是罗伯兴。罗伯兴出身农奴家庭,文化程度不高,但精明强干,讲究实际,在他身上有着那种刚刚发迹的资产者的财富欲和进取心。他精打细算,日夜操劳。当他从旧主人手中买下樱桃园后,立即砍掉樱桃树,建造别墅出租,以获得更大收益。罗伯兴的进取心是与他的冷酷联系在一起的,他时刻不忘"像一个巨人一样神通广大"地攫取财产,因此大学生特罗菲莫夫把他比作"一只碰见什么就要吃掉什么的凶狂的野兽"。与此同时,出身底层的罗伯兴身上还保留着某些善良的和真诚的感情。他始终没有忘记拉涅夫斯卡娅旧日之恩,一再设法使拉涅夫斯卡娅摆脱困境。他有时也不满意自己的作为,认为自己的生活"简直过得愚蠢透了"。当然,这种情绪并没有妨碍他去干不体面的事业。按照罗伯兴性格的发展逻辑,金钱欲将逐步吞噬尽他身上的善良品质。"巨人的气魄"与渺小的事业,产业的新主人与暗淡的生活前景,这一切矛盾都决定了罗伯兴只能是俄国历史舞台上一类带有悲剧性的喜剧人物。

同时,作者通过《樱桃园》中的人物表达了自己的人生感悟,以及在新旧交替之际人们无所适从的思想情绪和对新生活的朦胧而又热切的渴望,从而使作品具有了更为丰富和深刻的内涵。

契诃夫把《樱桃园》称为"抒情喜剧"。剧中令人印象深刻的是,与情绪化的象征结合在一起的浓郁的抒情氛围。那开满白花的美丽的樱桃园,那远远传来的"类似琴弦绷断的声音",那在带有悲剧意味的砍树声中响起的年轻人"新生活,你好!"的热情呼喊,乃至在看似普通的对白、微笑、停顿中,都充溢着"抒情喜剧"特色。平凡的人、日常的事、各自的思考、淡淡的收尾,那么真实而又那么令人回味。契诃夫成功地将非戏剧化因素引入自己的戏剧,使之更有效地表现内在的微妙的情绪

---

① 高尔基:《回忆录选》,人民文学出版社1959年版,第165页。

变化和现实中深藏的诗意,从而形成了自己独特的艺术风格。

思考题

1. 试从奥涅金看俄国"多余人"形象。
2. 果戈理如何在《死魂灵》中塑造地主群像?
3. 简析拉斯柯尔尼科夫"理论"的实质,以及作者对这一理论的态度。
4. 安娜·卡列尼娜悲剧的成因何在?这部作品在结构上有何特色?
5. 谈谈《樱桃园》的主题和主要人物形象。

参考书目

1. 《俄国文学史》,曹靖华主编,北京:人民文学出版社1989年版。
2. 普希金:《叶甫盖尼·奥涅金》,冯春译,上海:上海译文出版社1989年版。
3. 果戈理:《死魂灵》,田大畏译,合肥:安徽文艺出版社1999年版。
4. 陀思妥耶夫斯基:《罪与罚》,岳龄译,上海:上海译文出版社1996年版。
5. 列夫·托尔斯泰:《安娜·卡列尼娜》,草婴译,上海:上海译文出版社1982年版。
6. 契诃夫:《樱桃园》,童道明译,见《契诃夫戏剧三种》,北京:中国文联出版社2005年版。

(本章编写:陈建华)

第十章　20世纪的俄苏文学

第一节　概　述

20世纪俄苏文学具有深厚的文学传统,众多卓越的俄国艺术大师的作品深刻地影响着它的发展。同时,它又有着自己的特殊品格,表现出鲜明的个性,在理论和创作上都自成体系,独树一帜。一个世纪以来,俄苏文学的发展经历了曲折的历程,但成就辉煌。

20世纪初期,俄国文学出现新的气象。除了传统的现实主义文学外,象征主义、未来主义、新自然主义、阿克梅派等各种文学流派纷纷登场,出现了许多各具特色的作家和作品,如巴尔蒙特、梅烈日可夫斯基(《基督与反基督者》三部曲,1896—1905)、勃留索夫、库普林(《决斗》,1905)、安德列耶夫(《红笑》,1905)、赫列勃尼科夫、古米廖夫、曼德尔施塔姆、别雷(《彼得堡》,1916)等,他们为俄国文学开辟了一片新的天地。高尔基以自己优秀的作品承继传统,启迪未来。蒲宁(1870—1953)的主要成就在中短篇小说上,前期《乡村》(1910)等小说从不同角度表现了俄国的社会生活;后期侨居法国,主题多为死亡、爱情和大自然,艺术成就较高。1933年因长篇小说《阿尔谢尼耶夫的一生》(1927—1938)获得诺贝尔文学奖。勃洛克(1880—1921)早期诗作带有浪漫和神秘色彩,组诗《美妇人》等显示了诗人的艺术独创性。长诗《十二个》(1918)描写十月革命胜利初期彼得堡的独特的生活氛围,象征性地表现了革命所向披靡的气势。阿赫玛托娃(1889—1966)早期诗集《黄昏》等多为爱情诗,后因古米廖夫案牵连,个人生活不幸。组诗《安魂曲》(写于

1934—1940年,发表于1987年)抒发了一个母亲在儿子无辜被捕后的痛苦心情,以及对错误政策的愤懑和对祖国命运的担忧。50年代以后,她的主要作品有《没有主人公的长诗》(1949—1965)等。她的诗作构思精巧,善于抒发女性的内心情感。

1917年十月革命后至20年代,苏联文坛上出现了无产阶级文化协会、"谢拉皮翁兄弟"、"列夫"、"山隘"和"拉普"等诸多的文学团体。活跃在这一时期的俄国形式主义学派在探索艺术创作的特性和内在规律方面作出了杰出贡献,这一学派中的一些理论家后移居国外,带动了西方20世纪文艺理论的革命性变革。但同时,"左"的倾向开始露头,当时最大的文学团体"拉普"("俄罗斯无产阶级作家联合会"的简称),打击所谓"同路人"作家,阻碍了文学的健康发展。叶赛宁(1895—1925)是20世纪俄罗斯伟大的民族诗人,他的早期诗作充满乡土气息和对乡村俄罗斯的热爱,如诗集《亡灵节》、《变容节》和《农村日课经》,叙事诗《约旦河的鸽子》和《天上的鼓手》等。革命后的现实与诗人的想象有差距,诗人一度陷入迷惘,组诗《莫斯科酒馆之音》等反映了他当时的思想情绪。诗人在生命的最后两年思想情绪有变化,创作了一百多首抒情诗和大量的叙事诗,如《二十六人颂歌》、《伟大进军之歌》、《三十六个》、《安娜·斯涅金娜》(1925)和《黑影人》,以及组诗《波斯抒情》(1924—1925)等。他的诗歌感情真挚、意境隽永。马雅可夫斯基(1893—1930)是这一时期极具个性的诗人,他作为未来主义诗人踏上文坛,早期除讽刺诗外,还写有《穿裤子的云》等多首长诗,带有未来主义的色彩。十月革命期间,他坚定地站在布尔什维克一边,创作了短诗《我们的进行曲》、《革命颂》和《向左进行曲》,以及剧本《宗教滑稽剧》和长诗《一亿五千万》等歌颂革命的作品,曾为"罗斯塔之窗"工作。20年代,他的创作进入成熟期,发表了讽刺官僚主义的诗篇《开会迷》(1922)、歌颂列宁的长诗《列宁》(1925)、讽刺喜剧《臭虫》和《澡堂》,以及长诗《好!》(1927)、《放开喉咙歌唱》、美国组诗和特写《我发现了美洲》等,艺术上多有创新。普拉东诺夫(1899—1951)因小说集《叶皮凡水闸》(1927)而成名。20年代后期和30年代上半期,他写出了中篇小说《地槽》(1930)、《初生海》和长篇小说《切文古尔》(1929—1933)等作品。《切文古尔》用怪诞的手法辛辣地讽刺和抨击了乌托邦式的"社会主义"和滥施暴力的行为。普拉东诺夫的小说寓真理于荒诞之中,风格独特。这时期比较活跃的作家还有扎米亚京(《我们》,1920)、富尔曼诺夫(《恰巴耶夫》,1923)、拉夫列尼约夫(《第四十一》,1924)、绥拉菲莫维奇(《铁流》,1924)、巴别尔(《骑兵军》)、皮里尼亚克(《荒年》)、费定(《城与年》)和茨维塔耶娃等。

1934年,苏联第一次作家代表大会召开。与苏联国内个人迷信的增长和肃反扩大化相应,"左"的倾向在30年代中后期的苏联文坛逐渐占据了主导地位。这一时期,肖洛霍夫的笔始终与顿河哥萨克的命运相连。阿·托尔斯泰(1883—1945)以小说闻名于世,早年主要作品有小说《跛老爷》等,后期代表作有长篇三部曲《苦难的历程》(1921—1941)和历史小说《彼得大帝》(1929—1945)等。《苦难的历程》通过卡嘉、达莎、捷列金和罗欣等形象所经历的彷徨、探索和追求的历程,揭示了"失去了祖国而又重新得到了她"的主题。布尔加科夫的作品显示了寄真实于魔幻的深刻和机智。奥斯特洛夫斯基的小说《钢铁是怎样炼成的》(1934)产生了重大影响。普里什文、帕乌斯托夫斯基、左琴科等作家也写出了不少优秀作品。

40年代初期,德国法西斯入侵苏联,卫国战争文学成为苏联文坛的主流。这一时期,文学的主要成就是战时和战后初期出现的反映苏联人民在卫国战争中的献身精神和爱国主义感情的作品,如西蒙诺夫的抒情诗《等着我吧》、波列伏依的小说《真正的人》(1946)、柯涅楚克的剧本《前线》等。法捷耶夫(1901—1956)是优秀的苏联作家,早年的小说《毁灭》(1927)颇受好评,1945年问世的长篇小说《青年近卫军》是卫国战争文学的杰出代表。特瓦尔多夫斯基(1910—1971)是苏联卓越的诗人,他的主要作品有长诗《瓦西里·焦尔金》(1941—1945)和《山外青山天外天》等。列昂诺夫(1899—1994)在小说和戏剧创作上成就卓著,主要作品有:长篇小说《獾》(1924)、《贼》、《索契河》、《金字塔》(1994),剧本《暴风雪》、《侵略》(1942)和《金马车》等,代表作是长篇小说《俄罗斯森林》(1953)。

战后,苏联当局接连作出决议,直接干预文学创作,并对阿赫玛托娃和左琴科等作家进行批判,"无冲突论"在苏联文坛泛滥一时,多姿多彩的文学局面不复存在。

20世纪50年代中期,苏联社会进入一个新的时期。文坛上创作思想空前活跃,很快形成了一股后来被称之为"解冻"的文学思潮。文坛新作频出,奥维奇金的《区里的日常生活》、爱伦堡的《解冻》(1954—1956)等作品直面生活的真实。帕斯捷尔纳克(1890—1960)在20世纪上半叶已享誉文坛,创作有诗集《云中的双子星》、长诗《1905年》、诗体小说《斯别克托尔斯基》、小说集《故事集》、自传性随笔《人与事》和长篇小说《日瓦戈医生》(1957,意大利;1988,苏联)等,1958年获诺贝尔文学奖。在《日瓦戈医生》中,作者以深邃的目光反思20世纪上半叶的风风雨雨,主人公的悲剧是大革命时代旧俄知识分子的悲剧,日瓦戈对自由、纯洁、尊严和完美的追求,体现了人类精神发展的高尚境界。索尔仁尼琴在1970年因长篇小说《癌病房》等作品获诺贝尔文学奖。此外,老作家西蒙诺夫和阿尔布佐夫等继续推出他们的《生者与死者》三部曲(1959—1971)和《伊尔库茨克故事》等力作,叶夫图申科、沃兹涅先斯基、罗佐夫和阿克肖诺夫(《带星星的火车票》)等青年作家的作品反映了在现代思潮冲击下一部分当代青年的心态。"解冻文学"思潮历时近10年,是当代苏联文学的第一波大潮。

20世纪60年代中期至70年代,苏联文学思潮渐趋平稳。人道主义问题讨论的深入使文学出现新的气象。特里丰诺夫(1925—1981)的作品题材广泛,其被称为"莫斯科故事"的《交换》(1969)等中篇,在看似平淡的家庭婚姻关系和日常生活琐事中开掘出丰富的道德哲理的内涵。他的中篇《滨河街公寓》(1976)和长篇《老人》(1978)等也受到普遍关注。艾特玛托夫将吉尔吉斯民族的文化传统与俄罗斯文学的经验熔为一炉,创造出具有独特风格的作品。这一时期,瓦西里耶夫的《这里的黎明静悄悄》(1969)、贝可夫的《方尖碑》(1972)、阿列克西耶维奇的《战争中没有女性》(1984)、德沃列茨基的剧本《外来人》(1971)、格拉宁的《一幅画》(1980)、舒克申的《红莓》(1973)、阿斯塔菲耶夫的《鱼王》(1976)、万比诺夫的《去年夏天在丘里姆斯克》(1972)、别洛夫《凡人琐事》(1966)、伊萨耶夫《记忆的远方》(1977)和罗日杰斯特文斯基的《二百一十步》(1978)等,都是具有代表性的作品。

80年代,随着苏联国内"改革"的推进,文坛也进入了躁动不安的时期。许多作品从信仰危机、物质主义、传统失落、生态破坏、人性毁灭,乃至对人类命运的不祥预测等角度,提出了尖锐的问题,表现出浓重的忧患意识。同时,出现了不少反思历史的作品。如拉斯普京的《失火记》(1985)、邦达列夫的《人生舞台》(1985)、阿斯塔菲耶夫的《忧郁的侦探》(1986)、别洛夫的《一切都在前面》(1986)和沙特罗夫的《前进……前进……前进》(1988)等。此外,这一时期的"回归文学"热,使雷巴科夫的《阿尔巴特街的儿女们》、格罗斯曼的《生活与命运》,以及布罗茨基、索尔仁尼琴和纳博科夫等众多作家的被禁作品陆续回归苏联文坛。

20世纪90年代初,苏联的解体对文坛造成猛烈的冲击,许多作家卷入了政治斗争,文学创作一度低迷。不少作家在这种严酷的局面中失去了原先在生活中的位置,作家康德拉季耶夫和德鲁尼娜等人甚至以极端的方式过早地离开了人世。从80年代后期开始已经存在的所谓"传统派"(或称"爱国派")和"自由派"(或称"民主派")的纷争在此时终于演变为作家队伍的实质性的分裂。社会的动荡和市场经济的形成分化了纯文学的队伍,造成了一段时间里文学创作的滑坡;大众文学对纯文学的冲击及其影响也日益清晰地显现。这种情况在90年代中期以后有了明显变化,不少老作家辛勤耕耘,推出新的作品;一些视野较宽、功底扎实、锐意创新的中青年作家崭露头角,成为文坛的主要力量;许多作品以鲜明的时代色彩与让人心悸的追问、探求和思考引起读者关注。

这一时期,现实主义文学依然占据重要位置,而后现代主义文学也开始走红文坛,涌现出一批风格各异的作品。拉斯普京(1937—)的作品多以西伯利亚的农村为背景,着力描写普通人的生活。他的小说

《最后的期限》(1970)、《活着,可要记住》(1974)、《告别马焦拉》(1976)和《失火记》(1985)等,以浓厚的西伯利亚乡土气息和对人与传统主题的深刻开掘而著称文坛。经过苏联解体前后的一段沉默后,从 90 年代中期开始,拉斯普京发表了一系列反映现实生活的优秀作品,如《下葬》(1995)和《伊万的女儿,伊万的母亲》(2003)等。这些作品风格洗练,充满对当下现实的批判激情。佩列文(1962—)是活跃在 90 年代以来的俄罗斯文坛的作家,他的主要作品有长篇《夏伯阳与虚空》(1996)和《"百事"一代》(1999)等。《"百事"一代》杂糅的语言风格、不规则的心理展示和互文手法的广泛运用,作者随意的不加评判的叙述态度、对政治的神圣性和新俄罗斯的价值体系的解构,使人们对作品的解读具有了多义性。这一时期其他有影响的作品还有:哈里托诺夫的《命运线》(1992)、马卡宁的《铺着呢布、中间放着长颈玻璃瓶的桌子》(1993)、瓦尔拉莫夫的《乡间的房子》(1997)、布托夫的《自由》(1999)、邦达列夫的《百慕大三角》(1999)、乌利茨卡娅的《库科茨基医生的病案》(2000)、波里亚科夫的《无望的逃离》(2001)、阿克肖诺夫的《伏尔泰的男女信徒们》(2004)等。尽管世纪之交的文学体现的价值观和艺术观与以往发生了很大变化,但是深入新文学肌肤的关注现实人生的传统依然绵绵不绝。

第二节　高尔基和《底层》

马克西姆·高尔基（M. Горький,原名阿列克谢·马克西莫维奇·彼什科夫,1868—1936)出生在俄国诺夫戈洛德城的一个木工家庭。早年寄居在开染坊的外祖父家中,生活艰辛。他在社会底层饱尝人间的苦难,靠自学成才。青年时代,高尔基参加过具有民粹派观点的秘密小组。为了了解祖国和积累素材,他两度流浪于南部俄罗斯和乌克兰一带。

19 世纪 90 年代,高尔基走上创作道路。处女作是短篇小说《马卡尔·楚德拉》(1892)。浪漫主义作品在高尔基早期创作中占有重要地位,其中最有代表性的是《伊则吉尔老婆子》和《鹰之歌》。这些作品格调高昂,具有浓郁的诗情和深刻的哲理。早期创作的现实主义短篇中以写流浪汉的作品最为出色,如《切尔卡什》等。世纪之交,高尔基还完成了小说《福马·高尔杰耶夫》和《三人》,充满激情的散文诗《海燕》(1901),剧本《小市民》、《底层》(1902)和《敌人》等。长篇小说《母亲》(1906)是对俄国1905年革命的艺术总结,生动地反映了无产阶级政党领导下的群众革命斗争。主人公巴威尔和他的母亲尼洛夫娜的成长道路体现了马克思主义对人民群众的巨大改造力量。小说没有回避斗争的严酷和艰巨,但又洋溢着理想主义的激情。

1905年革命失败后,高尔基被迫侨居意大利卡普里岛。在此期间,他创作了许多重要作品,主要有:作为过渡时期作品的中篇小说《没用人的一生》、《夏天》和《忏悔》,揭露小市民习气的小说《奥古罗夫镇》、《马特维·柯热米亚金的一生》和《崇高的爱》,反映劳动人民生活和斗争的《意大利童话》,描绘旧俄生活和新人成长的自传体三部曲的前两部《童年》(1913)和《在人间》(1915),剖析俄罗斯民族文化心理的短篇小说集《罗斯游记》和《俄罗斯童话》,以及剧本《最后的一代》等。高尔基在自传三部曲中,通过阿辽沙的形象再现了自己早年的生活经历和成长道路,展现了19世纪70—80年代俄罗斯生活的风俗长卷。小说生动的形象、多彩的画面和贯穿全书的积极的人生态度,使它成为一部极具魅力的优秀作品。

十月革命期间,高尔基面对当时出现的一些令人不安的现象,发表了一组总标题为《不合时宜的思想》的政论文章,文章中有些观点有些偏激,但集中表达了作家对革命与文化、政治与道德等问题的思考。1917年以后,高尔基积极投入各项文化组织活动,培养了不少青年作家,并写出了许多优秀作品,如自传体三部曲的第三部《我的大学》(1922)、长篇小说《阿尔塔莫诺夫家的事业》(1925)、特写《苏联游记》、剧本《耶戈尔·布雷乔夫和别的人》和《瓦萨·日列兹诺娃》、回忆录《列宁》及长篇小说《克里姆·萨姆金的一生》(1925—1936)等。《阿尔塔莫诺夫家的事业》以阿尔塔莫诺夫一家三代人对待"事业"的心理变化为基本线索,揭示了俄国资产阶级的精神特征和俄国资产阶级的历史命运。作品中,创业者老阿尔塔莫诺夫精明能干,守业者彼得则显得保守平庸,第三代开始出现分化,有的堕落下去,有的走向了革命。小说内涵丰富、思想深刻,是作家后期创作的重要成就。《克里姆·萨姆金的一生》是高尔基的最后一部长篇巨著,展现了近半个世纪来俄国社会变迁的全景图,描写了民粹派的瓦解、马克思主义的传播、1905年革命、第一次世界大战和二月革命等重大事件,以及各种社会思潮和文化思潮的尖锐冲突,并着重考察了俄国知识分子的历史命运。小说的中心主人公克里姆·萨姆金的性格存在深刻矛盾,反映了社会转型时期一部分俄国知识分子市侩化和政客化的特征。与萨姆金对革命运动从旁观到被裹挟乃至反对的过程相对照,作品也塑造了库图佐夫式的优秀知识分子的形象,描绘了革命知识分子的成长历程。小说艺术构思大气,表现手法多样。此外,高尔基晚年撰写的《个人的毁灭》和《俄国文学史》等著述,系统阐述了欧洲和俄国文学的发展规律,并涉及了诸多话题,也具有重要价值。

《底层》是高尔基写于20世纪初的一部颇具特色的四幕剧,堪称高尔基戏剧创作的代表作。这部剧本早在20世纪30年代初期就介绍到中国,并被改编成电影《夜店》上映,影响巨大。

《底层》蕴涵着丰富的思想内容,它是高尔基流浪汉题材作品的深化,是他对流浪汉世界将近20年观察的总结。作品的主人公是集聚在某城市"一个像洞穴似的地下室"客店里的小偷贝贝尔、妓女娜思佳、锁匠克列士奇、流浪汉沙金,以及潦倒的戏子和落魄的男爵等。这些生活在社会最底层的人们大都有过一段不堪回首的经历,尽管他们或头脑敏捷,或勤劳能干,或感情丰富,本该享有更好的命运,可是如今已失去了基本的生存条件,失去了人的起码的尊严,连聊以自慰的希望也均告破灭,精神痛苦乃至变态。最后,希望做一个正直的人的小偷遭到了监禁,梦想治好病、重返舞台的戏子上吊自杀,手脚勤快的手艺匠被迫卖掉工具……严酷的现实已经把下层人民逼到了无路可走的境地。作者不仅真实地描写了这些小市民和流浪汉的悲惨命运,而且深刻地抨击了剥夺他们重返生活的可能和希望的专制制度。

在这个基础上,作者显示了他的主要创作意向,即批判消极的精神状态,揭露忍耐哲学和虚伪的人道主义,引导人们去寻找改变这一现状的真正出路。作者通过作品中下层人民幻想破灭的现实指出,一味幻想不仅不能给劳动者带来真正的生机,而且会造成精神上的麻木。作品中,人们或沉浸在往事的回忆里,或陶醉在虚无缥缈的爱情之中,或寄希望于改变他们处境的奇迹的出现,正是这种消极无为的精神状态为忍耐哲学提供了生长的土壤。作品中的游方僧鲁卡就是这种忍耐哲学的游说者。鲁卡安慰那些不幸的人们,要他们听从命运的安排。他认为人应该得到怜悯,于是就用谎言来使人们暂时忘却不幸。结果,人们堕入了幻想之中,可是一旦幻想破灭,人们就更加绝望,失去了生活的力量。

高尔基在作品中通过流浪汉沙金的口批判了鲁卡的忍耐哲学和虚伪的人道主义,"谎话是奴才和主子的宗教","一定得尊重人!……不要拿怜悯去污辱他"。作家认为,虚伪的人道主义呼吁怜悯人,实质上是在人民中间散布调和情绪,而真正的人道主义则是肯定人的崇高使命,积极捍卫人生活的权利。沙金并不是一个理想的人物,他的言论和行动之间存在深刻矛盾,"沙金关于人和真理的那段话的确是苍白无力的"[①],但是作家通过沙金所传达的思想情绪却是积极的。剧本对鲁卡哲学(以及布伯诺夫的绝望悲观的人生哲学)的批判,同劳苦大众当时日益增长的革命情绪相呼应。

这部剧本颇能代表高尔基的严峻的现实主义的戏剧风格。《底层》以严酷的真实展现了一幅俄国底层人民的受难图,这是一部反映尖锐的社会问题和充满深刻的哲理内涵的剧本。剧本中那些被抛出正常生活轨道的小市民和流浪汉对生活的苦闷、绝望,以及对出路的探寻,凸

---

① 高尔基:《文学书简》上卷,北京:人民文学出版社1962年版,第162页。

现出不同的人生哲学,引起人们深刻的反思。这部剧本的结构方式是独到的。剧情多在夜晚展开,地点基本不变,剧中很难找到曲折的情节、重大的事件、贯穿全剧的中心人物,更多的是日常的生活场景、人物之间因不同人生态度而引发的对立和冲突。作品有一个聚焦点,那就是探究人在黑暗环境中的出路,思考人应该怎样对待不公正的生活,正是这个聚焦点凝聚了全剧的情节线索和形象体系。这个聚焦点不仅使作品产生了内在的紧张性,而且为黑暗的基调增添了些许亮色。剧本中人物个性化的语言也值得称道,不少对话颇具感染力。

第三节 布尔加科夫和《大师和玛格丽塔》

米哈伊尔·阿法纳西耶维奇·布尔加科夫(М. А. Булгаков,1891—1940)出生在乌克兰基辅市的一个知识分子家庭,父亲是神学院教授,母亲是音乐教师。1909 年,布尔加科夫进入基辅大学医疗系学习,毕业后曾任乡村医生,并经历战争的苦难。国内战争时期被白卫军征召为军医。1920 年,他弃医从文。1921 年来到莫斯科。最初的作品主要是小品文和特写等短篇作品。20 年代中期,他的中篇小说《不祥的蛋》(1925)和《狗心》(1925)、长篇小说《白卫军》(1925)、自传小说《一个青年医生的札记》(1927)等相继发表,剧本《图尔宾一家的命运》(1926)、《卓伊卡的住宅》(1926)和《火红的岛》(1928)等陆续上演,在文坛产生很大的影响。这些作品严谨而富有幻想,已经显示出布尔加科夫创作的怪诞讽刺的特色。

《不祥的蛋》情节荒诞,写官僚主义者好大喜功,将科学家发明的"生命之光"变成了"死亡之光",小说讽刺了急功近利的反科学现象。《狗心》写的是一次离奇的外科手术,医生居然通过手术将狗变成了人,但这样做的结果却是灾难性的,小说借此辛辣地针砭时弊。《白卫军》及由此改编的剧本《图尔宾一家的命运》是他的代表作之一,作品取材于国内战争时期,写的是图尔宾一家及其友人和邻居在战争中的遭遇。

作品真实而又生动地描写白卫运动参加者的心理和转折年代知识分子的人生选择,没有将白卫军这个复杂的群体脸谱化。

20 年代末,处于创作旺盛期的布尔加科夫遭到了"拉普"等势力的政治干预,他的讽刺作品因被视为对现政权的攻击而遭禁,已经上演的剧本或已在排演中的剧本被禁演,尚未发表的作品也遭到全面封杀。作家称:"人们在我的讽刺小说中发现了阴郁的神秘主义色彩(我是一个神秘主义作家)。在我的作品中揭示了无数丑恶现象,语言充满毒药。……描写我们人民身上可怕的、早在革命前就引起我的老师谢德林深深忧虑的可怕的特征。"[①]布尔加科夫独树一帜的小说和戏剧未能见容于他所处的时代,他的真诚的创作遭到了排斥。1930 年,在斯大林的亲自过问下,布尔加科夫来到莫斯科艺术剧院工作,参与排演和改编了一些剧目。但他在 30 年代创作的全部作品仍未能在他在世时问世。

布尔加科夫在逆境中坚持自己的创作思想,笔耕不辍。他在 30 年代创作了 16 部小说和剧本,主要有:《亚当与夏娃》、《无上幸福》、《伊凡·瓦西里耶维奇》、《莫里哀》、《普希金》、《巴士姆》和《剧院的故事》等,其中最为出色的是长篇小说《大师和玛格丽塔》(1929—1940,1966 年发表)。1940 年 3 月,年仅 48 岁的布尔加科夫在莫斯科简陋的寓所中病逝。

布尔加科夫被认为是 20 世纪俄罗斯文学史上最杰出的作家之一,他的作品并非是斯大林时代的"政治寓言",其内涵远比此深广。就艺术成就而言,布尔加科夫的创作也"达到了讽刺文学、幻想文学和严谨的现实主义小说的高峰"[②]。

《大师和玛格丽塔》是布尔加科夫的代表作,作家历时 12 年,八易其稿才得以完成。

---

① 《布尔加科夫书信集》,莫斯科:莫斯科现代人出版社 1989 年版,第 175 页。
② 西蒙诺夫语,《莫斯科》1966 年第 10 期。

小说中两个叙事层面交替展开。一个是现实与幻想交融的层面。小说一开始由魔王沃兰德及其随从(卡罗维耶夫和公猫等)来到莫斯科考察人心变化引出情节。由于魔王的到来和活动,小说中频频出现魔幻的场景,如文联主席柏辽兹中预言身首异处,剧院里下起卢布雨,公寓里开起撒旦舞会,凡人涂上魔油后变成会飞的女妖……透过这样的场景,人们看到了真实生活中的种种丑恶现象:品质恶劣的文联主席、贪污受贿的房管主任、贪图钱财的小市民等等。生活中也有美好的人和事。大师为人真诚,有才华,他写了一部关于耶稣和彼拉多的小说,受到批判,因害怕遭迫害而躲进了精神病院。他的女友玛格丽特不屈不挠地寻觅她的理想,为了爱情不惜变为妖女。她最终和大师一起获得了和谐的内心、自由的空间和平静的生活。

另一个是历史与传说交融的层面。小说中描写了古犹太国总督本丢·彼拉多审判并处死耶舒阿(耶稣的化身,又不同于耶稣,是善的意志的代表)的故事。耶舒阿为宣扬真理来到耶路撒冷,被犹大出卖。彼拉多在审讯耶舒阿时表现出两重性。作为耶路撒冷的统治者,他残酷暴戾;作为人性未泯的地方官员,他理解耶舒阿,并想放了他。政治上的高压,使他最终还是不很情愿地处死了耶舒阿。他知道铸成大错,试图赎罪,试图为自己洗刷罪行。尽管他处死了犹大,找来了马太,但仍未逃脱长达1900年的良心的折磨。大师在魔王的指引下使他得到救赎。

小说包含着丰富的历史文化意蕴,释义空间广阔。小说中的形象如大师、玛格丽特、沃兰德、耶舒阿乃至公猫等魔王随从都有其特殊的价值。人们可以从怯懦是人性最可怕的缺陷、道德价值的缺乏将使人变成非人、和谐的生活对于人类的价值,以及惩恶扬善、自由选择、真理与正义等诸多方面对小说题旨及其艺术形象进行解读。

魔王沃兰德是小说中的重要形象。在作品的卷首,作者引了歌德《浮士德》中浮士德与魔鬼靡非斯特的两句对白:"你究竟是谁?""我是那种力的一部分,总是想作恶,结果却总是行善。"作者借此来彰显沃兰德的本质特征。沃兰德与《圣经》故事中的撒旦有区别,也不能等同于靡非斯特,他是恶的揭露者,但不诱人作恶,他在作品中更多的是担当观察和考验的角色,起了惩恶扬善的作用。

《大师和玛格丽塔》在艺术上别具一格。小说风格诡异、亦真亦幻,迷宫般的结构复杂多变,不确定的文体使之成为"滑稽剧式的神秘剧"。作家的艺术手法高超,他通过巧妙的架构和时空的切换(如魔王的讲述、大师的小说、"天真汉"的梦等),将由大师、魔王和耶舒阿等为代表的现实、神话和历史三个世界以及相应的事件和形象融为一体,层次丰富,结构紧密。小说充分显示了布尔加科夫寄真实于魔幻、寓庄严于谐谑的深刻和机智,他让读者在他营造的独特的艺术氛围中品味人生的哲理。

第四节　肖洛霍夫和《静静的顿河》

米哈伊尔·亚历山大罗维奇·肖洛霍夫(М. А. Шолохов,1905—1984)出生在顿河维申斯克镇的一个哥萨克家庭。受爱好文艺的父亲的影响,肖洛霍夫从小就产生了对文学的兴趣。顿河地区多姿多彩的自然风光和民风民俗,为肖洛霍夫以后的创作打下了基础。肖洛霍夫1911年上学,1918年因战争而辍学。国内革命战争时期,顿河地区的斗争十分激烈和残酷。少年时代的肖洛霍夫不仅是这场斗争的目击者,而且直接参与了红色政权组建时的一些工作,如担任办事员和扫盲教师,参加人口调查、文艺宣传和武装征粮等。

1922年,17岁的肖洛霍夫来到莫斯科。他边工作边学习写作,加入了文学团体"青年近卫军",并发表处女作《考验》(1923)。1924年,肖洛霍夫返回家乡。1926年,他的小说集《顿河故事》和《浅蓝的原野》(后合为一集,内收《看瓜田的人》、《胎记》和《死敌》等20多篇作品)出版,开始受到文坛关注。这些小说虽稍显稚嫩,但作家把复杂的社会斗争浓缩到家庭或个人关系间展开,在哥萨克内部尖锐的阶级冲突中展示触目惊心的悲剧情景和悲剧人物,颇具特色。同年,他开始创作史诗性长篇小说《静静的顿河》。1928年,小说的第一和第二部问世,它为作家带来巨大声誉。全书于1940年完成,次年获斯大林文学奖。

在创作《静静的顿河》期间,肖洛霍夫又完成了反映农业集体化运动的长篇小说《被开垦的处女地》第一部(1932)①。小说以顿河格列米雅其村集体农庄的建立、发展和巩固为背景,写出了斗争的复杂和尖锐。后来评论界对这一运动本身和作家的叙事态度有不同见解,但小说的艺术成就得到肯定,达维多夫、拉古尔洛夫和梅谭尼可夫等一系列人物形象均鲜明生动,情节也紧张感人。小说前后两部出版时间相距较远,受时代影响,风格存在差异。

1934年,肖洛霍夫当选为苏联作协主席团成员。1939年,他成为苏联科学院院士。卫国战争时期,肖洛霍夫上过前线,并以记者的身份写了许多通讯、特写和短篇小说,如《在顿河》和《学会仇恨》等。1943年开始发表反映卫国战争的长篇小说《他们为祖国而战》。1957年发表的短篇小说《一个人的遭遇》(又译《人的命运》)产生了很大的影响,被称为当代苏联军事文学新浪潮的开篇之作。作家通过主人公索科洛夫在战争中的不幸遭遇及其所表现出的坚韧品格,反映了法西斯的侵略战争给千百万苏联人民带来的深重灾难,以及苏联人民强烈的爱国主义精神、博大的胸怀和不可摧毁的意志。作家没有拔高人物的行为和涂抹理想主义的色彩,真实地描写了主人公的家庭悲剧、精神痛苦和心灵创伤,作品散发着强烈的人道主义气息。英雄品格凡人化是这部作品的一个重要特征。小说采用的是故事套故事的形式,主人公的自述与作者的旁白相交融,作品的感情色彩和抒情氛围由此得以强化。

1965年,肖洛霍夫因其"在描写俄国人民生活各历史阶段的顿河史诗中所表现出来的艺术力量和正直品格"而获得诺贝尔文学奖。1969年,他完成了《他们为祖国而战》第一部。

在半个多世纪的创作生涯中,肖洛霍夫的笔始终与顿河哥萨克的命运相连。他的作品反映了处于历史转折时期的哥萨克人民的生活变

---

① 小说第二部完成于1960年。该小说另有中译名《新垦地》。

迁,塑造了许多个性鲜明的哥萨克形象,并开创了独特的悲剧史诗的艺术风格。

《静静的顿河》是肖洛霍夫的代表作。小说的背景是两次战争(第一次世界大战和苏联的国内革命战争)和两次革命(二月革命和十月革命),情节基础是哥萨克青年葛利高里的悲剧命运以及哥萨克群体(尤其是葛利高里一家)在动荡的历史年代中的变迁。

小说共分四部。第一部着重描写一次大战前后哥萨克社会的风土人情,展示剽悍尚武、不受羁绊的哥萨克精神,以及葛利高里与阿克西妮亚的爱情生活。第二部在二月革命、科尔尼洛夫叛乱、十月革命和国内战争等重大历史事件的衬托下,写葛利高里受到革命哥萨克的影响,但又在红军和白军之间摇摆。第三部描写了1918年春至1919年5月间哥萨克地区出现的叛乱,葛利高里成为叛军一员。第四部写白军被击溃,哥萨克叛乱平息,阿克西妮亚中流弹死去,葛利高里带着满身疲惫回到故乡。

小说的中心主人公葛利高里塑造得极为鲜明,作家试图通过展示这个形象的"心灵的运动"来体现"人的魅力"。人物的悲剧性和人格的魅力的有机交织,构成了这一形象特异的色彩。作为典型的哥萨克青年,葛利高里的悲剧首先是和历史因袭的重负联系在一起的。哥萨克是俄罗斯民族中一个特殊的群体,在长期的历史发展中形成了热爱劳动、崇尚自由、粗犷善战的特质。在沙皇的愚民政策下,哥萨克阶层又保留着许多中世纪的生活特点和风俗习惯,并且有着一种盲目的优越感。在葛利高里身上,一方面可以看到哥萨克中下层人民的优秀品质,如勇敢善战、勤劳热情、诚实正直,另一方面他又受到哥萨克落后的传统和道德偏见的影响,盲目崇拜军人荣誉,把争取哥萨克人的生存权和自治权看得高于一切,这就造成了他认识真理和接受革命的艰难。葛利高里寻找中间道路的幻想在现实生活中一再碰壁。在不到5年的时间里,他两次参加红军,三次投入白军和叛军,同各种社会力量的代表人物都发生过冲突。葛利高里的矛盾和痛苦显然与他所属的那个特定的群体分不开。

葛利高里又是一个爱好思想、勤于探索的年轻人。他有着敏锐的感觉和丰富的内心世界,一生都在寻找真理。葛利高里在一次大战中第一次杀死一个奥地利士兵时,立刻感到内疚:"良心使我非常难过……我为什么要杀死这个人呢?"这个"为什么"中有着主人公对非正义战争的反思。正因为这样,他很自然地接受了共产党人贾兰沙揭露帝国主义战争本质的见解。葛利高里与滥杀俘虏的波得捷尔珂夫之间的激烈冲突,同样反映了主人公疾恶如仇的个性。囿于种种主客观原因,葛利高里一直处于摇摆之中,而每一次摇摆都是他的一次艰难的抉择、一次精神的探求。尽管有偏见和思想的枷锁制约着他,但是这种精神探求的本身是真诚的。作家在这里既写出了葛利高里的"人的魅力",同时也指出,一个具有杰出个性的年轻人,如不能理解人民的根本利益之所在,他的探索只能是悲剧性的。

肖洛霍夫对小说中那些为苏维埃政权的建立和巩固不惜献身的人们是抱肯定态度的,但是作家毫不隐讳地描写了苏维埃政权中的某些人对哥萨克采取的过火政策。他通过人物的口谴责道:"你们把乱说几句的人都抓走了,杀死了!"这种错误行为也是导致葛利高里左右摇摆、走向悲剧的一个重要外因。

小说中的哥萨克女性形象,特别是阿克西妮亚和娜塔丽娅这两个女主人公的形象塑造得相当成功。尽管阿克西妮亚和娜塔丽娅有着迥然相异的性格和命运,尽管她们对葛利高里的或热烈或深沉的爱最终都走向了悲剧结局,但是这两位女性身上都充分展现了感情的真挚、人格的坚毅和勃发的生命力。

《静静的顿河》堪称"顿河史诗"。小说结构宏大,气势雄浑,格调悲壮,颇具史诗的风格特征。作家的目光并非仅仅停留在男女主人公的命运上,而是将笔触伸向了广阔的社会空间、波澜壮阔的历史事件。小说中出现了决定俄罗斯命运的一系列重大事件,出现了包括革命领袖、沙皇高官和白军头目等历史人物,历史与现实水乳交融,个人命运与社会冲突相互映衬,获得了极佳的艺术效果。在叙事方式上,小说突破了悲剧的传统模式,没有刻意制造的悲剧效果,却将读者引向更为深远和开阔的精神境界。小说中人物众多,个性鲜明,除了男女主人公以外,施托克曼、波得捷尔珂夫、珂晒沃依、潘苔莱、伊莉妮奇娜、彼得罗、达丽娅等都塑造得丰满而有深度。小说在哥萨克民风民情的描写和粗犷豪迈性格的刻画上,在哥萨克民歌民谣的采集和方言俚语的运用上,都极具特色。作品笔调清新,语言幽默。作者厚实的生活积累,使得作品的画面极为生动,充满了顿河乡土气息。

第五节　索尔仁尼琴和《癌病房》

亚历山大·伊萨耶维奇·索尔仁尼琴(А. И. Солженицын, 1918—)是20世纪下半叶世界文坛上一个颇具争议、褒贬不一的作家,但是他在俄苏文学界和思想界的重大影响却是人们所公认的。

索尔仁尼琴出生在高加索基斯洛沃茨克市,一生颇多戏剧性的变化。他的写作欲望萌发甚早,但命运却让他成了罗斯托夫大学数学物理系的高材生;卫国战争时他曾是个屡获勋章的大尉,但在德国前线却因在通信中对斯大林略表不满而成了阶下囚;判刑、劳动营、流放、癌症,几度使他濒临绝境,但大难不死,却使他因此而获得了难得的人生经历。50年代中期,他被解除流放和恢复名誉,并开始创作生涯。60年代踏上文坛,一举成名。

索尔仁尼琴的处女作是中篇小说《伊凡·杰尼索维奇的一天》(1962)。这篇小说摄取的是40年代某劳动营的生活场景,作者用冷静而略带幽默的口吻描述了犯人舒霍夫度过的平凡的一天,并借此反映了极左路线给苏联人民带来的深重苦难。作品问世后,在苏联国内外引起轰动。接着,他又发表了小说《玛特辽娜的家》、《克列切托夫卡车站事件》和《为了事业的利益》等。

60年代中期开始,索尔仁尼琴因持不同政见而受到苏联官方的压制,作品不能在苏联国内发表。1968年,他的长篇小说《癌病房》和《第一圈》先后在西方出版,并引起各国读者的关注。《癌病房》和《第一圈》均带有象征意味,都有作家自身经历作基础。1970 年,他获得诺贝尔文学奖金,授奖评语称赞他"在追求俄罗斯文学不可或缺的传统所具有的道德力量"。

70 年代初,索尔仁尼琴先后在国外出版了长篇历史小说《1914 年 8 月》(《红轮》第一部,1971)和特写性长篇小说《古拉格群岛》第一卷(1973)。"古拉格"是劳动营管理总局的缩写音译,"群岛"则是指苏联庞大的劳动营体系。《古拉格群岛》的出版引起巨大的反响,他不久即被拘留,并被驱逐出境。

在国外的 18 年间,索尔仁尼琴埋头创作,基本上过着隐居的生活。其间他的主要著作有:《和平与暴力》(1974)、《列宁在苏黎世》(1975)、《小牛撞橡树》(1975)、《缓和》(1976),特别是长篇巨著《红轮》的后一部分:《1916 年 10 月》(1984)和《1917 年 3 月》(1986—1988)等。80 年代后期,他的一些主要作品开始陆续在苏联国内出版。1994 年,索尔仁尼琴结束流亡生活回到俄国。此后,他对自己过去的某些看法有所反思,并继续创作。

尽管对索尔仁尼琴的评价始终存在争议,但是 2007 年他再次获得祖国的褒奖。是年 6 月,普京亲赴索尔仁尼琴寓所拜访,授予其俄罗斯国家奖。普京在授奖辞中称:"全世界成百上千万人把亚历山大·索尔仁尼琴的名字和创作与俄罗斯本身的命运联系在一起。他的科学研究和杰出的文学著作,事实上是他全部的生命,都献给了祖国。"

《癌病房》是索尔仁尼琴的代表作之一。小说以 1955 年作家在塔什干治疗癌症的经历为基础,带有一定的自传性质和象征色彩。

揭露极左路线对人性的深度摧残是这部作品首要的着眼点,小说有意识地将主人公置于 20 世纪 50 年代初期"山雨欲来风满楼"的时代氛围中。主人公科斯托格洛托夫 7 年刑满后,被永久流放在苏联的中亚地区。因癌症复发,他获准从流放地来到塔什干的一家医院治疗。他在治病期间与医学实习生卓娅和医生薇拉之间的戏剧性的情感纠葛构成了小说情节的一个层面。科斯托格洛托夫在大学时代有过纯真的爱情,可是战争以及随之而来的苦役不仅使他丧失了青春年华,而且与女性世界完全隔绝。正是反常的生活经历造成了科斯托格洛托夫病态的情欲。当这类描写放入小说的总体结构中时,读者感到的不是性爱心理的一般展示,而是受压抑而变形的心灵的挣扎和控诉。

在多年丧失自由以后,"解冻"的每一丝迹象都使科斯托格洛托夫欣喜若狂。他是那么渴望重返生活,但这对他来说绝不是一件轻松的事情,受伤的心灵会被普普通通的现象所刺痛。看到关在动物园栅栏里的熊,想到的是"按熊的尺度来衡量,这只能算隔离室";看到一份公告上写着有人将烟末子撒入猕猴的眼睛,觉得烟末子像是撒入他的眼睛,"究竟为什么?……平白无故?"作者真实地写出了主人公在经过炼狱般的磨难后重返生活时的特殊心态,写出了不正常的生活造成的心灵扭曲,写出了他力图驱散而又无力驱散的内心阴影,从而有力地揭示了肃反扩大化和劳改营中的异化劳动对人性的摧残。

小说中出现的人物在那个特定的时代有过各自不同的命运浮沉,并带着各自的心灵重载。小说对这些人物的精神异变分别作了描述。在索尔仁尼琴笔下,那些打着"最最忠于"的旗号,为个人迷信和错误路线肆意推波助澜的人往往是心术不正和腐败堕落的丑类。卢萨诺夫就是个典型。"解冻"风潮对他是一个沉重的打击,卢萨诺夫对劣迹败露、惩罚难逃的恐惧几乎超过了肿瘤对他的打击。在那个特定的时代,也出现过不少错误路线的盲从者,喜欢把别人的权威意见奉为圭臬的瓦吉姆和他的父亲就是这样的形象,这些人在剧变的时代大潮中品尝了人生的苦酒。有人在错误路线横行时始终是清醒的,但是迫于压力痛苦地保持了沉默,甚至干了违心的事情,舒路宾就是这样一位清醒而又软弱的沉默者形象。从他临上手术台前的忏悔中,可以见到这一类人物在精神上受的煎熬。

对个人迷信时期的社会现象充满政论色彩的严峻审视,是这部作品的又一特点。小说通过对罗季切夫和叶丽扎薇塔等人的不幸遭遇的描写,大量涉及了肃反扩大化问题,指出了它给苏联社会留下的浓重阴影。由于作品较多描写医院场景,因此知识分子问题凸现了出来。放射科主任医生董佐娃对工作极端负责,拯救了无数病人的生命,却常常受到莫名的行政干预和政治恐吓。外科医生列昂尼多维奇为人正直,但因为院长随意发号施令和录用不学无术之徒而无法心情舒畅地工作。德高望重、医术高明的老医生奥列宪科夫因所谓的"历史问题"屡遭打击,甚至被剥夺行医的权利。类似的情况在其他领域如哲学界、生物学界、遗传学界等都出现过,一些现代科学理论被宣布为"反革命的蒙昧主义邪说"。小说中还涉及了其他许多问题,如人治代替法治问题、民族政策问题、官僚主义问题、文艺政策问题、不正之风问题、信仰危机问题和纠"左"的阻力问题等等。

除了题旨的尖锐以外,《癌病房》在艺术上也有其特色。作为一部结构严谨的社会心理小说,它并不注重故事情节的叙述,而是把主要笔墨用于对人物心灵震颤的描摹上。在浓缩的时空和独特的观察点上,小说准确而又细腻地显示了不同阶层的人物的强烈的情绪波动,并以此揭示人物的性格、时代的氛围和历史的阴影。小说在有限的场景中展示了广阔的历史背景,并在主人公身上赋予了某种自传因素,为作者在小说中"抒一己之情,辩兴亡之理"创造了条件,从而使小说带上了鲜明的政论色彩和较强的辨析力量。

当然,和索尔仁尼琴的许多作品一样,《癌病房》在激烈抨击个人迷信和揭露社会阴暗面时,有时失去了应有的分寸感;小说在摹写人物的肉体的和精神的伤痕时,有时也流露出某种非历史主义的倾向。

第六节 艾特玛托夫和《一日长于百年》

钦吉斯·托列库洛维奇·艾特玛托夫(Ч. Т. Айтматов,1928—)是当代世界文坛上杰出的吉尔吉斯族小说家。他的作品扎根于本民族的生活,但又不拘泥于此。他依靠双语优势,成功地将吉尔吉斯民族的文化传统与俄罗斯文学和西方文学的经验熔为一炉,创造出自己的独树一帜的艺术风格。

　　艾特玛托夫出生在一个名叫舍克尔的小山村。父亲是吉尔吉斯第一代苏共党员,30年代遭镇压。卫国战争爆发后,艾特玛托夫被迫辍学,战后毕业于吉尔吉斯农学院。50年代中期在高尔基文学院学习。

　　1952年以后,艾特玛托夫先后发表了中短篇小说《报童玖依达》、《阿希姆》和《面对面》等多部早期作品。1958年发表的中篇小说《查密利雅》使他一举成名,小说写的是普通人对幸福和爱情的追求,但写法不落俗套,不仅给人意蕴深远的启示,并且将读者引入了回肠荡气的境界。这部小说连同《我的包着红头巾的小白杨》、《骆驼眼》、《第一位教师》等中篇组成的小说集《草原和群山的故事》(1962)一起获得列宁奖金。

　　60—70年代,艾特玛托夫又陆续发表了中篇小说《母亲—大地》(1963)、《别了,古里萨雷!》(1966)、《白轮船》(1970)、《花狗崖》(1977)等优秀作品,在艺术上不断有所创新。《白轮船》是一部在人与大自然主题中充溢道德哲学内涵的作品。小说中的护林员阿洛斯古尔是个疯狂掠夺自然的利欲熏心的家伙,而软弱的莫蒙老人虽亲近自然却无法使它免遭侵犯。小男孩天真纯洁,热爱大自然的一草一木,不能接受他最神往的长角鹿妈妈被残杀的现实。小说的结尾是悲剧性的,但是它以内在的艺术力量激起人们保护自然、维护真理的良知。

　　80年代,艾特玛托夫又发表了长篇小说《一日长于百年》(1980)和《断头台》(1986)两部重要作品。作者不仅提出了一系列引人深思的问题,而且在艺术上也锐意创新,从而赢得广大读者的好评。《断头台》是一部多重主题交织的作品。作者通过主人公阿夫季、波士顿和母狼阿克巴拉等形象的悲剧性遭遇,深刻地表现了人与社会、人与自然、人与宗教、人与历史等重大主题。小说借助写实和寓意等手法对尖锐的社会问题给予了热烈的关注。母狼阿克巴拉是唯一贯穿全篇的艺术形象,塑造得极为生动。

　　90年代以来,艾特玛托夫的创作有所减少。他的中篇小说《成吉思汗的白云》(1990)和长篇小说《卡桑德拉印记》(1994)等作品,仍在进行一些新的探索,但评论界毁誉参半。

《一日长于百年》是艾特玛托夫在思想和艺术探索中均取得卓越成就的一部长篇小说。作品的情节同时在现实、传说和科幻三个层面展开。

现实的层面主要写了叶吉盖、卡赞加普、阿布塔利普以及相关人物的命运。叶吉盖和卡赞加普是位于萨雷—奥捷卡大草原上的一个荒僻的铁路会让站的普通工人。卡赞加普早年因父亲被错划成富农而流落他乡,在这个条件艰苦的小站上辛勤工作了几十年。叶吉盖上过前线,受伤后一度丧失劳动力,在卡赞加普帮助下度过了生活的难关和感情的波折。两人相互关心,建立了真挚的友谊。构成小说情节主线的是卡赞加普去世后,叶吉盖为其送葬的情景及其回忆。阿布塔利普命运坎坷,他参加过卫国战争,当过战俘,脱逃后在南斯拉夫游击队里屡立战功,战后当了教师。可战俘的经历使他一再受审,苏南关系恶化后,他的《游击队笔记》成了罪证,惨死狱中。

传说的层面主要写了两个古老的传说。一是关于曼库特的传说。相传古代柔然人常用一种叫"戴希利"的酷刑使俘虏丧失记忆,成为只会听从主人摆布的奴隶——曼库特。有一位母亲历尽艰辛找到了被俘的儿子,可是儿子已变成曼库特,他在柔然人的唆使下用箭射死了自己的母亲。后来埋葬这位母亲的墓地阿纳贝特成了草原上受人景仰的地方。二是关于歌手赖马雷的悲剧。传说吟唱歌手赖马雷在老年时曾与名叫白姬梅的年轻姑娘真诚相爱,这种爱情使他的生命重新恢复了勃勃生机,但也使他因此而受到兄弟和族人的摧残,人格受侮辱,感情被扼杀。

科幻的层面写的是,在苏美两国"均等号"空间站工作的两名宇航员与宇宙中具有高度文明的林海星人有了接触,两国政府害怕林海星人的新的道德观会对人类现存的意识产生巨大的冲击,为维护自身的利益,他们决定断绝两名宇航员的归路,并发射导弹群以防止林海星人进入地球。

曼库特的传说是小说三个层面的切合点，或者说是结构中心。作者指出，在古时的哈萨克族中有这样的酷刑，它强迫被俘的年轻人失去记忆，而人一旦"失去民族和历史的属性、失去个性的全部特征，他就变成了顺从的奴隶、驯服的机器人"。作者的上述表述可以看做是对题旨的某种阐发。

在小说的现实层面中，卡赞加普的儿子萨比特让就是那样的现代曼库特。萨比特让在大城市工作，大学毕业，能说会道，但蔑视传统、冷酷自私。这样的人会把现代科技的发展引入歧途。面对这个辜负了前辈期望的萨比特让，叶吉盖痛心地斥责："你是个曼库特！地地道道的曼库特！"传说的现实隐喻性在这里变得十分明显了。至于小说中某些人力图剥夺阿布塔利普记忆的权利，以及为此对他进行的迫害，这与曼库特传说中的柔然人和赖马雷传说中的族人又何其相似，这种相似是对现代文明的莫大讽刺。

在小说的科幻层面中也可以看到曼库特悲剧的重演。为防止林海星人进入，阿纳贝特基地被当做了导弹发射场。叶吉盖等人的送葬队伍被阻隔在铁丝网之外。通向墓地的路，也就是通向历史的路，被现代的曼库特无情地截断了。具有高度物质文明和精神文明的林海星人的社会本应是地球人类寻觅的理想境界，但是斩断传统的人必然也不敢面对未来，他们切断了通向林海星的路。当地球被导弹群组成的"环"箍住时，人类对更高层次的文明的追求也被扼杀了。小说中，当火箭轰鸣时出现的那只白鸟——曼库特传说中母亲倒下时她的白头巾变成的，不断地叫着"想一想，你是谁家的子弟？你叫什么名字？你的父亲叫杜年拜！杜年拜！杜年拜！"时，再次把传说与科幻、与现实联系在一起。小说以强烈的忧患意识揭示人类面临的生存危机。

这种多层次的结构安排虽繁复但整体感和现实性都极强。因为不管是对过去的回溯、对传说的重塑，还是对天上人间、地球宇宙的描写和想象，都是基于一个着眼点，即作者力图从过去、现实、未来的辩证构建中获取丰厚的生活容量，有力地拓宽对生活观照的幅度，以便更深刻地表达作者对人类命运的强烈关注和哲理思考。

思考题

1. 谈谈《底层》的哲理性。
2. 《大师和玛格丽特》内涵的深刻性主要表现在哪里?
3. 葛利高里为什么会走向悲剧的结局?
4. 试析《癌病房》的特色。
5. 《一日长于百年》是如何通过三个层面的结合来表现主题的?

参考书目

1. 《20世纪俄罗斯文学史》,李毓榛主编,北京:北京大学出版社2000年版。
2. 高尔基:《底层》,芳信译,见《高尔基剧作集》,北京:中国戏剧出版社1980年版。
3. 布尔加科夫:《大师和玛格丽塔》,戴骢、曹国维译,北京:作家出版社1998年版。
4. 肖霍洛夫:《静静的顿河》,力冈译,桂林:漓江出版社1986年版。
5. 索尔仁尼琴:《癌病房》,荣如德译,上海:上海译文出版社1980年版。
6. 艾特玛托夫:《一日长于百年》,张会森等译,北京:新华出版社1982年版。

(本章编写:陈建华)

东方(亚非)文学部分

第一编　古代亚非文学

第一章　西亚北非古代文学

第一节　概　述

本书所说的"东方",指的是亚洲和非洲地区。这一地区,是人类文化最早的发源地,世界文明的摇篮。大约从公元前5000多年起,人类陆续在亚非地区的各大河流域形成定居社会,创造了辉煌灿烂的文化,也创造了色彩各异、对后世影响久远的文学。

追溯有文字记载的人类文明和文学的历史,一般都从西亚北非地区开始。早在公元前4000年左右,居住在西亚两河流域南部的苏美尔人就创造了人类历史上最早的文字——楔形文字。这种文字,最初用削尖的芦苇秆刻在泥版上,然后将泥版烘干或晾干以保存,其形状像是用木楔子刻成。① 公元前3500年左右,苏美尔人建立了世界上最古老的城邦国家。公元前2300年左右,苏美尔城邦被来自北方的闪米特族的阿卡德人所灭。公元前19世纪中叶,另一支闪米特人部落统一了美索不达米亚平原,建立了强大的奴隶制国家——巴比伦王国。巴比伦王国的第六任国王汉谟拉比在位期间,为加强集权统治,颁布了《汉谟拉比法典》,这是人类历史上迄今为止发现的最早、最完善的法典②,共有3500行,以律法的形式对社会财产的占有、继承、转让,对婚姻、家庭的义务以及对偷盗、贩卖奴隶等行为作出了规范。而最初在口头流传

---

① 叙利亚的古城堡乌伽里特至今还保留着楔形文字最早的字母表。
② 现保存在法国巴黎的卢浮宫内。

的苏美尔文学,自从楔形文字产生后,也陆续有书写的作品出现。公元前2000年左右编成的《文学作品目录》中记载了62部作品的名称,包括神话、传说、史诗、哀歌、赞颂、碑志、故事、格言、谚语、咒文等多种样式,内容丰富,其中诗歌、神话艺术价值比较高,特别是《埃努玛·埃立什》,全文共约1500行,刻在7块泥板中,是这一时期诗歌、神话的代表作品。它叙述英雄玛尔杜克从人变成主神,进而创造了天地万物的故事,是历史上最早表现创世思想的神话之一。① 而《吉尔伽美什》则是古巴比伦英雄史诗中最具代表性的作品,体现了苏美尔—巴比伦文学的最高成就。

  作为世界第一长河的尼罗河,发源于埃塞俄比亚高原,穿越广袤的黄沙地带,在今天的埃及亚历山大海港城市注入地中海。正是这条河流,孕育和滋养了世界四大文明之一的古埃及文明。今天我们所了解的古代埃及文明,最早产生于公元前3000多年。古埃及人发明的象形文字在这一时期也形成了比较完备的体系。在国家体制上,古埃及在公元前3100年就建立起了君主专制制度的国家,进入了早期王朝时期。早期王朝历时约400多年,到公元前2686年,君主专制制度完全确立,埃及进入了古王国时期。这一时期也是埃及古文明发展的第一个高峰期,修建了许多金字塔陵墓,产生了许多神话故事。其中出现在第五王朝时期的《金字塔铭文》,是为死去国王的复活和升天而作的,其主要组成部分是神学理论、神话隐喻和复杂的宗教仪式等,被认为是《亡灵书》的前身和发端。古王国时期还产生了一种教喻文学,其主旨是为世人确立行为规范,教导世人处理人伦关系等。公元前2181年,古埃及陷入分裂,到公元前2040年再次统一,进入了中王国时期(前2040—前1795),埃及古文明的发展也进入第二个高峰期。大量的绘画、雕塑作品出现,民间口头故事也逐渐丰富起来,如《遇难水手的故事》、《乡民与雇工》、《塞努西的故事》等,都十分形象地描述了当时埃及

---

① 《埃努玛·埃立什》是古巴比伦人的"经典",每当新年庆贺的第四天,人们就会诵念全文。

各阶层人民的生活风貌。但到了公元前1795年,由于法老的残暴统治让百姓不堪忍受,全国性的大起义爆发,埃及再度陷入了分裂。公元前1567年,分裂结束,古埃及进入空前繁荣的新王国时期。在几位著名法老的统治下,埃及在这一时期成为了一个地跨亚、非两洲的大国,经济、社会制度逐渐健全、完善,民间口头文学创作空前繁荣,内容各异、形形色色的歌谣,如爱情歌谣、战斗歌谣等广为流传。著名的宗教诗篇《阿顿颂诗》被认为是这一时期的代表作品,而《亡灵书》也是在这一时期丰满、定型下来的。新王国时朝在公元前1085年基本结束,此后,埃及逐渐衰微,法老制度名存实亡。到公元前332年,希腊马其顿征服了埃及,延续了近3000年的埃及法老时代宣告终结,古埃及文明也随之结束了。

在西亚北非,各部族、民族人们的择地定居和迁徙活动是交错进行的。在这一过程中,古代希伯来人的生活变动尤为剧烈,他们在两河流域游牧,定居迦南(今巴勒斯坦),避难埃及,沦为巴比伦的囚徒,饱经磨难,也在颠沛流离之中广泛受到腓力斯文化、巴比伦文化、波斯文化、希腊罗马文化的影响,创造了独具特色的希伯来文化。《希伯来语圣经》是古代希伯来文学的最高成就,也是世界文学史上一颗耀眼的明珠,对东西方文学都产生了重要影响。而作为世界文明古国之一的波斯(又称伊朗),也同样有着悠久的历史和灿烂的文化。伊朗民族是古雅利安人的一支,其古代文学与琐罗亚斯德教关系密切。波斯古经《阿维斯塔》既是宗教典籍,又是一部神话、传说总汇和诗歌总集,内容丰富,体式多样,为后世文学提供了宝贵的素材和母题。

第二节　人类最早的史诗:《吉尔伽美什》

幼发拉底河和底格里斯河,穿越了数千年的时光,默默地流淌在美索不达米亚平原,也就是今天的土耳其、叙利亚、伊拉克的土地上,孕育了人类最早的文明之一的两河流域文明。但苏美尔人、阿卡德人、古巴比伦人在这里创造的辉煌文化,都长期掩埋在漫漫黄沙和神秘、肃穆的土丘之下,直到 17 世纪,相继踏上这片土地的欧洲考古学家才陆续揭开了掩盖在这片平原的上古人民生活的神秘面纱。1872 年,英国学者乔治·史密斯在他发掘到的 384 块泥版中,发现了人类最早的史诗《吉尔伽美什》残缺不全的几部分,尔后的大约一个世纪中,由于几代学者的努力,这部文学巨著才以比较完整的面目呈现给读者。

《吉尔伽美什》早在公元前 3000 年前就在苏美尔人中广为流传,其基本成形的时间约在巴比伦第一王朝时期(前 19—前 18 世纪)。公元前 11 世纪,喀西特—新巴比伦时期,乌鲁克的诗人也曾对这部史诗加以编写。最后的文本是于公元前 7 世纪在亚述国王阿述尔巴尼帕尔所拥有的尼尼微图书馆编定的,用楔形文学记述在 12 块泥板之上,总共 3500 行。

《吉尔伽美什》史诗主要分为两个部分,前后两部分反映的生活截然不同。英雄吉尔伽美什是乌鲁克城的国王,在苏美尔人最古老的国王名录《苏美尔王表》中记载着他的名字。他修建了乌鲁克的城垣,曾与另一个小国基什的国王阿伽或其父恩米巴拉吉西交战(记载于《吉尔伽美什和基什的阿伽》中)。对于这样一位英雄人物,人们赋予了他许多神奇、浪漫的色彩。史诗前半部分描述了吉尔伽美什高大、英俊的外貌和奢靡、浮华的生活。他是由众神创造出来的,具有完美的外表和俊逸的丰采:

> 大力神[塑成了]他的形态,
> 天神舍马什授予他[俊美的面庞],
> 阿达德赐给他堂堂丰采,
> 诸大神使吉尔加美什姿容[秀逸],
> 他有九[指尺]的宽胸,十一步尺的[身材]!

这样一位俊美的英雄,统治着乌鲁克城,却荒淫、残暴,丝毫不知体恤百姓的疾苦,人民怨声载道。于是,为了克制吉尔伽美什,众神又创造了一位力大无穷、思想单纯的力士恩奇都,让他与吉尔伽美什互相争斗。在几次比武之后,吉尔伽美什与恩奇都成为了好朋友,他不再只贪图自身的享乐,而是与恩奇都互相结伴,打击凶猛怪兽,为百姓除忧解难。他们还一同杀死了森林怪兽芬巴巴,吉尔伽美什也因此得到了大女神伊什坦尔的青睐。她向吉尔伽美什表达心中的爱慕之情,想让他成为自己的夫君。但吉尔伽美什却拒绝了水性杨花、朝三暮四的伊什坦尔的求爱,并羞辱伊什坦尔说:

  你对[所爱过的]哪个人不曾改变心肠?
  你的哪个羊倌[一直为你喜爱]?
  来吧,再[指名]看看你那些情人的情况!
  你年轻时的情人坦木兹,
  你要他年年痛哭几场;
  你虽爱那有斑纹的饲养鸟,
  却捕打它,撕裂了它的翅膀,
  让它躲在草木繁茂处,"卡庇"的悲啼叫嚷;
  你爱过那浑身是劲的狮子,
  却七个又七个地挖了陷阱使它们遭殃;
  ……

伊什坦尔听后大怒,造了头巨大的"天牛"降到人世为害。吉尔伽美什又与恩奇都一起,杀死了"天牛",但因此得罪了众神,他们将惩罚降到了恩奇都身上。这是《吉尔伽美什》史诗的前半部分,主要为我们描绘了一幅生活华美、绚丽的画面,显示的是生命有如旭日初升、生机勃勃的壮丽与繁华。但史诗从第7片开始,便开始描写恩奇都在重病中的痛苦,在第9片,恩奇都就离开了人世。恩奇都死后,吉尔伽美什心中充满了忧郁和困惑,他不明白,一个生命正当壮年,昨天还在耳边谈笑风生,今天怎么就会消逝无踪了呢?为什么"自从他一去,生命就未见恢复"呢?为何曾经拥有绚丽的珠宝、美味的珍馐,但是在死后,人们都要进入到"没有光亮,而且有进无出的地方"去呢?他在原野里彷徨,联想到自己死后也会和恩奇都一样,于是决心要探求生命的意义,他要披

荆斩棘、跋涉千里去众神那里问个究竟。经历了一段艰辛、漫长的痛苦旅程之后,吉尔伽美什来到了一个仙境,那里:

> 红宝石是结成的熟果,
> 累累的葡萄,惹人爱看,
> 翠玉宝石是镶上的青叶,
> 那儿也结着果,望去令人心胸舒展。

在那里,他碰到了大力神舍马什。吉尔伽美什对大力神表达了自己的疑惑,他问道:

> 难道我白白地在旷野里跋涉,
> 我的头颅仍然必须躺在大地的正中,
> 仍然必须年复一年的长眠永卧?!
> ……
> 我衷心热爱的那个恩奇都,
> 他和我一起分担了一切[劳]苦,
> 而今,竟走上了人生的宿命之路。
> 日日夜夜,我朝着他流泪,
> 我不甘心把他就此送进坟墓,
> ……

舍马什被吉尔伽美什的执著感动,水手乌鲁舍那庇也出来帮助吉尔伽美什渡过死海,与由人成为了神的乌特纳庇什提牟见了面,向他寻求永生之秘。乌特纳庇什提牟给他讲述了人类大洪水的事情。他说自己是众神选出来的人,在大洪水之前得到启示,造了一艘大船,载着一些人和动物在洪水之日离开了家乡。洪水过后,他将船停到了尼什尔山上,因此躲过了灾难,延续了人类的生命。吉尔伽美什还在乌特纳庇什提牟的指点下,得到了一种名叫"西普·伊沙希尔·阿米尔"的长生草。他决心把这种草带回乌鲁克国去,让他的人民都获得永生。但是不幸的是,吉尔伽美什在回去的路上,在冷水泉边洗澡时,长生草却被一条蛇叼去了,他最终还是一无所获地回到了乌鲁克。史诗的最后一块泥版,描写吉尔加美什为寻找一件掉到冥界的东西,又与恩奇都的灵魂进行了一次对话。恩奇都对吉尔伽美什讲述了一些阴间如何痛苦的细节。

《吉尔伽美什》塑造了一个具有鲜明个性的英雄吉尔伽美什的形象。他曾极尽贪图享乐之能事,是一个残暴的君主;但是在与恩奇都成为朋友之后,却能不畏凶险,与恩奇都一起制服怪物,为人民造福;特别是在想探知生命奥秘的时候,他更能忍受一般人所不能承担的艰难和困苦。这些情节显然反映了上古时期人民心目中衡量英雄的标准:知错能改、不畏艰险、执著勇敢。

史诗情节跌宕起伏,语言生动优美,描述了上古时期人民的生活风貌,刻画了美索不达米亚平原从原始公社制社会向奴隶制社会过渡时期的历史画面;同时,又展示了远古时候的人们对生命奥秘的困惑和探索。史诗最后设置的长生草被蛇叼去的情节,则为全诗增添了深沉的悲剧色彩。《吉尔伽美什》史诗的很多部分都成为了后世文学移植的摹本,如书中关于大洪水、蛇为害人类的典故,在后来许多民族的神话故事里都出现过。《吉尔伽美什》,这部人类历史上的第一部史诗,以它亘古的魅力,在数千年的时空中散发着平实而永恒的光芒。

第三节　古埃及的《亡灵书》

世世代代被尼罗河水滋养的古埃及民族,把尼罗河和太阳奉为赋予生命的源泉。他们认为,太阳初升的方向,也就是尼罗河的东岸,象征着生命,因此,太阳神拉被视为至高无上的神灵;而太阳落下的地方,尼罗河的西岸,象征着死亡,人死了之后,就被埋在那里。随着世代的迁移,尼罗河西岸渐渐形成了一个巨大的帝王陵墓群。在漫长的岁月里,这些陵墓经受风沙侵袭,很多都湮没在荒凉、寂静的沙丘之下。一直到18世纪,沉睡了千年的古墓才偶然间被发现。随着这些帝王陵墓墙壁上的象形文字被辨识、破译,著名的古埃及宗教诗篇总汇《埃及亡灵书》渐渐向世人显出了它的原貌。

《埃及亡灵书》其实是指古代抄录员为亡灵所作的经文,内容包括咒语、赞美诗、开释、各类礼仪、神名等等,一般被镂刻或书写在金字塔内或是坟墓的墓壁上,还有的被镂在棺椁或精美的石棺之上。埃及的盗墓者最初把这些刻在墓壁上、自己读不懂的文字想象为"死者之书",意即"亡灵看的书",后来的学者沿用了这一名称,《埃及亡灵书》的名字由此而来。

《埃及亡灵书》并非一部具有统一整体内容的文献,也不是写于同一时代,其特征千差万别,几乎所有刻在墓壁上的祭奠经文都可以被称为《亡灵书》。《亡灵书》早在古王国时期就已经具有雏形。它的内容是经过世代的发展不断充实和丰富起来的。最初,在古王国时期,这些铭文主要用于帝王的陵墓,到了新王国时期,也就是《亡灵书》基本完成的时期,中层官员甚至平民百姓的陵墓中也开始大量使用。

古埃及人认为,人是有灵魂的,死后灵魂并不随之而消灭。如果灵魂在游历下界之后有机会回到死者的体内,那么这个人就可以得到再生。因此,古埃及人将尸体精心制成木乃伊,存放在棺木中,而《亡灵书》则是帮助、指引死者如何面对死亡审判,不至沦陷地狱,及至最后获得重生的"指南手册"。因此,在古代埃及王朝,它一直被看做是神祇的启示,其中所提供的巫术、咒语、歌颂神灵的颂诗,可以使亡灵逢凶化吉,在接受审判时得到好的结果。《埃及亡灵书》中最著名的代表作是《阿尼的纸草》。它由6种不同长度的纸草组成,最短的全书由186章构成,主要内容包括两个部分:第一部分包括写给太阳神拉神的赞美诗、奥西里斯的赞美诗,以及对审判大殿的描述。第二部分以大祭祀阿尼模拟自己在死后进入神灵领土的形式,介绍面对审判时应守的程序和应念的各种颂诗以及有关神的轶事,记载了亡灵葬礼之日吟诵的祭文,死者在冥府里得到自由活动的方法和咒文,讲述了天地起源、各种神话传说,还描述了对死者赐予心脏的形式,以及如何在墓中防止身体的腐化、获得空气和水、继而获得离开坟墓的力量等具体内容。这些篇章,表达了原始人对天地起源等各种自然现象的理解和想象,以及古埃

第一章　西亚北非古代文学

及人民对太阳的崇拜。如在第 15(2) 章《拉从东方升起时诵唱之赞美诗》中，阿尼这样唱道：

> 啊！尊崇的大神拉，你已从特姆—荷努—科胡堤升起，你是受人尊崇的大神，你的俊美就在我的眼中，你的辉煌就深藏我的心中。你来到舍克特特之舟，在那里居住，你的心是多么高兴啊！玛阿特特之舟的主人也因此高兴。你从天堂安静地走过，一切恶魔都已除灭。永不熄灭的星辰为你唱着赞歌。……
>
> 啊！东方、西方、南方和北方的四方神都来赞美你，你定得以永生，众神将因你而存在，当大地即将被淹没之际，你诵念咒语拯救它。你在大地还没有产生前已居住于天堂。

拉，就是太阳神。古埃及人认为，正是周而复始、朝升夕落的太阳赋予了人类及大自然万物以生命，因此太阳神是他们应该赞美、膜拜的神灵。他们对其充满了感激之情，愿终生得到它的护佑，能够在世间欣赏美景，环游世界，击败恶运之神，除魔降妖，保护其灵魂的自由。

《阿尼的纸草》中最主要的内容是为了帮助亡灵，通过诵念赞美诗、诵念神名，教导亡灵如何面对审判以期获得重生。这种思想在其他的许多《亡灵书》中都有体现，例如，在《埃及亡灵书》中具有显赫地位的《拉的纸草》中，有《亡灵再生神名诵念文》一章，它告诉亡灵"若得再生，须牢记并诵念神灵的名"，并列举了 66 位神灵的名字，其中包括拉神、东方之神、南方之神、西方之神、北方之神、地平线之神、田野之神、火神、点火之神等等，表达了古埃及人民对大自然的崇拜。祭司在教导亡灵再生的过程中有着重要的作用，有些经文必须由祭司主持领颂，例如《〈亡灵再生祷文〉诵念法》开篇就这样规定："本祷文要在祭司主持下诵念四遍，赞美天堂四方之神灵，以期再生。"由于人们对来世的美好期待，《亡灵书》广泛应用，祭司的作用越来越大，有时候甚至可以左右朝政，这也是古埃及王朝政治体制的一大特点。

在如何接受审判时，《亡灵书》教导亡灵要这样对众神说：

> 啊，尊崇的乌舍科荷，你从安努而来，

我没有任何罪过。

啊,尊崇的荷普特—科荷特,你从科荷—阿哈而来,
我没有做过抢夺之事。

啊,尊崇的大神芬堤,你从科荷姆努而来,
我从没做偷盗之事。

啊,尊崇的阿姆—科荷比特,你从克勒特而来,
我从未犯杀生之罪。

啊,尊崇的勒哈—荷,你从拉斯塔而来,
我从未偷窃食粮和谷物。

啊,尊崇的卢卢堤大神,你从天堂而来,
我实在告诉你,我从未偷窃祭品。

……

阿,尊崇的特切合——特普大神,你从宝座上而来,
我从未偷到过亡灵的任何祭品。

啊,尊崇的安—阿夫大神,你从玛阿特而来,
我从未抢夺孺幼口中的食物。

啊,尊崇的荷特切—阿卜胡大神,你从塔舍而来,
我从未屠杀生灵。

这段教导亡灵如何面对审判的颂诗,实质上反映的是古埃及人民的社会伦理道德观——随着王朝制度的发展,统治者为了便于管理人民,为他们确定了一系列的行为规范,通过《亡灵书》的形式表达出来,告诫人民如果希望得到来世的美好生活,今生就必须恪守社会伦理道德。因此,《亡灵书》不仅从一个侧面表达了古埃及人民对自然现象、对生命最原始的理解,而且也表现了早期人类社会的价值观念和道德标准。从这一意义上,也可以说《亡灵书》就是一部百科全书,反映了古埃及社会宗教、政治、经济、历史、民间习俗等各个方面的风貌。《亡灵书》的语言

讲求韵律,句式长短不一,富于音乐感,表现了古埃及人奇拔的想象力和卓越的艺术表现力。

第四节 《希伯来语圣经》

希伯来文学指用希伯来语创作的文学作品。希伯来语属于闪米特语系,与腓尼基语和摩押语关系密切。它使用22个辅音字母,用元音符号进行标音,书写符号从右到左。最早使用希伯来语言的民族是希伯来人,又称以色列人,即后来人们所说的犹太人。希伯来人是闪米特民族的一支,据传说,其发源地在两河流域,即今天的伊拉克南部地区。经过几个世纪的游牧,终于在公元前12世纪左右,在最早称为迦南地、后被腓力斯(一译非里斯提)人命名为巴勒斯坦(意思是"腓力斯人的土地")的土地上定居下来。公元前11世纪,希伯来人建立了以色列—犹太王国,推扫罗为第一任国王(前1028—前1013在位)。扫罗死后,由大卫继位(前1013—前973),国势强盛,把腓力斯人赶出国境,控制了从腓尼基到埃及的商队大道,经济空前繁荣。大卫的儿子所罗门在位时(前973—前933)被称为黄金时代。所罗门死后,王国分裂为以色列与犹太(前922),互相对峙。

公元前722年,亚述摧毁了北国以色列的首都撒马利亚,俘虏了国王及大批臣民。以色列王国遂告灭亡。公元前586年,新巴比伦王尼布甲尼撒围攻耶路撒冷,火烧圣殿,同时携去王公贵族、军队、手工业者、建筑师和男女歌唱家等5万余人,史称"巴比伦之囚"。公元前538年,巴比伦被波斯所灭,"巴比伦之囚"也随着归波斯人统治。波斯王居鲁士决定释放被囚的犹太人回归并重建耶路撒冷。公元前334年,马其顿的亚力山大东征,占领了西亚广大的区域。公元前64年,罗马的庞培东征,犹太又沦为罗马的属国。公元70年,在反抗罗马统治的战争中,重建的耶路撒冷又毁于炮火。到公元135年,巴尔·科巴赫领导的武装起义最后被镇压下去,犹太人被赶出家园,从此散居世界各地,古代希伯来政治、文化的历史也从此结束。

古代希伯来文学约发轫于公元前11世纪。它与其他古老民族的文学一样，最初以口头形式相传，后逐渐用文字加以记载。古代希伯来文学保存下来的最早文学样式为诗歌，约在公元前9世纪便有了书面文字记载。古代希伯来文学主要反映居住在巴勒斯坦地区的犹太民族的日常生活、社会生活和宗教信仰，并在发展进程中相继受到腓力斯文化、巴比伦文化、波斯文化、希腊罗马文化的影响，主要文学成就有《希伯来语圣经》、《次经》、《伪经》和《死海古卷》等。《次经》、《伪经》和《死海古卷》均为希伯来古典文学的重要组成部分，成书年代晚于《希伯来语圣经》，乃《希伯来语圣经》文学的补充和发展，在反映公元前后犹太民族历史、生活、思想、宗教和传统的同时，还反映了希腊文化对犹太民族的巨大影响。[①]

《希伯来语圣经》，堪称古代希伯来文学中的最高成就，由24卷书组成，经过长时间编纂结集而成，作者迄今不可考。《希伯来语圣经》主要用古希伯来语写成，并夹杂有少量阿拉米语，乃犹太教经典，后来被基督教接受，成为基督教《圣经》(《新旧约全书》)的前半部分，在基督教传统中被称为《旧约》，以别于公元1世纪后基督教时代所产生的《新约》。"希伯来语圣经"的希伯来文说法为"塔纳赫"(Tanakh)，即《希伯来语圣经》三部分内容《托拉》(Torah, The Five Books of Moses)、《奈维姆》(Nevi'im, The Prophets)、《凯图维姆》(Ketuvim, The Writings)的缩写。

《托拉》指《摩西五经》。按照希伯来传统，《托拉》是上帝通过摩西向犹太人宣布的律法，所以又称之为《摩西律法书》或《摩西五经》，包括《创世记》、《出埃及记》、《利未记》、《民数记》和《申命记》。《律法书》在《希伯来语圣经》中成书最早，其正典约完成于公元前400年，在《希伯来语圣经》中最具有权威性。首篇《创世记》记述了上帝创造世界、上帝

---

① 关于《次经》、《伪经》与《死海古卷》的详细介绍，参见徐新、凌继尧主编《犹太百科全书》，上海：上海人民出版社1993年版，第319页。

创造人类的传说,记述了古代希伯来民族的起源及亚伯拉罕、以撒、雅各和约瑟等希伯来先人的故事,并且记述了上帝与希伯来先祖立约,以及上帝与以色列人的特殊关系。《出埃及记》记述了以色列人在埃及遭到法老迫害、摩西率领以色列人逃离埃及、摩西在西奈山接受十诫、摩西传十诫、律法以及各类礼仪条例的规定。《利未记》乃各种宗教条例汇集。《民数记》记述了以色列人出埃及后在西奈旷野的经历。《申命记》记述了以色列人到达摩押后,摩西在约旦河东岸向以色列人发表的三次讲话。

《奈维姆》即《先知书》,约成书于公元前 750 年至公元前 200 年,包括《约书亚记》、《士师记》、《撒姆耳记》(上、下)和《列王纪》(上、下)、《以赛亚书》、《耶利米书》、《以西结书》和十二小先知书。十二小先知书计有《何西阿书》、《约珥书》、《阿摩司书》、《俄巴底亚书》、《约拿书》、《弥迦书》、《那鸿书》、《哈巴谷书》、《西番亚书》、《哈该书》、《撒迦利亚书》、《玛拉基书》。《奈维姆》(即《先知书》)主要记述摩西死后,以色列人在约书亚的带领下进入迦南时期、士师时期、列王时期的历史,以及王国分裂和灭亡后先知们的活动。其中《约书亚记》、《士师记》、《撒姆耳记》(上、下)和《列王纪》(上、下)亦被称作《前先知书》或《历史书》。《以赛亚书》、《耶利米书》、《以西结书》和十二小先知书亦被称作《后先知书》。

《凯图维姆》即《文集》,指约公元前 400 年到约公元 90 年之间书写并编入《希伯来语圣经》中的文稿,包括《诗篇》、《箴言》、《约伯记》、《雅歌》、《路得记》、《耶利米哀歌》、《传道书》、《以斯帖记》、《但以理书》、《以斯拉记》、《尼希米记》、《历代志》(上、下)。

《希伯来语圣经》在公元前 2 世纪前后由"七十子"翻译成希腊文时,把十二小先知书分为 12 卷,《列王记》等书的上下卷也各分为两卷,因此整部正经被分成 39 卷。《七十子译本》为早期基督徒所使用,基督教《旧约圣经》因而也沿袭了这一传统,分为 39 卷,但在排列顺序上,

《希伯来语圣经》与基督教《旧约圣经》不尽相同①。

《希伯来语圣经》和《旧约圣经》不仅成为犹太教和基督教传统的宗教经典,而且是人类最早的文学作品之一,不仅是狭义的犹太文明、文化与文学的源头,而且也是广义上的西方文明、文化与文学的源头之一。

按照文学史教学的通常分类,可从文学体裁上把圣经文学大致划分为神话、历史叙事、英雄传说、诗歌、小说、戏剧等。

(一)神话

主要见于《希伯来语圣经·创世记》前11章,包括上帝创造天地、上帝创造人类、大洪水神话等。开篇是著名的上帝创造世界与人类的故事:"起初,上帝创造天地,地是空虚混沌,渊面漆黑;上帝的灵运行在水面上。上帝说,'要有光',就有了光。上帝看光是好的,就把光暗分开了。上帝称光为昼,称暗为夜。有晚上,有早晨,这是头一日。"随后直到第七天的安息"圣日",上帝的造物活动,都是以这种庄严肃穆的语调、复沓般的重复句式叙述的。

上帝创造世界的神话揭示出天地万物的起源,表现出古代希伯来人对自然、社会和人生的独特理解与解释。希伯来创世神话与苏美尔巴比伦的长诗《埃努玛·埃利什》中描写的创世神话非常相似,但是在巴比伦神话中,创世过程由主神和其他的神共同完成,而在希伯来创世神话里人们看到的是,只有上帝一个主神完成了全部创世过程,上帝成为世界万物的创造者和主宰,主管天与地、光明与黑暗、空气、海洋、陆地、日月、星辰、万物、岁月时令等。这样的叙述,应该来自古希伯来人信仰中的一神论信念。

希伯来神话中的上帝不仅创造了世界,而且创造了人类,并且赋予

---

① 如天主教《圣经》除包括新教的39卷书外,还收入称为"第二正典书卷"的一些篇目,即新教称之为"次经"的书卷。东正教的《圣经》亦与此相同。关于不同教派在《希伯来语圣经》和《圣经·旧约》内容和排列顺序上的区别,可参见陈贻绎《希伯来语圣经——来自考古和文本资料的信息》,北京:昆仑出版社2006年版,第376—378页。

人类以生命。《创世记》"伊甸园"故事叙述上帝把用尘土造出的"有灵的活人"——亚当放置到伊甸园,并从他身上取下一根肋骨造了一个女人——夏娃,但这两位人类的始祖违背上帝意愿偷食智慧树上的禁果,最后被逐出了伊甸园。这一神话,可以从不同角度加以理解和解释。一方面,上帝具有绝对的权威性,不允许人类违背自己的意愿,否则将会遭到惩罚;另一方面,人具有追求智慧与光明、试图分辨善恶的品性,为此不惜违背上帝的禁命。天神设想与设想的无法实现、神力与人的自由意志和难以驾驭的人性、罪与罚等相互关联的模式由是而来,成为日后希伯来文学创作乃至整个西方文学创作中的原型。著名圣经文学研究家罗伯特·阿尔塔在《圣经叙事艺术》中曾经谈到,在整个《创世记》中,亚当、夏娃并非一成不变的传说或神话中的人物,而是通过作者简洁而富有启迪色彩的对话,通过作者在描述他们不朽的行动中所运用的各种表现方式,而具备某种展现作家非凡想象的特征。此乃虚构类文学创作的开端。①

伊甸园故事之后的洪水方舟神话,表现上帝的无限权威及罪与罚的主题,曲折地反映了古人对自然灾害的恐惧,以及对战胜洪水、过上安定正常生活的向往。这段神话同样情节曲折,描写大洪水泛滥的场面波澜壮阔,而诺亚放出鸽子探望水情,鸽子衔回"新拧下来的橄榄叶子"等细节则细腻清新;上帝和诺亚立约以彩虹为记,更是令人铭感的意象。洪水方舟的故事并非古代希伯来神话独有,学界一向认为,希伯来语神话受到先于《创世记》1000多年诞生于两河流域的《吉尔伽美什》中巴比伦大洪水神话的影响。但不同的是,巴比伦神话中的神出于任性与狂暴便决定毁灭人类,缺乏理性,而希伯来神话中的上帝决定毁灭人类,原因在于人类的罪愆,并把是否行义当成能否存活的标准,显现出理性与道德感,表现出古代希伯来人既重视上帝权威又注重约束个人行为规范的朴素观念。而维护这种观念的最好表现方式是与上帝

---

① Robert Alter, *The Art of Biblical Narrative*, New York: Basic Books, 1981, pp. 34-35.

立约:希伯来人要遵从上帝命令,上帝赐其生养众多,不再伤害生灵。这些都凸显出了古代希伯来人的宗教观。

(二)历史叙事

从第 12 章开始到《创世记》结束的第 50 章,一向被学者们视为以色列先人的历史。它围绕犹太民族四大先祖亚伯拉罕、以撒、雅各和约瑟的经历展开叙述,表现出古代氏族社会解体时期犹太家族的内部关系、生活习俗、宗教信仰,以及与周边世界的关系。

根据《创世记》记载:亚伯拉罕为诺亚之子闪的后代,原名亚伯兰。上帝在亚伯兰 99 岁时,向他显现,与他立约,许诺他要做多国的父,将其名字从亚伯兰易为亚伯拉罕,承诺做亚伯拉罕及其后裔的神,而亚伯拉罕及其后裔要世世代代接受割礼。亚伯拉罕的两个儿子分别为撒拉所生的以撒以及撒拉使女所生的以实玛利,相传以撒和以实玛利便是犹太民族与阿拉伯民族的两大祖先。

雅各是以撒和利百加所生孪生兄弟中的次子,他用红豆汤换取了哥哥以扫的长子继承权,并在母亲的帮助下,骗取父亲以撒的祝福,用诡计窃取了哥哥的福分。为逃避因哥哥怨恨而可能给自己带来的杀身之祸,雅各按照父亲的嘱咐,逃往舅父拉班家,先后娶拉班的女儿理亚和拉结为妻,后来遭到拉班儿子们的嫉恨,而拉班对他也不如从前,便决定逃往故乡。路上,他在夜晚与一人摔跤,那人便是上帝,赐雅各名为以色列。

约瑟是雅各与自己所爱的拉结所生,在雅各的十二个孩子中最得父亲宠爱,因此遭到哥哥们嫉恨,被卖到埃及,成为埃及官员波提乏的仆人,后来因拒绝波提乏妻子的勾引而遭诬陷入狱,在狱中却因释梦得名,得到法老宠幸。后来约瑟的兄弟们逃荒到埃及,约瑟与他们相认并给予帮助。

犹太民族四大先祖的故事,本来就是指涉民族历史的寓言,而随着后来不断添加的阐述,其隐喻与象征的意义也不断衍生。比较典型的例子是"以撒受缚"(Binding of Issac,中文译文习称"以撒的捆绑"、"以撒献祭"或"以撒的牺牲")。这则故事主要反映的是上帝的考验与亚伯拉罕对上帝的忠诚、虔诚与恭顺。依照《创世记》记载,上帝命令亚伯拉罕将以撒献为燔祭,亚伯拉罕便捆绑了他的儿子以撒,放在祭坛的柴上,并要拿刀杀他。在这关键时刻,耶和华的使者从天上呼叫他,并说:"你不可在这童子身上下手,一点不可害他!现在我知道你是敬畏神的了,因为你没有将你的儿子,你的独生儿子,留下不给我。"(《创》22:11—13)亚伯拉罕于是用羊代替儿子作为燔祭。值得注意的是,所谓献祭羔羊的仪式,其实早在亚伯拉罕捆绑以撒之前便已经有所暗示。以撒问:

"请看,火与柴都有了,但燔祭的羊羔在哪里呢?"亚伯拉罕说:"我儿,神必自己预备做燔祭的羊羔。"(《创》22:7—8)

当然,这里也不能排除将用作燔祭的羊羔即是以撒的隐喻。"以撒受缚"隐喻表现了犹太人对人神关系的理解。上帝曾经与亚伯拉罕立约,亚伯拉罕要做"无瑕的人",或者说"完人"(希伯来文原文是"塔米姆",英文译本或将其译作"完美的"或"无可指责的")。将以撒作为燔祭也是亚伯拉罕在履行与神的契约关系中所应该尽到的一种义务,而上帝最后命令用羊代替以撒则体现出上帝的慈悲情怀,表现了上帝对与其有着契约关系的"选民"的一种关爱。后世的犹太人除在晨祷或节期唱诵"以撒的牺牲"外,还要在新年的第二天唱诵它,而此时人们所吹的羊角则与顶替以撒的献祭羔羊建立了某种象征性的联系,令人联想到自由的可贵。在传统犹太思想中,以撒走向祭坛往往被视作犹太人朝着殉难目标行进的朝觐过程。而《密德拉希》①在对圣经进行诠释与理解时,又给这段故事添加了新的内容,写以撒死在祭坛上而后又得以复活。在《圣经》文学中,对上帝是顺从还是背叛总被看做是一种重大选择,后代作家在进行艺术再现的过程中,则把具有神圣色彩的传统宗教母题推向新的层面。按照以色列耶路撒冷希伯来大学露特·卡通-布

---

① 《密德拉希》:犹太法典《塔木德》(Talmud)中有关道德训诫和宗教律法礼仪的布道经卷。

鲁姆教授的说法,上帝与人的关系在人们理解"以撒受缚"中后来逐渐失去了优势,代替它的是人(或者是一个民族)与其社会历史存在的关系,以及后来人与自身、生存与命运的关系。①

(三)诗歌与其他文体

诗歌在《希伯来语圣经》中占据着重要位置,《诗篇》、《箴言》、《雅歌》、《耶利米哀歌》等诗歌书卷约占全书的五分之一。如果加上散见各卷的诗歌,其总量超过全书的四分之一。这些诗歌约创作于公元前12世纪至公元1世纪,既有祈祷诗、赞美诗、爱情诗、劳动歌谣,又有悼亡诗和哀歌等,形式丰富多样。

《诗篇》是整个《希伯来语圣经》中内容最为丰富的诗歌集,共包括150首诗。相传《诗篇》出自大卫王之手,在150篇作品中,有70多篇标有"大卫的诗"字样,但据学者考证,有些诗歌乃为进献给大卫王的作品。在《诗篇》中,叙写犹太民族国之后的悲情之作尤为感人。如第137篇:

> 我们曾在巴比伦的河边坐下。
> 一追想到锡安就哭了
> 我们把琴挂在那里的柳树上
> 因为在那里,掳掠我们的要我们歌唱
> 抢夺我们的要我们作乐,说:
> "给我们唱一首锡安歌吧!"
> "我们怎能在外邦唱耶和华的歌呢?"
> 耶路撒冷啊,我若忘记你,
> 情愿我的右手忘记技巧。
> 我若不记念你,
> 若不看耶路撒冷过于我最喜乐的

---

① Ruth Kartun-Blum, "The Binding of Isaac in Modern Hebrew Poetry", *Prooftexts* 8 (1988): 294.

情愿我的舌头贴于上膛……

显然,这首诗写于犹太人国破家亡,沦为"巴比伦之囚"以后。全诗语言凄切,抒发犹太人满怀哀怨的亡国之音和遏制不住的思乡之情,痛切地表达出流亡异乡的犹太人的心声。亡国之恨、乱离之苦,也在《哀歌》(又称《耶利米哀歌》)得到深切的表达。《哀歌》一般被视为公元前 6 世纪的先知耶利米所作,但无确切考证。耶利米所生存的年代正值犹太国家日渐衰微、强敌巴比伦压境之际,他具有强烈的忧患意识,预见国之将亡,警示当权者引起注意。《哀歌》共五章,描写的是公元前新巴比伦王攻占耶路撒冷,民众流离失所的悲惨情景:

> 峥嵘繁华之城兮,今何凄楚!
> 列国之佼佼者兮,萎如寡妇,
> 诸城中之帝后兮,降为奴仆。
>
> 彼痛哭于中夜兮,涕泪纵横,
> 亲友中不见人兮,向彼慰问。
> 知心亦怀鬼胎兮,视若敌人。
>
> 犹大遭受放逐兮,苦役酸辛,
> 窜居异国流浪兮,举目无亲,
> 迫害者乘人危兮,狭路相寻。
>
> 锡安朝圣无人兮,道路凄凉,
> 城门冷落寂寥兮,祭司长叹;
> 圣女遭受苦待兮,悲惨异常。①

诗人把遭到毁弃的耶路撒冷比作枯萎的寡妇,追想其往日的繁华之势与众王国中的翘楚之位和今不如昔的命运,这种拟人与对比的手法,营造出强烈的悲凉哀恸气息。尤其是第 4 首诗的前 10 节,使用两两相对

---

① 此处译文转引自朱维之《古希伯来文学史》,北京:高等教育出版社 2001 年版,第 155 页。

的句子,对比今昔,哀悼废墟上的城市,堪称希伯来文学中的绝唱。

从诗歌形式上看,《哀歌》使用了希伯来语诗歌中特有的贯顶法和气纳体。简而言之,贯顶法指诗歌每一节的第一个字母需按照希伯来语22个字母的顺序排列。比如,《哀歌》的第1、2章,均有22节,每节3行,第一个字母分别为"阿莱夫"(希伯来语字母表中第一个字母)、"贝特"(希伯来语字母表中第二个字母),依次类推。"气纳"在希伯来语中有哀悼之意,气纳诗的诗歌三长两短,中间有小停顿,犹如哭泣时哽咽之声,悲怆效果强烈。而被称作"歌中之歌"的《雅歌》则是一种别样的风格,全诗共八章,主要表现男女情爱,约成书于公元前3世纪。

除上述神话、历史叙事和诗歌以外,《希伯来语圣经》还包含了其他一些文体。如《路得记》、《以斯帖记》等作品,已经具备了小说的特征。《路得记》一向被视为最早的一篇小说,写的是摩押女子路得在丈夫死后与婆婆相依为命,后来跟随婆婆回到婆家的故乡,在那里赢得另一青年的爱慕而结婚生子的故事,反映出士师时期寡妇再嫁和异族通婚的习俗,歌颂了家庭和睦、友爱、互助等美德。

《约伯记》用诗剧的形式写成,主要讲述了义人约伯连续遭到丧失财产、儿女等厄运,自己也从头到脚遭受毒疮、恶疾的折磨,三个朋友赶来慰问,大家就苦难与因果报应等问题展开讨论,约伯一直坚信自己的无辜,最后从苦难中解脱。《约伯记》揭示出为什么好人不得好报这一带有悖论色彩的哲学问题,在整个犹太文化思想史上占据重要的位置。

《希伯来语圣经》还叙述了许多英雄故事,如收集在《撒母耳记》、《列王记》中的扫罗的故事、大卫的故事、所罗门的故事等,故事中所描写的英雄集真实性与传奇性于一身,形象鲜明,栩栩如生,对后世影响很大。

总之,以《希伯来语圣经》为代表的古希伯来语文学生动地反映了古代希伯来氏族社会和奴隶制时期的社会生活与风俗人情,表现出古代希伯来人一神论的宗教观。在艺术表现手法上,也作了多种尝试,表现出丰富的想象力和强烈的感染力。圣经文学的词语、修辞、风格、人物、题材、主题、母题等因素对后世文学产生了重大而深远的影响。但是需要特别提起注意的是,圣经文学的影响途径不是单一的,是在不同的文化模式与传统中进行的。《希伯来语圣经》的影响范围主要集中在犹太作家与犹太文学上,主要沿袭的是犹太教和希伯来文化传统。而《希伯来语圣经》成为基督教《圣经》的组成部分——《旧约》后,随着宗教传播进入欧洲,对整个欧洲和西方文学与文化产生了重大影响,成为西方文化的一个源头。

第五节　古代波斯文学与《阿维斯塔》

波斯(又称伊朗)是世界文明古国之一,有着悠久的历史和灿烂的文化。伊朗民族是古雅利安人的一支,属印欧语族。"伊朗"意即"雅利安人的后裔"。因阿契美尼德王朝(前550—前331)兴起于伊朗南部法尔斯(即"波斯"一词的不同译名)地区,史称波斯帝国,"波斯"之名贯穿整个古代的伊朗。1925年巴列维王朝建立之后,重新起用"伊朗"为正式国名。

伊朗在伊斯兰化前一直信仰琐罗亚斯德教。琐罗亚斯德教产生于公元前11世纪左右,创始人是琐罗亚斯德。该教主张明暗善恶二元论,即大千世界由以光明天神阿胡拉·马兹达为本原的善界和以黑暗魔王阿赫里曼为本原的恶界组成。明暗善恶二界彼此对立,不断斗争,最终是明战胜暗,善战胜恶。琐罗亚斯德教将"三善"——善思、善言、善行作为人的道德准则,在教义上崇尚光明,膜拜光明的象征——火,故在中国史书中称之为"拜火教"、"祆教"或"火祆教"。由于琐罗亚斯德教是人类走出原始巫术崇拜之后第一个由某个具体的人自觉创立的具有明确教义的宗教,而不是一种在民众长期生活中自发形成的宗教信仰,琐罗亚斯德因此被称为人类的第一位先知。① 琐罗亚斯德教是伊朗在伊斯兰化前的国教,贯穿阿契美尼德、安息(前230—224)和萨珊(224—651)三个王朝,尤其以萨珊王朝时期最为兴盛,它对整个伊朗文化、对伊朗民族性格和民族文化心理的铸造起了决定性的作用。这种根深蒂固的作用使后来的伊斯兰教在伊朗完全伊朗化,有如佛教在中国完全中国化了一样。

萨珊王朝在651年灭亡。由于遭受阿拉伯人的浩劫,伊朗在伊斯兰化前使用的巴列维语消亡,巴列维语文学大量失传。尽管如此,伊朗在伊斯兰化前的丰富文学还是可以从数量不多的现存资料中窥见一斑,其中最具代表性的文学作品有波斯古经《阿维斯塔》、英雄史诗《缅怀扎里尔》、长篇爱情叙事诗《维斯和朗明》、故事集《一千个故事》等。其中,《一千个故事》被视为著名的阿拉伯民间故事集《一千零一夜》的重要来源之一。

《阿维斯塔》是琐罗亚斯德教的经书,其中最古老的部分《伽萨》约产生于公元前11世纪,其他的部分在以后的几个世纪里不断得到补充和完善,最后在公元前6世纪左右成书。《阿维斯塔》在阿契美尼德王朝时期整理齐备,用金汁写在12000张牛皮上,一式两部。一部放在伊朗阿塞拜疆地区的一座火神庙里,后被亚历山大抢掠到希腊,译成希腊文后原本被销毁;另一部放在波斯王宫,连同王宫一起被亚历山大焚毁。伊朗安息王朝时曾从民间收集整理散失的断篇残章,直到萨珊王朝时才重新整理成书,其中有些部分是从希腊文回译的。

《阿维斯塔》共有六部分,第一部分《伽萨》主要赞颂光明主神阿胡拉·马兹达及代表他各种美好品质的六大天神,这六位天神与光明主神阿胡拉·马兹达一起构成琐罗亚斯德教"七位一体"的神祇崇拜体系。《伽萨》是《阿维斯塔》最古老的部分,已经具备了琐罗亚斯德教的

---

① 尼采的哲学著作《查拉图斯特拉如是说》中的"查拉图斯特拉"就是"琐罗亚斯德"的另一种译名。

核心思想,提出了善恶二元的宇宙观,阐述了世界的本原与形成;建立起了对光明和善的信仰教条,提出了道德方面的三善思想;在社会生活方式上,提出了以农业和养畜业替代游牧业。

第二部分《亚斯纳》和第三部分《维斯帕拉德》主要赞颂一切善良美好的东西。《亚斯纳》侧重于对一切可以视为善的品质的赞颂,比如诚实、勇敢、善良、纯洁、美丽、慈爱、智慧、谦虚等,而《维斯帕拉德》偏重于对各种具体的善行和善的造物的赞颂,比如美丽贤惠的女子、勇敢刚毅的男人、雄壮的牛、伟岸的骆驼、疾走如飞的骏马、翱翔天际的苍鹰等。

第四部分《亚斯特》是神的颂歌,具体赞美了琐罗亚斯德教各大神祇的功德,其中最值得一提的是太阳神梅赫尔,该神与印度神话中的太阳神密特拉同出一源。《亚斯特》如此赞颂梅赫尔:"赶在快似骏马的永恒的太阳之前,梅赫尔最早出现在哈拉山顶端,他身披万道金光从山顶探出头来,俯视着雅利安人广袤千里的家园。①"《亚斯特》是雅利安人远古时代神话传说最为集中的部分,也是《阿维斯塔》中篇幅最长、最精彩有趣、最具文学性的部分,其中很多故事至今仍为伊朗人津津乐道,成为后世文学创作的重要源头。

《阿维斯塔》前四部分的颂歌主要在琐罗亚斯德教的重要宗教活动和节日上唱诵。

第五部分《万迪达德》是琐罗亚斯德教的律法书,规定了琐罗亚斯德教教徒在日常生活中所应遵循的礼仪、规章和戒律,以及对违反律法行为的惩戒措施。这些律法至今仍为为数不多的琐罗亚斯德教教徒所遵守,其中一些节日礼仪已经积淀为伊朗民族的传统风俗习惯,比如有关娄鲁兹节(伊朗新年)和梅赫尔甘节的风俗礼仪等。

第六部分《胡尔达·阿维斯塔》意为"小《阿维斯塔》",是《阿维斯塔》的精编本,在民众日常生活中使用得非常广泛,逐渐被视为《阿维斯塔》的一部分。

---

① 引自元文琪《二元神论——古波斯宗教神话研究》,北京:中国社会科学出版社1997年版,第131页。

《阿维斯塔》既是伊朗古老的宗教典籍，又是一部非常重要的神话传说总汇和诗歌总集，是研究上古时期雅利安人社会生活和宗教文化思想的珍贵文献，在世界为数不多的上古文献中占有重要地位。

思考题

1. 试分析古巴比伦史诗《吉尔伽美什》的叙事结构。
2. 试谈古埃及《亡灵书》的成书过程。
3. 谈谈《希伯来语圣经》中"创世神话"的特点。
4. 《阿维斯塔》是怎样一部书？

参考书目

1. 《吉尔伽美什》（"世界英雄史诗译丛"），赵乐甡译，译林出版社1999年版。
2. E.A.华理士·布奇：《埃及亡灵书》，罗尘译，京华出版社2006年版。
3. 和合本《圣经》中的《摩西五经》、《列王记》、《路得记》、《约伯记》、《诗篇》、《耶利米哀歌》、《雅歌》。
4. 《阿维斯塔》，元文琪译，商务印书馆2005年版。

（本章编写：宗笑飞、钟志清、穆宏燕）

第二章　印度古代文学

第一节　概　述

印度(India)在古代自称"赡部洲"(Jambudvīpa)或"婆罗多"(Bhārata),曾被译为"身毒"、"天竺"等,到玄奘的时候定译为"印度"。广义的印度古代文化圈基本上覆盖了整个南亚次大陆,包括今天的印度、巴基斯坦、斯里兰卡、尼泊尔和孟加拉等国家。

现存已知最早的印度文明遗存是今天巴基斯坦境内印度河流域的摩亨佐达罗和哈拉巴等城市遗址,时间在距今 4000 年左右,被认为是和今天的达罗毗荼人有关的古老文明。但除了物质材料,印度河文明在现存的口传或书写资料里已经无明显迹象可循。今天的印度文学主线的源头是吠陀(Veda)文学。它所使用的"吠陀语"是后来古典梵语的源头。在印度沦为英国殖民地之后,西方学者在对梵语的研究中重构出一个印欧语系的同时,也推测出一个约公元前 2000 多年从兴都库什山脉和帕米尔高原入侵南亚次大陆的雅利安民族[1]。

吠陀文学是以四部吠陀本集(*Vedasaṃhitā*)作为基本文本流传下

---

[1] 以吠陀为经典的雅利安人似乎和西迁伊朗高原的波斯人同源并有过敌对关系。吠陀语和古波斯圣典《阿维斯塔》(*Avesta*)的语言关系极其密切,且名字之间通过否定前缀"a"而具有相反对的含义。吠陀里神(Sura)的敌人阿修罗(Asura)和《阿维斯塔》里面的大神阿胡拉(Ahura)是同一个词;吠陀里的神(Deva)在《阿维斯塔》里面就是魔鬼(Daeva)。此外,也有一些语言学和神话学证据证明他们和公元前 18 世纪出现在小亚细亚的赫梯帝国关系密切。

来的，大约完成于公元前1500—前1000年前后。四吠陀主要是诗体，是口传文学，它们被称为真言(mantra)，这个词后来专指咒语。最古老的《梨俱吠陀》以颂歌为主，《娑摩吠陀》和《夜柔吠陀》以祭祀祷词为主，而《阿达婆吠陀》主要是巫术咒语诗。吠陀的声音被当做永恒的神的语言，在印度婆罗门口中传承了几千年，而被写在纸上来研究，则是19世纪以来的事情了。四吠陀里涉及的地域画出了雅利安人的扩张线路图，最古的《梨俱吠陀》和稍晚的《娑摩吠陀》仅仅涉及了阿富汗东部直到北印度旁遮普的所谓"七河"地区，其中喜马拉雅山的名字常被提到，《夜柔吠陀》里的雅利安人到达了恒河流域，而到了《阿达婆吠陀》，则已经进入印度东部的孟加拉地区。

在四吠陀之后，产生了以阐释吠陀为名的各种散文为主的著作：《梵书》、《森林书》和《奥义书》。它们用吠陀语发展来的古梵语写成，叫做吠檀多(Vedānta，意为"吠陀之尾"、"吠陀之后")，充满了智性的光辉，是包括佛教思想在内的几乎所有后世印度思想的源泉，其中《奥义书》尤为杰出。此外，还有用于解释吠陀的六"吠陀支"，即礼仪、语音、语法、词源、诗律和天文诸学。其中礼仪分成天启、家庭、法等三经，称为"劫波经"。它们都被视为吠陀文献。

在大约相当于中国的西周后期至战国时期，北印度以雅利安人为主的部落逐渐演变为国家，形成十六大国和许多小国，随后，由于公元前3世纪亚历山大希腊人入侵的刺激，兴起于恒河中游的摩揭陀国逐渐统一北印度，最后出现了由印度人自己建立起的大帝国——孔雀王朝（前324—前185）。此间印度思想在《奥义书》的基础上逐渐形成包括数论、瑜伽、正理、胜论、弥曼差、吠檀多的正统六派哲学，以及不承认吠陀神圣的"沙门思潮"，后者分成顺世论、生活派(正命派，佛教称之为邪命外道)、耆那教和影响广被的佛教等分支。

佛教的产生是人类历史上一个重大事件，而由于孔雀王朝的阿育王（前273—前232）对佛教的支持与大规模向境外派遣传教士，使佛教广泛传播，成为国际信仰，而印度的文学则随着佛教的流传而潜移默化地渗入周边各民族的文学里。

佛教经典在它的创始人释迦牟尼佛陀去世以后开始结集，耆那教的经典按照其自己的说法，大约也在同一时期或稍晚些时候开始汇编。这两个宗教的典籍所用的语言分别是某种接近但不同于梵语的民间俗语，充满了文学色彩。在孔雀王朝的阿育王时期出现了印度最早的书写形式——阿育王的碑铭。大概在这前后，以一种叫做巴利语（Pāli）的北印度俗语为载体的早期佛教经典传到了斯里兰卡。

古代印度社会的基本框架——种姓制度也在这个时期得到强调和固化，这主要表现在法经、法论的产生上。法经产生于公元前 6—前 3 世纪，法论是对它的增订和阐释，最古老的法论是约公元前 2 世纪的《摩奴法论》（Manusmṛti），它主要谈论人生四阶段（梵志、居家、林栖和出家）的责任、统治者的职责、种姓的起源、民法和刑法、惩罚的方式等，其中心思想是种姓制度。种姓是印度文化标志之一，原文是 varṇa，意为颜色。《梨俱吠陀》里提到过"雅利安色"和"达娑色"。在《梨俱吠陀》里有一首被认为是后加进去的部分叫《原人颂》，说的是诸神以原始巨人补卢沙祭祀，"他的嘴变成婆罗门（brāhmaṇa），双臂变成罗阇尼耶（rajanya，即刹帝利 kṣatriya），变成吠舍（vaiśa），双脚生出首陀罗（śūdra）"。其中婆罗门是祭祀颂神以与神界交流的祭司；刹帝利是王侯和武士；吠舍是从事农牧业者和工商业者；首陀罗是农民、从事渔猎和剃头、屠宰等各种"低贱"职业者，或者是奴隶、仆役。《原人颂》被认为是《法经》、《法论》思想在吠陀编辑中的反映，是种姓制度的最早依据。

这一时期，也因为两部波澜壮阔的梵语大史诗《摩诃婆罗多》（Mahābhārata）和《罗摩衍那》（Rāmāyaṇa）的出现而被称为史诗的时代。这两大史诗是印度传统文化的两大基石，虽然它们几乎具有西方观念里史诗的一切特点，但印度传统的说法却把《摩诃婆罗多》称为"历史传说"（itihāsa，过去如是说），是诗、论和传承的三位一体，而称《罗摩衍那》为"最初的诗"（ādikavya）。两大史诗产生于更倾向刹帝利种姓的"苏多"阶层，因而有别于此前以婆罗门祭祀为中心的神权文学，形成了印度的世俗文学传统的主流。它们采用一种比吠陀文学更简易通俗的"史诗梵语"，经过千百年的口头流传，不断被编辑嵌入，在 15 世纪前后才基本写定,而在不同地区存在以各种不同字体抄成的差别很大的本子,直到近现代才有精校定本问世。写定后的《摩诃婆罗多》计有 100000 颂,《罗摩衍那》24000 颂,翻译成汉语每颂为 4 行。

这两部大史诗是印度口传文学的丰富源泉,它们都是各自以一个主干故事为主线,串起大量的另外的独立故事(插话),形成庞大复杂的诗体百科全书式的结构。这种插话传统开创了印度文学叙事"故事套故事"的经典模式。史诗里的人物进入了印度教拥挤的万神殿,直到今天依然矗立在印度城市乡村的每一个角落,供来来往往的人们参拜;印度的很多节日都来自于这两大史诗,而通过众多说书艺人操着各种印度现代语言的吟唱,这些古老的故事一直在塑造着印度人的价值、思维、梦想和行为。史诗的故事也旅行到了异域,促成了东方各国很多优秀作品的问世。

在雅利安文学蓬勃发展的时候,迁徙到南方印度半岛上的达罗毗荼人(Dravidian)也发展了自己的语言文学。他们的语言属于达罗毗荼语系,迥异于北方梵语系统所属的印欧语系,主要有泰米尔语、卡那尔语、泰卢固语和马拉雅拉姆语,其中泰米尔语传统最悠久,它的文学的黎明是公元前 5—2 世纪的桑伽姆文学,是一种丰富优美的诗歌文学。此后,文学创作之光在印度半岛上的达罗毗荼人中间黯然退隐,直到彻底印度教化之后虔信运动开始的 11—12 世纪才重新焕发光彩。

第二节 《摩诃婆罗多》

《摩诃婆罗多》标明作者是毗耶娑(Vyāsa),也是书中人物和大战的目击者,但是,"毗耶娑"意为"扩大者"、"编纂者",所以他更有可能是一个后世的编辑者而不是最早的作者。这部庞大的英雄史诗说的是"伟大的婆罗多族的故事",分成十八篇,内容异常丰富,是一部"百科全书"。如其结尾所宣称的那样,它囊括了人生的"四大目的":

正法和利益

爱欲和解脱

这里有，别处有

这里无，别处无

1. 主线故事

象城王福身爱上渔家女贞信，但贞信父亲要求王位要由贞信生的儿子继承，于是王储天誓以孝弃位，并立誓独身终生，因而得名毗湿摩，意为"立下可怕誓言者"。

后贞信生花钏和奇武，先后即位，都无嗣而终，经毗湿摩同意，贞信令其婚前私生子毗耶娑和奇武遗孀生下持国和般度兄弟，并和女仆生下私生子维杜罗。持国目盲，般度即位。持国娶甘陀利，生以难敌为首的一百个儿子，成为俱卢族；般度娶贡蒂和玛德利，诸神与般度妻子生坚战、怖军、阿周那、偕天和无种五子，成为般度族。二族成为伟大的婆罗多族的两支后裔。

般度死，持国执政。持国指定坚战为王位继承人，遭到难敌反对。难敌设计了一座紫胶宫，请般度五子住，并纵火欲置其于死地，但五子幸免，乔装成婆罗门青年，流亡森林。在般遮罗国黑公主选婿大典上，阿周那拉开大铁弓，赢得黑公主，为五兄弟的共有妻子。持国得知，召回他们，分与一半国土。

般度族治理自己的国土卓有政绩，征服四方，举行王祭，八方来朝，遭难敌嫉妒，便设赌局令坚战输掉财产、王国、五兄弟和黑公主。黑公主被难敌之弟难降当众羞辱，发誓报复。持国预感凶兆，应黑公主之请放了五兄弟；但难敌再度赌败坚战，般度族按约交出国土，要流亡森林12年，并在第13年隐姓埋名充当仆役。其间难敌来访并羞辱般度族，但遭遇乾达婆军而败，被仁厚的坚战救出。

历尽磨难的般度族13年期满后索要国土。双方各自备战。阿周那和难敌同一天向多门国的黑天（大神毗湿奴的化身）求助。黑天让他们在黑天本人和黑天的军队之间选择，结果难敌选择了军队而阿周那选择了黑天本人。

难敌拒绝归还国土,即使坚战让步到只要五个村庄也不行,大战在俱卢之野开始。

战争持续了 18 天。第一天自相残杀的大战让阿周那心灰意冷,了无斗志,于是黑天驾车,作《薄伽梵歌》启发他,告诉他刹帝利以尽责战斗为务,诚心定志,无欲无念,杀即非杀,以为升天之路。后来经过惨烈的反复较量,双方两败俱伤。俱卢族几乎全军覆没,仅有最后三个武士幸存,还向般度族发起偷袭;而般度族的军队也被屠戮殆尽,仅五兄弟因不在营中幸免。大战结束,死亡人数达十六亿之多,而所剩的只有般度族七人,俱卢族三人。持国让驭者苏多向他讲述了战争的全部过程,万念俱灰。他和妇女们来到沉寂的战场,妻子们悲悼阵亡者,甘陀利以黑天对战争负有责任而诅咒他。坚战应持国要求为死者祭祀。唯一具有福身王血统的忠勇的毗湿摩,在大战第一回合的前九天战斗中率俱卢族军队英勇作战,令般度族一筹莫展,最后坚战五兄弟和黑天在第九天夜里直接向他本人求教,慷慨的毗湿摩指点了杀死自己的办法,最后被阿周那如计射到,全身中满箭簇,以三支箭支着头部,躺在箭床上一直见证战争到最后的时刻。然后,他向前来求教的坚战传授了国王在和平时期以及危难之时的职责,以及离弃世俗、获得解脱的方法,并解开了坚战的种种疑惑,安然仙逝。

哀伤的坚战登基为王,举行马祭。阿周那随祭马漫游一年,征服一切所到国家。坚战共统治 36 年。之后,黑天因诅咒逝世归天,五兄弟及黑公主也留下唯一后嗣阿周那的孙子为王,然后一起远行登诸神居住的须弥罗山,各自进入天堂,并在那里见到俱卢般度两族所有死者。

2. 插话故事

《摩诃婆罗多》采用故事套故事的讲述方法,插进主干故事里的故事叫插话(upākhyāna),它们共占去全文的一半篇幅。一些大型的插话叙述相当完备,完全可以独立成章。这些故事被后世反复引用,有的还被拓展成不朽杰作。

插话里的王族故事,像是主干故事的某种投影,为其情节加强了效果。如《沙恭达罗传》是与主干故事联系最紧密的世系故事,说的是婆罗多王统的来源。它后来被伟大的诗人迦梨陀娑改编成戏剧《沙恭达罗》,传诵至今。《那罗传》(3.50—78)、《罗摩传》(3.257—276)和《沙维德丽传》(3.277—283)是般度族流亡森林时修道的林中仙人为他们讲的三个英雄故事,强调刹帝利勇敢坚定、不畏失败挫折的品质,很契合战前般度族要夺回国土的勃勃雄心,但却没有全诗最后的两败俱伤带来的悲剧意味。而《罗摩传》则是另一部大史诗《罗摩衍那》的故事提要。

有一些插话可以叫做譬喻故事,是借用故事来说明道理的寓言,和《五卷书》、佛教的《譬喻经》等属于同类。这些故事都很短小,主角多为动物,且贴近人们的日常生活经验,作为母题,曾催生了众多著名的民间寓言故事。虽然诙谐不是《摩诃婆罗多》的主旋律,但收在其中的《苏格尼雅》(3.122—125)却是一个充满世俗快乐和睿智的喜剧故事。

还有一种插话可以称为婆罗门神话的故事,和主线故事的联系松散,基本上都是在强调婆罗门和神界的联系,强调苦行的力量,长自己志气,灭刹帝利的威风,体现了印度古代某些时期婆罗门和刹帝利二种姓之间以及本土种族和外来种族之间的紧张关系,如持斧罗摩(3.116—117)的故事。这些内容,被认为是后世的婆罗门为了自己的利益添加进去的。不过,这种种姓间的紧张关系也交织在主线故事里,是史诗故事整体的组成部分。

还有相当篇幅的插话,以故事为引线,主要讲述的是关于人生的训诫和哲学思辨。如《薄伽梵歌》,一共18章,700颂,主要内容就是战车御者黑天为振作阿周那的精神,促其履行刹帝利职责,而显现大神本相讲述的人生最高理想,即解脱的三条道路:业(行动)瑜伽、智慧瑜伽和虔信瑜伽。业瑜伽强调以超然态度履行社会职责,不计成败得失,不涉利益和欲望。行动但不执著结果,全神贯注,入乎事中,同时即可出乎其外,不为所缚,在凡俗事务中超凡脱俗,获得解脱。智慧瑜伽强调透过一切现象,认知宇宙的本质存在——梵,达到个体灵魂和梵的同一。这会令人达到一种无私无畏的境界,虽行动而灵魂纯洁不染。虔信瑜伽说的是通过对造物主和毁灭主、梵的化身黑天的崇拜皈依,把一切行动作为对黑天的祭祀,可以摆脱善恶因果,获得解脱:"思念我,崇拜我,祭拜我,礼敬我,控制自己,依赖我,走向我。"这三种瑜伽基本上可以概括人生的一切生存方式,后来印度哲学里添加的瑜伽不过是更细的分类而已。从一定意义上可以说,《薄伽梵歌》为印度思想开辟了一条普世之路,特别是虔信瑜伽,开启了印度中世纪的虔信运动,几乎成了印度教里压倒一切的普世信仰。

插话之外,还有被认为是后加入的附录《诃利世系》,计 16000 颂,分《诃利世系篇》、《毗湿奴篇》和《未来篇》。诃利是毗湿奴的另一个名称。在印度,外来部族众多,本来各有自己的神祇,部族的联合往往导致神明的联合,于是一个神会有很多名字,而且还会有很多化身,这些化身似乎是多种文化和谐融会的神妙丹药。《诃利世系篇》讲述的是创世神话、太阳和月亮王统的世系以及黑天的前生故事。《毗湿奴篇》讲述黑天的生平,如寄养牧人家,偷食奶油,游戏牧女,除暴降妖等,都是印度百姓耳熟能详的故事。《未来篇》是关于迦梨世代的预言,有毗湿奴化身野猪、人狮下凡等事。最后,赞颂《摩诃婆罗多》神圣崇高,吟诵功德无量,升入天国。《神圣世系》基本不是史诗,而是一部专门讲述神话的往世书作品,是史诗和后来的往世书作品之间的一个接合点。

3. 叙事与隐喻

《摩诃婆罗多》在编定之前一直是说唱艺人口口相传的活史诗,内容添添减减,常无定数,但是就像植物吸取养料逐渐成熟一样,史诗《摩诃婆罗多》的叙事也是在传诵过程中一步步走向圆熟的。看似松散的各部分之间其实是错综呼应的,微小的细节都在看似不经意地意味着整体,结果的起因在当初即已种下,此就是彼,现在就是过去,果就是因,它们只是同一个存在在时间中的不同体现而已。所有的叙述都是隐喻,各种插话都在体现着整体的意旨,而每一个插话都可以在史诗的其他部分找到自己的回音。

史诗整体由 18 章构成,写大战进行的时间是 18 天,而《薄伽梵歌》

恰好也是 18 章,这表明古代印度人的数字崇拜已经编织在史诗的网络中了。如果说《薄伽梵歌》是后世加进去的,那也是它的材料最终被史诗消化而进入史诗自身的器官,它的每一个细胞都写着史诗全部的遗传密码。

《摩诃婆罗多》也包含着古代印度民族文化历史的丰富信息。比如,黑天是黑色皮肤,化身成他的毗湿奴又名诃利,意思是黄色或青绿色;黑天所属的雅度族是月亮王族,以清凉的月亮为吉祥,很可能来自炎热地区,是和北方的吠陀族不同源的印度土著后裔。史诗所叙写的王位继承问题同样是一条重要线索。毗湿摩本是刹帝利的福身王先和恒河女神生下的儿子,却为了满足福身王的欲望而决定不留子嗣。福身王和低级种姓的渔女贞信结合生下两个儿子都没有子嗣,最后竟由贞信婚前私生子的后代主持国政。在婆罗多族的王统里福身王的血统因此而被清除,置换成了低级种姓渔家女的土著血液。而在贞信的渔家血统的俱卢族传人中,般度因遭诅咒不能和妻子交欢,所谓般度五子,其实是般度的妻子贡蒂和正法神、风神、因陀罗、双马童的产物,最终继承般度族王位的也是一个全新的王统。这一系列统治者血统置换的故事,意味着外来的高种姓统治集团和低种姓土著民族的混合,意味着外来民族的当地化,也意味着高低种姓文化的融合和新生。

史诗的道德标尺不是简单的善恶,不是伦理的正义,而是法。护法的标尺是刹帝利的世间职责,它是婆罗多两族共同恪守的规则。阿周那看到战争将要引起亲戚师友的自相残杀黯然神伤,但刹帝利上阵杀敌是他义不容辞的法,所以他就在薄伽梵歌的鼓励下,坦然杀戮。法是自为的,所以它不总是站在一方旗下,凌辱妇女不如法,所以俱卢族最后遭到毁灭,但赌博赢得国土等如法,所以般度族不得不心甘情愿被流放森林;难敌因私欲和自恃的强力公然食言,因不如法而战败,但他在生命的最后因为勇敢如法而战,所以最终升入天堂;毗湿摩如法为俱卢族统领军队,精忠报国,但慷慨帮助那些有求于己的人也是如法而行,于是他竟把自己两难的弱点告诉一筹莫展的战争敌人阿周那,授以如何杀死自己的办法。这样的例子在史诗里不一而足。就像希腊人把勇敢等同于善一样(agathos,同时具有勇敢和善的含义,勇敢即善),《摩诃婆罗多》印度人也赞赏无畏的勇气。勇气是如法的品质。在勇气之下,价值的天平并不倾向战争的任何一方,而勇敢也让人们无畏地打破正在固化的伦理秩序。

但依法行事的准则并不能减轻人们选择的困难。史诗中许多人物的矛盾性格和复杂的心理状态,都表现为在两难的选择中徘徊,其中迦尔纳矛盾重重的一生最为生动感人。他是般度五子的哥哥,是他们的母亲贡蒂的婚前私生子,自幼被遗弃,后以"车夫儿子"的身份参加比武会,受到般度族羞辱。但难敌拉拢他,封为盎伽王,成为密友。在大战前,母亲贡蒂向他透露了真相,希望他能帮助自己的兄弟,但他一来恨母亲遗弃,二来不想忘恩负义,为天下刹帝利耻笑,决意助战俱卢族,但他还是向母亲保证,战争中只与阿周那一决生死,让母亲保留五个儿子。由于不公平的低微出身,迦尔纳表现得极端自尊,他因受到毗湿摩的轻蔑而拒绝在毗湿摩担任统帅期间参战,直到毗湿摩和德罗那倒下之后才统帅出征,死在自己有名分的兄弟阿周那的箭下,结束了充满两难的生命。史诗在赞颂人们如法的勇气的同时,也真实地描写了战争的惨烈场面和没有赢家的结局。《摩诃婆罗多》是"伟大的婆罗多族的故事",也是一部表现人类悲剧命运的史诗。

4. 版本与影响

《摩诃婆罗多》虽然到很晚才被写定,但在公元 4 世纪时基本形成目前的规模和形式。5、6 世纪的印度碑铭表明它那时候已经被当成圣典,被其他梵语杰作反复提到和引用。它是后世的政治伦理教科书,也是文学创作的源泉。约 2、3 世纪的早期梵语戏剧家跋娑(Bhāṣa)现存的 13 个戏剧里,有 4 个取材于《摩诃婆罗多》。4、5 世纪的伟大诗人和剧作家迦梨陀娑的不朽杰作《沙恭达罗》和《优哩婆湿》的故事也来自《摩诃婆罗多》插话。中世纪时期方言文学兴起,《摩诃婆罗多》被广泛用各种方言传唱和改写,其中著名的有泰卢固语、马拉雅拉姆语、奥里萨语、阿萨姆语和孟加拉语的多个版本。

在伊斯兰教的莫卧儿王朝,阿克巴大帝曾经赞助将《摩诃婆罗多》译成官方语言波斯语。公元5世纪鸠摩罗什所译的《大庄严论经》卷五提到过《罗摩衍书》和《婆罗他书》,是中国最早关于《摩诃婆罗多》的记载。11世纪前后,《摩诃婆罗多》传入印度尼西亚,出现了古爪哇文翻译改写本和当地的《摩诃婆罗多》故事的再创作。

16世纪西方殖民者侵入印度后,西方学者开始研究和译介《摩诃婆罗多》,其中的重点是它的插话。它们被译成多种欧洲语言,深深地影响了西方思想和文学。歌德在一首诗里称颂迦梨陀娑的《沙恭达罗》和《云使》,也称赞了《那罗传》。德国教育家、语言学家威廉·洪堡特极度推崇《薄伽梵歌》,说"它也许是这个世界宣示的最深刻和最崇高的东西"。

在殖民地印度,产生了由吉瑟里·莫汉·甘古利(Kisari Mohan Ganguli)用英文译成散文体的第一个《摩诃婆罗多》的外语全译本(1883—1896)。第二个英语全译本是曼莫特·纳特·杜德(Manmath Nath Dutt)的诗体翻译(1895—1905)。此外还有很多英语缩写本。

经过众多学者半个多世纪的努力,《摩诃婆罗多》的梵文精校本于1966年出版,有80000多颂,是目前最好的《摩诃婆罗多》版本。2005年从梵文直接翻译成现代汉语的六卷汉译本《摩诃婆罗多》,是这部史诗到目前为止唯一的外文全译本。

第三节 《罗摩衍那》

《罗摩衍那》的成书年代在公元前4—前2世纪之间。全书分为七篇,其中的第一篇和第七篇被认为是较晚的部分。其作者被认为是蚁垤(Valmiki),关于他有很多扑朔迷离的故事。其中有一个故事说他原本是弃儿,长而为盗,后被仙人收伏,授以吠陀,并让他在树下不断念诵"摩罗"(罗摩的颠倒念法),从此他一站经年,乃至白蚁都在他身上筑窝,蚁垤之名即由此而来。后来他见林中二鸟在交欢之际,雄鸟被猎人射中,雌鸟悲鸣,心生怜悯,竟出口成章,自己也很惊奇。思考之后,他说道:"它生于我的忧伤(śoka),就叫它输洛迦(śloka)吧。"再后来,他受梵天大神所托,用这种叫"输洛迦"的诗体吟诵罗摩漫游的故事。

1. 基本情节

《罗摩衍那》的故事主线是罗摩和悉多的悲欢离合,故事发生和展开的地点主要有三处:喜马拉雅山脚下的阿逾陀国、印度广袤的土地以及印度洋里的楞伽国。七篇内容梗概如下:

(一)《童年篇》

阿逾陀王十车因为无子而请鹿角仙人祭祀求子。天神们因受罗刹王罗婆那欺压而趁此机会请求大神毗湿奴下凡除魔。于是大神化身为四,分别由十车王的三个王后生为四个儿子:罗摩、婆罗多、罗什曼那、设堵卢祇那。罗摩和罗什曼那长大后,在众友仙的带领下去密提罗国,作为全书的缘起,众友仙一路上向两兄弟讲述众多的神话故事和各个王统的世系。在密提罗国的大祭上,罗摩拉开神弓,赢得美貌无双的公主悉多(意为"犁沟")为妻,并战胜前来挑战的持斧罗摩。

(二)《阿逾陀篇》

十车王决定立罗摩为太子,但在灌顶礼上,小王后在驼背宫女的煽惑下,利用国王以往的许诺,让国王立自己的儿子婆罗多为太子,并流放罗摩14年。悉多和罗什曼那决定与罗摩同行,三人离开城市,进入森林。十车王不久郁郁而终,婆罗多从舅家归国奔丧,知情后责备母后,并外出寻找罗摩,但罗摩执守14年流放之期,婆罗多只得奉罗摩之履于宝座,代为摄政。

(三)《森林篇》

罗摩等在森林中游荡,历尽艰辛,但夫妻恩爱,兄弟忠诚。10年后,他们进入一个罗刹横行、四处残害修道者的森林。楞伽国十头罗刹王罗婆那的妹妹爱上罗摩,被罗摩戏弄欲吞掉悉多,而被罗什曼那割掉耳鼻。接着罗摩杀死其弟,她便再向其兄哭诉,并盛赞悉多的美貌,令其动心。于是罗婆那派罗刹化为金鹿引开罗摩,并摹仿罗摩呼救,令悉多斥罗什曼那往救,从而得以乘机掠走悉多,带其遍游自己荣华无双的后宫并向其求婚,但悉多发誓忠于罗摩,被囚在后宫无忧树园中。罗摩兄弟追寻悉多,得金翅鸟王指点知其去向,并在无头怪指引下到猴国求助。

(四)《猴国篇》

罗摩一路见到春光似锦,不禁黯然神伤。二人遇到神猴哈努曼,助猴王杀死其兄,复其王位,借来猴子大军,来到楞伽岛对面的大海边。诸猴渡海无术,哈努曼因善跳而从摩亨陀罗山顶一跃过海。

(五)《美妙篇》

哈努曼神通广大,腾高俯瞰之后化为小猫潜入楞伽城找到悉多,悉多让哈努曼带回自己头上的宝石为信,并讲了一件只有罗摩和悉多知道的秘密为证。哈努曼出宫,大闹无忧树园,为罗婆那的儿子因陀罗耆用梵箭捉住。罗婆那在弟弟维毗沙那劝告下不杀使者,但命手下以棉絮和布条缠住猴尾浸油点火,哈努曼逃脱,拖着火尾满城乱窜,楞伽城陷入火海。最后,哈努曼回营复命,罗摩见到信物,悲痛不已。

(六)《战斗篇》

罗婆那备战,维毗沙那主张送回悉多,兄弟反目,渡海投罗摩。罗摩受其建议,请工巧大神之子那罗架桥渡海,大战开始。罗摩兄弟在罗刹诸大将的法术和勇力打击下中箭重伤。哈努曼托到北方的神山,寻仙草拯救罗摩兄弟性命。罗摩看到因陀罗耆斩杀悉多的幻象,大惊,维毗沙那告知是幻术。罗什曼那最终杀死因陀罗耆,罗摩杀死罗婆那,救出悉多,立维毗沙那为罗刹王,任其娶嫂为后。但罗摩见到悉多,反疑其贞操,悉多落泪,投火自明,火神从烈火中托出悉多,贞操得明。此时流放期满,夫妇团圆,众人乘飞车回国,罗摩复位,立婆罗多为王储。

(七)《后篇》

是三个后加部分。前两个是关于罗婆那和哈努曼的故事,第三个故事讲述罗摩和悉多的再次离合:罗摩治下,天下太平。悉多怀孕,但民间起了流言,说悉多在罗刹宫中不贞,罗摩于是遗弃悉多于恒河对岸。悉多痛哭,被林中孩子带到蚁垤仙人静修林里,生下两个儿子。蚁垤作完《罗摩衍那》教给二子,带到罗摩宫中罗摩的马祭大典上唱颂,令其全家相认。但罗摩坚持说不能取信于民,悉多悲怆之极,向大地母亲呼唤,大地裂开,悉多投身其中。最后罗摩传位给二子,兄弟四人自投萨罗逾河,抛弃凡体,回复毗湿奴神位。

2. 特征和影响

起源于乡野的《罗摩衍那》清新简洁却不粗鄙,它的诗律优美考究。梵文诗歌不押尾韵或讲究平仄、轻重音等,音声的优美是靠音节长短相间的音步以及音节的同声重复等手段实现的,并结合双关、借代、比喻等修辞手段,在音声和意义之间生出悠长的韵味,引起微妙的感受和情愫。

《罗摩衍那》主要人物的形象鲜明,性格内涵丰富。罗摩品格高尚,行侠仗义,勇敢无畏,也多愁善感;他对妻子情深意密,却屈从流言蜚语,冷漠无情地怀疑妻子,终致悉多求告无门,绝望地投入大地。悉多美丽贤惠、柔情似水而又坚贞不屈、忍辱负重,几乎具有模范妻子的一切美德。但她情急之下也会愚蠢急躁,对忠勇的小叔子恶语相向。而罗刹王罗婆那是史诗里描写得极其成功的典型,这个性格复杂的魔王没有被脸谱化,史诗既写了他骄狂凶残、夺人妻子的恶行,也写了他对悉多的尊重和发自内心的爱慕。并且,史诗还介绍了罗婆那的高贵血统,他是大梵天的直系后裔,而他卓越的能力则是靠苦行得来的,是不折不扣的婆罗门;把他写成反面人物也从一个侧面反映了史诗作者们的反婆罗门、反宗教权威乃至反种姓制度的倾向。此外,和《摩诃婆罗多》以及西方的英雄史诗不同,《罗摩衍那》里有着大量对小人物和次要角色妙趣横生的描绘,把关注的焦点部分地伸向了被大人物遮蔽的民间世界,从而为古典梵文时期细致地表现小人物生活开了先河。

《罗摩衍那》所涉及的印度地域比《摩诃婆罗多》更为辽阔。罗摩的足迹,不仅漫游了广阔的次大陆,穿越了森林覆盖的印度半岛,还到达了次大陆南端隔海相望的印度洋岛屿楞伽国(今斯里兰卡)。史诗中出现的喜马拉雅山顶苦行的湿婆大神形象,表明自西向东横贯印度北部的恒河的地位也变得重要。这样的地理视界隐喻着一部民族迁徙和文化交融的历史,罗摩的家族和释迦牟尼的释迦族一样,属于甘蔗族的太阳世系刹帝利,他们崇拜金色的太阳,应该是来自不为炎热所苦的地方。而《阿逾陀篇》提到,在离开阿逾陀不远的地方,古时候人王摩奴曾把这土地送给了罗摩的祖先甘蔗王,说明甘蔗族不是新来的王族。同样,罗摩和林中土著的关系也耐人寻味。罗摩流放时曾到过他"最为知己的朋友"尼沙人酋长俱诃的地盘。尼沙陀和旃荼罗一样,在很多印度古籍里被列在四种姓之外,是"不可接触者"民族,在开篇就被蚁垤所不齿,但罗摩对待俱诃完全像对待一个国王,和他拥抱,接受他的保护和招待,这些场面和细节,都透露了包括罗摩在内的一些刹帝利的"草根"起源。

《罗摩衍那》是游荡者的歌,"罗摩衍那"本意就是"罗摩的漫游"。传说的作者蚁垤出身微贱,却以苦行和悲悯吟出了"最初的诗",并奉神旨去传播这伟大的漫游故事,这其实暗示了史诗的真正来源,是来自社会底层的众多游吟歌手。

《罗摩衍那》的故事在印度是家喻户晓,以多种语言流传,并被反复重讲。如果说梵文本的《罗摩衍那》必须同时加上作者的名字作为限制词。《蚁垤罗摩衍那》在印度各个阶层都影响深远,同时也深入到宗教、思想领域和诗歌、戏剧、舞蹈、绘画、雕塑等各艺术门类。古典梵文文学大师如婆娑、迦梨陀娑、王顶(Rājaɪekhara)等都从《罗摩衍那》里吸取了无尽的养料,耆那教的众多俗语作品也同样使用罗摩衍那的故事作为故事母体。在古代印度文化所及之处,从今天的印度本土到尼泊尔、马来西亚、菲律宾、泰国、缅甸、柬埔寨、老挝等国,到处都有用各种语言演唱的《罗摩衍那》。在中国境内,敦煌藏经洞藏有五个编号的古藏文《罗摩衍那》残本,此外,至少还存在着四种蒙文本罗摩故事;云南的傣族等民族也流传着当地化色彩浓厚的罗摩故事。在汉译佛经里保存着罗摩衍那故事的主干,以及一些被当成本生故事的罗摩衍那插话,如鹿角仙人故事等。在新疆发现的和阗语和吐火罗语残片写本里也能看到罗摩故事。

第四节　泰米尔语"桑伽姆"文学

印度从史前开始便是一块屡遭入侵的土地,据研究,在印度河文明时期,达罗毗荼人居住在从印度河流域到恒河流域的广大印度土地上,他们有着自己独特的语言和文化,但在公元前 2000 年左右,随着说吠陀语的雅利安人的入侵,他们一部分作为被征服者留在北方,最终和征服者混合,大部分则退居南方,建立了自己的国家。

印度半岛文底耶山脉以南基本是达罗毗荼文化的势力范围,居住着泰米尔、泰卢固、马拉亚和卡纳达等达罗毗荼系民族。其中,泰米尔人保持的达罗毗荼文化最为完整。泰米尔人居住的土地叫做泰米尔纳杜,传统上指从今天马德拉斯北面不远的文卡达山往南的印度半岛土地。虽然这个地区的居民文化上屡受北方的侵袭影响,最终完全印度教化了,但在语言和文化上却从未停止对梵文化或雅利安化的顽强抵抗。在英国殖民者到来之前,他们一直保持着政治上的独立,不在印度之内。

泰米尔人曾经在科摩林海角以南的土地上建立过一些小国,但后来因陆地下沉而消亡,后迁都今天的马杜赖。泰米尔人一度在印度半岛上形成朱罗、哲罗和潘地亚三足鼎立的局面,并和北方南下的印度教势力以及后来的伊斯兰教势力相抗衡。古代泰米尔纳杜以物产丰富、城市繁荣和文化发达著称于世,和古代巴比伦、埃及、希腊、罗马和阿拉伯保持着海上贸易往来。

泰米尔有"甜蜜"的意思,泰米尔语被认为是达罗毗荼语系里最古老、最丰富、组织最严密的语言,古老而富有生命力。约公元前5—2世纪之间的"桑伽姆"时代是泰米尔文学的黄金时代,众多富有创造性的作品在这一时期出现,虽屡经散失,还有许多杰出的作品流传到今天。

"桑伽姆"意为"合众"、"雅集",是由潘地亚国王支持的泰米尔诗人学者的文学组织。传说曾有三期桑伽姆,早期和中期分别在已经陆沉的南马杜赖和卡巴塔普拉姆,晚期在马杜赖。一般所说的桑伽姆时期是指晚期的桑伽姆。传说其时文法学家阿伽斯蒂亚曾著有文法《阿伽斯蒂亚姆》,已佚,但其弟子朵伽比亚尔的诗体文法和文艺理论著作《朵伽比亚姆》传世。该书有3卷27章,1600颂,分别论述正字、词源和题材。其中《题材篇》讲述泰米尔文学的各种题材,将其分为两大类:一是爱情诗歌文学;二是政治、战争和其他生活的勋业文学。《朵伽比亚姆》还论及修辞和诗律,《题材篇》讲到啼、笑、憎、惊、恐、喜、嗔、乐八种情感表现形式,以及诗歌的体裁、结构和韵律,并指出文学题材来自人的生活。此外,流传下来的桑伽姆文学作品还有两部大约成书于公元2世纪的诗歌总集:《八卷诗集》和《十卷长歌》,共有2000多首诗,除了102首佚名以外,其他分属473位作者。

和早期梵语文学不同,现存的桑伽姆诗歌篇幅都不很长,最长的《马杜赖之歌》不过800行,各诗独立成篇,没有史诗式的巨制。桑伽姆诗歌强调格调和韵律,其格律分为哈瓦尔、巴里和格利。哈瓦尔是普遍采用的格,行数不限,每行4个音步,每步2—3个音节,每节1—2个元音,押行和字的头韵;《格利诗歌集》用格利律,每行4个音步,跳跃性韵律,节奏性强,适合演唱;《巴里诗歌集》用巴里律,自由灵活,用于配乐歌唱。

桑伽姆诗歌代表着一个诗歌的盛世,其想象之丰富、情趣之浓厚、描写之细腻幽婉,不逊于世界文学中任何一个民族的文学。和同期的雅利安印度文学相比,桑伽姆更加世俗化、充满世间诗意,其基本品性更接近现代文学。然而,因其与西方语言文化之间的鸿沟,至今尚处于被忽视的地位。

《八卷诗集》是一部短篇诗歌选集,收集了众多优美而短小的诗歌。它们分别是:

1.《嘉咏集》:多以托鹦鹉、仙鹤等飞鸟向远方恋人倾诉的方式抒情,开后世此类泰米尔语爱情诗的先河。在一首描写少女思郎成疾的诗里,少女这样倾诉自己的内心:

> 妾身虽死何足哉
> 只盼郎君早还乡
> 可怜此身将先去
> 唯恐来世两相忘
>
> 魂魄此身两相依
> 妾身安得离郎君
> 此情恰如此身命
> 分离不啻身别魂

《嘉咏集》记述了很多古代泰米尔人习俗,包含很多历史传说和典故,成为后世泰米尔文学的重要源泉,如其中的贞女甘娜吉故事,就是公元 2 世纪泰米尔史诗《脚镯记》的滥觞。

2.《短诗四百首》:都是 4—8 行爱情抒情诗,意境优美,比喻微妙。如有一首诗以苍茫云海和沉沉黑夜象征少女沉郁的心境,以闪电和雷雨喻其情郎,构思独特,意象清新:

> 倾盆大雨骤从天降
> 雷鸣阵阵如鼓,声震四方
> 青丝柔软的女儿啊
> 酣睡在甜蜜的梦乡

3.《短诗五百首》:是 3—6 行的爱情短诗集,多有对动物的描写,托物言情。

4.《十王颂诗集》:是百首歌颂十位哲罗王的颂诗集。其中提到一位国王奈东哲罗拉丹远征喜马拉雅山,战胜雅利安人的故事,和尼泊尔文献里提到的史事相合。

5.《巴里诗歌集》:宗教诗占较大比重,体现的是印度教思想,是泰米尔语文献里最早的虔信诗,也是最古老的非梵语印度教哲理诗,对后世印度教虔信思想有所启发,印度教某些神灵如毗湿奴、湿婆等形象,也可在这里找到来源。其中一首赞毗湿奴的诗非常精彩:

你是火中热,花中香

言中真理,石中金刚

你是美德里的仁爱

勇武中的力量

你是吠陀中的精华

世界的滥觞

你就是月中华美日中光

你就是一切,一切事物的本相

6.《格利诗歌集》:除一首湿婆颂歌外全是爱情诗,保留了许多南印度的传说故事。

另外的两卷是《爱情诗四百首》和《勋业诗四百首》。

第五节　巴利语早期佛教文学与《佛本生故事》

公元前6世纪前后,大约和老子、孔子、苏格拉底同时,佛陀(Buddha)诞生在印度。佛陀又名释迦牟尼(Śakyamuni),意为"释迦族的圣人",原名乔达摩·悉达多,出身于太阳世系的释迦(Śakya)氏。在印度北方小国纷争的战国时代,乔达摩·悉达多的祖国迦毗罗卫(Kapilavastu)是喜马拉雅山脚下一个微不足道的小国;他是刹帝利独生王子,在宫廷过着奢靡的生活,直到29岁,因目睹各种生灵为了生存的互相残害，以及人生的无常，决意离家出走，寻求众生的解脱之路。他遍访那些在森林里的苦行沙门，在山里静坐六年，以至形若骷髅。最后他无望地放弃了苦修，去寻求一条中正之道。在经历了种种困苦之后，他渡过河流，到彼岸的一颗大树下坐下，经过49天，终于悟到苦、集、灭、道四大真谛，成为佛陀——觉悟者，随后，开始了漫长的游化说法行程。佛陀在世的时候，目睹了自己的祖国横遭侵凌、本族同胞被屠戮殆尽的悲惨结局。

释迦牟尼游化说法过程中向世人讲述的道理，就是后来所说的《经》(Sūtra，巴利语Sutta)的内容。当追随其出家的人增多、形成了僧伽社会之后，佛陀又讲了很多故事和譬喻，示以中正的生活方式，这些内容后来被回忆编辑起来，便成了《律》(Vinaya)。而佛陀崇拜者中特别勤于思辨的人又把他们所进行的辩论内容汇集起来，形成了《论》(Abhidharma，巴利语Abhidhamma)。《经》、《律》、《论》就是所谓"三藏"(Tripiṭaka，巴利语 Tipiṭaka)。

佛陀反对对他本人的崇拜，强调诸法无常，反对拘泥于他自己针对具体情况发表的言辞，认为自己所说的不过是一片叶子，而人们应当面对那没有被说出的法的森林。他鼓励人们不拘一格的恍然开悟，并用自己的语言去传播觉醒之法，开启他人的心智，反对刻舟求剑，用典雅规范的梵文编撰圣典。然而，佛陀去世后，僧团还是着手把三藏汇编了起来。当然，佛教没有视圣典声音为神圣的观念，也不介意使用何种文字书写。并且，在相当长的时间内，口传依然是佛经传播的主要方式。公元5世纪的中国求法僧法显到印度寻求"法本"，只能自己边听边抄。直到7世纪玄奘到印度的时候，取到的佛经才是梵文记录的文本。

在所有保存至今的佛教作品里，能确定是上古作品的只有巴利文三藏。巴利文三藏由斯里兰卡传至泰国、缅甸，没有固定的字母，僧伽陀字母、天城体、缅甸字母、泰文字母都使用过，近百年来又使用拉丁字母。其编排顺序是律、经、论。巴利文三藏基本上采用诗歌和散文结合的文体，除了《论藏》以思辨为主外，《律藏》和《经藏》都极富文学性。

《律藏》包括《经分别》(Suttavibhaṅga)、《犍度》(Khandhaka)和

《附录》(Parivāra)，规定了僧团的行为方式和日常生活戒律，是僧团的内部文献。《犍度》里有许多生动的传说和故事，最具文学趣味，而其中的《大品》(Mahābhaṅga)里关于佛陀的传说被认为是最古老的。《经藏》由长、中、杂、增一和五部《尼迦耶》(小部，Nikāya)组成，和汉译佛经的各阿含经大致相对应，主要内容是佛陀及其弟子的故事和所说法，包括思想分析、辩论、格言、寓言、叙事歌谣和本生故事等，是针对一切听法者的觉醒教育。小部尼迦耶里的文学内容最为丰富。其内容包括著名的格言集《法句经》(Dhammapada)，出家弟子的诗集《上座僧伽他》(Theragāthā)和《上座尼伽他》(Therīgāthā)，叙事歌谣为主的《经集》(Suttanipāta)以及佛教寓言故事宝库《佛本生故事》(Jātaka)等。

《佛本生故事》又译《本生经》，约成书于公元前3世纪，是世界上最古老的故事集之一。它共有22篇，547个故事，是本生故事类佛教寓言故事最早的总集。

现存的《佛本生故事》已非原典，而是一部注释本，全名《佛本生义释》(Jātakatthavaṇṇanā)，曾经历从巴利语译成僧伽罗语、在5世纪被斯里兰卡僧人译回巴利语的过程，但其偈颂被认为保持了原始的形式。

本生故事非常古老。印度孔雀王朝时代的大塔石门上刻有本生故事的浮雕，有的甚至标出"本生"这一名称。其中的故事在收入之前已经在民间长期流传，古老程度不亚于古希腊的《伊索寓言》(前6世纪)。而二者也确有许多相似的故事，它们之间是否存在相互影响，恐怕是个更加扑朔迷离的故事。

本生故事的基本结构是现世的佛陀向听众讲述自己在成为佛之前作为菩萨(觉醒了的有情众生)累世修行的故事，指明人所做的善业恶业与后世轮回结果之间，尤其是代表着行善、舍身、布施等品质的现世修行和觉悟离苦的佛境界之间的内在因果关联，借以引导人们放弃私欲，在自己的生活中走向解脱之路。每个故事基本由三部分组成，首先是今生，指出佛陀说法地点和缘由；其次是佛陀讲述的主体故事，故事之后必有偈颂，总结或描述其间的因果意义等；最后是对应，把前世故事中的角色与现世的人物对应起来。

这是典型的印度"故事套故事"的结构,它用释迦牟尼前生的无数次轮回作为总线,把众多故事串成一个故事的有机整体。轮回(saṃsāra)观是《佛本生故事》的基础理念,它是总框架,也潜身于各个小故事之中。但轮回并不是佛教的发明,而是南亚次大陆日常生活的心理基础,是印度文化传统和思维方式的产物,在《奥义书》里,就有着丰富的关于宇宙大"我"(ātman)遍入众生,转生不止的轮回思想。轮回是印度人对生死问题的终极探究,其特点在于不求永生,志在解脱。轮回意味着众生都有前生、今生和来生三世,如此轮回不止,就像种子最终可以结成果子,人的心念一旦发动,就会走向行动,这叫做业;而在普遍关联着的有情世间(人类世界),业意味着与他人发生关系,这种互相牵连的业必将在三世轮回里结出果子,得其报应。佛陀的解决办法就是觉醒于这种现状,尽量减轻这种牵连的业力,最终彻底超越出这因果的链条,跳出三世轮回,获得解脱。

本生故事处处体现着众生平等和自主的精神。佛陀着意打破人类自设的高低贵贱,在前世,菩萨可以转生为王子、比丘,也可以转生为最普通的劳动者或者母羊、鹌鹑、大象和牛等动物。菩萨靠克己的力量赢得尊敬,在《大孔雀本生》中,连辟支佛都要向菩萨行礼致敬,这在崇拜佛的巴利文经典中极其少见。其他巴利文经典里的人物是佛、辟支佛、罗汉、比丘和比丘尼,并没有出现"菩萨",但本生的每个故事讲的都是菩萨。一般认为,菩萨崇拜是大小乘佛教的分水岭,但被视为小乘佛教圣典的《佛本生故事》却处处闪耀着大乘思想"菩萨济世"的光辉,不同的是,《佛本生故事》中的菩萨都是普通人的典范,而不像在大乘佛教经典里那样被神化。

《佛本生故事》归根结蒂是南亚次大陆这块盛产故事的炎热大地上日常生活的果实,它的大多数故事要比成体系的吠陀经典更加古老。从一些本生故事里还可以看到印度经典成长的足迹。如《十车王本生》所讲的罗摩故事,显然和《罗摩衍那》《摩诃婆罗多》的罗摩故事一脉相连,但在《十车王本生》里,罗摩、罗什曼那和悉多是同父同母的兄妹,罗摩立悉多为后,奉行的是兄妹结婚的原始习俗,这和强调伦理的《罗摩衍那》大异其趣,并且,《十车王本生》也没有悉多被抢和楞伽大战等情节。该故事可能比蚁蛭的罗摩故事更加古老。

《佛本生故事》是印度第一部故事总集,是后世的梵语故事集《五卷书》、《故事海》、《嘉言集》的先声。随着《五卷书》沿着波斯——阿拉伯——欧洲西传,《一千零一夜》、《伊索寓言》以及西亚、欧洲的一些故事集都明显渗进了本生故事的因子。而在南传佛教所及地区,五百本生故事几乎家喻户晓,既有巴利文原典,也有大量的翻译和改写本,成为该地区民族文学的组成部分。自3世纪以来,《佛本生故事》通过各种途径译为汉语,并通过汉译佛典在北传佛教地区广泛流传。虽然《佛本生经》的完整汉译未能保存下来,但汉译佛经中收录本生故事的经籍有十几部,如《六度集经》、《生经》、《菩萨本生鬘论》、《贤愚经》等,所收故事逾百数。敦煌石室发现的佛教讲唱文学——"变文",很多都取材于本生故事。《佛本生故事》在辗转流传过程中成为东西方共有的文学母题,如《大隧道本生》讲述的两个妇女争夺一个儿子,菩萨以让她们拉拽孩子方式辨别真正生母的故事,便影响了元代中国杂剧剧本《包待制智勘灰阑记》;德国现代剧作家布莱希特将该剧改编为《高加索灰阑记》,又将这一母题引入了另外一种语境。而随着佛教的传播,《佛本生故事》在雕塑、绘画、戏剧、舞蹈等艺术领域中的影响也随处可见。

思考题

1. 谈谈印度两大史诗的叙事特点。
2. 结合《八卷诗集》,谈谈泰米尔语"桑伽姆"诗歌的抒情特点。
3. 试分析佛本生故事的结构方式。

参考书目

1. 毗耶娑:《摩诃婆罗多》,黄宝生等译,北京:中国社会科学出版社2005年版。
2. 蚁垤:《罗摩衍那》,季羡林译,北京:人民文学出版社1980年版。
3. 《佛本生故事选》,郭良鋆、黄宝生译,北京:人民文学出版社 2001年版。

(本章编写:郑国栋)

第二编　中古亚非文学

第三章 西亚北非中古文学

第一节 阿拉伯中古文学概述

中古时期的阿拉伯文学,主要包括从公元 5、6 世纪开始,到 7 世纪中期伊斯兰建立前的蒙昧时期文学;公元 7 世纪末到 13 世纪,亦即阿拉伯发展与黄金时期的文学;以及 14 世纪到 17 世纪,亦即阿拉伯走向衰微时期的文学。在 7 世纪阿拉伯半岛统一以前,岛上部落星罗棋布,各部落间时而商贸往来频繁,时而战乱频仍。由于当时阿拉伯半岛受教育的人还很少,因此琅琅上口、富于音乐感、利于人们口头传颂的诗歌便成为了当时主要的文学形式。阿拉伯流传至今的最古老的诗歌作品最早产生于公元 5 世纪下半叶,且艺术形式已臻完善。诗人们多在漫长的商贸旅程中,或是部落间战后归国的路途上,慨叹风景、歌颂本部落的战绩。那一时期的优美诗歌多靠口耳相传。通常,每一位诗人都有一个传述者跟随其左右,将他们的优美诗歌背诵发扬。这些诗歌的主要创作形式非常类似于中国的《诗经》,讲求严格的格律。诗人常常采用起兴手法,先凭吊废墟、描述风景,然后进入诗歌主旨,矜夸部落的繁茂和战绩,或是表达对姑娘的恋情等等。流传至今的公元 7 世纪前阿拉伯最为有名的诗歌,主要有 7 首,被称为"悬诗",它们是从那一时期众多诗歌中被选拔出来,用金水书写,悬挂在克尔白神庙上,所谓"悬诗"便因此而得名。黑格尔曾经誉"悬诗"为"抒情而兼叙事的英雄诗集"。阿拉伯文坛公认的最著名的悬诗诗人有乌姆鲁勒·盖斯、塔拉法、祖海尔等。其中,乌姆鲁勒·盖斯的诗歌最为有名,他的悬诗如"朋友们,请站住,陪我哭,同纪念:忆情人,吊旧居,沙丘中,废墟前"等诗句脍炙人口,妇孺皆知。

公元632年,伊斯兰教的创始人穆罕默德领导阿拉伯民众统一了阿拉伯半岛,带领其民众迈进了阿拉伯历史上的伊斯兰时期。作为伊斯兰教"圣经"的《古兰经》被理所当然地奉为至高无上的经典。这部宗教经典也是阿拉伯历史上第一部成文的散文著作,内容除了宣扬伊斯兰教义以外,还涵盖了当时社会、政治、经济、军事、文化、伦理道德等诸多方面。在文字风格上,《古兰经》句式长短不一,语言讲求一定的韵脚和格律,读起来抑扬顿挫、极易上口。它同时也被视为阿拉伯语言规范的经典,对阿拉伯语言和散文的发展都起到了极大的作用。受其影响最大的就是《圣训》。《圣训》记录穆罕默德及其一些弟子言行的总集,同《古兰经》一样,不仅是一部宗教总集,也是一部反映6、7世纪阿拉伯半岛社会、政治、历史、经济、文化、军事状况的综合著作,行文风格受《古兰经》影响,是一部颇具散文价值的文学作品。

统一后的阿拉伯半岛在历届统治者的带领下,东征西讨、南征北战,在8世纪进入了历史上空前强盛的阿拔斯王朝。阿拔斯王朝又分为前期(750—945)和后期(945—1258)两个阶段,共延续了约500年。这段时间被誉为阿拉伯文学史上的黄金时期,阿拉伯文学的火炬甚至照亮了处在昏暗期的欧洲,对后来的欧洲文艺复兴产生了巨大影响。此时的阿拉伯文坛,呈现出异彩纷呈的繁荣景象,各种文学形式琳琅满目、争奇斗艳。诗歌方面,早在7世纪,就出现了政治诗、对驳诗、贞情诗和艳情诗等几大流派,此后日益发展成熟。其中最著名的诗人有"三诗雄"赫泰勒(640—710)、法拉兹达格(641—732)和哲利尔(653—733),他们经常以诗歌对驳,或讽刺对方部落,或矜夸自身。此外还有著名的"酒诗人"艾布·努瓦斯(762—813),酷爱饮酒,生性洒脱不羁,其性格与诗风都与中国盛唐时期的诗人李白十分相似。

散文在阿拔斯朝也兴盛起来,并逐渐发展成熟。著名的散文家有伊本·穆格法,他借鉴印度《五卷书》,在翻译的基础上,对其内容进行加工创作,从而写出了著名的寓言故事集《卡里来和笛木乃》。书中寓言故事的主人公基本上都是飞禽走兽,但它们通晓人言,具有人类的思想感情。它们彼此之间的对话或是与国王的谈话,或劝诫君王,或教育世人,以求改良社会,都表达了深刻的哲学思想。例如,《教士和鼹鼠》这则寓言,讲述了一个教士把自己的孩子交给他养的鼹鼠照看,回家后他看到鼹鼠满嘴鲜血,以为鼹鼠吃了孩子,于是他打死了鼹鼠。但当他进到后屋时,却看到孩子安然睡在床上,地上有条被咬死的毒蛇。这个故事告诫人们,不要仅凭自己的猜测而妄下结论,否则会做出令自己后悔的行为。类似这样的故事在《卡里来和笛木乃》中还有很多。在语言上,伊本·穆格法运用清新、简洁、犀利、睿智的文字来表达深刻的思想内涵。他也因此被看做是第一个将寓言引入阿拉伯文学的作家,被奉为一代散文宗师。而《卡里来和笛木乃》也被看做是仅次于《古兰经》的经典散文著作,并对欧洲的文学作品,如《十日谈》、拉封丹的寓言以及格林童话等都产生过影响。

阿拔斯时期另一位著名的散文家是贾希兹,其代表作有《动物传》、《吝人书》、《修辞达意书》等。他的作品语言幽默、犀利,刻画了许多颇具讽刺和诙谐意味的社会现象。此外,阿拔斯王朝后期还产生了一种新的"玛卡梅"文体,类似于中国古代的话本小说,这也被认为是阿拉伯小说产生的前身。有学者甚至认为,欧洲15、16世纪的"流浪汉小说",在一定程度上也受到了"玛卡梅"体文学作品的影响。

与《卡里来和笛木乃》同被看做是印度、波斯、阿拉伯等东方民族的平民与文人学士共同创作的作品的还有《一千零一夜》。后者所涉及的民间故事早在公元8世纪就在人们口中流传,但其最后成书则是在公元16世纪。那时的阿拉伯文学已经随其国势渐渐走入了近古衰微时期。但《一千零一夜》在这衰微时期中,就像一个璀璨的奇葩,盛开经久。它反映了数个世纪以来阿拉伯帝国的生活全貌,对欧洲文艺复兴的文学创作也产生了一定的影响。在阿拉伯国家,土生土长的民间故事总集是定型于公元14世纪的《安塔拉传奇》。它以战争和爱情故事为主要脉络,塑造了一个阿拉伯英雄安塔拉的英勇形象,描述了一个美丽的爱情故事,反映了当时人们的价值观念和传统习惯,曾被誉为"阿拉伯的《伊利亚特》"。

第二节 《古兰经》

《古兰经》是伊斯兰教的宗教经典,同时也是阿拉伯文学史上第一部成文的最有影响的散文经典著作。它是伊斯兰教创始人穆罕默德在23年的传教过程中陆续以真主安拉之名宣示的启示总集。从创教伊始,它就被穆斯林奉为圭臬。"古兰"一词在阿拉伯语中为"宣读"、"诵读"之意,最初以穆罕默德所属的部落古莱氏的语言宣示而来。《古兰经》是阿拉伯语中首先以书面形式加以记载的经典,反映了公元6、7世纪阿拉伯人社会生活、伦理纲常的诸多方面。从文学和语言学角度说,它对后世圣训学、韵律学、散文的发展都起到了不可忽视的作用。它创立了一种新的文体,既讲求格律,又不受其束缚,具有散文轻巧空灵的特点。《古兰经》每章分为若干节,每节表达一个独立的意义,各节之间互相衔接。为了符合吟诵、流传的需要,《古兰经》非常重视语言的抑扬顿挫。由于在此之前,阿拉伯并没有散文出现,而先知穆罕默德又是一个文盲,因此阿拉伯人越发深信,语言如此优美的《古兰经》是真主通过先知穆罕默德降示天启而来的。

《古兰经》共分为30卷,内含114章。除了开端一章是简短的祈祷词外,其他各章大致按长短次序排列,第二章最长,最后两三章最短。总体来说,《古兰经》是6—7世纪阿拉伯半岛社会政治、经济、历史、文化的产物,也是其反映。面对阿拉伯半岛多神化、一盘散沙似的社会局面,穆罕默德通过《古兰经》为半岛居民规定了统一的、应严格恪守的道德和行为规范准绳。在《古兰经》里,穆罕默德提出了人们应当孝敬双亲、主持公正、接济亲属、怜恤孤贫、释放奴隶、慷慨助人、称量公平,反对浪费和狂妄骄傲,禁止淫乱,禁止高利贷,禁止虐杀女婴和杀害他人以及无故杀人等一系列伦理道德方面的主张。后来,他又根据社会发展的新情况提出了诸如恕人、诚实、友爱、命人行善、禁止做恶等用以加强团结、规范礼貌等属于个人品德修养的内容,使其逐渐成为了调整伊斯兰社会内部关系的重要准则。《古兰经》反对多神教,明确提出"除了安拉,再没有神……我们只崇拜你,我们只向你求助"。它呼吁人们要摒弃一切多神信仰,反对偶像崇拜以及一切对有形物质的崇拜。对于穆斯林来说,安拉是至高无上、无形无像的。同样,穆斯林遵奉穆罕默德,也从不摆设他的肖像。同时,《古兰经》还给人们规定了一系列完整的宗教仪式,如大净、小净、礼拜、斋戒和朝觐等等。此外,为了缓和社会贫富对立和维护穆斯林集体利益,《古兰经》中还规定,财产占有者要遵守一定的输捐制度,如天课。在伊斯兰教传播初期,它呼吁大家以宗教名义进行圣战,宣扬"为安拉之道而牺牲的人,虽死犹生","并将获得巨大的报酬"等,鼓励人们参加战斗。但同时,它又宣扬"宗教无强迫",只要对方"停止战争","倾向和平",穆斯林也要停止战争,倾向和平,而且"不要侵犯任何人"。这些都是符合社会历史发展趋势而演变而来的宗教行为规范。

在为统一阿拉伯半岛进行征战的同时,为了管理社会,建立起稳定的社会体系,《古兰经》对社会伦理道德也有详细的规定。对于金钱、遗产继承、婚姻、刑法等都有具体规定。例如,针对婚姻状况,《古兰经》鼓励一夫一妻并有条件、有限制地允许多妻或纳婢作妾,并对妇女的权益有一定的保护。例如在《离婚》一章中规定"你们要休妻弃妇,就应该在她们的期限内办理离婚事物……你们切不可轻易把她们从住室驱逐"等。对于怀孕的妇女,《古兰经》也非常重视保护她们的权益。另外,为了消除旧婚姻残余习俗的影响和确保以男系血统为准的夫权制,《古兰经》禁止男性同母辈、同辈中有血统关系或乳缘关系的妇女以及有夫之妇结婚,同时规定穆斯林不能同多神教徒婚配,以此来维护伊斯兰教的权益和促使多神教徒改信伊斯兰教。这些都体现了穆罕默德对当时社会的改良以及对妇女权益一定程度的重视和保护。

《古兰经》的规范和训诫,常常通过生动的人物和有趣的故事表达。其中先知故事的原型大都来自《圣经》,例如阿丹、哈娃、奴哈的故事原型就是《圣经》中的亚当、夏娃和诺亚。这也充分体现了《圣经》对其的影响。《古兰经》里的一些故事对后来的文学创作产生了很大影响。其中最为有名的是《古兰经》第十八章《山洞》里所讲述的"洞中人"的故事:7位圣人为了逃避多神教的迫害,躲入了山洞里沉睡了300年后又重临人间。这个故事被后世文人不断地加以丰富和文学化,创作出不同形式的诗歌以及戏剧。其中最著名的有埃及现代文学大师陶菲格·哈基姆在1933年以此为原型创作的哲理剧《洞中人》。

在语言表现方面,《古兰经》也是阿拉伯语文法的典范。伊斯兰教产生前的阿拉伯半岛部落林立,各部落间语言差别极大,《古兰经》的语言,是穆罕默德在其所属的古莱式部落语言的基础上形成并发展起来的,随着宗教的传播,它渐渐代替了各部落间的俚语,成为了统一使用的语言。《古兰经》的语言,严谨而恪守格律,抑扬顿挫,行文流畅优美,后来阿拉伯语的韵律学、文字学、文法学、修辞学、圣训学、教律学、法理学、教义学等都是从对《古兰经》进行研究、参照的基础上发展起来的。除了阿拉伯语外,《古兰经》中也有一些来自希伯来语和古叙利亚语等的外来语词,这一方面反映了《古兰经》对更古时期文学的借鉴,另一方面也丰富了阿拉伯语言词汇。

总体来说,《古兰经》不仅是一部宗教经典,更是对阿拉伯文学、语言发展都起到了启示作用的一部优美的散文经典。歌德曾说过,《古兰经》"其文体因内容与宗旨而不同,有严正的,有堂皇的,有威严的——总而言之,其庄严性是不容否认的……这部经典,将永远具有一种最伟大的势力"。

第三节 《一千零一夜》

《一千零一夜》是著名的阿拉伯民间故事集,在20世纪初被译为中文时也曾取名《天方夜谭》。早在8世纪末到12世纪,其故事就开始在以巴格达为中心的阿拔斯王朝(750—1258)前期流传,在埃及的马姆鲁克王朝时期(1250—1517),它的内容得到增加和丰富。除了这部分来自于阿拉伯本土的民间故事之外,还有很重要一部分故事来自波斯的民间故事集《赫左尔·艾夫萨乃》(意为"一千个故事"),也有学者认为这部分故事最早的原型可能源自印度,是后来传到波斯的。《赫左尔·艾夫萨乃》对其整体结构有着很大的影响。现在流传下来的《一千零一夜》,最后成书年代大约在公元16世纪。因此可以说,它是一部广大中近东文人在几百年间收集的民间故事总汇。它的成书,体现了不同地区、不同民族间神话、传说的不断交融。

《一千零一夜》的故事有一个引子,讲述的是古代印度与中国之间有一个名叫萨珊的王国,国王名叫山鲁亚尔。他的弟弟因发现自己的妻子与黑奴私通,愤而将其杀死。但当他来到哥哥山鲁亚尔的王宫之后,无意中发现哥哥的妻子——萨珊王国的王后,竟然也与黑奴有染。当山鲁亚尔知道真相后,处死了王后。从那以后,他为了报复善变的女人,便每日迎娶一少女做自己的王后,翌日清晨即将其杀掉。就这样过了三年,国王已经杀掉了一千多个女子还不肯停手。人们感到了极大的不安,纷纷带着自己的女儿远走他乡。但国王仍然威逼宰相每天替他寻找女子,供他取乐、虐杀。由于城中已是十室九空,宰相找遍整个城市,也找不到一个女子,怀着恐惧、忧愁的心情回到了相府。宰相的大女儿山鲁佐德美丽聪慧,精通诗书礼仪,为了拯救无辜的女子,她自愿嫁给国王,每晚都给国王讲述离奇、玄妙故事,而每个故事在第二天清晨时分总是讲到一半,因而引起了国王无穷的好奇心。他十分渴望知道故事的结果,便留住了王后的性命,在下一天的夜晚继续听她讲故事。就这样周而复始,王后山鲁佐德的故事整整讲述了一千零一个夜晚,其中有很多故事都是描述女性的聪慧、善良、机智、勇敢的。在一千零一个夜晚结束后,王后的故事讲完了,而国王也终于被感化了,他明白了王后的良苦用心,不再杀戮无辜女子,人们又过上了安宁幸福的生活。

《一千零一夜》真正精彩的内容体现在王后山鲁佐德所讲述的众多故事中。这些故事采用了大故事套小故事的结构,有的故事有两层,有的故事甚至有三层、四层。其中大故事共有约 200 多个,但每个大故事里往往包含了许多小故事,每个大故事的主角在小故事中消失了,小故事又重新出现了自己的主角。大故事是主线,就像串起珍珠项链的绳子,而每个小故事就像是颗颗珍珠,各不相关,只由主线一串到底。这些故事内容丰富多彩,登场人物各式各样,从神仙精灵、国王大臣、公主王子到富商巨贾、百姓乞丐,展示了鼎盛时期阿拉伯帝国的社会生活全貌。它不仅被认为是阿拉伯文学史上的一部巨著,也是研究中世纪阿拉伯社会政治、经济、宗教生活的珍贵资料。

就题材类型而言,《一千零一夜》也丰富多彩,既有神话故事、历史故事、恋爱故事,也有寓言、童话、冒险故事、名人轶事等。其中爱情故事占有很大的比例。如《卡玛尔·宰曼王子和白都伦公主》的故事,讲述了在两个遥远的国度里,分别住着卡玛尔·宰曼王子和白都伦公主,他们都未找到自己的意中人,又因为抵制自己父亲的包办婚姻遭到了囚禁,卧病在床。后来在精灵的帮助下,二人穿越遥远的空间相会,一见钟情。回到自己的国度后,卡玛尔王子毅然决定翻山越海,历尽艰难曲折,终于找到白都伦公主,与其结为眷属。又如《一个自称偷窃者和他心爱姑娘的故事》,讲述一个小伙子爱上了一户人家的女儿,在去她家中幽会时被人抓住。当来到省长面前时,小伙子为了保护姑娘的尊严,宁愿付出被砍手的代价,也坚持说自己只是偷东西的贼。在行刑的当天,姑娘奋不顾身,站出来为小伙子辩护,终于感动了省长,为他们举行了婚礼。此外还有《一个阿曼青年的爱情故事》、《一堆殉情的恋人》等等,这些爱情故事有的描述了深宫里的后妃大胆追求美好爱情的勇气,有的描述了普通百姓对包办婚姻的抵制、对美好自由生活的追求和歌颂,这反映了亘古以来,美好、真诚的爱情就一直是热情奔放、慷慨豪迈的阿拉伯人民歌颂的主题。

《一千零一夜》中另一类引人入胜、动人心魄的故事是冒险故事。其中最有名的就是《辛迪巴德历险记》。它讲述了一个叫辛迪巴德的青年,因为酷爱航海冒险,曾经 7 次出海,一面经商、一面旅游。每次出海他都有惊心动魄的经历和体验,有时是在吃人的巨人岛,有时又被大鹏鸟追赶,有时会碰到吃过就会变傻的饭菜,有时又被恶魔老翁纠缠。而每次到最后,辛迪巴德总能够凭借自己的机智和勇敢,摆脱困境,平安回到家乡。七次航海经商的冒险经历,不仅为他带来了常人难有的人生体验,也为他带来了丰厚的物质回报,使他得以和朋友们安享晚年。

除了上述故事外,《一千零一夜》中还有许多神话、巫怪故事,大多通过描述人类与巫怪的斗争,赞颂了人类的机智和勇敢,表达了人类最终可以战胜一切神怪的积极思想。如《阿拉丁神灯》、《阿里巴巴和四十大盗》、《渔夫和魔鬼》等。而在《阿里巴巴和四十大盗》中还出现了一个美丽聪巧、思路敏捷、办事牢靠的女奴莫吉娜的形象。正是因为有了她的帮助,阿里巴巴才会战胜四十大盗,他最终也让儿子娶了这位美丽的姑娘。在《一千零一夜》中,这样的女子形象比比皆是。它使人们充分认识到了女性在社会生活中的重要作用。这也是王后山鲁佐德不停地讲述故事的最终目的所在。

《一千零一夜》是一部极具艺术魅力的作品,它是朴素的现实主义和浪漫主义的结合,故事离奇夸张,但以现实生活为基础;情节安排张弛有度、跌宕起伏、扣人心弦,具有强烈的吸引力。和所有民间文学作品一样,《一千零一夜》修辞常用套语,例如在描述姑娘美丽时,经常使用"脸如圆月"、"如羚羊般轻巧"等比喻;描述青年男女坠入爱河时的激动,常用"昏倒"来形容。但整体说来,《一千零一夜》故事构思奇巧,修辞手法丰富多样,体现了阿拉伯人民丰富的艺术想象力。

第四节 波斯中古文学概述

公元651年,萨珊波斯帝国被阿拉伯人征服。阿拉伯人在伊朗的统治是伊朗历史上影响深远的重大历史事件,全面地改变了伊朗文明的发展方向,从此,伊朗成为伊斯兰世界中的一员,为创造灿烂的伊斯兰文明作出了巨大的贡献。伊朗在伊斯兰化前的文学载体巴列维语因阿拉伯人强行推行阿拉伯语而消亡,但伊朗人并不甘心使用阿拉伯语,

8、9世纪之交,随着巴格达哈里发政权对伊朗的统治逐渐减弱,随着伊朗地方王朝的兴起,伊朗霍拉桑地区的一种方言达里语开始迅速流行,一些波斯诗人开始用达里语创作。最早用达里波斯语创作诗歌并取得较大成就的诗人是鲁达基(Rudaki,850—940),他也因此被尊奉为"波斯文学之父"。

10世纪,复兴波斯古老文明和文化的思想浪潮一浪高过一浪。在这种伊朗民族精神日益高涨的氛围中,产生了伟大的爱国主义诗人菲尔多西(Ferdowsi,940—1020),他用30多年的时间创作了卷帙浩繁的史诗《列王记》,为伊朗伊斯兰化前的历代帝王和保家卫国的勇士们树碑立传,并对促使达里波斯语从民间口语转变为伊朗民族的正式语言起了巨大的作用。这之后,有了自己新的民族语言的伊朗人焕发出巨大的创造力,用达里波斯语创造了繁荣灿烂的中世纪文化和文学,在10—15世纪长达六百多年的时间里,波斯诗歌璀璨夺目,经久不衰,著名诗人如群山耸立。

伊朗地方王朝的兴盛直接促成了宫廷诗歌的繁荣,当时最著名的宫廷诗人有昂萨里('Onsori,961—1039)、法罗西(Farokhi,?—1037)、曼努切赫尔(Manuchehri,?—1040),其诗歌特征是极尽铺张,极度夸张,辞藻华美。宫廷诗歌主要是为统治者歌功颂德,在思想内容上虽然有些孱弱,但极尽文采之美,成为波斯诗歌史上一道亮丽的风景。另一位诗人纳赛尔·胡斯陆(Nāser Khosru,1004—1088)起初也依附于宫廷,后来脱离宫廷,不与统治者合作,受到残酷迫害,他的诗歌以警喻劝诫著称,给主要用于歌功颂德的颂体诗注入了哲学思想内容,堪称波斯诗歌转型的前奏。而现今蜚声世界的四行诗诗人欧玛尔·海亚姆(Omar Khayyām,1048—1122)在当时并不以诗名著称,而是一位对天文、数学、医学都有深刻造诣的科学家,他的四行诗(该词音译有"柔巴依"、"鲁拜")在1859年被英国诗人费兹杰拉德翻译成英文,欧玛尔·海亚姆的名字才逐渐闻名于世。海亚姆的四行诗充满了对人的本体存在的思考和对生命的追问,具有深刻的哲理。海亚姆四行诗集是现今世界上翻译版本最多的波斯诗人的诗集,仅在中国就有20多种译本。

11世纪起,苏非神秘主义思想逐渐成为伊朗社会的主导思想。苏非派是伊斯兰教内部衍生的一个神秘主义派别,其理论核心是"人主合一",即人通过一定方式的修行(或外在的苦行修道,或内在的沉思冥想),滤净自身的心性,修炼成纯洁的"完人",在"寂灭"中和真主合一,在合一中获得永存。苏非神秘主义在某些方面与中国的道家思想相类似,前者追求人主合一,后者追求天人合一,实际上他们追求的都是一种人的个体精神与宇宙间的绝对精神相和谐的境界。苏非思想对伊朗文化的影响深远,且根深蒂固,就如同儒道思想对中国文化的影响一般。可以说,在海亚姆之后,几乎所有的波斯诗人都具有苏非思想。波斯诗人们把诗人的天赋与苏非神秘主义思想密切融合,力求用自己的诗歌为广大信众授道解惑,用诗歌反映出自己对宇宙人生的最根本的认识,为此创造出了具有极高宗教价值、哲学价值、思想价值和文学价值的苏非神秘主义诗歌,这些诗歌成为世界古典文学中的瑰宝。比如萨纳依(Sanāyi,1080—1140)的《真理之园》、阿塔尔(Atār,1145—1221)的《百鸟朝凤》、内扎米·甘加维(Nezāmi Ganjavi,1141—1209)的《五卷书》、贾米(Jāmi,1414—1492)的《七宝座》等皆是苏非神秘主义文学的经典之作,而莫拉维(Mowlawi,1207—1273)的《玛斯纳维》是波斯苏非神秘主义文学中最杰出的著作。在苏非神秘主义盛行之前,宫廷诗十分兴盛,而苏非神秘主义使波斯诗歌从歌功颂德、优美而浅薄的宫廷诗转向阐述宗教哲理的神秘主义诗歌,使波斯诗歌的思想内容变得深广。这是波斯文学的一次重大转变。

苏非神秘主义具有浓厚的出世色彩,然而人毕竟处在世俗生活中,如何处理二者之间的关系成为广大信众十分关心的一个问题。人道主义诗人萨迪(Sa'di,1208—1292)以苏非思想为指导,倡导具有强烈入世精神的仁爱思想,创作出了不朽的著作《蔷薇园》和《果园》,被伊朗人民奉为精神生活的导师。

当苏非神秘主义发展到著名抒情诗诗人哈菲兹(Hāfez,1327—1390)的时代,已出现分化:一方面,苏非神秘主义的理论和思想已积淀成伊朗的传统文化血脉;另一方面,苏非神秘主义所宣扬的种种外在的修行方式日益僵固,成为束缚人的教条。哈菲兹的抒情诗充满了对个人精神自由的追求、对爱情的赞美、对僵固教条的蔑视,以及对某些伪善教徒的辛辣讽刺和谴责。哈菲兹诗歌传到欧洲,正值欧洲文艺复兴时期。哈菲兹诗歌的思想内容,正好契合了欧洲文艺复兴的核心思想内容,契合了文艺复兴时期人们的精神需求,因而在欧洲产生了很大的影响。

第五节 《列王记》与《玛斯纳维》

1. 菲尔多西的《列王记》

菲尔多西(Ferdowsi,940—1020)出生在伊朗霍拉桑省的图斯城,他生活的时代正是伊朗地方王朝兴起并力图摆脱阿拉伯人的统治的时代,复兴波斯古老文明和文化的思想浪潮一浪高过一浪。正是在这种伊朗民族精神日益高涨的氛围中,菲尔多西用30多年的时间创作了《列王记》,用文字来为伊朗伊斯兰化前的历代帝王和保家卫国的勇士们树碑立传。这部史诗卷帙浩繁,全诗约12万行,描写的是伊朗萨珊王朝灭亡以前的历代王朝的文治武功和历史传说,从开天辟地一直写到萨珊王朝灭亡,为伊朗伊斯兰化前的历史大唱赞歌,歌颂了不屈不挠的伊朗民族精神。全书充满了激昂的爱国主义思想,场面恢弘壮观,故事情节跌宕起伏、扣人心弦,堪称是一部伟大的伊朗民族英雄史诗。其内容可以分为三大部分:神话传说、勇士故事和历史故事。神话传说部分描写了伊朗传说中的人类的起源、文明的萌芽、农耕的开始、衣食的制作、政权的出现等。勇士故事是《列王记》的精华部分,主要描写在伊朗与敌国土兰之间的战争中保家卫国的勇士们的英雄业绩。这些勇士中最伟大的一位勇士就是鲁斯坦姆,他南征北战,为保卫伊朗立下了赫赫战功。勇士部分以鲁斯坦姆的死告终。历史故事部分主要是关于萨珊王朝的故事,与前两部分相比,这部分的历史性较强,但其所写的事件大都不符合史实,因此可以叫做历史传说故事。

《列王记》中的精彩故事有20多个,其中以四大悲剧最为著名。第一个悲剧是伊拉治的悲剧:法里东国王有三个儿子:萨勒姆、土尔和伊拉治。法里东设置种种艰险考验三个儿子,结果老大、老二表现得很怯弱,只有老三伊拉治勇敢顽强且心地善良。因此,法里东分封国土时,把大的两个儿子分到很远的罗马和土兰,而把世界的中心伊朗分给伊拉治。两个哥哥觉得分封不均而怀恨在心,便设计杀死了伊拉治。第二个悲剧是苏赫拉布的悲剧:一次,鲁斯坦姆打猎到了敌国土兰的一个属国,和该国公主相爱。鲁斯坦姆回伊朗后,公主生下一个儿子,即苏赫拉布。苏赫拉布长大后,也成为一位勇士,千里迢迢到伊朗寻找父亲,但因父子互不认识,在战斗时父子之间发生了激烈的厮杀。最后,苏赫拉布死在自己父亲鲁斯坦姆的手里。第三个悲剧是夏沃什的悲剧:卡乌斯国王执政时期,王子夏沃什年轻貌美,卡乌斯的妃子苏达贝对夏沃什多次挑逗,但夏沃什都不为之所动,于是苏达贝老羞成怒反向国王诬告夏沃什调戏她。夏沃什后来虽然被证明清白无辜,但他为了离开多事的王宫而主动请缨,前往战场杀敌,中间有很多曲折的经历。最后,夏沃什死于敌人之手。第四个悲剧是伊斯凡迪亚尔的悲剧:戈什塔斯帕国王当政时期,敌国土兰又来侵犯,王子伊斯凡迪亚尔率军迎战,英勇善战,也勇闯七关,打退了敌人的进攻。但父子之间因王位继承问题产生矛盾(儿子想尽快继位,而父亲又不想退位),戈什塔斯帕就借鲁斯坦姆之手杀死了自己的儿子伊斯凡迪亚尔。这四大悲剧在对人的命运和人性的探索上,堪与古希腊悲剧和莎士比亚的悲剧媲美。

勇士鲁斯坦姆的故事是整个《列王记》的核心,贯穿了四大悲剧中的后三个悲剧。鲁斯坦姆少年时期就杀死为害百姓的白象,显示出超出常人的力量,成年后成为伊朗最勇猛的勇士,在历次保家卫国的战争中总是冲锋陷阵,所向披靡,多次救主于危难中,还护佑了王子们的安全。鲁斯坦姆戎马倥偬的一生是《列王记》的精华,很多故事都十分精彩,其中"鲁斯坦姆勇闯七关"成为伊朗民众最津津乐道的故事。另一方面,鲁斯坦姆对伊朗王室忠诚不二,虽然南征北战,立下了赫赫战功,还多次救主,但从不居功压主,恪守为臣之道。鲁斯坦姆这个传说中的英雄人物,经过菲尔多西的着力塑造,在伊朗文化中具有了崇高的象征意义,成为勇猛与忠诚的化身,犹如关羽在中国文化中的地位。

《列王记》除了它本身的文学成就外,还有另外三个方面的功绩。第一,在政治方面,提供了丰富而生动的爱国主义教育素材。《列王记》中充满爱国思想的故事迅速在伊朗境内广为传播,为人们所津津乐道。当时伊朗上至帝王将相、下至平民百姓都诵读《列王记》,在聚会上大肆宣讲《列王记》中的故事,使整个社会洋溢着巨大的爱国热情,对恢复伊朗人的民族自信心起到了极大的鼓舞作用,并且这种鼓舞作用长盛不衰,一直延续至今。第二,在文学方面,为后来的文学提供了丰富的素材,后来的很多文学作品都以《列王记》为蓝本,或取材于《列王记》。第三,在语言方面,对达里波斯语的巩固和发展作出了不可磨灭的贡献。当时在阿拉伯语的控制下,达里波斯语作为伊朗民族自身的新兴语言,要站住脚、要巩固和普及是相当不容易的。《列王记》完成了达里波斯语口头语言、书面语言和文学语言的融合,对促使达里波斯语从民间口语转变为伊朗民族的正式语言起了巨大的作用。这之后,有了自己新的民族语言的伊朗人焕发出巨大的创造力,用达里波斯语创造了繁荣灿烂的中世纪文化和文学。菲尔多西在世时就已认识到且感受到《列王记》在伊朗文化中所起的重大作用,他自豪地说:"我三十年辛劳不辍,用波斯语拯救了伊朗。"的确,《列王记》一书在伊朗文化中影响巨大,《列王记》研究与注释已经成为一门专门的学问,犹如中国的"红学"。

2. 莫拉维(鲁米)的《玛斯纳维》

莫拉维(Mowlavi,1207—1273),在西方以"鲁米"(Rumi)之名著称,是波斯最优秀的苏菲神秘主义思想家和诗人,也是苏菲神秘主义理论的集大成者。莫拉维出生在伊朗东部巴尔赫城,其父是当地很有名望的苏菲长老。1219年,蒙古人入侵巴尔赫,其父带着300多名门徒举家迁徙,一路辗转到了科尼亚(今属土耳其共和国),在那里传经布道,建立苏菲教团。父亲死后,24岁的莫拉维继承了苏菲教团长老之位。莫拉维在 40 岁左右就成了名重一时的大苏菲学者,尤其在小亚细亚更具有崇高的威望,人们都把他奉为精神导师,众多的信徒聚集在他周围,形成了著名的莫拉维苏菲教团。在近 800 年的历史长河中,该教团的势力时强时弱,但从未中断,影响十分深远,乃至在当今欧美出现的"鲁米热"中仍可见其影响。

莫拉维将他之前的苏菲神秘主义理论家们的理论融会贯通,创作出六卷叙事诗集《玛斯纳维》①,六卷共计约 25000 联诗句。《玛斯纳维》是一部讲述苏菲神秘主义玄理的博大精深的叙事诗集,书中的故事或取材于历史典故,或援引《古兰经》和《圣训》,或来源于民间寓言故事,其主旨虽然是宣传苏菲神秘主义的宗教哲学,但莫拉维以高超的艺术才能使宗教哲学与诗歌的艺术魅力达到了完美的融合。

苏菲神秘主义思想如果排除其宗教因素和具体的宗教修持,作为一种哲学观实际上是对绝对精神的追求,正如黑格尔在论莫拉维时说的,苏菲诗人们"从自己的特殊存在中解放出来,把自己沉没到永恒的绝对里"②,苏菲神秘主义诗歌的主要思想正是对绝对精神的追求。比如《玛斯纳维》开篇的《笛赋》:

> 请听这芦笛讲述些什么,它在把别恨和离愁诉说;
> 自从人们把我断离苇丛,男男女女诉怨于我笛孔;
> 我渴求因离别碎裂的胸,好让我倾诉相思的苦痛;
> 人一旦远离自己的故土,会日夜寻觅自己的归宿。
> ……③

诗人用芦笛象征人的灵魂,用断离了苇丛的芦笛的呜咽哭诉,象征人的灵魂为回归原初而不断寻觅和追求,阐述了一种形而上的思想:真主在创造阿丹(亚当)时,把自己的灵魂吹入阿丹的躯体,使他比其他的生物

---

① "玛斯纳维"即"叙事诗"的音译,由于莫拉维用该词作书名,该词也成了专有名词。
② 黑格尔:《美学》第二卷,北京:商务印书馆 1981 年版,第 85—86 页。
③ 《玛斯纳维全集》,穆宏燕、元文琪、王一丹、宋丕方、张晖译,长沙:湖南文艺出版社 2002 年版。以下凡引用此诗集的均出自此版本,不另注。

都更高级,因此人的本质是神性的,是能够与真主合一的。因此人能够通过种种修行,摆脱尘世的羁绊,泯灭物质的自我,恢复自身的神性,复归真主,达到"人主合一"的最高境界。然而普通读者不作形而上的思考,也能与诗产生共鸣,引起个人的或民族家国的思乡寻根的情感。

《玛斯纳维》采用的是大故事套小故事的艺术手法,煌煌六卷中重重叠叠的故事涵盖了苏菲神秘主义思想的方方面面。比如,第一卷中有个十分精彩的故事:罗马人和中国人都声称自己的绘画技艺更高,于是国王让他们比赛。比赛在两间门对门的屋子里进行。中国人在自己的屋子里画出了精美绝伦的图画,而罗马人在他们的屋子里整天只做一件事——打磨墙壁,把墙壁磨得光亮无比。结果,中国人的画全映在了罗马人的墙上。该故事阐述了苏菲神秘主义中"滤净心性"的重要性。再比如,第六卷中的"穷人寻宝"的故事:一个穷人向真主祈求财富,真主降示天启给他:"在一拱顶旁,脸朝格布勒,把箭上弦,射箭。箭落之处即是藏宝处。"于是,这个穷人不停地拉弓射箭,但始终没有挖掘到宝藏。在穷人绝望之时,真主的声音又响起:"我只让你把箭上弦,射箭。何曾让你拉弓?"这时,穷人才明白宝藏就在自己的最近处。这个故事阐述了苏菲神秘主义一个十分重要的思想:真主就在我们最近处,而人在寻觅真主之路上往往背道而驰。该思想源自《古兰经》50:16:"我比他的命脉还近于他。"当人滤净自己的心性,就会发现大自然的一草一木一粒尘埃都揭示了真主的存在。这与中国道家"道无处不在"的思想相近似。

莫拉维认为不同宗教对真主这一绝对存在的认知,就如同七色光与光之间的关系。终极之光幻化为赤橙黄绿青蓝紫七色光,七色光表面上颜色各一,但实质上同一。因而,不同宗教不同信仰的人们虽然对绝对精神的称呼不一,比如神、上帝、真主、梵、天等等,其实质是同一的。莫拉维花了不少的篇幅来阐述这种"光"的哲学,几乎在《玛斯纳维》每一卷中都有涉及,第三卷"达古吉的神奇故事"中达古吉在海边看见七支明烛,转眼间,七支蜡烛又合为一支明烛,不一会儿,一又化为七,阐述的即是这种一与多的关系。《玛斯纳维》第四卷 416—417 联同样说道:"这情形正如天上本来只有一个太阳,当它照进千家万户,就变成千万道光亮。假如你拆掉挡住光线的所有墙壁,就会发现千万道光线都融为一体。"因此,在一与多的关系中,一是绝对的,多是一种幻化,是一种表象,本质上是同一不二的。第二卷中"四个人因对葡萄的叫法不同而产生争执"这个小故事在当今仍然具有深刻的现实意义。该故事讲:一个波斯人、一个阿拉伯人、一个突厥人、一个东罗马人结伴而行,某天偶然得了一枚硬币,四个人都想买葡萄吃,但因各自语言对葡萄的叫法不同而产生误会,乃至厮打起来。这种对同一事物的表述方式不同而引起的误会正是世界上各宗教之间、各教派之间产生冲突的根源。因此,只要我们明白了不同表述所关涉的实质同一,那么还有什么样的分歧不能够通过和平协商解决呢?

总之,《玛斯纳维》囊括了苏菲神秘主义的各种理论的精华,阐述了苏菲神秘主义思想的精髓,是苏菲神秘主义思想的集大成之作,被誉为"波斯语的《古兰经》",在伊朗具有崇高的地位,莫拉维也因此被奉为伊朗人民精神生活的导师。

第六节　萨迪与哈菲兹

1. 萨迪的《蔷薇园》

萨迪出生于伊朗设拉子一个宗教家庭,从小受到严格的宗教教育熏陶。从1227年起,萨迪以苏菲游方僧的身份开始了长达30年的旅居生活,走遍了当时伊斯兰世界的广大地区,看到了下层人民生活中太多的苦难和不幸。这使他把思考的重点放在如何使人民能够安居乐业、幸福生活上,形成了具有鲜明人道主义色彩的仁爱思想。他后来创作的两大作品《蔷薇园》和《果园》正是他这一段云游生活的结晶。

《蔷薇园》是一部箴言故事集,体例是散韵文兼诗体,以散韵文记故事,以诗句阐发哲理。全书共分8章:1.记帝王言行;2.记僧侣言行;3.论知足常乐;4.论寡言;5.论青春与爱情;6.论老年昏愚;7.论教育的功效;8.论交往之道。第 8 章全是箴言警句,无故事,其余 7 章共计 171 个小故事,涉及的人物上至帝王将相,下至贩夫走卒,几乎囊括了当时社会各个阶层的人物,勾勒了一幅当时社会生活的世俗图画。每章的内容从篇名便能得知大概,但作者的着眼点并不在故事本身,而是以故事来阐述自己的思想,因此每个故事都很短小精练,没有复杂曲折的情节。

尽管《蔷薇园》全书没有一个统一的故事和复杂的故事情节,但千变万化的小故事却围绕着一个核心,即萨迪的"仁爱"思想。萨迪虔信伊斯兰教,其仁爱思想的根基无疑是伊斯兰教思想,仁爱的最终目的是实现苏菲神秘主义"人主合一"的最高境界。正如萨迪自己所说:"奴仆如若向真主祈祷,应除主之外把一切忘掉。"[①]然而,萨迪并没有简单地囿于苏菲思想的出世精神,而是以一颗仁爱之心、积极入世的生活态度培植出了美丽的《蔷薇园》。书中有很多关于圣徒(即苏菲托钵僧)的故事,在赞扬某些圣徒的高尚品质,肯定其虔心敬主的同时,对某些虚伪的圣徒进行了毫不留情的抨击。萨迪认为一名真正的宗教修行者应该是具有仁爱之心之人,他说:"敬主修行无非是为民效力,否则念珠拜毯和破袍又有何益?"萨迪认为以实际行动去爱人之人,胜过徒有其表的圣徒。比如第 2 章第 16 节就讲到:"这个国王关怀贫苦圣徒,所以进了天堂;那个信徒总攀附国王,所以进了地狱。"第 39 节讲一个圣徒忽然放弃修道,走进学校,人们问他为什么,他回答说:"圣徒只从水中捞取自家毛毯,而学者却竭力拯救落水的人。"萨迪的这种颇似佛家"普度众生"的仁爱思想是十分积极可贵的。

萨迪云游四方 30 年,对社会动荡不安带给人民的灾难有切身体会,亲眼目睹了下层人民生活的各种不幸,因此他希望建立一个和平安宁的社会,使百姓能够安居乐业。他把这种希望寄托于有一个公正贤明的统治者,他说:"如若一国之主夜夜高枕安眠,贫苦人就休想睡得香甜;如若国王深夜警醒关心黎民,百姓就能悠然而卧得意舒心。"因此

---

① 本节引文皆出自《蔷薇园》,张鸿年译,长沙:湖南文艺出版社 2000 年版。

《蔷薇园》中有很多故事是为统治者总结治国的经验教训,为统治者开出一付治世良方,指出"要长治久安应放弃暴政实行仁政","暴君决不能为王,豺狼决不能牧羊;国王若蓄意欺压榨取,就是毁掉国家的根基"。归根结底这也是其仁爱思想的体现。在这些故事中萨迪谴责暴君,让统治者引以为戒;歌颂贤王,为统治者树立榜样。更难能可贵的是萨迪看到了人民的作用,指出"天下的得失在于人心的向背"。萨迪有时把统治者比作牧羊人或园丁,把人民比作羊群或果园,指出牧羊人或园丁应爱护羊群或果园。这既反映了萨迪的仁爱思想,也反映了他具有历史局限性的正统思想。

《蔷薇园》的另一个主要内容是讲述为人之道。全书除第1章是为统治者总结治国良方外,其余各章概括来讲都是论述为人之道的。萨迪所谈的人应具备的美德是从宗教的角度出发的,是指一个完美的穆斯林应具备的品质,其中大多数也是人类所共有的美德。"完人"与"神爱"是苏菲神秘主义思想的重要内容,人只有修炼成"完人",在对真主的狂热的爱恋中,才能达到与真主合一的境界。"完人"应具备的优秀品质包括:敬主、爱主、感恩、行善、谦逊、知足、寡言等等。书中讲述的爱情故事大多是阐述苏菲神秘主义思想中的敬主爱主的品质。如第5章第3节讲述了与一位美人久别重逢的故事,最后总结出"飞蛾赴火"般的执著爱主的苏菲思想。萨迪所倡导的这些做人的优秀品质,目的是做能接近真主的"完人",无论富人穷人,只有具备了这些品质才能得到真主的怜爱。正如《蔷薇园》最后一个故事中所讲的那样:"至高无上的主所赞许的是像穷人一样谦恭的富人和有富人一样品格的穷人;怜悯穷人的富人才是最好的富人,不指靠富人的穷人才是最有出息的穷人。"这既体现了萨迪的仁爱思想,也是作者为谋求一个良好的社会秩序而开出的调和阶级矛盾的药方,颇似我国孔子所倡导的"贫而乐,富而好礼"的仁爱及知足常乐的思想。尽管萨迪有时对自己的敌人也表现出爱心,主张化敌为友,但其仁爱思想并不是无原则的滥爱,而是爱憎分明的,对暴君、虚伪的宗教人士及一切丑恶的东西是憎恨和抨击的。如第8章第17节就讲道:"怜悯与仁慈是值得称道的秉性,但不能给残害百姓的人敷药治病。如若一人对毒蛇心生怜悯,那就是折腾亚当的子孙。"

《蔷薇园》的精华即是萨迪的仁爱思想。萨迪把"仁爱"作为人与人之间的行为准则,创作了他最著名的诗歌:"亚当子孙皆兄弟,兄弟犹如手足亲。造物之初本一体,一肢罹病染全身。为人不恤他人苦,活在世上妄称人。"这首诗可以说是萨迪人道主义思想的集中体现,现作为座右铭悬挂在联合国总部,成为国与国之间、不同民族之间和平共处的行为准则。的确,人与人、国与国、民族与民族之间,只有做到了"仁"与"爱",社会才能安宁,人们才能安居乐业,人类社会才能进步,这是古今皆然的真理。在萨迪之前,几乎所有的苏菲神秘主义文学作品都带有浓厚的出世色彩。而萨迪却以苏菲思想为指导,倡导具有强烈入世精神的仁爱思想,这正是其伟大之处。萨迪的《蔷薇园》在广大人民群众中影响十分深远,萨迪本人也因此受到伊朗人民的深深爱戴,被尊为伊朗人民精神生活的导师。《蔷薇园》在中国穆斯林中也影响很大,早在14世纪《蔷薇园》就成为中国清真寺学堂中的必读文学经典之一。

莫拉维与萨迪,二者同被视为伊朗人民精神生活的导师,他们的思想,一出世一入世,犹如中国的儒道思想,相辅相成,构成了伊朗传统宗教文化不可分割的两个方面,对伊朗人民、尤其是对伊朗知识分子的精神世界具有潜移默化和根深蒂固的影响。莫拉维使伊朗知识分子普遍注重精神修养,遨游于精神世界的苍穹,而萨迪又使伊朗知识分子的眼光从玄妙的精神世界转向苦难的人间大地,使他们具有强烈的忧国忧民的精神,充满使命感。这种影响在20世纪伊朗风云变幻的现代化历史进程中体现得十分鲜明和充分。

2. 哈菲兹的抒情诗

哈菲兹出生于设拉子的一个商人家庭。他勤奋好学,博闻强识,自幼就能背诵《古兰经》("哈菲兹"一词的原意即为"能背诵《古兰经》者"),在青年时期就诗名远播,他的诗作被人们争相传诵。哈菲兹的抒情诗激情饱满、语言隽永、律动优美,是波斯古典诗歌的一个高峰。有《哈菲兹抒情诗集》传世。

整部《哈菲兹抒情诗集》都洋溢着对个人精神自由的执著追求,这也是哈菲兹诗歌的魅力所在。当苏非神秘主义发展到哈菲兹时代,已出现分化:一方面,苏非神秘主义的理论和思想已积淀成伊朗的传统文化血脉;另一方面,苏非神秘主义所宣扬的种种外在的修行方式日益僵固,成为束缚人的教条。因此,哈菲兹对个人精神自由的追求首先表现为对僵固教条的蔑视和对某些伪善教徒的辛辣讽刺和谴责。我们来看一首例诗:

> 快来,苏非,让我们脱掉伪善的僧袍,
> 把这虚伪的标志一笔勾销!
> 让我们把给寺院的捐赠捐给美酒,
> 把那虚伪的僧衣脱下往酒里抛。
> 真主的秘密啊就在幽玄的帷幕中,
> 让我们趁着酒意揭启她脸上的面罩。

把僧袍当酒,并非真的是劝苏非进入酒肆纵酒为乐,而是劝苏非抛弃烦琐修行,去追求精神自由,在精神自由中觉悟真主。在哈菲兹看来,那些束身修行、足履绳墨的道貌岸然的苏非是那么滑稽可笑,烦琐的修行完全就是对精神自由的扼杀。"既然我心里的血已被修道院污染,那么用酒给我施洗也是理所当然。"哈菲兹把纵情于酒作为追求个体精神自由的一种方式,认为在精神自由中获得的觉悟胜过种种教条和修行。

哈菲兹对精神自由的追求还表现为对爱情的热烈追求。爱情是一种能促使人激情迸发的情感,使无数人成为诗人,也使无数诗人吟出不朽的篇章。在爱情中,人的精神之翅彻底地舒张,自由自在地飞翔。哈菲兹诗歌中"生命诚可贵,爱情价更高"的情怀,使无数人倾倒,人们纷纷把哈菲兹当做情歌圣手,把他的情诗用在自己的生活中。让我们再看一首例诗:

> 萨姬哟,快用美酒的光辉照亮我们的酒杯,
> 歌手啊,快唱吧,世事已如我们心意,
> 我们在酒杯里看见了情人芳容的倒影,
> 懵懂者啊,怎知我们嗜酒成癖的欢愉。

该诗以一句"酒杯里看见了情人芳容"把对情人的思念写得刻骨铭心、出神入化,并且把追求爱情与纵酒为乐完全融合在了一起,以此体现出对精神自由的追求。可以说,哈菲兹把纵情于酒与爱情至上、蔑视教条完美地结合在一起,形成一种落拓不羁的任情性格。哈菲兹在落拓不羁、任情自得、逍遥浮世中,执著于自己的人生目的:挣脱僵固的教条对人思想的束缚,超脱纷扰的尘世对人精神的玷污,在醉态迷狂中体验生命的欢欣,在精神自由中走向生命的圆满,回归真主。

在哈菲兹那里,追求生命的价值,追求精神的自由,与追求宗教情感上对真主的皈依并不是矛盾的二者,而是统一的一元。[①] 因此,哈菲兹对精神自由的追求,是与本民族的文化传统和宗教精神紧密融合为一体的,《哈菲兹抒情诗集》成为伊朗这个伊斯兰社会各个阶层的人士共同喜爱和推崇的经典。据统计,《哈菲兹抒情诗集》在伊朗的发行量仅次于《古兰经》。至今,伊朗人遇事问吉凶时,总是用《哈菲兹抒情诗集》来占卜。由此可见,哈菲兹诗歌已融入伊朗民众的精神生活之中。

哈菲兹的抒情诗充满了对个人精神自由的追求、对爱情的赞美、对僵固教条的蔑视,以及对某些伪善教徒的辛辣讽刺和谴责。哈菲兹诗歌传到欧洲,正值欧洲文艺复兴时期。文艺复兴作为一场思想解放运动,核心内容即是把个体的人从僵固的宗教教条的束缚中解放出来,张扬个性解放,追求精神自由。哈菲兹诗歌的思想内容,正好契合了欧洲文艺复兴的核心思想内容,契合了文艺复兴时期人们的精神需求,因而

---

① 需要说明,在哈菲兹的诗歌中,"真主"一词已超越了单纯的宗教概念,更多的是指一种宇宙间的绝对精神。哈菲兹所追求的正是个体精神与这种绝对精神的和谐。

在欧洲产生了很大的影响。许多欧洲的思想家和诗人都将哈菲兹视为文艺复兴的先驱。德国文艺复兴的巨匠歌德读了哈菲兹的诗集后,激情勃发,创作了《西东诗集》,还专门作了若干诗歌汇成"哈菲兹篇"献给哈菲兹,对哈菲兹简直推崇备至。他曾说,除非丧失理智,才会把自己和哈菲兹相提并论,他把哈菲兹比作一艘鼓满风帆劈波斩浪的大船,而将自己比作在海浪中上下颠簸的一叶小舟。黑格尔在其《美学》中多处论及哈菲兹,说哈菲兹的许多诗歌"显出精神的自由和最优美的风趣"①。恩格斯也在著作中多次谈到哈菲兹,说"读放荡不羁的老哈菲兹的音调十分优美的诗作是令人十分快意的"②。其他诸如普希金、莱蒙托夫、叶赛宁等许多大诗人和尼采、丹纳等哲学家都在自己的著作中对哈菲兹有过赞誉。

思考题

1. 《一千零一夜》最终成书于哪一世纪?为什么如此命名?
2. 《古兰经》在阿拉伯文学史上有怎样的地位?
3. 试分析《列王记》中四大悲剧对人性的刻画。
4. 《玛斯纳维》是怎样一部书?
5. 试分析萨迪仁爱思想与中国儒家仁爱思想的异同。
6. 为什么哈菲兹抒情诗会在欧洲产生较大影响?

参考书目

1. 《古兰经》,马坚译,北京:中国社会科学出版社1981年版。
2. 《卡里来和笛木乃》,康曼敏译,深圳:海天出版社2001年版。
3. 《一千零一夜》,纳训译,北京:人民文学出版社2003年版。
4. 《列王记选》,张鸿年译,北京:人民文学出版社1994年版。
5. 《玛斯纳维全集》,穆宏燕、元文琪等合译,长沙:湖南文艺出版

---

① 黑格尔:《美学》第三卷下册,北京:商务印书馆1981年版,第226页。
② 《马克思恩格斯论艺术》第二卷,北京:中国社会科学出版社,第81页。

社 2002 年版。
6. 《蔷薇园》,张鸿年译,长沙:湖南文艺出版社 2000 年版。
7. 《哈菲兹抒情诗全集》,邢秉顺译,长沙:湖南文艺出版社 2001 年版。

(本章编写:宗笑飞、穆宏燕)

第四章　印度中古文学

第一节　概　述

　　印度文学的中古时代是指从孔雀王朝末期至19世纪中叶印度沦为英帝国殖民地之前的这段时间。印度的中古文学一般又可分为前后两个时期，前期主要是从公元前后至12世纪之间的古典梵语文学，后期则指伊斯兰教政权统治期间兴起的地方俗语文学和虔信文学。

　　约在公元前321建立的孔雀王朝，经历阿育王时期的极盛之后逐渐衰败；贵霜帝国(45—250)在皈依佛教的迦腻色迦统治(1世纪后半叶)时达到极盛，随后也逐步瓦解。贵霜人统治印度时期在文化上颇有建树，浸透了希腊文化影响的犍陀罗艺术达到极盛，秣菟罗艺术也臻于圆熟。传说佛教的第四次结集便是在迦腻色迦的召集下举行的，而佛教诗人马鸣与其同时。公元4世纪建立的笈多王朝是古典梵语文学的黄金时代。5世纪中叶时白匈奴(嚈哒)横扫中亚和北印，所到之处一片焦土。7世纪定都曲女城的戒日王一度统一北印度，他奖掖文学，本人也是杰出的梵语诗人和剧作家，唐僧玄奘曾是他的座上宾。

　　古典梵语文学时期最宏富的梵文作品是诸多《往世书》。梵语大诗诗人马鸣为佛经文学别开生面，也是印度大诗的开拓者。随后，首陀罗迦、迦梨陀娑等人的诗歌和戏剧，把古典梵语文学推向高峰。

　　故事文学被广泛收集整理成文本，其中最著名的《五卷书》(Pañca-tantra)是印度故事套故事叙述方式的典型，其主体故事说的是有个国王因为三个儿子太笨，便专聘婆罗门为其讲故事，教以修身处世治国的统治术,而后,故事里再讲故事,杂以哲理格言诗。印度最大的故事总集是德富的俗语《伟大的故事》,已佚,但有三个梵语改写本,其中月天改写的《故事海》(Kathāsaritsāgara)有 21000 千颂,堪称印度故事大全。其他著名的故事集还有如《僵尸鬼故事二十五则》、《鹦鹉故事七十则》和《益世嘉言》等。

此时期的长篇小说的精神气质直接传自史诗和大诗,多数都有浓郁的流浪气息,其中以檀丁(Daṇḍin)的《十王子传》(Daśakumāracarita)最为杰出。

耆那教文学创作此时也很活跃。耆那教被认为是和佛教同时产生的宗教,未曾离开印度本土,但直到今天依然是印度重要的宗教文化力量。和佛教的中道相比,耆那教要求更彻底的戒杀、戒食肉和苛酷的苦行。耆那教的创立者尼乾子(Niggantha Nātaputta)被称为大雄(Mahāvira),有着释迦牟尼相似的生平故事。其经典作品使用摩揭陀地区的俗语,非经典作品使用俗语和梵语,其中大量的故事和传说见于经典注疏,也有的独立成篇。最早的长篇传奇是波陀利多约 5 世纪以俗语写的《多浪迦维》,乃是一位尼姑自述其前世今生故事,类似于中国流行的感应业报故事。耆那教的叙事文学大规模改写传统的史诗、传说,常常达到一种反原本的效果。如苏利的《波摩传》(约 4 世纪)里的波摩其实就是罗摩,而苏利改写本里波摩最后皈依了耆那教。在大诗和小说之间有种韵散杂糅的文体叫做"占布"(campū),其起源应该是受到流行一时的大乘佛教文学的影响,其作者里很多是耆那教徒,文体上非常接近古典梵语小说。

6 世纪笈多王朝瓦解后,印度陷入王国纷争之中,后又屡遭席卷西亚中亚的穆斯林势力入侵,12 世纪说波斯语的德里苏丹国建立时,古典梵语文学便逐渐失去统治地位,被新兴的各地方言文学所取代。当然,梵语创作并未断绝,14 世纪尚有梵语文学理论巨著《文镜》问世。

伊斯兰统治者的到来彻底扭转了印度主流文学的方向,随着古典梵语的衰落,各地雅利安系俗语方言的文学获得解放。这些方言分别是西北部的信德语、旁遮普语、克什米尔语、印地语和乌尔都语,东部的奥里萨语、孟加拉语和阿萨姆语,中部的马拉提语和古吉拉特语,同时,南方达罗毗荼地区的四种语言——泰米尔、泰卢固、卡纳尔和马拉亚拉姆语文学也获得新的发展。这些方言文学都继承了梵语史诗文学和古典文学的传统,或从史诗、往世书中撷取题材,加工改造,或仿其体式,重写新篇。如印地语文学的英雄史诗时期出现的长篇叙事诗《地王颂》,便是仿照《摩诃婆罗多》而成。

这个时期的印度虽然内部冲突激烈,政治割据,却因文化的冲突而逐渐融汇成为一个息息相通的文化共同体,分享着共同的梵语文学资源。印度教的虔信运动波及印度全境,汇成各地方语言的文学合唱。16—19世纪莫卧儿王朝时期,虔信文学和伊斯兰教内有折衷改革倾向的苏非主义文学共同发展,相互影响交融,形成了命运一体的印度中世纪后期文学。

第二节 《往世书》

"往世书"(Purāṇa)是一批规模宏大的梵语神话传说的总称,常和"历史传说"(Itihāsa)并举,暗示其和大史诗《摩诃婆罗多》一样,都起源于吠陀时代后期。《往世书》的内容伴随着印度教从成立到成熟的过程而不断扩充,成书年代大约都在公元7—12世纪之间,是印度教的立教之本。印度教和婆罗门教的不同之处在于它打破了雅利安文化和底层大众的隔阂,拒绝佛教所表现的绝尘出世倾向,融入大众信仰,让诸神走进大众的日常生活。《往世书》和古朴的《摩诃婆罗多》一样,是用经典语言歌咏通俗信仰的圣书,和这种特性相适应,它也保存着说唱结合和故事套故事的古老传统。

现存《往世书》版本很多,一般认为是大小各18部,18部大《往世书》是:《梵天往世书》、《莲花往世书》、《毗湿奴往世书》、《湿婆往世书》(或《风神往世书》)、《薄伽梵往世书》、《那罗陀往世书》、《摩根德耶往世书》、《火神往世书》、《未来往世书》、《梵转往世书》、《林伽往世书》、《野猪往世书》、《室建陀往世书》、《侏儒往世书》、《龟往世书》、《鱼往世书》、《大鹏往世书》、《梵卵往世书》。小《往世书》其实远不止18部,和大《往世书》大同小异,只是更富地方色彩和宗派倾向,著名的有《毗湿奴法上往世书》、《广法往世书》和《迦尔基往世书》。《往世书》和大史诗一样,采用输洛迦诗体,仅大《往世书》就超过了400000颂,是两大史诗总和的三倍多。

印度传统对《往世书》的分类有"五相"和"十相"之分,《薄伽梵往世书》的"十相"是:微妙生起、粗大生起、神立仪轨、护持、业行之欲、各摩奴时期、神通、四大寂灭、解脱和终极关怀。

《往世书》是一个巨大的神话之海,《梨俱吠陀》、《梵书》以及大史诗里的许多神话都在《往世书》里反复出现,并被不加限制地发挥而至丰满完整。大神们被人格化,确立了梵天主生起、毗湿奴主护持、湿婆主收摄的印度教三大主神的"三位一体"。《往世书》更具百科全书性质,大多涉及法论材料,如宗教职责、种姓职责、人生次第、布施、祭祖仪轨等,以及关于语法、戏剧、音乐、医学、天文、建筑、手工艺、政治、兵法等方面的论述。

《往世书》大都这样描述世界的生起:宇宙本是汪洋,本有把自己的种子撒进汪洋,成为金卵,梵天睡在其中,一千个世代后,梵天醒来,金卵中分为天地,接着梵天创造出神、仙、人、阿修罗、动物等万物。有的《往世书》说,梵天造出第一个女人娑罗室伐蒂(文艺女神),却惊奇于其女性之美,满怀激情盯视着她,使其羞愧难当,往梵天的左右、身后和头上躲避,但梵天左右、脑后和头顶随即长出面孔看她,最后她不得不嫁给梵天,繁衍后代。而后来梵天头顶上的第五张面孔被湿婆的第三只眼烧掉,所以印度教神庙里梵天雕像多是四面。在《往世书》里,毗湿奴和湿婆远比梵天重要,毗湿奴是护持之神,为了保护世界,他数十次化身下凡;湿婆是收摄再造之神,世间被其绝灭,而后以苦行积攒之性力再生世界。湿婆的男根"林伽"是其创造力的标志。他是苦行者,居于雪山(Himālaya 喜马拉雅)之巅,以最巨苦行和最深禅定,获得最高智慧和力量。他长有第三只眼,可以喷出火焰,曾把爱神化为灰烬。他是舞蹈之神，其舞蹈象征着整个宇宙从生起到收摄的全过程。他的头发盘为犄角状，在恒河从天而降的时候承住狂暴的河水，令其分为七股，缓缓流向大地。他又名"青颈"，是因为他为免荼毒世间，喝下天神和阿修罗搅乳海搅出的毒药，脖子烧成青色。

《往世书》中流传最广、影响最大的是《薄伽梵往世书》，它是虔信毗湿奴的向死而生之歌，是以虔信战胜死亡恐惧的安魂曲。它简练生动，在印度教通俗文化里的地位和普及程度仅次于两大史诗。该书共12章，18000颂。在第一章里，苏多先向林中仙人叙述虔信毗湿奴的功果和毗湿奴的22次化身，然后衔接上婆罗多族18天大战之后的情况，紧接着说一位般度族后裔受验王因被诅咒七天之内被毒蛇咬死，而后向仙人问临死之人应做和应听的事情。第二到第十二章都是仙人的回答：世界的创造和毗湿奴多次化身的神话，最后说迦梨世代的罪恶和世界的绝灭，强调虔信毗湿奴犹如登上渡过轮回之海的渡船，通过观想毗湿奴而达到与大我的同一。受验王听罢，无惧深定，安然让毒蛇咬死。天地悲悼，诸神散下花雨。

《薄伽梵往世书》第十章与十一章详尽地描述了毗湿奴化身黑天的事迹，构成了完整的黑天传说，充满了浓郁的北印度乡土气息。尤其是集乡村孩子与最高神力于一身的少年黑天形象，深受喜爱，传颂广远。和大史诗的生成一样，这种贴近民心的文学杰作必定也是说唱"伶工"们经年扎根民间，在大众的期待和满足的会心微笑中酿造出来的故事。

第三节 梵语佛经文学和马鸣的大诗

1. 梵语佛经文学

在古典梵语文学时期，佛教分成大众、上座两部，又继续分裂为大约18部之多的部派佛教，并在北方逐渐形成了大乘（Mahāyāna）佛教。大乘把僧团之外的在家圣徒菩萨推上一个很重要的位置，并灵活运用印度传统的融合术，把众多的印度神祇如梵天、帝释天（因陀罗）、大自在天(湿婆)乃至韦陀(吠陀的人格化)等收编为佛的信徒和佛教护法。大乘佛教的兴盛带来文学的空前繁荣,大乘佛经的修辞和情节充满文学性,而印度故事的种子则通过佛经的传播而广为流传。

梵语佛经的主体是北传佛教的经典,包括说一切有部等部派以及大乘佛教等派别的主要经典。现存文本是曾经存在过的梵语佛经里的少数,大多数属于大乘。事实上,说一切有部曾经编过一部庞大的梵文三藏。梵语佛经所用的梵语又分为古典梵语和混合梵语,除了马鸣等的古典梵语大诗以外,它们在形式上几乎都是韵散杂糅。马鸣精湛淳粹的大诗以及其他少量的佛教大诗、占布体的譬喻鬘类作品、《有部毗奈耶》等律藏作品和《八千颂般若》等作品基本上是古典梵语作品,而其他的众多经典则都以混合梵语为主。混合梵语是一种具有明显俗语特征的梵语,被认为是以俗语口传的佛教经典逐步梵语化的结果。

现存的梵文佛经包括佛传、譬喻、大经和论等。菩萨是佛传和譬喻文学的中心人物,其中譬喻是本生故事的拓展,本生依然是譬喻的主体部分。本生以佛前生作为菩萨的故事为内容,而佛传则是描述释迦牟尼成佛的故事。一般认为释迦菩萨自兜率天降临,以白象之形托生摩耶夫人的母胎等所谓"八相成道"(降兜率、入胎、降诞、出家、降魔、成道、转法轮、入灭)之说,是佛传作者广泛搜集整理编撰佛陀生平传说的结果。现存梵语佛传除马鸣的古典梵语《佛所行赞》外,主要还有混合梵语的《大事》(*Mahāvastu*)和《神通游戏》(*Lalitavistara*)。

现存梵文譬喻经采用韵散杂糅的文体,其中《百缘经》、《天譬喻经》等的韵文部分质朴古老,而《本生鬘》的韵文部分则采用韵律优美、文采飞扬的大诗体。譬喻经和本生经一样,也采用今生、前生、前后人物对应的框架结构,而不同之处是,有时它的主人公不是佛陀,而且今生故事会比前世故事长。最古老的譬喻经是《百缘经》(*Avadānaśataka*),其中很多故事在中国流行颇广,如第三十四则的尸毗(Sibi)王故事,说的是尸毗王慷慨布施,乃至将身体施舍给老鹰,眼睛施舍给婆罗门。第五十四则的室利摩蒂(Śrīmatī)故事,说的是频婆娑罗王建塔拜佛,其子阿阇世王篡位禁佛,宫女违令,拜佛如常,被王处死,死后生天。该故事后被泰戈尔写成叙事诗。《本生鬘》(Jātakamālā)第一则《老虎本生》就是著名的"舍身饲虎"本生故事,说的是佛陀前生为王子时不忍虎子饿死,跳下悬崖喂母虎。这个故事影响很大,在大乘《金光明经》占了专门的一品,敦煌莫高窟第254窟里有一幅本主题的北朝壁画,是一幅绝世杰作。

大经是大乘三藏里《经》藏的主体,是针对大众倡导信仰和崇拜的宣教作品,所以大都流行广泛,影响深远。它们一般都主旨鲜明,围绕一个重要教义,广征博引,反复言说,有着明显的口传特色。现存的梵文大经有《法华经》、《入楞伽经》、《阿弥陀经》、《大涅槃经》、《金光明经》、《维摩诘经》等。其中《法华经》(Saddharmapuṇḍarīka,妙法莲华经)是最具代表性的一部。该经采用韵散杂糅的文体,散文用梵文,偈颂为混合梵文,以解释"白莲般的无染的正法"即人人具有的"诸法本性"为主旨,倡导对佛和菩萨的信仰崇拜,强调供养舍利、建造塔寺佛像、礼佛、颂佛功德等都是成佛之道。其所用譬喻新奇生动,如"火宅喻"讲房子起火,父亲为让三个耽溺于游戏的孩子出来,答应给他们三个好玩的小车,待其出离了火宅,却送给他们大车。其中火宅比喻三界,小车比喻声闻、独觉、菩萨三乘,大车则比喻"一佛乘",意在阐明"三乘归一"、宇宙万物本性唯一的大乘思想。

2. 马鸣的大诗

被尊称为菩萨、婆罗门世家出身的阿逾陀人马鸣大约生于公元1、2世纪,他学识渊博,熟谙修辞、诗律、戏剧、权谋、数论瑜伽、史诗和奥义书,后来皈依佛教。汉译佛经里有十一部归于马鸣名下,但通过经文可知不是同一马鸣。1910年在新疆发现了马鸣三部戏剧的残卷,其中一部是《舍利弗传》,另两部剧名缺佚。它们韵散杂糅,已经具备古典戏剧艺术的基本特征。

马鸣的大诗《佛所行赞》和《美难陀传》代表着印度叙事文学从史诗阶段进入独立创作的古典梵语大诗阶段。《佛所行赞》(Buddhacarita)描写释迦牟尼从诞生到涅槃的生平故事,梵文原本仅存十四品,汉藏译本都是全本，二十八品，译者是北凉的昙无谶。梵文原本前十四品内容是：释迦牟尼出生于太阳世系、甘蔗王苗裔、释迦族的国家迦毗罗卫，是净饭王和摩耶夫人的独生王子，他聪慧博学，娶妻生子，享尽人间之乐。后出宫遇到老人、病人和死者，内心震动，其父担心他厌世出走，以成群美女令其耽溺于感官享乐，但他一夜目睹这些美女的丑陋睡相，更感人生无常，毅然离宫，在森林里遍求名师，苦行六年，形销骨立，最后盘坐到菩提树下，发誓如不得道，绝不起身，最后断克魔军魔女的骚扰诱惑，得道成佛。按照昙无谶译本，后十四品的内容是：佛陀成佛后在波罗奈"初转法轮"，后在各地宣教，度化弟子，使摩揭陀国瓶沙王和桀萨罗国波斯匿王皈依，又回故乡度化亲属，而后弘法各地，最后涅槃，遗体火化，遗骨（"舍利"）分送各地，建塔供养。

《佛所行赞》是佛传中结构最严谨、内容最连贯的诗作，严格遵循大诗的规范，藻饰、韵律和修辞讲究而恰当，夸张手法和神话色彩节制，语言典雅优美，比喻和典故丰富，参以佛法教义，成为动人心魄的宣教力作。

《美难陀传》(Saundarananda)十八品，说的是佛陀度化异母兄弟难陀的故事，没有汉译本，但故事见于《杂宝藏经》第九十六则：难陀正和妻子优美（Sundarī）沉溺于爱欲中，虽在佛陀劝诫下勉强出家，但因思妇心切，偷回幽会。于是佛陀带他漫游天界，难陀迷上比优美更美的天女，为升天界而回人间苦行，后来经点拨方知天国之乐亦非永久，一切众生不免生老病死和五道轮回，遂放弃苦行，听法修禅，成阿罗汉。

对于诗艺，马鸣认为大诗文体只为耐听，如苦药拌糖，目的在于弘法。正如唐代僧人义净《南海寄归内法传》所赞："意明字少而摄义能多，复令读者心悦忘倦，又复纂持圣教能生福利。"

第四节 古典梵语诗歌、戏剧与迦梨陀娑的创作

1. 古典梵语的诗歌和戏剧

古典梵语诗歌分为大诗(Mahākāvya)和小诗(Khaṇdakāvya)。大诗是叙事长诗,导源于两大史诗,尤其是《罗摩衍那》,一般都有爱情、战斗和景物描写,形式上讲究修辞文采。

现存最早的大诗是佛教诗人马鸣的《佛所行赞》和《美难陀传》,但印度传统一般把迦梨陀娑的《罗怙世系》和《鸠摩罗出世》、婆罗维的《野人和阿周那》、摩伽的《童护伏诛记》和室利诃奢的《尼奢陀王传》称为五部大诗。小诗起源于吠陀和两大史诗里的抒情诗篇,题材多为颂神、描写自然风光和歌咏爱情,其中爱情诗最多,且表现大胆直露。传世作品中的代表性是迦梨陀娑的《时令之环》、伐致呵利的《三百咏》,阿摩卢的艳情小诗集《百咏》和胜天的《牛主之歌》。

印度戏剧起源较早,其源头尚无定论。不晚于公元初期的戏剧理论巨著《舞论》曾对戏剧作过详细论述,中国新疆出土的佛教诗人马鸣的三部戏剧残卷也已经具有非常成熟的形式。古典梵语戏剧的语言特点是韵散杂糅,梵语俗语杂糅,剧中人物地位高者用梵语,地位低者和妇女用俗语;其中丑角虽是婆罗门,也用俗语。其戏文结构,前后各有献诗,开始有序幕,中间有插曲介绍剧情,剧情内的时空可以自由转换,结尾基本都是大团圆收场;此外,丑角的存在,也是其特色之一。

20世纪初在南印度发现包括《断股》和《惊梦记》等13部古典梵文剧本,被认为是约生活于二三世纪的跋娑(Bhāsa)的作品,以其戏剧性强、人物性格鲜明、场景描写生动、语言朴实洗练而代表了古典梵语戏剧的早期成就。

首陀罗迦的十幕剧《小泥车》(Mṛcchakatikam)大约成于公元3世纪左右,序幕开宗明义宣布其表现主旨是"正当的爱情、法律的腐败、恶人的本性和必然的结果"。该剧描写社会底层的经商者和妓女的坚贞

爱情,毫不含糊地颂扬牧羊人领导的人民起义,其鲜明的社会立场在古典梵文文学中不可多见。

在迦梨陀娑的《沙恭达罗》、《优哩婆湿》之后,代表性的剧作还有吠舍种姓出身的戒日王(590—647)取材于优填王传说的《妙容传》、《璎珞传》和《龙喜记》。对于后者,唐代求法僧人义净在《南海寄归内法传》里曾说道:"戒日王取云乘菩萨以身代龙之事,辑为歌咏,奏谐弦管,令人作乐,舞之蹈之,流布于代。"约8世纪的薄婆菩提在古典梵语戏剧史上的声誉仅次于迦梨陀娑,其戏剧以《后罗摩传》最为著名,其中为罗摩故事添加了如罗摩悉多观赏罗摩事迹画廊、悉多隐身会见罗摩、蚁垤仙人导演戏中戏等内容,并突破了传统观念,让罗摩在剧终自认"大罪人",和悉多破镜重圆。该剧人物性格丰满,感情哀婉动人。梵语戏剧从公元7、8世纪起变得题材单调,人物模式化,艺术上也耽溺于炫耀修辞,逐渐走向了衰落。

12世纪出现的胜天(Jayadeva)的《牛护之歌》(Gītagovinda,又译《牧童歌》)是梵语文学最后的高峰,是在颂神旗号下的尘世情色之歌。讲述黑天和牧女们互相追逐调情,令热恋他的罗陀(Rādhā)因妒离开,女友安排他们相会,但黑天让她苦等了一夜,于是她的苦苦相思化为嗔恨,驱赶黑天,黑天便拜倒她的脚下倾诉衷肠,随后开始欢爱。胜天擅于营造气氛,把这个久已流行民间的故事编织得跌宕起伏、绚丽撩人。《牛护之歌》吸收了民间歌唱和舞蹈艺术的因素,适应表演需要,有很强的戏剧性。它的诗节分为吟诵和歌唱两类,吟诵用古典梵语韵律,而二十四组歌词都标明曲调,分别由黑天、罗陀和女友三人轮流咏唱,构成全诗核心。这种尝试开拓了民间俗语唱颂和表演的形式,在古典梵语文学里是空前的创举。

2. 迦梨陀娑的创作

一首梵语诗歌这样写道:"一切语言艺术中,戏剧最美;一切戏剧中,《沙恭达罗》最美。"《沙恭达罗》的作者迦梨陀娑被称为"印度的莎士比亚",但生平不详,按照传统说法,他是笈多王朝超日王的"宫廷九宝"

之一。署名迦梨陀娑的作品颇多,但学者们认为只有 7 部真正属于他。有一个关于他的死亡故事说,他晚年到了斯里兰卡,在一个名妓家的墙上看到国王鸠摩罗陀娑悬赏下阙的诗句:"只是耳闻从未目睹的是那莲花上生着的莲花",就信手写下了下阙:"姑娘啊,你莲花的面容上生着的是一双莲花美目"。妓女为得赏金谋害了他。国王知情后为他举行了隆重的葬礼后自焚而死。

迦梨陀娑的抒情短诗集《时令之环》(Ṛtusaṃhāra,又译《六季杂咏》)将印度夏、雨、秋、霜、寒、春六季景物与青年男女的欢爱相思之情交相融会,其中秋季诗精品颇多。

迦梨陀娑的《云使》(Meghadūta)是印度第一部抒情长诗。叙述一个因渎职被财神贬谪南方罗摩山苦行林一年的夜叉(半神精灵,是财神的侍从),与爱妻别离八个月,适逢雨季来临,一朵北去雨云路过,激起无限思妇之意,便请雨云殷勤为使,而他则把满腹的相思都寄托在了带信的雨云身上。全诗缠绵悱恻,比喻神妙,音声优美,韵味悠长,被认为代表着古典梵语抒情诗的最高成就,被屡屡仿作,形成了所谓"信使体"。

迦梨陀娑的大诗《罗怙世系》(Raghuvaṃśa)取材于史诗《罗摩衍那》和《往世书》里的罗怙世系帝王传说,加以发挥而成。罗怙世系是太阳族,他们的祖先可以追溯到吠陀时代的甘蔗王,他是罗摩和释迦牟尼的共同祖先。迦梨陀娑的《罗怙世系》以罗摩故事为重点,描写罗摩在位前后的诸王传说,采用了史诗和往世书的故事情节,但有自己的详略取舍——迦梨陀娑关心的重点所在是人世间的爱情和幸福,诗中的"阿迦哭妻",用 26 节的篇幅,以激越的语调,淋漓尽致地抒写了对被无端折断的生命的悲悼之情和对命运无常的愤懑,被认为是梵语诗歌里最动人的诗篇。

大诗《鸠摩罗出世》(Kumārasaṃbhava)是一部神话叙事诗,说的是大神湿婆娶梵天之子达刹的女儿萨蒂(Satī,意为忠贞,后世女子殉夫自焚就称为萨蒂)为妻,因达刹歧视湿婆,萨蒂愤而自焚,转世为美貌绝伦的雪山神女。山神欲嫁之于湿婆,但湿婆痛失爱妻,潜心修行,不为所动。后天界受魔王扰害,因陀罗受梵天指点设法让湿婆与乌玛结合,因为只有湿婆的儿子方可拯救天界。于是爱神受命引诱湿婆爱上乌玛,但被湿婆第三只眼的烈焰化为灰烬。羞愧迷茫的乌玛决心赢得湿婆的欢心,就开始行严酷的苦行。湿婆当时受爱神诱惑,睁眼一见乌玛之际已然心动,便化身婆罗门青年向乌玛求婚并诋毁湿婆,被苦行的乌玛严词驳斥。湿婆现出原形,拉住乌玛说:"我是你用苦行买下的奴仆",与之隆重结婚,纵情欢爱。而后儿子鸠摩罗出世,担任天国统帅,征服魔王。

本诗颂扬的是女子以苦行赢得爱情,而不是靠爱神之箭。乌玛把湿婆视为世界之主,不在乎其长相身世,主动忍受严酷的苦行,最后赢得了爱人。苦行和性爱这对看似矛盾的事情在此同时得到赞美。在梵语中,苦行(tapas)的本意是"热",靠这种热力可以积蓄创造世界的力量。物极必反,苦行让苦感走向极端,便克服了苦;而尽情欢爱也是克服欲望之法。二者都是解脱人世束缚、净化心意、获得自由的途径。

在迦梨陀娑的三部戏剧里,以《摩罗维迦和火友王》(*Mālavikāgnimitra*)为最早,描述火友王和一个沦为宫娥的邻国公主的曲折爱情故事,结构严谨,情节生动,喜剧性强,开宫廷艳史喜剧之先河。

《优哩婆湿》(*Vikramorvaśīya*)全名是"勇力而得优哩婆湿",是一部取材于《梨俱吠陀》及《百道梵书》的五幕剧,说的是补卢罗婆娑王偶然救下天女优哩婆湿,而后相思成疾,天女也爱火煎逼,偷偷下凡相会,在天堂演戏时因相思把戏中名字念为心上人之名,被罚到人间。因陀罗因同情而促成其人间姻缘,但讲定天女生子之后须回天庭。后天女因妒失神而误闯静修林,化为蔓藤,君王不见天女,心急如焚,偶捡一红宝石,触蔓藤复其原形,夫妻团圆。天女怕与夫君分离,生下孩子送至静修林,后终不能隐匿。正当生离死别之际,天使传因陀罗旨,恩准天女夫妻白头偕老,皆大欢喜。迦梨陀娑为古老的神话故事加入人间的血肉,极富浪漫色彩,充满追求个性自由的情怀。

迦梨陀娑的戏剧代表作《沙恭达罗》(*Abhijñānaśakuntala*)原文全名是"表记相认沙恭达罗",是古典梵剧的最高成就。它取材于《摩诃婆罗多》的插话,说的是君王豆扇陀狩猎静修林,和仙人之女沙恭达罗一见倾心,流连忘返,在爱火煎熬、相思成疾而互诉衷肠之后,便以"乾达婆方式"不经媒妁、自主结合。不久豆扇陀返京,留戒指为信物。此后沙恭达罗因相思怠慢大仙而遭被丈夫忘却之诅咒。怀孕的沙恭达罗入京寻夫,怎奈途中祭水时戒指失落,以致无从唤起国王的记忆,终遭遗弃。沙恭达罗求告无门,悲愤欲绝,呼告而得金光上天。后来,一渔翁自鱼腹中发现戒指,王见戒指,记忆恢复,痛悔不已,只好绘影图形,念念神伤。后豆扇陀到天界助因陀罗平魔而归,于天界苦行林遇沙恭达罗母子,相认并下跪忏悔,破镜重圆。

《沙恭达罗》是充满诗意的抒情诗剧,可谓独具匠心、点石成金,各幕之间衔接自然,层层递进,波平浪起,引人入胜。迦梨陀娑深谙那些恋爱中人幽秘的心理小径,将其表现得活灵活现。前四幕中,他把心有所怀的少女沙恭达罗天真、婉转、羞涩的柔情蜜意,以及在豆扇陀步步紧逼的追求之下对爱情禁果欲尝又怕、惴惴不安的窘态活脱脱地呈现出来。其中第四幕的惜别静修林是公认最美的一幕,迦梨陀娑把沙恭达罗临行时对养父、女友和林中蔓藤、小鹿依依不舍的无限深情表现得哀婉动人。第五幕则是高潮,沙恭达罗在追述和豆扇陀的生活细节之后,见对方仍不相认,满腹柔情化为一腔怒火,痛斥君王"口蜜腹剑"、"卑鄙无耻"。尽管如此,她还是不忘旧情,忠贞不渝。

全剧不仅主线故事引人入胜,一些插曲也耐人寻味,如国王的侍从自叹衰老,以一条"杖"来作为他虚度的光阴的见证:"我执着这条杖保卫国王的后宫。我心里觉得,这只是形式上的制度而已。可是许许多多的时光逝去了,我行路踽踽,它却成了我的支柱。"寥寥几句话,把这个小人物飘零的身世、悽怆的内心,表达得淋漓尽致。

第五节 虔信文学

一般认为 15—17 世纪中叶是虔信文学时期。北印度的虔信运动是泰米尔语虔信运动的继承,印度教的"复兴"伴随着达罗毗荼泰米尔人驱逐佛教和耆那教影响、复兴其传统宗教——湿婆教和毗湿奴教的民族文化运动而发生。它们都宣扬通过在世间生活中绝对虔信大神,梵我合一达到解脱。印度教奠基人商竭罗就是从印度半岛的老家出发,北上北印度和喜马拉雅山的。他分别为《梵经》、《广林奥义书》和《薄伽梵歌》注疏,阐发吠檀多的中心思想——梵(即大我)我合一,并规定了达到解脱的"十瑜伽"。

开始于南方的印度教虔信运动在北印度正赶上穆斯林的入侵。伊斯兰教的来临,使印度社会原有的痼疾暴露无遗,大量的印度教低等种姓加入了伊斯兰教。面对着这个教理和组织严密的一神教,印度教不得不自我调整,以应对它前所未有的危机。而伊斯兰教要在这块文化深厚的土地上长治久安,也必须和印度原有的文化传统磨合对话,两种文化在碰撞和竞争中开始相互影响、渗透。

11世纪前后的罗摩努阇创立了毗湿奴派,提倡人人平等,否认婆罗门的特权,从而使虔信运动在北印度蓬勃发展起来。之后,罗摩难陀、瓦勒帕分别建立罗摩、黑天虔信教派,主张给低种姓以拜神的权利,甚至提倡对其他教派和宗教一视同仁。虔信运动宣扬只要虔诚念颂大神乃至他们的化身罗摩或黑天就可以解脱,这是一直被压在印度传统社会底层长期失语的诸种古老文化的教内起义。它客观上革新了印度教,有效地阻挡了种姓制度的受害者首陀罗等低种姓投奔伊斯兰教的大势。

同时,伊斯兰教内倡导对最高主宰的爱的苏非主义在印度找到了自己的土壤,虽然苏非反对偶像崇拜,但爱和虔信不谋而和。虔信文学和苏非爱的文学成为信仰两端之间的文学主流,出现了互相交流的奇特情形,有的印度教圣人出生于伊斯兰教家庭,有的苏非诗人则随着印度教游方僧四处云游。

在虔信运动中也出现了如诗人格比尔达斯这样的激进革新派,他出身于脱离了印度教而加入伊斯兰教的低等种姓的织布工人家庭,反对种姓制度和对神的迷信、甚至传统的宗教形式,认为神明无形,像香味存在于花中、油脂存在于油菜籽中、火星存在于石头中一样,存在于宇宙万物之中,认为而人终有一死,主张通过理智和理性来求得和神明的同一。格比尔达斯的诗使用民间口语,通俗易懂,比喻生动,朴实自然,朗朗上口,而且睿智、冷峻、幽默,透着一种讽刺的达观,这是他的诗在民间流传很广的原因。他死后,甚至有一个教派奉他为祖师。

苏非派民间诗人加耶西(1493—1542)生于印度北方邦一个穆斯林农民家庭,从小生活艰辛,曾和印度教修行者一起游方。他认为无形的神明和灵魂一致,主张以爱而不是以虔诚和膜拜对待神明。他的传世之作是长篇叙事诗《伯德马沃蒂》,写英俊的王子和狮子国的公主伯德马沃蒂的悲欢离合,以及王子不畏强暴、敢于反抗穆斯林皇帝的故事。该诗以悲剧结尾,王子战死,伯德马沃蒂自焚。

虔信黑天的说唱艺人苏尔达斯的《苏尔诗海》是一部被后世狂热的黑天信徒当做赞美诗吟诵的印地语抒情诗歌总集,有4000多首诗,都有调可唱。它导源于《薄伽梵往世书》,写毗湿奴历次下凡的故事,但以黑天为中心,补充了许多情节,并按梵语的《牛护之歌》增加了女主角罗陀,串成一组组从各个角度反复咏唱的抒情诗,描绘了一个有着普通人的思想感情的人性化黑天,并对爱情重彩描摹。这些充满人情味和日常印度生活细节的创作方式简单平常,极能打动人心,是《薄伽梵往世书》传统的继承。

杜勒西达斯(1532—1623)的长篇叙事诗《罗摩功行录》只有蚁垤的《罗摩衍那》的一半多一点,只保留了中心情节,舍弃了铺张描写。它是工整的格律诗,一般由四首四行诗和一首双行诗组成,十八行诗为一节,其故事是通过三个人物口述、三个听众逐一转述的方式进行。每篇开头有少量梵文诗,起着公式化的赞颂作用。它把人物如罗摩及其母亲、弟弟等的形象描写得十全十美,让听书的印度教徒可以在这些完美形象中抚慰被压迫者受伤的心理,建立起文化和民族的自信,塑造自己的"印度"品德,以对抗伊斯兰教的文化压抑。几百年来,《罗摩功行录》在印度中、北部得到广泛崇拜,影响甚至超过了梵语原本《罗摩衍那》,有些地方甚至为杜勒西达斯立庙祭祀。

印度中古文学在古典梵语文学的灿烂光辉里上场,在和外来信仰的对抗和磨合过程中形成了同步一体的文化意识和审美感觉,可以说,在"现代性"的"西方"到来之前,经历了数次文化和宗教的碰撞和融合,印度已经为经受新的文明冲突准备了相应的文化基础和文化资源。

思考题

1. 试述《往世书》神话与口传文学的关系。
2. 谈谈马鸣大诗对印度文学以及佛教的影响。
3. 分析迦梨陀娑的《沙恭达罗》的人物性格。

参考书目

1. 迦梨陀娑:《沙恭达罗》,季羡林译,北京:人民文学出版社 1956 年版。
2. 《故事海选》,郭良鋆、黄宝生译,北京:人民文学出版社 2001 年版。
3. 《五卷书》,季羡林译,北京:人民文学出版社 1964 年版。

(本章编写:郑国栋)

第五章 东亚中古文学

第一节 东南亚古代文学概述

东南亚是亚洲大陆上中南半岛及东南海岛的统称,包括今天的越南、缅甸、老挝、柬埔寨、泰国、马来西亚、新加坡、菲律宾、文莱、印度尼西亚、巴布亚新几内亚等国。东南亚因地处亚欧大陆的东南端,加之散布在南海、西太平洋上的海岛,历来是各民族迁徙的要冲及终端之地,数千年间,亚洲各地民族不断迁居东南亚,迥然相异的人种、民族、语言、宗教交集汇合,形成了高度多样化的东南亚文化。同时,东南亚文化又有相对统一性,它有自己的固有文化,并不断吸收外来文化的影响:16世纪以前受中国、印度、西亚文化影响较多;16—20世纪则主要受西方文化影响。除泰国外,东南亚各国曾先后沦为西方列强的殖民地,第二次世界大战以后先后获得独立。人们一般以16世纪初葡萄牙殖民者入侵东南亚为界,此前为东南亚的古代时期,此后进入了近代。但由于东南亚各国的历史差异,从古代到近代是一个渐次演化的过程,就东南亚文学而言,古典文学延续到19世纪末或20世纪初才告结束。

早期的东南亚古代文学多为流传于民间的神话故事、传说或史诗等。如缅甸口头文学在11世纪缅甸文字尚未形成之前就流传了,其中《月蚀》、《月中老人》、《三个龙蛋》等是脍炙人口的神话故事与口头文学。越南的《貉龙君传》叙述越南民族作为"龙子龙孙"的起源;《雍圣》则描述了越南先民与大自然进行搏斗生存的事迹;此外,还有大量民间歌谣,表达了对美好生活的向往,也讽刺了为非作歹的官吏和神棍。印尼的民间歌谣也很早就流行了,其中古老民谣《美丽的梭罗河》流传最广,梭罗河成为印尼民族的象征。菲律宾伊富高族的叙事诗《阿丽古荣》歌咏勇士的豪情和爱情,曲折动人。此外,还有马拉瑙人的《达兰甘》史诗、伊洛干诺人的《拉姆昂》史诗。这些早期神话、传说及史诗,反映了东南亚各族人民多姿多彩的生存状态,为后世文学发展提供了丰富资源。

东南亚古代文学在发展过程中深受中国、印度乃至伊斯兰文化的影响,具有十分鲜明的多元文化交融的特征。越南与中国山水相依,从公元前214年秦设象郡以后,直至隋唐,越南一直在中国统治之下,中国的文化渗入越南文化的方方面面。在李朝、陈朝时期活跃的灭喜禅宗派、无言通禅宗派、草堂禅宗派和竹林禅宗派,是文学创作的主体,与中国禅宗有着极为密切的关系。同时,道教也影响了越南古代文学创作。13世纪中叶以后,儒学在越南兴起,科举制度日臻完善,儒生精英占据政治要津,并成为文坛的主要力量。在法国入侵之前,越南文坛的主要人物都是在汉文典籍熏陶下走上文学道路的。

印度文化对东南亚文学有着巨大的影响,在缅甸、泰国、老挝、柬埔寨、印尼、马来西亚等国留下了深刻的印记。11世纪蒲甘王朝初期出现的缅甸文字就是受印度文字影响,经历孟文发展阶段演变而来的。1044年阿奴律陀创立了蒲甘王朝,佛教被奉为国教。佛教在信奉者心中逐渐占有重要的地位,慢慢地与人们的生活融为一体。佛经故事成为缅甸文学题材的主要依据和重要来源,在缅甸古代文学的黄金时代阿瓦时期,寺院文学和宫廷文学成为其创作的两大流派。被人称为"诗圣"的信摩诃蒂拉温达的名作《佛陀本事》、《天堂之路》等都与佛教有关。老挝的法昂于1353年建立澜沧王国,定佛教为国教;1633年,苏里亚旺萨登位,佛教得到进一步的传播,老挝的文学名著如《辛赛》、《普松兰》、《兰松普》等皆出于此一时期。

泰国的古代文学,基本上可分为宗教文学、宫廷文学和民间文学三大部分。印度文化从内容到形式都对泰国的古代文学影响极大,自素可太王朝确定小乘佛教为国教后,《佛本生故事》对泰民族的善恶观、道德观、人生观等影响非常深远;《三界经》对泰族社会宗教观的形成与泰族文学的产生起着重大的作用,它以宗教—伦理教化内容成为国家行政需要的意识形态,塑造着泰民族的品格。《五十本生故事》是用泰文写的唯一佛教典范作品,在泰国文学中占有特殊地位;泰国名著《拉马坚》就是从《罗摩衍那》演变而来的。18 世纪以后,中国文化也极大地影响了泰国文学创作,《三国演义》被译为泰文后立即风靡泰国,并形成了词藻华丽、语句精炼、章节明快、结构紧凑的泰文《三国》文体,为泰国文学带来了新质。此后,大量的中国历史演义作品传入泰国,如《韩信》、《隋唐》、《游江南》、《五虎平南》、《水浒》、《西游记》等,翻译热潮长达几十年,促进了泰国古代文学的发展。

印度尼西亚文学受印度文化影响达上千年,此后便进入伊斯文化影响时期,荷兰入侵后,西方文化影响占了上风。印尼最早的王朝加里曼丹的古戴和西爪哇的名罗磨,产生于公元 5 世纪,受印度文化影响。8 世纪时,苏门答腊巨港佛教王朝室利佛逝崛起。对古爪哇语文学影响最为深远的是两大印度史诗《摩诃婆罗多》、《罗摩衍那》,古爪哇语中含有许多梵语词汇。11 世纪爱尔朗卡王统治爪哇王朝时期,恩蒲·甘瓦根据《摩诃婆罗多》其中一段故事写出《阿周那的姻缘》,以卓越的艺术才华,把印度史诗故事重新剪裁,这成为格卡温文学的奠基之作。"格卡温"指摹仿印度两大史诗所写的梵体诗。柬义理王朝最著名的格卡温作品是恩蒲·达尔玛查的《爱神遭焚》和恩蒲·塞达的《婆罗多大战记》。

16 世纪中后期,麻喏巴歇印度教王朝彻底崩溃,宣告了统治几个世纪的印度化王朝的终结,伊斯兰化王朝取而代之。伊斯兰文化于公元 9 世纪左右传入印尼,王朝统治者利用文学在意识形态方面的强大作用,有意识地加以提倡和宣传。第一部马来王朝历史传记作品《巴赛列王传》产生于 14、15 世纪间,它记载了 1250—1350 年须文达剌—巴赛王朝的兴衰过程。印度文化和伊斯兰文化对印尼文学的影响体现在马来传奇故事——希卡雅特上,这类故事取材于印度故事、阿拉伯波斯故事以及本国的民间传说。重要的希卡雅特作品如《杭·杜亚传》,它描写马来民族英雄杭·杜亚一生的光辉业绩,被誉为"最马来的马来传奇"。此外,布哈里·乔哈里的《众王冠》、努鲁丁的《御花苑》也是很有影响的伊斯兰宗教经典作品。

东南亚各国文学在接受外来文化影响时,也根据本国各族人民的审美需求,对外来文化加以改造利用,从而形成了自己的民族特色。越南文学借用汉语而又努力将其"越南化",并大量汲取本土的民间文学养分,逐渐形成了自己的民族特色。越南传统诗歌有三种主要形式——"六八体"、"双七六八体"和韩律(唐律体),是根据越南民歌创作出来的;越南的文人们将中国的七言诗与越南的"六八体"结合起来,在六八体诗句前加两个七字句,具有平仄和押韵,形成了"双七六八体"。13世纪,陈朝官员韩诠首创越南文学——字喃,采用汉字,配上越南的读音,此后,越南文学出现了汉文、字喃并用的局面。韩律(唐律)字喃诗体,由黎末阮初时期女诗人胡春香所创,由清关夫人进一步发展。胡春香、清关夫人和阮攸三位越南古典诗人,备受越南人民的推崇。胡春香以其具有强烈的讽刺意味和反封建礼教意识的诗作而被尊称为"女诗圣";清关夫人之诗清丽哀怨,多怀故国之思,被称为"怀古诗人";阮攸则以其对人民疾苦充满同情的《金云翘传》,被称为"大诗豪"。

缅甸文学在14世纪的阿瓦王朝有了较大的发展,18世纪贡榜王朝时期趋向繁荣。长篇故事诗空前发达,尤其是四言体的"比釉",为佛教文学的翘楚,信摩诃蒂拉温达是擅长此一诗体的代表人物,被称为缅甸"诗圣";16、17世纪以后,"比釉"诗的世俗生活气息愈发浓厚。贡榜王朝时期戏剧创作空前繁荣,虽然主要以佛经故事为题材,其实都曲折地指涉当时的社会生活,代表作有金邦雅的《卖水郎》等。

泰国文学在14世纪中期就流行格仑索特的诗歌形式,它有起首、叠句、结尾、对比等方式。在17世纪的大城王朝时期,大诗人西巴拉的《阿尼律陀堪禅》、《伤怀诗》以丰富的想象、优美的诗句,赢得人们的喜爱。曼谷王朝时期顺吞蒲的《帕阿派玛尼》大胆突破格仑诗的韵律形式,用平律格仑来写故事,把浪漫奇特的想象与现实生活描写融为一体,大大增强了格仑的表现力,顺吞蒲由此被称为"格仑之父"。而从大城王朝开始流行于民间的《昆昌昆平》,是泰国的"塞帕"(说唱文学)的顶峰之作。它采用通俗易懂的平律格仑方式,生动再现了大城王朝社会生活的方方面面,结构紧凑,语言艺术达到了炉火纯青的境界,是泰国古代文学发展到鼎盛时期的代表作品之一。

板顿诗是流行于印尼、马来西亚、新加坡、文莱一带的传统诗体,一般为四句式的四言体诗,发端两句起兴,后两句才是正文。印尼的板顿诗每句含有 8—12 个音节,富有抑扬顿挫的节奏美。它以丰富的内容、灵巧的形式,充分反映了印尼的民风民情,成为印尼诗歌的源头,奠定了印尼传统诗歌的基本格律,后来出现的各种诗体基本上都是从板顿诗派生出来的。

格卡温是爪哇宫廷诗人效仿印度两大史诗的梵文诗律而创造的一种古爪哇语诗体,每一诗节有四个诗行,不同的诗律、诗节组成诗章,众多的诗章就形成了长诗,很适于叙述长篇故事。恩蒲·甘瓦《阿周那的姻缘》叙述阿周那修行、求神赐宝、为天廷除魔及与仙女结下美满婚姻的故事,既歌颂了本朝帝王,又富有爪哇本土特色。13 世纪新柯沙里王朝兴起时,格卡温创作有了变化,恩蒲·丹阿贡《卢甫达卡》的主人公是一位普通的猎人,富有浓烈的生活气息,语言风格淡雅自然,他把格卡温诗由宫廷带到民间,开创了一代诗风。14 世纪的麻喏巴歇王朝时期,仿梵体诗格卡温日渐衰微,源于爪哇民间唱词的吉冬诗体逐渐兴盛。文学日益世俗化和普及化,叙述历史演义的班基故事蓬勃发展。而在柬义里王朝时流行于民间的吉冬诗体,在麻喏巴歇王朝时期也崭露头角,并在形式、内容上都摆脱了印度梵语传统的影响。它遵循爪哇语的规律,不分长短音,但有固定音节数的韵脚,句子有长短,因语调不同而异,内容则直接取材于爪哇王朝历史和民族传奇。《哈尔沙威查耶》、《朗卡·拉威》就是主要代表作。

班基故事是印尼文学朝民族化、爪哇化发展的典范,对印尼及东南亚的古典文学有着深远的影响。班基故事以固里班王子和达哈公主的爱情为线索,具有口头性、集体性和变异性的特点。相对完整的版本为《班基·固达·斯米朗传》,它故事曲折多变,人物个性鲜明,讴歌永恒的爱情,具有浓厚的爪哇情调。马来西亚的班基故事,泰国、柬埔寨、缅甸的伊瑙故事和伊瑙戏剧,都是从班基故事演变而来的。

第二节 《金云翘传》与《马来纪年》

1. 阮攸的《金云翘传》

《金云翘传》是黎朝越南时期文人阮攸(1765—1820)的作品,是越南古典文学的顶峰之作。阮攸字素如,号清轩,越南河靖省宜春县仙田乡人,出身于显贵之家。黎朝时阮家声名显赫,所谓"鸿山蓁水有时尽,阮氏科名永不穷"。阮攸自幼受到良好的教育,对中国古典文学也有相当高的造诣。阮攸20岁时承父荫任"正首校",时值黎末,西山农民起义震撼了黎朝的统治,阮攸回乡召集兵马,欲复黎室,结果勤王失败。此后他隐于乡间,饱尝贫病乱离的痛苦,对社会上许多地位卑微、遭遇不幸的被压迫者寄予了深切的同情,创作出不少富有社会意义的诗作。

1802年阮福映统一越南以后,阮攸在"延揽人才"的形势挟迫下出仕。1813年,阮攸被任命为勤政殿学士,充入贡清朝正使出使中国。此时正是中国"才子书"盛行之际,青心才人编次的《金云翘传》就在那个时期问世。《金云翘传》的故事本有真实的原型,茅坤的《纪剿除徐海本末》里已有记录,清初余淡民的《王翠翘传》也以此故事为素材,而人物刻画更加细腻,到了青心才人的《金云翘传》,人物形象就更为生动了。

1814年,阮攸回国后不久,用具有越南民族特色的六八体诗写出了《金云翘传》,该诗借用中国同名小说的内容、情节、人物,熔铸了阮攸半生坎坷际遇的感慨,折射出越南封建社会的面貌。当中国原著湮灭无闻之际,经过阮攸加工创作的《金云翘传》却在越南大放异彩,成为越南诗歌艺术的高峰。

《金云翘传》初名为《断肠新声》,俗称《翠翘传》、《翘传》或为《翘》。标题效仿《金瓶梅》,取主要人物金重、王翠云、王翠翘三人各一字合成。

诗作长达3253句,讲述了主人公王翠翘悲惨的人生际遇。王翠翘本是大家闺秀,一家生活和美,但因奸商陷害、封建官僚的专横暴虐而被推入苦难的深渊。这两股势力,实际上是封建社会末世恶的代表:丝商代表新兴商人,他们为了追求巨额利润而不择手段,罗织罪愆,致翠翘父子被牵;而官吏们"滥施刑毒,无非志在金钱"①,亦恰恰是封建统治秩序没落、腐朽的体现。二者的勾结,正是封建末世的征象。王翠翘为赎父卖身,落入妓院火坑;后来嫁人为妾,受尽折磨;再入青楼之后,得海盗徐海提携,暂离苦海,但最后落入官军之手,不堪受辱,跳江自沉。《金云翘传》以深切的同情笔触描述王翠翘悲剧命运的同时,也多方面地描写了当时越南社会的黑暗状况。长诗不单是才子佳人的悲欢离合故事,而是一部具有深刻思想性的现实主义杰作。

长诗以"情"为主题脉络,歌颂了翠翘对爱情的坚贞与执著。她与金重两情相悦,深夜相聚,锦笺盟誓;在父亲遭到陷害、自己落入火坑后,还时时挂念着金重,"想起盟心旧友,一别惹千愁"②;即使遇到了赏识她的徐海后,仍然思念长久分离的高堂亲老,不愿辜负往日的情人秘誓。同样,金重虽然奉翠翘之意与翠云成婚,仍四处打探翠翘的下落。后来,两人在钱塘江畔相逢,但翠翘"自顾赧颜,/满身尘垢,敢续前缘?"③金重则劝说:"古来妇道相传,贞节亦须权变。/处变处常,/不能全依经典。/像你尽孝失贞/何损本来良善。"④这是他们饱经离乱忧患之后仍生死不渝的誓言。而作者在歌颂这一对恋人的忠贞爱情时,也对爱情观作了权变的阐释。以"情"贯穿始终,是本诗的一大特色。

《金云翘传》的素材虽取自中国小说,但阮攸采用了越南特有的六八体诗形式,充分运用这种诗体既可徒歌咏叹,又能叙事、写景以及酣畅抒发内心情怀的特长,并采撷中国古典诗词名句,巧妙熔铸,从而获得了成功。阮攸是少见的能把六八诗体的多样表现力发挥到极致的诗

---

① 《金云翘传》,见《黄轶球著译选集》,广州:暨南大学出版社2004年版,第278页。
② 同上书,第301页。
③ 同上书,第366页。
④ 同上。

人,《金云翘传》成了后来许多越南长诗摹仿的范本。

在叙事结构上,《金云翘传》采用了多线并进的方式,在王翠翘与金重的主线故事之外,设置了一条若明若暗的歌妓淡仙的线索,作为翠翘命运的暗示与衬托;而草莽英雄徐海与翠翘的感情纠葛,则在"才子佳人"式的叙述框架旁逸出"英雄美人"的插曲,为全诗增添了传奇性的色彩。这几条线索交相呼应,浑融一体,形成了谨严完整的结构。

2.《马来纪年》

《马来纪年》是在马来地区流传最久、销行最广,同时也是版本最多的一部马来史书。《马来纪年》的作者,相传为敦室利兰能,不过他只是一位整理者,真实作者不详。据整理者叙述,作者是马六甲(满剌加)王朝的廷臣,爱好历史,熟稔爪哇语、阿拉伯语和波斯语,同时他又对满剌加末代君主、宫廷显贵和大都市及外国人的一切也有相当的了解,大约于1535年前后完成此书。

《马来纪年》是马来民族最早的一部完整的历史文献,也是马来文学的精华。《马来纪年》记载了马来地区王朝的历史及兴衰的过程,总结了王朝的兴亡成败的教训,也反映了马来民族意识,对马来民族的精神构建起到过重要作用。《马来纪年》并非严格的历史著作,乃是具有演义性质的作品,且汇集了大量民间传说、神话故事,是马来文学的宝库。

《马来纪年》共有34章,历时地叙述了马来王朝的世系图谱,从马来王朝的出现,即罗马国的亚历山大东征,叙述到马来王朝的伊斯兰化的过程,并详细介绍了马六甲(满剌加)王朝的兴起及与周围地区、国家,如新加坡、满者伯夷、波帅、暹罗、阿鲁国、彭亨等诸多王朝的关系,记载了与中国的往来,最后以葡萄牙入侵、满剌加王朝沦亡为全书的结局。

不必讳言,《马来纪年》具有浓厚的王朝统治者意识形态色彩。书中反复强调的是忠诚的精神,要求人们对神灵虔诚膜拜,对君主无条件服从,但同时也注意到了尊重一般民众的个人尊严。第2章桑·苏巴尔帕和浡淋旁国王订立的协定,便鲜明地体现了这一思想:立约以后,"马来国王从未凌辱所有的马来臣民,即使罪恶深重,也从未被捆绑吊打,或是以恶言来咒骂。如果一位国王凌辱他的臣民,这是国之将亡的征兆。这也是万能的真主的恩赐,所有的马来臣民从未背叛君王,即使君王如何地凶残无道"①。这一约定规定了两方面内容:一是统治者尊重民众的个人尊严;二是民众须无条件服从专制统治。《马来纪年》的作者和编者努力以此作为贯穿全书的主旨,但也在一些具体的情节和场面里展现了统治者的昏庸和腐败,展现了在此情景中服从专制与维护个人尊严难于调适的困境。这表明,作为马来王朝封建统治时代的挽歌,《马来纪年》也在努力思考王朝衰亡的历史教训。并且,如果考虑到《马来纪年》成书于满刺加王朝覆灭之后,应该可以理解,在政教合一的国度里,强调敬神忠君观念,也是在宣扬认同民族和国家的意识,宣扬民族自强自立的精神。同样,《马来纪年》中写到满刺加王与中国皇帝外交往来文书时所表现的盲目自大,叙述满刺加抵抗葡萄牙人入侵的历史时那种自欺欺人的虚构,都应该放在这样的脉络中来解读。

《马来纪年》熔历史纪事、传说、演义于一炉,把政治、军事等重大社会事件编织成曲折的故事情节,既叙述王朝的兴衰,又描画社会风情,尤善于以生动的细节表现政治人物的心理和性格。如写斯利·德瓦·腊渣受到国王传唤后,仍慢条斯理地洗浴、打扮,虽着墨不多,却入木三分地刻画出这位宠臣恃宠而骄的心态。再如写教士迦齐弥那韦罗让骑象来访的满刺加国王吃闭门羹,直到国王手拿槟榔盒自称"教士求见"才开门接待,则形象地表现了迦齐的清高孤傲和国王的礼贤下士。这些细节,极大地丰富了《马来纪年》的文学性。《马来纪年》的语言典雅、洗练,既是历史、文学名著,也是马来语言发展的里程碑。

---

① 《马来纪年》,黄元焕译,马来西亚:学林书局2004年版,第38页。

第三节　东北亚古代文学概述

位于东北亚地区的朝鲜和日本文学的起源,可以追溯到各自民族的诞生期,但如果以文字写录的文本为叙述对象,朝鲜的古代文学历史一般都从公元前后说起,而日本现存最早的文学文献,则是成书于公元712年的《古事记》。古代的朝鲜和日本都曾把汉字作为书写符号,后来又各自创制了本民族的文字;两种文字的并用或混用,构成了朝鲜、日本古代文学书写方式的显著特点,也对其文体与表现特色的形成产生了重要作用。

1. 朝鲜古代文学

朝鲜古代文学贯穿始终的特点是其文字的二元性。这一阶段的朝鲜文学,可根据其使用的文字分为汉文学和国语文学两大类。汉文学是指使用汉字、按照中国文学规范创作的作品,主要的体裁是诗歌、小说,一般称之为汉诗、汉文小说。朝鲜汉文学出现于公元前后,一直持续到20世纪初期。15世纪中叶(1443),朝鲜王朝的第四代君主世宗主持创制了朝鲜本民族的文字,此后,这种文字逐渐成为文学书写的主要载体,并最终取代了汉字。汉文学和国语文学相互竞争,也相互补充、相互促进,赋予朝鲜古代文学蓬勃的生机和活力。

公元前后汉字传入朝鲜半岛,汉文学开始逐渐形成。到了新罗时代(前57—935),众多留学生和僧侣到中国长期生活、学习,对中国文化的规范烂熟于心,回国后便成为汉文学的作家,其中的代表人物是被尊奉为"东国文宗"之祖的崔致远(Choi Chee Won, 857—?)。崔致远少年来唐朝留学,宾贡科科举及第后在中国为官,十多年后回国,创作了大量的汉文诗、赋及文章,其水平与中国文人的作品相比也毫不逊色,其中《讨黄巢檄文》在中国成为备受称颂的名篇,其代表作《秋夜雨中》:"秋风唯苦吟,世路少知音。窗外三更雨,灯前万里心。"以自然朴素的语句,深切表达了失意文人的孤独和乡愁。

在朝鲜的国字创制之前,国语文学仅限于口头流传,但在新罗时期,曾出现过一种特殊的文学体裁——乡歌。严格地说,乡歌是一种国语诗歌,但因为没有相应的文字,就借用汉字的音和意记录下来,是汉字与国语的奇妙结合。这种文学样式的兴起与当时盛行的佛教有着密切的关系,如月明师(Wol Myung Saa,？—？)所作的祭悼诗《祭亡妹歌》将对亲人深切的哀悼之情与对佛教的坚定信仰有机地融合在一起,诗中把兄弟姊妹比作同一棵大树上的叶片,并借叶子的凋零比喻妹妹的死亡,约定日后在西方极乐世界与亲人重逢。作品比喻贴切自然,感情深挚,读来深沉感人,成为千古绝唱。

10世纪初,高丽王朝(918—1392)建立之后,施行很多新的制度,其中科举制度对文学的普及和发展发挥了重大的作用。此外,元朝与高丽交流密切,很多文人曾长期在中国生活,与元朝的文人有很多交往,汉文学水平获得很大的提高。因此,在这一时期,高丽王朝的汉文学有了突飞猛进的发展,涌现出以李奎报(Lee Kyoo Boh,1168—1241)、李齐贤(Lee Jeh Hyun,1287—1367)等为代表的汉文学大家,留下众多的汉文学遗产。例如,仅末期文人李穑(Lee Sak,1328—1396)一人留下的汉诗就达4000余首之多。

如果说在高丽时代,汉文学是上层文人的专利,国语的高丽俗谣则可谓平民文学的代表。俗谣是在高丽各地形成并流传的歌谣,其中一部分经王宫的乐师采录改编为宫廷乐曲,因此它既带有民谣的色彩,又掺杂着宫廷音乐的因素。其主题大多与爱情有关,因此被称为"男女相悦之辞",即便用今天的观点来看,很多作品表达的爱情之热烈坦诚也令人瞠目。此外著名的《青山别曲》表达了流浪民的悲哀,反映了当时下层百姓悲惨的生活现实。这些诗歌一直在口头流传,直到15世纪朝鲜文字创制之后,才被写录收入《乐学规范》等文献之中。

到了朝鲜王朝(1392—1910)时期,汉文学仍旧占优势地位,其中颇为引人注目的是师从中国宋代江西诗派的海东江西诗派,其代表人物是朴訚(Park Eun,1479—1504)。他的诗歌气象雄浑,诗语新奇、精巧。同时,汉文小说的出现是这一时期的新特点。金时习(Kim Shee Seup,1435—1493)的《金鳌新话》现存短篇小说5篇,其中《李生窥墙传》讲述了一个悲惨的爱情故事,具有很高的文学价值。该小说的情节大致是这样的:书生李生偶然从墙外看到了一家姓崔人家的小姐,二人以诗传情,私订终身,历经磨难,终成眷侣。但不幸的是,不久两家父母和崔氏都死于战乱,正当李生深感孤苦无望时,崔氏的魂魄来到他身边,陪他度过一段幸福的时光,尔后不得不离开。不久,李生也因对娘子的过度思念溘然而逝。作品宣扬了自主的爱情,抨击了战争的残酷,有很强的艺术感染力。《金鳌新话》的出现与中国明朝瞿佑撰写的《剪灯新话》不无关系,情节结构有着比较明显的摹仿痕迹,但摆脱了《剪灯新话》中市民文学的气息,更多地表达了文人对人生、社会的深入思考。《金鳌新话》开启了朝鲜小说的时代,此后,有《崔陟传》《许生传》《洪吉童传》《九云梦》《春香传》等优秀的汉文小说及国语小说陆续出现。

　　15、16世纪以后,随着朝鲜文字的创制,国语文学逐渐成长起来,两大国语诗歌体裁——歌辞和时调迎来了全盛期。时调共分为初、中、终3章,各章大约15个音节,一首作品基本上由45个音节构成,是一种简洁、精致、含蓄的短诗,非常适合抒情。歌辞的形式非常简单,只要两句一组,有一定的韵律即可,对内容和长度都没有限制,因此,文人、僧侣、女性、平民等各阶层的人士都参与到创作中来,或喻说哲理、吟咏自然,或歌颂爱情、讲述旅行见闻,题材多姿多彩。这一时期杰出的文学家之一是郑澈(Jeong Cheol,1536—1593),他既写了很多汉诗,也创作了很多国语诗歌,其中的歌辞《关东别曲》《思美人曲》《续美人曲》是国语诗歌史上的典范。《关东别曲》以比喻、对偶、排比等多种修辞和绚烂的文体描绘了祖国的大好河山,《思美人曲》和《续美人曲》则借描写女人思念爱人之情抒发了臣子对君王的思念。作品借用女性语气和情愫,渲染了凄惨的氛围;遣词用语和情境描写都独具特色,且有意摒弃华丽的词藻,用纯粹朴素的国语表达深挚的感情,预示了国语文学巨大的表现潜力,在当时曾被称为"我东之离骚",在朝鲜国诗歌史上占有重要的地位。

2. 日本古代文学

据考古学家的考察,公元前 1 万年至公元前 4 世纪,生活在日本列岛上的人们基本处于新石器时代,主要以采集和渔猎为生,可以用石头、兽骨等打制工具;因为他们烧制的土陶器上印有绳纹,这一时期便被称为"绳文时代"。此后,由于中国大陆水稻栽培技术的传入,铜、铁工具的使用,所谓"弥生时代"(前 4—3 世纪)的日本人进入农耕社会。3—5 世纪之间,日本岛上有数十个分散的地方小国,后逐渐被崛起于大和地方(今奈良县天理市附近)的大和王朝统一。据《古事记》、《日本书纪》等文献记载,应神天皇年间,来自朝鲜半岛百济国的王仁带来《论语》、《千字文》等汉文典籍,大和王朝的皇室子弟师从诵习。[①] 至推古天皇(592—628 年在位)时期,任用圣德太子摄政,颁布以皇室中心、尊崇儒佛为基本理念的"十七条宪法",推行抑制豪强、任用贤才的政策,并派遣遣隋使,积极吸收中国的文化,为建立中央集权的国家奠定了基础。此后,经过"大化革新"(645)等政治改革,日本积极摄取中国的隋、唐文化,逐步建立起律令制国家体制。公元 710 年,大和王朝定都平城京(奈良),标志以皇室为中心的中央集权国家进入盛期。而日本有文字写录的文学,也就从这一时期开始。

奈良至平安时期 公元 710 年至 784 年,日本以奈良为都城,这一时期便被史家称为奈良时期。794 年,日本的都城迁至平安京(京都),后一直延续到 1868 年[②],但一般认为,平安时期到 12 世纪末已经结束了。从奈良时期到平安时期,又被合称为"王朝时代"。王朝时代前期,伴随着天皇制中央集权国家的建立,为证明国家权力正统性的历史编撰工作也开始进行。按照《古事记》(721)编者太安万侣(?—723)所写的序言,天皇之所以下令编纂这部史书,是为理清"邦家之经纬"、巩固

---

① 参见《古事记》中卷"应神天皇"条,《日本书纪》第 40 卷"应神天皇十六年";王仁,在《古事记》中写作"和迩吉师"。

② 公元 784 年日本的都城从奈良迁至长冈京,794 年再度迁至平安京,此后,直到 1868 年才迁都东京。

"王化之鸿基"。这其实也是另外一部国史《日本书纪》(720)以及各地方史《风土记》的编纂方针。因为这些"史书"采用了很多神话、传说材料,所以,同时也具有了文学性。尤其是《古事记》,虽然长期以来作为正史不如《日本书纪》那样受重视,但到近代以后,却被视为日本文学的重要源头,特别是其中的"神代卷",叙述天地创生、诸神诞生以及"天孙"降临人间的故事,口头传承的片断素材和整体的结构之间,形成了富有张力的叙事特色,也为人们探寻日本民族精神原型留下了很多线索。

奈良时期的散文著作都用汉文书写,但《古事记》中有些词句仅以汉字作为日语的表音符号,已经出现了汉、和混淆的萌芽。公元751年出现的《怀风藻》,据说是天皇"敕撰"的一部汉诗集,共收录诗作120篇,作者皆为皇族、贵族、僧侣和高级官吏,内容多为宫廷的宴饮颂赞,诗体和风格则主要摹仿中国六朝时期的诗歌。稍后出现的《万叶集》是一部和歌汇编,收录从古代流传下来的歌谣到8世纪后期的诗作共约4500首。《万叶集》的作者众多,一半左右作者不知姓名,留有名字的作者社会阶层广泛,既有天皇、贵族,也有下层士兵、游民。《万叶集》的编者曾对所收作品进行了分类,但分类标准杂乱不一,既按表现内容划分为"杂歌"、"相闻"、"挽歌"三类,又根据表现手法另外列出"譬喻歌",还有的卷帙以诗体或地域为分类标准。但总体说来,《万叶集》的表现内容比《怀风藻》广泛得多,特别是在描写男女恋情、生离死别的人情方面,甚多杰作。就诗体而言,《万叶集》所收作品都属于定型诗,其中,长歌由五、七音节的句子交替反复,长度不限,短歌则每首由31个音节按五、七、五、七、七句式构成。《万叶集》收录短歌4200首,占绝大多数,成为和歌的基本体式。《万叶集》的标记符号虽然是汉字,但大都被借用为表示日语的音、义符号,因此被称为"万叶假名"。

《怀风藻》与《万叶集》开启了日本诗歌的两条源流。在汉诗方面,后来又有《凌云集》(814)、《文华秀丽集》(818)、《经国集》(827)等"敕撰"诗集问世。而曾入唐求法的高僧空海(774—835)的《性灵集》和菅原道真(845—903)的《菅家文草》,则是平安时代汉诗写作的辉煌代表。

此后,日本的汉诗写作传统一直延续到近代。在和歌方面,大约成书于 905 年的《古今和歌集》,是第一部"敕撰"的和歌集,书写符号以假名为主,编者之一的纪贯之(约 868—945)在序言里强调"歌"(和歌)和"诗"(汉诗)的对等性,另一位编者纪淑望(? —919)称和歌可以"动天地、感鬼神、化人伦、和夫妇",都表明和歌在此一时期已经开始具有作为国家文学的正统性。而这部和歌集出现于日本废止遣唐使制度(894)不久,应该不是偶然的巧合,而是呼应了日本文化向本土化内转的整体倾向。《古今和歌集》共收和歌 1100 首,既没有社会下层人的参与,也很少有皇族的作品。从平安时期开始,日本社会的政治、文化主导权,已经从天皇逐渐转到贵族手上,《古今和歌集》的作者群体主要集中在宫廷和都城里的贵族,显然是这种历史状况的反映。

这一时期贵族社会中的女性是文学活动的积极参与者,且逐渐承担主要角色。其中散文文学的最杰出代表,无疑属于清少纳言和紫式部这两位女性。清少纳言的《枕草子》是一部随笔的汇集,描写宫廷里的日常生活和自然风物的变化,笔触细腻,韵味深醇。如开篇《四时的情趣》,写到夏季,作者说:"夏天是夜里最好。有月亮的时候,不必说了,就是暗夜里,许多萤火虫到处飞着,或只有一两个发出微光点点,也是很有趣味的。飞着流萤的夜晚连下雨也有意思。"①优雅的情趣、纤细入微的艺术感受,都很自然地流露于笔端。《枕草子》和《源氏物语》反映了平安时期贵族的审美观,也对塑造那一时代以及后世的审美情趣起到了重要作用。

镰仓至江户时期 从 12 世纪末开始,新崛起的武士集团在镰仓设置幕府,日本社会皇族—贵族统治的政治体制就解体了。从此以后,虽然幕府的主导者几经更迭,但武士政权体制一直延续到 19 世纪中期。在这 600 多年里,至设置在江户(今东京)的德川幕府出现之前,战乱频仍,一般称之为"中世",德川幕府的江户时期(1603—1867)则被称为"近世"。

---

① 清少纳言:《枕草子》,周作人译,北京:中国对外翻译出版公司 2001 年,第 3 页。

中世文学最典型的代表作品《平家物语》其实与平安时期的《源氏物语》属于不同的谱系,这部描写平氏、源氏两大武士集团斗争和荣辱兴衰历史的作品,首先由众多弹着琵琶行走的艺人吟唱传诵,13世纪初至40年代被写录成书,有多种版本。《平家物语》展示了风云诡谲的政治角逐、金戈铁马的争战杀伐,开启了宏大的历史叙事传统,表现了新兴武士阶层尚武、忠义的精神气质,同时,也萦回着平安贵族的文化余韵。如第4卷写武士源赖政的不同凡响,不仅弓箭技艺精良,且擅长和歌,第9卷写年轻武士平敦胜带着笛子上阵,都把艺术造诣和艺术趣味作为武士的美好品行予以称颂。而佛教的无常观在《平家物语》中也有流露,使这部"军记物语"浸染上了凄婉的色彩。中世文学对人生无常的感叹和思考,突出体现在"隐逸文学"作品中,代表作有鸭长明(1155?—1216)的《方丈记》、吉田兼好(1283?—1352?)的《徒然草》。这一时期的民间文艺也蓬勃兴起,尤其是"能"和"狂言"这两个剧种,分别以表现历史题材和讽刺现实生活取胜,其中一些优秀剧目一直流传到后世。

江户时期,由于社会稳定、城市发展,在武士阶层之外,从事手工业和商业的"町人"(市民)阶层逐渐兴起,适应其艺术需求的文学也随之兴盛。如小说家井原西鹤(1642—1693)的小说《好色一代男》、《好色一代女》,近松门左卫门(1653—1727)的《曾根崎心中》、《心中天网岛》等描写青年男女生死恋情的剧作,都是其中的代表作。原来几乎被贵族、武士阶层独占的和歌,也进入"町人"们的生活,特别是带有诙谐滑稽色彩和世俗情趣的"连歌"最为流行。后来,由这种"俳谐连歌"开头的"发句"独立成篇,发展出一种新的诗型——"俳谐",即后来通称的"俳句"。俳句比短歌还短,仅有五、七、五共17个音节,要求有点出季节的词语,即"季语",并且要运用表示停顿的咏叹助词,即所谓的"切字"(kireji)。在限制严格的诗型中充分发挥艺术想象力并取得耀眼成就的俳句诗人是松尾芭蕉(1644—1694)。芭蕉出身下层武士家庭,少年时期即在"俳谐"创作上显露才华,但他不肯像当时的职业"俳谐师"那样以"俳谐"为业,而是想努力逃离由武士和町人共同组成的"俗世";"他的作品里几乎没有表现出和町人及武士的价值观的关联"①,"出家"和"远游"构成了他的生活主题。芭蕉的著名俳句作品《古池》:古池塘——青蛙跃入水里的声音(古池や蛙飛び込む水の音),据说就是诗人隐居草庵,在春天的夜晚,对生命的跃动和横亘古今的时空顿然感悟,吟诵而成。而随笔名著《奥州小径》,则是芭蕉从江户到奥州地方远游的收获,散文叙述中间或出现俳句,文和诗交相辉映,色彩绚烂而意境淳厚、隽永。文学史家加藤周一认为,芭蕉所追求的脱离俗世的"风雅",是一种"为艺术而艺术"的文学②,可谓恰切的评价。

第四节 《源氏物语》

成书于11世纪初的《源氏物语》是平安时期最优秀的长篇叙事文学作品,作者紫式部(978？—1015？)本姓藤原,出身于中层贵族家庭,曾与一个地方官藤原孝宣结婚,婚后不久丈夫病故,她一直寡居,后被聘到宫中,在一条天皇的皇后身边做女官。因为她的父亲曾官至式部丞,所以,按照当时的习惯被称为"式部"。至于为什么在"式部"的前面又冠以"紫"字,有多种解释,其中最被认可的是说因为她在《源氏物语》里创造了"紫姬"这一理想的女性形象。如果确实如此,这可谓是作品创造作者的典型一例。

《源氏物语》之外,紫式部还留下了一部日记,虽然只存若干片断,但已经为后世读者了解其身世提供了珍贵线索。据《紫式部日记》描述,她的父亲具有良好的汉文修养,家庭文化氛围浓厚。在平安时代,汉文是男性贵族立身进阶的条件,所以,父亲教弟弟诵习汉文,而紫式部只能"居侧听之",却比弟弟"早得其味,熟谙心中",令其父惋惜不已,慨叹她"可惜不是个男儿"。但后来紫式部出任女官,无疑得益于她的

① 加藤周一:《日本文学史序说》下册,东京:筑摩书房1980年版,第99页。
② 同上。

文化知识和良好教养,据她的《日记》记载,"主上"曾当众称赞她"是有才学之人",以至引起其他女官的嫉妒。①

《紫式部日记》中所说的"主上",指当时的摄政大臣藤原道长(966—1027),他的女儿藤原彰子是一条天皇的皇后,就是紫式部服侍的主人。公元794年日本的都城迁至平安京后,进入贵族掌政的"摄关政治"时期,政令皆出自位于"摄政"、"关白"的权臣,而在平安时期,"摄政"、"关白"的位置基本由藤原家族垄断。藤原家族采取和天皇联姻的方式,以外戚身份和天皇的代理人名义,保持对其他贵族集团的优势。在天皇与藤原家族之间、藤原家族与其他贵族之间存在着各种矛盾和冲突,藤原家族的内部也存在着权力之争。藤原道长就是在前任摄政兼关白大臣藤原道隆(953—995)去世后,在道隆的嫡子伊周的激烈争夺中获胜的。而道隆的女儿藤原定子曾是一条天皇的皇后,1000年左右病逝,道长的女儿藤原彰子随即入宫代之。道长的次女妍子后来成为三条天皇的皇后,三女威子成为后一条天皇的皇后,所谓"一门三后",权倾一时,荣华极尽,是藤原家族的极盛时期。在日本的历史叙述中,平安中后期也被称为藤原时代。

平安时期随笔文学名作《枕草子》的作者清少纳言曾是皇后藤原定子身边的女官,藤原道长在自己的女儿成为中宫主人之后,任用才学出众的紫式部,可能潜存着和前皇后竞争的用意。这位摄政大臣对紫式部的写作也是非常了解的,日本宽弘五年(1008)11月,在祝贺皇子诞生的喜宴间,他曾向紫式部问及"紫姬"②。平安时期的许多物语都不知何人所作,记在《紫式部日记》中的这段文字,无疑为确认《源氏物语》的作者和成书情况提供了珍贵资料。

《源氏物语》共54章,按其情节结构,大体可分为三个部分。第一部分,从第1章《桐壶》到第33章《藤花末叶》,可称为小说的主人公光

---

① 《紫式部日记》,见《王朝女性日记》,郑民钦译,石家庄:河北教育出版社2002年版,第355页。

② 参见《紫式部日记》,见《王朝女性日记》,郑民钦译,石家庄:河北教育出版社2002年版。

源氏的荣华录。光源氏出生于帝王之家,是某朝代一位天皇桐壶帝的儿子,英俊美貌,光彩照人,被来自渤海国的一位精通相面术的使节称为有"帝王之相"。他的母亲是一位出身贫寒的"更衣"(嫔妃),虽深得桐壶帝的宠爱,但也受到宫中其他嫔妃的嫉妒,以至忧郁成疾,年纪轻轻便辞世而去。桐壶帝本来也极为疼爱光源皇子,但考虑到他在朝中没有政治靠山,前程莫测,便把他降为臣籍,赐给他新的姓氏"源",使他既可以发挥辅佐朝政的作用,又不至卷入皇位之争。

为了给光源公子营造政治基础,桐壶帝促成了他和左大臣之女葵姬的婚姻。光源公子12岁结婚,但与葵姬的夫妻生活并不如意,他经常另有所恋。光源公子首先钟情的是一个地方官的年轻妻子空蝉,遭到拒绝后仍热烈追求不已,甚至潜入空蝉的寝室,偷走其内衣。空蝉的名字其实来自光源公子给她的和歌诗句里的比喻:"蝉衣一袭余香在,睹物怀人亦可怜。"①《源氏物语》也写到空蝉的复杂心情,她虽然拒绝光源公子,但内心却不无思恋,这在她写的和歌里有所流露:"蝉衣凝露重,树密少人知。似我衫常湿,愁思可告谁?"空蝉以外,光源公子还曾钟情过躲在陋巷里的女子夕颜、已故亲王女儿末摘花等。前者意外猝死,令光源公子惋惜不已;至于后者,光源公子则是在和她亲近之后才发现其相貌平常,所以写诗嘲讽她的鼻子如红色的"末摘花"。

真正让光源氏魂牵梦绕的女性有两位。一位是桐壶帝的妃子藤壶,她实际只大光源氏5岁,相貌酷似光源氏死去的母亲,引起光源氏特别深切的思慕和爱恋。光源氏和藤壶妃子发展到了肌肤之亲,藤壶有了身孕,为隐蔽这个惊天的秘密,不得不以近于无情的态度,斩断两人的来往。可以说,光源氏和藤壶妃子的感情纠葛是惊险而苦涩的。而光源氏另一位热恋对象,是藤壶妃子的侄女紫。光源氏和她相识时她还是一个小孩子,父母早逝,在外祖母膝下生活,光源氏把她接到自己府第里生活,长大后娶为妻子。《源氏物语》描写光源氏对待紫姬的心理感情,细腻曲折,有些章节成为被长久诵读的名篇。

---

① 紫式部:《源氏物语》,丰子恺译,北京:人民文学出版社1980年版,第36页。

由于桐壶帝的宠爱和个人的风华,光源氏的政治仕途也颇为顺利,很快就升为近卫将军,但自从桐壶帝让位给太子后,情况发生变化。新的天皇朱雀帝虽然也呵护光源氏,但朱雀帝的母亲弘徽殿太后一直视光源氏为仇敌,加之光源氏与其岳父左大臣的共同政敌——右大臣势力增强,光源氏审时度势,自请贬职流放到外地,《源氏物语》的《须磨》、《明石》两章,描写了光源氏在贬谪之地的生活。后来,朱雀帝退位,藤壶妃子所生的皇子即位。这位新天皇冷泉帝的真正父亲其实是光源氏,时来运转,光源氏很快升任太政大臣,按太上皇待遇。至此,《源氏物语》开篇时渤海使节预言的谜底基本揭开,光源氏虽然没有坐在帝王之位,但已经可谓荣华绝顶。

有一种看法认为,在紫式部的原初构想里,《源氏物语》可能就是到此收尾,但一直追随的听众和读者们希望继续,这部物语故事才继续下去,有了接下来的两部分。这种看法无法得到确证,而在流传下来的文本里,紫式部并没有给光源氏安排一个大团圆的结局。《源氏物语》第二部分,从第34章《新菜》到第41章《云隐》,描写了光源氏生活的由盛到衰:退位的朱雀帝主动要把女儿三公主嫁给光源氏,表明光源氏的权势达到了巅峰,但这一事件也是他生活的转折点。三公主已经另有所爱,而她的到来又导致光源氏心爱的紫姬抑郁成疾。紫姬病故后,光源氏回顾往事,顿然感悟到荣华富贵、倜傥风流都如南柯一梦,他决心出家,遁入空门。但第41章只有一个"云隐"的题目,没有写光源氏以后的情况,暗示他已经死去。这一章的空白,因此给予读者巨大的震撼。

按照叙事文学的一般结构,主人公死去,意味着全篇已告终结,但《源氏物语》的故事在光源氏死后却仍然继续。第三部(第42—54章)写三公主与柏木生的孩子薫君的故事,因后10章的场景设置在宇治地方,所以也被称为"宇治十帖"。

《源氏物语》是一部描写平安时代皇族贵族政治斗争的作品,还是一部讲述贵族爱情生活的故事,历来存在争议,通过以上介绍,可以看得出,其实是二者的错综交织,构成了这部物语的基本内容。紫式部善于通过日常生活场景和习俗,刻画贵族青年男女复杂的感情生活及其微妙的心理,同时也时时涉笔朝廷内的政争,描写个人感情生活和社会历史的重大事件的关联。但需要注意的是,《源氏物语》描写的历史,并不能直接对应到平安时期的某朝某代,它是紫式部以平安宫廷和贵族生活为素材,通过独特的审美意识和艺术表现,虚构出来的"王朝物语"。

《源氏物语》的书写文体,以假名文字为主,这是一个值得注意的创造。自古代起,日本文学的书写就是汉、和并行,但在奈良时期,汉文是官方的主要书写语言,汉诗写作是贵族官僚必备的修养,这种风气一直延续到平安时代。而宫廷中的贵族女性运用假名写作,创作了一批优秀作品,《源氏物语》无疑是其中最为杰出之作,作为实际的范例,丰富和提高了日语书写文字的表现力。

一般认为,平安时期日本进入锁国时期,在国内,贵族社会也基本封闭在都城,其中,贵族女性的社会是一个更为孤立的小集团,从而在信仰体系、生活方式、审美情趣等方面,形成了自己独有的特色。这样的概括当然是有道理的,但仅仅描述了当时历史状况的一个方面。就《源氏物语》而言,确实典型地体现了平安贵族文化的特征,但同时也表现出了相当的开放性和对其他文化积极摄取的精神。《源氏物语》中对白居易的《长恨歌》等汉文典籍的频繁引用,已经显露了这部最具"日本特色"的叙事作品和中国文学的互文关系,而其中出现的渤海使节、佛教仪式以及秘瓷、锦衣、轻裘、香料等多种多样舶来的"唐物"①,更表明《源氏物语》是在东亚地区人、物、信息相互流动的时代氛围里,在与异文化的交流过程中形成的。

---

① 日语里的"唐物",既指来自中国的物品,也包括来自朝鲜或通过中国中转而来的南海(东南亚)、天竺等地的物品。

第五节 《洪吉童传》与《春香传》

1. 《洪吉童传》

《洪吉童传》创作于1612年,是第一部朝鲜国语长篇小说,一般认为,这部小说的作者是著名的异端文人许筠(Heo Gyun,1569—1618)①。许筠出身名门,父亲、兄长都是著名的文人、学者,姐姐许兰雪轩(Heo Ran Seol Heon,1563—1589)也是朝鲜古代数一数二的女诗人。许筠生活的时代,朱熹的理学在朝鲜半岛占据统治地位,当时的文人学者都是性理学者,对理学稍有违背就会被视为斯文乱贼,遭到社会的唾弃。许筠个性狂放不羁,拒绝循规蹈矩地接受统治理念,他在诗歌中表示"礼教宁拘放,沉浮只任情。君须用君法,吾自达吾生"(《闻罢官作》),公然宣称要摆脱礼教规范,即摆脱人伦、道德的束缚,按照与生俱来的欲望自由自在地生活。因此,他狎妓,结交市井之辈,信奉佛教等等,做出了很多离经叛道的行为,遭到道学者的侧目,甚至被骂为"天地间一怪物"。他多次遭弹劾而被罢官,经历了无数人生的坎坷。1617年,因有人控告他谋反而被捕,翌年被处死,年仅48岁。许筠的卓越才华和异端思想都凝结在他的作品里,他写作的小说和汉诗中,影响最大的是《洪吉童传》。

《洪吉童传》是一部长篇小说,主人公洪吉童出生于世宗(1418—1450年在位)时期的高官洪判书家,洪判书有两个儿子,大儿子仁衡是正室所生,小儿子吉童是侍婢春蟾所生。洪吉童自幼聪明出众,很得洪判书的喜爱,但因是庶子,按照当时的制度,对洪判书只能称老爷而不能称父亲,这让年幼的洪吉童心灵受到了很大的伤害。有一天,他对母

---

① 植在《泽堂杂著》中提到许筠写了《洪吉童传》,但最近也有人提出异议。从许筠的思想和作品的内容来看,许筠作的可能性极大,只是现在流传的文本是不是许筠的原著、许筠的原著是不是韩国语本,尚有争议。

亲哭着说,与其在家里这样被人瞧不起,还不如离开家自由地生活。

洪判书的一个爱妾看到春蟾的儿子深受洪判书的喜爱,心怀嫉妒,就收买了一个刺客,让他深夜潜入洪吉童的房中伺机杀死他。但是,洪吉童自幼擅长武艺和法术,反而将刺客杀死,然后离家出走。在流浪中洪吉童偶然发现了一群盗贼的巢穴,与盗贼较量一番之后,被拥戴为头目。洪吉童指导群盗习武,严明纪律,几个月后设计洗劫了朝鲜国最大的寺院——海印寺,并从此自称活贫党,指挥群盗用智谋和法术夺取各地官吏的不义之财分给贫民,而对百姓的财物却不取一分一毫。洪吉童的声名大震,朝廷视为心腹之患,开始派兵抓捕,但由于洪吉童聪明机智、法术高强,抓捕他的人屡遭到捉弄,国王便命令洪判书和洪仁衡出面劝说洪吉童投降。洪吉童提出只要封自己为兵曹判书,就可以投降。朝廷假装答应,却在宫外埋伏下刀斧手,要趁他出宫的时候将其乱刀砍死。不料,洪吉童进宫谢恩后就纵身跳到空中消失了,使朝廷的计谋落空。后来,洪吉童发现了一个景色秀丽的小岛——聿岛,制服岛上妖怪,救出了被抓的美女,娶妻生子,建立了一个新国家。

《洪吉童传》的大胆之处在于把站在官府对立面上的盗贼作为正面人物来描写,其中有中国小说《水浒传》的影响,但更为根本的原因是作者对盗贼有着自己的看法。许筠生活的时代,朝鲜王朝开始走向没落,官府的苛捐杂税迫使很多农民离开了土地,到处流浪,其中一部分人走投无路,被迫沦为盗贼。很明显,《洪吉童传》中的群盗就是这种"聚则盗,散则民"的贫苦农民的写照。作品真实地表现统治阶级和农民的对立,痛快淋漓地表达了民众的爱与恨,因而深得平民的喜爱。

《洪吉童传》反映了朝鲜王朝的另一个矛盾——嫡庶不平等。当时朝鲜社会身份制度非常严格,即便父亲是贵族,也只有正室妻子的子女才能继承贵族的身份,参加科举考试、做官,而妾室的子女没有施展才华的机会。在《洪吉童传》中,庶子洪吉童对此深为不满,凭着非凡的能力,不但迫使朝廷任命自己为兵曹判书,甚至建立自己的王国,作品借洪吉童之口强烈地批判了朝鲜王朝嫡庶不平等的身份制度,表现了要求社会平等的思想。

《洪吉童传》以实有人物为原型,借用朝鲜传统的神话、传说,塑造了一个机智、英勇、能力非凡的英雄人物,为后来大量出现的英雄小说提供了范本。直至 20 世纪,韩国当代长篇小说仍在不断再现《洪吉童传》开创的"义贼小说"的传统。

2.《春香传》

《春香传》是朝鲜古代平民文学的代表作,它源于朝鲜传统的说唱艺术——盘骚里。盘骚里是朝鲜王朝后期兴起于民间的艺术样式,一般由一个人边唱边说,另外有一个鼓手敲鼓点,偶尔插几句话,表演形式很像中国的琴书、大鼓之类。盘骚里在 17 世纪后半期至 18 世纪间逐渐形成发展,到 19 世纪达到了全盛期,成为社会各阶层都非常喜爱的艺术。盘骚里小说《春香传》很有可能形成于 18 世纪后半期,作者不详,这是因为盘骚里歌词本身就没有明确的作者,是众多的演唱者积累形成的。

《春香歌》是最受欢迎的盘骚里剧目,固定下来的盘骚里小说《春香传》也就有各种版本,达数十种之多。由于每个表演者都会对内容进行改动,所以不同的版本也就有着不同的内容。大致而言,《春香传》的内容如下。

朝鲜肃宗年间,汉阳(今首尔)的李翰林被任命为南原府使,带领家人一起来到南原赴任。李翰林有一个未婚的儿子叫李梦龙。一个春日,李梦龙带着下人外出欣赏风景,登上广寒楼远眺,猛然看到对面树林中有一个少女在荡秋千,姿态优美,飘飘若仙。一问下人,才知道是老妓女月梅的独生女儿春香,李梦龙派下人叫春香前来相见,二人一见钟情。李梦龙向春香表白了爱意,但春香担心贵族子弟李梦龙对自己只是逢场作戏,没有立即接受他的求爱。李梦龙表示一定不会辜负春香,春香这才告诉他自己的家居所在。夜深人静时分,李梦龙悄悄来到春香家,与春香定下了百年偕老的誓约,当天晚上,李梦龙就留宿于春香家。此后,李梦龙天天都来和春香相会。但是好景不长,李梦龙的父亲改任京官,全家搬回汉阳,两人无奈洒泪而别。

新任的南原府使卞学道性格暴虐,贪恋女色,到任不务政事,而是先召官妓点名,但春香不在其中。作为妓女的女儿,春香的身份也是妓女,于是卞学道派人抓来春香,要她服侍自己,春香表示在为前任府使之子李梦龙守节,断然拒绝。卞学道下令杖打春香,春香宁死不屈,一边受刑,一边大骂卞学道。卞学道把春香关进了大牢,准备在自己的生日宴会上将她处死,以儆效尤。

李梦龙随父母来到汉阳后,勤奋学习,终于科举及第,被任命为暗行御史,到地方考察民情。李梦龙假扮乞丐,来到南原近郊,听到百姓议论抱怨卞学道的苛政,对春香的遭遇表示同情。李梦龙来到春香家,见到了春香的母亲月梅,月梅本来还盼着梦龙做了高官赶快来解救女儿,看到梦龙一身褴褛,不由大失所望,甚至对梦龙一通数落。拂晓,梦龙来到狱中看望春香,春香能在临死之前见上爱人一面,甚感安慰。翌日,卞学道大摆生日筵席,地方官吏纷纷前来祝寿,御史李梦龙还是打扮成乞丐出现,在席间吟诗一首,批判卞学道对百姓的盘剥,然后公开自己的身份,罢免了卞学道的官职,救出了春香,二人终于白头偕老。

作为朝鲜最有名的古典小说,《春香传》之所以长期以来深受读者的喜爱,当然因为小说所讲述的爱情故事感人至深,同时还因为这部作品围绕爱情故事展现了宽广的社会生活内容。首先,在身份制度非常严格的朝鲜王朝,妓女春香与贵族子弟李梦龙自作主张相恋相爱,这本身就是对封建身份制度、婚姻制度的挑战,其行为含有要求人性解放的近代精神要素。此外,《春香传》还揭露了官僚阶级的荒淫专横,肯定了平民的反抗,表达了对被侮辱被损害的女性的深切同情。从一定意义说,《春香传》不仅是一个恋爱故事,也是一部社会批判小说,是二者的融合。

《春香传》的人物个性鲜明,没有一般说唱艺术常见的人物形象类型化之弊。如李梦龙的性格,就经历了一个成长过程。开始遇到春香时,他其实不无贵族子弟逢场作戏的念头,但通过与春香的接触,产生了真正的爱情,也克服了自己的懦弱,并逐渐体会到下层民众的生活处境,最后甚至挺身为民众代言。李梦龙作为一个男性青年的成长过程,和他作为一个承担社会责任的政治人物的成长过程是一致的。《春香传》中春香的形象最为鲜活丰满,她心地纯洁,感情真挚,而又刚烈泼辣;追求爱情,她至死不渝,甚至在将被处死之前,还在为"沦为乞丐"的梦龙着想。春香将要赴死之前叮嘱母亲关照梦龙的一段,情深意长,催人泪下,堪称绝唱。

作为盘骚里小说,《春香传》大量使用平民阶层的生活用语,引入民间歌辞,韵散交错,说唱结合,创造了一种独特的表现体式。语言和表现体式充满弹性和张力,是其具有特殊感染力的重要原因。

思考题

1. 简述东南亚文学民族特性的形成。
2. 谈谈阮攸《金云翘传》的艺术特色。
3. 谈谈《源氏物语》的叙事结构。
4. 简述韩国古代文学的特性。
5. 《春香传》的艺术性表现在什么地方?

参考书目

1. 《金云翘传》,黄轶球译,见《黄轶球著译选集》,广州:暨南大学出版社2004年版。
2. 《马来纪年》,许云樵译,新加坡:青年书局1966年版。
3. 《马来纪年》,黄元焕译,马来西亚:学林书局2004年版。
4. 清少纳言:《枕草子》,周作人译,北京:中国对外翻译出版公司2001年版。
5. 紫式部:《源氏物语》,丰子恺译,北京:人民文学出版社1980年版。
6. 《春香传》,冰蔚、木弟译,北京:人民文学出版社1960年版。

(本章编写:苏永延、王中忱、韩梅)

第三编　近现代亚非文学

第六章　西亚北非近现代文学

第一节　阿拉伯语近现代文学

阿拉伯文学在经历了17、18世纪的沉寂之后,于18世纪初进入了复兴阶段。这并不是说,在沉寂阶段,阿拉伯文坛没有文学作品产生,而是指与同时代如火如荼、方兴未艾的欧洲文学相比,曾经彪炳于世的阿拉伯文学之火炬,其光芒早已黯淡下去。而自19世纪开始,世界政治、军事格局的剧变,使得阿拉伯世界的政治家、思想家意识到了社会变革的迫切性与重要性。这些变革意识促进了阿拉伯文学文风的改变,另一方面,文学的变革也进一步推动了思想的变革。

阿拉伯文学复兴,经历了一个继承、融合和创新的阶段。很多文人抛弃了17、18世纪奢靡、浮华的文风,开始将目光转向更古老、质朴、清新的文学瑰宝上。这方面的先驱有黎巴嫩的纳绥夫·雅齐尼(1800—1871)、埃及的阿拉伯·穆巴拉克、伊拉克的舒克里·阿鲁西等,他们都曾用古典文体结合现实内容进行创作。

19世纪,西方文化对东方的渗透,激起很多有识之士了解西方的愿望,这也带动了新一轮的翻译运动。很多人不远万里前往西方国家留学,更有些人在国内孜孜不倦地翻译西方作品,致力于将西方的政治、文学思想介绍到本国来。这方面的先驱有埃及的雷法阿·塔赫塔维(1801—1873)、穆斯塔法·曼法鲁蒂(1876—1924)、黎巴嫩的雅古布·赛鲁夫(1852—1927)等。这些都为阿拉伯文学复兴准备好了条件。真正的阿拉伯文学复兴,可以说是从诗歌领域开始的,其代表人物是埃及的巴鲁迪。他的诗歌承袭了古典诗歌格律严谨、凝练、质朴的风格,但在内容上却与现实生活息息相关,一反近古时期阿拉伯文坛萎靡空洞的文风,巴鲁迪堪称是阿拉伯复兴文坛上"新古典派"又称"复兴派"的代表人物。步他后尘,为诗歌革新作出巨大贡献的"复兴派"代表诗人还有埃及的"诗王"艾哈迈德·绍基(1868—1932)、"尼罗河诗人"哈菲兹·易卜拉辛(1871—1932)、伊拉克的鲁萨菲(1875—1945)等人。到 20 世纪二三十年代,在西方浪漫主义诗歌的影响下,阿拉伯诗坛上也出现了"浪漫派",又称"创新派"诗歌。其代表人物有"两国诗人"穆特朗(1872—1949),他原籍黎巴嫩,后定居埃及,故获此称号。此后的 10 年间,阿拉伯诗坛相继出现了"笛旺诗社"、"阿波罗诗社"以及"旅美派"等几个诗歌组织,进一步推动了阿拉伯现当代浪漫主义诗歌的发展。笛旺诗社代表诗人有阿卜杜·拉赫曼·舒克里(1886—1958)、易卜拉辛·马齐尼(1890—1949)和阿卡德(1889—1964)等。20 世纪四五十年代,阿拉伯诗坛上又出现了"自由体诗"派,这是阿拉伯现代派诗歌的滥觞。此后,阿拉伯诗坛上,各流派诗歌各展所长,真正形成了百花齐放、异彩纷呈的绚丽局面。

　　小说的发展、成熟体现了现当代阿拉伯文学复兴的另一个侧面。19 世纪末、20 世纪初,阿拉伯文坛上曾出现过几部小说,但都不能算作成熟意义上的小说。1914 年,埃及作家穆罕默德·侯赛因·海卡尔(1888—1956)发表了他的长篇小说《宰娜布》。这部作品被认为是阿拉伯文坛上出现最早的具有完整艺术性的小说。而黎巴嫩旅美派作家米哈伊尔·努埃曼创作于 1914 年的《又一年》、《不育者》(1916),埃及小说家穆罕默德·台木尔的《在火车上》则被认为是阿拉伯文坛最早出现的现代意义上的短篇小说。在小说的发展上,除了作出极大贡献的"旅美派"作家之外,出现在 30 年代阿拉伯文坛上的"埃及现代派"作家也成为了推动现代小说发展的生力军。这一派的主要作家有:埃及的塔哈·侯赛因(1889—1973),其代表作是自传体小说《日子》三卷;埃及的陶菲格·哈吉姆(1898—1987),代表作是《灵魂归来》、《乡村检察官手记》;被誉为"尼罗河畔的莫泊桑"的埃及短篇小说家迈哈穆德·台木尔;叙利亚的福阿德·赛伊卜;黎巴嫩的陶菲格·阿瓦德,代表作是《面包》。二次世界大战后,阿拉伯小说更是进入了一个新的发展局面,而在众多作家中,为小说发展贡献最多、成就最大的作家莫过于1988年获得诺贝尔奖的埃及作家纳吉布·迈哈福兹了。他一生创作了50多部作品,运用了自然主义、现实主义、表现主义、结构主义、象征主义乃至魔幻现实主义等多种创作手法。阿拉伯的小说创作,在真正意义上变得多彩、成熟了起来。此外还有众多的长、短篇小说家,如埃及的阿卜杜·拉赫曼·舍尔卡维(1920—1987)、优素福·伊德里斯(1927—1991)、有哲麦勒·黑托尼(1945—)、萨那拉赫·易卜拉辛(1937—),叙利亚的哈纳·米纳(1924—)、沙特阿拉伯裔的叙利亚作家阿卜杜·拉赫曼·穆尼夫(1933—2004)等人,他们都笔耕不辍,用自己的努力,为阿拉伯小说的成熟与繁荣贡献了自己的力量。

第二节　艾哈迈德·绍基

　　艾哈迈德·绍基(1868—1932)被誉为阿拉伯近现代文学史上的"诗王",是近代埃及和阿拉伯国家中影响最大的一位诗人,他对埃及近现代诗歌的复兴和发展起到了积极的推动作用。绍基出生于埃及总督伊斯梅尔的宫殿中,父亲是库尔德人,母亲是土耳其人。父亲曾任总督私人视察员。绍基的曾祖父通晓土耳其语和阿拉伯语,母亲是名门闺秀,这些都为绍基接受良好的语言和文化教育提供了坚实的基础。1887年,19岁的绍基在接触了法律学校和翻译学校的基础教育之后,接受总督资助,前往法国继续深造。在法国期间,他学习了两年法律知识,并曾游历过英国等地,参观了这些国家著名的博物馆和城堡、古迹等文化遗址。1891年他回到埃及,做过一段时间的宫廷诗人。1915年,由于政权更迭,绍基被流放到西班牙。在那里,他开始了自己新的诗歌创作尝试,一方面关注流亡的城市,另一方面也深深地缅怀着自己的祖国。第一次世界大战结束后,绍基回到了埃及,多年的流放生活使他拒绝再成为宫廷诗人,而是转向关注人民生活,创作了许多反映埃及近现代民族思潮的诗歌和戏剧。1927年,他被阿拉伯国家文坛一致推举为阿拉伯文坛的"诗王"。

在阿拉伯古典复兴主义诗歌兴起后,绍基的诗歌一方面充分体现了诗歌古典复兴的特点,借鉴阿拉伯文学黄金时期阿拔斯诗歌的优点,效仿酒诗人艾布·努瓦斯的颂酒诗和情诗,注重吸取艾布·泰玛姆、穆太奈比等诗歌、散文大师的文风,效法他们行文的语言与格律,注重充实诗歌、戏剧的内容,另一方面,他还深受法国文学大家的影响,特别是拉·封丹、缪赛、高乃依、雨果等人的作品,对他的创作尤其具有启发作用。绍基的诗歌、戏剧不论在语言、格律还是内容方面都有大胆的尝试与革新。他抛弃了15、16世纪以来,阿拉伯诗歌僵滞、过分注重格律的萎靡文风,注重韵脚的灵活运用,同时,在内容上也主要选材于历史上有名的战争、民间爱情等感人事件,借此体现他的民族主义关怀,反对15、16世纪空泛的歌功颂德式的宫廷诗歌。最能体现其诗歌、戏剧风格和水平,对后世影响最大的代表作,是他的《克娄巴特拉之死》、《莱拉的痴情人》、《昂泰拉》等悲剧作品。

《克娄巴特拉之死》取材于著名的埃及悲剧题材——"埃及艳后"克娄巴特拉的经历。绍基在这部戏剧里塑造了一个生活在公元前30年左右的埃及美后的形象,她有着倾城倾国的容貌,在面对爱情时,她和众多普普通通的女性一样,有着难以摒弃的七情六欲,忠于她的恋人安东尼,同时也喜爱孩子们,具有女性柔情多感的一面。但另一方面,当爱情和国家利益发生冲突时,她又成为了一个足智多谋、果断坚强的女王,为了保护国家和民族的利益甚至不惜牺牲美色,以诡计来维护其王国。她认为,只要能够维护国家的主权,一切都是可以牺牲的,包括恋人。在爱国面前,爱人是渺小的。绍基在作品里为我们塑造了这样一个矛盾、丰富的人物形象,对我们今天的人性思考仍然有着借鉴作用。他的这部作品对后来的电影《埃及艳后》也有很大的影响。

《莱拉的痴情人》取材于阿拉伯世界家喻户晓、人人耳熟能详的著名同名爱情悲剧故事。它讲述的是伍麦叶时期,生活在阿拉伯半岛沙漠地带的一个青年男子盖斯,爱上了自己的堂妹——美丽善良的莱拉,并写了情诗赞美她,但在向其父亲求亲时却遭到了拒绝,因为在当时的社会,青年男子写情诗赞颂爱人被认为是有辱女方门楣的事情。堂妹后来被迫服从家庭安排,嫁到了一个远方部落。这个青年悲痛欲绝,整日在沙漠上流浪,呼唤着恋人莱拉的名字,后来终于在颠沛流离的生活中葬身茫茫沙海。而莱拉也因为忧郁成疾,不久后相继身亡。这个凄美的爱情故事在阿拉伯国家流传了近千年,由于盖斯感人至深的情感,人们后来渐渐忽略了他的名字,而把他称为是"莱拉的痴情人"。在《莱拉的痴情人》中,绍基用细腻的笔墨描述了沙漠的生活情形,包括伍麦叶时期阿拉伯人的衣着、游牧生活、社会状况,情节安排也跌宕起伏、扣人心弦。尽管在心理描写上还不够深刻,但绍基对悲剧悲惨气氛、悲惋心情的描述还是比较细腻的。在阿拉伯诗歌复兴阶段,绍基的《莱拉的痴情人》以诗剧的形式,体现了语言、文风上的革新尝试。

第三节 纪伯伦

纪伯伦·哈里勒·纪伯伦(1883—1931),出生于黎巴嫩北部科奈特索达大雪山中一个风景秀美的山村布舍里。清秀空灵的自然风光,从小就赋予了纪伯伦诗人般的气质,培养了他对大自然、对真善美最初而又最直接的热爱。但他的生活,从幼年时期开始,就充满了艰辛、痛苦和坎坷。父亲经常酗酒,打骂子女,这给幼年纪伯伦的心灵造成了一定的创伤。19世纪末,黎巴嫩社会受到了政治、思想浪潮的冲击,社会政治结构迅速解体,人民生活动荡不安。许多人不堪忍受国内的生活,纷纷移居美洲地区。纪伯伦的母亲,带着年幼的孩子们也加入了浩浩荡荡的移民大潮之中。他们在美国波士顿最为贫穷的唐人街开始了客居他乡的流离生活。纪伯伦最初就是在那里的奥利弗·布里斯侨民小说里开始接触西方思想的。在那里,纪伯伦也初次展露出了他对绘画、对文学的热爱和卓越的天分。15岁时,纪伯伦只身返回黎巴嫩,在那里学习了四年,开始尝试在杂志上发表诗作,并为一些杂志绘制封面。在这段为期不长的学习生涯中,纪伯伦大量阅读了阿拉伯古代大文人穆太奈比、麦阿里、伊本·法里德等人的作品,加深了他对祖国文化、对阿拉伯文学的了解,同时也更加牢固了他同祖国情感纽带。在以后长时间的旅美生活中,纪伯伦远隔重洋而对祖国怀有深深的忧虑之情,这段生活起到了重要的作用。

自1901年重返波士顿后的不到两年中,纪伯伦的小妹妹、哥哥以及挚爱的母亲先后病逝,仅留下另一个妹妹与他相依为命。失去了至亲的那种巨大的悲痛,使流离他乡的纪伯伦越发地感到孤独与忧闷。

从1903年起,纪伯伦开始陆续在阿拉伯语报纸《侨民报》上发表散文诗作,并于1905年举办了第一次个人画展,虽然结果并不令纪伯伦十分满意,但毕竟初次展示了他的艺术才华。一位名叫玛丽·哈斯凯尔的女校校长非常赏识他的作品,并与他成了毕生的挚友。1908年,在她的帮助下,纪伯伦前往法国学习绘画,受到了雕塑大师罗丹的指点。学习期间,他还利用业余时间游历了罗马、伦敦等许多欧洲文化名城,阅读了大量欧洲文艺作品,其中尼采的哲学思想和威廉·布莱克的文艺思想对他影响犹为明显。在他以后的许多作品,如《叛逆的灵魂》、《被折断的翅膀》、《先知》中,我们都能够看到这两位人物的思想痕迹。此外,雪莱、拜伦、济慈等人的作品也深深地触动了他的心灵,这些诗人作品中所体现的人文主义思想,更是让他受到了极大的启发。

1910年,纪伯伦又回到了波士顿,并于1912年定居纽约。此后的时间,直到他逝世,是他文学创作的高峰期。他用英语和阿拉伯两种语言进行写作,为我们留下了丰厚的文学作品。其中阿拉伯语作品主要有短篇小说集《草原新娘》(1905)、《叛逆的灵魂》(1908),中篇小说《被折断的翅膀》(1911),著名的散文诗集《泪与笑》(1913)、《暴风》(1920)、《奇谈录》(1923)、《心声录》(1927)等。英文作品有散文诗集《狂人》(1918)、《先驱》(1920)、深为中国读者熟悉和喜爱的《先知》(1923)、《沙与沫》(1926)、《人子耶稣》(1928)、《彷徨者》(1932)、《先知园》(1933)等。

除了进行文学创作以外,1920 年,纪伯伦还和米哈伊尔·努埃曼、艾敏·雷哈尼等几位旅美作家一起成立了"笔会",他任第一届笔会会长。这些旅美文学家聚集在远离黎巴嫩的大洋彼岸,用自己独特的文学风格,糅合西方文学的养分,为阿拉伯文坛留下了一篇篇璀璨的文学奇葩。他们对现当代阿拉伯文坛的复兴与发展产生了深远的影响和作用。1931 年,年仅 48 岁的纪伯伦因患癌症,不治而逝。死后他的遗体被运回祖国,葬于他日思夜想的故乡布舍里。

纪伯伦的作品具有浓郁的浪漫主义和象征主义色彩,文字清新、典雅、洒脱流畅,并常常具有深刻的哲理和寓意。他的小说主要是描写穷苦阿拉伯儿女在封建权贵和宗教落后势力压迫下的悲惨生活,如《草原新娘》、《叛逆的灵魂》、《被折断的翅膀》等。在这些作品中,纪伯伦塑造了一些敢于追求自由生活、反抗压迫势力的人物形象,如"狂人"(《狂人约翰》)、"沃尔黛·哈尼"(《沃尔黛·哈尼》)等。这也表现了作者自身对落后势力的痛恨,对祖国复兴、人民思想解放的希望。

纪伯伦作品中对后世影响最大的是散文诗。纪伯伦的散文诗语言优美、清新,不过分奢华,通俗却富有音乐感,在修辞方面也独具匠心,如《爱情的生命》里的诗句:"啊!冬之夜叠起的衣裳,春之晨又将它展开。桃树、苹果树打扮得如同'盖得尔夜'的新娘;葡萄树醒来了,枝藤缠绕扭结,仿佛情人深情拥抱……"(《泪与笑》)通过把果树比拟为新娘确立了中心意象,拟人、比喻手法错综运用,编织出色彩斑斓的画面。

纪伯伦散文诗的主旨是歌颂善与美,充满了浪漫主义色彩。散文诗集《泪与笑》的"引子",鲜明地表达了他的人生观和艺术观:"我希望我的生活就是泪与笑:泪会净化我的心灵,让我明白生命的玄妙和堂奥;笑会让我接近我的人类同胞,是我赞美主的标志和符号。"在 20 世纪初阿拉伯社会宗教势力的压迫下,爱情对于劳苦大众是一个遥远的词汇,但纪伯伦却不倦地讴歌真挚而美丽的爱情:"靠近我,我终身的伴侣!靠近我,莫让冰雪的气息隔开我们的身体。坐在我身旁,在这火炉前!炉火仿佛是寒冬甜美的水果。来同我谈谈子孙后代的前景!……

把灯移到你面前！让我看看那些漫漫长夜在你脸上刻下的痕迹。拿酒来，让我们边饮边回忆那些逝去的岁月。"（《泪与笑·爱情的生命》）在纪伯伦的散文诗中这样感人的诗句俯拾皆是，反映了作者对美好生活的理想和追求。

由于客居在远隔重洋的他乡，加上生活的艰难坎坷，纪伯伦的作品也充满了孤独与痛苦。他写道："生活是孤独海洋里的一座岛屿。""尽管舰队也曾驶到你的海岸，可你还是你，是那座因其痛苦而孤独，因其欢乐而孤独，因其思念而遥远，因其秘密和隐幽而不为人知的岛屿。"（《奇谈录》）作为一个祖国沦为西方列强殖民地的东方之子，生活在西方国家，纪伯伦的忧伤并不仅仅来自个人的际遇，他的痛苦主要来自对祖国的忧虑、对阿拉伯民族命运的担心，正是在这样的意义上，孤独成了他一生都挥之不去的阴影。

长篇哲理散文诗《先知》是纪伯伦的代表作。这篇作品深受尼采"超人"哲学思想的影响。作者开篇安排先知亚墨斯达法在等待了12年之后，开始在离别之时以对人们作临别讲说的形式，讲述了自己对爱、婚姻、孩子、施与、饮食、工作、哀乐、居室、买卖、罪与罚、自由、法律等26个有关人生、人性问题的观点。其中有很多观点，对当今的人们仍然有启发作用。《先知》问世后，立刻轰动了整个世界，被认为是"东方赠给西方的最好的礼物"。该书至今发行量已逾700万册。

纪伯伦的一生，是坎坷与顺畅、痛苦与欢乐交织的一生，也是笔耕不辍，为艺术孜孜追求的一生。可以毫不夸张地说，在黎巴嫩文坛、阿拉伯文坛乃至世界文坛，他都堪称是一颗璀璨的文坛巨星。美国前总统罗斯福曾对纪伯伦说："你是最早从东方吹来的风暴，横扫了西方，但它带给我们海岸的全是香花。"他的作品至少被译成了56种文字，对东方和西方文学都产生了不可忽视的影响。

第四节 纳吉布·迈哈福兹

埃及作家纳吉布·迈哈福兹(1911—2006)全名纳吉布·迈哈福兹·阿卜杜·阿齐兹·易卜拉辛·塞伯尔吉,出生于开罗老城区一个中产阶级家庭,1930年考入开罗大学哲学专业,1936年开始尝试进行文学创作。从1939年起,迈哈福兹就长期在政府部门工作,但他从来没有停止过创作。1971年,60岁的迈哈福兹从政府部门退休后,便将全部精力投入到了自己喜爱的文学写作中,成为《金字塔报》专职作家、编委会成员。迈哈福兹是一位认真严肃、很有政治责任感的作家,同时也是一位笔耕不辍、高产高质的作家。在半个世纪的时间里,他奉献了37部中长篇小说、14部短篇小说,其中多部多次被搬上荧屏,并被译成多种外语。他的创作手法能够随时代的变化而发展,把埃及长篇小说创作推向了一个新的阶段。1988年,他由于"通过大量刻画入微的作品——洞察一切的现实主义,唤起人们树立雄心——形成了全人类所欣赏的阿拉伯语言艺术"而获得诺贝尔文学奖。2002年,纳吉布·迈哈福兹年届90岁时,其作品又获得"20世纪非洲百部最佳作品奖"。他"作为阿拉伯散文一代宗师的地位无可争议"(颁奖词)。

迈哈福兹的第一部小说《命运的嘲弄》出版于1939年。此后的5年时间里,他先后创作了小说《拉杜比斯》(1943)、《塔伊拜战争》(1944)等,皆以历史为主要题材。而后他的创作转向描写社会现实,如《新开罗》(1945)、《梅达格胡同》(1947)、《始与末》(1949)等,1956—1957年创作了著名的《宫间街》等三部曲,出版后即获得了埃及国家文学奖。

1959年后,迈哈福兹的创作进入了另一个高潮期。他借鉴西方现代主义、后现代主义、象征主义等创作手法,写出了一批令人耳目一新的作品:《小偷与狗》(1961)、《乞丐》(1965)、《尼罗河上的絮语》(1966)、《我们街区的孩子们》(1969)等。其中《我们街区的孩子》是迈哈福兹继三部曲之后的另一部重要作品,小说以象征主义的手法,通过对一个街区生活的描述,隐喻了人类的演变历史,体现了作者对宗教、人类理想和社会现实矛盾的严肃思考。他的新作品总是能引起青年作家的共鸣,对埃及著名的"六十年代作家群"产生了直接而深刻的影响。

迈哈福兹的三部曲《宫间街》(1956)、《思宫街》(1956)、《甘露街》(1957)是其代表作,也是阿拉伯现当代长篇小说发展的一座里程碑。小说每一部都以一代人的生活为中心,并以这一代人的居住地命名。《宫间街》描述的是1919年埃及革命前,中产阶级家庭艾哈迈德·阿卜杜·贾瓦德一家人的生活。贾瓦德道貌岸然,看似一个不苟言笑的家长,充分体现了埃及家长制社会的权威,但在外面却是一个声色犬马、纵情美酒佳人的风流浪子。他是旧式家庭的家长,用铁腕统治着整个家庭,拥有绝对的权力。他的太太对他这种专横作风和放浪生活不敢有丝毫怨言,就连五个儿女对他也是惧怕万分。《宫间街》的前半部分着重描写了父权的专制,后半部分则通过描述法赫米参加反英游行直至牺牲,隐约透露了1919年埃及革命前后社会的变动信息。

第二卷《思宫街》描写的社会生活开始于1924年。父亲贾瓦德先后经历了丧子、重病之痛,深感年岁不饶人。家中也开始出现一些自由气息。母亲可以去侯赛因清真寺并探望出嫁的女儿,亚辛也公然违背了父亲的意愿,和玛丽亚结婚,并独立生活。最让人注目的是小儿子凯马勒违背父亲意愿,不去学法求官,反而决心献身学术,报考了师范学院。他在学习期间,接触到了达尔文思想,动摇了自己的宗教信仰。他深爱着一个女子却因为社会地位不同而失败。这两件事情使凯马勒对人生感到困惑。此时,埃及爱国运动领袖萨阿德·柴鲁尔去世,华夫托党已危机四伏,凯马勒怀着一颗迷茫的心生活在飘摇动荡的埃及社会中。

岁月流逝,宫间街和思宫街的生活已经远去。1935年到1944年,埃及社会生活发生了很多变化。在《甘露街》中,作者展示了这一时期阿卜杜·贾瓦德一家的生机,旧的家庭专横统治已经土崩瓦解。开罗大学里,学生可以自由交往,新思想广泛传播。然而,要根除生活陋俗和旧的思想不是一朝一夕的事情,虽然代表专横统治的老贾瓦德已不能再像从前那样约束妻儿,但这并不意味着自由的到来。社会形势的动乱不安,英埃协议签订、华夫托党分裂和二战爆发等一系列事情,仍然使凯马勒感到迷惑,在新旧思想之间游移不定。海迪洁的两个儿子阿卜杜·蒙伊姆和爱哈迈德已逐渐长大成人。他们接受各种新思想,走上了不同的道路。老大成了穆斯林兄弟会的宗教狂热分子,老二接受了马克思主义思想,成了革命者。

迈哈福兹的三部曲,通过一家几代人的悲欢离合,反映了19世纪初至20世纪上半叶动荡的世界格局中,埃及社会所面临的民族革命、妇女解放、封建专制等一系列问题,描绘了新一代人在思想斗争中的成长,以史诗般的构架真实而生动地展现了埃及(阿拉伯)社会生活的风貌,奠定了埃及现实主义小说的牢固基础。

第五节　伊朗近现代文学概述

从19世纪起,随着西方列强的入侵,伊朗逐步沦为半殖民地半封建国家,从昔日的文明强国一下跌落为愚昧落后的弱国。这种巨大的现实落差首先警醒了伊朗知识分子阶层,他们认识到要摆脱受人奴役、任人宰割的地位,必须实行变法图强。20世纪初,内忧外患的伊朗爆发了声势浩大的立宪运动(1905—1911)。立宪运动是一次政治运动,也是一场思想文化上的解放运动,积极传播西方的民主自由思想,反对封建专制,提倡适应新时代的文学。当时伊朗知识阶层几乎都投身到了这场运动中,著名杂文家德胡达(Dehkhodā,1879—1955)以犀利的讽刺笔法针砭时政和社会弊病,他主笔的《天使号角》周刊是立宪运动中的一面旗帜。"诗王"巴哈尔(Bahār,1886—1951)的诗歌充满了对外国入侵势力的愤慨,饱含对灾难深重的祖国的忧虑,洋溢着唤醒民众的激情。巴哈尔也以其卓越的诗歌成就成为伊朗文化界的领袖人物。立宪运动还积极倡导妇女解放,为伊朗女性登上文学舞台起到了极大的促进作用,帕尔温·埃特索米(Parvin E'tesāmi,1906—1941)即是伊朗20世纪前半叶杰出的女诗人代表。1921年,伊朗第一部现代小说集——贾玛尔扎德(Jamālzāde,1895—)的《故事集》出版。1922年,尼玛·尤希吉(Nimā Yushij,1897—1960)的新体抒情长诗《阿夫桑内》发表,宣告了伊朗现代新诗的诞生。小说和诗歌领域相继诞生标志性的作品,意味着伊朗现代文学正式揭开了崭新的一页。

1925年伊朗巴列维王朝建立,礼萨王虽然在政治和文化领域实行严酷专制,但在社会经济领域实行了一系列强有力的改革措施,使伊朗经济迅速发展。二三十年代正是欧洲各种现代主义文学思想风起云涌的时期,这些文学思潮随着西方现代化的经济模式同时涌入伊朗。在小说领域,涌现出以萨迪克·赫达亚特(Sādegh Hedāyat,1903—1951)为代表的一批现代派小说家,赫达亚特的《瞎猫头鹰》(1936)是现代派小说的经典之作。在诗歌领域,尼玛则扛起了象征主义诗歌的大旗,相继发表了《凤凰》和《渡鸦》等一系列杰出的象征主义诗歌。

1941—1953年社会主义思潮在伊朗迅速发展,伯佐尔格·阿拉维(Bozorg Alavi,1908—)的小说《她的眼睛》(1952)被视为这一时期左翼文学最具代表性的作品。社会主义运动落潮之后,还产生了一批反思伊朗左翼革命运动得失的杰出文学作品,比如瑟亚乌什·卡斯拉伊(Siyāvush Kasrāyi,1926—1995)的长诗《神射手阿拉什》(1959)、阿勒·阿赫玛德(Al Ahmad,1923—1969)的长篇小说《刀笔》(1961)、西敏·达内希瓦尔(Simin Dāneshvar,1921—)的长篇小说《沙乌松》(1969)和《彷徨岛》(1993)等。这些作品既带有一定的政治色彩,又都超越了党派政治意识形态,更多体现了伊朗知识分子的理性思考和忧国忧民的使命感。

1953年之后,巴列维国王在实行君主集权的同时,推行大力度的社会和经济改革,伊朗经济迅猛发展,1972年伊朗国民生产总值居世界第9位,成为当时的世界奇迹。经济的发展、国力的强盛、各种文化的交融汇合、思想统治的相对宽松,使伊朗这一时期的文学呈现出生气勃勃、丰富多彩的繁荣景象。现实主义小说作家群以穆罕默德·阿里·阿富汗尼(Mohammad Ali Afghāni,1925—)为代表,他的长篇小说《阿胡夫人的丈夫》(1961)深刻揭示了一夫多妻制下伊朗妇女的苦难。"新小说"作家群大都紧跟本世纪欧美著名现代主义作家的步伐,代表作家胡尚格·古尔希里(Howshang Golshiri,1925—)的代表作《埃赫特贾布王子》(1969)通过伊朗凯伽王朝遗老埃赫特贾布王子的意识流讲述了一个王朝的腐败和没落,从中不难发现福克纳《喧哗与骚动》的影子。诗坛更是繁荣,群星璀璨。纳德尔·纳德尔普尔(Nāder Nāderpur,1929—2000)是新古典主义流派中最杰出的诗人,他的《眼与手》(1954)、《贾姆姑娘》(1955)、《葡萄之诗》(1957)、《太阳明眼剂》(1960)等抒写个人愁怨的诗集在50年代中后期掀起了浪漫主义诗歌的热潮。但1960年代伊始,象征主义诗歌取代了浪漫主义诗歌成为诗坛主流,产生了一批伊朗现代诗坛上最杰出的诗人和最优秀的诗歌作品,诗坛呈现出大气磅礴的繁荣景象。福露格·法罗赫扎德(Forugh Farrokhzad,1934—1967)在以女性主义诗歌集《囚徒》(1955)、《墙》(1956)、《叛逆》(1958)成名之后,又以充满悲剧精神和深刻哲理的诗集《再生》(1963)、《寒季虽临我们当心怀信念》(1965)奠定了自己在伊朗现代诗坛的重要地位。阿赫旺·萨勒斯(Akhvān Sāes,1928—1990)史诗性的诗歌充满了对伊朗民族在现代社会的命运的关注,被誉为伊朗伟大的民族诗人,有"当代的菲尔多西"之称,主要诗集有《寒冬》(1956)、《〈列王记〉的结束》(1959)、《从这本〈阿维斯塔〉》(1965)、《狩猎》(1966)、《狱中之秋》(1969)等。对阿赫玛德·夏姆鲁(Ahmad Shamlu,1925—2000)与苏赫拉布·塞佩赫里(Sohrāb Sepehri,1928—1980)这两位著名诗人,我们将列专节进行论述。

巴列维国王推行的现代化完全照搬西方模式,表面上国家经济发达了,人民生活水平提高了,但社会生活在表面繁华的光环掩盖之下的实际上是传统失落、道德沦丧,一个民族赖以立足于世的精神支柱濒于崩溃的边缘。对全面西化带来的民族精神危机,伊朗的知识阶层表现出了深切的忧虑,阿赫旺、夏姆鲁、福露格等诗人的诗歌都痛惜传统文化的失落,抨击严重的贫富两极分化和道德失范,从不同的角度去审视、反思和批判这场以全面西化为实质的现代化,尤其是阿赫旺的《碑铭》一诗,对不断求发展的人类之终极命运的审视使每一位读者沉思。而以沙菲依·卡德坎尼(Shafi'yi Kadkani,1939—)为代表的主张现代伊斯兰复兴主义的诗人群更是以他们的诗歌猛烈抨击全面西化,抨击巴列维政权。伊朗政治文学领袖阿勒·阿赫玛德(Al Ahmad,1923—1969)的政论著作《西化瘟疫》(1962)深刻揭示了以西化为实质的现代化给伊朗文化带来的深重灾难,其另一部政论著作《知识分子的效忠与背叛》(1966年部分章节发表,1977年全书出版)更是对伊朗知识分子阶层的责任与使命的沉思。阿勒·阿赫玛德的著作和他本人从左翼走向伊斯兰的思想转变,对伊朗知识阶层回归伊斯兰精神起了极大的促进作用,也促使了伊朗知识阶层在1979年伊斯兰革命中与宗教阶层结盟,成为伊朗伊斯兰革命成功的保证之一。

第六节　萨迪克·赫达亚特

萨迪克·赫达亚特(Sādegh Hedāyat,1903—1951)在欧洲留学时期(1926—1930)正值欧洲现代主义文学思潮兴盛之时,深受其影响。回国之后,赫达亚特与三位作家好友一起组成"四人文学小组",把西方现代派的文学创作手法引入伊朗文坛,对伊朗的小说创作起到了极大的促进作用。赫达亚特本人也相继出版了《活埋》(1930)、《三滴血》(1932)、《淡影》(1933)、《阿拉维夫人》(1933)、《萨哈布的狂吠》(1934)、《瞎猫头鹰》(1936)等一系列反响很大的小说,其中《瞎猫头鹰》跻身世界经典现代派作品之列。赫达亚特在1940年代走向左翼文学阵营,创作以现实主义文学题材为主,代表作品是长篇小说《哈吉老爷》(1945)。

《瞎猫头鹰》内容荒诞离奇,笼罩在神秘的迷雾中。整部小说分为上下两部分,上半部讲述了一个似梦非梦的故事:"我"有一个古老的笔筒,笔筒上画有一位美丽的少女。一天我无意中从房间的窗户瞥见画中少女出现在窗外的荒野上,她旁边有一个丑陋的老头,眨眼之间又全都消失,没了踪影。几天之后,那少女突然出现在"我"家门口,"我"把她带进房间,她却在床上离奇死去,并很快腐烂长蛆。"我"把少女分尸装进手提箱,走出家门,惊见那个丑陋的老头正驾着马车等在门口,我乘马车到荒郊野外掩埋那少女,挖坑时挖出一个古陶罐,骇然看见罐上画的正是那位美丽的少女。下半部写了"我"与妻子的感情纠葛:妻子是"我"青梅竹马的表妹,少女时代十分清纯圣洁,而现在变成了一个人尽可夫的荡妇,"我"忍无可忍,最后用刀杀死了妻子,这时我忽然看见那个丑陋老头正抱着那只古陶罐从房间走出去,"我"追赶而去,那老头却没了踪影,而"我"一照镜子,发现自己异化成了那个相貌丑陋的老头。

《瞎猫头鹰》故事神秘诡谲,上下两部分表面上没有关联,实质上具有内在统一性。上半部充满梦幻色彩,而下半部即是上半部的现实版,讲述的是同一个故事,即圣洁少女腐烂(堕落)、死去的故事,所不同的是上半部以我得到陶罐结束,而下半部以丢失陶罐结束全书,整部小说具有浓厚的象征色彩。画中少女没有名字,没有性格,没有物质意义上的肉体,只有美丽脱俗的形象。"她不可能与这个尘世的东西有什么关联……她的衣服也不是用普通的羊毛或棉花织成的,不是用物质的手、人的手织成的。她是一个美丽绝伦的存在……我相信如果红尘之水滴在她的脸上,她的玉颜就会憔悴。"这里,美丽的少女已成为一种象征符号,代表作者心中向往的一种圣洁美好的纯粹精神。童年的妻子如同画中少女一样,是纯粹精神的另一象征:"什么是永恒?对我来说永恒就是在苏兰小溪边同那个荡妇捉迷藏,只需一瞬间,我闭上双眼,把头埋进她的裙子里。"而"我"在为埋葬少女挖坑时挖出的古陶罐则是传统文化的象征,陶罐上画的美丽少女揭示了传统文化所承载的圣洁美好的纯粹精神。然而,美丽的画中少女转眼死去,并且很快腐烂;妻子则从一位纯真女孩变成荡妇;童年时代"我"与妻子常去那里玩的苏兰小溪已干涸,一切都成为明日黄花;而寄托了画中少女死而复生希望的古陶罐则被那个丑陋老头抱走了,没了踪影。现代人面临的困境正是精神衰落、传统消失,迷失在种种物欲的包围中。而异化是现代人在精神丧失过程中的一种必然状态,小说中的人物无一例外地全都走向异化。"我"苦苦挣扎,力图摆脱这异化的痛苦命运,然而坟墓一般的现实却压迫着我身不由己地发生异化,终于变成那个丑陋老头。可以说,《瞎猫头鹰》深刻揭示了现代社会中人类不可逆转的悲剧命运,而"我"的最终异化更是象征了人在现代社会中无法摆脱的精神困境。

第七节　苏赫拉布·塞佩赫里

苏赫拉布·塞佩赫里(Sohrāb Sepehri,1928—1980)是伊朗现代诗坛上最杰出的神秘主义诗人,他在伊朗全面西化的浪潮中游历东西方,对东西方文化进行了对比性的考察和审视,深深迷恋上了东方神秘主义文化,认为在西方工业文明的喧嚣中,唯有东方神秘主义文化才能使人拥有内心的宁静和灵魂的安详,才能使人的精神达到一种永恒的境界。由此,他创作了大量的神秘主义诗歌,表现自己对东方神秘主义的认识和体验。《梦中生活》(1953)、《背井离乡的太阳》(1961)、《悲悯的东方》(1961)三部诗集主要表现诗人对东方神秘主义的探索性认识,而长诗《水的脚步声》(1965)和《行者》(1966)、诗集《绿色空间》(1967)则表现了诗人获得人生觉悟后对世间万物的圆融观照。这些诗歌以深邃的神秘主义思想和纯熟的诗歌语言艺术在伊朗现代诗坛上竖起了一座神秘主义的高峰。塞佩赫里的诗歌翻译成了英、法、德、阿拉伯、西班牙、土耳其、瑞典、中文等语种,在世界诗坛上具有较大的影响。

塞佩赫里的每部诗集都很优秀,在此以《绿色空间》为代表来进行个案分析。"绿色空间"即指大自然,是诗人精神和灵魂的皈依之所。《绿色空间》的每一首诗都达到了纯熟的境界,语言、意境皆佳,是塞佩赫里思想的精华。《单纯颜色》一诗用单纯的颜色象征了一份单纯安宁的生活:"天湛蓝/水湛蓝/我在阳台上,拉娜在水池边。//拉娜在洗衣服。/树叶在飘落。/早晨我母亲说:令人忧郁的时节。/我对她说:生活是一只苹果,应当连皮一起吃。……"全诗表现了一种恬然自安的心境,一种闲适的生活状态。《光、我、花、水》一诗把读者从纷扰的世界带到了一个安宁的空间。在那里,诗人在水边、树旁,伴着飞鸟与月光,在大自然中娓娓而谈:"没有云/没有风/我坐在水池边/鱼儿、光、我、花、水皆在徜徉。/点点滴滴的生活是那样纯净。//我母亲摘着香草/面包、香草、奶酪、澄净的天空、水灵灵的牵牛花。/近在咫尺的超脱:院子的花丛中。"光、花、水代表了大自然,诗人将自己看做大自然序列中的一部分,表现了人与自然的合一,超脱就在身边。紧接着诗人写到:"……我在黑暗中看见道路,我满载着灯笼/我满载着光和沙/我满载着树木/我满载着路、桥、河、浪/我满载着水中树叶的阴影/我的内心是多么孤独。"这时的诗人找到了路,找到了光,灵魂处在与自然合一的安宁状态。"光"象征精神的解脱之路,"沙"象征着尘世生活。塞佩赫里所持的哲学并不是一种抛弃尘世生活的出世哲学,而是精神与尘世的和解,是精神在尘世中的适意人生哲学,是禅的哲学。这种充满安宁与愉悦的独处是《绿色空间》的主旋律,萦绕在很多诗歌中,《独处》一诗写道:"月挂在繁华之上空,/繁华之人在梦中。/在这月光中,我嗅闻独处之砖。/邻居家的园子中亮着灯,/而我的灯熄灭。/……山离我很近:在枫树、沙枣树后边。/看得见荒野。/看不见石头,看不见小花。看得见远处的荫凉,如同水的孤独,如同神的歌。/……月亮挂在孤独的上空。"这里,独处与繁华相对,"邻居家亮着灯的园子"是一种繁华,"我的灯熄灭"是一种孤独与安宁。诗人的独处是繁华中的独处,是在喧嚣的尘世生活中获得的内心安宁。《瞬间的绿洲》更是表现这种独处的经典之作:"……人在这里是孤独的/在这孤独中,榆树荫一直流淌到永恒。"诗集《绿色空间》将人与自然的融合诠释得十分完美,其间从头到尾流淌着的是身心的闲适、安宁与愉悦,显示出诗人获得了远东道禅哲学所特有的个人存在与自然存在之间的和谐融合,达到了人与自然的合一。

但是,塞佩赫里是一位伊朗诗人,其血管中流淌着的是伊朗自身的宗教文化传统之血液,毫无疑问,苏菲神秘主义是塞佩赫里的思想之根。《绿色空间》中很多诗歌直接表现了苏菲神秘主义思想。《鱼儿的口信》以鱼儿的缺水和盼水表达了诗人的精神渴望:"……你如果在花园的悸动中看见了真主,请鼓起勇气/就说鱼儿们的水池中没有水。//风去拜访梧桐。我去拜访真主。"该诗最后两句,是塞佩赫里诗歌的经典诗句,体现了塞佩赫里对苏非神秘主义的精神皈依。《地址》和《拜见的声音》等诗歌也是反映塞佩赫里的苏非神秘主义思想的经典之作,是诗人对苏非神秘主义玄理的参悟,是诗人灵魂拜见真主的声音。可以说,在伊朗社会全面西化、传统日益消亡的时代,塞佩赫里的诗歌顽强地维系着伊朗本民族的传统文化命脉,使伊朗中世纪的苏非神秘主义文学传统在20世纪得以延续。

苏非神秘主义的"存在单一论"将自然万物看做是真主各种不同属性的幻化和显现,只有真主是唯一的实在。塞佩赫里在"存在单一论"的基础上进一步认为:自然万物是真主各种不同属性的显现,而属性与本质之间、现象世界与真主之间互为表里,实为同一,那么,人与自然的合一即是"人主合一"。因此,塞佩赫里的诗歌思想实现了伊斯兰神秘主义哲学与远东道禅思想的融会贯通,塞佩赫里也因此被视为一位具有开拓性的思想家,在伊朗现代诗坛上占有崇高地位。

第八节　阿赫玛德·夏姆鲁

阿赫玛德·夏姆鲁(Ahmad Shamlu,1925—2000)的声誉始于1957年出版的诗集《新鲜空气》,这之前的三部诗集虽然在出版之时有一定的反响,但成就并不高。从《新鲜空气》开始,夏姆鲁在诗歌创作上慢慢找到了自己的路子,相继又出版了具有独立风格意识的诗集《镜花园》(1960),奠定了他在伊朗诗坛的地位。之后,他一发不可收地出版了诗集《镜中的阿伊达》(1964)、《阿伊达:树、匕首和回忆》(1965)、《雨中凤凰》(1966)、《泥土哀歌》(1969)、《雾中绽放》(1970)、《火中的易卜拉欣》(1973)、《盘中匕首》(1977),不仅震动了伊朗诗坛,也在当时的世界诗坛引起很大反响,是伊朗现代诗坛最具国际影响的一位诗人。

夏姆鲁是一位热血诗人,其诗歌自始至终都充满了对社会现实的关注;夏姆鲁更是一位善于哲思的诗人,他把对社会、政治、道德的关注与对人性善恶与灵魂拯救的思考紧密融合,这使他的诗歌既具有强烈的现实感又具有深刻的哲理性。这种特征在他的多部诗集中都有显著的反映,在此仅以诗集《雨中凤凰》为代表进行分析。

此诗集中《救世主之死》一诗虽不是很长,但堪称一篇史诗,是伊朗现代新诗中最经典的作品之一。该诗截取了耶稣慷慨赴死的片段,既展现了迫害耶稣者的罪恶,更凸现了耶稣的伟大与神圣:"唱着单调的歌/长尾拖在地上的木制重物/在他的身后/一条沉重而痉挛般的线/在地上划出//……天空/沉重地/垂落/在仁慈逐渐销声匿迹的歌上/悲伤的众人/躬身匍匐在地上/太阳和月亮/同时/升起。"《圣经·约翰一书》1∶7 说:"耶稣的血也洗净我们一切的罪。"耶稣以自己的死负荷了人类的罪,用自己的光芒照亮了人性深处的黑暗,以自己伟大的博爱使爱的种子在人间广播。可以说,夏姆鲁从耶稣之死事件中既看到了人性的丑恶,也看到了人性的伟大。

《雨中凤凰》中的很多诗歌都对利欲熏心的社会中的道德沦丧和人性堕落痛心疾首,比如《三支唱给太阳的歌》、《小册子》、《鲁莽之举》等。但无论人性中的的恶多么令人震惊,对人性中的善的呼唤始终是诗集《雨中凤凰》的主旋律,也是夏姆鲁诗歌的主旋律。比如《鲁莽之举》一诗:"……从月光/走进黑暗的小巷/我弯下了脊背/替代所有绝望的/是我潸潸眼泪//……尽管如此,漂泊的心啊/别忘记/我们/我和你/尊重爱/别忘记/我们/我和你/尊重/人/人本身是真主的杰作/不是吗?"面对人性的黑暗,诗人尽管十分绝望,但仍大声疾呼对"人"的尊重,呼唤人与人之间的爱,呼唤人们不要忘记了人之所以为人的尊严。

长诗《旅行》是夏姆鲁诗歌的经典之作:"真主啊/我的清真寺在哪里/我的船长?在那片水域的哪座岛上才是安全?/当它的路/从没有庇护的七海经过//我们从弯弯曲曲的狭窄水路经过/带着旅行的第一顿晚餐/那是水晶般的绿色田野。""七海"在《古兰经》中指七层地狱,代表人性的七种罪恶:奸诈、贪婪、淫欲、妒忌、残暴、吝啬和仇视。"第一顿晚餐"指的是圣餐的典故:耶稣的第一批信仰者请求耶稣向真主(上帝)祈求一顿丰盛的美餐,以坚定自己的信仰。真主应耶稣的祈求降下丰盛的筵席在田野中。"清真寺"在这里并不局限为伊斯兰教的象征,而是信仰的象征,是人性善的象征,是光明的象征,诗人要突破人性种种罪恶的重围去寻找它。诗人现在的处境是:"我们困难地在瘟疫的腐臭的空气中呼吸 /大汗淋漓 /在绝望的挣扎中 /划桨。"这既是现实腐败的写照,也是伊朗社会西化过程中人性堕落的写照,二者加在一起是令人窒息的生存环境。"我的清真寺 /在一座岛上 /就在这大海中。 /然而是哪一座岛屿,哪一座岛屿,我的努哈我的船长啊? /你自己是否也为寻找岛屿 /在方舟的上空 /将鸽子放飞?"真主为惩罚人类的罪恶,降下大洪水,努哈(诺亚)在茫茫洪水中寻找陆地,更是寻找精神的停靠点——人性中的善。这里,诗人用诺亚方舟的典故,表达了自己对善的追寻、对和平安宁的向往。"在弥漫的永恒的静谧中 /我们着陆在一未开垦的岛上 /你说:/'这就是旅行,到达了目的地 /历尽艰辛抵达了美好的终点!' /为俯首行礼 /我 /以额触地。""未开垦的岛"既是纯朴传统的象征,表达了诗人对伊朗现代化的质疑,对回归传统的期望,也是伊甸园的象征,象征了人性本初的真善美,诗人将之作为旅行的目的地,并顶礼膜拜。"真主啊 /我的船长! /我的清真寺在何处? /在哪一片海域 /哪一座岛屿? /在那里我晕倒在你的脚下俯首行礼 /给古老的宗教 /就像无数世纪之遥的木乃伊 /以花朵般的面颊 /赋予生命。"面对现代化过程中出现的道德沦丧、信仰淡漠、重物质轻精神,诗人呼唤人们重铸信仰,回归传统,恢复人性本初的真善美——被人们的贪婪物欲所抛弃并遗忘了的珍宝。正如该诗中"清真寺"并非专指伊斯兰教,而是信仰的象征,这里的"信仰"也不是专指宗教信仰,而更多的是指人的精神追求,以及克恶向善的精神修养。该诗以史诗般的宏伟气魄抒写了一曲呼唤人性善的壮歌。

塞佩赫里与夏姆鲁的诗歌思想,一专注于个人的精神修养,以获得人在纷扰尘世中的精神解脱,一注重以精神修养济世救人,是莫拉维与萨迪交织的传统文化精神在伊朗现代诗坛上的延续。

第九节　近现代希伯来语文学概述

近现代希伯来文学是世界文学中的一个独特现象。其文学中心并不像其他民族文学那样固定在某一地理疆域,而是随犹太民族的流亡而不断辗转。由于犹太人自 2 世纪以来便散居世界各地,希伯来语逐渐失去了作为日常交际语言的功能,只用于宗教圣殿与祈祷等神圣活动,文学创作从属于宗教观念。到 18 世纪中后期,欧洲的犹太知识分子"马斯基里姆"受到欧洲启蒙运动的影响,响应德国思想家门德尔松及其学生的倡导,首先在德国发起了犹太启蒙运动,即希伯来语所说的"哈斯卡拉",亦称希伯来启蒙运动。

多少世纪以来,因禁在"隔都"(Ghetto)内的犹太孩子接受清一色的传统希伯来书面文化教育,用意第绪语进行口头交流。而在倡导启蒙时期,则首先需要进行自我启蒙,让犹太学生在研习宗教文化之际,接受一些世俗文化与科学教育,甚至学一些欧洲语言,以便使犹太人走出"隔都",适应现代文明社会。但是,究竟用何种语言向犹太人进行启蒙教育,是个非常严峻的问题。对启蒙运动倡导者来说,毕竟希伯来语是他们唯一可以支配的文字或者说文学语言。因此"马斯基里姆"所要实现的自我启蒙愿望,就要求把大量的哲学、科学、地理、历史等书籍翻译成希伯来文。在这种背景下,启蒙倡导者呼吁用先知语言来振兴文化。表达新型犹太生活的新的世俗文学也应运而生。

一般说来,学术界把 18 世纪 70 年代初视作现代希伯来文学的一个起点。1782 年,在德国用希伯来语进行创作的纳弗特利·赫茨·威塞利为奥地利犹太人撰写现代犹太教育理论,后被意大利犹太社区采纳。此后,希伯来文学在奥地利、加利西亚、意大利、俄国等地复兴并发展起来。

大体上看,从 18 世纪 70 年代到 19 世纪 80 年代的 100 多年间,可以称作现代希伯来文学的启蒙时期。这时期的希伯来语文学相继表现出支持启蒙主张,向往犹太世俗生活,并在传统与现实世界之间、在固守民族信仰和同化其他文明之间徘徊不定的复杂心态。1881 年发生在俄国的集体屠犹事件、犹太复国主义的兴起、两次世界大战期间反犹主义声浪的高涨,再到后来的大屠杀,这一切在犹太社区内部引起种种反响,犹太知识分子在启蒙时期所抱的同化幻想逐渐破灭。而随着犹太人不断向巴勒斯坦移民,希伯来文学创作中心也逐渐从欧洲转移到巴勒斯坦,并在巴勒斯坦的土地上衍生,有了固定的栖居地。但当时活跃在文坛的主要是移民作家,他们笔下的希伯来语主要是一种规范的文学语言。

1948 年以色列建国后的文学可以称为当代以色列文学。由于以色列是个多民族的国家,其文学构成也表现出强烈的多元色彩。换句话说,在以色列国内用不同语言创作的文学成果均应属于当代以色列文学的范畴。但是,也由于以色列是个以犹太人为主体的国家,占国家人口约 80% 的犹太人主导着意识形态领域的话语。希伯来语不仅是以色列的官方语言,而且是以色列缔造者在建国前后塑造民族身份的一个重要手段,绝大多数犹太作家当然要采用自己的民族语言进行创作。因此,希伯来语文学显然是以色列文学的主体,代表着以色列文学的成就与水准。

活跃在当代文坛上的土生土长的以色列作家主要有三代。第一代作家通常被称作"本土作家",他们多在 20 世纪 20 年代前后出生在当时的巴勒斯坦地区,在三四十年代登上文坛。这批作家人生体验中的标志性事件是大屠杀、以色列建国和 1948 年"独立战争",其作品背景多置于巴勒斯坦地区,显示出鲜明的地域特征与本土以色列人意识。更为重要的,因为希伯来语已经成为日常生活中交流和表达的工具,"本土作家"得以大量使用口语和俚语,形成了典型的以色列话语特征。"本土作家"也注重借鉴希伯来犹太文化传统中的叙事技巧,且为适应表现现实生活的需要,多采用现实主义创作手法。但也有些作家尝试运用超现实主义和自然主义的表现方法。

第一批本土作家的代表人物有撒麦赫·伊兹哈尔(S. Yizhar,

1916—2006)、摩西·沙米尔 (Moshe Shamir, 1921—2004)、阿哈隆·麦吉德 (Aharon Megged, 1926—)、哈努赫·巴托夫 (Hanoch Bartov, 1926—)、诗人海姆·古里 (Haim Gori, 1923—)等。伊兹哈尔的短篇小说代表作《俘虏》(*The Prisoner*, 1948)是当时颇富争议的一篇作品,争议价值大于审美价值。小说以1948年以色列的"独立战争"为背景,写一群以色列士兵在一名年轻军官的带领下,为发动一个"了不起的行动",抓住一个贝督因人,把他带到以色列哨所盘问,在审讯未果的情况下,以色列士兵接受上级命令,要求将俘虏转移到另一个营地。小说尽管没有写俘虏的被杀,但暗示着他再也回不到牧群中间,再也无法与家人团聚。押送俘虏的士兵一方面出于良知,同情贝督因俘虏;但身为以色列军人,必须忠于自己的国家。作品使用大量心理描写展现以色列士兵的内心冲突,是引起争议的原因。

第一代以色列"本土作家"或者说第一代希伯来语作家尽管为新兴国家的文化构成作出了重要贡献,但由于从事创作的生涯比较短暂,履行"文以载道"的社会使命又使他们的作品的审美价值受到局限。而同期活动在以色列文坛上的移民作家群里,虽拥有阿格农等世界知名作家,但孕育他们成长的主要是犹太文化,而非以色列文化;而且,他们中的多数人在以色列建国之前便已经达到创作顶峰。从这个意义上说,在整个世界文学版图上,当时的以色列文学还只是一种区域文学、地方文学,处于一种新文学的开端时期。

到了20世纪六七十年代,以色列人在建国前所表现的那种高涨的英雄主义情绪已经减退。对于许多以色列人、尤其是开明的犹太知识分分子来说,1956年的"西奈战争"不同于1948年的"独立战争"。在他们看来,"独立战争"是以色列人为争取生存权利进行的别无选择的战争,而"西奈战争"则是人为的选择,也正是在这场战争中,全副武装的以色列士兵无情地杀害手无寸铁的阿拉伯村民,震惊了整个犹太社区①。因战争而产生的社会心理矛盾带动了小说写作的变化。第二代以色列作家,亦即被称为"新浪潮"的作家们在表现以色列人生存境况的同时,偏重探索人的心灵世界,挑战传统的现实主义文学创作方式,借鉴西方现代主义文学表现手法,把以色列文学推向了高峰。这一时期的代表作家有国际知名诗人耶胡达·阿米亥(Yehuda Amichai, 1924—2000)、"新浪潮"作家"三杰",即阿摩司·奥兹(Amos Oz, 1939—)、亚伯拉罕·B. 约书亚(A. B. Yehoshua, 1936—)和阿哈龙·阿佩费尔德(Aharon Appelfeld, 1934—)等。

20世纪八九十年代出现的第三代以色列作家,创作倾向和风格更为多元,他们不像前辈作家那样专注于与民族命运相关的严肃主题,也用希伯来语写作侦探小说、恐怖小说和浪漫传奇,并大量借鉴西方现代主义文学的表现手法,热心文体实验。一批优秀的女作家在这一时期崭露头角,如萨维扬·利比莱赫特(Savyon Liebrecht, 1948—)、奥莉·卡斯特尔-布鲁姆(Orly Castel-Bloom, 1960—)、利亚·艾尼(Leah Aini, 1960—)、茨鲁娅·沙莱夫(Zeruya Shalev, 1957—)、娜娃·塞梅尔(Nava Semel, 1954—)、加布里来拉·阿维古尔-罗泰姆(Gabriela Avigur-Rotem, 1946—)、耶胡迪特·卡茨尔(Yehudit Katzil, 1963—)等,改变了一向以男性为中心的希伯来文学传统。

第十节 施穆埃尔·约瑟夫·阿格农

无论在现代希伯来文学史还是在当代以色列文学史上,曾获得诺贝尔文学奖的以色列希伯来语作家施穆埃尔·约瑟夫·阿格农都占有重要的位置。

阿格农生于波兰,即原奥匈帝国统治下的加利西亚。其父是一位

---

① Gershon Shaked, *Modern Hebrew Fiction*, Bloomington: Indiana University Press, 2000, p. 189.

德高望重的拉比,这使得阿格农有机会在家中实践东欧主流宗教生活。他在犹太会堂接受传统教育,跟随父亲及私人教师学习《托拉》、《塔木德》等犹太经典以及犹太启蒙文学,同时又学习了德文,阅读东欧文学,这是他日后作品中神秘悠远的宗教文化意蕴的基础。

1907年,19岁的阿格农离开故乡小镇,踏上了远赴巴勒斯坦的征程。在巴勒斯坦,他使用阿格农这一笔名发表了第一个短篇小说《阿古诺特》,通过一个爱情悲剧故事,探讨人的灵魂与上帝救赎、上帝与以色列土地的关系。小说的篇名"阿古诺"与作家笔名"阿格农"在希伯来文中是同一个词根,它的问世,不仅标志着作家阿格农的诞生,而且也展示出阿格农同犹太世界的独特关系。

但当时阿格农对上帝脚下这片土地的态度仍旧十分困惑、迷茫,遂于1913年离开他心目中的应许之地去了柏林,其真正原因至今仍令学术界迷惑不解。1924年,阿格农家中失火,将所有书籍及一部未竟的小说手稿焚毁。他的许多作品从此便蕴涵着毁灭与失落的主题。火灾过后,阿格农重返巴勒斯坦,定居耶路撒冷。虽生存环境艰苦,但圣城耶路撒冷像道灵光赋予他温暖、力量及创作文思。他重新恪守正统派犹太教,在精神上非常旷达超然,把家中失火解释成上帝对他的惩罚,原因在于他忘记了以色列故乡。

在长达半个多世纪的创作生涯中,阿格农创作了长篇小说《婚礼华盖》(1931)、《一个简单的故事》(1935)、《宿夜的客人》(1939)、《去年》(1945)、《希拉》(阿格农死后由其女儿埃蒙娜整理出版,1971),中、短篇小说集《大海深处》(1935)、《两个传说》(1966)、《二十一个短篇小说》(1970)、《失去的书及其他短篇》(1995)等,以及诸多散文和书信。纵观这些作品,其背景多置于东欧,还有一部分背景置于以色列,但即使是背景在以色列的作品,所表达的亦是颇具普遍性的犹太人性格特征,而不是"本土作家"群所体现的以色列特征。

《婚礼华盖》(*The Bridal Canopy*)是阿格农创作的第一部长篇小说,讲述的是犹太教哈西迪派信徒余德尔的故事。余德尔尽管穷困潦倒,但对上帝满怀敬与尊敬,终日苦读《托拉》,超然于尘世俗务之上。

三个女儿均已经到了谈婚论嫁之年,她们虽然高雅迷人,但衣衫褴褛,一任青春时光流逝,内心中不免绝望和惋惜。在妻子的再三敦促下,余德尔终于携带着神圣的拉比来信,穿上借来的衣饰,乘着教友为他租来的马车,走遍加利西亚的城市和乡村,为三个女儿筹借嫁妆,寻找如意郎君。

几个月过后,仍然一无所获,余德尔唯恐耽误了研读《托拉》,便决定放弃募捐,住进一家客栈,专心致志地研读起《托拉》来。说来凑巧,城里有一位与他同名同姓的富翁,没有子女。人们错把他当成富翁,前来为他的女儿提亲,新郎的家里十分富有,许下高额聘礼,余德尔非常满意,也按照犹太教法典,答应拿出等量财礼,并定下迎娶日期。余德尔回到家后,一家人在高兴之余不免为财礼事发愁。普珥节到来时,新郎的父亲派人给富翁余德尔送去聘礼,富翁余德尔深觉蹊跷,但出于礼貌,还是回了礼,并且打听到了那个和自己同名同姓的余德尔。新郎家在迎娶时方知阴差阳错,新郎的父亲在诵经堂找到了一贫如洗的余德尔,余德尔答应请亲家吃晚饭。全家人手足无措,但余德尔相信上帝一定会帮助他。拉比建议杀掉他们唯一的公鸡,女儿把鸡送去屠宰时鸡却跑了,母女们追鸡时来到一个山洞,竟然奇迹般地发现了大量的金银财宝,大女儿的婚礼如期举行,两个小女儿也找到了心上人。

《婚礼华盖》共两卷,30 章,采用大故事套小故事的框架结构。这种布局方式并非阿格农首创,无论是欧洲文学中的《十日谈》《堂吉诃德》《坎特伯雷故事》,还是东方文学中的《五卷书》《一千零一夜》,均创造性地利用了自古以来各民族的"框架故事"传统,展示本时代丰富多彩的世俗画卷与风物人情。阿格农的独特之处在于,采用传统的叙事手法,通过哈西迪派信徒余德尔独特的游历,笔端触及东欧形形色色犹太人政治、经济、文化生活尤其是宗教生活的各个层面,自始至终表现哈西迪教派的宗教思想。其语言幽默纯朴,对后代作家影响很大。

《宿夜的客人》(*A Guest for the Night*)带有明显的自传色彩。漂泊在外的主人公怀着深切的思乡之情重归故里,然而总是闪耀在脑海之中的传统犹太生活的最佳象征——犹太社区已经瓦解,维系几代人的信仰已经沦落，小镇上荒凉一片，建筑物摇摇欲坠，街道空空荡荡。少儿时代存留在记忆深处的带有理想色彩的家园世界已经失去。他曾试图召集人们去参加集体祈祷仪式，但未能如愿。严酷的现实使他意识到不可能在东欧复兴犹太民族精神，于是决定重返圣地巴勒斯坦。这部作品的情节虽然简单，但是通过主人公寻找过去辉煌历史的失败，强烈地表达出一种失望的苦痛。阿格农曾经在1930年回到加利西亚的故乡，即小说中犹太社区的原型，小说主人公的许多经历均有作家本人的影子。阿格农将自己的思想赋形于作品的主人公，把复兴犹太民族精神与民族文化的期待寄托在希望之乡——巴勒斯坦。

《去年》的背景置于1905—1914年的巴勒斯坦，主人公库默同第二代"阿利亚"中的许多人一样，离开自己的出生地，踏上了前往巴勒斯坦故乡的征程。他既不是知识分子，也不是哲学家，而是一个普通人，天真、质朴、真诚。他希望建立真正的家园，而不是像祖先那样只满足于圣城耶路撒冷。他回巴勒斯坦的目的是想实现自己的复国主义梦想，但后来生活本身却发生了强烈的变化。他没有当农民，而是做了画家；没有加入先驱者的行列，而是去往雅法，与传统的根隔离，逐渐忽视了宗教习俗。可突然间他又幡然悔悟，思念起圣城耶路撒冷，回到宗教习俗与传统的犹太人中间，同一个笃信宗教的虔诚女孩结婚。不料就在此时，他被狗咬伤，染疾而死。

库默死于皈依宗教的途中，这一情节本身便充满了讽刺意味和迷离色彩。小说的叙述者对这种结局表现出百思不解的神情，一再发问：他的罪本来不太深重，而且已经反悔，他不比别人坏，为什么要遭到如此的惩罚？小说纤细地描述耶路撒冷、雅法的生活气氛和早期农业定居点的情形，渲染了犹太复国主义思想对年轻人的诱惑。这是阿格农全部创作中最具有象征与超现实色彩的一部作品，力在表现犹太人在追求理想、信仰过程中无法避免的痛苦与精神炼狱过程。小说的大部分章节完成于1943—1945年，即犹太文明面临灭顶之灾的时期，只有依据作家自身的生活经历与精神体验方可理解寓寄其中的象征意义。

阿格农是希伯来文学史上杰出的文体家，他在创作长篇巨制的同时,还有许多短篇佳品,他的短篇小说,兼备内容与形式、文体与韵律的完美,将希伯来短篇小说推向了"艺术的高度"。以色列建国后,阿格农所撰写的一些短篇小说尽管背景有时置于耶路撒冷,但与"本土作家"的作品迥然不同。这时期他所创作的短篇小说名篇有《黛拉》(*Dhella*, 1950)和《千古事》(*Forevermore*, 1954)。

《黛拉》写的是一位名叫黛拉的耶路撒冷老妇,已届百岁高龄,丈夫和儿子均已过世,她本人是一位虔诚的圣徒,她的家就像一个祈祷所。阿格农在她身上融进了自己的审美理想。在他笔下,这位高寿妇女正直聪慧、仁慈谦和,眼中流露着慈悲怜悯,就连脸上的道道皱纹也显示着福慧安详的光彩;平日里,她不是去探视病患,就是去安慰穷人,是人们心目中的圣徒。她恪守传统的道德规范,不惜历经漫长的磨难,静默地等待救世主的来临。显然,黛拉已不是一个动人而又令人好奇的人物形象,而是那业已逝去世界的最后一个代表人物。文中不时暗示过去的伟大和现在的缺憾,这种暗示诚然带有某种狭隘的民族复古主义成分,但也折射出特定历史时期内犹太民族的文化心理。小说结尾,"黛拉丢下我们走了",她的世界也已经远去。作品发表时,耶路撒冷老城已经因以色列人和阿拉伯人的交战而毁坏,该作既是为一位圣徒似的妇人塑像,也是为传统的犹太人生活之道吟诵的一曲哀歌。

《千古事》里的主人公花费了近 20 年时间完成了一部历史著作。他携书稿去找出版商,但几经周折仍毫无头绪,求人赞助也没有结果。就在他已经放弃任何希望时,终于时来运转。城中一个首富愿意出他的书,他正要去拜访这位富翁,麻风病院的一位老太太来到他家,例行每年一次的为病人索取书报杂志。据她说医院里有一部约写于 1000 多年前的破旧的书,上面洒满了读者的眼泪,与主人公的书一样,写的是那座已被毁灭的城市,主人公惊愕不已。他没有去拜访首富,而是来到麻风病院。那本书似乎不是写在羊皮纸上,而是涂在麻风病患者的皮肤之间;它似乎不是用墨,而是用脓血写成。他戴上消毒防护器具,方可阅读。他透过书中字句,终于找到那座城市如何被征服的谜底,禁不住潸然泪下,感叹于作者的伟大。他没有离开那座医院,也没有放弃阅读,而是留在那里,永远,永远。《千古事》堪称一篇美丽含蓄的现代寓言,破旧的史书象征着犹太人几经乱离、饱经沧桑的命运,而那座被毁的城市显然喻指当今的耶路撒冷。

阿格农的创作,具有史诗般的雄浑,蕴涵着深邃的犹太文化意蕴,且技巧精湛。他缅怀犹太人的历史,又勇敢地面对20世纪互相冲突的价值观念,上承圣经文学、拉比文学、启蒙文学与欧洲文学,下启以色列几代优秀的小说家,影响深远,当今许多一流的以色列小说家都承认自己在创作上师承阿格农,将其视为希伯来文学创作的典范。

需要特别指出的是,尽管阿格农从20世纪20年代就回到巴勒斯坦,并且以以色列人的身份获诺贝尔文学奖,但他不是严格意义上的以色列作家,而是一个典型的希伯来语犹太作家。阿格农的语言主要来自《圣经》文学和拉比文学,还有德国浪漫派文学传统,他是一个在创作中融会了犹太文化与欧洲文化的世界性作家。

第十一节 阿摩司·奥兹

阿摩司·奥兹1939年生于耶路撒冷,父母分别来自前苏联的敖德萨(今属乌克兰)和波兰的罗夫诺。受家庭影响,奥兹自幼便接受了大量欧洲文化和希伯来传统文化的熏陶,而后又接受了以色列本土文化的教育。奥兹12岁那年,母亲因对现实生活极度失望而自杀,对奥兹的心灵产生了极度震撼,也对他整个人生和创作产生了不可估量的影响。14岁那年,奥兹反叛家庭,到胡尔达基布兹(即以色列颇有原始共产主义色彩的集体农庄)居住并务农,后来受基布兹派遣,到耶路撒冷希伯来大学攻读哲学与文学,获得学士学位,而后回到基布兹任教,并开始了文学创作生涯。奥兹非常富有社会参与意识,素有"以色列的良知"之称。他一贯支持巴勒斯坦建国,主张巴以双方通过妥协实现和解,是以色列"现在就和平"组织的主要奠基人。

自20世纪60年代以来,奥兹发表了《何去何从》(1966)、《我的米海尔》(1968)、《黑匣子》(1987)、《了解女人》(1989)、《莫称之为夜晚》(1994)、《一样的海》(1998)、《爱与黑暗的故事》(2002)等12部长篇小说,《胡狼嗥叫的地方》(1965)等三个中短篇小说集,《在以色列国土上》(1983)、《以色列、巴勒斯坦与和平》(1994)等多部政论、随笔集和儿童文学作品。他的作品被翻译成30多种文字,曾获多种文学奖,是目前最有国际影响的希伯来语作家。

作为20世纪60年代崛起于以色列文坛的"新浪潮"作家的杰出代表,奥兹把笔锋伸进玄妙莫测、富有神秘色彩的家庭生活,善于以家庭为窥视口,展示以色列人特有的社会风貌与世俗人情,揭示当代以色列生活的本真和犹太人所面临的诸多现实问题和生存困境。其文本背景多置于富有历史感的古城耶路撒冷和风格独特的基布兹。此外,奥兹某些小说的叙事背景还扩展到中世纪十字军东征和希特勒统治时期的欧洲,描绘犹太民族的历史体验,以及犹太人对欧洲那种求之不得的爱恋。他善于对主人公内在的心灵世界进行哲学意义上的思考,展示个人与社会、性欲与政治、梦幻与现实、善良与邪恶的冲突。

奥兹是一位集希伯来传统文化与欧美现代文化于一身的作家,尤其受俄国作家契诃夫、以色列诺贝尔文学奖得主阿格农和现代希伯来浪漫派小说家别尔季切夫斯基的影响。契诃夫让他认识到日常生活琐事的伟大意义,教会他如何含笑运笔,描写人生的悲怆。诺贝尔奖得主阿格农教会他如何运用反讽手法和戏谑的方式描写严肃的生活事件。别尔季切夫斯基则启发了他挖掘人性深处,包括其中黑暗的一面。奥兹酷爱《旧约》中优美、简洁、凝练、具有很强张力的语词,并一直试图在创作中保留住这一传统。他在许多作品中,使用《圣经》中的暗示与隐喻,使用简明短促的句式,形成强烈的抒情色彩。尤其在发表于1998年的《一样的海》中,奥兹运用韵文与散文杂糅的句式,大胆进行文体实验,获得了显著成功。

《爱与黑暗的故事》(*A Tale of Love and Darkness*)一向被视为奥兹最为优秀的作品。这部长篇小说以娓娓动人的语调,讲述了20世纪上半叶一个犹太家族的故事:从主人公"我"的祖辈和父辈流亡欧洲的动荡人生,到移居巴勒斯坦地区后的艰辛历程,借助家族历史演绎了民族历史,真实地展现了以色列建国前后犹太民族与阿拉伯民族从相互尊崇、和平共处到相互仇视、冤冤相报的悲剧,刻画了犹太复国主义者、阿拉伯民族主义者、超级大国在这之间扮演的各种角色,表达了一个有良知的知识分子的痛苦和思考。

小主人公"我",明显是以作家本人为原型的。小说写道,在20世纪二三十年代触目可见"犹太佬,滚回巴勒斯坦"标语的欧洲,"我"的祖父母、外公外婆、父亲母亲分别从波兰和乌克兰来到了贫瘠荒芜的巴勒斯坦。这种移居与迁徙,固然不能完全排除受犹太复国主义思想的影响,但显然也是迫于无奈。这些在大流散中成长起来的旧式犹太人,沐浴过欧洲文明的洗礼,他们心中的"应许之地"也许不是《圣经》中所说的"以色列地"(即巴勒斯坦古称),而是欧洲大陆。为在巴勒斯坦生存,他们不得不放弃旧日的理想,务实地从事各种卑微的职业,并把自己的人生希冀赋予子辈的肩头。

他们的子辈,也就是以《爱与黑暗的故事》中的"我"为代表的出生在巴勒斯坦地区的本土以色列人,虽然自幼在家里受到欧洲文化的熏陶,但是在犹太复国主义思想的教育与时代的感召下,向往的却是做一名拓荒者,成为新型的犹太英雄,与大流散中的犹太人截然不同。这类新型的犹太英雄,便是以色列建国前期犹太复国主义先驱者们所标榜的新希伯来人。即使在宗教学校,新希伯来人也学唱拓荒者们唱的歌。而对待来自欧洲的犹太人难民,尤其是大屠杀幸存者,新希伯来人既怜悯,又有某种反感和不解。因为在他们看来,令人沮丧的犹太历史只是沉重的负担。

否定流亡、否定历史的目的是为了重建现在,在祖辈的故乡建立家园,这便触及以色列犹太人永远无法回避的问题,即如何面对自己的重建家园和巴勒斯坦人的背井离乡。《爱与黑暗的故事》对此没有回避而是直面相对,作品的叙述语调也因此而凝重严峻。"我"在3岁多曾经在一家服装店走失,是一名阿拉伯工友救了他,工友的和蔼与气味令其感到父亲般的亲切。8岁那年,"我"跟随父母的朋友到阿拉伯富商希尔瓦尼庄园做客,遇到一个阿拉伯小姑娘,"我"可笑地以民族代言人的身份自居,试图向小姑娘宣传两个民族睦邻友好的道理,并爬树抡锤展示所谓新希伯来人的风采,结果误伤了小姑娘的弟弟,造成后者终生残废。数十年过去,"我"仍旧牵挂着令自己铭心刻骨的阿拉伯人的命运:不知他们是流亡异乡,还是身陷某个破败的难民营。通过这些感人的情节和细节,小说表达了超越民族和国家的宽广的人道关怀。

小说中的小主人公后来违背父命,到基布兹生活,并把姓氏改为奥兹(希伯来语意为"力量"),表示了与旧式家庭、耶路撒冷及其所代表的旧式犹太文化割断联系的决心,但他却无法成为"真正的新希伯来人"。从一定意义上说,《爱与黑暗的故事》里"我"在旧式犹太人与新型希伯来人之间的徘徊,正是作家自己内心矛盾的折射。小说中"母亲"这一形象也值得注意。当年奥兹反叛家庭的一个重要原因是母亲自杀,在《爱与黑暗的故事》里,他对"母亲"悲剧命运的细腻描写与分析,其实也是在诉说长久埋藏在自己心灵中的凄美故事。

思考题

1. 谈谈纪伯伦散文诗的思想与艺术特色。
2. 纳吉布·迈哈福兹的《宫间街》三部曲以怎样的叙述方式反映了埃及社会的变迁?
3. 谈谈你对《瞎猫头鹰》象征喻意的理解。
4. 你认为塞佩赫里与夏姆鲁的诗歌思想在我们富足的物质生活中具有怎样的意义?
5. 简述现代希伯来文学的特殊性。
6. 谈谈阿格农和奥兹在现代希伯来文学史上的地位与影响。

参考书目

1. 《纪伯伦散文诗选》,冰心等译,合肥:安徽文艺出版社2005年版。

2. 纳吉布·迈哈福兹:《街魂》,关偁译,桂林:漓江出版社1991年版。
3.《伊朗现代新诗精选》,穆宏燕译,北京:华艺出版社2005年版。
4. 徐新主编:《现代希伯来小说选》,桂林:漓江出版社1992年版。
5. 格农:《婚礼华盖》,徐新等译,桂林:漓江出版社1995年版。
6. 奥兹:《爱与黑暗的故事》,钟志清译,南京:译林出版社2007年版。

(本章编写:宗笑飞、穆宏燕、钟志清)

第七章　印度近现代文学

第一节　概　述

自17世纪始,英帝国通过"东印度公司"逐步入侵印度,排挤了其他西方列强,逐渐蚕食印度莫卧尔帝国(1526—1857)。1857年印度民族大起义之后,英国政府直接将印度纳入其统治之下。在建立庞大的统治机构同时,英殖民者也推行相应的文化统治机制。这引起了各种形式的民族文化抵抗,但也因一定程度上适应了印度内部变革的需求,而得到一些受英国人重视的印度知识分子的响应。从此,起源于西方的现代性就和印度如影随形,深刻关联着印度的方方面面。印度近现代史影响深远的人物,几乎无一例外地具有西方教育背景。然而,他们血管里流淌的印度的血液却造出了一个现代奇景:新和旧、传统与现代、外来与本土,对立、冲突,相互影响、纠结缠绕,构成了印度近现代文学的独特面貌。

印度的近代文学开始于英国人的到来。来自西方的文化和印度本土文化首先在殖民地的都城加尔各答相遇,各种宗教、文化、思想运动相激相生,促成了"加尔各答的文艺复兴"。这场"文艺复兴"既具有鲜明的国际色彩,又充满对抗殖民者的民族主义激情。其先驱是被称为"近代印度之父"、1828年创建"梵社"的拉姆·摩罕·罗易(1772—1833)。罗易出生于孟加拉地区一个与莫卧儿帝国政府关系密切的婆罗门显贵家庭,一生用孟加拉语、英语、梵语、印地语和波斯语写了几十部著作,代表作是《捍卫印度教一神论》(1817)、《再论捍卫吠陀的一神论体系》(1817)、《基督教的箴言》(1820)等。罗易的宗教改革本质上是启蒙而不是复兴，其立足点是西化，他激烈反对印度教的偶像崇拜，主张以"梵我一如"的吠檀多宗教哲学精神涤荡印度教多神崇拜。他创建的梵社对外开放，不论种姓、信仰，只要信奉一神者均可入内。梵社所倡导的印度教现代化，被正统派斥为异端，实际上成了一个独立的新兴宗教，被视为另一个宗教——"梵教"。1857年民族大起义后，梵社的影响由孟加拉发展到整个印度半岛。

在梵社之外，第一个把瑜伽等印度奇景带到西方面前的罗摩克里希那·帕尔摩罕斯(1834—1886)也是印度教改革运动的代表人物。他糅合改革派与正统派的观点，既主张自我更新，更强调印度的传统精神，认为神既有形又无形，宗教的使命在于实现人类普遍的爱，而不在于劝人改宗。罗摩克里希那的得意门生辨喜(Vivekananda, 1863—1902)出身于一个西化的印度家庭，毕业于英国剑桥大学，但他全身心投入印度古典文化的学习和传播，在各地演讲，弘扬吠檀多思想，抗拒"西方文明"的泛滥。他的浅显的印度吠檀多道理成为现代印度思想的基石之一。

1880年代新毗湿奴宗教运动在孟加拉兴起，其代表人物是当时的著名作家般吉姆·建德罗·杰德吉(通称般吉姆，1838—1894)，他主张在承认印度教传统形式的基础上进行宗教改革，崇拜黑天和迦梨女神，并在新时代民族主义的框架里赋予其新的含义，把宗教信仰转化为政治，在孟加拉乃至整个印度均产生了巨大影响。他被认为是孟加拉语小说之父，曾以英文写成《拉伽摩罕的妻子》(1864)，但后来的作品如《迦帕尔贡德拉》(1866)、《阿难陀寺院》(1882)等小说都改用孟加拉语创作，后者里的歌名"向母亲致敬"成为1905至1908年间印度民族革命中传遍全印的口号。

伴随着东海岸轰轰烈烈的宗教改革和"文化复兴"，西海岸的民族主义改良也遥相呼应。1884年印度国大党在孟买成立，民族主义运动拥有了一个全国性组织。该党主张与殖民统治者建立"朋友般的良好关系"，在英帝国内部实行有限的自治和政治改良。而在离孟买不远的浦那,社会思想家、实践家昭迪拉奥·普莱则把批判矛头直接指向了种姓制度。他大力提倡低种姓教育、尤其是"贱民"社群的女性教育。1873年他建立了"求真社",反对婆罗门祭司对宗教事务的垄断和"'神女'婚姻",发起防止农民丧失土地的觉醒运动,帮助农民掌握新式农业技术。作为剧作家,普莱创作了马拉提语戏剧《第三宝》、叙事诗《民谣:大地之主世沃吉·婆萨莱传》,占了现代马拉提语文学以及全印度"贱民文学"的风气之先。普莱的主要功业体现在为低种姓争取合法权利的运动上,他的低种姓教育为该运动培养了坚强的斗士,其中的代表是出身浦那"贱民"家庭的安倍噶尔(Dr. Ambedkar)。1956年,安倍噶尔带领成百万贱民由印度教改信佛教,摆脱了"不可接触者"身份,形成了印度的"新佛教徒"阶层。

在传统文化深厚的北印度,作为对梵社西化倾向的回应,1870年代出现了由达耶难陀·娑罗思瓦蒂(1824—1883)领导的圣社。圣社强调回归吠陀,竭力维护印度传统,带有强烈的民族主义色彩,在下层群众中有广泛的社会基础。与此相应,19世纪下半叶被称为印地语文学的"巴勒登杜时代"。诃利施建德罗·巴勒登杜(1850—1885)被誉为现代印地语文学之父,其创作充满了民族主义精神。其代表剧作《纯真的诃利施建德罗》(1876)的上演是殖民地印度的重要事件,说的是国王诃利施建德罗乐善好施,施舍了一切财富乃至整个国土,甚至把妻子卖为奴隶,自己则在焚尸场收集裹尸布。后来儿子死了,妻子无钱焚尸,诃利施建德罗竟要妻子施舍裹尸布作为焚尸的费用。最后天神考验结束,儿子复活,国土复归。这部剧作的情节和剧名均来自失传的梵语剧作,但在殖民统治的上下文中,这个隐喻性极强的老故事深深拨动了殖民统治下印度观众的"集体无意识"之弦。该剧长演不衰,每当演到国王向妻子索要裹尸布一幕时,观众就会泣不成声。

以"印度母亲"为旗帜的民族主义把印度文学带入20世纪,在新的时代风气下催化了各种文学潮流,浸入各种不同语言、主张和文学形式中。主流的甘地主义和传统主义之外,还有乌尔都语文学中主张回归穆斯林传统的"民族诗人"伊克巴尔等,以及缔造泰米尔新诗歌的巴拉蒂和巴拉蒂达桑等人的创作,都创制了民族主义的文学形式。

20世纪印度文学首先在孟加拉语写作中成就,继般吉姆之后出现的泰戈尔和萨拉特·建德罗·杰德吉(1876—1938)是最具代表性的作家。富于中世纪印度流浪气质的萨拉特感伤而浪漫,以塑造浪漫主义女性形象而著称,同时其现实主义的文学笔触又为普列姆昌德他、马尼克等作家开辟了道路。他的前期创作深受般吉姆及泰戈尔的影响,后期则与当时的民族主义政治结合在一起。长篇小说《斯里甘特》以斯里甘特在垂暮之年回想往事的形式,叙述他在青少年时代的游历,以旁观者的眼光映照了世间百态,并突出描写了两位具有"印度母亲"气质的女性形象。小说结构借鉴了故事套故事的传统叙述方式,插曲与场景的描写尤为细致。

继萨拉特而起的是三个都姓般纳吉的作家,其内容深广的创作为孟加拉语小说开辟了一个崭新的天地。毗菩提菩山·般纳吉(1894—1953)一生大部分时间都在他的加尔各答北部家乡当贫穷的乡村教师。他凭长篇小说《路的传说》(*Pather Panchali*)初入文坛便达到创作的巅峰。这部自传体小说透过敏感而早熟的孩子阿布的眼睛展开情节,人与树、花、果、草药、灌木丛、田野、村庄、道路、天空交融在一起,展现了印度乡村生活独有的风情。小说采取民间故事式的叙述方式,结构看似松散,其实与作品中描写的民间木偶戏的意蕴绵密契合,小说题目里的 Panchali 就是指中世孟加拉文学中伴随木偶戏演出的长篇叙事诗文本。60年代著名加尔各答导演雷伊曾根据《路的传说》拍摄了一部黑白电影,成为电影的经典之作。东孟加拉婆罗门出身的马尼克·般纳吉(1908—1956)积极投身于马克思主义的进步文学运动,他的小说《木偶戏》叙述了按理想操纵木偶演戏的人最终却被众木偶操纵的故事;《帕德玛河上的船夫》则充满现实生活气息,结构紧凑,历史感鲜明,在对生活与命运的沉思中,着力从性、爱欲等生存本能和外在的生活压迫等方面来显示人类纯朴天性的脆弱无力,现实的笔法中藏着超然物外的象征与寓意。达拉巽格勒·般纳吉(1898—1971)的小说则充满乡愁,颇有史诗风格,其主角常常不是人物,而是村镇、部落或风俗,着力从城市工业文明对印度文明的渗透与摧残中表现生活的变迁、人的价值观变化以及精神的困惑。他的小说《翰苏里河湾的传说》是为一个在印度教主流社会的轻蔑中尚可保全、却被现代文明的诱惑碾碎的印度教低种姓古朴和谐的部落文化所唱的一曲挽歌;《诊所》则以现代派技巧,写一位按照传统身心并治的印医毕生与死亡及漠视心灵的西医模式抗争,最终被科学主义的西医思维及其背后正统治着印度的西方法律、行政、教育等的现代国家主流意识形态扼杀的故事,其中主张天人合一、土生土长的印度医学最终在文化侵略的冲击和当地人的抛弃下日益消亡,文明的传统在现代文明的挤压下江河日暮,印度生活的新时代病入膏肓,整部小说笼罩着浓郁的死亡气息。

马克思主义和甘地主义的广泛传播催生了进步文学运动,其中印地语文学的杰出代表普列姆昌德的小说是进步文学思潮的实绩。继承三个般纳吉的传统,印度崛起了以地方语言着力描写偏僻边区生活的草根文学——边区小说,以乡民的纯朴与部落民的野性回应着现代性和西方式的"文明的"都市生活方式,是印度文化现代化梦想失落、自我身份寻找的倾向在文学里的反映。现代主义文学在浪漫主义之后发轫于孟加拉文坛,与现实主义、进步主义文学同时兴盛,如深受当时流行西方意象派影响的"怒潮"派以及印地语文学中的实验主义、马拉提语文学中的唯美主义等。而在深知西方文化而又自觉地继承传统的辨喜、奥罗宾多和拉达克里希南等学者、思想家的推动下,以继承"传统"为旗帜的文学也在发展,奥罗宾多自觉地在全球化背景下回归梵语文学经典,努力延续印度的古老传统,他的灵性创作是20世纪传统主义文学的代表。

颇为讽刺的是,在独立后的印度,英语文学空前兴盛,压倒包括作为国语的印地语文学的一切本土语言,以印度文学代表的姿态独占魁首。尤其是20世纪后半叶的英语文学创作,作为英语写作的一部分,在欧美文坛产生了广泛的影响。

第二节 泰戈尔

泰戈尔(Rabindranath Tagore,1861—1941)出生于印度教毗湿奴派婆罗门家庭,他的祖父、父亲和他本人都是梵社的重要成员。在他的童年记忆里,家里总是挤满诗人、歌者和讨论哲学、神学、文学的人们。泰戈尔17岁留学英国,两年后返国。梵社的观念使泰戈尔得以无差别地汲取西方滋养,但作为印度人他听惯了自然里的各种声响和林中近坐老师身边所聆听的经典唱颂,本能地对西方科学主义现代教育制度深恶痛绝。于是,泰戈尔开始了一次教育冒险,在祖地上建起学校,按照传统以天地为屋宇,在大树底下上课,教师必须是艺术家或者有艺术气质的人。他为此奔走一生,耗尽心力。独立后的印度把学校纳入统一的西式教育体制,但今天的泰戈尔国际大学仍然保持着一些艺术气氛和自由的风格。

泰戈尔是一个思想家、教育家、多才多艺的文学家。他从19世纪后期便开始了文学创作,且形成了自己的风格;进入20世纪,泰戈尔的创作更为旺盛,一些代表性的诗作,如《故事诗》(1900)、《吉檀迦利》(1910)、《新月集》(1913)、《飞鸟集》(1916)等,都写作、发表于这一时期。在小说创作领域,泰戈尔也卓有成就,曾发表长篇、中篇小说12部,短篇小说100余篇,此外,还有剧本20余种,以及大量的文学、哲学、政治论著、回忆录、游记、书简。泰戈尔的艺术造诣也相当深厚,曾谱了许多歌曲,有2000多幅画作。

泰戈尔的歌诗之路是伴随第一个拼写练习开始的:在学完字母之后,接着学习的是构词法。在费力地学了这些乏味的东西之后,他忽然发现了这些词的某种内在的意义联系,使他产生了一种雨声淅沥、树叶抖索的感受。可以想象一种什么样的电流在这个孩子的周身流过——"天下雨了,树叶在抖索"。这个和自然共鸣的创作开端意味深长,那关涉着圣诗的源起。印度先哲是以声音为神圣的,梵天以声音创造世界,迦梨陀娑的《罗怙世系》里开篇就说,音(词)与义的结合就是世界父母的结合,泰戈尔一生都在这种音和义的无穷结合里,在一条"我与你"的线索上,导引着一条韵律的朝圣之路。

泰戈尔的写作深深扎根于印度的土地上,诚如冰心在《吉檀迦利》中译本的序言里所说:他"进到乡村,从农夫,村妇,瓦匠,石工那里,听取神话,歌谣和民间故事,然后用孟加拉文字写出最素朴最美丽的散文和诗歌",让"我们看见了提灯顶罐,巾帔飘扬的印度妇女;田间路上流汗辛苦的印度工人和农民;园中渡口弹琴吹笛的印度音乐家;海边岸上和波涛一同跳跃喧笑的印度孩子,以及热带地方的郁雷急雨,丛树繁花。……"

赞颂爱之颤动,是泰戈尔从古印度诗人那里一脉相承的传统,他所歌咏的爱情,没有现代西方文学中常见的灵与肉的巨大裂缝,以及如影相随的罪恶感,其中萦回的是与麋鹿为友、与天地酬答的祈望、赞颂和歌唱:

> 我的情人的消息
> 在春花中传布
> 它把旧曲带到我的心上
> 我的心忽然披上了
> 冀望的绿叶
> 我的情人没有来,但是她的摩抚在我的发上,她的声音在四月的低唱中从芬芳的田野上传来。
> 她的凝注是在天空中,但是她的眼睛在哪里呢?
> 她的亲吻是在空气里,但是她的嘴唇在哪里呢?[①]

爱情的奥秘之门一扇扇打开,诗人渐渐接近并最终汇入印度的传统,在梵我合一的思想脉络上,情人意味深长的微笑里慢慢显现出神灵的永恒面影,轮回中的"我"回首洞观了自己的梦幻沉浮:

---

① 《泰戈尔诗选》,冰心等译,北京:人民文学出版社 2000 年版,第 2 页。

>　　沉默的大地看着我的脸张开她的手臂围抱着我。
>
>　　在夜里星辰的手指摩抚我的梦魂。他们知道我从前的名字。
>
>　　他们的微语使我忆起那长长的无声的催眠歌的音调。他们把初晓光明中我所看见的笑容带到我的心上。
>
>　　爱在大地的每一砂粒中,快乐的绵延的天空里。
>
>　　即使化为尘土我也甘心,因为尘土被他的脚所触踏。
>
>　　即使变成花朵我也愿意,因为花朵被他拈在手里。
>
>　　他是在海中,在岸上;他是和负载一切的船儿同在。
>
>　　无论我是什么我都是有福的,这个可爱的尘土的大地是有福的。①

"我"与尘土、砂粒、花朵合而为一,与整个大地合而为一。一沙一世界,时空无尽,"我"沿着爱的阶梯与万物合一,回归到"你",而"爱我的人们不知道是他们的爱把你带到我的心中"。时空开放,大化流行,"我"与万物在共同的律动中合一,并因此体味到了每一寸悲哀和欢乐,经历着每一个幸福或黑暗的时辰,与最卑微的人与物同在,并在这卑微之中接近了你——"存在的主"。

《吉檀迦利》是诺贝尔文学奖获奖作品,全诗一以贯之的抒情观照着局限的"小我"如何通过和"你"的和谐共振,向大我回归的旅程。在泰戈尔看来,韵律是万有的律条、宇宙的奥秘,在韵律里诗人回归世界的源头。

然而,"你"是谁?在哪里显现,如何相认?"你"无处不在,但和鸣却谈何容易。人被小我的欲望和自私蒙蔽了五根,睁着眼睛看不见,长着耳朵听不见。这艰难与和鸣的渴求激起预感般的神秘:

>　　我在我的琴弦上反复寻求能和你和鸣的音调。晨光和水流是简单的,叶上的露珠,云霞的颜色,江岸的月光和中夜的阵雨都是简单的。

---

① 《泰戈尔诗选》,冰心等译,北京:人民文学出版社 2000 年版,第 21 页。

我为我的歌曲寻求了像它们这样简单而饱满,新鲜与生命齐流,与世界同寿而人人都晓得的音调。

但是我的琴弦是新调的,它们充满了像矛头一样的高亢尖锐。因此我的歌曲从来没有风的神韵,从来不能与星月交辉。①

……

我的一切存在,一切所有,一切希望,和一切的爱,总在深深的秘密中向你奔流,你的眼睛向我最后一盼,我的生命就永远是你的。②

但是,泰戈尔生活在20世纪的殖民地社会里,印度的人们数千年来与环境相与往还建立起的思维、生活方式,已经被所谓的现代文明和现代理性冲击挤压到隘仄境地,这让敏感的诗人伤心欲绝,再也无力去说"一生永远以诗歌来寻求你"(《吉檀迦利》第101首)。悲凉的音调在他的诗中渐渐升高,沉郁、寥落而迷惘:

我永远四出寻找我的自身;
但我怎能认出
那以变幻的形象和外表
在梦中飞掠的流浪者呢?

我常在我自己诗歌的心中,
倾听着它的声音,
但永不知道它住在哪里。

时间过去,光影暗却,
从一个行人的琴上
别离的调子荡漾在晚风中。③

诗歌之外,泰戈尔的小说虽则取法西方近现代小说的范式,却充满

---

① 《泰戈尔诗选》,冰心等译,北京:人民文学出版社2000年版,第46页。
② 《吉檀迦利》,第91页。
③ 《泰戈尔诗选》,冰心等译,北京:人民文学出版社2000年版,第82页。

印度底蕴和气质。《摩诃摩耶》是最广为流传的一部短篇,写美丽的摩诃摩耶和一个青年相爱,却被迫嫁给垂死的老婆罗门而随即要殉夫火葬,骤降的暴风雨救了她一命,也毁了她姣好的面容。摩诃摩耶找到青年,让他发誓永不揭开面纱而和他生活在一起。但青年终未能抵御揭开面纱的诱惑,摩诃摩耶决绝离开。"摩诃摩耶"一词的意思是"大幻",常有美如幻梦之意,佛陀的母亲就叫这个名字,而在吠檀多哲学里,是指人心幻化出来作为幻像的世界真相是恐怖的,大幻的面纱之后是"你"的骇人面容。

传统和时代铸就了泰戈尔。虽然泰戈尔以英译和英语作品获得诺奖和世界声誉,但他终生都对孟加拉语忠贞不二。他的文学创作里,混合着奥义书、佛教、梵语文学和苏非主义、虔信文学以及西方浪漫主义诗歌的气息,回荡着蚁垤、迦梨陀娑、马鸣等的韵味和影子。

第三节　伊克巴尔

中世纪以后,穆斯林先后在印度北方先后建立起德里苏丹国和莫卧儿帝国。第二次世界大战后,印度独立,印巴分治,一个纯粹的伊斯兰国家——巴基斯坦分离出来。诗人哲学家穆罕默德·伊克巴尔(Muhamad Iqbal,1877—1938)被奉为巴基斯坦国父,他用乌尔都语和波斯语写作,曾出版《呼谛的秘密》、《波斯雅歌》、《永生集》等11部诗集,在印度乌尔都语和波斯语文学史上都占有重要地位。作为思想家,他引领印度穆斯林回归伊斯兰文化传统,更新宗教观念,建构了巴基斯坦立国理论。

伊克巴尔祖上曾是克什米尔的湿婆派印度教婆罗门,后皈依伊斯兰教。他从小受到传统的苏非思想的熏陶,熟读波斯苏非文学大师的作品,对苏非思想有深刻的体悟。伊克巴尔早期的诗歌主要以印度爱国主义和争取自由独立为题材;中期诗歌以描绘自然山水、园林景色著称,表达了对祖国的挚爱;晚期作品多为伊斯兰哲理诗,享誉印度内外的穆斯林世界。

伊克巴尔生活在殖民地印度。家国不幸和西方的教育使诗人成为民族主义者。他曾在诗里写道："我们的印度斯坦举世无双,她是我们的花园,我们是园中的夜莺。"(《印度人之歌》)他号召印度教徒与穆斯林都团结一致,甚至鼓励修建印度教的庙宇："来吧!把猜疑的帷幕再次揭去,让被隔离的人重新团聚,抹去分歧的裂纹。心灵深处已被长久废置与荒芜,来,在这国度里重修一座湿婆庙。"(《新湿婆庙》)在长诗《列宁》中,他愤怒地痛斥西方殖民者："东方的上帝是欧洲白人!西方的上帝是亮光闪闪的金属!""什么科学,哲理,策略,政府,唱的是平等,喝的是人血!"他的著名短诗《诗人》以一种古老的印度风格写来,至今仍广为传颂:

  民族好比躯体,人民是它的四肢,
  民族的手足,是衡量艺术的尺度。
  政府的行政,是民族美丽的面容,
  音声铿锵的诗人,是民族的利眼。
  躯体一处疼,眼睛就哭泣,
  眼睛对躯体的全部是多么同情!

伊克巴尔的代表作是《秘密与奥秘》。该诗上篇为《呼谛的秘密》。"呼谛"基本上是《奥义书》里的大我(ātman)的波斯语说法,指人的灵魂,即个体中的神性。下篇是《呼谛的奥秘》,即无我的奥秘,提倡个人为社会服务,为民族贡献。伊克巴尔把"自我"看做生命的泉源和社会发展的动力、一切存在的基础。他宣称宇宙是持续不断的生命创造的存在,生命就是个体,个体的最高形式(人)是个性,个性的最高形式是"呼谛",倡导"呼谛"就是启发穆斯林认识自身中所蕴藏的神性,修炼成为完人,通过无数个对"自我"的否定,创造了一个更大的"自我"——民族的"自我",按照伊斯兰教义建立理想的社会。伊克巴尔的诗中所用的典故都来自伊斯兰教经典和传说,所用的比兴手法也可追溯到波斯古典文学,同时也呼应着现代世界。伊克巴尔的呼谛理论充满苏非主义气息,但其中也明显带有基督教新教伦理以及共产主义思想的回声。他善于用古典的形式映射当下,赋予旧的譬喻以新的意蕴;他的诗作时时显露出北方昂扬不屈的血性和鹰击长空的气概,跳动着古老游牧世界的脉搏。

第四节 进步主义文学思潮与创作

苏联十月革命之后,许多印度青年作家放弃了甘地的非暴力理论,支持共产主义暴力革命,形成共产主义运动。1922年诗集《愤怒的琴弦》的出版令穆斯林出身、第一个把《国际歌》译成孟加拉语的诗人纳兹鲁尔·伊斯拉姆(1899—1972)一夜之间家喻户晓,其中的《叛逆者》一诗曾被广泛传诵。

进步主义文学运动最初主要是由受西方教育的乌尔都语作家发起的。1932年出版的乌尔都语作品集《火花》,主张政治改革、反叛宗教传统,深受马克思主义影响,也带有弗罗伊德的精神分析痕迹,叙述则采用乔伊斯式的意识流手法。1936年全印进步作家协会(All Indian Progressive Writers' Association)成立,印地语作家普列姆昌德被选为大会主席,而主要成员多是乌尔都语作家。第二次世界大战时,追随印共的进步主义作家支持苏联的盟国英国,而印度国大党却通过让英殖民者"退出印度"的议案,使印度进步主义作家处境尴尬;印巴分治后,乌尔都语进步主义作家大多移居巴基斯坦,其他印度语言的进步主义作家则随着印共的兴衰而起落,运动告一段落。

贝拿勒斯印度教农民出身的普列姆昌德深受甘地影响,当过家庭教师、小学教师,著名的长篇作品有《服务院》(1918)、《仁爱道院》(1922)、《舞台》(1925)、《戈丹》(1936)等,短篇名作有《棋友》、《咒语》、《裹尸布》等。其中描写农民何利一家苦难史的《戈丹》最为著名。普列姆昌德是理想主义的现实主义者,认为文学要为现实和大众服务,但文学不应是社会的镜子,而应是社会的灯塔。

在孟加拉语文学中,前述三个般纳吉之一的马尼克一直坚持进步主义文学立场。生于名门望族的毗湿奴·代(1909—1982)是公认的马克思主义诗人,又深受泰戈尔、马拉美、艾略特等人的影响,诗作中时而流露出怀疑与忧伤的情调。

在南方,以室利·室利之名闻名的室利岚迦姆·室利尼瓦沙·拉奥(1910—1983)是案达罗邦泰卢固语进步主义作家,他受法国超现实主义诗歌影响,善于从日常生活中被人忽视的废弃物中提炼诗歌的意象,关注社会存在的剥削、压迫、欺诈等丑恶的一面,声称"革命是我们的哲学,愤怒是我们的呼吸",代表作是诗集《伟大的旅程》(1945);卡纳达语进步主义领袖人物克利希那·拉奥(1908—1971)的早期反叛浪漫主义小说《人生旅程》(1934)以性爱为主题,大胆地探索社会道德问题,后参与进步主义文学运动,主张文学创作应成为社会革命的工具,代表作是《赤裸的真理》(1958);最著名的马拉雅拉姆语进步主义作家泰克狄·希沃山格尔·比莱(1912—)著作等身,其早期作品主要尝试的是心理分析,充分体现了作家对人类心理、本性以及印度传统文化的深刻洞察,后期的巨著《格耶尔》讲述库德南德村四代人的生活故事,没有中心人物,也没有情节高潮,整部小说由一插曲故事串联起来,既有家谱,又有政府的文件记录,多种体式混杂,多样风格并存,内容上包罗万象,笔法上丰富多彩,或是现实主义,或是魔幻梦想,或是理智分析,或是神话传说,着力于人与土地关系的变化来表现社会变迁,颇具史诗风格。

20 世纪 30—70 年代,进步主义文学也出现在旁遮普语文学中。苏林达尔·辛赫·纳鲁拉(1917—)的长篇小说《快乐宫》(1950)中,作者将马克思主义与弗洛伊德的理论融为一体,描述一个小职员退休之后家庭的困顿和分崩离析。

1975 年,印度的进步主义作家协会更名为进步作家全国联合会,持进步主义文学观点的作家均可加入,在印度各邦都有分支,出版英语刊物《印度莲花》和多种印度语言刊物。

第五节 印度的英语文学

印度的英语文学创作与其三百年的殖民历史是分不开的。英语不是任何印度人种的母语,却因与印度各种本土语言之间的等距而成为独立印度的通用语,印度的英语写作恰恰是在独立印度成为文学主流。然而,印度的生活在那里流淌,印度文学的血脉就不会断绝,即使在这种外语里,深厚的印度传统依然可能表达得生气盎然。

20世纪的印度英语文学创作以90年代为界分为新老两代,老一代以那罗衍(1906—　)成就最为卓著,此外著名的还有写《开往巴基斯坦的列车》(1956)的锡克作家库什文德·辛克(1915—　),写《猫与莎士比亚》的拉迦·拉奥(1909—　)和写《最后的迷宫》(1981)的阿鲁·乔希(1939—1993)。

老一代印度英语作家在西方世界的影响并不大,20世纪后期登上文坛的中青年作家才使印度的英语文学写作"走向了世界"。拉什迪的《午夜的孩子》等作品,用符咒惑人般的传奇获得"震惊"效果。女性文学代表作家罗伊的《卑微者的上帝》,以强烈的感官刺激和摄影般的细节描绘,编织了爱情与死亡、种姓与家庭的故事,追问了时间的意义。而出生于加尔各答的高什集人类学家、文艺评论家和小说家于一身,他的长篇小说《在一个古老的国度》、散文集《伊玛目和印度人》,从人类学的视角审视民族与文明问题,也从文学的视角质疑人类学家的立场,通过多重交叉的对话结构,追问了有关起源、迁徙、历史、文化乃至终极境界等问题。

老一代英语作家那罗衍是泰米尔人,他的小说代表作是《向导》(*The Guide*,中文译为《男向导的奇遇》)。《向导》情节散漫,说的是从监狱里出来的拉纠待在一个乡村破庙里,由于掩盖身份需要而说话模棱两可,被当地农民当做了通神的圣人。按村民和拉纠自己的理解,他的话都应验不爽,于是朝拜者不绝于路。拉纠发现自己并不想骗人,但人们需要欺骗,而他不能使人们失望,圣人意味着能说神秘莫测的话。于是解决了温饱的拉纠就不亦乐乎地玩起这个圣人游戏来。但他终于还是由于内心不安,如实向村民坦白了过去的经历:他在小镇马尔古蒂的火车站上长大,由于擅长夸张的描述而成了知名向导。后来他因为和学者马可的太太相恋并被背叛,中了圈套入狱。但对村民们来说,这是圣人前世的"本生故事",所以并不因此改变对他的信仰,甚至认为他讲述的就是譬喻故事,能够从中得到启发。最后,在大旱季节,他又阴差阳错地承担了圣人绝食祈雨的壮举。小说结尾,恰巧在作为圣人的拉纠因绝食而昏晕的时候,天空堆满了雨云。

《向导》故事里套故事的讲述方式来自印度本土传统,整体叙事格局也类似"相同主角、不同转世"的本生故事,同时又是对本生故事的有意戏仿。小说里反复描摹的小镇马尔古蒂(Malgudi)是这样一个存在:外来者的干扰不断,现代色彩的故事无休无止地上演,但马尔古蒂小镇的基本品性却永远一如既往。这是典型的印度隐喻:时间是幻象,被视为绝对的东西也是幻象。那罗衍始终以一种平静的语调叙述,不追求深刻,也不强调审视批判,尽管以英语写作,但用奈保尔的话说,那罗衍并"没有外国人那种习惯性的眼光。"

思考题

1. 试谈印度近现代文学的民族主义根源。
2. 试析泰戈尔诗歌里的印度文化传统。
3. 谈谈印度进步文学思潮的发展过程。

参考书目

1. 《泰戈尔诗选》,冰心等译,北京:人民文学出版社2000年版。
2. 普列姆昌德:《戈丹》,严绍瑞译,北京:人民文学出版社1958年版。

(本章编写:郑国栋)

第八章 东亚近现代文学

第一节 东南亚近现代文学概述

自从16世纪初葡萄牙入侵马六甲以后,东南亚各国先后沦为西方列强的殖民地。东南亚近现代文学在东南亚各国人民争取民族独立、解放的斗争中发展嬗变,根植于各自的民族文化基础,又受到了西方文学的影响,与世界文学发展的大潮同步波动,形成了不同于古代文学的精神特质和艺术特征。

菲律宾1565—1898年的300多年间,沦为西班牙的殖民地,而1901—1942年又成为美国的殖民地,其文学深受西班的宗教文学和骑士文学的影响。巴尔塔萨尔(1788—1862)是菲律宾近代第一个著名的爱国诗人。他的长篇叙事诗《弗罗兰特和萝拉》借用阿尔巴尼亚的题材,反映菲律宾的现实生活,是菲律宾近代文学的第一部杰作,他被誉为"他加禄诗圣"。19世纪下半叶,菲律宾民族运动高涨,在争取民主自由的"宣传运动"(1872—1892)中,涌现出大批爱国文学家。何塞·黎萨尔的创作,奠定了菲律宾现代文学发展的基础。1946年菲律宾独立后,规定以他加禄语为基础的菲律宾语和英语为官方语文,这两种语言的文学写作获得很大发展。弗·西·何塞的一系列作品《主要的哀悼者》、《世系图》、《伪装者》,描写伊洛干诺人反殖民统治的斗争,短篇小说《英雄》揭露菲律宾上流社会的黑暗腐朽和下层小人物的不幸,轰动了文坛,他因而被誉为菲律宾的"文坛巨匠"。

荷兰殖民者于19世纪70年代设立了"荷属东印度政府",把整个印度尼西亚置于一个统一的行政体系之中,打破了过去印尼各个王朝割据统治的局面,其意图当然是为了有效地实行殖民统治,却刺激了印尼民族共同体意识的形成,跨地区、跨种族的通俗马来语文学在此基础上逐渐成为印尼近代文学的主流。而印尼的现代文学从20世纪20年代开始,是印尼民族意识觉醒和争取民族独立运动的产物,其中,民族主义文学、无产阶级革命文学、个人主义的反封建文学和华裔马来语文学是主要的创作流派。迪尔托·阿迪·苏里约的小说《拉特纳姨娘的故事》《金钱夺妻》揭露了殖民社会的丑恶现象,是民族主义文学的先驱,他被称为"印度尼西亚新闻事业之父";马尔戈的《香料诗篇》则代表了早期无产阶级革命诗歌创作的最高水平。1945年8月,印尼独立后又经历了"八月革命"(1945—1949)、"移交主权"及"新秩序"三个时期。八月革命时期的文学创作显示出强烈的民族性和世界性特征;移交主权后,印尼文坛出现以人民文化协会为首的革命文学和以反对政治的"普遍性文学"为首的两大阵营,相互论战竞争;进入"新秩序"时期以后,受西方现代主义影响的创作大量出现,20世纪70年代末至80年代初又兴起"乡土文学"和"文学爪哇化"现象,文学创作回到民族现实生活土壤中来。普拉姆迪亚·阿南达·杜尔是印尼独立以来最负盛名的作家,他的作品广泛反映了20世纪以来印尼人民在各个不同历史时期的追求与斗争,具有浓郁的时代气息和艺术风格,他也是印尼当代文学最有代表性的作家。

马来近代文学是由土生印欧、原住民作家和华裔马来语文学共同推进的。阿卜杜拉·门希(1769—1854)的《阿卜杜拉赴吉兰丹航行记》(1838)、《阿卜杜拉传》(1840)开创了以纪实为主的文学新样式,是马来文学走向近代的第一步。华裔马来语文学出现于19世纪末到20世纪60年代,它是在中国文化、马来本土文化及西方文化影响下形成的一种奇特的文化现象。大量生活在印尼的华人把中国文学和西方文学作品译成通俗的马来语,同时华裔作家也用马来语进行文学创作。1886—1910年间,华裔作家创作的马来语诗歌有40多部,作者27人;李金福、吴炳亮、张振文是华裔马来语小说先驱。土生印欧人作家也有可观的成就,韦格尔斯的《从奴隶到国王》是第一部反映印尼反殖斗争领袖的作品,《副税收员拉登·贝·苏里越·勒诺》则是印尼最早具有现代剧特征的作品。马来西亚的现代文学于 20 世纪 20 年代开始起步。努尔·伊卜拉欣的短篇小说《懒汉的灾难》(1920),成为马来民族觉醒的先声。20 世纪 30 年代活跃于报刊、杂志上的"教师作家群"和"记者作家群",成为马来文坛的主力。以哈仑·阿米努拉希、阿卜杜拉·西迪为代表的"教师作家群",侧重于描写教育和道德问题;"记者作家群"以阿卜杜尔·沙马德·艾哈马德、夏姆苏汀·沙莱为代表,侧重于表现经济问题及反殖民统治。二次世界大战结束后,"五十年代文学派"登上文坛,高举"反映现实"的旗帜,主张作品应为唤醒人民、团结人民去斗争。著名作家有格里斯·玛斯、阿斯拉夫、乌斯曼·阿旺(东革·华兰)、玛苏里等人。马来西亚政府还设立了国家语文局和文学奖,鼓励创作,许多马来西亚的出版社也以优惠稿酬使作家能安心创作,建立了相对稳定的队伍,并举办各种讲座和"创作营",不断提高作家的创作水平。

泰国自 1826 年起就受到欧美列强的入侵,但英、法为了保持势力范围的缓冲地带,让泰国保持形式上的独立。泰国自 19 世纪下半期开始进行了一系列自上而下的改革,在政治、经济、思想、文化上不断调整,以适应社会近现代化的发展需要。这一时期也是泰国近代文学发展的重要阶段,从翻译西方文学作品开始,逐渐出现创作。20 世纪 20 年代后期,西巫拉帕等作家在文学形式上完成了西方文学形式泰国化的任务,成为泰国现代文学的奠基者。二战以后,泰国文坛分化为两大阵营:一是亲王室的《文学界》、《巴里查》团体及官方支持的《文学俱乐部》,但影响不大;一是 1950 年成立的作家联合会,兴起"文艺为人生,文艺为人民"的文学运动,涌现出批判现实主义和革命现实主义作品。通俗文学创作上,克立·巴莫的《四朝代》细腻地反映了拉玛五世到八世时期的社会画卷,引人注目。高·素郎卡的《金沙屋》反映贵族少女坎坷的人生道路及爱情归宿,成为长盛不衰的畅销书。1978 年以后,泰国文学渐趋多元化,各种风格、流派的创作并存,现实主义作品风行一时。素瓦·哇拉迪罗的《红鸽子》写泰国作家在中国的经历,引起了轰动效果;查·勾吉迪在选材上有所突破,其作品《失败者》、《判决》等从日常小事中提炼出具有普遍意义的社会问题,受到广泛的赞誉。

越南自1884年全面沦为法国殖民地,反对殖民主义的斗争也随之展开。潘佩珠、潘国桢等知识分子在越南组织了"维新会"、"东京义塾"、"越南光复会"等,提倡维新变革。胡志明缔造的共产党自1930年开始坚苦卓绝的长期斗争,最后终于赢得民族的独立。越南的近现代文学是在反殖民统治要求民族独立的斗争中成长起来的。而由于拉丁化书写文字的出现、西方文学思潮的影响,越南文学的表现方式也发生巨大变化。黄玉珀1922年发表的长篇小说《素沁》(1922)从内容到文体结构都与古代小说有质的区别,预示着近代文学的开始。1930—1945年间,现实主义文学逐渐成为越南文学的主流,阮公欢与胡表政成为最受欢迎的小说家。1945年8月越南民主共和国诞生,此后又经历了30年的抗法、抗美、南北分裂的社会动荡,直到1975年南北统一。这一时期是以无产阶级革命文学为主潮,代表作家为素友(1920—2002)。他的诗集《从那时起》、《越北》、《风暴》等,反映了越南人民英勇奋斗的革命乐观主义精神,热情奔放,气势磅礴,意蕴深远,被誉为"革命号角"。

在东南亚现代文学中,华文文学创作也取得杰出成就,成为各所在国文学的有机组成部分,尤其是新、马华文文学在所在国家的文学中比重较大,值得关注。

第二节　普拉姆迪亚·阿南达·杜尔

普拉姆迪亚·阿南达·杜尔(Pramudya Ananta Tur,1925—2006)是印度尼西亚最具有代表性的作家。他出身于一个社会底层家庭,为了维持生计,年轻时靠当小贩来谋生,曾任过人民保安队的新闻军官,后来加入人民文协,成为重要作家。他参加过"八月革命",坐过荷兰殖民者的大牢；也为着自己的理想和信仰，被"新秩序"政府囚禁了14年，1978年方得获释。坎坷的经历，大大丰富了普拉姆迪亚的创作。他的作品，以浓郁的时代气息和独特的艺术风格，在印尼文坛上广受关注，他也被不少评论者们称为印尼当代伟大的作家。

普拉姆迪亚的创作，始终坚持现实主义的创作原则，以浓厚的人道主义精神描绘了印尼人民在不同时代的生活及精神面貌，表达了对社会底层被侮辱被损害者的深切同情，并由此流露出对印尼民族的强烈感情。他的创作表明，他不仅是印尼民族的儿子，同时也是一切追求独立、自由解放的民族的"万国之子"。

普拉姆迪亚的文学生涯从1945年任人民保安队新闻军官开始。在"八月革命"时期，他创作了《革命的火花》、《布罗拉的故事》、《黎明》三部短篇小说集，还有三部长篇小说《追捕》、《被摧残的人们》、《游击队之家》。这些作品，或反映童年时期的生活、底层百姓的辛酸与挣扎，或描绘风起云涌的"八月革命"的烽火斗争，都写得细致、深切感人。

《诱惑与堕落》是普拉姆迪亚在"移交主权"的1950年代写的长篇小说，又被译为《一个官员的堕落》，小说对印尼独立后统治阶级腐朽没落的社会现实进行了深刻的揭露。巴基尔本是勤勤恳恳、廉洁奉公的公务员，因为家庭穷困，他受不了多方诱惑，从私下变卖办公室的物品开始，发展到吃回扣、索贿赂和买别墅、藏玉娇，过着豪奢的生活，欲壑膨胀而至最终被绳之以法。小说的高明之处在于对巴基尔堕落前后的心理变化有着十分细腻深刻的描绘，说明整个社会的贪污腐化已不单是个人问题，而是整个社会的痼疾。作家通过这篇小说指出："堕落总是从有钱有势的特权阶层中开始，而不是那些地位卑微的人。"当时的统治阶级上台之后迅速蜕变成腐化阶层，作家对革命的理想与现实的巨大落差深感痛心，直斥当时的丑恶，具有大无畏的勇气和精神。

1965年普拉姆迪亚被"新秩序"政府逮捕入狱，在布鲁岛拘留营中一待14年。在狱中，他仍为写作准备材料，出狱后即发表了著名的"布鲁岛四部曲"：《人世间》、《万国之子》、《足迹》、《玻璃屋》。这四部曲展现了印尼民族1898—1918年间的觉醒过程，被评论者称为是"对19世纪末血腥镇压民族解放运动的欧洲殖民主义者的审判"。

四部曲以土著知识青年明克为主线,串起了各个不同历史时期的印尼民族觉醒运动。每一部书又各有侧重。在《人世间》里,土著妇女、荷兰人梅莱玛的姨娘温托索罗是主要人物,她被迫当了姨娘后,以惊人的毅力勤奋学习,终于成了泗水荷兰人的大农场——逸乐农场的真正主管。明克出身土著贵族,在荷兰高中学习,邂逅姨娘的女儿安娜丽丝,两人相恋,但受到梅莱玛及其子罗伯特·梅莱玛的阻挠。不久,梅莱玛于妓院中毒身亡,他的儿子罗伯特也因嫖妓染上梅毒出走他乡。明克与安娜丽丝以伊斯兰习俗成婚,但梅莱玛的前妻之子毛里茨向法院申请拥有农场所有财产的继承权,并强行将同父异母的妹妹安娜丽丝送往欧洲"监护"。到了《万国之子》,被迫到欧洲的安娜丽丝身罹重病,不久玉殒香消;罗伯特当了海员浪迹天涯,客死美国。明克采访一位反清的中国青年许阿仕,慢慢认识到民族解放的重要性。特别是回姨娘家后,从苏蒂拉的遭遇、农民受到剥夺的惨象中深受教育,体会到他是"古今一切时代的万国之子"。后许阿仕被反动势力杀害。在《足迹》里,明克到巴达维亚医科学校读书,与中国革命青年洪山梅结婚。日俄战争爆发后,洪山梅为了自己民族命运操劳过度,终于英年早逝。明克发起建立了土著人自己的现代组织——"贵人社",创办《广场》周刊、《广场日报》,成立了伊斯兰商业联盟,并与卡西鲁塔王国公主喜结连理,为维护印尼民族的利益而不懈奋斗。《玻璃屋》则继续介绍了荷属东印度政府对印尼民族觉醒惊恐万分,采取各种手段加以扼杀,企图把殖民地变成一个"玻璃屋",严密控制土著人的活动,明克也受到殖民政府明里暗里的身心迫害。

四部曲通过家族和个人的生活变迁,展示印尼民族的觉醒过程,在艺术上是相当成功的。首先在结构上,小说以明克的活动为主线,同时在不同书里又辅以不同的副线,交叉进行。这样就形成了一个非常严密而庞大的结构体系,错落有致而不枝不蔓,给人以一气呵成之感。而在人物塑造上,普拉姆迪亚也显示出高超的艺术水平。他通过主人公明克的三次婚恋,展现印尼土著知识分子民族意识觉醒的过程。明克虽然出身土著贵族,在白人眼里还是低贱的。白人副州长曾对他说:"你的民族是如此地低下和卑贱,要拯救它,欧洲人无从给你们帮助,只有靠你们土著民自己的奋发努力。"但尽管明克个人才华出众,他与安娜丽丝的婚姻仍被法庭宣布为非法,这使明克深切体会到民族独立的可贵。而他的第二任妻子洪山梅,同样来自被压迫民族,并为自己的民族前途奔波而死,她的遗言说:"你一定要为你们苦难、屈辱的民族当一名好医生,医治他们的身体,健全他们的灵魂,帮助他们安排新的生活,把他们从沉睡中唤醒。"洪山梅的行动和思想对明克的民族意识的飞跃性变化起到重大作用。而明克与第三任妻子卡西鲁塔王国公主的婚姻,则象征着他和本地各民族融为一体。小说对其他人物的塑造也很见功力,如饱受奴役压迫而不甘沉沦的土著人姨娘、单纯痴情的安娜丽丝、秀外慧中坚强的洪山梅,都描写得栩栩如生。四部曲虽然运用通俗小说语言叙述,却能做到浅而能深、质而不俚,善于寄哲理于一般、寓丰富于单纯,这在印尼文坛上被称为"普拉姆迪亚风格"。

第三节 何塞·黎萨尔

何塞·黎萨尔(José Rizal,1861—1896),菲律宾民族英雄、文学家,菲律宾近代文学的先驱。黎萨尔1861年6月19日生于菲律宾吕宋岛内湖省卡兰巴镇的一个富裕农民家庭,其高祖是泉州人,因而他有中国血统。他自幼聪颖过人,8岁能诗,被誉为"神童"。1877年,黎萨尔从马尼拉阿提尼奥学院毕业后,又转入圣托马斯大学学医。1882—1887年间,他在西班牙、法国、德国等地欧洲学习医学、文学、历史、哲学、心理学,通过留学期间的经历,全面、深入地了解了欧洲的人文历史发展进程,对其后来的创作产生了深刻的影响。

黎萨尔很早就崭露文学创作才华,18岁时发表的诗篇《献给菲律宾青年》,提出菲律宾民族独立的爱国思想。1880年他的西班牙文剧本《诸神会》获得"塞万提斯逝世纪念日"征文大赛奖。1887年他用西班牙文创作的长篇小说《不许犯我》(又译为《社会毒瘤》)和《起义者》(1891),控诉了菲律宾西班牙殖民的罪恶,发出了民族解放的呼声。小说问世以后,马上在菲律宾引起轰动,人们竞相传阅,许多人是在阅读了黎萨尔的著作之后,激起反抗的怒火而走上反对殖民斗争道路的。这引起了西班牙殖民当局的极度恐慌,封禁其著作并把他驱出菲律宾。

1892年7月,黎萨尔返回菲律宾创立"菲律宾联盟",4天后遂被捕,并流放到棉兰老岛长达4年之久。1896年7月,菲律宾"卡蒂普南"组织(民族儿女最尊贵协会)发动起义,西班牙殖民当局忌惮黎萨尔的威信,以"组织非法团体"、"通过他的写作煽动人民造反"等罪名于12月30日将黎萨尔枪杀于巴贡巴扬广场。黎萨尔临刑前写下绝命诗《我最后的告别》,深信他去的地方,"没有奴隶向压迫者低头,/教义不杀害无辜,上帝永远在上苍统治"。黎萨尔从容就义,以自己的鲜血唤醒了无数沉睡中的菲律宾人民。1898年菲律宾第一共和国成立时,隆重纪念黎萨尔并尊之为"国父"。

黎萨尔在短暂的一生中,创作了大量作品,后汇为《黎萨尔文集》(1961)。他的创作流露出为菲律宾民族前途奋斗的强烈思想感情。鲁迅曾指出,他从黎萨尔的作品里,听到了"爱国的声音"、"复仇和反抗"的叫喊,这是十分准确的。《社会毒瘤》一书书名的西班牙原文意为"不许犯我",黎萨尔在写给友人的信中说,这个题目取义于《圣经·约翰福音》第20章第17行,他说:"这本书所说的事情,如今在我们当中还没有人说过;那些事情是如此敏感,以致任何人都不敢轻易去碰它……我揭露了伪善……我揭开帷幕,使人了解隐藏在我们政府那骗人的甜言蜜语后面的是什么东西。"后来英文译本定为《社会毒瘤》。这是第一部大胆揭露菲律宾西班牙殖民政府的黑暗统治的力作,是唤醒昏睡中的菲律宾民族的一声春雷,是菲律宾民族解放的第一缕曙光,在菲律宾近现代文学史上有着重大意义。

《社会毒瘤》和续集《起义者》通过主人公伊瓦腊在马尼拉及圣地亚哥镇的活动,描绘了19世纪末菲律宾人民和西班牙殖民者的民族矛盾和斗争,反映了广大菲律宾人民探索民族解放的强烈愿望,是一幅民族觉醒的全景图。

黎萨尔的小说描绘了在殖民统治的淫威下，在天主教会的侵夺中，许多菲律宾人家破人亡的惨剧。《社会毒瘤》不但描述了茜莎一家、巴勃罗、埃利亚斯等下层人们的悲惨境遇，还写到已经跻身上层社会的伊瓦腊的父亲被陷害致死的冤案。而菲律宾人民的这些苦难并非源于他们德行的亏欠，也非神的意志或命定的安排，造成苦难、把他们推入生活深渊的恰恰是殖民地的统治者：天主教的神父们及相关的统治机构。表面上，这些人代表着神的意志，满口仁义道德、博爱宽容，却满肚子男盗女娼，荒淫无耻、伪善贪婪、草菅人命。小说用了较多笔墨描写的达马索与萨尔维这两位神甫就是典型。

达马索神甫是圣地亚哥镇的本堂神甫，他利用蒂亚格之妻求子心切的心理，乘机诱奸了她，生下了玛丽亚·克拉腊；达马索神甫还诬陷伊瓦腊的父亲唐拉斐尔为异教徒，多方迫害，使之冤死狱中；而为了阻挠从海外归来的伊瓦腊开办学校，达马索神甫甚至令人用奠基石砸死他。萨尔维神甫外表严肃，他的斋戒、禁欲清修行为给人感觉像是品德高尚，其实内心同样的卑鄙龌龊：他通过听取信徒的忏悔掌握人们的思想动向，并向国民警卫队告密，致使起义失败；他内心狂热地爱上美丽的克拉腊，不仅用卑鄙的手段拆散了伊瓦与克拉腊的婚事，还诬指伊瓦腊为暴动的领导者，欲置之死地。克拉腊进了修女院以后，萨尔维神甫继续疯狂加以迫害、虐待、折磨，"像一只巨大蝙蝠追逐一只小白鸽"，终于使克拉腊在痛苦、恐怖的折磨中发疯病死。作为一个伪君子、杀人犯，萨尔维神甫的罪行也并不比达马索神甫轻。在政教合一的统治格局里，天主教成了殖民者积极的帮凶。它不但以教义来麻痹、束缚民众，而且还垄断思想意识形态和文化教育，没有这个"必不可少的祸害"，殖民统治也就难以维持。黎萨尔在批判天主教的同时，提出了强烈的反对殖民统治的愿望，这使小说具有惊世骇俗、激励人心的强大精神动力。

黎萨尔还通过小说表达他对菲律宾民族解放运动道路的思索。这是以主人公伊瓦腊的行动来体现的。伊瓦腊的形象，带有黎萨尔本人的影子及思索的痕迹。小说描写了几条不同的民族解放道路,从中可以看到黎萨尔思想探索的痛苦历程。

《社会毒瘤》的主人公伊瓦腊在欧洲留学了7年,足迹遍及西班牙、英国、德国、波兰等地,这与黎萨尔的生活极为相似。伊瓦腊目睹菲律宾的落后现实与欧洲发达文明的巨大反差,希望改革现状。这又可分为两层面:一是由上而下的改革,一是由下而上的改革。第一个层面的改革,几乎是不可能的。所以,伊瓦腊想通过开办学校,唤醒学生们的民族意识,但他的计划一再受到阻挠,终于失败。在《起义者》里,大学生们想开办西班牙语学院也迟迟得不到批准。因为教会要实行愚民政策,"不让菲律宾人离开本土,甚至不让他们识字,也许是件好事"①。而大量的菲律宾民众也并没有清醒的认识,《社会毒瘤》写道,当伊瓦腊被指为叛乱分子关进囚车时,"泥块和石头象雨点般地落到这个可怜的青年身上……这就是他热爱的人民对他的告别,对他的送行了"。可见,黎萨尔对此是深有痛感的。

和平改良之路走不通,黎萨尔对暴力革命之路也持怀疑态度。在《社会毒瘤》里,不论是绿林好汉老巴勃罗,还是侠义机智的埃利亚斯和后来愤然入匪的塔勒斯父子,结局都十分悲惨,在专制机器的摧毁下一个个死于非命——个人的自发反抗,结局历来只有死亡。

在《社会毒瘤》的续篇《起义者》里,黎萨尔展示了另一种反抗方式。伊瓦腊化名为席蒙,通过与总督的良好私交,怂恿罪恶,唆使政府施行残酷的法令,加速它的腐烂;席蒙以恶抗恶,利用自发反抗者的力量实行了三次暴动计划,结果也因种种原因流产,事败后走投无路,服毒自杀于荒凉的海岛上。很显然,这种带有个人英雄主义的恐怖性活动,即使成功也难以维持。如小说中的人物佛罗伦提诺神甫所说:"你助长了社会的腐烂,却没有播下理想。""仇恨只能造成穷凶极恶的家伙和罪大恶极的犯人,只有爱才能创造奇迹,只有美德才能拯救世界。"这无疑也是小说作者对席蒙式反抗的分析和评判。黎萨尔本人一直否定暴力手

---

① 黎萨尔:《社会毒瘤》,北京:人民文学出版社1988年版,第30页。

段,主张采取建立政党的公开斗争方式。菲律宾的地下组织"卡蒂普南"曾请他出面领导起义,被他拒绝,因为他无法接受革命暴动玉石俱焚的惨烈后果。但黎萨尔最终还是被殖民当局罗织罪名杀害,使他的思索留下了永远的疑问。

《社会毒瘤》与《起义者》在艺术表现上把客观的叙事与主观的抒情原则统一起来。黎萨尔研究过欧洲的文学,他按照19世纪西方小说现实主义作品的审美原则,在叙事时力求真实,在结构安排上也严谨集中,注意明暗映照、前后呼应。小说语言风格凝重沉郁,又不乏幽默的讽刺与调侃,构成了黎萨尔独特的叙述文体。黎萨尔小说的另一特色是大量的议论和抒情,这既呼应了启蒙主题的需要,也增添了作品的激情。

黎萨尔的小说受西方文学的影响非常明显,席勒的激情、菲尔丁的讽刺、大仲马的传奇叙事、《汤姆叔叔的小屋》提出的问题,都在其中留下了或明或暗的痕迹,萦绕着或轻或重的回音。但黎萨尔小说也深深植根于菲律宾的社会现实,为菲律宾近现代文学奠定了坚固的基石。

第四节 东北亚近现代文学概述

1. 日本的近现代文学

一般认为,作为世界性近代化运动的一个部分,日本的近代历史起点始于19世纪中期欧美列强的东来:1853年7月贝理(Matthew Calbraith Perry)率领的美国海军舰队开抵浦贺,要求日本开港通商,被视为标志性事件[①]。随后,日本的社会变革浪潮涌起,1867年,统治全国的德川幕府政权瓦解,以天皇为中心的国家政体建立,翌年,改年号为"明治",意味着日本进入了近代国家的阶段。日本的近现代文学历史,一般按照明治以后年号的改变,划分为明治时期(1868—1921)、大正时

---

① 浦贺位于日本神奈川县横须贺。1854年,贝理的舰队又开进江户湾(东京湾)。

期(1912—1926)、昭和时期(1926—1989),二战以后又另划一个阶段,通称"战后"。

明治时期,翻译介绍欧美的文化、思想和文学成为风潮,日本文学写作也在"文明开化"的口号鼓舞下,表现出与欧美近代文学同步的追求。1882年,外山正一(1848—1900)等人把翻译的英法诗歌和自己的作品合在一起,题为《新体诗抄》刊行,标志日本近代新诗的开始。随后,森鸥外(1862—1922)、北村透谷(1868—1894)、岛崎藤村(1872—1943)等人带有浓厚浪漫色彩的诗作,为新体诗的确立提供了范例。1885年,坪内逍遥(1859—1935)发表《小说神髓》,用欧洲近代"小说"(novel)的概念规范叙事文类,从理论上倡导新的小说的出现。1887年,二叶亭四迷(1864—1909)的小说《浮云》发表,表现接受了新式教育的知识分子对明治维新后形成的社会规范和价值观的怀疑,心理描写细致,叙述对话都运用口语,被认为是日本近代第一部"言文一致体"小说。《浮云》以后,用口语写作小说形成文坛主潮,但森鸥外的《舞姬》(1890)却尝试了以典雅的文语体写作新小说的可能。《舞姬》一向被认为是浪漫主义作品,小说叙述一位被政府选拔到德国留学的日本青年与德国舞女相恋的故事,青年因为沉醉于爱情而荒疏了预定的学业,表现出了具有近代色彩的自我意识。但他后来放弃了爱情,回到了当时多数知识精英选择的立身出世道路。小说用男主人公在归国途中悔忆往事的"手记"方式叙述,语调低回,颇为动人。

从19世纪末至20世纪初,发展为帝国主义国家的日本对外扩张的欲望不断增强,甲午战争、日俄战争期间,都出现了一些以战争为题材的作品。其中,赞颂战争的代表作是樱井忠温(1879—1965)的《肉弹》,曾经成为日俄战争以后流行最广的畅销书;作为随军记者的田山花袋(1971—1930)的小说《一个士兵》(1907)虽然也有"为国家流血光荣"一类的词句,但就整体情节和情调而言,表现了对战争意义的怀疑,批判了国家权力对个人的侵害。目睹了战争惨况的田山更为关注个人存在的意义,描写日常生活的作品也多以个性觉醒为主题,他的小说《棉被》(1907)被认为是自然主义"私小说"的代表作。同属于自然主义潮流中的岛崎藤村,则从家庭与社会的角度选择题材,他的成名作《破戒》(1906)是表现部落民处境的先驱,另一部长篇《家》(1910)则描述了大家庭制度对个性的束缚与戕害,线索繁复而叙述严谨,被视为日本自然主义文学成熟的标志。

  夏目漱石(1867—1916)的小说写作开始于明治末,结束于大正前期,他是一个不能归属到某一思潮流派中的存在。夏目漱石汉文造诣很深,读大学时进入英文专业,1900年又奉政府派遣官费留学英国,其经历与森鸥外近似,是对东西方文化皆有切身体验的一代。因此,他很早就对西方近代的"文学"是否具有普遍意义有所怀疑,这在他的《文学论》(1907)序言里有很明确的表达。夏目漱石的小说写作开始于1905年,第一部作品《我是猫》借助虚拟的猫的视点,以讽刺的语调,描写已经成为近代日本社会主流的资本主义拜金拜物的价值观,刻画对现状不满而又无能为力的知识分子群体的心理状态,发表以后产生了很大影响。夏目漱石的创作激情也一发而不可收,1907年,他放弃东京帝国大学教授职务,到《朝日新闻》做特约作家,到他去世,10年间写作了《虞美人草》《三四郎》《门》《春分以后》《心》等十几部长篇小说。夏目漱石的小说,执著地以近代文明批判为主题,拒绝单线的社会进化观,严峻地凝视和分析明治维新以来日本社会包蕴的各种矛盾。在国家权力与个人的紧张关系中,如何保持个性的自由,始终是夏目漱石关心的问题。直到晚年,他还在题为《我的个人主义》(1914)的讲演中,强调坚持个人本位的重要,对当时兴起的国家主义热泼了冷水。而当他成为知名作家,政府想要授予给他博士称号时,夏目漱石没有接受,显然也是为了拒绝国家权力和近代知识体制的收编。

  日本的大正时期也被称为民主主义思潮高涨期。首先在这一时期兴起的文学潮流是"白桦派",主要作家有武者小路实笃(1885—1976)和有岛武郎(1878—1923),他们在文学中提倡人道主义理想,也通过"新村运动"亲身实践。而同期出现的"新思潮派"作家则更立足于凝视社会现实,其中最为杰出者是芥川龙之介(1892—1927),他的小说以短篇为主,无论取材历史还是现实,都能深入人物的意识深层,如《罗生门》、《竹丛中》、《河童》等,都在叙述方式上作了多方面的探索,可视为后来的现代主义小说的先声。

大正末至昭和初年,日本文坛各种新兴社团流派蜂起,其中影响最大的是"新感觉派"和无产阶级文学派。前者以《文艺时代》为阵地,代表作家有横光利一(1898—1947)、川端康成(1899—1972)等;后者以《文艺战线》为阵地,代表作家有小林多喜二(1903—1933)、中野重治(1902—1979)、宫本百合子(1899—1951)、德永直(1899—1958)等。这两个流派相互论争,也相互影响,构成当时文坛引人注目的景观。中野重治初登文坛,便明确表示了对当时弥漫着的脱离现实的抒情传统的拒绝姿态:"你不要歌唱/你不要歌唱艳丽的红花和蜻蜓的翅膀/你不要歌唱微风和女性发梢上的芳香。"①作为立志于从事无产阶级文学创作的青年,中野重治试图开拓出另一种诗风,他不仅阅读还亲自翻译了马克思主义的经典著作,但他没有把诗歌变成理论的简单演绎,而是把理论转化为诗的智慧,把学术词语(如货币、汇率等)转化为诗的意象,组合进富有弹性和张力、充满机智的抒情语调中。后来,中野重治的写作逐渐转向以小说为主,也成功地创造了知性分析与充满感性的叙事结合起来的风格。加藤周一曾说,中野重治是一位能够把"思想与感觉结合起来","创造出独特的分析性文体和修辞法"的作家,"对于中野重治来说,如果没有马克思主义,恐怕也就没有他的文章了。从这个意义上说,马克思主义造就了日本语散文的一种典型"。② 和中野重治一起被视为芥川龙之介之后文坛"新旗手"的横光利一更为醉心于文学形式的创新,他是"新感觉派"理论最热烈的阐述者,也以自己的小说写作提供了"新感觉型"的文体范例。横光利一善于把新奇的感觉凝缩到新奇的视觉画面中,并通过新奇的构句和叙述方式表现出来。如短篇小说《苍蝇》(1923)写山村驿站夏日里的沉滞气氛,旅客们等待的焦虑和无奈,不仅叙述者始终不动声色,还设置了一个更为漠然的苍蝇的眼

---

① 中野重治:《歌》,《驴》第 5 号,1926 年 9 月。
② 加藤周一:《日本文学史序说》下册,东京:筑摩书房 1980 年版,第 455—456 页。

睛,通过两个相互交错的冷漠视点,凝视着一群人茫然地乘上马车,茫然地走向悬崖。而当写到决定人物命运或事件发展趋向的因素时,横光利一则较多强调琐细事物和偶然事件的作用,如《苍蝇》就把导致车毁人亡的原因,归结到马车夫每天必吃的"刚刚蒸好、谁也没有抓摸过的头屉豆包"。最典型的例子可以举出《拿破仑与疥癣》(1926),这篇小说把拿破仑不断发动对外军事扩张的深层动机,归结到拿破仑肚皮上顽强繁殖的疥癣对他心理的影响,从而把改变世界历史的重大事件,叙述成了变态心理学的病例。但到了第一部长篇小说《上海》(1928—1932),横光利一的写作发生了变化。在和无产阶级文学论战的同时,横光表示要写出比当时的普罗作家更彻底的"唯物论小说",《上海》即为这一探索的结果。《上海》以1925年发生的"五卅事件"为背景,在同时期的日本小说里,是少有的把帝国主义争夺、跨国资本与租界城市无产阶级的矛盾冲突正面纳入文学表现的作品,而其关注的重心则在于殖民地都市情境中日本人的身份和认同。《上海》在描述主人公参木从同情中国工人转向认同本国资本的过程时,渲染了这一过程的被动性和悲情色彩,其实也透露出作家本人向帝国主义民族国家立场认同的倾向。

1931年"九·一八事变"后,日本军国主义势力日益高涨,左翼文学遭到严酷镇压,1933年,小林多喜二被严刑拷打死亡,很多左翼作家被拘留逮捕。1937年日本开始全面侵华战争以后,思想言论统治更为严厉,转而与国家权力妥协甚至合作的作家增多,仅有极少数作家坚持文学抵抗,但已经没有发表的可能。同时,也有作家努力持超然的纯艺术立场,与时代风潮保持距离,如川端康成的名作《雪国》(1935—1947)等作品。但太平洋战争以后,纯艺术立场的作家也被编组到宣传战争的"笔部队"之中。直到1945年8月日本战败投降,日本文学主流已经沦为宣传战争的工具。二战以后,一些经历了战争惨剧的文学家写出了反省战争、追究战争责任的作品,代表作家有大冈升平(1909—1988)、野间宏(1915—1991)、武田泰淳(1912—1976)等,被称为"战后派"。而开高健(1930—1989)、大江健三郎(1935—)等是战后成长起来的一代,他们继承了"战后派"文学精神,而又有自己的创造和发展,拓出了更为阔大的格局和境界。

2. 朝鲜—韩国的近现代文学

朝鲜的近现代文学一般分为开化启蒙期①(1894—1910)、日本殖民时期(1910—1945)、解放(1945)以后三个时期。之所以把1894年看做朝鲜近代文学的起点,是因为在这一年发生了甲午农民战争和甲午更张,这两大事件的目标都是追求国家的近代化。1910年,朝鲜被迫与日本签订了《韩日合并条约》,沦为日本的殖民地。1945年,日本投降,朝鲜从日本殖民统治下解放出来,但由于冷战,南北分治,朝鲜半岛上的国家文学也随之分而为二。

在开化启蒙期,国内的民众强烈要求社会变革,欧美列强的舰队又多次来犯,面对内忧外患,有识人士主张学习西方先进文明,实现民族的发展和进步。因此,这一时期西欧近代思潮流入,外国书籍大量翻译、出版,这些都促使文学从形式到内容都开始发生变化。

新体诗作为开化启蒙期出现的一种新的诗歌体裁,对形式没有统一的规范,但是就具体的作品来看,内部仍存在着某种形式上的统一,比如每段的第一行字数一样等,还残留着定型诗的一些痕迹,是从古典定型诗歌向近现代自由诗过渡的一种诗歌形式。新体诗的主题主要是宣扬开化思想、自主独立和民族精神,提倡新式教育、男女平等近代思想,反映了当时的时代思潮。1908年崔南善(Choi Nam Seon,1890—1957)发表的《大海致少年》是新体诗出现的里程碑,诗中借大海之口,对纯洁无瑕、拥有巨大潜力的少年发出了由衷的赞美,寄予了无限的期望,表达了扫除旧时代、建立新秩序的愿望。

新小说是指与古代小说在主题、文体、形式上有所区别的开化期小

---

① 对这一时期,学界有着不同的称呼,有人称为"开化期",有人称为"爱国启蒙期",笔者认为"开化启蒙期"的称呼比较全面,因此沿用了这一称呼。请参考权宁珉:《韩国现代文学史》(2),首尔:民音社2007年版,第15页。

说,最早的新小说作品是李人植(Lee In Sik,1862—1916)1906年发表的《血泪》。新小说多取材于现实生活,叙述方式从古代的传记体小说转变为以事件为主,并以因果的必然性作为事件进展的内在动力,在语言上则使用与口语接近的散文体,主题多是批判儒家的价值观,宣扬自主精神、开化思想,提倡新教育、破除旧风俗等,带有浓厚的启蒙主义、民族主义色彩,但多数作品仍然未能摆脱古代小说劝善惩恶的主题,人物形象也呈平面化倾向。

20世纪二三十年代是朝鲜文坛相对活跃的时期,这一时期日本的殖民统治采取了较为宽松的文化政策,而此前的文学探索、积累以及西方文艺的译介,又为文学发展准备了条件。这一时期朝鲜文学的主要流派有颓废浪漫主义文学、主张通过传统文化唤醒民族精神的民族主义文学和强调对抗现实的左翼文学,此外,还有以达达主义、超现实主义、意象派为代表的现代派文学、倡导文学自律性的纯粹文学派、注重探索生命现象的生命派文学等。

这一时期的诗歌,完全摆脱了定型诗的影响,发展成为真正的自由诗。从文学倾向上来说,颓废的浪漫主义文学率先兴起,作品中充斥着死亡、梦幻、病房等意象,这一方面是受到了法国颓废派文学的影响[①],同时也是1919年"三一独立运动"失败后民族自信心严重受挫的表现。不过,颓废主义文学很快退潮,取而代之的众多流派中值得注目的是民族主义文学派,这一流派的诗人金素月(Kim So Wol,1902—1934)在其经典诗作《金达莱花》中采用了韩国民谣的韵律、节奏和语言,自然而细腻地表达出韩民族特有的情感,引起了全体国民的共鸣,成为韩国诗歌史的不朽篇章。此外,现代派文学也以其鲜明的特点崭露头角,这些作品大胆地颠覆传统,以标新立异的手法表达对现实的批判和嘲讽。其代表人物是李箱(Lee Sang,1910—1937),他的作品表现出超现实主义和达达主义倾向,通过潜意识、自由联想等手法描写出现代人的自

---

① 请参考〔韩〕韩继田:《自由诗论的接受与形成》,见《韩国现代诗论研究》,首尔:一志社1983年版。

我分裂,其代表作《鸟瞰图》系列作品被公认为是最为晦涩难懂的作品。

这一时期小说的语言更加精巧,技巧也更为成熟,众多的作家在题材、表现手法等方面表现出各自的个性。金东仁(Kim Dong In,1900—1951)的作品以自然主义、唯美主义混合的方式表达民族主义倾向;李箱则通过前卫的叙述方式剖析了殖民地时代知识分子的内心世界;金裕贞(Kim Yu Jeong,1908—1937)用质朴、诙谐的语言塑造出当时乡村各种淳朴的人物形象;蔡万植(Chae Man Sik,1902—1950)用讽刺的手法表现了当时知识分子不幸的生活;李孝石(Lee Hyo Seok,1907—1942)创作了人与自然水乳交融的抒情小说。这一时期特别引人注目的"倾向小说"(后来发展为卡普①小说),注重以写实的手法描写工人、农民、无产者、下层知识分子贫困的生活,揭示阶级之间的矛盾,反映日本殖民地统治下的黑暗现实,为写实主义文学的形成和发展作出了重要的贡献。这一时期的长篇小说杰作是廉想涉(Yeom Sang Seop,1897—1963)的《三代》,通过当时汉城保守的中间阶层家庭赵氏一家三代的经历,反映出朝鲜从传统的儒家社会向殖民地社会、现代社会转变的现实。作品真实地反映出了殖民地时代人们的日常生活,塑造了多个富有个性的人物形象,在朝鲜近代文学史上占有重要的地位。

二次世界大战结束以后,朝鲜半岛分裂为朝鲜民主主义人民共和国和大韩民国,在不同的国家体制下,文学发展的历史面貌也颇为不同。战后韩国的文坛内部分成了几派,形成了对立的态势。这一时期,宣扬政治理念的诗歌大量出现,小说的主流是回忆殖民地时期的经历,对殖民地时期的生活进行自我反省和批判,也有一些作品描写了当时的社会现实。1950年代朝鲜战争及战后期间,韩国涌现出很多以战争、分裂为题材的文学作品,描述战争中的体验,揭示战争造成的肉体和精神创伤,反映战后社会混乱的价值观和南、北分裂的现实。崔仁勋(Choi In Hun,1936—   )的长篇小说《广场》以南北分裂为主题,反映了在南、北方意识形态的对立中苦闷彷徨的人物形象。小说的主人公

---

① 全称为"朝鲜无产阶级艺术家同盟",是当时左翼文人的一个组织。

无论在南方还是北方,都无法过上有意义的生活,于是,以自杀拒绝选择。作品描写了南北两方的社会现实,剖析了两方的政治体制和意识形态,掀开了文学史上新的一页。

第五节　徐廷柱与金东里

1. 徐廷柱的诗歌

徐廷柱(Seo Jeong Ju,1915—2000)是与朝鲜—韩国近现代诗歌一同成长的诗人,20世纪30年代登上文坛,直到去世,辛勤笔耕数十年,创作了很多著名的诗篇。他的诗歌被公认为现代诗中土俗性与现代性结合的典范。1930年代,徐廷柱是生命派的核心人物之一,在世界观上受到尼采、叔本华哲学思想的影响,关注生命的现象与本质,认为诗歌的价值在于探索生命的现象,主张用直率的语言发出生命的呐喊。他的诗歌克服了20年代泛滥的感伤主义和30年代生硬的现代主义,创造了原始的感性。这一时期的作品收录在他的第一部诗集《花蛇集》中,代表作就是《花蛇》,其中这样写道:

弥漫麝香薄荷气息的小路,
美丽的蛇……
到底背负着多么沉重的悲哀,
躯体如此丑陋?

就像花蔓一样。

你祖父诱惑夏娃的不烂之舌,
失去了声音,嘶嘶作响。
张开血红的嘴巴,
朝着蔚蓝的天空……咬吧! 冤痛地撕咬吧!

这首被称公认为韩国恶魔主义代表作的诗歌显然受到了波德莱尔美学思想的影响,诗人选择了与现代文明倾向对立的蛇为素材,以象征的手法、充满激情的语调,表达了对原始生命力的向往。诗中蛇的形象既丑陋又美丽,既令人厌恶又充满诱惑,其中蛇昂头撕咬蓝天的动作意味着背负原罪的生命本能的挣扎。而且作品在描写蛇的躯体、嘴、头时故意使用鄙俗粗鲁的字眼,表达出原始的、反文明的情绪,造成了强烈的感觉效果。

如《花蛇》所示,早期的徐廷柱深受西欧文艺思潮的影响,以西欧式的感性探索生命的痛苦,表现出当时殖民地青年的苦闷、混乱和狂热。但是解放之后,徐庭柱的诗歌表现出对现实的超然,皈依于东方文化世界,关注民族的世界观和传统的生活。这种倾向一直贯穿了他后期的创作,《在菊花旁》就表现出了这一特点:

> 或许就是为了让一朵菊花盛开,
> 从春天起,
> 杜鹃就那样叫个不停。
>
> 或许就是为了让一朵菊花盛开
> 在乌云深处,
> 雷电也不停地隆隆作响。
>
> 那花儿多像我的姐姐呵,
> 在依稀的年轻时节,
> 曾因思念和恨意而心痛,
> 如今轻轻转过身,站在镜子前。
>
> 或许就是为了让你舒展开黄色的花瓣,
> 昨夜下了那么厚的初霜,
> 我也久久无法入睡。

这首诗通过描写一朵菊花绽放之前需要经历的长期的磨难,赋予了成熟的人生重要的意义及美学价值。作品的结构比较简单,表现出返璞归真的简洁之美,第一、二、四段的形式基本相同,内容也非常相近,描写了一朵菊花绽放之前必须经历的考验,它们分别是春天啼叫的杜鹃鸟、夏天的雷声以及秋天的寒霜,作者认为,这些都和菊花有着某种关系,是菊花盛开前必须经历的磨难和考验,其深层蕴涵则是世间万物有缘的传统佛教世界观。在整个作品中,第三段比较特殊,形式上比其他三段多了一行,内容也发生了变化,描写了这朵盛开的菊花的形象。有趣的是,作者没有把这朵盛开的菊花比喻为充满青春活力的妙龄女郎,而是比作韶华已逝的姐姐,淡定从容地回顾自己的年轻岁月,散发出一种成熟、沉静之美,画龙点睛地说明经历无数思念、爱恨之后的成熟人生别具悠长的韵味。由此来看,这首诗摆脱了《花蛇》中的本能的欲望和沸腾的热情,达到了平和的新境界。

2. 金东里的小说

金东里(Kim Dong Ri, 1913—1995),韩国当代著名小说家。1934年,他在《朝鲜日报》上发表诗作《白鹭》,登上文坛,从此笔耕不辍,直到晚年。金东里还是一个重要的文学评论家,发表了大量的文学评论和理论著作。在文学评论和创作实践两个方面,他都旗帜鲜明地表达了自己的文学观点——纯粹文学论:他认为纯粹文学是真正的文学,认为文学应该超越时空,即超越历史和现实,探讨更加本质和普遍的问题,探讨人类与生命的根本命运。他的绝大部分作品呈现出明显的唯美主义倾向,内容多含有传统的萨满教、佛教及民俗因素,具有强烈的民族特色,主题则多为对人性的揭示和对生命根本意义的探求,因此,他被称为最具民族性同时也最具世界性的韩国作家。

《巫女图》发表于1936年,是金东里早期的作品之一。小说讲述了"我"家中收藏的《巫女图》的故事,其来历是这样的:

在20世纪30年代偏僻的乡村,巫女毛火靠给村民跳大神为生,而且坚定地信仰萨满教。毛火和两个男人生下了孩子——一个儿子昱伊和一个女儿琅伊。毛火为了把儿子培养成为一位高僧,在他很小的时候就把他送进了寺院。毛火和女儿生活在一处破败的房子里,家里平时只有女儿一个人在家,女儿异常美丽,而且擅长画画,只是从不开口说话。

有一天,儿子突然回来了,一家人团圆,从此家里充满了生机和欢乐。但是,毛火发现儿子每次饭前都会嘟嘟囔囔地念叨些什么,而且还常翻看一本书,书的封面上写着《新约全书》。原来昱伊早就离开寺庙,到平壤碰到一个牧师,成为笃实的基督教信徒,这次回乡是为了让至亲的母亲、妹妹也信仰基督教,过上幸福的生活。毛火对此不能理解,认定儿子是被邪鬼缠身了,母子两人都认为自己的信仰是真理,想用自己的信仰拯救对方,他们的矛盾越来越深。

现实站在了昱伊一边,村里出现了基督教传教士,信仰基督教的人越来越多,萨满教的权威越来越低,毛火感到了严重的危机,于是下定决心请神驱赶缠上了儿子的"耶稣"鬼。她手持菜刀癫狂地舞动,昱伊发现后前来阻止,神智不清的毛火持刀砍向了儿子。尽管毛火精心照料,最终却未能挽救儿子的生命。基督教在村子里迅速蔓延,教堂也建立起来,请毛火去跳大神的人越来越少。有一次,有人请她驱赶投水自杀的一个女人的冤魂。这次请神仪式中,毛火异乎寻常地端庄平静,在仪式的最后,她口中念念有词地走向湖水深处,越走越远,永远地消失在了水中。

十来天后,一个男人带着一个女孩来到"我"家,这就是琅伊和父亲,父女受到了热情的招待,临走之前,留下了女孩画的那幅《巫女图》表示感谢。

作品以20世纪30年代韩国的乡村为背景,借萨满教的巫女毛火和她的儿子——基督教信徒昱伊之间的悲剧,描写了当时尚有一定影响力的传统民间信仰——萨满教和刚刚开始在农村传播的外来宗教——基督教之间激烈的冲突和对立,反映出土俗信仰逐渐没落、西方文化影响力日益强大的社会现实,揭示出亲情与信仰之间的冲突,尤其发人深省。

《巫女图》取材于韩国传统的土俗信仰,大量描写了韩国传统的巫俗文化,具有浓郁的民族特色;而且结构非常精巧,采取了故事套故事的形式,内部的故事本身非常完整,外部的故事用第一人称的视角讲述,增强了内部故事的真实性;叙述语言简洁流畅,赋予作品神秘、唯美的情调。

后期,金东里更为关注人类救赎问题,最能代表这一倾向的小说是《等身佛》。小说所讲述的故事发生在 1934 年的中国南京,"我"本来在日本留学,却不幸被强征入伍,随日军驻扎南京,后来找机会逃出,藏身于南京附近的净愿寺中。这座寺院中供奉着一尊十分灵验的金佛,但当"我"见到这尊佛像时,却被佛像痛苦的表情所震惊。原来这座佛像是一个叫万积的僧人自焚成佛后涂金漆而成的肉身佛。万积是唐朝人,父亲早逝,母亲带着他再嫁。为了让万积独占家产,母亲想毒死他的哥哥——继父前妻的儿子。哥哥离家出走,10 年后,万积找到了已经染上重病的哥哥。万积毅然自焚,在他自焚的当时,发生了很多神迹,人们给他的遗体涂上金漆,这就是等身佛。

这篇作品着重描写了人类的负罪感及由此产生的烦恼与痛苦,揭示了通过宗教实现解脱的救赎之道。作品中的主人公万积之所以做出自焚这一极端的选择,是因为他一直背负着沉重的精神负担,他认为母亲对哥哥的迫害都是因为自己,是自己造成了哥哥一生的不幸,对佛教徒万积来说,他的自焚既是对自身的救赎,也是对那些深受病痛折磨的众生的救赎。当然其中包含着浓厚的唯心主义因素。

有意思的是,这篇小说把故事发生的空间设在了中国南京,按作品所示,其核心内容——万积的故事也是中国文献记载的故事,这一方面说明作家金东里取材非常广泛,更重要的是反映了他努力超越国家和民族探索人类本性的追求。

第六节　大江健三郎

日本作家大江健三郎 1935 年出生于爱媛县大濑村,该村所在的盆地被山峦和森林所封闭,家乡茂盛的森林既是大江文学中诸多作品的舞台,也是乌托邦之乡,甚或可说是大江文学的出发之地和回归之所。

1788 年,这里的农民曾因躲逃饥荒而发起大濑暴动。1866 年夏天，为反对物价暴涨，以盆地为中心的 30 个村庄共万余人参加了为期 3 天的大濑暴动。历史上的这两次暴动对大江后来的文学创作产生了深刻影响，成为《万延元年的 Football》、《同时代的游戏》、《两百年的孩子》等作品中历史事件的原型。大江健三郎的祖母经常对他讲述当地的农民暴动以及相关的传说，年幼的大江便摹仿祖母的口吻向小伙伴们(有时也向大孩子和成年人)讲述自己虚构的暴动故事。在大江的文学生涯中，这应该算是最早的"创作活动"。

大江的母亲不仅代替祖母为大江讲述当地的神话、民间传说和历史故事，深知书籍神奇力量的她在战争期间用稀缺的大米设法为大江换来"决定我后来文学生涯的两本书——《哈克贝里·费恩历险记》和《尼尔斯历险记》"。当大江于 1947 年升入初中时，母亲又把战争时期藏匿于家中的《鲁迅选集》送给了大江。而随着对鲁迅作品的阅读和其后不断加深的理解，《野草》和《呐喊》等作品中显现出来的存在主义思想，开始对少年时期和青年时期的大江产生影响，大江写于 1955 年的习作《杀狗之歌》中对《白光》原文的直接引用，使得鲁迅的影响历史性地出现在大江文学的起始点上，并与大江刚刚开始接触的萨特及其存在主义融汇到一起，从而使之创作出《奇妙的工作》和《死者的奢华》等早期作品。

大江发表于 1957 年 5 月的短篇小说《奇妙的工作》表现了战后的日本青年孤独、无奈甚或绝望的精神状态。若考虑到日本当时被美国军队所占领的历史和社会背景，该作品便更具有了新颖和深刻的内涵。同年 8 月发表的另一部短篇小说《死者的奢华》与前者立意相仿，通过一对男女大学生搬运尸体的打工过程，再次成功地表现了孤独个体在荒诞世界中所遭遇的荒诞经历。

1958 年 1 月，大江发表了具有标志性意义的短篇小说《饲育》，第一次在作品背景中出现的峡谷山村不仅是大江故乡的再现，更具有与神话意境相连接的被抽象化了的地形学意义。这种与故乡山村相似的地形学意义上的描述，后来不断出现在《掐去病芽，勒死坏种》、《万延元年的 Football》、《同时代的游戏》、《燃烧的绿树》、《空翻》、《被偷换的孩子》和《愁容童子》、《两百年的孩子》等诸多作品中,成为大江文学世界中一个非常重要的奇特空间。《饲育》另一个不容忽视的意义则是作者开始有意识地将作品中的人名或其他固有名词非日常化,使得原本就是虚构的作品洋溢着神话般的神秘气氛。对泉水中狂欢场面的描述,消解了和平与战争、看守者与俘虏、少年与成年人、黄种人与黑种人的差异,成功地解构了现实社会既有的规则、身份和等级。显然,这是作者解读弗·拉伯雷《巨人传》的产物,与巴赫金的广场狂欢理论和大众笑文化系统有着异曲同工之处。大江当时并不知道,被巴赫金作为荒诞现实主义重要研究对象的作家和作品,正是拉伯雷和他的《巨人传》,尽管大江在其后20年才有机会接触巴赫金的相关理论。

1958年6月,大江发表了第一部长篇小说《掐去病芽,勒死坏种》和短篇小说《在看之前便跳》。在谈及初期作品的代表之作《掐去病芽,勒死坏种》时,大江认为"这是让自己感到最为幸福的作品",因为他在作品中让主人公少年逃离象征着封闭世界的山村和被禁闭的状态,进入自由之地——那片茂盛的森林。在这部作品中,边缘成功地颠覆了中心,被封闭在山村中的感化院少年、逃兵、守护母亲遗体的少女以及遭受歧视的朝鲜少年等被社会抛弃的边缘人,在远处猎枪的监视下化解了彼此间的矛盾并萌发出朦胧的爱情,将流行瘟疫的山村建构为充满友谊、爱情并与大自然充分交融的世外桃源。

《在看之前便跳》之题名取自《奥登诗集》中的同名诗句,作品以被外国人包养的妓女与颓废的法文系大学生之间的性交往为主要情节,用性的形式介入政治性主题——美军占领下的日本以及日本人。此后,大江还陆续发表了《我们的时代》、《迟到的青年》和《性的人》等同类作品。大江于《在看之前便跳》后记中表示:"描述三者——作为强者的外国人、或多或少处于屈辱境地的日本人以及这两者之间的另一种存在(为外国人服务的娼妇和翻译)——之间的相互关系,是我在很多作品中一再涉及的主题。"这一时期的作品,真实地反映了大江对被监禁、封闭于墙壁之间的生存状态的思考。

在1958年这一年里,大江因《饲育》获得第39届芥川文学奖,完成了由学生作家到职业作家的转换,并与开高健等新锐作家同被誉为战后新文学的旗手。另一方面,由于认识的局限性,《奇妙的工作》和《死者的奢华》等早期作品中也多见禁闭、徒劳、无奈、恶心、孤独等元素,即便在《人羊》和《掐去病芽,勒死坏种》等同期作品中有少许反抗,这种反抗也显得被动、消极和软弱无力。

1960年夏,在反对日美安全保障条约期间,大江随同日本第三次访华文学代表团对中国进行了一个多月的访问,先后访问了广州、北京、上海和苏州等地,与中国各界进行了广泛接触和交流,多次参加声援日本人民反对日美新安全保障条约的集会和游行,与周恩来总理、毛泽东主席等中国领导人的会谈给大江留下了极为深刻的印象,而共和国青年的生动眼光则更是大江在日本那些"处于监禁状态的"青年眼中不曾看到过的。这个发现让大江体验到一种全新的震撼和感动。这次访华带来的积极变化首先反映在《十七岁》和《政治少年之死》这两部姊妹篇中。前者叙述了一个17岁少年为了摆脱孤独和焦躁,受雇于右翼分子,成为所谓"纯粹而勇敢的少年爱国者"。后者仍然以独白的口吻,叙述了这个17岁的主人公在忠君的迷幻中,"为了天皇而刺杀"了反对封建天皇制的"委员长"。作者一改此前在《奇妙的工作》、《死者的奢华》、《人羊》等早期作品中显现出的徒劳、无奈、呕吐、禁闭等情绪,将批判的矛头直接指向封建主义的天皇制。这两部姊妹篇一经发表,大江即受到右翼团体的威胁。

作者在创作方面的另一个显著变化,表现在长篇小说《个人的体验》中。在这部小说的绝大部分空间里是头部畸形的新生儿给主人公鸟带来的失望、恐怖和不知所措,他试图通过酒精、情妇和性爱来逃避面对畸形儿的严峻现实,甚至计划借助黑市医生之手杀死婴儿并与情妇远走非洲,但在最后关头,主人公毅然选择与婴儿共度今后的苦难岁月,抱着婴儿去医院安排手术。在解救婴儿的同时,主人公的灵魂也得到了救赎,作者的创作态度因此而完成了最初的蜕变,如同萨特的《自由之路》中在钟楼上狙击德军的那位自由战士那样,对自己以往诸多不作为和无选择作了彻底清算。

在《个人的体验》发表之前,大江已经开始考虑如何把故乡的神话和传说融入自己的文学作品。换句话说,就是如何借助故乡的神话/传说以及被官方抹杀的历史,在故乡的峡谷——那个文化和地理上的边缘之地,构建文学意义上的乌托邦/根据地。不久后发表的长篇小说《万延元年的 Football》,就是这种思考的第一个实验。

与《个人的体验》一样,《万延元年的 Football》也是作者具有标志性意义的重要作品。在这部用森林里的神话、历史以及想象力编织成的作品中,作者把虚构与现实、往昔与现在交织在一起,勾画出一幅幅离奇的画面,将一百年前山民发起反抗明治政府的暴动,与一百年后的今天人们反对日美安全条约的运动连接起来。作者借助根所(根源之地的隐喻)家兄弟为远离都市以及精神危机回乡寻源的过程,成功地在位于地理和文化意义上的边缘地带的四国森林中初步建构起神话/传说与现实相互交融的王国。在谈及该作品和《个人的体验》联袂获得诺贝尔文学奖的原因时,瑞典文学院表示,作者在作品中"通过诗意的想象力,创作出一个将现实和神话紧密凝缩在一起的想象世界,描绘出了现代的芸芸众生相,给人们带来了冲击",可谓是很确切的评价。

相较于中国传统文化中对桃花源的那种怀旧式的、逃避现实的理想,发表于1979年的《同时代的游戏》中的乌托邦则明显侧重于通过现世革命和建设到达理想之所。而从这个文本的隐结构中可以发现,作者在构建位于边缘的森林中这个乌托邦的过程中,似乎是潜在地把现代中国革命和建设以及遭遇的问题当做了参照系,试图探索出一条通往理想国的具有普遍意义的通途。这里还有一个需要关注的地方,那就是从这一时期开始,作者在叙述森林中那些神话/传说和历史时,清晰地意识到在日本这个保守势力占据强势的国度里,包括森林中那些山民在内的弱势者的历史,一直被强势者所改写、遮蔽甚或抹杀。比如发生在大江故乡森林中的几次山民暴动,就完全没有被记载在官方的任何文件中。为了抗衡强势者/官方所书写的不真实历史,大江以《同时代的游戏》和其后的《M/T与森林中奇妙故事》、《致令人怀念的岁月的信》、《燃烧的绿树》、《空翻》、《被偷换的孩子》、《愁容童子》、《两百年的孩子》等长篇小说为载体,从人们的记忆中把故乡的神话/传说以及当地历史中一些具有重大意义的部分剥离、复制乃至放大出来,试图以此在某种程度上还原历史的真实,进而与官方书写或改写的不真实历史相抗衡。

  20世纪80年代末,日本正处于泡沫经济崩溃的前夜,富足、消费的惬意幻象,使很多人不愿像以往那样关注灵魂和道德,任由自己在浮华世风中沉溺于物质享受的快感之中。坚持以文学介入社会和政治的大江健三郎敏锐地意识到日本人的灵魂和精神所面临的异化危机,开始在但丁的《神曲》启示下思考救赎灵魂的问题,并在其后创作的《燃烧的绿树》(全三卷本)中,把对灵魂的救赎发展为对人类和解的祈祷。进一步对当代日本人的灵魂和精神进行思索的长篇小说《空翻》,叙述了最初在东京创建新兴教会的"师傅"/教祖与"引导者"这两位教团领袖蜕变和寻找新方向的过程。经过种种挫折后,"师傅"转移到了四国的森林之中。在这里,教团同样因内部不同派别的分歧而面临崩溃,但是,尽管"就重建教会而言,'师傅'只是在表演'包含着分歧的重复'……这次却没能像第一次那样,借助'包含着分歧的重复'这同样的方法进行第二次转向。在他以悲剧性的方式悄然消失以后,就在这片森林中,在那些经过锤炼的年轻人(像是以这个边缘地区长大成人的少年般的年轻人为核心)对他的支持下,他真的得以开展他那'新人的教会'的活动了"。

  作者在晚期创作的《奇妙的二人组合》三部曲(《被偷换的孩子》、《愁容童子》和《别了,我的书!》)尤其值得关注。《被偷换的孩子》的英语书名 changeling 典出于欧洲的民间故事,说的是每当美丽的婴儿出生后,侏儒小鬼戈布林便常常会用自己丑陋的孩子偷偷换走那美丽的婴儿,被留下来的那个丑孩子就是 changeling 了。大江在这部作品里将这个民间传说与妻兄伊丹十三被黑势力所吞噬联系起来,愤怒地谴责了形形色色的戈布林,同时探讨了被戈布林们偷换走了的美丽而纯洁的婴儿们再生的可能,在该小说的结尾处,借助女长老之口喊出:"忘却死去的人吧,连同活着的人也一起忘却!只将你的心扉,向尚未出生的孩子敞开!"

在三部曲之二《愁容童子》里,获得国际文学大奖的作家长江古义人带着长子阿亮和美国知识女性罗兹回到故乡那片森林中,打算"希望具有方向性地探究步入老境后的人们所面临的生与死的问题",并重新审视在故乡广为流传却少有官方记载的"童子"故事,却遭受到来自死而不僵的国家主义团体、根深蒂固的神社、甚嚣尘上的财阀、与古义人同时代的转向知识人、象征强势文化和话语暴力的当地报纸等各方面的敌意。然而,长江古义人却一如堂吉诃德那位愁容骑士般不知妥协也不愿妥协,因而也就只能照例接二连三地受到肉体和精神上不同程度的伤害,最终在深度昏迷的病床上为这个如此伤害了他的世界进行祈祷——"曾彼此杀戮的人们,相互被杀的人们,宽恕吧!必须准备随时互相厮杀的幸存者们,宽恕吧!……曲子的这般静谧,似乎是因为人们曾流淌了那么许多的鲜血,才从这血泊之中生发而成的吧。不会再度发生这一切吧……与所有国家和民族概无关联,它不容任何分说,却又极为怜爱地……"

《别了,我的书!》是三部曲最后一部作品。如同作者在该书封面腰带上的致辞所指明的那样,面对由种种恐怖堆积而成的绝望,这位叫做长江古义人的老作家除了通过与灵魂的对话来修复历史和修补世界,还作出了一个让几乎所有人都为之震惊的决定——不仅仅是"别了,我的书"和书中的主人公,还要告别自己的创作生涯,回到故乡四国的森林之中,在最后那一天到来之前,将全力为新人/孩子们寻找通往未来的"始自于绝望的希望"(源自于鲁迅"希望之于虚妄,正与绝望相同")。文本中的老作家将放弃颇具个人特色的小说语言,转而用十三四岁的孩子都能看得懂的平实语言纪录下各种"征候"。这里所说的征候,是指某些事件发生之前的细微预兆,而在"那些前兆之积累的对面,一条无可挽救的、不能返回的、通往毁灭方向的道路延展而去"。其实,早在日本发动侵略战争前夕,也曾出现过种种征候,却由于人们没能认真关注这些征候,以致滑向了导致数千万人惨重伤亡的侵略战争之路。这部作品无疑是大江健三郎在绝望之中发出的警告和祈愿:人们啊,不要因为你们的恶行而毁灭人类的文明!

思考题

1. 普拉姆迪亚作品的主要创作倾向是什么?
2. 结合《社会毒瘤》、《起义者》分析黎萨尔对民族解放道路的思考。
3. 谈谈夏目漱石小说的叙述特点。
4. 谈谈金东里《巫女图》的叙述特点。
5. 谈谈大江健三郎的作品与战后日本社会现实的关系。

参考书目

1. 黎萨尔:《社会毒瘤》,陈尧光译,北京:人民文学出版社1988年版。
2. 夏目漱石:《我是猫》,刘振瀛译,上海:上海译文出版社2007年版。
3. 廉想涉:《三代》,高宗文译,上海:上海译文出版社1993年版。
4. 金东里:《巫女图》,韩梅译,上海:上海译文出版社2002年版。
5. 叶渭渠主编:《大江健三郎自选集》,石家庄:河北教育出版社2002年版。
6. 大江健三郎:《奇妙的二人组合》,许金龙译,南京:译林出版社2008年版。

(本章编写:苏永延、王中忱、许金龙、韩梅)

后　记

端赖各位参与编写的老师们的努力，一本专为教学应用性大学中文系本科使用的教材，呈送到了各位读者面前。我们不希望作一家独断的叙述，而只是给读者一个简要生动的"导游图"；在历览几千年的文学胜景之后，读者自会获得属于自己的感受以及相关的知识。在选择重点作家作品时，我们既考虑其文学史的地位，也兼顾国内的翻译、介绍和研究的状况，以及外国文学教学所能利用的时间。考虑到教学对象的需要，我们试图在编写体例上作了一些新的尝试，如适当增加了现代文学的篇幅，也增列了一些中国读者比较熟悉的当代外国作家，力图做到知识准确可靠，又具有较强的启发性和可读性。

本书各章节的执笔人分别是：

导论：徐葆耕、王中忱

西方（欧美）文学部分：

第一编：第一章：高建为；第二章：李伟昉

第二编：第三章：徐葆耕；第四章：张志庆（第五节为李伟昉编写）；第五章、第六章：刘洪涛

第三编：第七章、第八章：傅景川（李军、金铖参与部分编写）

第四编：第九章、第十章：陈建华

曹莉教授参与了部分章节的复读与加工。

东方（亚非）文学部分：

第一编：第一章：宗笑飞、钟志清、穆宏燕；第二章：郑国栋

第二编：第三章：宗笑飞、钟志清、穆宏燕；第四章：郑国栋；
第五章：苏永延、王中忱、韩梅

第三编：第六章：宗笑飞、钟志清、穆宏燕；第七章：郑国栋；第八章：苏永延、王中忱、韩梅、许金龙

　　本书在编写过程中，得到了温儒敏教授的关怀和北京大学出版社领导的支持，责任编辑艾英女士付出了辛勤劳动；罗钢教授、格非教授、解志熙教授从各方面给予帮助。在此谨致谢忱。

　　由于我们的知识和水平限制，书中可能存在不足和疏误，恳切希望得到指正。

徐葆耕　王中忱

2008年5月7日